DROEMER

Thesche Wulff

SCHWESTERN WIE EBBE UND FLUT

Roman

DROEMER

Die Entstehung dieses Romans wurde gefördert durch das
Bundesprogramm NEUSTART KULTUR der Beauftragten
der Bundesregierung für Kultur und Medien und der VG WORT

NEU START KULTUR
VG WORT
Die Beauftragte der Bundesregierung für Kultur und Medien

Besuchen Sie uns im Internet:
www.droemer.de

Aus Verantwortung für die Umwelt hat sich die Verlagsgruppe
Droemer Knaur zu einer nachhaltigen Buchproduktion verpflichtet.
Der bewusste Umgang mit unseren Ressourcen, der Schutz unseres
Klimas und der Natur gehören zu unseren obersten Unternehmenszielen.
Gemeinsam mit unseren Partnern und Lieferanten setzen wir uns
für eine klimaneutrale Buchproduktion ein, die den Erwerb von
Klimazertifikaten zur Kompensation des CO_2-Ausstoßes einschließt.
Weitere Informationen finden Sie unter: www.klimaneutralerverlag.de

FSC www.fsc.org
MIX
Papier | Fördert gute Waldnutzung
FSC® C083411

Originalausgabe August 2023
Droemer Hardcover

Ein Imprint der Verlagsgruppe
Droemer Knaur GmbH & Co. KG, München

Dieses Werk wurde vermittelt durch die
Monika Kempf Literaturagentur
Redaktion: Silvia Kuttny-Walser
Covergestaltung: Sabine Schröder
Coverabbildung: Sabine Schröder unter Verwendung
mehrerer Motive von Elsa Suarez/Arcangel Images,
shutterstock.com und iStock.com
Satz: Adobe InDesign im Verlag
Druck und Bindung: CPI books GmbH, Leck
ISBN 978-3-426-28409-4

2 4 5 3 1

PROLOG

Vor den Fenstern stöhnte der Ostwind. Lud all den Kummer ab, den er vom Festland mitbrachte und nicht verloren hatte über dem Meer. Sie hörte es. Mit jeder Böe deutlicher. Und sie verstand. Er rief sie hinaus. Er würde nicht weichen, bevor sie mit ihm ging. Sie stand auf. Traf Vorkehrungen. Lauschte. Schon wurde er ungeduldig. Rüttelte am Fenster. Und sie nahm, was sie mitnehmen musste, mit hinaus über die Schwelle. Ihre Füße fanden den Weg von allein in die mondlose Nacht. Doch er blies ihr seinen Atem in den Nacken. Trieb sie voran. Eiskalt. In die Dünen. Über die Stege und über den Sand. Er wusste, wohin. Und sie wusste es auch. Bevor sie den Strand sah. Die Weite. Die Sandbank. Freigespült vom Ebbstrom. Das Meer zog sich zurück. Er lachte sein heiseres Lachen dicht an ihrem Ohr. Sie legte ab, was abzulegen war. Hier und jetzt. Er fauchte. Sie wandte sich den Wellen zu. Schritt für Schritt übers Watt. Bis ihre Zehen das Wasser erreichten. Ihre Knöchel. Ihre Knie. Er war immer noch dicht hinter ihr. Und sie ging weiter. Wehrte sich nicht gegen den Sog. Sollte er ihr doch den Boden unter den Füßen wegziehen. Niemand hielt sie auf. Auch die Wellen nicht, die gegen ihre Oberschenkel klatschten. Gegen ihren Bauch peitschten und gegen ihre Brust. Die Gischt spritzten. Sie blinzeln und Salz schmecken ließen. Er summte ihr ins Ohr. Böe für Böe sein Abschiedslied. Er türmte Wellen für sie auf zu Brechern. Sie tauchte unter und wieder auf und wieder unter. Doch sie sank nicht hinab. Immer noch nicht. Sie hustete und spuckte und schnappte nach Luft. Da drehte er ab. Und sie gab sich hin.

1. KAPITEL

Heute

Mira beugte sich über die Reling. Sie sah zurück auf die Schleppe aus Gischt. Dort wirbelte kein zorniger Wassergeist mit Schaum vor dem Mund. Keine verwunschene Braut versuchte vergeblich ihren Bräutigam zu erreichen und versank auch nicht in den Fluten. Nur die Fähre pflügte das Meerwasser in der Fahrrinne. Miras Fantasie versagte, seit Ocko sie nicht mehr am Anleger in Wittdün erwartete. Seit letztem Sommer. Er würde nie mehr Geschichten für sie erfinden und sie seinen Faden nicht weiterspinnen. Solange sie denken konnte, liebte sie es, in diese Welt einzutauchen, auch mit siebenunddreißig noch. Mira scherte sich nicht darum, dass ihre Schwester das für Kinderkram hielt. Anke hatte die Insel auf ihre Weise erobert, zusammen mit dem Nachbarsjungen Niels. Ockos Geschichten waren für Mira wie eine Burg in den Dünen, in die sie jederzeit fliehen konnte. Selbst wenn die Wellen um sie herumtosten, fühlte sie sich geborgen. Ockos Worte knüpften ihr ein Netz, das sie auffing und ihr Sicherheit gab. Daran hatte Mira immer geglaubt, auch wenn ihre Eltern Ockos Geschichten als Seemannsgarn abtaten.

Salzige Tropfen sprühten ihr ins Gesicht. Sie drehte sich von der Reling weg. Niemand saß auf den sonnengelben Bänken an Deck. Überall bildeten sich Pfützen. Der Tag fühlte sich nicht an wie im Mai. Seit Ockos Tod mied Mira die Insel, obwohl sie sein Haus geerbt hatte und ihre Schwester gleich nebenan wohnte. Allerdings war ihr kein Grund eingefallen, die Bitte ihrer Schwester abzulehnen. Jedenfalls kein triftiger Grund, einer, der bestehen würde vor der Familie. Sie erinnerte sich noch genau an den Tag kurz vor Weihnachten, als Anke anrief und sie mit der Nachricht überfiel.

Mira atmete tief durch, bevor sie ihrer Schwester gratulierte. »Diesmal wird es ein Mädchen!«, fiel Anke ihr ins Wort. »Ich weiß es genau! Es wird ein Mädchen! Es fühlt sich ganz anders an als bei den Jungs. Ich wusste es vom ersten Moment an! Endlich ein Mädchen! Da kannst du nicht kneifen, Mira, diesmal nicht. Bitte, Mira, du hast es mir versprochen! Diesmal wirst du Patentante!«

Der Boden unter Miras Füßen schien zu schwanken. Was sollte sie dazu sagen? Einfach Ja? Sie schloss die Augen, nur um sie gleich wieder zu öffnen. Sie stand in ihrem Wohnzimmer, so viel war sicher. Keine Schiffsplanken unter ihren Sohlen. Mira lehnte sich an die Wand. Und doch war ihr, als schaukelte sie auf einem winzigen Boot durch die Wellen.

Ankes Worte rauschten weiter, überfluteten Mira, ließen ihr kaum Luft zum Atmen. »Unsere Kleine wird ein Frühlingskind! Taufe im Mai. Am besten so um Pfingsten. Jedenfalls vor der Hauptsaison. Da kann ich ein paar Zimmer freihalten. Du schläfst ja sicher in Ockos alter Kate ...«

Im Kapitänshaus. Für Mira war und blieb es Ockos Kapitänshaus. Obwohl es nun ihr gehörte. Ihr allein. Ocko hatte das schon vor mehr als dreißig Jahren so festgelegt, sagte ihnen der Notar nach der Beerdigung. Das Haus und das Grundstück, auf dem es stand, waren für Mira bestimmt und nicht für seine beiden Patentöchter gemeinsam. Seit Anke leer ausgegangen war, nannte sie das Haus nur noch »die alte Kate nebenan«. Sie wollte genau dort einen Bungalow für noch mehr Feriengäste bauen. Der Entwurf lag längst in ihrer Schublade. Nur Mira konnte sich nicht entscheiden. Weder dafür noch dagegen.

»Du hilfst mir doch bei den Vorbereitungen für die Taufe, Mira? Mama und Papa kommen auch ein paar Tage früher.«

»Ich denke ...«

»Bitte, Mira, du bist doch meine große Schwester!«

»Es sind noch fast sechs Monate bis Mai.«

»Die vergehen im Nu! Und wir wollen hier im Haus feiern. Ein bisschen so wie früher. Ganz unter uns. Die Nachbarn kommen ja vorher schon zum Kindskieken.«

»Na klar.«

»Niels' Bruder hat zugesagt. Der hat's ja nicht weit mit seiner Familie von Föhr, und seine Cousins mit Anhang aus Niebüll und Leck. Die Amerikaner sagen wie immer ab. Dabei will Niels seinen Onkel so gerne mal wiedersehen. Dann wären wir also dreiundzwanzig Personen. Oder bringst du jemanden mit?«

Mira blieb keine Zeit zum Antworten.

»Abgemacht!«

Die Stille in der Leitung sprach dafür, dass Anke aufgelegt hatte. Mira warf das Telefon aufs Sofa. Sie lehnte weiter an der Wand, bis das Schlingern aufhörte. Im Mai sollte sie also Taufpatin von Ankes Töchterchen werden. Ihre Schwester zweifelte nicht daran. Ihre Mutter sicher auch nicht. Und sie? Würde Ocko noch leben, wäre Mira für ein paar Tage zu ihm auf die Insel gefahren. Sie wären gemeinsam um die Odde herumgestiefelt. Hätten den Wind an ihren Kleidern zerren lassen, dem Meer gelauscht und den Horizont angeschwiegen. Vielleicht hätten sie Treibgut aus dem Spülsaum geborgen. Einen geborstenen Monitor voller Seegras oder eins von diesen Geisternetzen. Und Ocko hätte ihr eine Geschichte erzählt.

Von den Schwestern Ebbe und Flut, die ständig ihre Kräfte messen wollten. Die eine hielt die dicksten Treibgutbrocken am Boden oder ließ sie sogar im Sand versinken, während die andere sie in den Wellen wiegte oder wütend zerschmetterte. Schwester Ebbe langweilte das Spiel jedoch bald. Sie lehnte sich zurück und ließ die Flut einfach gewähren. Die sprühte vor Freude, Gischt spritzte in alle Richtungen. Die Wellen sprangen weit den Strand hinauf. »Gewonnen!«, rief die Flut und überschlug sich. »Gewonnen! Gewonnen! Gewonnen!« Doch nur die Möwen kreischten mit. Der Spaß verflog. Die Flut spürte ihre Kräfte schwinden. Sie dümpelte vor sich hin. Sie brauchte Ruhe. Am besten einen Rückzugsort. Das erinnerte sie an ihre Schwester Ebbe. Sie drehte sich nach ihr um und sah, dass sie die ganze Zeit bei ihr gewesen war.

Mira hätte den Kopf an Ockos Schulter gelegt und ohne ein weiteres Wort gewusst, dass sie das Richtige tun würde, egal, was sie tat.

Jetzt stand sie am Heck der *Uthlande*. Ihre Wetterjacke knisterte im Wind. Jeden Moment mussten sie Föhr passieren. Ihre Eltern waren gestern schon angereist. Eigentlich hatten sie mit ihr zusammen fahren wollen. Doch im letzten Moment behauptete Mira, nicht eher freizubekommen. Sie wollte die Stunden vor dem Familientrubel auf der Insel in Ruhe verbringen. Und allein. Die Feier fand zwar erst am Sonntag statt, aber ihre Mutter und ihre Schwester würden schon dafür sorgen, dass in den kommenden vier Tagen aufgeregtes Flattern in jedem Winkel herrschte. Sogar ihr Vater und Niels ließen sich einspannen. Mira kannte das von den Taufen der Jungen. Sie hatte ihre Aufträge rasch und ohne Nachfragen erledigt. Ihre Mutter und Anke bezweifelten das jedoch und kontrollierten jeden Handgriff zweimal. Mira hatte sich dazu durchgerungen, nur noch darüber zu lächeln. Denn Ocko war nebenan gewesen, und er bot ihr stets eine stille Bucht zum Ankern. Immerhin konnte sie sich in sein Haus zurückziehen. Wenn Anke nicht auch dort Verwandte vom Festland untergebracht hatte. Miras Einverständnis setzte sie sowieso immer voraus.

Sie fror. Doch Mira scheute sich davor, die restliche Zeit an Bord unten im Salon zu verbringen. Alle Tische und Bänke waren besetzt. Vor allem die begehrten Fensterplätze. Wie früher Anke und ihr schien es auch heute noch vielen darum zu gehen, wer als Erster einen Zipfel der Insel erspähte oder sogar den Leuchtturm. Dabei ließen die Scheiben, trüb vom Salzwasser, kaum Aussicht zu. Manche orientierten sich an den Bildschirmen, die an den Querwänden hingen. Dort bewegte sich die Fähre als roter Punkt auf einer Karte durch die Fahrrinne auf die Insel zu. Wenn nicht gerade Schreckensnachrichten aus aller Welt eingeblendet wurden.

Mira entschied sich, die Stufen hinabzusteigen, einen Becher Kaffee zu kaufen und ihn mit an Deck zu nehmen. Warme Luft schlug ihr entgegen, als sich die Glastüren mit leisem Zischen öffneten. Zwei etwa Fünfjährige rannten an ihr vorbei und weiter um den Papierkorb herum. Kreischend fegten sie um die mittleren Sitzgruppen. Mira reihte sich in die Schlange am Buffet ein. Während sie wartete, erinnerte sie sich an ihre erste unbegleitete Überfahrt. Die lag fast dreißig Jahre zurück. Wegen ihr hätte Ocko schon lange nicht mehr auf die Fähre steigen müssen, um sie und ihre Schwester in Dagebüll von ihren Eltern zu übernehmen. Sie hatte stets ein Buch dabeigehabt und hätte die ganze Zeit lesen können. Wenn sie allein gewesen wäre. Ihre kleine Schwester jedoch saß kaum eine halbe Stunde still, selbst wenn Mira ihr vorlas. Eigentlich war Anke nur fünfzehn Monate jünger, aber manchmal kam es Mira so vor, als wären es Welten. Bei ihrer ersten Überfahrt ohne Begleitung wollte Anke das Schiff erkunden, kaum dass sie in See gestochen waren. Als sie merkte, dass Mira hinter ihr herlief, schrie sie: »Lass mich! Ich bin doch kein Baby mehr!«

»Du bleibst hier drin!«, drohte Mira halblaut.

Die Blicke der Mitreisenden trafen sie wie ein eiskalter Luftzug. Mama hatte ihr doch eingeschärft, Anke nicht aus den Augen zu lassen. Die Kleine sollte nicht aufs Deck hinaufgehen. Schon gar nicht ohne Mira. Aber am besten überhaupt nicht. Sie würde auf die Bänke klettern und herunterspringen. Womöglich wagte Anke sogar, auf der Reling herumzuturnen. Und dann war es Miras Schuld, wenn etwas passierte. Es war immer Miras Schuld. Denn sie war ja schon groß und vernünftig. Die Gäste an den Nachbartischen, die von ihren Zeitungen aufsahen, signalisierten ihr, ausgerechnet ihr: Wehe, du tust der Kleinen was an! Der niedlichen Kleinen, die sich nur mal umsehen will. Und kaum hatten sie sich wieder in ihre Lektüre vertieft, plärrte Anke los. Im Nu war Mira bei ihr. Sie stellte die Kleine auf die Füße und zog sie von der Schwingtür vor der Treppe weg. Jemand brachte einen Löffel und drückte das kalte Metall auf die Beule an Ankes Stirn. Mira bedankte sich dafür. Anke beruhigte sich nur langsam. Sie gingen zurück zu ihrem Platz. Mira ließ sie nicht aus den Augen, denn sie wusste, dass die Kleine sich selbst nach diesem Zusammenprall mit der Tür schnell wieder langweilen würde. Jeden Moment konnte sie von der Bank rutschen, um zu neuen Erkundungen aufzubrechen.

Heute starrten viele Gäste auf ihre Displays, die Ohren zugestöpselt. Mira fragte sich, ob sie mitbekommen würden, wenn eins von den Kindern stürzte. Unter irgendeinem Tisch kläffte ein Hund. Hier und da wurde lautstark telefoniert. Rechts ging es darum, ein Segelboot zu überführen. Links wurde erwogen, wie viel Miete man seinem Neffen für das Gästezimmer im Keller abnehmen sollte. Endlich war Mira an der Reihe, ihre Bestellung aufzugeben: Kaffee schwarz. Kaum bezahlt, stand der Becher auch schon für sie bereit. Sie eilte hinaus damit, erleichtert darüber, dass sie das Salonkonzert samt Klingeltönen hinter sich lassen konnte.

Mira suchte sich Windschatten. Sie hielt den Becher mit beiden Händen fest und sah zu, wie der Dampf vom heißen Kaffee aufstieg. Sie hatte sonnige Überfahrten im Februar erlebt und stürmische im August. Gläser schlitterten dann über die Tische. Viele Gäste torkelten Richtung Toiletten, bleich, gelb oder sogar grün im Gesicht. Dabei war der Seegang dort im Untergeschoss noch heftiger zu spüren. Einmal legte die Fähre gar nicht erst ab, obwohl schon alle an Bord gegangen waren, weil das Anlegen am Festland nicht möglich gewesen wäre. Für Mira ein Feiertag, weil sie länger bei Ocko bleiben durften. Dagegen war manchmal, bei tagelangem stürmischem Ostwind, so wenig Wasser in der Fahrrinne, dass nur ein kleines Schiff mit geringem Tiefgang von der Insel losfahren konnte. Für wenige Passagiere ohne Autos. Mira hatte sich insgeheim gewünscht, dass sie an Bord wäre, wenn die Fähre einmal auf einer Untiefe festsitzen würde, wie sie es schon auf Fotos gesehen hatte. Es dauerte dann bis zur nächsten oder übernächsten Flut, bis wieder genug Wasser auflief, damit die Fahrt weitergehen konnte. So unerreichbar zu sein, für ein paar Stunden oder einen ganzen Tag, faszinierte Mira. Ob sie sich dann ein bisschen so fühlen würde wie Ocko, wenn der auf großer Fahrt war? Weit draußen auf dem Meer. Kein Land in Sicht. Kaum zu erreichen von den Liebsten. Doch als sie begann, sich auszumalen, was Anke wohl davon hielte, die Fähre vorläufig nicht verlassen zu können, oder wie die anderen Passagiere reagierten und wie sich ihre Eltern am Kai in Dagebüll ängstigten, verblasste der Wunsch schnell.

Mira trank von ihrem Kaffee. Und heute? Irgendwie schien es verlockend, wenn sich ihre Anreise in die Länge zöge. Das Handy lag hinten im Rucksack. Ausgeschaltet. Sie grinste. Aber all die stets erreichbaren Fahrgäste unten im Salon drehten vermutlich komplett durch, säßen sie hier stundenlang fest. Sie kämen sicher bald auf die Idee, ein Wassertaxi rufen zu wollen. Oder fragten vielleicht sogar, ob sich die Insel nicht zu Fuß erreichen ließe. Einige würden erwägen, Schadensersatz zu verlangen. Für entgangene Inselzeit. Und mit Klage drohen. Die Reederei beschimpfen, den Kapitän, die Offiziere, überhaupt jeden, der ihrer Meinung nach verantwortlich für diese Zumutung wäre. Meer und Wind spielten keine Rolle in ihren Überlegungen. Und ausgerechnet die angebotene Gratisverpflegung würden sie für einen Bestechungsversuch halten.

Mira leerte ihren Becher. Die Wärme des Kaffees war zu schnell verflogen. Sie wusste, dass sich die Fähre heute nicht festfahren würde. Ebenso wenig würde es beim Anlegen Probleme mit Hochwasser geben. Sie stieg die Stufen zum Deck hinauf. Die Wattseite der Insel zeichnete sich bereits gegen das Grau ab. Der Leuchtturm auf seiner Düne ragte bis in die Wolken. Spätestens bei diesem Anblick flammte für gewöhnlich die Vorfreude auf. Doch sosehr Mira sich nach diesem Gefühl sehnte, es wollte sich nicht einstellen.

»Grandios!«

Mira sah sich um. Der gelbe Riese stand wenige Meter von ihr entfernt allein an der Reling. Er redete halblaut vor sich hin, obwohl er keine Ohrstöpsel trug. Offensichtlich sprach er mit seinem Fernglas. Ein Luxusmodell, das er sich mit beiden Händen vor die Augen hielt. Sie verstand, dass er den Einfallsreichtum der alten Friesen bewunderte. Die falschen Leuchtfeuer, die sie früher angezündet hatten, um Havarien zu provozieren. Dabei schien er die Küstenlinie abzusuchen, als ob dort Strandräuber zu entdecken wären. Er musste Mira bemerkt haben, denn er gab ungefragt preis, dass er das erste Mal hier sei und ganz und gar in diese Inselfolklore eintauchen wolle. Mira wunderte sich über seine Wortwahl. Ein paar Brocken Friesisch habe er dafür auch schon gelernt, fuhr er fort. »Das auf Amrum heimische Öömrang natürlich.« Ihn treibe die Frage um, wie Menschen darauf kämen, sich auf kargen, abgelegenen Inseln niederzulassen. Das habe ihn schon in entlegenste Winkel der Welt geführt. »Nach Island. Auf die Äußeren Hebriden. Nach Helgoland.«

Mira sagte nichts dazu. Es dauerte, bis der Mann das bemerkte. Da erst ließ er das Fernglas sinken und sah sie an, als fragte er sich, ob er eine Eingeborene vor sich hatte. Eine, die das Leben fest im Griff hatte, die ihre Kinderschar durchbringen musste, Vieh versorgte, das Feld bestellte, beim Austernstrich half oder Möweneier sammelte und Wildkaninchen schoss, während ihr Mann auf einem niederländischen Walfangschiff unterwegs war. Und vor dem Einschlafen im Alkoven hoffte, dass er im Herbst zurückkäme und nicht ertrunken oder als Sklave in den Orient verkauft worden wäre.

Mira verschränkte die Arme.

Der Mann trug einen dieser schweren, altmodischen Friesennerze, die innen in stumpfem Blau beschichtet waren, über seinem dünnen Sommeranzug. Die Hosenbeine steckten in klobigen Gummistiefeln. Seine blumige Krawatte flatterte im Wind. Die Kapuze schlug ihm gegen den Hinterkopf. Vielleicht erwartete er, dass Mira sein Outfit lobte, dass sie erkannte, wie gut er vorbereitet war auf alles, was da kommen mochte. Er hatte bestimmt jede Zeile gelesen, die es über die Insel und das Wattenmeer zu lesen gab. Doch ob er tatsächlich verstanden hatte, wo die Gefahren lauerten, bezweifelte Mira. Sie sah ihn geradewegs auf den Kniepsand hinausmarschieren, ohne die Schilder, die vor Schlicklöchern warnten, eines Blickes zu würdigen.

In dem Moment fragte er sie, ob sie sich auch zu einer Wattwanderung angemeldet habe.

»Nein«, erwiderte Mira, aber das könne sie nur empfehlen.

Er fuhr sich mit den Fingern durchs Haar, doch die Strähnen tanzten gleich wieder im Wind. »Sie kennen sich hier aus?«

Mira nickte.

»Stammgast?«

»Gewissermaßen.«

»Darf ich fragen, wie oft Sie schon hier waren?«

»So hundertelf Mal. Vielleicht.«

»Sie scherzen doch.«

»Nein.«

»Hundertelf Mal?«

»Mindestens.«

»Für eine Einheimische zu wenige, für einen Gast zu viele Überfahrten«, überlegte er. »Arbeiten Sie auf der Insel?«

Als Jugendliche hatte sie sich das gewünscht. Und ihren Plan nie in die Tat umgesetzt. Nicht mal für einen Ferienjob oder ein Praktikum.

»Sie haben auf der Insel gearbeitet«, war er auf einmal überzeugt. »Vor Jahren. Und jetzt wollen Sie sehen, wie sich alles verändert hat.«

Mira verspürte plötzlich Lust, einfach »Ja« zu sagen. Doch er würde immer weiter fragen. Auf Insiderinformationen hoffen. Nach Inselklatsch lechzen. Am Ende würde sie vielleicht sogar mit ihm lachen, ihn sympathisch finden. Sich mit ihm verabreden. Ihn zur Familienfeier am Sonntag einladen. Einfach so. Oder um Anke den Wind aus den Segeln ihrer Erwartungen zu nehmen: Mira kommt ohne Begleitung. Wie immer. Ihre Mutter und ihre Schwester würden den Mann interessant finden, ihn womöglich als ganz passabel einstufen. Sie mit mehrdeutigen Bemerkungen überschütten.

Nein! Nein! Nein!

Bevor Mira wusste, was sie ihm antworten wollte, tönte es aus den Lautsprechern, dass sie in wenigen Minuten Wittdün auf Amrum erreichten. Der Mann sah sich hektisch um. Er nickte ihr rasch zu und eilte davon. Typisch Ersttäter, dachte Mira, der fürchtet, nicht mehr rechtzeitig an sein Gepäck oder zu seinem Auto zu gelangen. Sie schlenderte hinab in den Salon. Kaum jemand saß noch an seinem Platz. Die meisten Gäste drängten sich vor dem Ausgang, obwohl es noch dauerte, bis die Tür geöffnet wurde. Mira wartete, bis sich die Menge in Bewegung setzte. Als eine der Letzten schnappte sie sich ihren Koffer von der Ablage und folgte dem Strom der Urlauber hinaus.

Unten an der Bushaltestelle traf sie auf den nächsten Stau. Sie scherte aus, passierte den verwaisten Taxistand und sah hinüber zu den Kleinbussen der Hotels. Sie kannte keinen der Fahrer. Und aus ihrer Familie hatte sich auch niemand auf den Anleger verirrt. Dabei wussten sie genau, wann Miras Fähre einlief. Sie hätten Paps herschicken können. Doch vermutlich musste der den Garten beackern. Der erste Bus fuhr los, so voll, dass in der Kurve zur Inselstraße nicht mal ein Koffer umkippen konnte. Sollte sie sich erst mal einen Imbiss gönnen oder ein Stück Torte genießen? In den geblümten Polstern, im Wintergarten vom Café Pustekuchen entspannen? Eigentlich verlockend. Und doch spürte Mira Unruhe aufkommen. Ihre Schwester rechnete mit ihrer Hilfe. Sie wartete sicher schon auf sie. Mira zögerte. Doch dann drehte sie sich um und ging zur Haltestelle zurück. Es konnte ja nicht so lange dauern, bis der nächste Bus fuhr.

Von der Endstation aus dann noch ein Stück zu Fuß, bis Ankes Haus weiß unter dem hohen Reetdach hervorstrahlte. Auf dem Friesenwall, der das Grundstück einfasste, blühten blaue Stiefmütterchen. Dahinter schwankte der hölzerne Klapperstorch im Wind. Und mit ihm die Wäscheleine voller Söckchen, Strampelanzüge und Stoffwindeln, die bis zu einem antiken Puppenwagen reichte. Mira wunderte sich darüber, dass die Nachbarn den Willkommensgruß für Mutter und Kind diesmal nicht auf dem Dach montiert hatten. Die Haustür stand weit offen. Ein Eimer mit Seifenwasser blockierte die Schwelle. Mira schlängelte sich daran vorbei in die Diele und stellte ihren Koffer ab.

»Mira-Kind, na endlich!«, rief ihre Mutter aus der Küche. Sie kam ihr mit ausgestreckten Armen entgegen. Obwohl ihre Hände in rosa Gummihandschuhen steckten, ließ Mira sich umarmen.

»Hallo, Mama.«

»Dein Vater ist hinten im Garten. Anke stillt gerade die Kleine. Niels ist arbeiten. Die Jungs sind noch bei ihren Freunden. Willst du was essen?«

»Später vielleicht. Danke, Mama.«

»Ich bin noch mit den Zimmern zugange. Die letzten Gäste sind gestern erst abgereist. Und Anke soll sich mal ein bisschen ausruhen. Dafür sind wir ja jetzt da. Die Kinder halten sie ganz schön auf Trab. Besonders die Kleine. Du musst sie sehen, Mira! So ein süßer Schreihals. Und ganz die Mama!«

Mira nickte.

»Sonst macht Anke immer noch alles alleine«, sprudelte ihre Mutter weiter, »sogar in der Hochsaison!«

Wenn sie meint, dass sie das muss, dachte Mira, sprach es aber nicht aus. Finanziell konnte sich ihre Schwester bestimmt eine Hilfskraft leisten oder sogar zwei. Doch auf die Sorgfalt Fremder zu vertrauen, fiel ihr schwer. Sie stöhnte stets darüber, dass es zu wenig Personal auf der Insel gebe und sie nicht bereit sei, sich mit irgendwelchen Pfuschern von außerhalb herumzuärgern. Ihre Gäste hätten schließlich das Recht auf blitzblanke Apartments. Dazu gehörte für Anke unbedingt, dass es keine Staubflocken in den Schlüssellöchern gab, die Lamellen der Jalousien glänzten, sich kein Schmutz oben auf den Türen sammelte und selbstverständlich nur fettfreie Töpfe und klar gespülte Gläser im Schrank standen. Von fleckenlosen Polstern, Läufern oder Matratzen gar nicht zu reden.

»Du machst dir keine Vorstellung davon, Mira«, sagte ihre Mutter. »Die Decken und die Schonbezüge sind in der Waschmaschine, die Kissen im Trockner. Für zwei Durchgänge mindestens.«

»Super«, lobte Mira.

»Bevor ich euren Vater kennengelernt habe, wollte ich auch ins Vermietergeschäft einsteigen.«

»Du hättest das prima hinbekommen!«, erwiderte Mira, weil sie genau wusste, dass ihre Mutter das hören wollte.

Ihre Mutter winkte ab. »Ist doch nichts bei!«

Die Hintertür flog auf. Miras Vater blieb abrupt im Türrahmen stehen. Er sah auf seine Gartenclogs hinab, dann zu seiner Frau hinüber. Dabei bemerkte er Mira und vergaß, seine Schuhe auszuziehen. Erdklumpen und Grasschnitt markierten seinen Weg. »Wie geht's, wie steht's mit meiner Großen?«

Mira umarmte ihn. »Gut, Paps, und dir?«

»Alles wie immer. Der Rasen wächst, auch wenn man nicht dran zieht.« Er ließ Mira los und sah zu seiner Frau. »Deine

Mutter sorgt schon dafür, dass mir nicht langweilig wird. Ich hol mal den Besen.«

»Wenigstens war ich mit der Diele noch nicht durch«, murmelte Miras Mutter.

»Da geht bestimmt noch was bis Sonntagmittag!« Mira lachte, aber ihre Mutter lachte nicht mit.

»Du willst dich sicher ein bisschen frisch machen, Mira. Komm doch einfach wieder her, wenn du fertig bist.« Damit ließ ihre Mutter sie stehen.

Mira durchquerte die Diele. Vor der Schwelle zum Garten hob sie ihren Koffer an, trug ihn hinaus und weiter, von der Rückseite her auf Ockos Kapitänshaus zu. Die tief hängenden Wolken schienen das hohe Reetdach fast zu berühren. Es ragte über die Hauswand und beschattete die Sprossenfenster. Mira seufzte. Ein Lächeln wollte ihr nicht gelingen, obwohl es sich immer noch wie Heimkommen anfühlte. Sie zog die Schlüssel aus ihrem Rucksack. Den großen für das altertümliche und den glänzenden für das Sicherheitsschloss, an das sich Ocko nicht hatte gewöhnen wollen. Am liebsten hatte er die Haustür einfach offen gelassen, wie früher.

Drinnen schlug Mira abgestandene Kälte entgegen. Hier hatte niemand gelüftet, geputzt oder geheizt, seit sie abgereist war. Irgendwann im letzten Herbst. Nachdem sie alle Formalitäten erledigt hatte, war Mira für ein paar Tage hergekommen, um sich mit Ockos Erbe anzufreunden. Doch es war zu früh gewesen. Diese leblose Stille trieb ihr selbst jetzt noch Tränen in die Augen. Sie stellte Koffer und Rucksack neben Ockos Seekiste ab. Mit der flachen Hand streichelte sie über den rauen, leicht gewölbten Deckel. Für Mira steckte die alte Truhe voller Geschichten. Sie hatte es geliebt, wenn Ocko den schweren Deckel für sie öffnete und davon erzählte, dass diese Seekiste nicht nur ihn, sondern schon seinen Vater und seinen Großvater über die Weltmeere und rund um Kap Hoorn begleitet hatte. Gemeinsam blätterten sie in den Seefahrtbüchern, die er darin aufhob. Sie versuchte die Buchstaben auf den bunten Stempeln zu entziffern, und er las ihr die Einträge in der oft so verschnörkelten Schrift vor. Die erzählten von seiner Ausbildung, der Arbeit und dem Leben an Bord, von einer fremden Welt. Die Ocko für sie zum Leben erweckte. Die sie den Wind und die Wellen spüren ließ und ihr salzigen Geschmack auf die Lippen zauberte. Sie wünschte sich lange, dass sie auch einmal über eine Strickleiter, die an einer steilen Schiffswand pendelte, zu ihm an Bord klettern durfte. Um ihn im Hafen zu besuchen oder sogar mit ihm zu fahren. Aber dazu kam es nicht.

Mira hatte nie gewagt, Ockos Seekiste alleine zu öffnen, obwohl Anke sie mehr als einmal dazu verleiten wollte. Sie konnte sich nicht vorstellen, was die Kleine so spannend daran fand. Vielleicht war es auch nur ein Spiel, das sie herausfordern sollte, und Mira war wieder mal die Spielverderberin gewesen. Inzwischen könnte Anke jederzeit in die Truhe sehen, wenn sie das noch wollte, denn die Zweitschlüssel zu Ockos Haus hingen in ihrer Waschküche.

Mira öffnete alle Fenster. Trübes Licht floss herein. Und der Wind brachte feuchte Luft mit. Metallisches Pochen deutete darauf hin, dass die altersschwache Heizung ansprang. Das würde nicht reichen. Mira lief hinaus zum Schuppen. Sie packte den schweren Riegel und rüttelte daran. Er schrammte über die rohen Holzlatten. Mit Kraft ließ er sich ganz zurückschieben. Die Tür schwang auf, doch Mira zögerte, einzutreten. Denn hier lagerten auch die besonderen Stücke, die Ocko und sie in den letzten Jahrzehnten gesammelt hatten. Für ihr Treibgutmuseum. Schon seit Miras Kindheit hatten sie davon geträumt. Seit Mira diese Scherbe im Spülsaum gefunden hatte. Sie leuchtete weiß und war mit zarten blauen Linien bemalt. Ocko vermutete, dass sie mindestens dreißig oder vierzig Jahre auf dem Meeresboden gelegen hatte, denn die scharfen Kanten waren längst vom Sand abgeschliffen. Es musste eine von den Delfter Fliesen gewesen sein, die die Wände in der guten Stube in einem Kapitänshaus auskleiden sollten. Die einen Großsegler in voller Fahrt zeigten, von dem nur noch ein Stück Tau auf der Scherbe zu sehen war. Fasziniert trug Mira diese Meerkeramik mit sich herum. Nicht nur auf der Insel, sondern auch zu Hause in Hamburg. Bis ihre Mutter sie entdeckte und es einen fürchterlichen Streit gab. Über den unhygienischen Abfall, den Mira offensichtlich sammelte. Den die Mutter keinesfalls im Haus haben wollte. Und Mira das Versprechen abverlangte, ihn wegzuwerfen. Doch Mira hielt die kleine Scherbe versteckt, bis sie sie wieder zurück auf die Insel bringen konnte. Ocko hatte nur den Kopf geschüttelt darüber. Von da an suchten sie nach einem sicheren Ort für ihre Fundstücke.

In den letzten Jahren hatten sie das Museumsprojekt gemeinsam vorangetrieben. Obwohl sie immer wieder mit Gegenwind von den Nachbarn kämpfen mussten. Mira fürchtete, dass die Erinnerungen sie überwältigten, sobald sie den Schuppen betrat. Aber Ocko hatte dort auch das Treibholz, mit dem er heizen wollte, zum Trocknen aufgeschichtet. Also blieb ihr nichts anderes übrig, als hineinzugehen. Die ältesten Stücke lagerten hinten an der Querwand. Mira suchte ein paar handliche Scheite heraus. Ohne sich weiter umzusehen, eilte sie ins Haus zurück und lud das Holz vor dem Kaminofen ab. Den hatte die Familie Ocko zum achtzigsten Geburtstag geschenkt. Dabei war er zuerst der Überzeugung gewesen, sein alter Allesbrenner gehörte noch längst nicht entsorgt. Mira schloss alle Fenster, holte ihre Tageszeitung aus dem Rucksack, zerknüllte ein paar Seiten und steckte sie in den Ofen. Dann schichtete sie einige Holzscheite darüber und öffnete den Abzug. Die Schachtel Streichhölzer, die auf dem Tisch lag, fühlte sich klamm an. In der Küche fand sie ein Feuerzeug, das funktionierte. Im Nu brannte das Papier und entzündete das Holz. Sie schloss den Abzug und sah dem Feuer von Ockos Ohrensessel aus eine Weile zu. Es würde dauern, bis die Wärme in jeden Winkel vorgedrungen war. Neun Monate Kälte steckten in den Mauern und ließen sich nicht so schnell vertreiben. Sie durfte nicht vergessen, Holz nachzulegen, auch wenn sie später zu den anderen hinüberging.

Mira rollte ihren Koffer nach hinten in das kleine Zimmer. Als Kinder hatten Anke und sie hier geschlafen. Es hatte immer Streit um das Bett direkt am Fenster gegeben. Mira sollte als Ältere die erste Wahl haben. Doch die Entscheidung war nie wirklich frei für sie. Denn Anke hatte behauptet, sie könne nur bei offenem Fenster schlafen. Sie würde sonst keine Luft bekommen und ersticken. Manchmal inszenierte sie einen Hustenanfall dazu, den Mira ruhig abwartete, der Ocko aber den Schweiß auf die Stirn trieb. Ob es regnete, hagelte, stürmte oder der Vollmond hereinschien, das Fenster durfte nicht geschlossen werden. Also schlief Mira in dem Bett an der Wand unter zusätzlichen Decken. Später, als sie nur noch allein hier übernachtete, hatte Ocko sie mit einem neuen, breiteren Bett überrascht. Selbst gebaut aus Treibholz, stand es mitten im Zimmer und ließ kein zweites neben sich zu.

Mira kniete sich hin, um ihren Koffer zu öffnen.

»Tante Miraaa!«

Das konnte nur Bendix, Ankes Ältester sein. Mira stand auf und ging ihm entgegen. »Ui, wer ist denn der junge Mann, der mich da besucht? Hm, lass dich mal ansehen.« Mira ging einmal ganz um ihn herum.

Der Junge grinste.

»Nein, das glaube ich nicht! Bist du etwa Benni?«

Er wiegte den Kopf hin und her. »Bendix. Mama sagt, ich heiße Bendix.«

»So, sagt sie das? Und was sagst du?«

»Na ja, manchmal will ich einfach nur Ben heißen.«

»Verstehe.«

»Ehrlich?«

»Ja. Ganz ehrlich.«

Er sah sie mit seinen großen blauen Augen an. Genauso hatte sein Vater Anke und sie angesehen, als sie zum ersten Mal am Strand aufeinandergetroffen waren, mit Eimerchen und Schaufeln. Er musste fünf Jahre alt gewesen sein, genau wie Anke, drei Jahre jünger als ihr ältester Sohn heute.

Die Haustür wurde erneut geöffnet. Der Junge verdrehte die Augen, denn auf der Schwelle stand sein jüngerer Bruder Claas.

»Die Oma fragt, wo ihr so lange bleibt.«

Mira wuschelte zur Begrüßung durch seine blonden Locken. Er lachte. Dabei kam seine Zahnlücke zum Vorschein.

»Oha!« Mira tat erschrocken.

»Kinderkram«, winkte Bendix ab.

Claas stemmte die Hände in die Hüften. »Ich bin kein Kind. Ich bin schon in der ersten Klasse!«

»Aber bei dem Zahn hat er geheult wie das Baby.«

Mira nickte. »Und wenn schon. Heulen darf man immer.«

Sie legte die Arme um beide Jungen und drückte sie an sich. Der Baukasten, den sie für Ankes Söhne gekauft hatte, lag ganz unten im Koffer. Eigentlich sollten die drei ihn erst am Sonntag geschenkt bekommen. Als Entschädigung gewissermaßen, dass sich an dem Tag alles um ihre kleine Schwester drehen würde. Doch Mira hatte plötzlich Lust, die Jungen sofort zu überraschen. »Wartet mal, ich hab was für euch.« Sie ließ die beiden los und wandte sich ihrem Zimmer zu. Bevor sie es erreichte, riss jemand die Haustür auf. Mira drehte sich um. Ihre Mutter mit Ankes jüngstem Sohn Drefs auf dem Arm. Also musste das Geschenk für die Jungen doch noch im Koffer bleiben.

»Wolltest du mir nicht helfen?«, fragte sie und übergab Mira den Vierjährigen. »Die Kleine hast du wohl auch noch nicht gesehen.«

Mira überlegte kurz, ob es so vorwurfsvoll gemeint war, wie es klang.

»Deine Schwester hat sich noch einen Moment hingelegt. Ich will uns jetzt was kochen. Am besten eine kräftige Suppe.

Mit Eierstich. Und reichlich Gemüse. Hilfst du mir beim Schnippeln?«

Bendix lief voraus, und Claas griff sich die Hand seiner Oma. Mira schäkerte mit Drefs. Ihre Mutter drehte sich nach ihr um.

»Und, wie fühlt sich das an für dich?«

»Ganz schön schwer, der Kleine.«

»Das meine ich nicht.«

»Ich weiß, Mama.«

»Kinder sind großartig, Mira. Und Enkel erst, die sind das Allergrößte!«

»Ja, und bald ist es zu spät dafür.« Wie könnte ich das je vergessen, dachte Mira, denn es verging kaum ein Gespräch, in dem ihre Mutter sie nicht daran erinnerte.

Mira hörte die Schritte auf der Treppe als Erste und legte das Messer beiseite. Ihre Mutter zog die Augenbrauen hoch. Doch sie kam nicht mehr dazu, die Möhren einzufordern, die so dringend in die Suppe mussten. Anke betrat die Küche. Sie gähnte und zog den Gürtel ihrer Strickjacke enger.

»Du kannst unmöglich ausgeschlafen haben!« Ihre Mutter legte den Kochlöffel nicht aus der Hand.

»Ach Mama.« Anke ging an ihr vorbei, auf Mira zu. »Hallo, Schwesterherz! Bereit für die große Aufgabe?«

»Gibt es eine bessere Vorbereitung?«, fragte Mira zurück und holte so schwungvoll aus, als wollte sie das ganze Haus mit allen Bewohnern darin umarmen.

»Meine Jungs haben dich nicht genervt?« Sie schien überrascht, dass die drei hinterm Küchentisch auf dem Fußboden saßen und Bauernhof spielten. Mira hatte den Anhänger des Treckers mit einer Möhre beladen und ihre Mutter ausnahmsweise dazu geschwiegen.

»Sag nichts gegen meine Lieblingsneffen!«

Anke legte den Arm um Mira. »Gut, dass du da bist.«

»Ist doch klar!«

»Und, willst du sie mal sehen, unsere Kleine?«

»Schläft sie?«

»Scheint so.«

»Vielleicht lassen wir sie besser erst mal ausschlafen.«

Anke lächelte dankbar.

»Dann wird das ja heute noch was mit den Möhren für die Suppe.«

»Ja, Mama«, sagte Mira.

»Gleich, Mama«, sagte Anke.

Die Schwestern grinsten sich an. Ihre Mutter wandte sich wieder dem Kochtopf zu.

Niels kam von der Arbeit, als der Tisch schon gedeckt war. Er küsste seine Frau, begrüßte seine Schwägerin und seine Schwiegermutter, herzte die Jungs und klopfte seinem Schwiegervater auf die Schulter. »Kaum wiederzuerkennen, unser Garten!« Bevor er nach seinem Töchterchen fragen konnte, klingelte sein Handy. »Sorry, ich bin auf Abruf.« Er zog sich in den Flur zurück.

Anke winkte ab. »Kommt wieder ein Feriengast nicht klar mit dem Geschirrspüler, dem Herd, der Fernbedienung.«

»Und was ist mit dem Essen?« Ihre Mutter klang empört.

Niels sah noch einmal zur Küchentür herein. »Bin gleich zurück. Scheint nur ’ne Sicherung rausgesprungen zu sein.«

»Wie du das bloß aushältst …«

»Das ist sein Job, Mama!«

»Ich denke, er ist der Chef?«

»Juniorchef.«

»Na, hoffentlich muss er nicht auch noch am Sonntag los.«

»Da haben sie den Gesellen verpflichtet«, erwiderte Anke und fragte: »Wollt ihr schon anfangen zu essen?«

»Wir warten«, meldete sich ihr Vater zu Wort.

»Wenn das nicht zu spät wird für die Jungs?«

»Schon okay, Mama.«

Als endlich alle ihre Suppe auf dem Teller hatten, weinte das Baby. Anke und Niels sprangen gleichzeitig auf.

»Ich sehe nach ihr«, sagte Anke.

Niels setzte sich wieder hin.

»Ich komme mit.« Mira folgte ihrer Schwester hinaus und schloss die Küchentür hinter sich.

»Lange kein Essen mehr mit der Familie erlebt, was?«

»Ich wusste doch, irgendwas fehlt mir …«

»… nur wusstest du nicht, was«, ergänzte Anke.

»Ganz genau!«

Kichernd stiegen sie die Treppe hinauf. Anke nahm ihr Töchterchen aus dem Bett und streichelte ihm die Wange. »Schau mal, meine Kleine, deine Tante Mira ist da. Extra für dich. Da willst du dich doch von deiner besten Seite zeigen, was?« Damit legte sie das Baby in Miras Arm. Es hörte sofort auf zu weinen.

Mira spürte die Wärme, die von dem Baby ausging, die Bewegung, das Leben. Hoffentlich enttäusche ich dich nicht, dachte sie. Sie hielt ihm den Finger hin, und es griff danach und klammerte sich fest. Mira strahlte die Kleine an.

»Ich sehe schon, ihr seid ein Herz und eine Seele. Dann lass ich euch mal allein!«

»Stürz du dich ruhig auf Mamas Eintopf. Wir beide kommen zurecht«, sagte Mira.

Anke verließ das Kinderzimmer, drehte sich jedoch noch einmal um. »Wir nennen sie übrigens nach Niels' Urgroßmüttern. Aber als Rufnamen sind wir bei Elin geblieben. Ich finde, sie leuchtet. So als ob sie schon weiß, was ihr Name bedeutet.«

»Das habt ihr genau richtig ausgesucht«, sagte Mira, ohne den Blick von der Kleinen abzuwenden, »da bin ich mir sicher.«

Auch nachdem sie später die Tür zu Ockos Haus hinter sich geschlossen hatte, brandete der Lärm des Tages wie auslaufende Wellen in ihren Ohren. Kurz vor Mitternacht. Das Feuer im Ofen war längst zu Asche verglüht. Mira scheute sich, das Licht einzuschalten, tauchte durch die dunkle Kälte in ihr Zimmer. Sie tastete nach ihrem Koffer, nahm den Schlafsack heraus und rollte ihn auf dem Bett aus. Wenig später schlüpfte sie hinein und zog den Reißverschluss bis obenhin zu. Kapuze und Wärmekragen schenkten ihr die Ahnung einer Zuflucht. Mehr würde es nicht geben.

Ihre Mutter und Anke hatten dieses Mal noch akribischer geplant als für die Taufen der Jungen. Mira hatte sich kaum vorstellen können, dass das möglich war. Doch die beiden mussten sich monatelang über die farbliche Abstimmung von Tischkarten, Blumengestecken, Kerzen und Servietten die Köpfe zerbrochen haben. Von der Sitzordnung gar nicht zu reden. Vermutlich hatten sie sogar mehrere Varianten ausprobiert, weitere Anregungen in Zeitschriften gesucht und ihre Männer mit der Abstimmung über die Alternativen gequält. Da Ankes Schwiegermutter mit gestärkten Tischdecken und ihrem besten Porzellan aushalf, musste die Dekoration auch dazu passen. Und womöglich sogar zu Elins Taufkleid. Im Wohnzimmer stapelten sich Kartons, Tüten und Waschkörbe mit Zubehör. Das Ausmaß ließ Mira vermuten, dass es immer noch Zweifel gab. Die Kaffeetafel sollte im Garten aufgebaut werden. Bestimmt versteckte sich auch irgendwo ein riesiges Zelt, falls die Feier im letzten Moment noch wetterfest gemacht werden musste. Bisher weigerte sich die Sonne, zu scheinen.

Die Kuchen und Torten sollten natürlich aus der eigenen Küche kommen. Obwohl die Zutatenliste Mira schon so lang erschien, als würde sie bis nach Wittdün zum Anleger reichen, quälte sich ihre Mutter immer noch mit der Frage, ob es genug für alle geben würde.

Mira blätterte die Rezepte durch. »Sieht aus, als ob du Café Schult Konkurrenz machen willst.«

»Musst du immer so übertreiben, Kind?«

»Du wirst am Montag ganz Norddorf mit Kuchen und Torte von deinem Buffet beglücken können!«

»Wir sind immerhin dreiundzwanzig Personen.«

»Aber nur vierzehn Erwachsene.«

»Essen die Kinder etwa keinen Kuchen?«

»Das Baby sicher nicht.«

»Als ob es darauf ankommt. Anke meint übrigens auch, dass keiner hungrig nach Hause gehen soll.«

»Das sieht nicht nach Hunger aus, sondern eher nach Zuckerschock«, fand Mira.

»Am besten, du fährst mit Ankes Kombi zum Einkaufen und klappst die Rückbank um.«

»Wenn du meinst, Mama.«

»Und bleib nicht den halben Tag weg!«

Mira kontrollierte die Einkaufsliste ein letztes Mal. Alles abgehakt. Dann schlug sie die Kofferraumklappe des Kombis zu. Vor dem Supermarkt parkten Autos aus verschiedenen Winkeln Deutschlands, eins sogar aus der Schweiz. Die Vorsaison ließ sich gut an. Zu Pfingsten würde es kaum ein freies Bett auf der Insel geben. Mira stieg in den Wagen und fuhr doch nicht los. Sie hatte niemanden getroffen. Weder drinnen zwischen den Regalen noch in der Schlange vor der Kasse oder draußen auf dem Parkplatz. Keiner der Kunden, Ladenhilfen, Kassiererinnen kam ihr bekannt vor. Nichts als das knappe »Moin«, das jedem zuteilwurde. Kein Gespräch. Mit Ocko wäre ihr das nie passiert. Er traf immer jemanden, der Neuigkeiten weitertrug, Geschichten aufwärmte und nach Mira, der jungen Frau an seiner Seite, fragte. Es gehörte dazu, dass sie auch angesprochen wurde, wenn sie tatsächlich mal allein unterwegs war. Seit Ockos Beerdigung schienen alle Gespräche verstummt.

Sie startete den Wagen. Offensichtlich verleitete heute nicht mal das heimische Autokennzeichen irgendjemanden zu einem zweiten Blick auf die Fahrerin. Mira überlegte, ob die Insulaner nur im November sie selbst waren und im Januar, wenn kaum Touristen anreisten. Versteckten sie sich sonst hinter ihrer Geschäftigkeit? Und fanden sie sich wieder, wenn der Trubel abebbte? Hielten sie das überhaupt aus? So ganz unter sich? Oder ging es dann auch nur ums Reparieren und Funktionieren?

»Wenn ich groß bin, ziehe ich zu Ocko auf die Insel!«, hatte Mira immer gesagt und es doch nicht getan. Stattdessen lebte Anke hier. Seit mehr als fünfzehn Jahren. Sie würde sicher in so manches Gespräch verwickelt werden beim Einkaufen. Über ihre Kinder, ihren Mann oder die Buchungslage. Über ihre Schwiegereltern, das Geschäft, den Neubau. Und sie würde wissen, was sie zu antworten hatte und zu fragen.

Mira parkte das Auto vor dem Friesenwall und öffnete den Kofferraum. Sie lud sich das Gebinde mit den Mehltüten auf und schleppte es durch den Vorgarten, vorbei an dem schwankenden Klapperstorch. Niemand kam aus dem Haus gelaufen, um ihr zu helfen. Sie versuchte, die Tür mit dem Ellenbogen zu öffnen, doch die war verschlossen. Der feuchte Rasen verbot es ihr, die Last einfach abzustellen. Sie hastete um das Haus herum. Nur nicht fallen lassen, das Mehl, das zu all den Kuchen und Torten werden sollte. Wenigstens war die Hintertür unverschlossen.

»Hallo, hört mich jemand?«, pustete Mira.

Keine Antwort.

Sie erreichte die Küche, setzte das Mehl ab und ließ sich auf den nächsten Stuhl fallen.

Langsam kam Mira wieder zu Atem. Nirgends lag ein Zettel mit einer Nachricht für sie. Das sah ihrer Mutter gar nicht ähnlich. Das Haus war leer, geradezu verlassen. Hatte Mira überhört, dass es einen wichtigen Termin gab? Oder waren ihre Eltern mit Anke und dem Baby spontan aufgebrochen? Unwahrscheinlich. Sie könnte ihnen hinterhertelefonieren. Aber wozu? Bis sie zurückkamen, hatte Mira das Auto allein ausgeladen, auch wenn der Großeinkauf nun noch durch den Garten transportiert werden musste.

Zwanzig Minuten später sah Mira auf das Warenlager, das sie in die Küche geschafft hatte. Darauf eine Tasse Kaffee! Oder sollte sie besser gleich eine ganze Kanne aufsetzen? Sie öffnete die Schranktür auf der Suche nach Filtertüten. Dabei fiel ihr Blick auf eine schimmernde Blechdose. Sie hob sie mit beiden Händen heraus. Rote und gelbe Schmetterlinge schwebten übers Blau. Ihre Finger spürten die Delle am Deckelrand. Kein Zweifel: Klärchens Keksdose. Niels' Großmutter hatte immer darauf gewartet, dass die Kinder nach ihren Streifzügen zu ihr ins Haus kamen, und sie mit Kakao und Friesenwaffeln verwöhnt. Hauchdünn und knusprig. Selbst gebacken in einem uralten Eisen. Mira weigerte sich, die Dose zu öffnen. Sie wusste, sie würde Butterkekse aus dem Supermarkt darin finden. Das Eisen für die Friesenwaffeln war vermutlich in dem riesigen Container gelandet. Entrümpeln hatte Anke das genannt, als sie mit Niels und ihrem ersten Kind in Klärchens Haus ziehen durfte und Klärchen dafür die kleine Einliegerwohnung bei Niels' Eltern bekam. Alle Zimmer sollten hell und modern werden. Was Anke nicht für schnörkellos und pflegeleicht hielt, fiel in die Kategorie Gerümpel und gehörte entsorgt. Ocko hatte seine Hilfe angeboten und versucht, ein paar Stücke für Klärchen zu retten. Doch über eine alte Kaffeemühle, ein Walkbrett und das Spinnrad war er nicht hinausgekommen. Niels und seine jungen Helfer waren schneller gewesen. Mira fragte sich, warum ausgerechnet diese Keksdose die Aktion überlebt hatte. Ob Klärchen darin Proviant für die fleißigen Arbeiter bereitgestellt hatte, oder ob Anke sich an die Leckereien erinnerte, die Niels' Oma ihnen früher daraus angeboten hatte?

Woran möchte sich Anke überhaupt erinnern aus ihren ersten Ferienjahren bei ihrem Patenonkel? Mira hatte nie mit ih rer Schwester darüber gesprochen. Wie selbstverständlich nahm sie an, dass sich ihre Erinnerungen ähnelten. Völlig überein stimmten sie nicht. Das wusste sie, seit Anke ihr gestanden hatte, dass sie in Niels verliebt war. Sie musste damals zwölf Jahre alt gewesen sein. Für Mira war Niels immer so etwas wie der kleine Bruder von der Insel gewesen. Bis zu diesem tränenreichen Nachmittag auf der Fähre.

Zum ersten Mal freute sich Anke nicht auf ihre Freundinnen zu Hause in Hamburg.

»Du hast keine Ahnung, wie sich das anfühlt«, schluchzte sie.

Insgeheim musste Mira ihr recht geben. »Wenn er dich auch so toll findet, dann fiebert er schon unseren nächsten Ferien entgegen.« Sie reichte ihrer Schwester ein Taschentuch.

»Aber die Ziege aus der Töpferei ist doch hinter ihm her!«

»Na und?«

»Jetzt bin ich weg, und sie hat freie Bahn!«

»Aber nur, wenn Niels das zulässt.«

Anke überlegte. Dann nestelte sie eine Kette unter ihrem Pullover hervor. »Die hat Niels für mich gemacht.« Sie wollte nicht, dass Mira das gute Stück berührte. Muschelschalen wie aus Porzellan, auf haarfeinen Kunststofffaden aus einem Geisternetz aufgezogen.

»Ui!« war alles, was Mira dazu sagen konnte.

»Ich hab ihm mein Zopfgummi dagelassen. Den aus Samt.«

Mira nickte. »Die andere hat keine Chance.«

»Wirklich?«

»Ganz wirklich!«

»Aber nichts Mama sagen!«

»Versprochen.«

Anfangs hatte Mira sich Niels kaum als Ankes Freund vorstellen können. Inzwischen fragte sie sich, ob Anke überhaupt noch wusste, dass sie in den ersten Jahren immer zu dritt unterwegs gewesen waren, als Piraten, als Deichgrafen oder um vergrabene Schätze aufzuspüren und Angespültes einzusammeln. Und natürlich waren sie auch gemeinsam bei Niels' Oma Klärchen eingekehrt und hatten sich von ihr verwöhnen lassen. Was auch immer Mira sich in den zehn Jahren, bis Anke zu ihm auf die Insel zog, über Niels anhören musste, es passte selten zu dem Bild, das sie selbst sich von ihm gemacht hatte: Niels, der stille Junge, der seinen eigenen Weg ging, der sich weder von seinem großen Bruder noch von seinen Schulfreunden vereinnahmen ließ. Der sich nichts daraus machte, wenn sie über ihn lachten. Der alle Schleichwege der Insel kannte, mehr über die Tiere und Pflanzen am Watt wusste als seine Lehrer, der einfach alles, was er hörte, wie ein Schwamm aufsog. Von dem Mira dachte, er würde später einmal Naturforscher werden und nicht in die Firma seines Vaters einsteigen, wie es eigentlich für seinen Bruder vorgesehen war.

Mira setzte die Kaffeemaschine in Gang. Von der Keksdose abgesehen, erinnerte hier nichts mehr an Klärchens Küche. Mira war sie immer behaglich vorgekommen, Anke fand sie wohl eher düster und altbacken. Dabei musste das Haus zuvor schon unzählige Male umgebaut worden sein. Es gab längst Gästezimmer statt Alkovenbetten, eine Heizung ersetzte den gusseisernen Bilegger-Ofen und Tapete die Delfter Fliesen an den Wänden in der guten Stube. Sie hatte Klärchen nie gefragt, wie lange sie schon in dem Haus wohnte und ob es womöglich seit Jahrhunderten in Familienbesitz war. Hier prangten keine schmiedeeisernen Zahlen unter dem Giebel an der Fassade, die preisgaben, wann es gebaut worden war. Immerhin wusste Mira, dass es als eins der wenigen Reetdachhäuser in Norddorf den großen Brand von 1925 unbeschadet überstanden hatte.

Mira sah durch das Küchenfenster in den Vorgarten hinaus. Der Wind zauste an den Stiefmütterchen auf dem Friesenwall. Was wusste sie von Ankes Alltag? Und was wusste Anke von ihrem?

Drei Tassen Kaffee später fiel Mira ein, dass sie ganz gegen ihre Gewohnheit diesmal noch gar nicht durch die Dünen und zum Strand gegangen war. Zuerst, zuallererst das Meer sehen, hören, riechen. Oder dem Watt lauschen. Egal, wie spät es bei ihrer Ankunft war. Ob der Mond schien oder Wolken den Himmel verfinsterten. Ob es schneite oder die Sonne brannte, Mira zog es hinaus. Sie fühlte sich erst angekommen, wenn sie den Spülsaum sah, wenn sie spürte, wie der Wind den Flugsand über den Strand trieb, und die Muschelschalen unter ihren Sohlen knackten. Wieso saß sie in Ankes Küche und starrte auf den Grund ihrer Kaffeetasse? Worauf wartete sie? Die anderen kamen auch ohne sie zurecht, wie sie gerade mal wieder bewiesen. Sie schlug die Hintertür zu und durchquerte den Garten.

»Mira! Wir sind wieder da!«

Sie blieb abrupt stehen.

»Hilf doch mal Anke mit dem Kinderwagen!« Eindeutig die Stimme ihrer Mutter.

Mira drehte sich um. Ihre Eltern passierten gerade, beladen mit Taschen und Tüten, den Friesenwall. Sie schluckte. Dann ging sie ihnen entgegen.

»Gitte hat uns schon mal die Milchkännchen und Zuckerdosen mitgegeben.« Sie kamen also von Ankes Schwiegereltern. »Und die Tischtücher. Wahnsinn, dieses alte Leinen! Und die Anzüge für die Jungen sind auch fertig.«

Mira nahm die Pakete vom Kinderwagen und folgte Anke und ihren Eltern durch den Vorgarten. Ihr Vater schloss die Haustür auf.

»Danke übrigens, dass ihr mich ausgesperrt habt.«

»Die Hintertür ist immer offen«, sagte Anke nebenbei. »Wir waren nur kurz bei Gitte, und eigentlich solltest du mit, wegen der Kleiderprobe.«

»Du hast mich zum Einkaufen geschickt, schon vergessen?«

»Das musste ja sein.«

»Gern geschehen! Und quer durch den Garten hab ich das ganze Zeug auch noch geschleppt!«

»Aber warum denn? Die Vordertür lässt sich doch von innen öffnen, ganz ohne Schlüssel.«

»Na danke.« Mira ließ sie stehen und war schon wieder zur Hintertür hinaus. Doch ihre Mutter blieb ihr auf den Fersen.

»Wo willst du denn hin?«

»Ich brauche frische Luft.«

»Nichts da! Wir wollen erst mal sehen, was du zum Anziehen mitgebracht hast für Sonntag.«

»Muss das unbedingt jetzt sein?«

»Ja.«

Mira atmete tief durch.

»Vielleicht ist noch was zu ändern.«

»Zu Hause hat alles gepasst«, erwiderte Mira, obwohl sie genau wusste, dass ihre Mutter weder von Abnähern noch vom Saumauslassen sprach. Sie hatte vorsichtshalber den dunkelblauen Hosenanzug zusätzlich eingepackt und das sandfarbene Leinenkostüm, falls sich das muschelzart schimmernde Kleid mit dem weit schwingenden Zipfelrock, das sie eigentlich anziehen wollte, nicht durchsetzen ließ.

Das kann doch nicht wahr sein, dachte Mira in den folgenden Stunden immer wieder, bis Samstagabend endlich alle Torten in den Kühlschränken der Gästeapartments untergebracht waren und alle Besucher von außerhalb den Weg zu Anke und Niels oder zum Haus der Schwiegereltern gefunden hatten. Beladen mit jeder Menge Anweisungen, wann sie sich für die Vorbereitungen zum großen Familienfrühstück einfinden sollte, zog sich Mira früh zurück. Sie sah ihrer Mutter an, wie sehr ihr das missfiel. Vermutlich fürchtete sie, die Runde in Ankes guter Stube löste sich gleich mit auf und Niels' Verwandtschaft würde sich womöglich nicht willkommen fühlen. Doch Mira war zu erschöpft für weitere Kompromisse. Vom Garten aus sah sie noch einen Moment lang zu, wie ihr Vater in der hell erleuchteten Stube Aquavit ausschenkte und ihre Mutter Schnittchen herumreichte. Gesprächsfetzen und Lachen sickerten durch die festgehakten Fenster nach draußen. Der Wind verschluckte die Geräusche fast, bis sie bei Mira ankamen.

Sie verschwand in Ockos Haus, heizte den Ofen an und kam doch nicht zur Ruhe. Es zog sie hinaus, in die Dämmerung, den Dünenpfad hinauf. Gegen den Wind. Gegen den losen Sand, der unter ihren Füßen wegrutschte. Außer Atem erreichte sie den Kamm. Sie blieb stehen, bis sich ihr Herzschlag beruhigte und sie das Meer weit unten flüstern hörte. Dann lief sie mit langen Schritten hinab, dem auflaufenden Wasser entgegen. Der Wind krönte die Wellen mit Gischt. Sie wuchsen über sich hinaus, überschlugen sich an der Sandbank. Rauschten schäumend weiter, auf eine Gruppe Möwen zu. Die flogen auf, segelten ein Stück weit und landeten wieder. Es hörte sich an, als lachten sie darüber, dass die Sandbank bald überspült wäre.

Mira blieb stehen und schloss die Augen. Sie spürte die Böen und versuchte sich nicht dagegenzustemmen. Ocko hatte ihr einst erklärt, dass sie den Wind durch sich hindurchlassen müsse. Damit sie eins werden könne mit dieser Kraft, mit dieser Energie, für die es nur wenige Hindernisse gab. Sicher hatte er ihr auch eine Geschichte dazu erzählt, nur wollte sie ihr einfach nicht einfallen. Zu übermächtig die Stimmen, die eigentlich in Ankes Haus zurückbleiben sollten und die Mira doch nicht losließen. Diese Planung bis ins Kleinste, dieser Anspruch, die perfekte Feier zu veranstalten, kam ihr wie ein endloser Vorwurf vor. »Siehst du, so macht man das. So und nicht anders!«, schienen sie zu rufen. Die Eiferer nickten sich zu. Kein anderer Vorschlag willkommen. Schon gar nicht von jemandem wie ihr, die nicht mitreden konnte, wenn es um Familie ging und um Traditionen.

»Hey, ich war auch dabei«, hätte sie manchmal gern dazwischengerufen, »schon vergessen?« Doch sie tat es nie. Offensichtlich interessierte sich niemand für das, was sie beitrug zum Gelingen all der runden Geburtstage, der Verlobung, dem

Polterabend, der Hochzeit von Anke und Niels, den Taufen der Jungen und was sie auch morgen wieder geben würde, ganz selbstverständlich.

Sie wandte sich dem Wind zu. Wenn er durch sie hindurchfuhr, dann würde er die Stimmen mitnehmen, vor sich hertreiben und wie den Schaum im Spülsaum zerfetzen.

Ein letzter Blick auf das duftige Kleid mit dem schwingenden Zipfelrock, dann schloss Mira den Schrank. Sie strich über die Revers ihres sandfarbenen Leinenkostüms. Die goldbraun schimmernde, fast tropfenförmige Brosche lag noch auf dem Nachttisch. Seit sie wusste, dass Anke das Baby selbst über das Taufbecken halten wollte, konnte sie die Nadel ohne Bedenken anstecken. Niemand ahnte, dass es sich dabei um eine Austernschale handelte, geschliffen von Meer und Sand, die unter Klarlack glänzte. Die Ocko und sie gemeinsam am Strand gefunden und zu der Brosche veredelt hatten. Im Spiegel kam Mira sich fremd vor, irgendwie verkleidet. Nur ein paar Haarsträhnchen kräuselten sich an den Schläfen und im Nacken, wie vom Wind aus der Frisur gelöst. Und wehe, ihre Mutter strich sie ihr hinters Ohr.

Keine Stunde zuvor hatte Mira noch die Reste vom großen Familienfrühstück drüben in der Küche verstaut, den Geschirrspüler beladen, die Kaffeekannen ausgespült, die Gläser für den Sektempfang auf die Tabletts verteilt und kontrolliert, ob auch der alkoholfreie im Kühlschrank stand. Jetzt sah sie nicht mehr aus wie die Küchenfee. Pumps und passende Handtasche komplettierten das Bild. So musste sie jeder für die Idealbesetzung einer Patentante halten. Außer sie sich selbst. Rasch griff Mira nach dem Geschenk für die Jungen und dem Päckchen für Elin. Sie verließ das Haus, ehe ihre Zweifel sie überfluteten.

Ihr Vater stand auf der Terrasse. Er sah in den Himmel, der immer noch wolkenverhangen war.

»Ich denke, du hast Sonnenschein bestellt für unsere Kleine«, sagte Mira.

»Ist unterwegs!«

»Wer ist unterwegs?« Niels gesellte sich zu ihnen.

»Unsere Frauen. Sie sind vorhin schon los zu deiner Mutter.«

Niels runzelte die Stirn. »Hab ich was verpasst?«

»Hat er was verpasst?«, fragte Miras Vater sie.

»Wie sagst du immer so schön, Paps? Der Rasen wächst auch, wenn man nicht dran zieht.«

Er legte den Arm um Mira. »Wir treffen uns vor der Kirche, hat deine Mutter gesagt.«

Niels sah auf seine Armbanduhr. Dann zum grünen Zifferblatt der Kirchturmuhr hinauf. Zum siebenten Mal. Drefs schmiegte sich an seinen Großvater, während seine Brüder mit ihren Cousins über den Parkplatz rannten.

»Wenn ihr schon reingehen wollt«, sagte Niels zu seinem Bruder und deutete auf die offene Kirchentür.

»Vierzehn Uhr, hast du gesagt?«, vergewisserte sich Jon.

Niels nickte.

»Und das wissen sie auch«, ergänzte Miras Vater.

»Na dann.« Jon sammelte die Kinder ein und sorgte dafür, dass sich die Familie langsam auf die Kirche zubewegte. Nur Mira und Niels blieben auf dem Parkplatz stehen.

»Wann sind sie denn zu deiner Mutter gegangen?«

»Ist fast drei Stunden her, sagt dein Vater.«

Vier Minuten bevor die Kirchturmuhr von Sankt Clemens schlug, fuhr der Wagen vor. Niels riss die Tür auf. Er nahm Anke das weinende Baby ab und beruhigte es. Seine Mutter befreite Klärchen vom Sicherheitsgurt, half ihr aus dem Auto und sorgte dafür, dass sie ihren feuerroten Lieblingsschal nicht vergaß, ohne den sie nirgendwohin ging. Miras Mutter folgte. Dann stieg Anke aus. Silbriges Klingen begleitete jede ihrer Bewegungen. Mira wich zurück. Anke trug die friesische Tracht. Schwarz, von der Schürze abgesehen. Die Haube mit dem Fransentuch wie eine Krone auf dem Kopf. Traditioneller Silberschmuck klimperte am Mieder: kugelige Knöpfe, Ketten, das fein ziselierte Schild mit Medaillon und Anhängern an den Hakengliedern. Stolz und Erbstück der einheimischen Frauen. Die Tracht musste Niels' Mutter gehören. Oder seiner Großmutter. Klärchen war sicher nicht immer so spindeldürr gewesen.

»Hab ich gut gemacht! Hab ich gut gemacht!«, juchzte Klärchen da auch schon.

»Das hat sie«, murmelte Miras Mutter. »Ist eine Wissenschaft für sich, das anzuziehen. Und ohne Hilfe aussichtslos. Allein das Fransending so zu legen.«

Mira hatte die Inselmädchen stets beneidet um dieses Erbe. Nahezu atemlos hatte sie zugehört, wenn sie davon berichteten, wie sie zum ersten Mal mit der Festtagstracht angekleidet wurden. Anke dagegen hatte es albern genannt. Heute sah sie es anscheinend anders. Ihr Töchterchen begann wieder zu weinen, sobald Niels es seiner Frau in den Arm legte. Anke schaffte es nicht, die Kleine zu beruhigen. Mira kam es so vor, als ob Elin umso lauter schrie, je näher ihre Mutter ihr kam. Ob Anke dieses Gefühl teilte? Dann fingen die Kirchenglocken an zu läuten.

Niels' Mutter nahm Klärchen an die Hand und nickte Ankes Mutter zu. Die drei gingen auf die weiße Kirche mit dem Reetdach zu. Das Baby in seinem Taufkleid aus alter Spitze, das diesmal mit rosa Schleifchen garniert war, strampelte heftig. Es sah aus, als würde es nach seiner Mutter treten und gegen die Silberknöpfe boxen.

»Wir müssen reingehen«, sagte Niels.

Anke nickte. Die schwarzen Fransen schaukelten dazu. Sie kam auf Mira zu. »Vielleicht nimmst du sie doch besser.«

Mira streichelte die Wange der Kleinen. Sie war rot und

heiß. Mira nahm ihrer Schwester das Baby ab. Bis sie die Kirche betraten, hatte es sich beruhigt.

Mira ließ das kleine Bündel in ihren Armen nicht aus den Augen. Die Lieder, die Predigt der Pastorin, die Fürbitten klangen wie aus weiter Ferne zu ihr. Das Glaubensbekenntnis, als formten es ihre Lippen von allein. Dann sah sie Niels' Bruder Jon mit der Taufkerze neben sich stehen und mit ihr, Anke und Niels gemeinsam versprechen, das Kind in Liebe und Glauben zu begleiten. Sie hörte Niels den Namen seiner Tochter sagen: »Elin Gantje Hinriette.« Mira schwitzte, obwohl es kühl in der Kirche war. Sie hielt die Kleine über den Taufstein. Die Pastorin schöpfte im Namen des Vaters, des Sohnes und des Heiligen Geistes Weihwasser auf die Stirn des Babys. Elin gluckste, weinte aber nicht. Die Pastorin lächelte. Anke zündete die Taufkerze an. Danach segnete die Pastorin Eltern und Paten. Mira stieß mit dem Unterarm gegen das Taufbecken. Die Berührung mit dem Granit traf sie wie eine eiskalte Welle. Und plötzlich fragte sich Mira, wo sie selbst getauft worden war.

Direkt vor der Kirche wartete der Fotograf. Gab es Bilder von ihrer eigenen Taufe? Mira konnte sich nicht erinnern, je eins gesehen zu haben. Ihre Mutter verfügte, dass gleich nach den Aufnahmen mit der ganzen Familie die Einzelporträts der Paten mit dem Baby an der Reihe waren. Zuerst mit Mira, denn sie sollte so schnell wie möglich zurückfahren, um den Sektempfang vorzubereiten.

Die Sonne hatte sich endlich gegen die Wolken durchgesetzt, und Mira konnte ohne Bedenken die Kaffeetafel im Garten eindecken. Eine knappe Dreiviertelstunde später fuhr die Familie vor. Zeit, die Gläser zu füllen. Anke bekam ihren alkoholfreien Sekt mit einer rosa Schleife markiert. Mira reichte die Tabletts herum. Ihr Vater richtete ein paar Worte an die Gäste und erhob sein Glas auf seine erste Enkeltochter. Mira nippte an ihrem Sekt. Bevor Niels' Vater zu einer Rede ausholte, zog sie sich in die Küche zurück. Sie setzte die Kaffeemaschinen in Gang. Draußen wurde gelacht. Danach prostete Niels' Bruder Jon dem Baby zu. Mira schaffte die Torten aus den Kühlschränken aufs Buffet hinaus. Anke thronte in einem Sessel, nahm die Geschenke der Gäste entgegen, packte sie aus, bedankte sich und übergab sie ihrer Mutter. Die drapierte sie auf dem Gabentisch. Die kleine Elin lag friedlich in ihrer Wiege, die Niels und sein Cousin auf die Terrasse getragen hatten.

Als endlich alle bei Kaffee und Kuchen an der Tafel saßen, streifte Mira heimlich ihre Schuhe unterm Tisch ab.

Was für ein Tag, dachte sie. Die Kleine würde sich nicht an ihre Taufe erinnern. Elin blieben die Fotos. Die Geschenke. Und das, was ihre Eltern, ihre Großeltern, ihre Paten ihr davon erzählten. Woran würde sich Mira erinnern, wenn Elin sie später nach diesem Tag fragte? An Ankes Auftritt in der Tracht? Und daran, dass die Kleine ihre Mutter so nicht erkannte, ja Angst vor ihr hatte? An Elins Großmütter, die sich in Perfektion gegenseitig übertreffen wollten? An Urgroßmutter Klärchen, deren Tracht Elin dann zu ihrer Konfirmation das erste Mal würde tragen dürfen? Oder an ihre eigenen Zweifel? Könnte Mira ihre Patentochter teilhaben lassen an dem, was sie heute bewegte? Was sie sich nicht erklären konnte? Dieses Rumoren, das ihr bedingungsloses Ja immer wieder untergrub. Diffus, aber mächtig. Besonders wenn sie es verdrängen wollte. Würde sie mit Elin darüber sprechen können, ohne dass das Mädchen sich verletzt fühlte? Würde sie der Kleinen eine Zuflucht bieten können, so wie es Ocko für Mira getan hatte?

»Also, vor Ankes Geburt habe ich mir geschworen«, riss die Stimme der Mutter Mira aus ihren Gedanken, »ich bleibe in der Nähe vom Krankenhaus.«

Mira unterdrückte den Impuls aufzuspringen. Sie wusste, welche Geschichte ihre Mutter gleich auspacken würde. Mira angelte mit den Zehen nach ihren Schuhen. Die Frauen wandten sich ihrer Mutter zu.

»Bei Mira – eigentlich war ihre Zeit ja noch gar nicht gekommen«, fuhr ihre Mutter fort, »und ich sollte mich hier bei Ocko ein bisschen erholen von unserem Umzug.«

Mira schlüpfte in den linken Schuh.

Miras Mutter seufzte. »Das war wohl alles ein bisschen zu viel für mich.«

Niels' Schwägerin und Niels' Mutter nickten ihr zu.

»Es war ein herrlicher Tag. So sonnig. Ich war lange am Strand spazieren. Vielleicht zu lange.«

»Jeija, das Meer nimmt, das Meer gibt«, warf Klärchen ein.

»Und abends kam dann dieses Ziehen.«

Miras rechter Schuh schien außer Reichweite.

»Ich habe das erst nicht weiter beachtet.«

Mira setzte ihren Stuhl ein Stückchen zurück.

»Aber dann …« Ihre Mutter blickte in die Runde. »Ich dachte, es zerreißt mich.«

Es schien, als würden alle anderen am Tisch die Luft anhalten.

»Ocko hat die Inselhebamme gerufen. Ich wollte das eigentlich gar nicht, aber er hat darauf bestanden.«

Mira atmete tief durch. Dann erreichte sie endlich ihren rechten Schuh.

»Sie hat gleich gesehen, was los war, und den Rettungskreuzer alarmiert!«

»Ja, Frauke hatte immer alles im Griff«, bemerkte Niels' Mutter. »Und dabei war sie die Ruhe selbst.«

»Zum Glück! Denn ich wollte absolut nicht auf dieses schwankende Schiff mit all den fremden Männern an Bord!«

»Jeija, das Meer nimmt, das Meer gibt«, unterbrach Klärchen erneut. Doch Miras Mutter und die anderen Frauen am Tisch beachteten sie nicht.

»Ich wollte mein Baby in Hamburg bekommen. In der Klinik bei uns um die Ecke. Ich wollte nicht, dass es hier und jetzt losging. Ich …«

Mira sprang auf und eilte auf das Haus zu.

»Doch es ging los. Unaufhaltsam«, hörte sie ihre Mutter noch sagen.

Mira schloss die Tür hinter sich und lehnte sich dagegen. Sie kannte jedes Detail der Geschichte von ihrer Geburt auf dem Rettungskreuzer. Mindestens einmal im Jahr, auf jeden Fall an ihrem Geburtstag, erzählte ihre Mutter wieder davon. Egal, wer außer Mira noch dabei war. Sie schilderte unbeirrt, wie sie gelitten und sich geschworen hatte: nie wieder! Dann kam es Mira immer so vor, als ob sie das Vibrieren des Hochleistungsmotors in den Wehenpausen am eigenen Leib spürte. Und hörte, wie die Hebamme ihre Mutter lobte und der Seenotretter beruhigend auf sie einredete. Wie ihre Mutter versuchte, sich auf die Atemübungen aus dem Geburtsvorbereitungskurs zu konzentrieren. Nur um wenig später sämtliche Varianten der Schwangerschaftsgymnastik zu verfluchen. Die Frauen da draußen an der Kaffeetafel wussten genau, wovon Miras Mutter sprach. Und vermutlich dachte so ziemlich jede: Ein Glück, dass ich mein Kind nicht auf diesem schwankenden Ungetüm zur Welt bringen musste!

Mira ging in die Küche und befüllte die Kaffeemaschinen noch einmal. Ihre Mutter kam sicher jeden Moment bei der Stelle an, als sie ihr Neugeborenes zum ersten Mal im Arm hielt, erschöpft, aber überwältigt von diesem winzigen lebendigen Wesen. Den Fingerchen, den Öhrchen. Von der Welle der Glückseligkeit, der Verantwortung und der Liebe. Dieser bedingungslosen Liebe.

Mira schluckte.

Vielleicht ging ihre Mutter heute gleich zu der Geschichte von Ankes Geburt über. Oder eine der anderen Frauen berichtete davon, wie sie nächtelang in den Wehen gelegen hatte. Oder davon, dass sie verblutet wäre, hätte man nicht einen Polizisten von der Straße geholt und zum Blutspenden verpflichtet.

Mira füllte den Kaffee in die vorgewärmten Kannen um. Was die Männer am Tisch jetzt wohl dachten? Ob sie stolz waren auf ihre Frauen? Auf ihre Kinder? Ob sie die Geschichten aushielten, weil sie für die Mütter ihrer Kinder zu so einem Fest dazugehörten, egal, wie alt sie waren? Oder ob sie sich insgeheim nach einem anderen Thema sehnten? Vielleicht war mancher schon auf die Stuhlkante vorgerutscht, bereit, aufzuspringen, die Flucht zu ergreifen, wenigstens bis ins Gästebad oder weiter, bis in die Ecke beim Friesenwall, wo noch ein Aschenbecher für rauchende Besucher bereitstand. Aber Mira konnte ja nicht mitreden. Womöglich war alles in bester Ordnung bei den Männern und Frauen da draußen. Durch das Fenster im Wohnzimmer sah es jedenfalls so aus. Mira wandte sich ab. Sie wollte auch gar nicht mitreden. Nicht, wenn es um Säuglinge ging und ums Kinderkriegen. Sie schluckte gegen den Kloß im Hals an und war doch wütend darauf, dass sie das Thema so berührte. War sie denn weniger wert als die anderen Frauen, bloß weil sie keinen Nachwuchs in die Welt setzte?

Mira konzentrierte sich darauf, Kaffee auszuschenken und nichts zu verschütten. Sie bewegte sich langsam um den Tisch herum. Registrierte, wo Sahne aufgefüllt werden musste und Zucker und Saft für die Kinder. Als sie bei Klärchen ankam, drehte die sich nach ihr um und griff blitzschnell nach Mira.

»Jeija, du weißt es.« Ihre knochigen Finger umklammerten Miras Handgelenk. »Das Meer, das bringt die kleinen Mädchen. Jeija. Und das Meer, das nimmt ihnen die Mütter.« Ihr eiskalter Griff lockerte sich nicht. »Du, du bist die Letzte, die das noch weiß!«

Mira zitterte.

»Vergiss nicht. Vergiss das nicht!«

2. KAPITEL

Heute

»Ach, Tante Friede, bitte komm doch mit!«

»Es ist schon viel zu kalt für ein Picknick am Kanal.«

»Papa hat gesagt, er bringt dir einen Klappstuhl mit. Dann musst du nicht auf der Wiese sitzen. Und eine Decke. Und Mama macht Früchtepunsch. Bitte, Tante Friede, ohne dich macht das keinen Spaß.«

»Na schön, Alex.« Sie sah auf den Knirps hinab. Ende der Woche feierte er seinen zehnten Geburtstag. Bald würde er keine Babysitterin mehr brauchen. Keine Ersatzoma. Sie hasste dieses Wort, und doch schlich es sich wieder mal in ihre Gedanken. Dabei hörte es sich so nach Kaffeesatz an. Nach schwarzem Grund, der am Tassenboden zurückblieb, der weggespült wurde oder in der Biotonne landete. Vielleicht würde Alexander an seinem elften Geburtstag ins Kino wollen. In einen Film mit Hubschraubern und Autoverfolgungsjagden. Mit seinen Freunden. Ohne Tante Friede. Die gar nicht seine Tante war, sich aber immer Zeit für ihn nahm. Selbst wenn seine Eltern sie nicht gebucht hatten.

Der Junge umarmte sie.

Gleich würde seine Mutter ihn abholen. Sofie war eins der ersten Kinder gewesen, auf die Friede aufgepasst hatte. Mit denen sie Plätzchen backte oder Ostereier färbte, Steine sammelte, bemalte und wieder aussetzte, das kleine Einmaleins übte, sie Noten lehrte und Lieder, die kein Radio spielte. Sofie war in der Stadt geblieben und in Friedes Nähe. Andere zogen weg. Manche riefen sie auch Jahre später noch an, um aus ihrem Leben zu erzählen. Sogar aus Übersee. Andere schrieben ihr

Postkarten. Von einigen hörte sie nichts mehr. Doch sie erinnerte sich an jedes einzelne Kind, wenn sie wollte. Das dicke Buch mit den Zahlen, den Daten, den Fotos brauchte sie nicht dazu. Sie blätterte nie darin.

Als Alexander und seine Mutter gegangen waren, rief sie den alten Heinrich aus Nummer sieben an. Wie immer nahm er nach dem zwölften Klingeln ab und meldete sich mit einem Hustenanfall.

»Alles in Ordnung bei dir?«

»Alles prima«, kam es heiser zurück.

»Brauchst du was vom Kaufmann?«

»Nee. Ich hab noch 'n Kanten Brot.«

»Wie wär's mit einem Teller Blumenkohlsuppe dazu?«

»Mach dir keine Umstände, Friedchen.«

»Also gut, dann bis gleich.«

Sie füllte die Suppe um und verstaute die Box in ihrem Fahrradkorb. Ein kurzer Blick aus dem Küchenfenster verriet, dass Geli von gegenüber auf dem Balkon herumwirtschaftete. Wenn Geli damit fertig war, in einer halben Stunde vielleicht, wird sie sich die sandigen Finger sauber schrubben, so gut es ging. Danach wird sie sich in ihren monströsen Sessel mit den fadenscheinigen Armlehnen zurückziehen, wo sie immer am liebsten in der Tageszeitung blätterte. Doch die konnte sich Geli seit der letzten Preiserhöhung nicht mehr leisten. Friede bekam die Zeitung jeden Morgen nach dem Frühstück von ihrer Nachbarin und gab sie jeden Abend an Geli weiter.

Friede stieg auf ihr Fahrrad, obwohl der Kaufmann nur zwei Ecken entfernt lag. Die vollgepackten Taschen an den Lenker zu hängen, fiel ihr leichter, als sie nach Hause zu schleppen. Notfalls schob sie das Rad zurück. Aber erst ging es zur Nummer sieben, zum alten Heinrich. Sie fuhr auf die Kreuzung zu. Feierabendverkehr. Sie bremste, streckte die Hand raus, bog ab, schwenkte auf den Radweg ein. Sie spürte den Schlag gegen das Vorderrad und dann einen Moment lang nichts. Sie lag am Boden. Auf dem Rücken. Ihr Kopf dröhnte. Sie blinzelte. Jemand beugte sich über sie. »Sie lebt!«, rief der Mann.

»Ich habe Sie nicht gesehen«, hörte sie eine Frau heulen. Die kroch neben Friede auf dem Radweg herum und suchte ihr Smartphone.

»Ich rufe einen Krankenwagen«, sagte der Mann.

»Nein!«, schrie Friede. Sie richtete sich auf. »Alles in Ordnung!« Sie schluckte gegen die Übelkeit an und ignorierte den Schwindel.

»Sie sind noch ganz benommen.« Der Mann schüttelte den Kopf. »Das muss sich ein Arzt ansehen!«

»Nein!«, wiederholte Friede so energisch wie möglich. Sie spürte den dumpfen Schmerz im Rücken, im Nacken, im Kopf. Kein stechender Schmerz. Nichts, das ihr den Atem verschlug. Sie zog die Beine an. Kein Taubheitsgefühl. Sie zitterte. Aber sie stand vorsichtig auf. Bloß nicht taumeln, sonst wählte der Typ doch noch 112. Der Mann sah sie skeptisch an.

»Ist nichts passiert.« Es klang wenig überzeugend.

»Vielleicht innere Verletzungen«, gab der Mann zu bedenken. »Sie sollten wirklich zum Arzt!«

»Danke«, sagte Friede. »Danke für Ihre Hilfe!« Sie musste weg hier, und zwar schnell.

Der Mann hob ihr Fahrrad auf. »Sieht auch nicht gut aus.«

»Tut mir sooo leid«, jammerte die Frau.

»Lassen Sie das die Versicherung regeln«, sagte der Mann. Er packte die Frau am Arm. »Sie sind doch versichert?«

»Ja.«

»Na also«, wandte er sich wieder an Friede. »Geben Sie ihr Namen und Anschrift. Am besten Ihren Ausweis, das geht schneller.«

»Nein!« Sie schluckte. »Nicht nötig. Absolut nicht!«

»Seien Sie doch nicht dumm. Die Reparatur wird teuer. Ich bin Ihr Zeuge.«

Friede griff nach dem Lenker. »Ach was!«, wehrte sie ab.

Der Mann ließ die Schultern hängen.

»Das wird schon wieder.« Sie sah auf den verbeulten Fahrradkorb. Er war leer. Die Box mit der Blumenkohlsuppe lag im Rinnstein. Geborsten. Friede schob das Rad um die Suppenpfützen herum. Es eierte. Sie stützte sich auf den verzogenen Lenker. Nur nicht zu stark humpeln. [illegible]sste sich einigermaßen gerade halten. Falls der Mann [illegible]. Wenigstens bis zur Querstraße. Kleine Schritte. G[illegible]Schritte.

Als sie das Vorderhaus erreichte, [illegible]de im Parterre ans Fenster. Banu öffnete sofort. Sie [illegible]nde vors Gesicht. Friede seufzte nur.

»Sabri! Adi!«, rief die Frau nac[illegible] Zimmer und, wieder an Friede gewandt: »Komm[illegible]

»Ich brauch nur Hilfe mit dem [illegible]sprach Friede.

»Jalla, jalla!«, rief Banu erneut [illegible]

Banus Söhne kamen sofort an[illegible]abri nahm Friede das Rad ab, Adi begutachtete ihr[illegible]en. Sie harrte aus, ließ die jungen Männer einen M[illegible]hren.

»Ich brauche das Rad bis mor[illegible]ie dann.

Die beiden sahen sich ernst a[illegible]

»Ich kann das auch bezahlen[illegible]

Banu schüttelte den Kopf.

»Bitte, ich-«

»Wir machen das«, sagte S[illegible]

»Du tust so viel für uns«, e[illegible].

»Danke. Bis morgen«, kür[illegible] die Diskussion ab.

Zu Hause ließ sie sich auf[illegible]en und starrte an die Decke. Dieser schwere, dump[illegible]rz erfasste ihren ganzen Körper. Sie war müde. So [illegible] forderte plötzlich jedes einzelne ihrer achtzig Leb[illegible] seinen Tribut. Sie schloss die Augen. Sie hatte sich nie gehen lassen. Nicht hier. Nicht in diesem Leben.

Friede ächzte durchs Zimmer. Nur dem Schmerz nicht nachgeben. Sie deckte den Tisch für sich, wie immer. Vor dem selbst genähten Platzdeckchen mit Hohlsaum stellte sie eine Kerze auf. Das Anzünden misslang, bis sie das Feuerzeug von der geschwollenen rechten Hand in die linke nahm. Sie rückte die kleine Blumenvase mit der abgeknickten blau-gelben Aster, die sie gestern früh vom Hinterhof mitgenommen hatte, zurecht. Mit Mühe gelang es ihr, eine Scheibe Brot abzuschneiden und sie zu bestreichen. Ausnahmsweise verzichtete sie darauf, sie mit Gurkenstreifen zu dekorieren. Während der Tee zog, suchte sie im Besteckkasten nach einer Gabel und einem Teelöffel, die zum Messer passten. Zufrieden setzte sie sich an den Tisch und faltete die Serviette auseinander. Dann schnitt sie vorsichtig das Brot in kleine Bissen.

Wenigstens war heute kein Putztag. Dazu brach sie dreimal die Woche auf, wenn hinter den meisten Fenstern kein Licht mehr brannte. Sie stieg um ein Uhr dreißig aufs Fahrrad. Gut eine halbe Stunde trat sie in die Pedale. Auch gegen Wind und Regen. Gegen Schnee und Hagel. Nur bei Glatteis zog sie Spikes unter ihre Schuhe und ging den Großteil der Strecke zu Fuß. Zum Glück kam das nur noch selten vor. Irgendwie würde sie den Weg auch morgen schaffen, sich notfalls eine Fahrt mit dem Nachtbus gönnen. Es dürfte länger dauern. Nur nicht zu lange. Sie würde sich wie in Zeitlupe bewegen, aber trotzdem sorgfältig arbeiten, damit niemand glaubte, sie wäre nachlässig geworden oder dem Job nicht mehr gewachsen. Die Blessuren waren ihre Privatangelegenheit. Aber nachts traf sie sowieso selten auf jemanden.

Zwei Tage später war Alex der Erste, der ihre Schrammen bei Licht sah. Und natürlich erzählte er seiner Mutter davon.

»Muss das denn sein?«, fragte Sofie. »In deinem Alter?«

Friede fragte nicht zurück, ob sie das Radfahren oder das nächtliche Putzen oder etwa beides meinte.

»Aber du warst doch beim Arzt?«

Friede winkte ab. »Ist ja nichts passiert.«

Später brachte Sofie einen Fahrradhelm vorbei und bestand

darauf, dass Friede ihn anprobierte. Friede betrachtete ihn skeptisch. Jetzt bloß nicht zucken, sich keinesfalls anmerken lassen, wie die Kopfschmerzen sie immer noch quälten oder eigentlich eher nervten. Mit wenigen Handgriffen sorgte Sofie dafür, dass der Helm richtig saß, und verlangte Friede das Versprechen ab, ihn auch zu tragen. Ebenso wie die neonfarbene Weste mit den Reflektorstreifen.

In der nächsten Nacht überlegte Friede nicht lange. Noch einmal den Bus zu nehmen, erschien ihr reine Geld- und Zeitverschwendung. Sie zurrte den Helm fest, so wie Sofie es ihr gezeigt hatte. Das Fahrrad sah wieder passabel aus. Sabri hatte es ihr schon am nächsten Nachmittag gebracht, und sie hatte ihm heimlich einen Geldschein in die Tasche gesteckt. Sie schob das Rad durch den Hausflur auf die Straße. Vorsichtig rollerte sie bis zur Hauptstraße. Dort stieg sie auf und fuhr langsam los. Die Bewegung aktivierte den Schmerz wie ein Echo.

Friede sog die frische Nachtluft ein. Es roch nach Herbst. Und doch unverkennbar nach der Großstadt: dem Diesel der Taxis und der Nachtbusse. Den Mülltonnen, die schon an der Straße standen. Den von Hunden angepinkelten Ecken. Der Abluft vom Schnellimbiss. Eine Wolke, die kaum jemand wahrnahm, der sich darin bewegte. Nur Friede registrierte sie manchmal noch, vor allem in Nächten wie dieser.

Endlich erreichte sie das Viertel mit den großen Altbauwohnungen. Blank polierte Messingschilder prangten neben den Eingangstüren. Gründerzeitbauten, die alle Kriege unbeschadet überstanden hatten und schon im Treppenhaus mit Stuck und Marmor glänzten. Nahezu unbezahlbar und deshalb statt zum Wohnen als Anwaltskanzlei, Steuerbüro oder Arztpraxis zweckentfremdet.

Sie ließ sich Zeit damit, die Treppen hinaufzusteigen. Es fiel ihr schon leichter als zwei Tage zuvor. Die Kanzlei teilten sich vier Anwälte. Einen davon hatte sie als Kind betreut. Dafür durfte sie hier putzen, zu einem hervorragenden Stundenlohn, ohne Papiere. Friede schloss die Tür hinter sich zu und ließ den Schlüssel von innen stecken. Bloß nicht noch einmal bei der Arbeit überrascht werden! Nicht, dass sie sich bisher etwas vorwerfen lassen musste. Sie lüftete alle Räume, leerte die Papierkörbe und Mülleimer, putzte gründlich bis in jede Ecke, ob es nun die Vorzimmer oder die Büros der Anwälte waren, das Wartezimmer, die Küche, die Flure oder die Toiletten. Sie liebte die Stille, die sie dabei umgab. Verlor sich fast in ihrer Arbeit, denn sie dachte nie daran, wer hier wenige Stunden zuvor gesessen hatte. Voller Angst vielleicht, voller Bedenken, mit Wut im Bauch, unter Termindruck, verletzt oder im Recht. Sie wischte auf, saugte Staub und entfernte Flecken. Und für gewöhnlich war sie nach zweieinhalb Stunden fertig.

Vor fünf Uhr kam niemand ins Büro, hieß es, und das auch nur in Ausnahmefällen. Inzwischen kannte Friede alle Varianten. Obwohl die Kanzlei nach Mitternacht leer sein sollte, war sie zweimal auf den Seniorchef gestoßen, der über Akten brütete. Danach hätte Friede gewarnt sein können, rechnete jedoch anfangs nicht damit, dass jemand im Morgengrauen ins Büro stürzen könnte. Bis zu dieser einen Nacht. Es hatte plötzlich hinter ihr gepoltert, geklirrt, und der Staubsauger verstummte abrupt. Einbrecher? Sie schnappte sich den Brieföffner vom Schreibtisch und pirschte sich aus der Deckung. Ihr Herz schlug so heftig, dass die Waffe in ihrer Hand zitterte. Der fremde junge Mann lag bei der Eingangstür am Boden. Sein Fuß hatte sich im Kabel vom Staubsauger verfangen.

Irritiert sah er zu Friede auf. »Ich … ich bin der Neue«, stotterte er.

Friede entdeckte seinen Schlüsselbund auf dem Boden. Kein Einbrecher. Er wickelte das Kabel von seinem Knöchel ab. Friede legte den Brieföffner weg und reichte ihm die Hand.

Er stand auf. »Tut mir leid, dass ich Sie erschreckt habe.«

»Mir auch.«

»Guten Morgen erst einmal. Dr. Karsunke, mein Name. Ich bin der neue Mann im Team.«

»Freut mich. Friede Seemann. Ich bin die Putzkraft. Und zwischen zwei und vier Uhr dreißig habe ich hier freie Bahn.«

»Das darf gerne so bleiben!«, erwiderte der Doktor.

Er sammelte seine Schlüssel und seine Aktentasche auf. Dann schloss er den Staubsauger wieder an. Er nickte ihr zu und verschwand in einem Büro. Friede hatte Zeit gebraucht, um ihren Rhythmus wiederzufinden. Seitdem schloss sie die Kanzlei von innen zu und ließ den Schlüssel stecken. Heute störte sie niemand beim Putzen. Nur ihre schmerzenden Knochen bremsten sie. Sie zwang sich, nicht auf die Uhr zu sehen, bis sie fertig war. Eine Stunde später als gewöhnlich verließ sie die Kanzlei.

Auf dem Heimweg wurde der Verkehr langsam dichter. Lieferwagen hielten vor Bäckereifilialen neben parkenden Autos oder gleich auf dem Radweg. Elektroroller lagen im Weg. Unausgeschlafene Autofahrer rissen die Türen auf, ohne auf andere zu achten. Zeitungsboten vergaßen die Bremsen ihrer Karren anzuziehen. Friede umkurvte sie alle, wenn auch etwas ungelenk. Schon zu Hause hatte sie sich fest vorgenommen, nicht von ihrem üblichen Plan abzuweichen. Natürlich spürte sie die letzten Stunden in den angeschlagenen Knochen. Aber sie brauchte ihre Jobs. Jeden einzelnen davon.

So steuerte Friede das Frühstückscafé an, um zu fragen, ob Pauline ihre Unterstützung noch wollte oder ob es heute zu spät dafür war. An Markttagen ging der Betrieb früher los, als es der jungen Besitzerin lieb war.

»Sorry, Pauline, ich bin aufgehalten worden«, entschuldigte sich Friede. Sie band die Schürze um und sorgte dafür, dass sich die Auslage mit belegten Brötchen füllte und die große Thermoskanne mit Filterkaffee bereitstand. Es ging nicht so flott voran wie sonst. Doch Pauline sagte nichts dazu. Vielleicht bemerkte sie es gar nicht, während sie sich um den Automaten kümmerte, der die Kaffeespezialitäten ausspuckte und die Milch aufschäumte. Die herzhaften und die süßen Muffins aus dem Ofen holte und die Formen neu befüllte. Die ersten Kunden strömten herein, sobald die Marktstände draußen fertig aufgebaut und bestückt waren. Die meisten reichten ihre Thermobecher über den Tresen und verlangten schwarzen Kaffee. Sie bestellten Käse- oder Wurstbrötchen dazu. Beides nahmen sie mit hinaus an ihren Stand. Gegen halb acht begann der Betrieb auf dem Wochenmarkt.

Friede gähnte heimlich. Sie spürte ihren Rücken. Die Handgelenke schmerzten. Sobald sich keine Schlange mehr vor Paulines Tresen bildete, sorgte sie für Ordnung in der kleinen Küche hinter dem Laden. Ein letzter Kontrollblick in die Auslage. Dann hängte sie die Schürze an den Haken, verabschiedete sich und nahm zwei Muffins und dreißig Euro für gut drei Stunden Arbeit entgegen. Sie strich den Gang über den Wochenmarkt und schob ihr Fahrrad gleich nach Hause. Heute musste sie nicht überlegen, ob sie ausgiebig frühstücken oder erst ein paar Stunden schlafen sollte. Meistens machte sie es davon abhängig, ob die Nachbarin ihr die Zeitung schon durch den Briefschlitz gesteckt hatte. Manchmal auch davon, ob und wann an diesem Tag ihr nächster Einsatz als Babysitterin gefragt war.

Die Schürfwunden verheilten, und am Samstagmorgen stand Friede pünktlich um zehn Uhr an der Straße. Die Wolken verzogen sich. Die Sonne wärmte und sorgte dafür, dass sich dieser Herbsttag nach Spätsommer anfühlte. Sie würden nicht die Einzigen sein, die es hinauszog auf die Wiese. Alexanders Vater fuhr mit zehn Minuten Verspätung vor. Er saß allein im Auto.

»Planänderung?«, fragte Friede gleich nach der Begrüßung.

»Ach was. Ich habe sie schon mal abgesetzt, damit sie alles aufbauen können.«

»Alex hat sicher kein Auge zugetan heute Nacht.«

»Na, du kennst ihn ja.«

Sie sammelten zwei von Alexanders Schulfreunden ein. Dann steuerten sie den Parkplatz am Kanal an. Die Jungen sprangen aus dem Wagen und liefen hinunter auf die Wiese.

»Wenn es dir zu viel wird, sag Bescheid«, wandte sich Alex' Vater an Friede. »Oder wenn dir kalt ist. Oder … Du weißt, ich kann dich jederzeit nach Hause fahren. Und ich meine jederzeit. Kein Problem! Wirklich nicht.«

»Danke. Aber so schnell werdet ihr mich nicht los.«

»Schon klar.« Er lachte.

Alex kam ihnen entgegengerannt. »Tante Friede! Tante Friede! Jetzt bin ich zehn!«

»Herzlichen Glückwunsch, mein Junge! Die erste Null ist etwas ganz Besonderes!« Sie holte ein bunt beklebtes Paket aus der Tasche und überreichte es ihm.

»Hallo, Friede, schön, dass du da bist!« Sofie umarmte sie. »Aber du sollst ihn doch nicht so verwöhnen.«

»Ist nur ein kleines Buch.«

»Liest du mir vor, Tante Friede? Bitte!«

»Und wie wäre es, wenn du mir vorliest?«

Alexander sah sie überrascht an. »Das kann ich! Das kann ich gut!« Er schlug das Buch auf.

»Vielleicht nicht gerade jetzt«, unterbrach ihn seine Mutter.

Er schob die Unterlippe vor.

»Schon okay. Du hast ja noch andere Gäste. Das Buch läuft uns nicht weg.«

»Dir habe ich auch was mitgebracht«, sagte Friede zu Sofie und langte erneut in ihre Tasche.

»Das war doch nicht nötig«, entgegnete sie, zögerte aber nicht, die Tüte anzunehmen. »Hast du etwa …«

Friede nickte. »Ich weiß ja, wie sehr du Georgisches Käsebrot liebst.«

»… und dass meins nie so fein und knusprig wird wie deins!«

»Schon gut«, winkte Friede ab. »Haben wir ja alle was von.«

Thermodecken lagen auf der Wiese, und ein paar Klappstühle waren rundherum aufgestellt. Der Campingtisch, mit einer Papiertischdecke bezogen, trug Schüsseln mit Kartoffel- und Nudelsalat, mit Nussfrikadellen und Hähnchenkeulen und eine Kühlbox mit Schokomousse und Vanillesauce. Sofie legte Friedes Brot dazu und schnitt es auf.

»Kaffee? Wasser? Saft?«, bot sie ihr an.

»Ich nehme den Kinderpunsch. Oder soll der für später aufgehoben werden?«

»Heute gibt's keine Reihenfolge. Jeder so, wie er mag.«

Friede nahm einen Becher und ließ sich den heißen Fruchtsaft eingießen. »Na dann, auf Alex!«

»Prost. Auf unseren Großen!«

Zwei befreundete Paare brachten ihre Kinder und versprachen, sie wieder abzuholen, wenn Sofie ihnen eine Nachricht sandte. Oben auf dem Weg drängten Radfahrer an Spaziergängern vorbei. Hunde zogen an ihren Leinen. Auf den Parkbänken war kaum noch ein freies Plätzchen zu haben. Von irgendwoher klang Musik. Handgemacht. Auf der Decke nebenan wurde ein Federballspiel ausgepackt. Alexander stand mit seinen Freunden auf dem gemauerten Absatz am Kanal. Sie warfen Kieselsteine ins Wasser und zählten die Wellenkränze. Friede fragte sich, ob sie alle schwimmen konnten. Da rief Alex' Vater die Jungen zusammen.

»Ganz hier in der Nähe ist ein Schatz versteckt. Ihr seid bestimmt clever genug, ihn zu finden!« Er nahm ein angekokeltes Stück Papier aus der Tasche. »Hier ist der erste Hinweis drauf.« Er reichte den Zettel an seinen Sohn weiter. Seine Freunde umringten ihn sofort. Sie diskutierten lebhaft, welche Richtung sie einschlagen wollten. Dann nahm einer der Jungen sein Smartphone aus der Tasche.

»Halt!«, rief Alex' Vater, »solche Hilfsmittel sind nicht erlaubt! Am besten, ihr lasst eure Handys bei Tante Friede. Sie passt hier so lange auf.«

Die Jungen rührten sich nicht.

»Na klar!« Alex lief zu Friede und warf sein Smartphone in den Beutel, den sie ihm hinhielt. »Ist doch cool, so ganz ohne Hilfe.« Er sah sich nach seinen Freunden um. Zögerlich kamen sie näher. »Bei ihr sind sie sicher«, warb Alex.

Friede nickte, und so wanderte ein Handy nach dem anderen in den Beutel.

»Ich begleite euch«, fuhr Alex' Vater fort, »und dokumentiere auf meinem Tablet, dass ihr die Aufgaben gelöst und alle Hinweise gefunden habt. Sonst bleibt der Schatz womöglich für immer verschwunden. Alles klar?«

»Jaaaaaaaaaaaaaa!«

»Auf geht's!«

Die Jungen stürmten los.

Friede und Sofie sahen ihnen hinterher. Sie lächelten.

»Funktioniert noch«, sagte Sofie. »Aber bestimmt nicht mehr lange.« Sie nahm ihr Tablet heraus und schaltete es ein. »So können wir alles mitverfolgen.«

Kurz darauf trudelte das erste Video der Schatzsucher ein.

»Gut gemacht«, lobte Friede.

»Das ist noch gar nichts! Pass auf, gleich geht's richtig los.«

Friede nickte. Sie sahen sich das nächste Video an.

»Da habt ihr beide ganz schön dran getüftelt, was?«

Sofie winkte ab. »Hat Spaß gemacht. Und wir hatten eine gute Lehrmeisterin. Dich!«

»Ich kann mich nicht erinnern …«

»Wir haben vielleicht keinen Schatz gesucht, aber wir haben gelernt, unsere Fantasie zu benutzen. Deine Schublade mit den Stoffresten, eine wahre Fundgrube fürs Verkleiden. Was haben wir da alles zusammengebastelt. Und du warst voll dabei. Fasching im Sommer. Bei den alten Römern. Oder Ballett modern. Und wie du behauptest hast, jeder kann tanzen, selbst wenn ich dir auf die Zehen getreten bin.«

»Mit Leidenschaft.« Sie lachten beide.

»Dass du keine eigenen Kinder hast«, sinnierte Alex' Mutter.

»Dann hätte ich euch nicht«, erwiderte Friede sofort. Es klang längst nicht mehr wie einstudiert.

Alex' Vater schickte eine Serie Fotos von den Schatzsuchern. Zur Halbzeit gab es Schokoküsse für die Jungen. Friede wusste, dass die sonst tabu waren. Zu viel Zucker. Sofie schien zu ahnen, woran Friede dachte.

»Mir hat die Scheibe Cervelatwurst auch nicht geschadet, die es nur bei dir gab. Im Gegenteil.«

Friede sah an ihr vorbei in die Ferne.

Plötzlich sprang sie auf. Ihr Stuhl kippte um. Der Beutel mit den Handys fiel ins Gras. Sie spürte die Blessuren vom Fahrradsturz, lief aber los, ohne weiter darauf zu achten. Sofie drehte sich überrascht um. Friede rannte, so schnell sie konnte, zum Kanal. Dort versank gerade etwas im Wasser. Irgendwo schrie eine Frau auf. Sie stolperte über die Wiese heran. Alle anderen schienen wie gelähmt vor Schreck. Friede holte tief Luft, hielt den Atem an und sprang in den Kanal. Das kalte Wasser zog sie sofort in die Tiefe. Sie strampelte dagegen an, ruderte mit den Armen, versuchte sich zu orientieren. Doch in den trüben Fluten konnte sie fast nichts erkennen. Sie tauchte tiefer, spürte den Druck auf der Brust. Nein, nicht auftauchen. Nicht bevor sie es gefunden hatte. Es musste doch hier irgendwo sein, gleich hier. Sie presste die Lippen fest zusammen.

Sofie wühlte eins von den Handys heraus und rief die Feuerwehr. Dann lief sie zum Kanal hinunter. Es schien ewig zu dauern, bis Friede wieder auftauchte. Dann endlich! Mit einem Arm drückte sie ein lebloses Baby an ihre Brust. Mit dem anderen manövrierte sie sich Richtung Ufer. Sie reichte das Kind nach oben, sank dabei aber selbst wieder unter Wasser. Sofie nahm ihr das Baby ab. Panisch sah sie auf das kleine Wesen. Es rührte sich nicht. Friede kam wieder an die Oberfläche. Sie schnappte nach Luft und verschluckte sich dabei. Mit allerletzter Kraft näherte sie sich erneut dem Ufer. Sie versuchte sich auf den gemauerten Absatz zu ziehen, rutschte ab, platschte ins Wasser zurück. Ihre nassen Kleider zogen sie hinab. Doch sie durfte nicht nachgeben. Nicht heute. Nur noch wenige Züge bis an die Oberfläche. Friede langte nach der Mauer. Stützte ihre Unterarme auf. Nur nicht wieder abrutschen. Es musste ihr gelingen, auch die Beine aus dem Wasser zu bekommen. Endlich spürte sie, wie jemand zupackte. Sie wurde auf die Wiese gezogen. Friede drehte sich sofort auf den Rücken. Sie schnappte nach Luft, hustete. Dann robbte sie zu dem Baby. Es schien leblos. Sie richtete sich auf. Mit wenigen Handgriffen sorgte sie dafür, dass der Säugling Wasser spuckte und wieder atmete. Ein Rettungssanitäter kam angelaufen und kniete sich zu Friede und dem Baby. Der zweite wandte sich der jungen Frau zu, die so schluchzte und zitterte, dass sie von zwei Passanten gehalten werden musste.

»Der Kinderwagen holperte plötzlich über die Wiese.« Der Mann klang fassungslos.

»Die hat ihn einfach losgelassen!«, hetzte eine Frau. »Ich hab's genau gesehen! Und einen Schubs hat sie ihm auch noch gegeben!«

»Das Wasser war kalt genug«, sagte Friede leise zu dem Sanitäter.

Er nickte. »Sieht gut aus.«

Sofie half Friede auf die Beine. Sie legte ihr die Wärmefolie um, die der Sanitäter mitgebracht hatte. Friede ließ es zu, weigerte sich jedoch vehement dagegen, mit ins Krankenhaus zu fahren. »Mir fehlt nichts!«

»Du bist unterkühlt!«

»Dann nehme ich heißen Kaffee.«

Wenig später fuhr Sofie Friede nach Hause. Sie wollte ihr die Treppen hinaufhelfen, aber Friede wies sie zurück.

»Ich komme zurecht!«

Sofie zögerte. »Daran zweifle ich auch gar nicht.« Dennoch

versprach sie, gegen Abend vorbeizukommen und ihr etwas zu essen zu bringen.

»Ist nicht nötig.«

»Das sehe ich anders. Und Alexander will bestimmt, dass du was von seinen Geburtstagsleckereien abbekommst!«

Friede blieb stur an der Haustür stehen. Wasser tropfte aus ihrer Kleidung unter der goldenen Wärmefolie. Bevor sich eine Pfütze zu ihren Füßen bildete, ging Sofie zum Auto zurück. Als sie den Wagen startete, machte sich Friede daran, die Treppen zu erklimmen.

Es dauerte, bis sie endlich die Wohnungstür hinter sich abschließen konnte. Bis sie ins Bad gelangte. Mit tauben Fingern zerrte sie sich die nassen Kleider vom Leib. Friede ließ sie zu Boden fallen und dort liegen. Sie stieg unter die Dusche. Spürte das warme Wasser auf ihrer Haut. Doch statt Entspannung stieg Zittern in ihr auf. Sie stützte sich an der gekachelten Wand ab. Langsam rutschte sie nach unten, bis sie schließlich in der Duschwanne saß. Sie legte den Kopf auf die Knie und umklammerte ihre Beine. Das Wasser prasselte auf ihren Nacken und lief den Rücken hinab. Sie wusste nicht, wie lange. Irgendwann stieg sie aus der Dusche und hüllte sich in ein Badehandtuch. Dann kroch sie unter die Bettdecke. Dort blieb sie liegen. Hörte von ferne, dass es an der Tür klingelte und klopfte. Es war ihr egal. Sie schlief unruhig. Schreckte auf, schnappte nach Luft wie eine Ertrinkende. Schlief weiter. Nachts stand sie auf. Vor der Wohnungstür stand ein Korb, der Sofie gehörte. Leckereien vom Picknick. Sie schleppte ihn in die Küche. Dann schlich sie wieder ins Bett zurück.

Gegen Mittag wieder dieses Klingeln und Klopfen und die Stimmen draußen vor der Tür. Der Briefschlitz klapperte. Vermutlich eine Nachricht von Alex und seiner Mutter. Aber die würde auch später noch im Flur liegen. Friede blieb im Bett, selbst als das Telefon klingelte.

Montagnachmittag schwang Friede die Beine über die Bettkante. »Genug ist genug!«, murmelte sie und stand auf. Im Bad sammelte sie ihre feuchte Kleidung ein, stopfte sie in die Waschmaschine, schaltete sie aber nicht ein. Aus dem Flur nahm sie Alexanders Brief und die Tageszeitung mit in die Küche, warf sie jedoch achtlos auf den Stuhl. Sie räumte den Korb aus. Appetitlos stocherte sie in den Überbleibseln vom Picknick herum. Sie sah nur kurz auf, als das Telefon erneut klingelte. Friede blätterte durch die Zeitung. Vorbei am Aufmacher der Lokalseite. Und dann doch wieder zurück. Zu den überraschend großen Buchstaben. Vor allem aber zu dem verschwommenen Foto. Sie beugte sich tief über die Seite. Kein Zweifel. Das grobkörnige Schwarz-Weiß-Bild zeigte sie. Friede. Eingehüllt in diese lächerliche Wärmefolie. Wie kam das in die Zeitung? Hatten ihre Nachbarn das jetzt etwa alle gelesen? Pauline vom Frühstückscafé? Die Anwälte aus der Kanzlei, in der sie putzte? Die Eltern der Kinder, die sie betreute? Der alte Heinrich aus Nummer sieben? Der vielleicht nicht, seine Augen waren schon zu schlecht zum Zeitunglesen. Friede lehnte sich zurück. Konnte sie überhaupt noch mit jemandem reden? Mit Banu und ihren Söhnen?

Ohne den Artikel zu lesen, faltete Friede die Zeitung zusammen und schob sie unter die Kartoffelkiste. Dieses Exemplar würde sie ganz bestimmt nicht weitergeben. Sie nahm Alexanders Brief, überflog seine Zeilen in der Kinderhandschrift. Auf die Rückseite hatte er ein Bild gemalt. »Für Tante Friede« stand links oben in der Ecke. Und rechts prangte die Sonne. Darunter die Wiese. Das Picknick. Der Kanal. Die Frau mit den grauen Haaren, die aus dem Wasser steigt, ein Baby im Arm. Das Bild glitt Friede aus der Hand. Es segelte zu Boden. Bis vors Küchenfenster. Dorthin, wo das Fensterkreuz seinen Schatten warf.

Sollte sie Sofie anrufen und bitten – ja, worum wollte sie Alexanders Mutter eigentlich bitten? Dass sie den Vorfall vergessen sollte? Dass sie wenigstens versprach, ihn nicht mehr zu erwähnen? Würde sie sich daran halten? Und Alexander? Er war nicht dabei gewesen. Und doch schien es ihn zu beschäftigen. Aber was sagte ihre Nachbarin Frau Kutschke immer, wenn Friede anbot, ihr die Zeitung zu bezahlen, wenigstens zur Hälfte? »Nichts ist so alt wie die Nachricht von gestern. Und das Papier, auf dem sie steht, taugt dann nur noch für die Tonne.«

Demnach sollte sich morgen niemand mehr für Friedes Tat interessieren. Die heute genau genommen schon zwei Tage zurücklag.

Sofie rief wenig später an.

»Mir geht's prima!«, behauptete Friede.

»Wir haben uns Sorgen um dich gemacht.«

»Nicht nötig! Mich wirft so leicht nichts um!«

»Aber das Wasser war doch eiskalt!«

»Wozu gibt es heiße Duschen? Danach bin ich gleich ins Bett. Mal so richtig ausschlafen.« Friede hoffte, dass sie überzeugend klang. »Das hat gutgetan«, schob sie nach.

»Aha.«

Friede ließ ihr keine Zeit zum Überlegen. »Übrigens danke für den Proviant, den ihr mir gebracht habt. Hoffentlich war Alex nicht zu traurig, dass seine Feier so ins Wasser gefallen ist.«

Seine Mutter schwieg einen Moment. »Natürlich war er enttäuscht, als er mit seinen Freunden zurückkam und du nicht mehr da warst«, sagte Sofie dann. »Aber er ist so stolz auf dich, vor allem seit er …«

»Ich denke mir was aus für ihn«, unterbrach Friede. »Er kommt doch wie immer am Dienstag?«

»Ach, das hätte ich fast vergessen. Diese Woche bin ich selbst zu Hause. Da brauchst du nicht auszuhelfen.«

»Verstehe.«

»Gönn dir die Ruhe!«

Friede versprach halbherzig, anzurufen, falls sie etwas brauchte, und verabschiedete sich schnell. Wenigstens hatte sie verhindert, dass Sofie den Zeitungsartikel erwähnte. Vielleicht war es für den Jungen besser, erst nächste Woche wiederzukommen. Bis dahin hatte er andere Sachen im Kopf.

Friede stellte die Waschmaschine an. Dann zog sie die Bettwäsche ab und lüftete die Decke und das Kissen. Als Nächstes warf sie die Essensreste weg und wusch die Boxen mit kochend heißem Wasser aus. Die Schuhe, die sie am Samstag getragen hatte, waren immer noch feucht. Sie mussten mit Zeitungspapier ausgestopft werden. Doch Friede fand plötzlich, dass sie dumpf rochen. Modrig. Nach dem Wasser im Kanal. Sie mussten weg. Sofort. Sie öffnete den Deckel vom Mülleimer und warf sie hinein. Damit waren sie aber immer noch hier in ihrer Küche. Sie riss die Mülltüte aus dem Eimer und knotete sie zu. Am besten gleich in die Tonne. Sie lief hinaus, öffnete die Wohnungstür und stieß mit dem Fuß an eine Schüssel, die zur Seite schepperte. Sie zuckte zusammen. Der Müllbeutel rutschte ihr aus der Hand.

Und schon stand Frau Kutschke in der Tür. »Gratuliere!«, rief sie. Ihre Stimme hallte von den Wänden wider.

Friede nickte nur. Sie sah zu Boden, von der Schüssel zur Mülltüte und wieder zurück.

»Deinen Mut möchte ich haben!«

Friede hob die Schüssel auf. Sie schien von Banu zu sein.

»Davon sollten sich die jungen Leute mal ’ne Scheibe abschneiden!«, forderte Frau Kutschke.

Friede trug die Schüssel in die Küche. Als sie zurück ins Treppenhaus kam, stand ihre Nachbarin immer noch da.

»Du hast dem kleinen Würmchen das Leben gerettet!«

Friede griff sich die Mülltüte.

»Diese Mütter von heute! So leichtfertig! Geradezu verantwortungslos!«

Friede lief die Treppen hinab, stürmte zur Hoftür hinaus, auf die Mülltonnen zu. Hoffentlich sah sie bloß niemand. Hoffentlich verzog sich ihre Nachbarin jetzt wieder. Hoffentlich hörte das alles endlich auf.

Das Telefon klingelte im Halbstundentakt. Friede weigerte sich, abzuheben. Sie deckte es zu, doch es war immer noch zu hören. Unerbittlich. Irgendwann ging sie in die Knie, langte an den Stecker und zog ihn heraus. Sie blieb auf dem Boden sitzen und starrte ins Leere. Die Stille dauerte an, bis jemand sachte an die Tür klopfte. Der Singsang einer leisen Frauenstimme schwappte heran. Friede hielt sich die Ohren zu. So lange, bis ihr die Arme schwer wurden.

»Oh, die Blumen! Wunderschön!«, hörte sie Frau Kutschke im Treppenhaus sagen. »Danke! Das werde ich ihr ausrichten!«

Friede rührte sich nicht.

Irgendwann schien Licht im Hof auf. Dann klingelte es an der Wohnungstür. »Hallo, Frau Seemann!«, rief jemand. Klopfte energisch. Wieder und wieder.

Friede schloss die Augen.

»Hallo! Frau Seemann!«, tönte es weiter von draußen. »Sie sind doch zu Hause! Nun machen Sie schon auf. Wir wollen nur kurz mit Ihnen reden!« Die Stimme verhallte im Treppenhaus. Eine Minute Ruhe, dann ging das Klingeln und Klopfen erneut los. »Bitte! Frau Seemann! Nur ein paar Worte. Ein ganz kurzes Interview! Dann sind wir gleich wieder weg. Versprochen!«

»Schluss jetzt!«, schrie Frau Kutschke.

Die Stimmen verebbten zunächst. Bis Gemurmel zu hören war. Endlos. Hin und her. Was auch immer ihre Nachbarin den Leuten da draußen zu sagen hatte.

Friede wusste nicht, wie lange sie reglos auf dem Boden saß. Irgendwann stand sie auf, bewegte sich wie in Trance durch die Wohnung. Licht schaltete sie nicht ein. Sie mied die Fenster. Genauso hatte sie es auch in der ersten Zeit hier in der Wohnung getan. Als ihr Name noch nicht an der Tür stand. Als sie sich wie durch ein fremdes Leben bewegte. Möglichst lautlos.

Die Zeit bis Dienstagnacht kroch dahin. Alle Handgriffe, die nötig waren, funktionierten von selbst. Friede verließ die Wohnung um ein Uhr dreißig. Sie schlich durchs dunkle Treppenhaus hinunter auf den Hof. Die kalte Luft verschlug ihr kurz den Atem. Sie passierte die Mülltonnen und das winzige Blumenbeet. Der Fahrradständer dahinter war erst seit Kurzem überdacht. Sie öffnete das Bügelschloss und schob ihr Rad an. Da riss jemand die Tür zum Hausflur auf. Sabri. Er winkte ihr zu. »Komm!«

»Ich muss zur Arbeit.« Friede lenkte das Rad an ihm vorbei.

Er überholte sie und griff nach der Klinke der Haustür. Mit der anderen Hand hielt er ihr sein Smartphone entgegen. Auf dem Display lief ein Video. Die Bilder schwankten, aber Friede erkannte sofort, dass es am Kanal aufgenommen worden war. Am Samstag. Als sie über die Wiese rannte. Als sie ins Wasser sprang. Sie wich zurück. Sabri sagte etwas, das sich nach *viral* anhörte. Er schien begeistert. Friede sagte nichts. Das Video lief immer weiter. Und wieder von vorn. Schließlich öffnete Sabri die Haustür und verbeugte sich vor Friede. Sie stieg auf ihr Rad, trat heftig in die Pedale, hörte nicht mehr, wie die Tür zufiel.

Nach der Arbeit fuhr sie nach Hause und schloss sich ein. Tag für Tag. Sie wusste, es würde vergehen, so wie es schon mal vergangen war. Nicht denken. Funktionieren. Nur funktionieren. Mehr nicht. Sie dämmerte in den Schlaf. Schreckte hoch aus kaltem Schwarz. Fror. Rollte sich zusammen. Tauchte wieder ab. In eine Welt ohne Bilder. Taub. Und stumm. Und atemlos. Nicht einmal in Gedanken fragen. Vor allem nicht nach dem Warum.

Am Wochenende setzte Friede das Telefon wieder in Betrieb. Wenigstens klingelte es nicht gleich los. Sie rang sich dazu durch, Sofie anzurufen.

»Friede! Endlich! Wir haben uns schon solche Sorgen um dich gemacht!«

»Alles gut«, erwiderte sie rasch.

»Deine Nachbarin meinte, dir wäre das alles zu viel. Der ganze Presserummel und so. Na, das kann ich verstehen.«

»Und Alexander?«

»Dem geht's prima. Vor allem seit Jenny mit dem Baby bei uns war. Er ist ganz vernarrt in die kleine Ida.«

»Jenny?«

»Das ist die junge Frau, deren Kinderwagen sich selbstständig gemacht hat. Du musst sie unbedingt kennenlernen!«

Muss ich das wirklich?, hätte Friede am liebsten gefragt, doch sie schwieg. Sofie schien es gar nicht zu bemerken. »Sie ist ganz reizend!«, fuhr sie fort. »Das findet deine Nachbarin übrigens auch!«

»Das kann ich mir denken.«

»Vielleicht trinken wir mal alle zusammen Kaffee. Nächsten Sonntag oder so. Jenny ist neu in der Stadt und kennt hier so gut wie niemanden. Und natürlich will sie sich bei dir bedanken!«

Friede spürte Übelkeit aufsteigen. Sie stemmte sich dagegen. »Ich kann nicht«, sagte sie leise.

»Das muss ja nicht sofort sein!«

Friede schluckte.

»Du brauchst noch Ruhe. Das verstehe ich. Ich bin dir nicht böse. Überfordere dich bloß nicht! Alexander kann auch mal allein zu Hause bleiben. Alt genug ist er ja inzwischen. Sag einfach Bescheid, wenn du so weit bist.«

»Danke.« Friede verabschiedete sich. Dann stürzte sie ins Bad und übergab sich.

Da war nichts mehr in ihrem Körper. Seit Langem nicht. Seit sich alles so taub angefühlt hatte. So leblos. Obwohl sie atmete. Und sie hatte vergessen, wie das war. Es gab kein Damals mehr. Sie hatte sich nicht einmal verbieten müssen, daran zu denken.

Alle Kraft floss ins Überleben. Ins tägliche Aufstehen. Anziehen. In die Maske der Normalität steigen. Und sie aufrechterhalten, jede Sekunde lang. Essen ohne Appetit. Trinken ohne Durst. Arbeiten verrichten, die ihre Hände schon immer verrichtet hatten. So sein, dass die Leute sie für freundlich hielten. Oder sie mindestens ertrugen. Bis sie sich selbst kaum noch ertrug und weiterzog. Ziellos. Und doch in diesem Leben hier ankam. Bis sie sich wieder bei Licht auf die Straße traute. Menschen ansah. Ins Gesicht sah. Keinen Vorwurf darin erkannte. Nicht einmal Neugier. Nur Gleichgültigkeit. Mehr nicht.

Friede wollte nicht daran zurückdenken. Und doch blitzten jetzt weitere Situationen auf, durch die sie sich wie eine Schlafwandlerin bewegt hatte. Scheunen und Kammern und Zimmer. Kleider, die zu ihren wurden, zurückgelassen von Fremden. Und einmal sogar Papiere. Die sie nicht wagte anzurühren. Bis zu dieser Kontrolle. Sie hatte erst ein paar Minuten bei dem Mann im Auto gesessen. Hatte die Streife noch gar nicht registriert, als der Fahrer brummte: »Immer ich. Immer winken die Bullen ausgerechnet mich raus. Alles nur wegen dieser alten Karre.« Er raufte sich die Haare. Dann kurbelte er die Scheibe herunter. »Alles klar, Herr Kommissar?« Er kramte seinen Führerschein heraus und strich die graue Pappe glatt. Danach den Fahrzeugschein. Sie erstarrte auf dem Beifahrersitz. Er wechselte Worte mit dem Polizisten, zäh wie verkochter Brei. Dann stieß er sie mit dem Ellenbogen an. Und noch mal. »Nun zeig schon her!«

Sie rührte sich nicht.

»Deinen Ausweis!«

Sie wagte kaum zu atmen.

»Bitte«, wisperte er, »tu mir das nicht an!«

»Wenn das so ist – aussteigen! Alle beide!«

»Hätte ich das gewusst …« Der Fahrer löste seinen Sicherheitsgurt. Das leise Klicken brachte sie endlich dazu, zu reagieren. In die Jackentasche zu greifen, das fremde graue Heft herauszuziehen. Der Fahrer riss ihr den Ausweis aus der Hand und reichte ihn aus dem Fenster. Der Polizist schlug das Dokument auf und las darin. Dann betrachtete er das Foto. Er beugte sich herunter und sah sie an. Lange. Sie wagte nicht zu blinzeln. Der Beamte wandte sich wieder dem Foto zu. Nickte er? Gleich darauf klappte er den Ausweis zu und reichte ihn ihr zurück. »Gute Fahrt!«

Der Fahrer kurbelte die Scheibe hoch und warf ihr den Ausweis in den Schoß. Ohne ein weiteres Wort startete er den Wagen und fuhr los.

»Ich heiße Friede«, sagte sie etliche Kilometer später.

»Wie auch immer«, antwortete er nur und ließ sie weiter mitfahren als beim Einsteigen vereinbart.

Friede ertrug die Erinnerungen, die plötzlich so deutlich erschienen wie auf einer Kinoleinwand. Wie sie an der Landstraße entlangging. Der alte Daimler mit dem gespachtelten Kotflügel neben ihr anhielt. Der Fahrer mit dieser struppigen Mähne und der abgewetzten Lederjacke sie mitnahm. Noch immer erinnerte sie sich an diesen schweren Silberring mit den Widderköpfen, den er am rechten Mittelfinger trug. Was war auf einmal los in ihrem Gehirn? Hatte das Wasser im Kanal den Deich aufgeweicht, der ihre Erinnerungen umgab? Ihr Eintauchen den Damm überschwemmt? Schlamm aufgewühlt? Brocken mit sich gerissen? An die Oberfläche ihres Bewusstseins gespült? Konnte sie die nicht einfach wegtreiben lassen, bis sie außer Sicht waren? Oder gerieten sie zwangsläufig in einen Strudel, der vor ihren Augen kreiste? Schneller und immer schneller, bis sie sich ihm endlich zuwandte? Wenn sie sich ihm entgegenstellte, ihn zurück unter die Oberfläche drückte, verschwand er dann wieder, setzte sich auf dem Boden ab wie Sediment? Oder kam er erneut hervorgeschossen? Unerwartet und explosionsartig wie ein Geysir?

War es falsch, sich einzuschließen, sich von allem auszuschließen und zu hoffen, dass all die Brocken zerfielen, ohne vorher anzuecken? Hatten sie das nicht schon längst getan? Sie aus ihrem sauber eingerichteten Alltag getrieben? Wartete sie nicht geradezu darauf, dass die nächste Erinnerung aufstieg? Ebenso belanglos wie die erste. Damit sie sich sicher fühlen konnte. Wusste, dass sie das aushielt. Überlebte, selbst wenn es sie berührte. Oder war das eine der Notlügen, die sie immer schneller bei der Hand hatte? Für die kleine Atempause zwischendurch. Bevor die Angst wieder auftauchte. Nass und schwer wie die Wellen, die jedem Deich zusetzten. Die ihn brechen lassen konnten. Und damit den Erinnerungen freien Lauf ließen.

3. KAPITEL

Heute

Mira lag in ihrem Bett und versuchte, die Augen geschlossen zu halten. *Jeija.* Diese Ahnung ließ sie nicht schlafen. Die so leise begonnen hatte wie tiefe Atemzüge. Die anschwoll zu einem dumpfen Flattern. Sich emporschwang, heiser pustete und nicht verstummen wollte. *Jeija!* Es war nicht der Wind, der sich aus Nordwesten gegen die Fenster warf. Miras Wohnung lag weit genug weg vom Hafen. Selbst wenn er sich zum Sturm oder sogar zum Orkan aufblasen sollte, Meerwasser in die Elbe drückte, den Pegel steigen ließ, die Ufer überschwemmte, ihr Keller würde nicht volllaufen. Es gab keinen Baum in der Umgebung, der umstürzen könnte. Kein Baugerüst, keinen Kran. Nur Mehrfamilienhäuser, die dicht an dicht standen, als wollten sie sich gegenseitig Halt geben. Seit Elins Taufe war sie nicht mehr auf der Insel gewesen. Seit diesem Moment vor vier Monaten, als ihre Finger zitterten, Mira nur noch wegwollte und nicht konnte, hatte sie nicht mehr daran gedacht. Doch plötzlich schien sie Klärchens eiskalten Griff wieder an ihrem Handgelenk zu spüren. Und nicht nur dort. Die Kälte breitete sich in ihrem ganzen Körper aus. Und Mira war unfähig, etwas dagegen zu tun.

Die Straßenlaterne vor ihrem Fenster wippte. *Vergiss es nicht!* Leere Eimer kollerten, als spielten sie eine Melodie, und unbepflanzte Blumenkästen schlugen gegen ihre Haken den Takt dazu. *Vergiss es nicht!* Gartenmöbel scharrten mit den Füßen. *Du bist die Letzte …* Sie schnappte nach Luft. Böen schleuderten Hagelkörner gegen die Scheiben. Mira schien draußen im Sturm zu stehen. Zu schwanken. Was sollte sie nicht vergessen? Was meinte Klärchen bloß damit? Was gab es zu erinnern, zu bewahren, zu wissen? Oder war Klärchen tatsächlich wunderlich, wie Ankes Schwiegermutter es schon manchmal nannte? Mira verharrte im Bett. Die aufgewühlte Luft wühlte das Meer auf. Und sie.

Sicher hatte es eine Unwetter- und Sturmflutwarnung gegeben. Eine Vorhersage über die Wucht des Orkans, über die erwartete Windgeschwindigkeit in Stundenkilometern, als ob die sich steuern lassen würden oder sogar bremsen. Mira schaffte es nicht, aufzuspringen, Fensterriegel zu kontrollieren, Gardinen, die sich bauschten, Türen, die klapperten. Hörte sie etwas aus dem Treppenhaus? Mira wusste, dass es nicht sein konnte, und doch spürte sie diesen Sog. Er schien sie weit hinauszuziehen. Dorthin, wo Himmel und Meer sich trafen. Wo es zuerst dunkel wurde und auch wieder hell.

Sie dachte an Ockos Geschichten von den Schwestern Ebbe und Flut. Was tat die Ebbe, wenn die Flut stürmte? Gelassen abwarten? Oder anstrampeln gegen die Wellen? Sie an den Rückzug erinnern und doch kein Gehör finden? Oder sich einbringen in diesen wilden Tanz? Mit der Flut zu einem Element verschmelzen? Würde die Ebbe Gefallen finden an diesem tosenden Rausch? Sich trunken an die Schwester klammern? Heulen und betteln? Und doch wissen, dass sie loslassen musste? Mira döste zwischen Schlafen und Wachen. Ihr Bett nicht viel mehr als ein Floß in den Wellen. Es trudelte durch die Dunkelheit. Stunde um Stunde. Dem Morgen entgegen.

Es war diese Stille, die sie weckte. Die anders war als an einem gewöhnlichen Sonntag. Die Sonne schien vom stahlblauen Himmel. Die Luft wie rein gewaschen. Kein Zwitschern, kein Krächzen, kein Gurren. Nur atemloses Lauschen. Was riefen sie sich zu, da draußen in der Ferne, die Schwestern Ebbe und Flut? Kein Windzug, der ihre Kabbelei herantrug oder ihren Gesang. Bereiteten sie den Rückzug vor? Oder nahmen sie Anlauf für eine neue Runde? *Jeija!*

Mira spürte die Nacht in den Knochen. Es fiel ihr schwer, sich zu einem Spaziergang Richtung Hafen aufzuraffen. Aber sie musste hinaus.

Als sie zurückkam, nahm ein gewöhnlicher Sonntag seinen Lauf, den sie früh beendete für einen ausgeschlafenen Start in die neue Woche. Zwei Tage später hörte sie nach Feierabend ihre Mutter auf dem Anrufbeantworter, doch Mira war zu erschöpft, um zurückzurufen. Am nächsten Tag schimpfte Anke auf ihre Mailbox ein, schnauzte den Anrufbeantworter an und wütete eine E-Mail lang in extragroßen Buchstaben. Mira verschränkte die Arme. Sicher, sie hatte ihre Schwester diesmal nicht angerufen nach der Orkannacht. Sie wusste, Anke würde alles im Griff haben, selbst wenn die kleine Elin sie wach gehalten hatte, wenn die Jungen durchs Haus getobt waren und Niels zu Sturmschäden gerufen worden war. Sie hatte ihre Schwiegermutter in der Nähe, die für ihre Enkel alles stehen und liegen ließ. Mira fragte sich, was Anke plötzlich so überforderte, dass sie es an ihr ausließ. Immerhin lebte sie mehr als zweihundert Kilometer entfernt. Mira griff zum Telefon, obwohl sie eigentlich keine Lust hatte, es herauszufinden.

Anke hob nach dem fünften Klingeln ab. »Wird auch mal Zeit«, fauchte sie ins Telefon.

Mira atmete tief durch. »Moin, Moin.«

»Hier geht's nicht um ein Schwätzchen! Hier geht es um Verantwortung!«

Mira sagte nichts.

»Wenn du überhaupt weißt, was das ist!«

So hatte sie ihre Schwester lange nicht mehr erlebt.

»Was denkst du dir eigentlich? Wir wohnen doch nicht auf einer Müllkippe!«

Mira verstand nicht, worauf sie hinauswollte. »Ähm …«

»Muss ich noch deutlicher werden?«, schnaubte Anke.

»Ja. Bitte.«

»Die alte Kate nebenan …«

»Du meinst Ockos Kapitänshaus.«

Anke lachte schrill.

»Die Böen haben alles weggefetzt. Deine windschiefe Bruchbude mitsamt dem klapprigen Schuppen.«

»Du übertreibst!«

»Soll ich dir vielleicht noch ein Video von den Trümmern schicken?«

Mira hätte am liebsten Ja gesagt. Sie hatte doch noch zu Elins Taufe in Ockos Haus gewohnt. Alles war wie immer gewesen. Kein Anzeichen dafür, dass das Kapitänshaus dem ersten Herbststurm nicht genauso trotzen würde wie allen anderen zuvor.

»Das Dach ist weggeflogen«, begann Anke aufzuzählen. »Der Schuppen zerschlagen. Der Müll, den ihr dadrin gehortet habt, liegt überall herum. In den Dünen und sogar am Strand!«

Sie musste das Treibgut meinen. Die Sammlung für das Museum, das Ocko geplant hatte und mit Mira gemeinsam aufbauen wollte.

»Ich will, dass du dich schnellstens darum kümmerst! Das ist gefährlich! Nicht nur für unsere Jungs!«

»Verstehe.«

»Das glaube ich kaum! Wir haben Gäste! In den Herbstferien sind wir ausgebucht. Und eins wollen unsere Urlauber ganz bestimmt nicht: von ihren Zimmern auf so eine Müll- und Trümmerwüste gucken wie die, die sich hier auftut!«

Mira war sicher, dass ihre Schwester übertrieb. Doch sie wagte nicht, Anke um ein Foto von Ockos Haus zu bitten.

»Unsere Gäste kommen, um die Natur zu erleben!«

»Als ob Sturmschäden nicht dazugehören«, murmelte Mira.

»Was?«

»Schon gut. Ich versuche es einzurichten. Nächstes oder übernächstes Wochenende komme ich rüber.«

»Entweder du kommst sofort, oder ich mache alles platt!«

»Wie stellst du dir das vor?«

»Das muss ich mir nicht vorstellen! Ich lasse den Containerdienst kommen, alles einsammeln, aufs Festland schaffen, entsorgen und dir dann die Rechnung schicken.«

Bevor Mira etwas dazu sagen konnte, legte Anke auf.

Keine vierundzwanzig Stunden später stieg Mira in Dagebüll auf die Fähre. In der Nacht davor hatte sie ein paar Sachen in ihren Rucksack gestopft. Mails geschrieben, die Präsentation für das neue computergestützte Ablagesystem überarbeitet und eine Anleitung dazu für ihren Kollegen geschrieben. Sie war die Erste im Büro, passte ihre Vorgesetzte ab und bat sie um ein paar Tage Urlaub in einer dringenden Familienangelegenheit. Natürlich kam das ungelegen und jenseits aller Planung und Verabredungen. Niemand kannte sich so gut im Archiv aus wie Mira. Sie versprach, erreichbar zu bleiben. Mira wusste kaum noch, wie sie bis mittags durchhalten sollte. Dann lief sie zum Bahnhof und sprang in den Zug.

Was war nur in Anke gefahren?, fragte sie sich. Stieg ihr die gute Buchungslage so zu Kopf, dass sie ihre Schwester zwingen wollte, einem Neubau auf Ockos Grund endlich zuzustimmen? Kam ihr dazu der Orkan gerade recht? Oder schlug jetzt plötzlich doch die Eifersucht durch, weil Anke von ihrem Patenonkel beim Erbe übergangen worden war? Mira fand keine Antwort. Als die Fähre in Wittdün einlief, wurde es bereits dunkel. Sie drängte sich mit den Touristen in den Linienbus. Neugier und Wiedersehensfreude mischten sich hier zu Hochstimmung, die der Busfahrer mit seinen verdrehten Sprüchen zu den Haltestellen weiter anfachte. Am liebsten hätte Mira sich bei der Blauen Maus schon wieder aus dem Bus gekämpft, um sich eine hochprozentige Pause zu genehmigen. Doch sie entschied sich dafür, ihrer Schwester nüchtern und mit klarem Verstand gegenüberzutreten. Sie wollte auf alles vorbereitet sein. Würde sie sich am Ende sogar noch ein Quartier für die Nacht suchen müssen?

Sie fuhr bis Norddorf Mitte und lief zügig zur Fußgängerzone und weiter durch die Nebenstraßen Richtung Dünen. Sie erreichte das Haus ihrer Schwester und sah die Familie durchs Küchenfenster am Abendbrottisch sitzen. Sollte sie die paar Schritte weiter bis zu ihrer Pforte gehen oder gleich die Abkürzung über Ankes Grundstück nehmen? Niemand bemerkte, dass sie durch den Vorgarten ging. Am Haus vorbei. Quer durch den Garten. Da flammte der Bewegungsmelder auf. Sie rieb sich die Augen. Der grelle Lichtstrahl schnitt gnadenlos ins Dunkel und traf dieses windschiefe Etwas am Rand des Grundstücks.

Mira blieb stehen. Das konnte nicht wahr sein. Ganz bestimmt nicht. Sie drehte sich um. Jenseits der Spielwiese zeichnete sich der mächtige Schattenriss ab. Das erinnerte sie schon eher an Ockos reetgedecktes Kapitänshaus. Doch als das Licht wieder erlosch, sah sie nur noch die weiße Rückwand schimmern. Der Rest des Hauses verschwand in der Dunkelheit. Das Dach wie struppiges Haar, hier und da zerzauste Strähnen und kahle Stellen. Sie starrte hinüber, bis ihr die Augen brannten. Dann ging Mira langsam weiter, auf die Vorderseite ihres Hauses zu. Die Tür stand offen, pendelte im Wind, schlug aber nicht gegen den Rahmen. Sie stieg über die geborstene Schwelle. Drinnen fand ihre Hand den Lichtschalter von allein. Er knackte, die Lampen blieben jedoch dunkel. Sie tastete sich zur Küche vor. Der Sturm hatte seinen kalten Atem in den Ecken hinterlassen. Mira spürte es deutlich. Sie ließ sich auf einen Stuhl fallen. Sein Ächzen klang so gar nicht hölzern.

»Ocko«, schluchzte sie, »ach, Ocko.«

Sie fror in der Zugluft. Hier konnte sie nicht sitzen bleiben. Und doch war es so schwer aufzustehen. Sich zwischen den dunklen Umrissen zu bewegen, die aus dem Schwarz hervorstachen. Nicht weil sie gegen die Kommode stoßen könnte, gegen den Ohrensessel oder gegen Ockos Seekiste. Die hatte der Sturm an ihren angestammten Plätzen gelassen. Auch nicht weil Sand aus den Dünen hereingeweht war, der bei jedem Schritt unter ihren Schuhsohlen knirschte. Es war Ockos Haus, aber es fühlte sich kaum noch so an. Es war ihr Haus. So hieß es jedenfalls. Und sie tat nichts dagegen, dass es sich ihr immer mehr entfremdete. War sie bereit, es aufzugeben? Es ihrer Schwester zu überlassen? Oder es Elin zu überschreiben, ihrem Patentöchterchen? So wie Ocko es einst getan hatte? Was hielt Mira noch hier? Was war übrig geblieben vom Abenteuerland ihrer Kindheit? Von ihrer Zuflucht? Von ihren Plänen? Nichts als Erinnerungen, die hin und wieder aufschienen. Mal gleißend, wie ein Sonnenstrahl auf dem Priel. Ein anderes Mal eher sanft schillernd, wie Perlmutt im Inneren einer Muschelschale. Oder kaum noch flackernd, eher glimmend, wie ein Strandfeuer kurz vor dem Erlöschen. Erinnerungen, die sie hütete. Selten teilte. Die Miras Schatz waren. Ihre Traurigkeit vertrieben, ihre Vorfreude schüren konnten.

Jedenfalls bis zu dem Moment vorhin, als sie Ockos Haus im grellen Scheinwerferlicht des Bewegungsmelders gesehen hatte. Zum ersten Mal mit Ankes Augen. Vermutlich war es für ihre Schwester schon immer nur eine windschiefe Kate in den Dünen gewesen. Nicht erst seit ihre Mutter es so nannte oder seit Anke mit Niels in das Kapitänshaus seiner Großeltern nebenan gezogen war. Mira hatte sich nie gefragt, ob Anke die Ferien hier genauso gerne verbrachte wie sie. Hätte es für ihre kleine Schwester überhaupt die Möglichkeit gegeben, nicht mitzufahren? Hasste sie es anfangs sogar manchmal? Mira hatte sie nie danach gefragt. Und sie würde es auch jetzt nicht tun. Denn für Anke zählte nur noch, dass sie Niels hier auf der Insel kennengelernt hatte.

Langsam gestand Mira sich ein, dass sie sich davor fürchtete, eine Art Schlussstrich zu ziehen. Es kam ihr wie Verrat vor, Ockos Kapitänshaus zu einem Ferienhaus zu degradieren. Ob sie es nun selber nutzen wollte, drei-, viermal im Jahr, während es die übrige Zeit allein im Wind ausharrte. Oder ob sie es ihrer

Schwester zum Vermieten überließ, die Tür öffnete für all die Fremden, die ahnungslos in den Mauern schlafen würden. Unberührt von all den Geschichten. Von all den Leben, die hier gelebt worden waren. Die ihre Spuren hinterlassen hatten, in den Deckenbalken oder in den Fußbodendielen. Selbst wenn sie abgeschliffen wurden, wieder und wieder, um sie frisch erscheinen zu lassen, waren sie doch mit jeder Faser ihrer Jahresringe Zeugen vergangener Zeiten. Zeugen, die bereitwillig erzählten, wenn nur jemand kam, der ihre Sprache verstand. Mira fragte sich, ob sie verlernt hatte, ihnen zuzuhören. Ob jeder Tag, den sie nicht auf der Insel verbrachte, sie hatte immun werden lassen gegen all diese Stimmen, gegen dieses Flüstern, das auch von ihr erzählte.

Mira lauschte in die Dunkelheit. Auf einmal wusste sie, dass sie noch nicht so weit war. Sie stützte sich am Küchentisch ab, um aufzustehen. Die Kälte umklammerte längst ihre Arme und Beine, Hände und Füße, den Kopf. Es wurde Zeit, zu ihrer Schwester hinüberzugehen. Ungelenk setzte sie ihre Schritte. Ein weiter Weg bis zu Anke ins Haus.

»Mira?« Anke streckte die Hand aus und berührte sachte Miras Arm, als müsste sie sich vergewissern, keinen Geist vor sich zu haben. »Wo kommst du denn her? Um diese Zeit?«

»Von draußen«, brachte Mira heiser hervor.

»Warum hast du denn nicht angerufen? Wir haben gar kein Zimmer frei für dich.«

Niels kam in den Flur und umarmte seine Schwägerin zur Begrüßung. »Du bist ja eiskalt!« Er deutete Richtung Küche. »Komm rein! Ich koche dir einen Tee. Wenn du willst, mit Schuss.« Dann wandte er sich seiner Frau zu. »Am besten, du drehst mal die Heizung hoch!« Er nahm Mira den Rucksack ab und stellte ihn zur Seite.

»Ich hab meinen Schlafsack mit«, flüsterte sie.

»Keine Sorge, wir finden schon ein warmes Plätzchen für

dich!« Niels setzte Wasser auf. »Das ist ja mal eine nette Überraschung«, sagte er, »oder wusstest du davon, Anke?«

»Ich?«

Mira sagte nichts dazu.

»Da werden sich die Jungs aber freuen! Übermorgen fangen die Herbstferien an, und ihre Tante ist da!« Niels goss den Tee auf. »Möchtest du ein Brot dazu?«

Mira schüttelte den Kopf. »Danke.«

»Die Kinder schlafen schon«, sagte Anke.

Mira nickte. Sie umfasste den Becher Tee mit beiden Händen. Das heiße Porzellan schmerzte an ihren Fingern, aber sie ließ nicht wieder los.

»Bist du etwa den ganzen Weg von Wittdün hierhergelaufen?«, wollte Niels wissen.

»Nein.«

Er sah zur Uhr. »Aber die letzte Fähre ist doch schon vor Stunden angekommen.«

»Sie war bei Ocko«, sagte Anke.

»Wie, auf dem Friedhof?«

»In seiner Kate nebenan. Oder in den Trümmern, die davon noch übrig sind.«

Niels half Mira, ihren Schlafsack auf dem Sofa in der guten Stube auszurollen. »Morgen machen wir eins von den Kinderzimmern frei für dich. Elins Wiege steht sowieso meistens bei uns.«

»Nicht nötig, Niels. Wirklich nicht. Ab morgen kann ich drüben schlafen.«

»Das sehen wir dann!«

Niels schloss die Tür hinter sich. Draußen hörte Mira ihn leise mit Anke sprechen. Ihre Schwester klang aufgeregt. Mira verstand nicht, was sie sagten, und wollte es sich auch nicht vorstellen. Sie löschte das Licht. Dann sah sie hinaus in den Garten. Über die Spielwiese hinweg. Das letzte Mal hatte sie hier vor vier Monaten gestanden, an dem Abend vor Elins Taufe. Seit damals schien Ockos Kapitänshaus geschrumpft zu sein, als wäre es nur noch ein Schatten seiner selbst. Mira wandte sich ab und kroch in ihren Schlafsack. Sie zog den Reißverschluss bis obenhin zu und gab sich der wärmenden Umarmung hin.

Am nächsten Vormittag wachte Mira davon auf, dass Anke die Tür einen Spaltbreit öffnete und hereinspähte. Sie richtete sich auf und winkte ihrer Schwester zu. Anke betrat das Zimmer sofort. Sie trug Elin auf dem Arm. »Na, du Schlafmütze«, sagte sie, und Mira fragte sich, ob sie nicht vielleicht doch Elin damit meinte.

»Ich bin wohl spät dran«, sagte Mira.

»Du hast nichts und niemanden gehört! Unseren kleinen Schreihals hier nicht, Niels nicht, der früh los ist, Bendix und Claas nicht, die zur Schule sind, und Drefs, der neuerdings einen Aufstand macht, wenn er in die Kita soll.«

»War alles ein bisschen viel für mich in den letzten Tagen.«

»Und für mich erst!«

Mira gähnte.

»Dieser Orkan – wir sind ja einiges gewohnt, aber das war schon heftig.« Anke pustete sich eine Haarsträhne aus dem Gesicht. »Und dann noch Vollmond. Da läuft es besonders hoch auf. Das Wasser kam von allen Seiten. Mit jeder Flut höher und höher. Von Ebbe keine Spur. Das Wasser lief einfach nicht wieder ab. Erst Tage später und dann nur ganz langsam.«

»Wenigstens liegt ihr weit genug hinterm Deich.«

»Schon, aber so ein Orkan ist unberechenbar. Du siehst ja, was mit deiner Kate passiert ist. Und mit dem Schuppen, als der Wind umgeschlagen ist. Auch wenn unser Haus nicht so marode ist, aber dieser Naturgewalt machtlos ausgesetzt zu sein und dann noch mit den Kindern …«

»Und wie hat meine Lieblingsnichte den ersten Orkan ihres Lebens überstanden?« Mira nahm ihrer Schwester die kleine Elin ab.

»Kaum zu glauben, aber es war die erste Nacht, in der sie komplett durchgeschlafen hat!«

»Tja, eine echte Insulanerin eben.«

Nach dem Frühstück ging Mira hinaus, um den Schaden an Ockos Haus bei Tageslicht zu beurteilen. Erleichtert stellte sie fest, dass das Dach zwar angegriffen aussah, es sich jedoch nur um einzelne Stellen handelte. Vermutlich ließ es sich flicken. Die verzogene Eingangstür musste wieder richtig in die Angeln gehoben, notfalls ein wenig abgeschliffen werden. Die Mauern hielten. Einzig der Putz bröckelte. Eins der Fenster musste ersetzt werden. Und Niels würde herausfinden, was mit den elektrischen Leitungen los war. Mira startete zu einer zweiten Runde ums Haus, um sicherzugehen, dass sie nichts übersehen hatte. Kein Totalschaden wie beim Schuppen. Der schien irgendwann einfach zusammengeklappt zu sein. Nachdem eine Böe die Wetterseite eingedrückt, das Dach abgerissen und im Inneren weitergewütet hatte. Übrig blieb ein wilder Bretterhaufen, aus dem hier und da zusammengenagelte Platten ragten. Kaum noch als ehemals stabile Seitenwände zu erkennen. Das meiste Treibholz schien er unter sich begraben zu haben. Vielleicht eignete es sich dadurch wenigstens noch zum Heizen. Das Treibgut allerdings, all die besonderen Stücke, die Mira und Ocko so sorgfältig zusammengetragen und katalogisiert hatten, waren weit hinaus in die Dünen geweht worden. Und dort konnten sie auf gar keinen Fall liegen bleiben. Ob Mira nun die Arbeit an dem Treibgutmuseum, für das sie jahrelang Pläne geschmiedet hatten, wieder aufnahm oder nicht.

In der Mittagspause berichtete sie ihrer Schwester und ihrem Schwager von den Schäden.

»Und, willst du es abreißen lassen?«, fragte Anke.

»Nein.«

»Kann ich verstehen«, sagte Niels.

Anke verdrehte die Augen.

»Ich seh mir das gleich mal an. Wenn deine Einschätzung

richtig ist, dann mach ich ein paar Anrufe für dich. Keine Sorge, Mira, wir kriegen dein Haus schon winterfest.«

»Danke.«

»Nicht dafür. Du bist doch Familie.«

Natürlich müsste das Dach demnächst komplett frisch eingedeckt werden. Am besten der ganze Dachstuhl samt Isolierung erneuert werden. Das Mauerwerk auf Feuchtigkeit geprüft und verputzt. Die Fenster ersetzt. Mira sagte zu, alles durchzurechnen, verdrängte den Gedanken an die Kostenflut aber sofort. Sie wusste, die Handwerker würden ihr einen vernünftigen Preis berechnen, weil sie Niels' Schwägerin war und weil Niels mit den meisten gemeinsam eingeschult worden war. Sie wusste aber auch, dass jede einzelne Schraube, jeder Reethalm, jeder Ballen Isolierwolle, die gebraucht wurden, auf die Insel transportiert und jeder Frachtcontainer teuer bezahlt werden musste. Selbst wenn sie sich für Dachziegel statt für Reet entscheiden sollte, ihre Ersparnisse würden sicher nicht dafür ausreichen.

Zwei Tage später konnte Mira die Tür zu Ockos Haus wieder schließen und das Licht einschalten. Das Dach war von innen und außen abgedichtet und geflickt. Mira fegte den Sand hinaus. Wieder und wieder. Und doch knisterte es immer noch unter ihren Schuhsohlen. Sie schrubbte die Dielen, putzte und wusch alles, was sich waschen ließ. Sie heizte den Kaminofen und sorgte dafür, dass das Feuer nicht ausging. Es kam ihr vor, als würde das Haus aufatmen. Am Abend bestand sie darauf, den Schlafsack in ihren eigenen Wänden auszurollen anstatt bei ihrer Schwester auf dem Sofa.

»Bist du sicher?«, fragte Niels.

»Ganz sicher.«

»Sie flüchtet vor ihren Neffen«, warf Anke ein.

Die Jungen waren am Morgen ihres ersten schulfreien Tages zu Mira ins Zimmer gestürmt. Am liebsten wollten sie gleich zu ihr in den Schlafsack klettern, und zwar alle auf einmal.

Mira lachte. »Sicher nicht!«

»Aber wenn du nicht schlafen kannst, weil es doch noch zu kalt ist, dann kommst du zurück. Du musst nichts beweisen da drüben. Weder dir noch uns.«

»Schon klar. Und: danke! Euch beiden.«

Anke nickte nur und sah zu, wie Mira ihre Sachen einpackte. Sie begleitete ihre Schwester bis zur Hintertür. »Wenn du zum Frühstück rüberkommen willst, nur zu – wann immer du ausgeschlafen hast.«

»Gerne. In meinem Kühlschrank herrscht noch Ebbe.« Mira umarmte ihre Schwester. Dann ging sie hinaus.

Im Morgengrauen folgte sie den Spuren, die der Orkan gelegt hatte, von Ockos Schuppen aus den Weg entlang durch die Dünen zum Strand hinunter. Sie entdeckte so manches Stück aus ihrer Treibgutsammlung. Vieles sah sie auf Anhieb. Anderes, fast völlig zugeweht vom Flugsand, ließ sich schwieriger ausmachen. Einige Teile gar nicht. Vielleicht waren sie weiter weg getragen worden als erwartet, ob nun vom Sturm oder von Menschenhand. Gab es diese Neugier auf alles, was das Meer mitbrachte, immer noch unter den Insulanern? Dieses Hoffen auf einen Glücksgriff, wie ein unversehrtes Fass Rum im Spülsaum, wenn es schon keine Kiste voller Golddublonen war? Diese Faszination für Fremdes, möglicherweise Exotisches, wie einst für die ersten Kaffeebohnen oder Teeblätter, die auf diese Weise hierhergelangten? Und diesen unbedingten Willen, das Beste für sich daraus zu machen. Seinen kargen Alltag damit aufzuwerten, auch wenn nicht immer sofort klar war, wie? Ließ es sich einkochen oder weich kochen? An das Vieh verfüttern oder damit heizen? Wenn nichts unversucht gelassen wurde, einen Verwendungszweck dafür zu finden? War es heutzutage immer noch wichtig, nach dem Orkan so schnell wie möglich an den Strand zu kommen, nach Schätzen zu suchen und sich nicht dabei erwischen zu lassen? Oder waren Sturmtouristen für die Insulaner inzwischen viel wichtiger als das Treibgut selbst? Weil sie einfach mehr einbrachten? Ocko und Mira waren von Anfang an auf wenig Gegenliebe gestoßen mit ihren Plänen für das Treibgutmuseum. Ein lästiges Problem, all das, was an die Strände gespült wurde, und ein teures noch dazu. Aber musste es für jeden sichtbar ausgebreitet und ausgestellt werden? Sollte es nicht eher so schnell und so unauffällig wie möglich beseitigt werden? Zahlten die Urlaubsgäste ihre Kurtaxe nicht auch genau dafür? Konnten und wollten sie tatsächlich sensibilisiert werden für die Flut an Plastikmüll in ihrem Alltag, indem sie hier mit Bergen von Strandgut konfrontiert wurden? Mira erinnerte sich an die Buden, die Ocko mit ihnen als Kindern gemeinsam vor den Aufgängen in die Dünen errichtete. Meistens fingen sie nach den Frühjahrsstürmen damit an und ergänzten sie im Lauf des Jahres. Sie trugen alles zusammen, was sie im Spülsaum fanden. Manchmal gab es genug Holz, ja sogar ganze Paletten, aus denen sie richtige Hütten zimmern konnten. Mit Fenstern, die ebenfalls von irgendwoher angetrieben worden waren, die Scheiben zerkratzt, fast blind, aber nicht zerbrochen. Ein Stuhl fand sich meist auch. Stahlrohr mit Kunststoffgeflecht, in dem sich Seetang, Muscheln und Krebse verfangen hatten, oder ehemalige Gartenmöbel, denen ein Bein oder eine Armlehne fehlte. So ein Stück dekorierten sie mit allem, was irgendwie glitzerte, zum Neptunsthron und behängten diesen mit Geisternetzen. Den Weg dorthin markierten sie mit Spießen und zerschlissenen Fahnen. Zur Begrenzung fädelten sie einzelne Flipflops und Gummistiefel, Fender, Gießkannen, Kanister und Flaschen auf ausgefranste Plastikseile. Die pendelten im Wind und spendeten heiseren Beifall, wenn sie aneinanderschlugen.

In der Saison weckten diese Treibgutbuden die Neugier der Gäste. Sie sorgten für Erstaunen. Ocko klärte die Spaziergänger am Strand gerne darüber auf, dass jedes einzelne Teil mit der Flut hier angekommen war. Dass jede Flut neue Überraschungen mitbrachte, zweimal am Tag, positive wie negative.

Und dass nur ein Bruchteil davon hier ausgestellt war. Er verstand die Buden als *Denk-Mal*. Doch er wünschte sich etwas, das länger hielt als nur bis zu den Winterstürmen. Immerhin brauchten die Geisternetze, die so oft angespült wurden, in denen sich Meerestiere und Seevögel verfingen und qualvoll starben, sechshundertfünfzig bis achthundert Jahre, ehe sie sich zersetzt hatten. Und selbst dann richteten sie noch als Mikroplastik Schaden an. Auch im Körper der Menschen, der Urlauber wie der Insulaner, der Strandspaziergänger und ihrer Kinder und Enkel und Urenkel.

Mira hatte Ocko stets beobachtet, wie er mit den Leuten sprach. Er sah so ganz anders dabei aus, als wenn er ihr Geschichten zu den Dingen erzählte. Er hörte sich auch anders an. So als ob sich hinter jedem seiner Worte ein tief sitzender Schmerz verbarg. Etwas, das ihn trieb, ihn einfach nicht losließ und das er nicht loslassen konnte, was immer das Meer auch anspülte. Mira wich nicht von seiner Seite. Stundenlang ging sie neben ihm im Spülsaum. Schweigsam den Blick zu Boden gerichtet. Sie blieb bei ihm stehen, wenn er stumm aufs Meer hinaussah. Wenn er den Horizont abzusuchen schien. Wenn Mira glaubte, dieses Flüstern zu hören, und nicht wusste, ob es über seine unbewegten Lippen kam oder aus den Wellen. Wenn sie ihre Hand in seine schob. Ihre Finger an seiner rauen Handfläche wärmte. Bis er nachdenklich auf sie herabsah und sich seine Züge endlich zu einem Lächeln öffneten.

Mira schloss die Augen. Spürte, dass diese Geschichte noch nicht zu Ende erzählt war. Nahm den Sog wahr, der sie leise, aber unnachgiebig dazu drängte, das Treibgut einzusammeln. Sie musste Ockos Bollerwagen suchen und wieder flottmachen, um Unhandliches, Sperriges sowie mehrere Teile auf einmal transportieren zu können. Sie würde jedes einzelne Stück aus den Dünen klauben. Sie würde den Sand abbürsten. Wenn es nicht anders ging, mit einem feinen Pinsel. Sie würde alles zusammentragen, so wie Ocko es getan hatte. Auch das war sein Vermächtnis. Sie musste einen festen Rahmen dafür schaffen, der verhinderte, dass der nächste Sturm wieder alles hinauswirbelte. Und zwar schnell.

Mira bemerkte, dass jemand oben am Dünenkamm stand und auf sie herabsah. Der Kleidung nach ein Insulaner, doch sie erkannte ihn auf die Entfernung nicht. Sie hob die Hand zum Gruß. Anstatt zurückzuwinken, wandte er sich ab. Vielleicht hatte sie sich getäuscht, dachte Mira. Es könnte ein Urlauber gewesen sein. Einer, der seinen Hund ohne Leine durch die Dünen streifen ließ, obwohl das verboten war. Und er das natürlich wusste. Der sich ertappt fühlte, als sie ihm winkte. Sie womöglich für jemanden von der Kurverwaltung hielt, der den Strand kontrollierte, der eine Verwarnung aussprechen oder ein Bußgeld verhängen konnte. Aber irgendetwas ließ Mira daran zweifeln.

Sie schlug den Rückweg ein. Unterwegs grub sie ein Tischbein aus, das wie ein goldbrauner, schwarz gemaserter Baumstumpf aus dem Dünensand ragte. Es war über und über mit Schnitzereien belegt und vor langer Zeit in Ockos Treibgutsammlung gekommen. Mira erinnerte sich genau, welche Geschichte es mitbrachte und wie gespannt sie darauf gewesen war, dass Ocko sie ihr endlich ganz und gar erzählte. Nicht bloß diese Häppchen, die höchstens was für ihre kleine Schwester waren. Wie ein Schwamm sog Mira all die fremden Wörter auf, die damit verbunden waren und die sie in exotische Welten einluden.

Die Wellen hätten das Tischbein durch den Indischen Ozean und den Atlantik bis hierher getragen, erklärte Ocko den Mädchen. Er zeigte Anke und Mira eine Abbildung am oberen Rand, einen Mann mit vier Armen, der auf einem Krokodil saß. Während Mira den Blick nicht davon lassen konnte, rannte ihre Schwester schreiend davon. Natürlich wollte Mira mehr darüber wissen. Aber sie konnte ihre Schwester nicht alleine herumirren lassen, schon gar nicht, wenn sie sich fürchtete. So stellte sie sich erst einmal vor, wie der Tisch ausgesehen haben müsste, zu dem so ein Bein gehörte. Sie glaubte, dass er mindestens drei Meter lang gewesen wäre und auf sechs, vielleicht sogar acht solcher Beine gestanden hätte. Bis Ocko ihr erzählte, dass es einen jungen Mann gegeben hatte, der diesen Tisch durchs ganze Land trug. Der ihm als Schutz vor Regen, als Bett an der Straße, als Boot über den Fluss und schließlich sogar als Bühne diente. Mira wollte wissen, welcher Tisch so etwas aushielt, und Ocko wusste, dass er aus Teakholz gebaut worden war. Aus einem einzelnen Baum, der nicht mit seinen Geschwistern in einem Monsunwald gewachsen war, sondern im Hof eines prächtigen Palasts. Nächtelang beschäftigte sich Mira damit, wie wohl all die Säle und Gemächer geschmückt waren und geglänzt hatten. Bis Ocko ihr erzählte, dass sie irgendwann leer standen und verfielen. Von einer großen Familie lebten da nur noch zwei Brüder. Der eine beschloss, den Palast zu retten, indem er ihn zu einem Hotel umbauen lassen wollte. Der andere konnte die Vorstellung nicht ertragen, fremde Menschen im Heim seiner Vorfahren ein und aus gehen zu sehen. Um ihm den Abschied zu erleichtern, bot der Bruder ihm ein Erinnerungsstück an. Statt eines Wandteppichs, einer Statuette oder einer Gewürzdose wählte er den Teakbaum im Hof, unter dem ihnen ihre Großmutter Geschichten aus längst vergangenen Zeiten erzählt hatte. Und Szenen dieser Geschichten fanden sich in den Schnitzereien wieder. Mira fuhr zu gerne mit ihren Fingern über die raue, fast klebrige Oberfläche und stellte sich dabei vor, wie der junge Mann auf dem Tisch saß oder stand und seine Geschichten erzählte. Wie die Zuhörer, fasziniert davon, Hunger und Durst, Regen und Kälte vergaßen. Eines Tages erreichte er den Ozean. Das Rauschen der Wellen hypnotisierte ihn geradezu. Ebenso wie der Anblick eines zarten Mädchens mit großen, dunklen Augen. Für sie, und einzig für ihre Ohren, erzählte er die eine Geschichte, die er noch nie zuvor erzählt hatte. Sie handelte vom Fluch des Meeres. Mira erinnerte sich an die Gänsehaut, die sich über ihren Körper ausgebreitet hatte, als Ocko davon berichtete, dass Varuna, der so etwas wie der indische Neptun sein musste, die Frauen der Familie eine nach der anderen ins Wasser lockte, damit sie seinen Unterwasserharem bevölkerten. Der junge Mann fürchtete, das Mädchen in Gefahr zu bringen, wenn er es, wie von ihrem Vater gewünscht, auf der langen Seefahrt zum Bräutigam begleitete. Weder die Schätze, die der Vater als Belohnung anbot, noch die Bitten des Mädchens stimmten den jungen Mann um. Erst ein Traum, in dem ihm seine Großmutter erschien, ließ ihn einwilligen. Mira fragte sich tagelang, was es mit diesem Traum auf sich hatte, doch Ocko wollte ihr nichts darüber erzählen. Stattdessen ließ er das Schiff in einen Orkan geraten und untergehen. Der Tisch wurde mit den Beinen nach oben in den Wellen hin und her geworfen. Der junge Mann und das Mädchen retteten sich, indem sie sich jeder an ein Bein klammerten. Doch die Wellen waren zu mächtig und rissen dem Tisch ein Bein nach dem anderen ab. Mira schnappte nach Luft. Ocko schwieg. Lange. Mira zog Ocko am Ärmel. »Aber die beiden haben sich doch gerettet?«

Ocko schwieg weiter.

»Auf eine Insel vielleicht?«

»Vielleicht.«

Mira erinnerte sich daran, dass er ungewöhnlich einsilbig geworden war und sie nicht wusste, warum.

»Erzähl mir doch, wie es weitergegangen ist mit den beiden. Der Sturm hat also den Tisch zerschlagen. Bitte! Ich bin doch kein Baby mehr.«

Ocko sah nur stumm auf sie herab.

»Sind sie ertrunken? Ist das Mädchen in dem Unterwasserharem gelandet? Und der Junge? Ist er bis hierher gekommen, mit dem Tischbein?«

Aber Ocko hatte sich nicht erweichen lassen.

Mira hatte jahrelang nicht mehr an diese Geschichte gedacht. Sie trug das Tischbein mit den schwarzen Adern zwischen den Schnitzereien zurück Richtung Ort.

»Moin!«, grüßte Mira die Frau, die ihr mit vollgepackten Einkaufstaschen entgegenkam. Sie lebte schon länger in der Straße als Anke und Niels. Doch Mira fiel einfach nicht ein, wie sie hieß.

»Moin.« Die Frau schien zu überlegen, ob sie stehen bleiben oder so tun sollte, als hielte sie Mira für eine Touristin.

Mira nahm ihr die Entscheidung ab, indem sie anhielt und sich auf das Tischbein stützte.

»Brennholz gesammelt?«, fragte die Frau. Sie stellte ihre Taschen ab. »So ein Sturm wirbelt vieles auf.«

»Hat es Ihr Haus auch erwischt?«

»Mein Dach ist tipptopp. Das kostet natürlich. Aber wer will schon ein Apartment mit Wasserschaden mieten?«

Mira nickte. Sie wusste, dass die Frau mehr als eine Ferienwohnung im Angebot hatte.

»Und«, fragte die Nachbarin, »geht es denn bei euch jetzt bald los mit dem Neubau?«

Mira versuchte ihre Überraschung zu verbergen.

»Nach den Herbstferien? Anke sagte so was. Oder täusche ich mich da?«

»Das fragen Sie besser meine Schwester.«

»Zum Winter hin ist das ja so eine Sache mit dem Bauen. Da weißt du nie, ob es Frost gibt. Aber in der Saison – das geht gar nicht! Die Urlauber wollen keine Baustelle vor der Tür haben. Vor allem die Allergiker nicht. Staub und Schutt sind das reinste Gift für sie! Da muss ich meine Gäste vorwarnen, wenn sie buchen. Besonders die Stammgäste. Die nehmen mir das sonst übel.«

Mira nickte nur.

»Wenigstens geht das Haus nicht an Auswärtige. Das hätte der gute Ocko nicht gewollt.«

Mira wusste nicht, was sie dazu sagen sollte.

»Er war noch einer vom alten Schlag. Einer der wusste, wie es zugeht in der Welt. Der aber auch wusste, wo er hingehörte. Na ja, mit den Frauen hätte man ihm ein besseres Händchen gewünscht.«

Mira atmete tief durch.

»Überhaupt ist das ganze Dorfleben hier nicht mehr dasselbe, seit Ocko unter der Erde liegt.«

Mira nahm das Tischbein wieder unter den Arm. Sie bereute, dass sie stehen geblieben war.

»Der gute Ocko«, seufzte die Frau. »Und du bist sicher hergekommen, um sein Haus auszuräumen.«

»Ich muss dann jetzt auch«, sagte Mira.

»Natürlich.« Die Frau griff nach ihren Taschen. »Die Arbeit macht sich nicht von alleine.«

Mira beeilte sich, wegzukommen.

Kaum hatte sie den Garten betreten, stürmte Anke aus dem Haus. »Was wollte denn die alte Petersen von dir?«

»Ach, du hast uns gesehen?«

»Die ganze Straße hat euch gesehen!«

»Und?«

»Ich meine ja nur. Du bist hier nicht in der Stadt.«

»Das ist mir auch schon aufgefallen.«

»Also?«

Mira nahm die angespannten Züge ihrer Schwester wahr. »Sie hat nach eurem Neubau gefragt.«

Anke hielt Miras Blick stand, aber zögerte kurz, als würde sie genau überlegen, was sie antworten sollte. »Du musst das verstehen, Mira! Sie ist nicht die Einzige, die wissen wollte, wie das alles weitergeht nach Ockos Tod und vor allem jetzt nach dem Orkan. Und irgendetwas musste ich ihnen sagen.«

»So, musstest du das.«

»Wir haben alle paar Tage ein neues Kaufangebot im Briefkasten!«

Mira zog die Augenbrauen hoch.

»Manche klingeln sogar ganz ungeniert an der Tür.«

»Wir sind doch hier nicht auf Sylt!«

»Das hat Niels anfangs auch gesagt. Aber inzwischen … Du kannst dir nicht vorstellen, was sie bieten. Und wie weit sie bereit sind, zu gehen.«

»Für diese – wie nennst du es noch – windschiefe, alte Kate bei den Dünen? Diese Trümmerwüste ohne eigene Zufahrt?«

»Genau dafür.«

Mira schwieg.

»Wir sollten eine Baugenehmigung beantragen. Dann ist endlich Ruhe, denke ich.«

»Und du als Einheimische bekommst sie eher als ich.«

»Da könntest du recht haben.« Anke ging auf Mira zu und legte den Arm um ihre Schwester. »Es bleibt doch in der Familie!« Durch die offene Haustür war plötzlich Elins leises Stimmchen zu hören. »Wir würden dich niemals ausbooten. Und das weißt du auch!«

Mira betrachtete einen Moment lang stumm das Tischbein, das sie immer noch unter dem Arm trug.

»Komm mit«, rief Anke, »jetzt sehen wir mal nach deiner Lieblingsnichte!« Sie wartete nicht auf Miras Antwort, sondern schob ihre Schwester Richtung Haustür. »Aber das Ding da bleibt draußen«, bestimmte sie mit Blick auf das Tischbein.

Mira legte es neben der Schwelle ab. »Übrigens, hast du Ockos Bollerwagen gesehen?« Sie folgte ihrer Schwester ins Haus. »Der mit den extrabreiten, gelben Reifen.«

»Lass mich nachdenken …« Sie stiegen die Treppe hinauf zu Elins Zimmer. »Zuletzt lag der Wagen ziemlich ramponiert auf der Spielwiese herum.«

»Aber Niels hat ihn doch sicher repariert.«

»Wie kommst du denn darauf?« Sie hob Elin aus dem Bett.

»Wenn ihr mit den Kleinen zum Strand wollt, geht das wohl kaum mit dem Kinderwagen.«

Anke lachte, aber für Mira klang es abfällig. »Wir sind doch hier nicht im Urlaub!«

Mira fand den Bollerwagen später hinter Niels' Schuppen. Er lag mit den Reifen nach oben im Gras. Einer fehlte. Sie entdeckte, dass er auf dem Nachbargrundstück gelandet war. Bei dem Haus, das selten jemand bewohnte. Es gehörte seit einigen Jahren einem Paar mit viel Geld und wenig Zeit, das seinen ersten Wohnsitz nahe der französischen Grenze hatte. Mira stieg über den Zaun. Sie erinnerte sich noch an die alte Frau, die hier gelebt hatte. Nachdem ihre sieben Kinder eins nach dem anderen aufs Festland gezogen waren, verbrachte sie die meiste Zeit in ihrem Garten. Von ersten Schneeglöckchen, Krokussen und Winterlingen im März bis hin zu Dahlien und Astern im Herbst blühte es in ihren Beeten ununterbrochen. Und niemand mit einer Kamera ging vorbei, ohne ein Foto zu machen und ein paar Worte mit der Gärtnerin zu reden. Die Blütenpracht war inzwischen spurlos verschwunden. Dafür gab es eine gepflasterte Zufahrt mit eingelegtem Fantasiewappen. Die Beete waren ganz und gar mit Schieferplatten zugedeckt, sodass der Garten wie eine einzige große Terrasse wirkte. Weil ihre Kinder sich nicht einigen konnten. Drei wollten das Elternhaus gerne behalten, konnten den anderen jedoch ihren Erbanteil nicht auszahlen. So wurde das Haus an den Höchstbietenden verkauft, hieß es, und jedes Kind bekam einen üppigen Scheck.

Mira hob den Reifen auf. Abgesehen von etwas Flugsand, hatte der Orkan keine Spuren an Haus und Grundstück hinterlassen. Sie kletterte über den Zaun zurück. Ockos Werkzeugkiste lag vermutlich noch irgendwo unter dem zusammengebrochenen Schuppen. Niels half aus. Mit seinem Werkzeug war der Bollerwagen im Nu repariert, alle Schrauben nachgezogen, und Mira konnte damit los. Am Nachmittag brachte sie schon die erste Fuhre mit Stücken aus ihrer Treibgutsammlung aus den Dünen herunter. Sie wusste, dass Anke ihr vom Wohnzimmerfenster aus zusah, als sie den Wagen entlud. Dennoch nahm sie sich so viel Zeit dafür, wie sie es für richtig hielt. Manches hatte der Orkan zerschlagen. Zu Scherben, zu Holzsplittern, zu faserigen Klumpen, aus denen nicht einmal Mira schließen konnte, was sie einst gewesen waren. Die taugten bestimmt nicht mehr dazu, ausgestellt zu werden. Mira warf sie in den Zinkbottich, der früher fürs Regenwasser neben dem Schuppen gestanden hatte, um sie später zu entsorgen. Anderes hatte den erneuten Angriff der Natur ohne weitere Schäden überstanden. Dafür breitete sie eine alte Lkw-Plane zwischen den Resten vom Schuppen und ihrem Haus aus. Sie verankerte eine Seite wie ein Zelt im Boden. Die andere Hälfte wollte sie über das Sammelgut schlagen und befestigen. Wenigstens über Nacht. Wenigstens fürs Erste. Wenigstens solange kein neuer Sturm heranzog. Ein abgerissener Telefonhörer hing an einem Stück Kabel, das aus Metallgliedern bestand. Sand und Rost blockierten die Gelenke. Drei antike silberne Löffel, denen das Seewasser arg zugesetzt hatte. Ein ehemals roter Lederschuh zum Laufenlernen für ein Kleinkind. Eine gusseiserne Ofenplatte. Mira fragte sich, wo Ocko wohl das Fundbuch verstaut hatte, das er all die Jahre so sorgfältig führte. Meistens lag es einfach aufgeschlagen auf der Kommode. Jederzeit bereit, neue Posten aufzunehmen. Mit Datum, Ort der Anlandung, einer kurzen Beschreibung, den ersten Erkenntnissen zur möglichen Herkunft und zum Alter. Oft fertigte er auch eine Zeichnung dazu an. Mira fand es seit jeher spannend, in dem Buch zu blättern. Sie hatte Ocko immer wieder gebeten, ihr von den Fundstücken zu erzählen, wenn er es nicht von selbst tat. Besonders nach Wochen zu Hause auf dem Festland, nach all den Monaten in der Schule, sehnte sie sich nach diesen Schätzen, von denen einige so fremd für sie waren wie der längst ausgemusterte Rohrpostbehälter. Ocko hauchte den Dingen neues Leben ein, und Mira kam es so vor, als sorgte er dafür, dass sie ihren endgültigen Platz fanden.

»Wenn du in dem Tempo weitermachst, dauert es Jahre«, bemerkte Anke nach dem Abendbrot.

»Ich weiß.« Stattdessen hätte Mira gerne gesagt, dass es sie nicht interessierte, wie lange sie brauchte. Doch kurz zuvor hatte sie eine Nachricht von ihrer Chefin erhalten. Nächste Woche sollte sie wieder zurück an ihrem Arbeitsplatz sein. Und sie wusste, ihre Schwester würde ebenfalls keinen Aufschub dulden.

»Dir ist das wichtig«, warf Niels ein.

»Ich frage mich nur, warum«, fuhr Anke dazwischen.

Mira sah nachdenklich auf die Tischkante. Wie konnte sie ihrer Schwester erklären, was sie selbst kaum verstand und schon gar nicht in Worte fassen konnte? Sie hatte Ocko kein Versprechen gegeben, und doch fühlte sie sich ihrem gemeinsamen Projekt immer noch verpflichtet.

»Willst du uns so etwa beweisen, dass du sein Erbe verdient hast?«, fuhr Anke sie nun an.

»Muss ich das? Beweisen, dass ich Ockos Erbe verdiene?«

Anke öffnete den Mund und schloss ihn wieder.

»Sie hat es nicht so gemeint«, sagte Niels.

»Sie hat es genau so gemeint!«, erwiderte Mira. »Und sie fragt sich die ganze Zeit, warum sie so gestraft ist, mit dieser Ruine auf eurem Grundstück und dem ganzen wertlosen Zeugs, was da überall rumfliegt.«

Niels sah betroffen zwischen den Schwestern hin und her.

»Das ist meine Existenzgrundlage hier«, begann Anke. »Das Vermieten. Und wenn keine Gäste mehr kommen, dann kann ich den Kredit nicht abzahlen, den ich für den Umbau von unserem Haus aufgenommen habe. Damit bin ich bankrott, und alles fällt an die Bank. Wir müssten mit den Kindern zu Niels' Eltern ins Haus ziehen, die dann auch nicht mehr an Gäste vermieten könnten.«

»Und alles wegen mir? Na prima!«

Sie schwiegen einen Moment lang.

»Soll ich dir Hilfe organisieren?«, fragte Niels dann.

»Nein. Danke.«

»Du brauchst dich nur ein bisschen zu beeilen«, sagte Anke. »Ich bitte dich. Das kann doch nicht so schwer sein.«

Mira nickte langsam. »Ich sehe zu, was ich bis zum Wochenende schaffe.«

»Halt, nein!« Anke schlug mit der Hand auf den Tisch.

Niels sah seine Frau überrascht an.

»Ich muss für ein paar Tage zurück in die Stadt«, erklärte Mira. »Sonst bin ich meinen Job los. Ich versuche, bis Freitag zurück zu sein.«

»Und was sage ich inzwischen meinen Gästen?«

»Wir könnten einen Bauzaun aufstellen«, überlegte Niels, »mit einem Schild *Betreten verboten!* direkt am Übergang zu Ockos Grundstück. Wenn du willst, Anke, auch mit einem Sichtschutz. Dann bleiben die Terrasse und die Spielwiese trotzdem frei für die Gäste und für die Kinder.«

Anke biss sich auf die Lippen. »Wenn das kein Dauerzustand werden soll …«, sagte sie dann.

»Versprochen!« Mira schloss erleichtert die Augen.

»Und du kümmerst dich gleich morgen früh um den Zaun«, fuhr Anke ihren Mann an, »und vergiss bloß die Planen und die Schilder nicht!«

Später entdeckte Mira Ockos Fundbuch in der Schublade vom Küchentisch. Sie blätterte abends vor dem Schlafengehen darin und markierte die Stücke, die sie tagsüber aus den Dünen geklaubt hatte. Gleichzeitig half es ihr, sich daran zu erinnern, welche Dinge Ocko im Laufe der Jahre aus dem Spülsaum gefischt hatte, mit und ohne Miras Hilfe. Bis Samstagnachmittag bemühte sie sich, die auffälligsten und scharfkantigsten Teile in ihr Lager zu schaffen. Eine mechanische Schreibmaschine in Schwarz, auf der noch der Name *Erika* zu lesen war und die Ocko zufolge aus dem Jahr 1936 stammte, war dabei. Ebenso wie der verbeulte Trichter eines Grammofons, das Gestänge einer Stehlampe und ein Stockanker, der weit über ihren Bollerwagen hinausragte.

Niels schirmte Miras Grundstück mit dem Bauzaun ab, befestigte Plane und Schilder und versuchte sie zu bremsen. »Gönn dir doch noch ein bisschen Erholung, bevor du aufs Festland zurückmusst. Anke beruhigt sich schon. Und ich passe auf, dass sie nichts anrührt bei Ocko drüben.«

»Danke. Das ist lieb von dir!«

»Sie ist nun mal, wie sie ist, deine kleine Schwester.«

Mira nickte. »Ich weiß.«

Obwohl erschöpft von der körperlichen Arbeit, schlief Mira unruhig. Sie schreckte aus bildlosen Träumen hoch, spürte sie jedoch so gegenwärtig wie Nesselfäden auf der Haut. Sie musste zurück in die Stadt. *Jeija!* Und dann so schnell wie möglich wieder auf die Insel. Sie war die Letzte, die es noch wusste, hatte Klärchen gesagt und sie ermahnt, es nicht zu vergessen. Nur was, was sollte sie nicht vergessen? Klärchen erinnerte sich nicht daran. Mira musste den Schatz bergen. *Jeija, den Schatz!*, hörte sie im Traum. Mira wälzte sich in ihrem Schlafsack herum. Wenn sie die Augen schloss, sah sie Ockos Lächeln, und ihr war, als streichelte seine Hand über ihren Kopf. Er wüsste, was Klärchen meinte.

Irgendwann stand sie auf und zog sich an. Von einer mondbeschienenen Wolke abgesehen, war es noch dunkel draußen. Aber das störte sie nicht. Ihre Füße fanden den Weg von ganz allein. Die Spuren, die sie mit ihrem schwer beladenen Bollerwagen hinterlassen hatte, waren längst vom Wind verweht. Vor ihr ragte der Dünenkamm steil hinauf in den Nachthimmel, als wollte er ihr den Zugang zum Strand versperren. Sie sah sich um. Ihr Blick strich über Dünentäler voller Schatten, bis sie die Nordspitze erahnen konnte. Sie hörte das Dünengras wispern. *Vergiss das nicht!* Noch kein Schimmer der aufgehenden Sonne über Föhr.

Sie stand im losen Sand. Spürte diesen Windstoß. Direkt an

ihren Knöcheln. Geradeso, als würde sich der Zipfel einer Decke losreißen. Unter dem Sand ließ sich etwas Dunkles erahnen. Etwas wie ein Nest. Ein Geflecht aus Zweigen? Sie sank auf die Knie. Mit den Handkanten schob sie den Sand beiseite. Er rutschte wieder nach. Sie arbeitete dagegen an. Verbissen. Ihre Hände wie Schaufeln. Immer wieder schlug Mira sie in den kalten Sand. Sie legte einen Weidenkorb frei. Ihre Finger zitterten. War es die Anstrengung? Oder etwas anderes? Der Korb war so groß, dass sie ihn kaum mit beiden Armen umspannen konnte. Und flach. Und innen mit einer brüchigen Plastikplane ausgekleidet. Das Zittern breitete sich über Miras ganzen Körper aus. Sie sackte neben dem Fundstück in den Sand. Ihre Augen brannten. Ihr Atem ging schneller und schneller. *Jeija!* Das war nicht die Kälte. Das war nicht die Anstrengung. Das kam tief aus dem Bauch. Dieses Schwanken. Als ob sich selbst der Himmel bewegte.

4. KAPITEL

1948–1952

Die Mutter sah fremd aus an diesem letzten Morgen. Und sie roch nicht nach Kuhstall wie sonst, wenn sie die Kleine weckte. Sie roch nach dem winzigen Rest fliederfarbener Seife, die, in einem Kästchen versteckt, ganz hinten im Nachttisch lag. Sie trug die Jacke, an der sie seit Wochen gestrickt hatte. Die Wolle dafür hatten sie gemeinsam aufgewickelt, sie stammte von den Pullovern, aus denen die Kleine gerade erst herausgewachsen war. Darunter das Sonntagskleid mit dem weißen Spitzenkragen, in dem sie eigentlich nur zur Kirche ging. Die Kleine setzte sich im Bett auf.

»Sei schön artig, meine Große«, sagte die Mutter zu ihr. »Ich bin bald zurück. Und so lange hörst du auf die Oma. Versprichst du mir das, Josefine?«

»Aber warum kann ich denn nicht mitgehen?«

»Du musst zur Schule.«

Die Kleine winkte ab. »Du hast mir doch schon alles beigebracht. Schreiben. Lesen. Rechnen. Schwimmen. Alles über die Tiere im Stall und im Wald. Alles über das Feld und den Garten.«

»Nach Ostern kommst du in die zweite Klasse. Da gibt es noch viel mehr zu lernen. Und davon erzählst du mir dann, wenn ich zurück bin.«

Die Kleine verschränkte die Arme. »Nein. Ich will mit.«

»Das geht nicht, mein Schatz. Es ist viel zu gefährlich für dich da draußen, in der Welt hinter den Bergen. Ich verspreche dir, ich komme ganz schnell zurück. Und dann bringe ich auch deinen Vati mit!«

Die Kleine wusste nicht, was sie davon halten sollte. Ihre Cousins, die hatten ihre Vatis schon immer hier gehabt. Jedenfalls solange sie sich zurückerinnern konnte. Dafür tauchten sie auch nicht in Gutenachtgeschichten auf. Wenigstens nicht in denen, die ihre Mutter erzählte. Ihr eigener Vati, und das wusste sie genau, reiste mit einem Unterseeboot über den Boden der Meere. Eines Tages würde er wieder an Land kommen und sich sofort auf den Weg zu ihr machen. In seiner dunkelblauen Uniform mit den goldenen Knöpfen, um die ihn alle beneideten. Vor allem die Cousins und ihre Vatis.

»Findet er denn nicht alleine her?«, wollte die Kleine wissen.

Ihre Mutter seufzte. Dann zog sie ein zerknittertes Papier aus dem Ärmel. »Nein.« Sie faltete es auseinander und versuchte es glatt zu streichen. Die Kleine hatte das schon öfter gesehen. Und jedes Mal weinte die Mutter dabei. Heute nicht. Sie räusperte sich. »Hier heißt es, Vatis U-Boot ist verloren gegangen. Aber was wissen die schon? Gar nichts. Die haben einfach die Übersicht verloren. Ich weiß es genau! Er lebt! Ich spüre es. Ich hab's im Blut! Auch wenn sein Boot auf einen Felsen gelaufen ist. Oder vom Torpedo getroffen wurde, weit draußen, irgendwo tief im Ozean. Mein Liebster hat sich gerettet! Mein Carl Fidi lebt!« Ihre Stimme klang auf einmal so schrill, dass sich die Kleine am liebsten das dicke Federbett über den Kopf gezogen hätte. »Ich geh ihn suchen! Ich finde ihn auf jeden Fall! Ein Seemann wie er ertrinkt doch nicht! Ich bring dir deinen Vati heim! Versprochen! Und dann sind wir endlich auch eine richtige Familie!« Die Mutter nahm sie in die Arme und drückte sie fest an sich. »Du musst jetzt tapfer sein«, flüsterte sie dicht an ihrem Ohr. Entschlossen stand die Mutter auf und ging zur Tür. Die Kleine sprang aus dem Bett und lief ihr auf nackten Sohlen hinterher. Im Flur bückte sich die Mutter nach ihrem Rucksack. Den hatte sie selbst genäht, aus dem, was mal ein Kopfkissen gewesen war. Die Großmutter wartete neben der Haustür. Die Mutter verabschiedete sich flüchtig von ihr und verließ den Berghof zu Fuß. Die Kleine krallte ihre Finger in den geblümten Stoff von Omas Kittelschürze. Tränen rollten über ihre Wangen. Sie winkte der Mutter nach, doch die drehte sich nicht mehr nach ihr um. Sie verschwand zwischen den Häusern im Tal. Und die Kleine musste sich anziehen und ihre kuhwarme Milch trinken. Dann lief sie ihren Cousins hinterher zur Schule, fast wie immer.

»Fünf – vier – drei – zwei – eins – ich komme!« Sie nahm die Hände von den Augen und trat hinter dem Baum hervor. Gerade hatte sie den Max noch kichern gehört. Er konnte nicht weit weg sein. Sie lauschte. Kein Knacken und kein Rascheln, das ihn verriet. Noch nicht. Sie betrat den Weg. Er war der älteste ihrer acht Cousins, schon fast zehn Jahre alt, und damit der Anführer ihrer Bande. Er ließ sich dazu herab, sie mitzunehmen. Vor allem weil die Oma es verlangt hatte. Die Kleine wartete. Der Max spielte sich immer so auf. Dabei war er nicht besonders clever. Er kannte nur drei Verstecke: den hohlen Stamm der alten Buche, die Anhöhe hinter der Weggabelung und den Holzschuppen bei der Wassermühle. Aber so weit konnte er eigentlich nicht gelaufen sein in der kurzen Zeit. Sie wollte den Max unbedingt als Ersten finden. Die kleineren Buben lagen sicher irgendwo im Gestrüpp. Außer der Sepp. Der war vielleicht auf einen Baum geklettert, weil sein Vater, der Onkel Franz, es ihm verboten hatte. Und weil er der Anführer werden wollte, wenn der Max später zu groß war, um mit ihnen zu spielen.

Die Kleine hörte immer noch nichts, was die Buben verriet. Sie griff sich einen Stock und stocherte damit im Unterholz. Nichts. Sie ging weiter. Auch in den Büschen nichts. Sie schlug gegen so manchen Baumstamm. Doch keiner von den Buben kreischte vor Schreck auf. Nicht mal der Lucki. Und der durfte überhaupt erst seit Ostern mit. Sollten sie etwa bis zu Paachmayers Scheune hinübergerannt sein? Nein. Oder zurück zum

Kuhstall? Sie pirschte sich von der Rückseite her an. Hockten sie alle hinter dem großen Misthaufen im Hof? Nein. Auch nicht. Sie lief zurück in den Wald. Wär ja gelacht, wenn sie die Bande nicht aufstöbern würde. Doch irgendwann war ihr nicht mehr zum Lachen zumute. Sie warf den Stock so weit ins Gebüsch, wie sie nur konnte. Diese Deppen hielten sie zum Narren! Dann sollten sie zusehen, wie sie ohne sie zurechtkamen. Sie brauchte niemanden. Sie kannte sich aus. Bis hinunter ins Dorf. Und hinüber zum See. Sogar bis ganz hinauf zur Klamm.

Mit der Mama war sie dorthin gewandert. Manchmal. Im Sommer. Sonntags, nach dem Essen bei den Großeltern, mit allen Tanten und Onkeln und Cousins rund um den Tisch. Nach dem Essen, da nahm die Mutter sie an die Hand, und gemeinsam gingen sie hinaus. Nur sie beide. Ganz alleine. Mit dem ersten Specht, den sie klopfen hörten, verflüchtigten sich die Worte, die gerade noch nach Tadel geklungen hatten, und die Blicke über die Teller hinweg, die nicht mal der Kleinen entgangen waren. Hier draußen hatte es nur die Mutter und sie gegeben, aber jetzt nicht einmal mehr das. Sie hatte nicht daran denken wollen. Nicht schon wieder. Sie kickte einen Stein weg und dann noch einen. Bald, hatte die Mutter ihr versprochen zurückzukommen, und schnell. Und die Kleine hatte gedacht, sie wüsste, was die Mutter damit meinte. Aber jetzt fielen schon die Blätter von den Bäumen. Und im Frühjahr kam sie in die dritte Klasse. Gedankenverloren trottete sie zurück.

Nahe bei Großmutters Haus hörte sie plötzlich Onkel Georgs Stimme. Sein Schnaufen war unverkennbar. Er schimpfte mit dem Max, seinem ältesten Sohn. Noch konnte sie die beiden nicht sehen. Doch sie wusste, dass der Onkel den Hut abgenommen hatte und sich mit der flachen Hand über den Kopf fuhr. Sein Schädel glänzte immer rot im Abendlicht. Warum der Max nicht aufgepasst hatte auf das Madl. Damit war sie gemeint. Als ob man auf sie aufpassen müsste! Sie war doch kein Kleinkind mehr. Der Max stotterte herum. Also musste der Onkel ihm schon länger zusetzen. Der Max faselte irgendwas vom Lämmergeier.

»Schmarrn!«, rief Onkel Georg.

Sie presste die Lippen zusammen, um nicht zu grinsen. Im Gegensatz zum Lucki hatte sie nie daran geglaubt, dass der Lämmergeier kleine Kinder entführte.

Der Max behauptete gerade, er habe mit eigenen Augen gesehen, wie sich der riesige Vogel auf das vor Schreck erstarrte Madl herabstürzte, es emporhob und davontrug. Gleich würde es eine Watschn geben für den Max. Mindestens eine. Sollte sie hinlaufen und sagen, sie hätte den Vogel auch gesehen? Drüben, auf der Lichtung? Er wollte nach ihr greifen, nur war sie schneller gewesen? Oder sollte sie abwarten? Würde der Onkel wütend auf sie sein? Oder der Max? Oder alle beide? Am liebsten würde sie in den Wald zurücklaufen. Oder noch weiter weg. Bis hinunter ins Tal. Und durchs Dorf. Und hinaus. Immer weiter und weiter. Der Mama hinterher.

Nach einer Weile trat die Kleine aus dem Schatten der Bäume. Sie schlenderte auf das Haus der Großmutter zu, als wäre alles wie immer und als hätte sie den Max nicht gehört, und den Onkel Georg erst recht nicht. Der Onkel sah sie zuerst und ließ die erhobene Hand sinken. Nur um sie gleich wieder zu heben und nun ihr damit zu drohen. Natürlich wollte er wissen, wo sie jetzt herkam, und vor allem, warum sie nicht bei den Buben geblieben war.

Sie durfte nicht lügen. »Aus dem Wald.« Aber auch nicht petzen. Gespielt hätte sie und alles um sich herum vergessen, behauptete die Kleine.

Der Onkel schüttelte den Kopf und fluchte. Nicht zum ersten Mal nannte er sie ein Balg. Einen nichtsnutzigen Bastard. Genau wie ihre Mutter, dieses unvernünftige Weibsstück. Verantwortungslos durch und durch.

Das hielt die Kleine aus. Selbst wenn die Großmutter gleich noch eine Woche Stubenarrest dazuverhängte oder zwei und der Max hinter dem Rücken seines Vaters feixte. Für die Buben musste Stubenarrest so etwas wie die Hölle sein. Nicht für sie. Die Kleine verkroch sich gerne in der Kammer, die sie mit ihrer Mutter geteilt hatte, ja eigentlich immer noch teilte. Die steile Stiege, die außer ihr jetzt niemand mehr nahm, hinauf bis unters Dach. Das schmale Bett stand darin, daneben das Nachttischchen. Gegenüber der Schrank mit der Tür, die manchmal von selbst aufsprang. Und ein Stuhl ohne Kissen. Mehr nicht. Doch die Mutter verstand es, die bitterkalten Winternächte hier oben für die Kleine in Forschungsexpeditionen zu verwandeln, von Eisbären, Polarfüchsen und Schneehühnern zu erzählen. Und im Sommer, selbst nach einem glühend heißen Erntetag, erfand sie für ihre Tochter noch ein Abenteuer in der Wüste.

Manchmal brachte die Mutter ihr sogar ein paar Seiten von den schmalen Rechnungsblöcken, mit dem Aufdruck der Brauerei, aus Onkel Georgs Gasthof mit. Heimlich. Denn eigentlich nahm er den Block wieder an sich, wenn die letzten Gäste gegangen waren, er abgerechnet hatte und die Mama endlich wieder herüber- und nach oben kommen durfte. Die Kleine hütete die Blätter wie einen Schatz. Um ein Bild darauf zu malen. Und auf die Rückseite noch eins. Mit einem Bleistiftstummel. Ebenfalls aus Onkel Georgs Vorrat. Das schenkte sie dann der Mama. Und die schenkte ihr ein Lächeln dafür. Danach versteckten sie die Gemälde in dem braunen Umschlag, der in der Nachttischschublade lag. Zwischen den Papieren, die für die Mutter so wichtig sein mussten, dass sie nur von »Dokumenten« sprach. Auf manchen davon war ein rotes Kreuz zu sehen. Drei Fotos lagen auch noch darin. Die nahmen sie nur zu ganz besonderen Gelegenheiten heraus. Am Weihnachtsabend. An einem Tag im Mai, den die Mutter Verlobung nannte, und an einem im November, der Vatis Geburtstag hieß. Und am Jahrestag, an dem der Brief gekommen war, der die Mutter zum Weinen brachte. Nein, daran wollte sie nicht denken. Nicht schon wieder. Und auch nicht an das Bild, das sie der Mutter hatte mitgeben wollen. Das sie heimlich, an mehreren Tagen hintereinander, für sie gemalt hatte.

Zum ersten Mal legte sie das Papier dafür hochkant vor sich hin und wagte es, den dicken, blauen Stift zu benutzen. Der war der Metzgersfrau heruntergefallen und weggerollt, direkt vor die Füße der Kleinen. Sie hatte ihn blitzschnell aufgehoben und wollte ihn gerade zurückgeben, artig, mit einem Knicks, wie es ihr die Mama beigebracht hatte, als sie sah, dass die Frau einen neuen Stift aus ihrer Schürzentasche holte. Ihr Blick hatte unverändert an der Zahlenkolonne auf dem Block neben der Waage geklebt, und ihre Lippen hatten sich bewegt, als sagte sie die Zahlen tonlos auf. Da hatte die Kleine den Stift in ihrer Rocktasche verschwinden lassen. Nur traute sie sich dann zu Hause nicht damit zu malen. Die Mutter würde sicher fragen, wer ihr den dicken, blauen Stift gegeben hatte. Wenn sie nicht sogar wusste, wem er gehörte. Nur bei dem Bild, das die Mutter begleiten sollte, war es der Kleinen egal. Was sollte schon passieren? Selbst wenn sie ihn zurückbringen musste zur Metzgersfrau. Wenn sie sich schämte deswegen. Wenn die Buben mit dem Finger auf sie zeigten. Das Bild war ihr gelungen. Und doch war es im Nachttisch geblieben. Das Bild vom riesigen blauen Mann, mit dem blauen Gesicht und den blauen Händen. Der füllte das Blatt ganz und gar aus. Nur unter seinen Armen, da reichte der Platz gerade noch für ein Mädchen mit wehenden Zöpfen und für eine Frau im Sonntagskleid.

Eigentlich hatte sie kein Bild mehr malen wollen, bis die Mutter zurückkam, mit dem Vati. Ein Willkommensbild vielleicht noch. Sie legte die Blättchen auf dem Stuhl aus. Sechs Stück. Mehr nicht. Sie schob sie herum, zu zweit in eine Reihe, dann zu dritt nebeneinander. Sechs Rückseiten. Ohne Aufdruck. Sechs Vorderseiten mit dem Zeichen der Brauerei oben unter dem Rand. Jeder wüsste sofort, wo sie herkamen, diese Zettel. Und der Onkel Georg würde wieder auf die Mama schimpfen. Also durfte die Kleine kein Bild für die Oma malen. Nicht mal, wenn sie den Aufdruck abriss, ganz, ganz vorsichtig. Sie wusste ja auch nicht, ob sich die Oma überhaupt darüber freuen würde. Ob sie erkannte, was immer die Kleine für sie malte. Oder ob sie es für sinnloses Gekritzel hielt oder etwa Schmiererei nannte. Also legte sie die sechs Blättchen zurück in den braunen Umschlag, zu den Fotos, den Dokumenten und zu den Bildern, die sie zuvor für die Mama gemalt hatte. Der Umschlag kam in die Schublade vom Nachttisch. Und hinter dem Umschlag, gleich neben dem Kästchen mit den Krümeln von der fliederfarbenen Seife, verstaute sie den Bleistiftstummel und den dicken, blauen Stift. Die Schublade klemmte ein wenig, und das war gut so. Denn damit gelang es niemandem, der sich womöglich doch hier nach oben schlich, schnell mal einen Blick hineinzuwerfen und zu entdecken, was nur für die Augen der Mutter bestimmt war.

Ob sie nun nach draußen durfte oder nicht, ihre Schularbeiten erledigte sie immer zuerst. Wenn sie danach kein Bild malte und auch nicht hinunter zur Oma ging, um ihr beim Auftrennen von Pullovern mit dem Aufwickeln der Wolle zu helfen oder um sich zeigen zu lassen, wie das ging mit den Stricknadeln, kletterte die Kleine in den Kleiderschrank. War es nicht geradezu eine Einladung, wenn sich die Tür schon von alleine öffnete? Das Dirndl, das die Mama nur getragen hatte, wenn sie beim Onkel Georg im Gasthof servierte, hing ganz am Ende der Kleiderstange. Das rührte die Kleine niemals an, denn es roch nach dem Bier und dem Rauch und den Würstln aus der Gaststube und nicht nach der Mama. In dem stumpfen schwarzen Kleid war die Mutter immer traurig gewesen. Zuerst auf dem Kirchhof, als der Großvater begraben wurde. Dann, nach dem Brief über Vati und das verschwundene Unterseeboot, wollte sie gar kein anderes Kleid mehr anziehen. Selbst als es an den Ellenbogen glänzte. Als es Fäden zog. Als sich ein Riss nicht mehr stopfen ließ und sie die Ärmel einfach abschnitt. Bis sie alle auf die Mutter eingeredet hatten. Sogar der Onkel Georg, der behauptete, die Mama vergraule seine Gäste, weil sie wie ein Kolkrabe aussehe. Und sie das Kleid immer noch nicht ausziehen wollte, bis die Oma ein Machtwort sprach. Sie ließ jedoch nicht zu, dass die Großmutter es zerschnitt, um einen Rock, eine Bluse oder ein Hemd daraus zu schneidern oder sogar einen Anzug für den Max. Dagegen hatte die Kleine die Mutter nie in diesem knallroten, glockenförmigen Rock, der danebenhing, gesehen. Sie erinnerte sich nur, dass es auch darum Streit gegeben hatte. Weil die Großmutter ein Kleid oder eine Schürze für die Kleine daraus machen wollte. »Nein!«, hallte es da durchs Haus. »Meine Tochter läuft nicht in so einer Fahne rum!« Geschäfte sollten auch nicht damit gemacht werden, verlangte die Mutter. Die Kleine hatte sie selten so aufgeregt erlebt. Nicht mal in Schleifen für die Zöpfe durfte die Großmutter den Rock umwandeln oder in eine Tischdecke für die Gaststube. Dabei trug fast jedes Mädchen im Dorf genau solche roten Schleifen.

Den schmalen Rock aus grobem Wollstoff hatte die Mutter ebenfalls im Schrank zurückgelassen. Den nahm die Kleine oft vom Bügel und hielt ihn sich unters Kinn. Er reichte ihr bis auf die Füße. Kratzig und schwer fühlte sich der Stoff an. Und wenn sie den Rock nicht mehr halten konnte, legte sie ihn unten in den Schrank und rollte sich darauf zusammen. Eine Decke, die nach der Mama roch. Nicht so fein wie die Sonntagsmama und auch nicht so wie die, die morgens aus dem Kuhstall kam. Eher wie die Mama, die ihr Wiesenkräuter gezeigt und ihr im Bergsee das Schwimmen beigebracht hatte. Vor allem an Winternachmittagen lag die Kleine so im Schrank und sehnte sich nach den Stunden mit der Mutter am Bergsee. Manchmal hatten sie nur Seite an Seite auf dem Steg gesessen und die Füße ins Wasser baumeln lassen. Still in der Sonne. Weit weg von allem. Manchmal hatten sie sich ganz und gar in den kühlen, grünen See gleiten lassen. Und die Mama hatte ihr gezeigt, wie sie es anstellen musste, nicht unterzugehen.

»Das Wasser trägt dich!«, sagte sie.

Die Kleine spürte ihre Hand unterm Bauch. Warm. Vertraut. Verlässlich. Eifrig folgte sie den Anweisungen. Bis es prickelte in den Armen und Beinen. Dann hob die Mama sie auf den Steg zurück. Drehte sich um, winkte ihr zu, schwamm rückwärts auf den See hinaus und in langen Zügen wieder zurück. Sie kletterte auf den Steg, legte sich neben die Kleine in die Sonne. Bald schwammen sie gemeinsam. Und an besonders heißen Tagen tauchten sie sogar mit den Köpfen unter. Sie prusteten und lachten.

»Wie ein Fisch im Wasser«, sagte die Mutter und: »Bist ein Naturtalent im Schwimmen, genau wie dein Vati.«

Die Kleine wollte wissen, ob die Mama denn mit dem Vati auch hier geschwommen war. Doch die Mutter schüttelte nur den Kopf und schwieg. Da traute sich die Kleine nicht, weiterzufragen.

Vielleicht schwammen die beiden jetzt gerade im Meer, überlegte sie. Immerhin fror das Meer nicht zu wie der Bergsee, das wusste sie schon. Und dass es Orte gab, wo es immer sonnig und warm war. Dort würden die Mama und der Vati einen Platz finden, sich einrichten und sie abholen kommen. Dann konnten sie jederzeit schwimmen gehen, alle drei gemeinsam. Hinterher würden sie auf einer großen bunten Decke liegen. Die Kleine zwischen der Mama und dem Vati, damit der Vati nicht traurig war, wenn sie nur neben der Mama liegen wollte, wie früher.

Einmal wäre sie fast eingeschlafen unten in dem Schrank, auf Mamas Wollrock. Es war dunkel geworden in der Kammer und kalt und der sonnige Traum so verlockend. Aber dann hatte die Großmutter nach ihr gerufen. Erst schien es ihr leise, wie aus weiter Ferne, wenig später jedoch laut und energisch, bestimmt vom Fuß der Stiege aus. Da sprang sie auf und vergaß sogar, den Rock der Mutter wieder auf den Bügel zurückzuhängen. Sie sollte ja der Oma gehorchen, solange die Mama nicht da war, und ihr keine Sorgen machen, das hatte sie versprochen.

Manchmal kletterte die Kleine auch auf den Stuhl, was sie eigentlich nicht sollte, um durch die Dachluke hinauszusehen. Über die Felder vom Onkel Franz. In die Zweige vom Bergahorn, der schon seit vielen hundert Jahren an der Einfahrt zum Hof stand, wie ihr die Mutter einmal erzählt hatte. Oder in die Wolken, die ihr im Vorbeiziehen einen Gruß schickten. Sogar nachts, wenn sie nicht schlafen konnte. Ob sie nun weiß wie Hühnerfedern aussahen oder grau wie die Berggipfel in der Ferne, ob sie in der Sonne leuchteten oder im Mondlicht. Anfangs hatte die Kleine den Wolken Herzensbotschaften für die Mama mitgegeben. Aber dann beobachtete sie, wie sich eine so beladene Wolke einfach auflöste im hohen blauen Himmel, noch bevor sie das Tal verlassen hatte. Da fragte sie sich tagelang, wo ihr Gruß nun gelandet war. Ob er auf irgendeine Weide gestürzt war, von einer Kuh gefressen und wiedergekäut wurde? Ob er im Bergsee versunken war? Oder durch einen Kamin gerutscht war und durch ein Haus irrte, etwa beim Lehrer oder beim Pfarrer? Sie fand keine Antwort darauf und beschloss, den Wolken nur noch zuzusehen, wenn sie vorbeizogen.

Die Zweige vom Bergahorn verflüchtigten sich nicht. Im Gegenteil. Sie ließen Blätter wachsen und Blüten und Früchte. Jedes Jahr aufs Neue. Die Oma warnte die Kinder vor den giftigen Samen und verbot ihnen, unter dem Baum zu spielen. Doch der Max lachte nur darüber. »Giftig für Memmen, Kraftfutter für gestandene Mannsbilder«, meinte er. Und natürlich wollte der Lucki auch ein gestandenes Mannsbild sein mit seinen viereinhalb Jahren. Die Kleine kam gerade dazu, als der Max dem Lucki ein paar Ahornsamen auf den Handteller gab. »Spinnt ihr jetzt total?«, schrie sie ihre Cousins an.

»Hau ab!«, zischte der Max.

Sie schlug dem Lucki die Hand weg. Die Samen fielen zu Boden, und der Lucki heulte los. Max schubste die Kleine weg. Und sie schubste zurück. Unerwartet kräftig, sodass der Max ein paar Schritte rückwärtstaumelte, bis er sich wieder fing. Inzwischen gelang es ihr, die Samen zu zertreten.

»Gestandenes Mannsbild? Dass ich nicht lache!«

Max schnaubte.

Sie schüttelte den Kopf. »Sich ausgerechnet am Lucki zu vergreifen. Pfui!« Sie streckte die Hand nach dem Lucki aus. »Komm, Kleiner, wir gehen!«

Aber der Lucki wandte sich von ihr ab. »Selber klein«, schniefte er und sah zum Max hin.

Max grinste.

Lucki versuchte, seine klebrige Hand an der Hose abzuwischen, und als ihm das nicht gelang, leckte er sie ab.

»Dann haut doch ab, ihr Deppen!«, schleuderte die Kleine ihnen entgegen. Als die Buben sich nicht rührten, lief sie ins Haus zurück.

Das Donnerwetter, das sich abends über sie ergoss, traf die Kleine ohne Vorahnung. Der Lucki krümmte sich mit Bauchschmerzen. Sein Vater, der Onkel Franz, wollte nichts hören davon. Bis der Lucki spuckte. Sein Brot und seinen Tee weit über den Küchentisch. Auf die Schürze seiner Mutter und auf das Hemd seines Bruders. Und weil der Onkel Franz glaubte, seine Buben würden nicht krank, lief er zum Onkel Georg in den Gasthof hinüber. Der glaubte das auch. Als sie dann den Max fragten, ob der wüsste, was los war mit dem Lucki, behauptete er, die Kleine hätte ihn vergiftet. Die Onkel zweifelten nicht eine Sekunde an seinen Worten, sondern stürmten in die Küche der Großmutter. Sie verprügelten die Kleine. Dann schickte die Oma sie ins Bett. Niemand hörte sie an. Niemand trocknete ihre Tränen. Niemand deckte sie zu. Sie sprach drei Tage nicht. Danach nur noch, was nötig war. Sie mied die Buben, die Onkel, die Oma. Sie weinte sich in den Schlaf. Abend für Abend. Sie betete darum, dass die Mama endlich zurückkam. Wenigstens die Mama. Obwohl – so ein Vati, der wär schon auch was. So ganz in Blau. Und mit den goldenen Knöpfen. Der würde sich vor sie stellen. Der würde nicht einfach so glauben, was die Buben erzählten. Der würde ihr zuhören. Und sie beschützen, auch vor den Onkeln. Der würde sie wegholen von hier. Sie und die Mama. Mitnehmen auf sein Schiff. Selbst wenn es auf dem Meeresboden fuhr. Weit, weit weg. Dorthin, wo sie niemand mehr erreichte. Doch er kam nicht. Nicht mal ohne die goldenen Knöpfe. Nicht mal in Lumpen und auf hölzernen Krücken, wie der älteste Sohn vom Paachmayer. Die Mama suchte noch nach ihm, da war sich die Kleine sicher. Sie wollte inzwischen tapfer sein. Das hatte sie der Mama ja versprochen. Damit sie sich nicht sorgen musste um ihre Tochter, in der eiskalten Kammer unterm Dach. Sie stellte sich vor, dass die Mama bei ihr lag unter dem dicken Federbett, genau wie früher. Dass sie ihr von der Welt da draußen erzählte, leise, ganz leise. Ihr warmer Atem so dicht am Ohr der Kleinen, dass es kitzelte. Doch im zweiten Winter ohne die Mama war ihre Stimme kaum noch zu hören, ihr Atem kühler und dann gar nicht mehr zu spüren.

Eines finsteren Morgens nahm die Kleine allen Mut zusammen und fragte die Oma nach der Mama. Die Oma seufzte. Drei Mal. Sie sah über die Kleine hinweg. Die Augen gerötet, die Hände in den Schürzentaschen geballt. Sie verlangte, die Kleine solle beten, dass die Mama heimkam, zu Weihnachten oder zum neuen Jahr. Und die Kleine wagte nicht einzuwenden, dass sie seit Wochen nichts anderes tat. Manchmal nahm sie dazu die Fotos aus dem braunen Umschlag im Nachttisch und stellte sie auf. Vor allem das eine, auf dem die Mama lachte. Auf dem sie so anders aussah, als die Kleine sie in Erinnerung hatte. Ob sie die Mama traurig gemacht hatte? Ob sie schuld daran war, dass die Mutter weggegangen war und nicht wiederkam? Ob sie den Vati nur holen wollte, weil ihr die Kleine nicht genug war? Nicht artig genug? Nicht fleißig genug? Nicht höflich genug? Zur Metzgersfrau? Zum Pfarrer? Zur Oma? Sie wollte sich bessern. Sie könnte den blauen Stift zurückbringen. Gleich morgen! Ihn einfach hinlegen, wenn niemand im Laden war. Obwohl die Metzgersfrau so viele dicke blaue Stifte hatte und ihren ganz bestimmt nicht vermisste. Aber sie würde sich bessern. Der Oma gehorchen. Ganz bestimmt! Wenn nur die Mama wiederkam. Doch sie kam nicht.

Eines Tages lag ein Päckchen auf dem Küchentisch.

»Von der Mama!«, jubelte die Kleine.

Die Oma sagte nichts dazu. Sie erlaubte der Kleinen aber, das Päckchen sofort auszuwickeln. Ein Zeichenblock kam zum Vorschein und drei Buntstifte: rot, gelb und grün. Es musste von der Mama sein, denn außer ihr wusste doch niemand, dass sie schon einen blauen Stift hatte. Die Kleine strahlte die Oma an. Die Oma nickte. »Malst ein Bild für die Mama, wenn du sie vermisst«, murmelte sie.

Die Kleine presste den Block an die Brust. Sie schloss die Augen, und schon sah sie das erste farbige Bild vor sich. Und dann noch eins. Sie lächelte versonnen. Ein Wirbel aus bunten Bildern! Alle für die Mama. Danke. Danke, Mama! Endlich ein Zeichen. Dann riss die Kleine die Augen auf. Sie musste unbedingt nachzählen, aus wie vielen Blättern der Block bestand. Aber nicht hier unten in der Küche. Sie wollte zur Tür laufen und die Stiegen hinauf, doch sie durfte die Großmutter nicht verärgern. Sie drehte sich nach der Oma um. Die stand noch am Tisch. Ihre Lippen zuckten. Die Kleine wartete. Die Großmutter nahm das Einwickelpapier von dem Päckchen, strich es glatt und faltete es zusammen. »Nein«, sagte sie auf die Frage, die die Kleine gar nicht gestellt hatte, »kein Brief dabei.«

Die Kleine schluckte.

Die Großmutter wedelte mit der Hand, also durfte sie gehen.

Durch das Fenster im Flur sah sie den Postboten. Er lehnte

sein Fahrrad gerade neben der Tür zum Gasthof an. Die Kleine lief nach oben. Vermutlich hatte er das Päckchen von der Mama schon gestern gebracht. Vielleicht war es beim Onkel Georg liegen geblieben. Sie stürmte hinauf in die Kammer und warf sich aufs Bett. Den Zeichenblock und die Buntstifte hielt sie immer noch fest. Jetzt konnte es nicht mehr lange dauern. Zehn Blätter lang. Zwanzig, wenn sie die Rückseiten mitzählte. Und zweimal zwanzig, wenn sie die Blätter teilte. Wenn sie nun jede Woche ein Bild malte? Oder lieber erst einmal jeden Monat? Eins malte sie auf jeden Fall jetzt gleich. Danach sprang sie die Treppe hinab, lief in die Küche und fragte die Oma, ob sie das Bild an die Mama schicken könnten. Als Dankeschön. Die Oma drehte sich nur langsam von ihrem Kochtopf weg, zur Kleinen hin. Sie schlug vor, dass die Kleine die Bilder lieber sammeln sollte für die Mama.

»Aber eins könnten wir ihr doch schicken. Bitte! Nur eins. Da freut sie sich sicher drüber.« Sie sollte der Oma nicht widersprechen. Und betteln sollte sie auch nicht. Doch die Oma sah nicht wütend aus. Eher traurig.

»Schön«, sagte die Oma schließlich und streckte die Hand nach dem Bild aus. Sie überreichte es ihr. Die Großmutter sah es kaum an. Sie versprach jedoch, noch vor dem Schlafengehen einen Brief dazu zu schreiben und ihn gleich am nächsten Tag dem Postboten mitzugeben. Die Kleine träumte davon, wie der Brief die Mama erreichte, wie sie ihn aufriss und das Bild herausnahm, wie sie sich darüber freute. Wie sie es anderen zeigte. Stolz darauf, dass ihre Tochter es für sie gemalt hatte. Als die Kleine aufwachte, wusste sie plötzlich, dass die Mutter den Vati immer noch nicht gefunden hatte. Kein blauer Mann in ihrem Traum. Kein Seemann, dem die Mutter das Bild vielleicht sogar mitgegeben hätte. Für seine Koje, wie sie sein Bett an Bord vom Unterseeboot genannt hatte. Ob es half, wenn sie bis zum nächsten Brief extra ein Bild für den Vati malte? Zusätzlich? Oder würden so viele Blätter gar nicht in einen Umschlag passen? Konnte sie das die Oma fragen? Vielleicht nicht gerade heute.

Die Oma nahm Bild um Bild entgegen. Und wenn die Kleine wissen wollte, wie es der Mama ging, hieß es nur *gut* und dass es noch dauerte, bis sie zurückkam mit dem Vati. Die Zeilen der Mutter zeigte sie ihr aber nie. Die Kleine grübelte lange darüber nach, warum. Sooft sie den Postboten traf und nach einem Brief für die Oma fragte, was sie eigentlich gar nicht durfte, schüttelte er den Kopf. Sie hätte zu gerne genau gewusst, was die Mama der Oma schrieb. Ob sie nach der Kleinen fragte? Ob sie zufrieden mit ihrem Betragen war? Denn das musste es doch sein, was die Großmutter der Mutter berichtete.

Eines Tages, als die Kleine aus der Schule kam, war das Haus leer. Die Großmutter hatte ihr morgens gesagt, sie gehe ins Dorf zu einer Beerdigung und komme erst am Nachmittag zurück. Auch der Onkel Georg, der Onkel Franz und ihre Frauen gingen mit. Der Unterricht der Buben war noch nicht beendet, und so war sie das erste Mal ganz allein. Vorsichtig setzte sie ihre Schritte über die Dielen, denn sie wusste genau, welche knarrten. Es kam ihr so vor, als dürfte sie die Stille keinesfalls stören. Sie spähte in die Küche, schlich weiter zur guten Stube und noch weiter zur Kammer der Großmutter. Dort verharrte sie einen Moment. Sachte öffnete sie die Tür. Ihr erster Blick fiel auf das Kruzifix, das über dem Bett an der Wand hing. Sie zögerte. Doch dann schlüpfte sie ins Zimmer. Die Sonne schien durchs Fenster und zeichnete das Muster der Spitzengardine auf dem Tisch nach. Auf den beiden Stühlen daneben lagen bestickte Kissen. Die Kleine staunte über den himmelblauen Schrank mit zwei Türen, die mit Blumen und Äpfeln und Ranken in Rot und Weiß bemalt waren. Die Kommode gegenüber passte genau dazu. Darauf stand eine Vase mit Strohblumen. Auf dem Tischchen neben dem Bett lag eine Häkeldecke. Dabei saß die Oma fast den ganzen Tag in der Küche. Die Kleine näherte sich der Kommode. Vorsichtig zog sie die oberste

Schublade auf. Garn, Nadeln, Stickrahmen, Taschentücher mit Buchstaben darauf. Nichts weiter. Leibwäsche in der mittleren Schublade. Sie wagte kaum, ihre Hände dazwischenzuschieben. Wollstrümpfe, Socken und Strumpfhalter in der unteren Schublade. Kein Papier. Kein Stift. Keine Briefe. Die Kleine wandte sich dem Schrank zu. Die blaue Tür quietschte, als sie aufsprang. Sie kniete sich hin, um unter die Kleider und Schürzen zu sehen. An der Rückwand entdeckte sie eine Schachtel. Da mussten die Briefe von der Mama drin sein! Sie hob den Deckel an. Plötzlich Stimmen von draußen. Die Schachtel rutschte ihr aus der Hand. Der Max und der Sepp rannten die Zufahrt herauf. Der Inhalt der Schachtel rollte auf den Boden. Was, wenn die Buben die offene Schranktür durchs Fenster sahen? Was, wenn sie das Klappern dieser kalt glänzenden Dinger aus der Schachtel gehört hatten? Die Kleine duckte sich und wartete. Draußen liefen die beiden ums Haus herum. Wenn sie bloß nicht hereinkamen, sie suchten und sie hier fanden! Irgendetwas war unter den Schrank gerollt. Der Max und der Sepp schienen sich zu entfernen. In Windeseile sammelte die Kleine alles in die Schachtel zurück und verstaute sie wieder im Schrank. Sie schloss die Türen und verschnaufte. Die Buben waren nicht mehr zu hören. Wo konnte die Großmutter nur die Briefe von der Mama versteckt haben? Der Nachttisch hatte keine Schublade und der Tisch vor dem Fenster auch nicht. Enttäuscht schlich die Kleine hinaus.

Vielleicht doch in der Küche? Sie schob einen Stuhl vor den Küchenschrank und kletterte hinauf. Ganz an der Seite, im obersten Regal, entdeckte sie den rauen Bindfaden, der um das Päckchen von der Mama geschlungen war. Und das Papier, das die Oma so sorgfältig zusammengelegt hatte. Die Kleine faltete es auseinander. Nichts. Es stand gar nichts darauf. Kein Name. Nicht mal der von der Oma. Oder vom Onkel Georg. Keine Anschrift. Keine Briefmarke. Es sah aus wie ein ganz gewöhnliches Stück Papier. Sie starrte es an, bis ihr die Augen brannten. Vielleicht war es nur ein ganz gewöhnliches Stück Papier. Die Kleine legte es wieder zusammen und ins Regal zurück. Die Oma kam zur Tür herein, als sie gerade wieder vom Stuhl gestiegen war. Ihr Herz klopfte so laut, dass sie Angst hatte, die Großmutter könnte es hören. Sie wagte kaum, sie anzusehen. Aber die Oma bemerkte nichts, denn ihre Augen waren gerötet, und sie schnäuzte sich. Dann ließ sie das Taschentuch im Ärmel von ihrem schwarzen Kleid verschwinden. Die Kleine fand, dass die Großmutter krank aussah. Sie schluckte. Was, wenn die Oma sie auch noch verließ? Wenn sie hier ganz allein zurückblieb? Nur mit den Onkeln, den Tanten, den Buben? Sie stürzte auf die Großmutter zu und umarmte sie. Ganz fest. Die Großmutter schluchzte. Dann löste sie sich von der Kleinen und drehte sich weg.

In den Schulferien nahm der Onkel Franz sie manchmal mit aufs Feld. Nicht so oft wie die größeren Buben. Nur wenn es etwas zu tun gab, was er ihr zutraute. Wie Steine aus der Ackerfurche sammeln. Abends konnte sich die Kleine kaum noch gerade aufrichten. Ihr taten der Rücken und auch die Hände weh. Aber nie so wie nach Schlägen mit dem Rohrstock oder einer Tracht Prügel mit dem Gürtel, von den Onkeln oder vom Lehrer. Also ließ sie sich nichts anmerken. Stumm hielt sie mit den Buben mit, tagelang. Wenn die Sonne vom wolkenlosen Himmel auf ihren Nacken, die Schultern, die Waden herunterbrannte. Oder der Regen das Feld in eine Schlammwüste verwandelte, in der sie bis zu den Knöcheln versank. Bei der Oma im Hausgarten gab es auch immer etwas zu jäten. Oder sie ging mit ihr in den Wald, um Beeren zu sammeln oder Pilze.

Hin und wieder überließ die Großmutter die Kleine auch sich selber. An so einem Tag lief sie meistens zum Bergsee. Wenn ihr Rücken es zuließ, legte sich die Kleine auf den Steg und blinzelte in den Himmel. Nie stürzte sie sich gleich ins Wasser. Erst genoss sie es, sich darauf zu freuen. Genauso wie sie es auch mit der Mama getan hatte. Später, wenn sie sich in den kühlen See gleiten ließ, kam es ihr so vor, als ob das grün schimmernde Wasser sie umarmte, sie hielt, sie trug. Sie ließ sich treiben. Lange. So lange, bis sie fror. Dann schwamm sie mit schnellen Zügen zurück, kletterte auf den Steg und streckte sich in der Sonne aus. Sie schloss die Augen, lauschte auf die Schreie der Vögel, auf das Schwirren der Insekten, auf den Wind, der durch die Blätter strich. Sie meinte, die Mutter wieder neben sich zu spüren. Ihre Hand, ganz sachte auf dem Kopf der Kleinen, am Scheitel und über dem Haar. Spielte sie mit ihren Zöpfen? Niemand anders durfte das. Nur die Mama. Die Kleine war zu schläfrig, um die Augen zu öffnen. Die Mama hatte versprochen, neue Schleifen für sie mitzubringen, Schleifen, die schillerten wie Seifenblasen. Im Traum band sie ihr schon die Zöpfe damit. Die Mädchen aus dem Dorf staunten. Solche Bänder hatte noch keine von ihnen gesehen, und erst recht nicht besessen. Nicht mal Steffi, die Tochter vom Bürgermeister. Oder die Obermüller-Anne, die mit ihrer Tante in Amerika prahlte. Hauchzart würde das Zopfband sein, aber breit genug für alle Farben, die es sonst nur auf dem Regenbogen gab. Jedes Mädchen beneidete die Kleine darum. Vielleicht versuchten sie sogar, ihr die Schleifen abzunehmen, rissen an ihren Haaren, bis ihr die Tränen kamen. Aber die Mama hatte die Bänder fest eingeflochten in die Zöpfe. Und die Kleine trug sie voller Stolz. Selbst wenn sich die Mädchen dazu entschlossen, sie hässlich zu finden. Oder der Pfarrer solche Schleifen als Sünde verurteilte. Sie sah sich damit über die Wiese tanzen.

Sie tanzte immer weiter, obwohl sie plötzlich die Buben lachen hörte. Sollten sie doch lachen. Was wussten die schon? Deppen, alle miteinander. Sicher lauerten sie am Rand der Lichtung hinter den Bäumen. Die Kleine sah sich immer noch tanzen, auch wenn sich das Bild langsam auflöste zu einem schillernden Wirbel. Nur das Lachen der Buben verschwand nicht. Sie schnellte hoch und sah sich um. Lauerten sie gar nicht in ihrem Traum, sondern oben am Weg? Neben ihr platschte etwas ins Wasser. Etwas, das aussah wie ein geflochtener Zopf. Es versank, bevor sie nach ihren Zöpfen griff und nur einen zu fassen bekam. Die Finger der linken Hand, nah an ihrem Ohr, stießen auf Borsten, wie von einem Pinsel. Sie fühlte sie am ganzen Hinterkopf, bis zum Scheitel. »Neiiiin!«, schrie die Kleine und sprang auf. Die Buben rannten davon. Sie sank auf den Steg und beugte sich über den Rand. Ihre Tränen verzerrten das Spiegelbild im grünen See. Rechts die artige Kleine mit dem ordentlichen Zopf. Links der struppige Wassergeist. Der am Grund des Sees lebte. In Frieden. Und unerreichbar.

5. KAPITEL

Heute

Mira saß im nachtkalten Sand. Ihr Atem beruhigte sich nur langsam. Richtung Festland wurde der Himmel heller. Das Zittern und Schwanken verebbte. Ihre Hand lag auf dem Weidenkorb. Plötzlich hatte sie Ockos Stimme im Ohr. Er erzählte von seltsamen Geräuschen, die er eines Morgens hörte, als er am Spülsaum entlanglief. Frühnebel in nassen, weißen Schwaden belagerte den Strand, nahm ihm die Sicht, aber er stiefelte weiter, immer weiter. Direkt auf den Priel zu. Und da schaukelte etwas in den Wellen. Das ablaufende Wasser zog es mit seinem starken Sog hinaus. Der Westwind hielt dagegen und schob es wieder zurück. Mit riesigen Schritten lief Ocko darauf zu. Er sah, dass es ein Weidenkorb war, der da im Wasser trudelte. Mit seinen schweren Stiefeln sackte er bis zu den Knöcheln im Schlick ein. Er kam nur mühsam voran, doch er gab nicht auf. Denn er hatte gesehen, dass sich da etwas in dem Korb bewegte. Endlich bekam er einen Griff zu fassen und zog den Weidenkorb auf den Strand. Ein vergnügt glucksendes Baby lag darin. Es war auf Seegras gebettet. Ocko überzeugte sich davon, dass es keine Schwimmhäute zwischen den Fingerchen und den Zehen hatte. Und dass rund um den Bauchnabel des kleinen Wesens keine silbrig glänzenden Fischschuppen wuchsen. Denn er wollte sich weder den Zorn vom Wassermann Ekke Nekkepenn noch vom Meerweib Raan zuziehen. Dann hob Ocko das Baby aus dem Körbchen. Es war tatsächlich ein Menschenkind. Ein kleines Mädchen. Er nannte es Mira, was Wunder bedeutete und Meer in einer anderen Sprache.

Mira streichelte den Weidenkorb. Wie lange hatte sie nicht

mehr an diese Geschichte gedacht! Dabei war es ihre Lieblingsgeschichte gewesen. Unzählige Male hatte sie Ocko gebeten, sie ihr noch einmal zu erzählen. Und Ocko hatte meistens nachgegeben. Obwohl ihre wahre Mutter kein Meereswesen war, lebte sie inzwischen doch auf dem Grund der See, erzählte er. Und ihr Vater sei der Wind. Ihre Mutter hätte es eines Tages nicht mehr ausgehalten auf der Insel hier, auf diesem schmalen Streifen Sand, umspült vom Meer. Sie hörte die Rufe ihrer Cousinen, der Nixen, immer deutlicher. Und eines Nachts entschloss sie sich, zu ihnen ins Meer zu gehen. Ihr Töchterchen wollte sie natürlich mitnehmen. Doch Vater Wind habe es im letzten Moment verhindert. Mit auflandigen Böen sorgte er dafür, dass das Körbchen mit dem Baby direkt in Ockos Arme trieb.

Warum hatte sie so lange nicht mehr an diese Geschichte gedacht? An ihre Lieblingsgeschichte. Natürlich war ihr seit Jahren klar, dass Ocko sich die Geschichten für sie nur ausgedacht hatte. Aber das störte Mira nicht. Im Gegenteil. Sie war stolz darauf. Von Anfang an. Bis heute. Niemand, den sie kannte, wusste eine Geschichte zu erzählen, in der er selber vorkam. Die solche Nähe schuf und ihr Geborgenheit gab. Eine, die Magie verströmte mit jedem einzelnen Wort. Die verzauberte. Zumindest sie. Anke lief dann immer los, baute ein paar Meter den Strand hinauf eine Sandburg, um nicht zuhören zu müssen. Schon damals waren Ockos Geschichten Kinderkram für sie. Und für ihre Eltern Seemannsgarn.

Nur ein einziges Mal hatte Mira diese Geschichte einer Schulfreundin erzählt. Sie war vierzehn Jahre alt und durfte mit der Freundin und deren Familie in den Urlaub nach Südfrankreich fahren. Das erste und einzige Mal, dass sie die Herbstferien nicht bei Ocko auf der Insel verbrachte. Doch für Mira war der steinige Strand von Nizza nichts gegen den Kniepsand. Insgeheim bereute sie schon nach wenigen Tagen, Ocko versetzt zu haben. Um ihre Sehnsucht zu lindern, teilte sie die Lieblingsgeschichte mit ihrer Freundin. Doch die grinste nur verächtlich und meinte, da könne Mira ebenso gut daran glauben, dass der Klapperstorch sie gebracht habe.

Mira stand auf und klopfte sich den Sand ab. Sie hob den Korb auf und ging langsam zurück. Bei der Plane, die sie über das aufgesammelte Treibgut gespannt hatte, blieb sie keine Sekunde lang stehen. Stattdessen trug sie den Weidenkorb wie einen lange verschollenen Schatz ins Haus. In der Nähe des Ofens legte sie ihn ab. Nur um ihn gleich wieder aufzuheben und in die Küche zu bringen. Sie versuchte sich vorzustellen, dass ein Baby darin läge. Ein rosiger Säugling. Er würde frieren. Die Fäustchen ballen. Hungrig sein. Eine neue Windel brauchen. Er würde weinen. Strampeln. Husten. Sich verkrampfen. Vielleicht sogar schreien, bis er blau anlief. Und sie? Würde sie es über sich bringen, das kleine Wesen aus dem Körbchen zu heben? Das Findelkind anzulächeln und herumzutragen? Leise mit ihm zu reden? Ihm über den Rücken zu streicheln und über die Wangen? Ihm Sicherheit zu geben in ihrem Arm und es zu beruhigen? Und wenn es sich nicht beruhigen ließ? Wenn es immer weiter schrie oder immer wieder, sobald es sie sah? Wenn es seine Mutter vermisste? Oder wenn es auch im Arm seiner Mutter schrie? Weil sich ihre natürliche bedingungslose Verbundenheit einfach nicht einstellte? Wie mussten sie sich fühlen dabei? Verzweifelt? Hilflos? Allein?

Mira hatte sich nie nach einem eigenen Kind gesehnt. Nicht den Drang verspürt, weiterzugeben, was ihr zuteilgeworden war. In der Stadt und auf der Insel. Sie fühlte sich auch nicht verpflichtet, Mutter zu werden, um ihre Eltern zu Großeltern zu machen. Bedauerte es nicht, kinderlos zu sein, und warf sich nicht vor, keine eigene Familie gegründet zu haben. Noch nicht, würde ihre Mutter bestimmt sagen. Mira hasste all die Sprüche und Andeutungen, die sie bei jeder Gelegenheit von ihr zu hören bekam. Sollte sie sie doch für das schwarze Schaf der Familie halten, das selbstsüchtig die Entbehrungen, die Sorgen, die Nöte und vor allem die Liebe ihrer Vorfahren gering schätzte. Die das Netz der Generationen einfach reißen ließ. Aber zum Glück für ihre Mutter leistete Anke ja ganze Arbeit. Nicht, dass Mira sie darum etwa beneidete. Oder eifersüchtig auf das Verhältnis ihrer Schwester zu ihrer Mutter war. Weil sie etwas teilten, zu dem Mira ohne Kind keinen Zugang hatte. Das sie ausschloss. Oder redete sie sich das nur ein? Reagierte sie deshalb so körperlich auf die Geschichte vom Baby aus dem Priel, weil sie sich insgeheim doch nach einer eigenen Familie sehnte? Löste schon allein der Anblick des Weidenkörbchens diese Erschütterung in ihr aus? Diese Unterströmung, die sie von den Beinen riss?

Mira sah nachdenklich auf den Korb. Wer weiß, vielleicht hatte wirklich irgendwann, irgendwo einmal ein Kind darin gelegen. Auf einer fernen Insel in der Südsee. Vielleicht war der Korb mit Palmblättern ausgelegt gewesen. Oder er kam, mit Moos ausgepolstert, aus dem hohen Norden. Er mag auf dem Lehmboden einer Hütte gestanden haben. Oder er hing von der Decke und pendelte im warmen Luftzug. Bis der Sturm ihn fortgerissen, die Flut ihn bis hierher getragen und Ocko ihn am Strand aufgelesen hatte. Als Kind wollte Mira den Korb immer wieder mal sehen. Doch sie erinnerte sich nur an ein einziges Mal, als Ocko ihr den Korb tatsächlich gezeigt, ihn dann aber gleich wieder auf dem obersten Regal hinten im Schuppen verstaut hatte. Schweigsam war er dabei gewesen wie sonst nie.

Mira deckte den Küchentisch mit Zeitungsseiten ab. Dann stellte sie den Korb darauf. Mit einer ausgedienten Zahnbürste rieb sie vorsichtig die Sandreste aus dem Weidengeflecht. Sie vergaß alles um sich herum, bis sie fertig war. Zufrieden hob sie den Korb vom Küchentisch. Das indische Tischbein lagerte draußen bei den anderen Fundstücken. Doch sie wandte sich von der Haustür ab. Sie konnte den Weidenkorb nicht hinausbringen. In der Kälte stehen lassen. Im Wind. Dort, wo der Flugsand auf ihn niederprasselte. Sie trug den Korb in ihr Zimmer und stellte ihn neben dem Bett ab, ohne genau zu wissen, warum. Hier gehörte er hin.

Sie heizte den Ofen nach. Anschließend ging sie hinüber zu ihrer Schwester. Sie frühstückte lange mit Anke, Niels und den Kindern. Danach kam sie zurück, um ihre Sachen zu packen. Zwischendurch streifte ihr Blick den Weidenkorb. Immer wieder. Sie half Niels mit dem Bauzaun und den Schildern. Wärmte sich auf und schrieb eine Liste von Dingen, die sie vom Festland mitbringen wollte. Nach einem letzten Gang durchs Haus schloss sie die Tür ab und hakte den Bauzaun ein. Sie verabschiedete sich und versprach Anke, am Wochenende wiederzukommen.

»Damit rechne ich auch fest, Mira!«

»Komm, ich fahr dich schnell zur Fähre runter«, bot Niels an.

»Mach dir keine Umstände. Ich kann den Bus nehmen. Ist doch Sonntag. Und Familienzeit.«

»Ebendrum!«

Sie sah Anke an, dass es ihr nicht recht war, aber Niels verstaute Miras Rucksack schon im Auto. »Bin gleich wieder da«, rief er seiner Frau zu und stieg ein.

Mira umarmte Anke kurz, winkte ihren Neffen zu, dann fuhren sie davon.

»Keine Sorge«, sagte Niels, als sie auf die Hauptstraße einbogen, »sie beruhigt sich wieder.«

Mira nickte. Es würde dauern. Vor allem, wenn sie das abgeschirmte Grundstück Tag für Tag vor Augen hatte. »Ehrlich, Niels, ich weiß nicht genau, wie lange ich brauche, um auf dem Festland alles zu regeln.«

»Schon klar.«

»Das ist keine Ausrede.«

»Ich bitte dich, Mira!«

»Meinst du, ich kann Ockos Haus halten?«

»Wenn du es wirklich willst ...«

»Natürlich will ich.«

»Du musst wissen, was es dir bedeutet. Nicht, was es kostet. Und auch nicht, was deine Schwester davon hält. Oder eure Eltern.«

Mira schwieg.

»Es ist mehr als ein Haus für dich.«

Mira nickte.

»Lass dir Zeit mit der Entscheidung. Sie muss von Herzen kommen und nicht weil du glaubst, irgendjemandem irgendetwas zu schulden, einen Auftrag zu haben oder was weiß ich. Du bereust es sonst eines Tages.«

Weder auf der Fähre noch im Zug nach Hamburg konnte Mira einen klaren Gedanken fassen. Morgen früh musste sie ins Büro. Aufarbeiten, was in den letzten Tagen liegen geblieben war. Ihre Projekte vorantreiben. Aufträge abschließen. Ihren Kollegen nach der Präsentation fragen. Mit ihrer Chefin reden. Das kommende Wochenende reichte nicht aus für all die Arbeit um Ockos Grundstück herum. Sollte sie Urlaub beantragen? Würde sie jetzt überhaupt freie Tage nehmen können? Wie viele? Brauchte sie vielleicht sogar unbezahlten Urlaub? Riskierte sie damit ihren Job? Wollte sie das wirklich? Sie fand keine Antworten darauf. Als sie endlich ihre Wohnungstür hinter sich schließen und den Rucksack zu Boden fallen lassen konnte, war sie so erschöpft wie lange nicht mehr. Sie schlief unruhig. Träumte von schwerer See, von Nebel und Sandbänken. Sah sich im Watt herumirren, die Insel mit dem Leuchtfeuer in weiter Ferne.

Mira erwachte, bevor der Wecker klingelte, brauchte aber einen Moment, ehe sie verstand, dass sie nicht in ihrem Schlafsack in Ockos Haus auf der Insel lag. Sie redete sich ein, dass eine heiße Dusche und ein ausgiebiges Frühstück helfen würden, hier anzukommen. Doch als sie später in den morgendlichen Berufsverkehr der Großstadt eintauchte, wusste sie, dass das nicht stimmte. Der Geruch von Schmieröl und Diesel waberte heran und mischte sich mit dem Duft vom

Backshop, so wie sie es sonst kaum wahrnahm. Die Weichen der U-Bahn-Gleise kreischten. Menschen hetzten vorbei, die Treppe hinunter zum Bahnsteig, stießen sie an und liefen ohne ein Wort weiter. Im Waggon stand sie dicht an dicht mit all den Fremden, die ebenfalls in den Tag starteten. Alles wie immer. Und plötzlich doch so erdrückend.

Auf ihrem Schreibtisch stapelten sich die Handakten aus kürzlich abgeschlossenen Verfahren. Für gewöhnlich kategorisierte sie sie im Handumdrehen fürs Archiv. Heute schob sie sie unschlüssig hin und her. Es wollte ihr einfach nicht gelingen, sie zu sortieren. Sie überflog einiges, wusste jedoch gleich darauf nicht mehr, worum es ging. Das passierte ihr sonst nie. Deshalb war sie bei diesem Job in der Kanzlei für See- und Schifffahrtsrecht hängen geblieben. Eigentlich hatte ihr die Stelle nur eine Atempause verschaffen sollen, nach einer verpatzten Prüfung. Ihr Vater hatte das vorgeschlagen, denn die Reederei, in der er arbeitete, ließ sich von den Fachanwälten beraten und vertreten. Und was als Aushilfsjob für Mira angefangen hatte, fühlte sich mit der Zeit richtig gut an. Sie erledigte ihre Aufgaben schnell und sicher. Und außer Ocko gestand sie niemandem ein, dass alles andere eine Last für sie gewesen wäre. Die Präsentation für das neue Ablagesystem musste erfolgreich verlaufen sein. Das besagte jedenfalls das Memo von ihrem Kollegen. Eine Baustelle weniger! Sie zerknüllte die Notiz und warf sie in den Papierkorb. Sie las die hausinternen Mails, die bei ihr eingegangen waren, und löschte sie. Nichts von Belang. Nichts, was ihr Kollege am Nebentisch oder die Kollegin in der Ecke gegenüber nicht auch erledigen konnte. Gar nichts? Oder kam ihr das nur so vor? Auf einmal fiel es ihr schwer, sich zu konzentrieren. Weil ihr der erste Tag oft schwieriger erschien? Dabei war Mira nicht mal eine Woche weg gewesen. Sie lehnte sich zurück. Spürte Widerwillen aufsteigen wie eine Flutwelle. Was, wenn die gleich auf sie niederrauschte und alles mit sich fortriss, was sie sich hier aufgebaut hatte?

Würde sie etwas retten wollen? Sie hatte kein Foto auf ihrem Schreibtisch stehen, keine Glückwunschkarte, kein Maskottchen und auch keine Topfpflanze. Sie müsste nicht mal ihr Passwort zurücksetzen oder ihren Computer herunterfahren. Sie brauchte einfach nur aufzustehen und zu gehen. Aber das fühlte sich ebenso übel an wie die drohende Flutwelle. Mira meldete sich schließlich für ein Gespräch bei der Büroleiterin an. Als es endlich so weit war, hatte sie das Gefühl, kaum noch die paar Stufen bis zu ihrem Büro hinaufzuschaffen.

Die Büroleiterin hielt Mira für krank. Sie fände es zwar nahezu unmöglich, auf eine weitere Kraft zu verzichten, aber was sollte sie schon machen?, fragte sie. Mira hatte nicht vor, sich krankzumelden. Sie wollte ihre Urlaubstage nehmen, und zwar alle. »Familienangelegenheit«, sagte sie nur.

»Klären Sie das, und zwar schnell.«

Mira nickte. Sie traute sich nicht, zuzugeben, dass sie nicht wusste, wie lange sie dazu brauchen würde.

Die Büroleiterin senkte die Stimme und teilte Mira im Vertrauen mit, dass die Chefetage dabei sei, den Workflow der Abteilung zu prüfen. Sie könne sich sicher vorstellen, was das bedeute.

»Einsparungen«, sagte Mira.

»Und ich will nicht, dass meine Abteilung beschnitten wird.«

Sie fürchtet um ihren Job, dachte Mira, doch es berührte sie nicht. Sie wartete nur darauf, dass ihre Chefin zum Stift griff und den Urlaubsantrag genehmigte.

»Brauchen Sie denn wirklich alle Tage auf einmal?«

»Ja.«

»Na schön.« Sie zögerte immer noch. »Wenn Sie es sich anders überlegen, rufen Sie mich an.«

Mira versprach es. Dann ließ sie sie endlich gehen.

Ohne sich von irgendjemandem zu verabschieden, verließ Mira das Gebäude. Sie trat auf die Straße hinaus. Nur nicht am Imbiss mit seiner Dunstwolke vorbei in die Innenstadt. Lieber durch die Nebenstraßen zum nächsten U-Bahnhof. Keinen Abstecher in den Supermarkt. Und erst recht nicht in den Baumarkt. Nur möglichst schnell nach Hause. Aber auch dort kam sie nicht zur Ruhe. Sollte sie Anke anrufen und ihre Rückkehr auf die Insel für morgen oder übermorgen ankündigen? Sollte sie mit ihrer Mutter telefonieren? Um ihr was genau zu sagen? Dass der Alltag sie plötzlich überfordere?

»Jeder hat mal einen schlechten Tag oder zwei«, würde ihre Mutter erwidern. »Schlaf dich erst einmal richtig aus, dann wird das schon wieder.« Oder sogar: »Kranksein konnte ich mir nie leisten, mit zwei Kindern und einem Halbtagsjob.«

Mira starrte eine Weile auf das Telefon, rief aber niemanden an. Dann suchte sie nach der Liste mit den Dingen, die sie besorgen und mit auf die Insel nehmen wollte, doch sie fand sie nicht. Sie stellte eine Maschine Wäsche an. Sah mehrfach in den Kühlschrank, registrierte die spärlichen Vorräte, wusste aber nicht, wozu sie überhaupt nachgesehen hatte. Nicht kochen. Nichts auftauen. Nichts zu essen bestellen. Sie fühlte sich leer und kraftlos. Vielleicht half es doch, zu schlafen.

Mitten in der Nacht schreckte Mira auf. Sie hatte wieder geträumt. Nur was? Was trieb ihren Herzschlag so an, dass er in den Ohren dröhnte? Was nahm ihr fast die Luft zum Atmen? Was ließ sie um ihr Bett herumtaumeln? Sie legte sich wieder hin, gab dem Sog nach, verlor sich im Dunkeln, tauchte erschöpft wieder auf. Sie blieb liegen, bis es hell wurde draußen vor dem Fenster und wieder ruhiger. Die Nachbarn waren längst zu ihrem Tagesgeschäft aufgebrochen. Jedenfalls die meisten. Sie funktionierten, so wie Mira funktioniert hatte. Nahezu ohne darüber nachzudenken. Tag für Tag. Mit allen Wochenenden und Ferien und Feiertagen. Alles Auf und Ab hatte sich diesem ewigen Rhythmus unterzuordnen. Keine Frage. Nur voran und weiter. Kein Woher und Wohin. Als ob es nichts zu suchen gab und nichts zu finden.

Irgendwann stand Mira auf und packte ihren Koffer.

Als sie bei ihrer Schwester vor der Tür stand, war sie selbst fast genauso überrascht wie Anke. Weder die Zugfahrt noch das Umsteigen in den Zubringer, die Überfahrt mit der Fähre und die anschließende Busfahrt schienen Spuren in ihrem Gedächtnis hinterlassen zu haben.

»Du bist schon wieder da?«, fragte Anke und schüttelte den Kopf, als wollte sie das nicht glauben.

»Sieht so aus.«

»Na, dann komm rein. Und iss was mit uns.«

Mira folgte ihrer Schwester in die Küche.

»Seht mal, wen ich euch mitgebracht habe!«

Niels nickte ihr zu und lächelte.

Bendix sprang auf. »Tante Miraaa!« Er stürmte ihr entgegen.

Sie beugte sich zu ihm hinunter, doch plötzlich wusste sie nicht mehr, was sie zu ihm sagen sollte. Sie hatten sich doch erst vor drei Tagen zum letzten Mal gesehen. Mira spürte seine warmen kleinen Hände. »Na, mein Großer«, flüsterte sie in seinen Haarschopf hinein.

Er grinste sie an. »Willst du neben mir sitzen?«

Anke sah ihn streng an.

»Bitte, Tante Mira, du musst neben mir sitzen!«

»Und deine Brüder?«

»Ach, die sitzen doch immer da.«

Mira sah, dass Anke ihre Hand auf den leeren Stuhl den Kindern gegenüber legte. »Ihr seid schon fast fertig mit dem Essen«, sagte sie deshalb. »Verschieben wir das auf morgen.«

»Versprochen?«

»Ja. Ganz fest!«

»Na gut.« Bendix kletterte wieder auf seinen Stuhl.

Claas aß ungerührt weiter. Drefs schlug mit den Füßen gegen den Tisch. Auch dann noch, als ihn der Blick seiner Mutter traf. Mira setzte sich hin, und Niels goss ihr Tee ein.

»Willkommen zurück!«, sagte er.

»Danke.«

»Elin schläft schon«, berichtete Niels.

»Hoffentlich«, murmelte Anke.

Mira nickte.

»Greif zu«, bot Anke ihr an.

Mira spürte, dass sie lange nichts gegessen hatte. Das frische Brot, die Butter, der goldgelbe Käse – sie griff nach dem Besteck. Ihre Hände taten, was zu tun war. Sie kaute Bissen für Bissen, und doch musste sie alles hinunterwürgen. Sie sah kaum auf von ihrem Teller. Hoffentlich bemerkte Anke nichts oder Niels. Aber die beiden waren mit ihrem Alltag beschäftigt. Ihre Worte drangen nicht bis zu Mira vor. Fast so, als würde der Wind sie forttragen, dabei war nicht einmal ein Fenster geöffnet. Mira zog sich früh zurück, und sie bestand darauf, ihren Schlafsack in Ockos Haus auszurollen und nicht auf Ankes Sofa.

Am Morgen fiel ihr erster Blick auf den Weidenkorb neben ihrem Bett. Doch es tauchten keine weiteren Erinnerungen dazu auf. Mira zögerte, zu ihrer Schwester hinüberzugehen und sich an den Frühstückstisch zu setzen. Sie wollte Ankes Tagesablauf nicht durcheinanderbringen. Sicher war sie mit ihren Kindern beschäftigt oder mit ihren Gästen, denn es waren ja Herbstferien. Mira entschloss sich, stattdessen Vorräte einkaufen zu gehen und Ockos Kühlschrank aufzufüllen. Später konnte sie ihre Schwester immer noch besuchen. Besuchen war vielleicht nicht das richtige Wort. Anke würde mit ihr sprechen wollen. Würde nach ihren Plänen fragen. Und danach, ob sie schon entschieden habe, was passieren solle. Und Mira müsste ihr von der Leerstelle in ihrem Kopf erzählen. Aber wie, wenn sie selber nicht verstand, was es bedeutete?

Als sie mit den Einkaufstaschen das Haus verließ, stand Anke im Vorgarten und verabschiedete ein Urlauberpaar. Mira winkte ihr zu, Anke nickte knapp zurück. Sie würde also die nächsten Stunden damit beschäftigt sein, das Apartment zu putzen. Vermutlich zogen schon am Nachmittag neue Gäste ein. Sollte sie der Schwester ihre Hilfe anbieten? Als Gegenleistung für Kost und Logis, die sie ihr kürzlich gewährt hatte? Würde sich Anke darüber freuen? Oder wäre sie beleidigt? Würde sie glauben, Mira wollte hier alles an sich reißen? Oder würde sie den Freiraum genießen, der sich ihr so unverhofft bot? Obwohl sie ihre Schwester schon ihr ganzes Leben lang kannte, kam sie ihr oft so fremd vor. Sie erinnerte sich kaum an Momente, in denen sie sich Anke wirklich nah gefühlt hatte. Und mit ihr vertraut. Aber vielleicht waren sie einfach nur zu verschieden. Mira könnte ihre Neffen mit in die Dünen nehmen oder mit Elin im Kinderwagen spazieren gehen. Oder brachte sie damit alles durcheinander, was Anke als ihren Tagesablauf plante? Sie würde es herausfinden müssen.

Im Supermarkt drängelten sich die Touristen durch zu schmale Gänge. Neuankömmlinge verrieten sich vor allem dadurch, dass sie schon vor Ankunft der Fähre nach der aktuellen Tageszeitung Ausschau hielten oder nach ihrer Heimatzeitung fragten. Mira betrachtete das Angebot lustlos. Sie füllte ihren Einkaufswagen mit den Lebensmitteln, die sie auch zu Hause kaufte. Hier galten Inselpreise. Sie waren natürlich dem Transport geschuldet. Dabei hatte sich Mira nie gefragt, ob das ganz besonders für die Fertig- und Schnellgerichte galt, die sich auch in den winzigsten Apartmentküchen problemlos zubereiten ließen. Und sie würde ganz sicher nicht Anke danach fragen.

Mira schleppte ihre Einkäufe nach Hause. Ocko hatte ein Fahrrad gehabt. Damit war er zum Supermarkt gefahren, solange Mira zurückdenken konnte. Ob das Rad noch unter dem zusammengebrochenen Schuppen lag? Ob es der Orkan weggefegt hatte? War es bei Anke und Niels gelandet, so wie der beschädigte Bollerwagen? Sie räumte die Vorräte weg, konnte sich aber nicht entschließen, etwas zu kochen. Noch nicht einmal Kaffee. Miras Blick glitt durchs Fenster, zum Bauzaun mit der grauen Plane. Er verwehrte ihr, zu Anke hinüberzusehen, in den Garten, auf die Terrasse und auf den Spielplatz der Kinder. Sie wandte sich ab. Der Ofen durfte nicht ausgehen. Sie schürte die Glut, legte Holz nach und sah zu, wie das Feuer aufflammte in wildem Tanz zum Knacken und Knistern der Scheite. Auch das hatte Mira schon früh fasziniert. Weil es so ganz anders war als das, was sie aus der Stadt kannte: den gelblich weißen Heizkörper aus Stahl mit einem Ventil zum Aufdrehen und einem Thermostat zum Regeln. Hier dagegen spürte sie die heiße Luft unmittelbar. Sie brannte beinahe auf der Haut, machte atemlos. Mira wich ein Stück zurück, wollte die Ofentür aber noch nicht schließen. Ockos Geschichte von der frierenden Nixe und ihrem Gefährten, dem Feuer speienden Drachen, kam ihr in den Sinn. Sie starrte eine Weile in die Flammen, doch ihr fiel nicht mehr ein, welche Abenteuer die beiden erlebten und wie sie ihrem Schicksal ein Schnippchen schlugen.

»Tante Miraaa!«

Bendix war hereingekommen, ohne dass sie es bemerkt hatte.

»Man darf nicht so nah ans Feuer, sagt Papa.«

Sie schlug die Ofentür zu und verriegelte sie.

»Die Mama fragt, ob du mich mitnimmst. Und den Claas vielleicht auch.«

Mira lächelte ihn an. »So, wo wollt ihr denn hin mit mir?«

»Die Mama sagt, du gehst an den Strand. Mit dem Bollerwagen.«

»Das stimmt.«

»Was machst du denn da?«

»Ich gehe auf Schatzsuche.«

»Echt jetzt?«

»Kann man so sagen.«

Bendix legte den Kopf schief und sah sie von unten her an. »Glaub ich nicht!«

»Dann eben nicht.«

Bendix stemmte die Hände in die Hüften. »Der Papa sagt immer, es gibt keine Schätze mehr.«

»Für deinen Papa vielleicht nicht. Für mich schon.«

»Du meinst, wir können doch einen finden?«

»Ja.«

»Und dürfen wir den dann behalten?«

»Mal sehen.«

»Ich will aber kein Räuber sein. In der Schule haben wir gelernt, das gehört alles dem Strandvogt.«

»Genauso war das früher auch. Aber seit einigen Jahren gibt es keinen Strandvogt mehr.«

Bendix sah sie skeptisch an.

»Wenn du willst, erzähle ich das auch deinem Lehrer.« Mira reichte ihrem Neffen die Hand. »Na komm, jetzt gehen wir erst mal zu deiner Mama rüber, dann sehen wir weiter.«

Anke lud in der Waschküche Bettbezüge und Handtücher in den Trockner um. Drefs saß zu ihren Füßen und spielte mit dem Traktor. »Kannst du die beiden Großen im Auge behalten?«, sagte sie ohne lange Vorrede zu Mira. »Eigentlich sollten sie zu Oma Gitte. Aber ihre Putzkraft ist krank. Da muss sie die Endreinigung ihrer Apartments selber machen. Und Klärchen läuft ihr auch noch ständig vor die Füße.«

»Kein Problem.«

»Claas ist draußen auf der Schaukel.«

»Und wann sollen wir zurück sein?«

»Spätestens, wenn's dunkel wird.«

»Alles klar.«

»Nimm ein paar Bananen mit und eine Flasche Wasser. Warmes Essen gibt's erst heute Abend.«

Mira nickte.

»Ach, und die Gummistiefel und Matschhosen sind in der Kammer da vorne.«

Wenig später zog Mira den Bollerwagen mit Bendix und Claas zum Strand. Natürlich hatte sie ihnen erlaubt, einzusteigen, denn heute gab es keine kleineren Geschwister, für die die beiden zurückstehen mussten. »Puh!«, stöhnte sie, denn es kostete Kraft, den Wagen durch den losen Sand zu bewegen. Doch wie sie sich krummlegte, mit einem Arm in der Luft herumruderte und mit den Füßen Sand aufwirbelte, übertrieb sie maßlos.

Die Jungen lachten.

Sie blieb stehen, um laut nach Luft zu schnappen. »Ich glaube, ich habe den Schatz schon gefunden«, sagte sie dann.

»Wo denn, Tante Mira?«, wollte Claas wissen.

Bendix sah sich in alle Richtungen um.

»Genau hier.«

»Ich seh nix.« Claas kniff die Augen zusammen.

»Ich auch nicht.«

»Ich schon«, sagte Mira. »Ihr seid der Schatz!«

»Sind wir gar nicht!«, empörte sich Bendix.

»Aber ihr seid mindestens genauso schwer wie eine Kiste voller Gold.«

»Das zählt nicht!«

»Zählt nicht! Zählt nicht!« Claas war mit seinem Bruder einig.

»Na gut, dann sehen wir mal, was wir hinter den Dünen finden.« Mira hob die Jungen aus dem Wagen. Jeder hatte eine Plastikschaufel dabei. »Ruft mich einfach, wenn ihr was entdeckt habt!«, gab Mira ihnen mit auf den Weg. Sie sah zu, wie die beiden losrannten, und folgte ihnen mit Abstand.

Claas hielt als Erster an. Er hatte etwas in der Sonne glitzern gesehen. Bendix lief zu seinem Bruder zurück und kam gleichzeitig mit Mira bei ihm an. Claas kratzte mit der Schaufel den Sand von einem Gegenstand aus silbrigem Metall. Bendix und Mira hockten sich neben ihn. Für eine Münze war es zu groß. Bendix wollte seinem jüngeren Bruder helfen, doch der ließ es nicht zu. »Kann ich alleine!«

Das Stück sah schon größer aus als ein Teller und war immer noch nicht ganz freigelegt. »Meinst du, er hat den Schatz gefunden, Tante Mira?«, flüsterte Bendix ihr zu.

Mira schüttelte den Kopf. »Höchstens ein Stück davon. Und du findest auch gleich eins.«

»Aber es ist riesig.«

»Darauf kommt es überhaupt nicht an.«

Claas schabte mit seiner Schaufel am Rand des Fundstücks entlang. Es war oval. Als er es endlich vom Sand befreit hatte, durften sie ihm helfen, es umzudrehen. Zerkratzt und leicht verbeult, mit gravierten Blumenranken am Boden. Mira hielt es für eine Art Tablett oder Vorlegeplatte. Zu leicht, zu stumpf, zu grau für Silber oder Edelstahl. Eher aus Aluminium. Claas strahlte mit dem Leuchtturm um die Wette. »Hab ich gut gemacht.«

»Das hast du!«, lobte Mira.

»Ist das wertvoll?«, wollte Bendix wissen.

»Das war es bestimmt für den, dem es gehört hat.«

»Wem hat es denn gehört?«

Mira betrachtete das Fundstück noch einmal von allen Seiten. »Diese Platte hat dem Kapitän eines großen Segelschiffs gehört. Auf allen seinen Fahrten über die sieben Weltmeere und rund um Kap Hoorn hat er sie bei sich gehabt. Und er hat sich immer sein Lieblingsessen darauf servieren lassen.«

»Was war sein Lieblingsessen?«, fuhr Claas dazwischen.

Bendix verdrehte die Augen.

»Kartoffelbrei mit Ölsardinen«, fiel Mira ein.

»Iiih!«, riefen Bendix und Claas gleichzeitig.

Mira musste lachen. »Wisst ihr, auf so einem Schiff gibt es eben andere Sachen zu essen als an Land«, erklärte sie. »Der Proviant darf ja nicht verderben, wenn das Schiff wochenlang auf See ist und keinen Hafen anlaufen kann, um Nachschub an Bord zu nehmen.«

»Ich werd' doch nicht Kapitän«, murmelte Bendix.

»Und weiter?«, drängte Claas.

»Jedenfalls auf dieser Reise«, fuhr Mira fort, »ging von Anfang an alles schief. Aber der Kapitän wäre ja nicht der Kapitän, wenn ihn so etwas aus der Ruhe bringen würde. Als sich ein starker Sturm über dem Ozean zusammenbraute, sah er zuerst in die schwarzen Wolken hinauf. Dann reckte er seine Nase in alle vier Himmelsrichtungen. Danach stiefelte er wieder unter Deck in die Kapitänskajüte und bestellte sich sein Lieblingsessen. Der Smutje, das ist der Koch auf dem Schiff, lag aber krank in seiner Koje. So musste sein Küchenjunge die Platte alleine anrichten und zum Kapitän bringen. Das durfte er noch nie zuvor tun. Und was, glaubt ihr, ist passiert?«

Die beiden Jungen sahen Mira mit großen Augen an, hatten aber keine Idee dazu.

»Statt Ölsardinen holt der Küchenjunge aus Versehen eine Dose Spinat aus der Vorratskammer. Er ist so versessen darauf, alles richtig zu machen, dass er gar nicht merkt, was er auf den Kartoffelbrei kippt. Nämlich den Spinat!«

»Igitt!« Claas schüttelt sich.

»Spinat macht stark!«, behauptet Bendix.

»Genau«, sagt Mira, »aber der Kapitän glaubt, von Spinat bekommt man grüne Haare.«

Die Jungen lachen.

»Der Kapitän ist wütend. Keiner darf sich so einen Spaß mit ihm erlauben! Er hebt die Platte hoch, voll mit Kartoffelbrei und Spinat, und holt aus. Und genau in diesem Moment wird das Schiff von einer riesigen Welle erfasst. Der Küchenjunge stürzt zu Boden. Die Tür der Kajüte schwingt auf, und die Platte fliegt in hohem Bogen hinaus und über Bord!«

Claas sieht zweifelnd auf sein Fundstück. »Die kann fliegen?«

»Ein Stück weit. Aber seht ihr die Beule hier?« Mira zeigte auf die Einbuchtung am Rand. »Als der Wind gedreht hat, ist sie geradewegs ins Meer gestürzt und auf ein Korallenriff aufgeschlagen.«

»Hier gibt es aber kein Riff, Tante Mira«, wusste Bendix.

»Durch den Aufprall hat die Platte einen Riesenschubs bekommen und ist wie eine Unterwasserrakete über den Meeresboden gesaust.«

»Bis hierher?«

»Genau. Bis hier an den Strand. Damit wir sie finden!«

»Ich hab sie gefunden, Tante Mira, ich!«, quengelte Claas.

Mira zwinkerte Bendix zu.

»Klar«, sagte Bendix, »und jetzt suchen wir weiter.«

Mira legte die Platte in den Bollerwagen. »Na dann, vorwärts, Jungs, los geht's!« Sie zog den Wagen weiter. Als Nächstes sammelten sie Bretter auf, die vom zusammengebrochenen Schuppen stammen konnten. Bendix betrachtete jeden Holzscheit genau und ließ seine Finger über die raue Oberfläche gleiten, bevor er ihn aufhob. Mira erklärte den Jungen, dass Meer und Sand lange auf diesen Stücken herumgebürstet hatten. Manche wirkten wie ausgeblichen und glatt geschmirgelt. Andere wiesen dunkle Ränder, Risse und unzählige kleine Löcher auf. Und all das erzählte von dem Weg, den das Treibholz zurückgelegt, und von der Zeit, die es dafür gebraucht hatte. Doch so spannend wie die Geschichte von der silbrigen Platte kam Bendix und Claas das nicht vor.

Während Mira ihre Neffen zum Bananenpicknick einlud, überlegte sie, wie sie den Tag auch für Bendix noch zu einem spannenden Ende bringen konnte. Viel weiter würden sie nicht mehr gehen, sondern eher zum Wasser hinunter und am Spülsaum entlang zurück. Die gröbsten Stücke, die dort nach dem Orkan angespült worden waren, hatte längst die Strandreinigung der Kurverwaltung aufgesammelt. Mira erinnerte sich an ihre Ausflüge mit Ocko. Sie waren zwar nie mit leeren Händen vom Strand zurückgekehrt, hatten aber auch nicht jedes Mal einen spektakulären Fund zu verbuchen. Es waren vielmehr die Geschichten, mit denen Ocko sogar ein Stück Treibholz zum Leben erweckte, die diese Stunden an seiner Seite in ein Abenteuer für Mira verwandelt hatten.

Mira lotste die Jungen hinunter zum Spülsaum. Claas sprang in eine Pfütze, die das ablaufende Wasser stehen gelassen hatte, und rannte weiter zur nächsten. Bendix folgte stur der Linie, die die letzte Flut auf den feuchten Sand gemalt und mit Muscheln, Kiesel, Algen und Seegras markiert hatte. Plötzlich blieb er stehen. Zu seinen Füßen ragte etwas aus dem Boden, das wie ein Büschel schwarzer Borsten aussah.

»Was meinst du, Tante Mira?«

»Sieht geheimnisvoll aus, findest du nicht?«

Bendix zweifelte, Mira nicht.

»Wir müssen mehr davon sehen. Unbedingt!«

»Na gut.« Bendix stieß seine Schaufel in den Boden.

Die Borsten erwiesen sich als das Ende eines zerfaserten schwarzen Kunststoffseils. Mit jeder Schaufel Sand, die Bendix zur Seite warf, wurde es länger.

»Versuchen wir, es rauszuziehen«, schlug Mira vor. Sie winkte Claas heran, und zu dritt packten sie das freigelegte Ende des Seils und zogen kräftig daran. Der nasse Sand brach noch einen halben Meter weit auf. Das andere Ende des Seils sah wie abgeschnitten aus.

Bendix wirkte enttäuscht. »Nichts dran.«

»Jetzt jedenfalls nicht mehr«, sagte Mira. Sie könnte den beiden Jungen davon erzählen, wie wichtig, ja geradezu lebensrettend es war, so ein Seil aufzusammeln. Kein Seevogel, kein Schweinswal und keine Robbe konnten sich mehr darin verfangen, ersticken oder verhungern. Aber sie sah Bendix an, dass ihm das nicht helfen würde. »Du hast einen ganz besonderen Strick gefunden«, begann Mira deshalb.

Bendix winkte ab. »Nur so ein blödes Seil.«

»Ganz sicher nicht!«

Claas sah sie erwartungsvoll an, während Bendix mit seiner Schaufel im Boden herumstocherte.

»Seht mal, dieser Strick ist nicht wie die meisten, die wir hier finden, orange oder grün. Er ist schwarz! Und das bedeutet, er hatte eine ganz wichtige Aufgabe.«

Bendix hielt inne. »Echt?«

Mira nickte. »Und seht ihr, wie lang der Strick ist? Der reicht weit hinaus und bis ganz tief unten ins Meer.«

»Ui«, staunte Claas.

»Es gibt nämlich eine Stelle, an der alle sieben Weltmeere zusammentreffen. Sie ist von keinem Land aus zu sehen. Nur wenn wir mit einem Schiff daran vorbeifahren, würden wir vielleicht die Wellen sehen, die aus allen Himmelsrichtungen dahin ziehen. Sie klatschen aneinander, türmen sich zu einem Wellenberg mit einem Gipfel aus weißer Gischt auf, laufen aber gleich wieder auseinander. Dort ist das Wasser blaugrün und glasklar, die Luft seidenweich. Ein magischer Ort!«

»Und da kommt das schwarze Seil her?«, fragte Bendix.

»Ganz genau. Denn an diesem magischen Ort lebt der Meeresriese Dix.«

»Es gibt keinen Meeresriesen. Und Dix heißt der auch nicht!«

»Bist du sicher?«

Bendix schob die Unterlippe vor.

»Bloß weil du und deine Brüder und ich und dein Lehrer den Meeresriesen Dix noch nicht gesehen haben, muss das ja nicht heißen, dass es ihn nicht gibt. Wir haben auch noch keinen Eisberg gesehen, oder?«

»Davon gibt es Fotos.«

»Das bedeutet heute gar nichts mehr. Wenn du ein Foto vom Meeresriesen Dix willst, dann kann ich dir im Handumdrehen eins erschaffen. Ob ich ihn je gesehen habe oder nicht.«

»Das kannst du?«

»Ja.«

Bendix überlegte. Dann fiel sein Blick wieder auf das schwarze Seil. »War der Meeresriese daran festgebunden?«

»Nein. Dieser Strick war der Zaun, der rund um den Unterwassergarten reicht. In dem Garten gibt es eine riesige Seegraswiese. Und die schönsten Seeanemonen, Seedahlien und Seegurken, die ihr euch vorstellen könnt, wachsen an dem Zaun entlang. Am liebsten spielen die sieben Meeresriesenkinder Verstecken im Garten.«

»Sieben?«, staunte Claas.

Mira nickte. »Der Meeresriese und die Meeresriesin haben sieben Kinder.«

»Das ist viel«, stellte Bendix fest.

»Für Meeresriesen ist das normal«, sagte Mira. »Und der Garten ist ja riesengroß. Jedenfalls war er das, als das schwarze Seil ihn noch umschloss.«

»Aber warum brauchen sie denn überhaupt einen Zaun?«, wollte Bendix wissen.

»Weil die Meeresrieseneltern nicht wollten, dass ihre Kinder, als sie noch kleine Riesen waren, zu weit in den Ozean hinausschwammen. Denn auch im Ozean lauern Gefahren: Unterwasservulkane, die plötzlich ausbrechen, Wracks von Flugzeugen oder Schiffen, die wie ein verlockender Spielplatz aussehen, Geisternetze, in denen sich jeder leicht verfangen kann. Außerdem gibt es Unterwasserschluchten, die so tief und dunkel sind, dass darin selbst ein Meeresriese die Orientierung verlieren kann. Da ist es so finster, dass er auf einmal nicht mehr weiß, wo oben und unten ist.«

Claas kniff die Augen zu. »So finster?«

Bendix legte seinem Bruder die Hände über die Augen. »Noch viel finsterer«, sagte er.

Claas machte sich wieder los. »Und weiter?«

»Ganz unten, am Grund der Unterwasserschlucht, lebte einsam und allein ein Wesen, das noch nie zuvor die sonnenhellen, blaugrünen Wellen des Ozeans gesehen hatte. Und ihm ist schrecklich langweilig, so allein da unten. Eines Tages wagte es sich bis an den Rand der Schlucht hinauf. Es war geradezu geblendet von dem lichtdurchfluteten Wasser. In der Ferne sah es schemenhaft den Garten der Meeresriesen und hörte die Kinder darin lachen und toben. Da nahm das Wesen aus der Dunkelheit allen Mut zusammen und schwamm hin. ›Bitte lasst mich mitspielen‹, rief es den Riesenkindern zu. Doch die blieben hinter ihrem schwarzen Seil und machten sich lustig über das Wesen aus der Schlucht.«

»Warum durfte es denn nicht mitspielen?«, fragte Claas.

Für Mira hörte es sich so an, als ob Claas selber nicht mitspielen dürfte.

»Weil es aussieht wie ein Monster«, sagte Bendix.

»Jedenfalls fanden die Riesenkinder, dass es ganz anders aussah als sie selbst«, stellte Mira klar, »und sie fürchteten sich ein wenig vor ihm. Traurig versteckte es sich hinter einer Koralle. Wenn ich nicht zu den Kindern kann, überlegte es, dann können sie doch zu mir kommen! In der Nacht beißt das Wesen aus der Schlucht mit seinen messerscharfen Zähnen das schwarze Seil durch und legt es, wie einen Wegweiser, bis in seine finstere Schlucht hinab. Am nächsten Morgen toben die Riesenkinder wie immer am schwarzen Seil entlang und merken gar nicht, dass sie den Garten längst verlassen haben. Bis das erste Riesenkind in die Schlucht stürzt. Nun ist das Geschrei groß. Es bleibt ihnen nichts anderes übrig, als ihren Vater, den Meeresriesen Dix, herbeizuholen. Mit einer Planktonlaterne, die grün leuchtet, seilt er sich an dem schwarzen Strick in die Schlucht ab. Tiefer und tiefer und tiefer. Und das Wasser wird richtig kalt da unten.«

»Und finster!«, warf Bendix ein.

»Aber das hält den Meeresriesen Dix nicht auf. Er gleitet bis auf den Boden der Schlucht hinab. Im fahlen grünen Licht seiner Laterne entdeckt er, wie sich das Riesenkind und das Wesen aus der Dunkelheit aneinanderklammern und sich gegenseitig trösten. Das rührt den Riesenvater so sehr, dass er alle beide auf seine starken Meeresriesenarme nimmt und mit ihnen die steile Wand der Schlucht hinaufklettert. Oben angekommen, löst Riesenvater Dix das Seil. Aber ehe er es aufwickeln und sicher verstauen kann, wird es vom Sog der Meeresströmung erfasst und davongetragen.«

»Und weiter, Tante Mira?«, drängte Claas.

»Eigentlich ist die Geschichte hier zu Ende. Ihr könnt euch ja sicher vorstellen, dass die Riesenkinder so froh waren, ihren

Bruder wiederzuhaben, dass sie nun auch nichts mehr gegen das Wesen aus der Tiefe hatten.«

»Dann durfte es mitspielen?«

»Nicht nur das. Es wurde zum Meeresriesenkind Nummer acht ernannt und bekam bei Dix und seiner Familie ein helles und warmes Zuhause.«

Bendix sah Mira nachdenklich an. »Meinst du, Elin stammt vielleicht auch aus so einer Meeresschlucht?«

»Wie kommst du denn dadrauf?«

»Manchmal sieht sie echt zum Fürchten aus. Besonders wenn sie schreit.«

Mira lachte. »Nein, Bendix. Deine Schwester ist wirklich deine Schwester. Genau wie deine Brüder deine echten Brüder sind. Und deine Eltern haben auch dich ganz bestimmt nicht aus einer Unterwasserschlucht gezogen.«

»Na gut.«

Gemeinsam legten sie das schwarze Seil auf den Bollerwagen.

»So, Schluss für heute.«

»Och, schon?«

»Ich habe eurer Mama versprochen, dass ich euch vor dem Abendbrot nach Hause bringe.«

»Darf ich morgen wieder mit?«

»Ich auch! Ich auch!«

So hatte sich Mira das eigentlich nicht vorgestellt. Aber konnte sie ihre Neffen enttäuschen? »Wenn eure Mama nichts dagegen hat«, antwortete sie deshalb.

»Sie hat doch gesagt, wir sollen mit dir gehen und genau aufpassen, was du machst«, erklärte Bendix.

»Das hat sie gesagt?«, vergewisserte sich Mira.

»Ja. Heute Morgen, nach dem Frühstück.«

Mira kam gleichzeitig mit Niels vor dem Haus an. Er hob seine Söhne nacheinander hoch, obwohl sie noch ihre Gummistiefel und Matschhosen trugen. Sie schmiegten sich an ihn.

»Ihr habt euch müde getobt mit eurer Tante, was?« Dann wandte er sich an Mira: »Ich schiebe gleich eine Spinatlasagne in den Ofen. Wenn du mitessen willst, gerne! Ist genug für alle da.«

Mira bedankte sich und verschwand mit ihrem Bollerwagen hinter dem Bauzaun. Obwohl es dunkel wurde, nahm sie sich die Zeit, abzuladen und die Fundstücke zu sortieren. Danach ging sie in ihr Haus, heizte den Ofen an und kochte sich eine Tasse Kaffee. Sie dachte an ihre Schwester und fragte sich, wie sie darauf kam, ihre Söhne als Aufpasser einzuspannen. Einen Acht- und einen Sechsjährigen! Was glaubte sie denn, was Mira am Strand und in den Dünen trieb? Anke wusste doch, dass sie das weggewehte Treibgut wieder einsammelte. Warum fragte sie Mira nicht direkt, wenn sie daran zweifelte? Mira beschloss, den Tag mit einer Dusche zu beenden. Doch als sie aus dem Bad kam, verspürte sie Hunger. Sollte sie sich etwas kochen? Oder einfach Niels' Einladung annehmen? Sie überlegte nicht lange, sondern ging hinüber.

Als sie das Haus betrat, stürmten die drei Jungen gerade ins Wohnzimmer.

»Sandmann kommt«, rief Drefs. Er hatte Mühe, mit seinen älteren Brüdern mitzuhalten.

Mira ging in die Küche. Anke kratzte Spinat von einem Teller. Niels grinste dazu.

»Grüne Haare?«, zischte Anke. »Ich fasse es nicht!«

»Bin ich zu spät?«, fragte Mira.

»Aber nein!« Niels stand auf und holte einen Teller und Besteck für sie. »Bitte bedien dich!«

»Danke.«

»Und? Wie war es draußen mit unseren beiden Großen?«, fragte Anke schließlich.

»Was haben sie denn erzählt?«

»Ziemlich wirres Zeug. Ich hoffe, sie träumen nicht schlecht.«

Mira sah ihre Schwester überrascht an. »Wovon denn?«

»Irgendwelchen Monstern aus der Tiefe.«

»Da musst du was falsch verstanden haben.«

»Natürlich«, schnappte Anke, »ich verstehe immer alles falsch! Das war damals schon so. Ich hatte jahrelang Albträume von all den schrecklichen Geschichten, die Ocko uns erzählt hat!«

»Was?«

»Tu bloß nicht so! Du weißt doch, dass ich nachts schreiend aufgewacht bin und nicht mehr einschlafen konnte wegen all der Meeresungeheuer und Dünengeister und Wiedergänger unter meinem Bett.«

»Ocko hat uns nie von Wiedergängern erzählt!«

»Dass du ihn in Schutz nimmst, ist ja klar!«

Natürlich erinnerte sich Mira daran, dass ihre kleine Schwester manchmal nachts weinend aufgewacht war. Und dass sie keine Ruhe gab, bevor sie bei ihren Eltern ins Bett krabbeln durfte. Aber das war schon vorgekommen, bevor sie das allererste Mal mit zu Ocko fuhr. »Für mich war jede Geschichte ein Abenteuer«, versuchte Mira ihr zu erklären. »Eintauchen in eine andere Welt. Einfach mehr sehen in einem Stück Holz, einem Blech oder einem Seil. Was kann das nicht alles gewesen sein, bevor es hier landet und für die meisten nur noch Sondermüll ist?«

Niels sah von einer Schwester zur anderen.

»So ein Blödsinn!«, rief Anke. Er legte ihr die Hand auf den Arm, doch Anke schüttelte sie ab.

»Für mich ist es tröstlich zu wissen, dass es für alles und jeden mehr als eine einzige Möglichkeit gibt«, sagte Mira.

»Das ist doch kein Trost! Das sind Hirngespinste!«

Mira schluckte. Warum reagierte Anke so, wenn es um Ockos Geschichten ging? Konnte es wirklich sein, dass ihre Schwester die Wochen auf Amrum damals so ganz anders wahrgenommen hatte als sie selbst? »Diese Geschichten«, versuchte Mira erneut, Anke teilhaben zu lassen, »fühlen sich heimelig für mich an und voller Zuversicht. Und sie regen mich dazu an, immer noch einen zweiten Blick auf die Dinge zu werfen oder einen dritten.«

Doch Anke dachte nicht einen Moment lang darüber nach. »Das kann gar nicht sein«, sagte sie einfach.

Mira verschlug es die Sprache. Ihre Schwester gestand ihr nicht zu, zu fühlen, was sie fühlte? Wie kam sie dazu?

»Träum weiter!«, riss Anke sie aus ihren Gedanken.

Mira schluckte. »Was findest du falsch daran?«

»Oh, vor allem ist es bequem, in eine Fantasiewelt abzutauchen und sich da zu verschanzen, nicht wahr? Da hattest du ja an Ocko das beste Vorbild! Aber am Ende wird es dir ebenso wenig Frieden bringen wie ihm.«

Mira zog die Augenbrauen hoch. »Frieden?«

»Na, was glaubst du denn, wie es ihm hier in seinen letzten Wochen ergangen ist? Dein lieber Märchenonkel war er schon lange nicht mehr!«

»Was meinst du denn damit?«, wollte Mira wissen. »Und warum hast du mir nichts davon gesagt?«

Doch Anke schwieg.

Mira wurde wütend. »Hätte das dein Image von der perfekten Insulanerin, die alles im Griff hat, ruiniert?«

»Du hast keine Ahnung! Absolut nicht!« Anke stand auf und verließ die Küche.

Wortlos räumten Niels und Mira den Tisch ab. Niels setzte den Geschirrspüler in Gang.

»Die Spinatlasagne war wirklich lecker«, sagte Mira dann.

»Mal sehen, wer von uns morgen grüne Haare hat.« Niels zwinkerte ihr zu. »Gute Nacht!«

Mira konnte nicht einschlafen. Ohne das Licht einzuschalten, stand sie wieder auf und holte sich ein Glas Wasser aus der Küche. Sie wollte nicht mehr an den Streit mit ihrer Schwester denken, und doch kam er ihr immer wieder in den Sinn. War Anke früher schon so gewesen? Hatte sie Miras Vorstellungen jemals akzeptiert? Es ging nicht darum, Anke von irgendetwas zu überzeugen. Mira erwartete auch keinen Beifall von ihr, wofür auch immer. Aber war es wirklich so schwer für Anke, einfach gelten zu lassen, was Mira dachte oder fühlte? Ohne Bedingung, ohne Kommentar oder ohne ein Urteil darüber zu fällen? Empfand sie es etwa als Angriff auf ihre Sicht und ihren Platz in der Welt? Mira wollte ihr nichts davon streitig machen. Sie stellte nie infrage, dass sich ihre Schwester früh für das Leben auf der Insel entschieden hatte. Für ein Leben, zu dem sie sich nicht durchringen konnte. In einer Nachbarschaft, die aufeinander achtete. Eingebunden in eine Familie. Mit einem Mann und vier Kindern. Im Dunkeln stieß Mira gegen den Weidenkorb neben ihrem Bett. Es sah aus, als ob er in den Wellen schaukelte.

Am nächsten Morgen stürmte keiner ihrer Neffen herein. Als Mira zu ihrer Tour aufbrach, hielt sie kurz beim Haus ihrer Schwester an. Bendix und Claas sollten nicht vergeblich auf sie warten. Doch sie traf weder auf Anke noch auf die Jungen. Auch Elins Kinderwagen stand nicht wie üblich in der Diele. Also zog sie allein mit Ockos Bollerwagen los zum Strand. Graue Wolken ballten sich tief über den Dünen zusammen. Der Wind frischte auf. Mira zog den Reißverschluss ihrer Jacke bis obenhin zu. Heute würde sie Richtung Odde gehen. Und nachher würde sie früher Schluss machen, damit sie noch munter genug war, um zu kochen. Nach dem Essen wollte sie endlich Ockos Einträge im Fundbuch mit den Stücken vergleichen, die sie in den letzten Tagen eingesammelt hatte. Wenn der Wind weiter zulegte, musste sie auch die Planen, die alles abdeckten, kontrollieren und die Seile festzurren.

Mira brauchte nicht lange, bis sie den Bollerwagen das erste Mal vollgeladen hatte. Er war fast genauso schwer wie gestern, als ihre beiden Neffen darin saßen. Sie hoffte, dass sie Bendix und Claas einen spannenden Tag beschert hatte und keine Albträume.

Mira bugsierte den Wagen über den losen Sand. Als sie stehen blieb, um Luft zu holen, spürte sie plötzlich eine Hand auf ihrer Schulter. Sie drehte sich abrupt um. Klärchen stand hinter ihr. Eine Böe schien sie aus dem Nichts herangeweht zu haben. Die Enden ihres roten Wollschals flatterten. »Jeija, das Meer«, wisperte sie. Klärchen ließ die Hand sinken und sah Mira fest in die Augen. »Es spricht zu Kindern aus den Fluten. Jeija! Es spricht zu dir.«

»Zu mir?«

Klärchen nickte immer wieder und deutete auf den Bollerwagen mit dem Treibgut. »Du bist die Einzige, die zuhört. Jeija! Die Letzte, die versteht, was die Wellen sagen. Was die Fluten verbergen, verschlingen. Und nicht wieder hergeben wollen. Nicht so wie dich.« Damit ließ sie Mira stehen und eilte davon.

»Klärchen!«, rief Mira ihr hinterher. »Warte!« Sie lief ihr nach, doch als sie die Wegbiegung erreichte, war die alte Frau schon nicht mehr zu sehen. Irritiert wandte sich Mira wieder ihrem Bollerwagen zu. Sie nahm die Deichsel auf und zog ihn nachdenklich über die Bohlenwege zurück zur Straße. Von dort aus war es nicht mehr weit bis zu ihrem Haus. Nach ein paar Schritten konnte sie es sehen.

Die Tür stand offen. Aber wie konnte das sein? Mira ging schneller. Hatte sie die Tür nicht richtig geschlossen? Der Bollerwagen rumpelte in ein Schlagloch. Hatte der Wind die Tür aufgedrückt? Sie musste anhalten, um nach ihrer Ladung zu sehen. Zwei Stücke Treibholz waren auf die Straße gefallen. Wenn eine Windböe ihre Tür geöffnet hätte, müsste sie zuvor ein Fenster eingeschlagen haben. Mira warf das Holz auf den Wagen zurück. Falls die Böe stark genug dafür gewesen wäre – der Wind kam jedenfalls aus der falschen Richtung.

Sollte sie den Bollerwagen vorerst am Straßenrand stehen lassen, zum Haus schleichen und den ungebetenen Gast stellen? Was mochte der Eindringling bei ihr suchen? Stünde ihre

Wohnungstür in der Stadt offen, wenn sie nach Hause kam, würde sie die Polizei rufen. Aber hier? Sie ging weiter. All die Fremden auf der Insel – waren vielleicht doch einige dabei, die auf etwas anderes als Erholung aus waren? Die dreist genug waren, am hellen Tag Türen aufzubrechen? Brauchte sie etwas, wie eine Waffe, um sich zu verteidigen? Und wenn es nur einer ihrer Neffen war? Oder alle drei? Mira zog den Bollerwagen auf ihr Grundstück. Drinnen im Haus schlug eine Tür zu. Jetzt nahm sie im Gegenlicht eine Bewegung wahr. Sie ließ die Deichsel fallen und lief zum Fenster. Sie spähte hinein. Ein Schatten. In der Küche. Das war kein Kind. Das war jemand, der sich umsah. Ohne Eile. Mira drückte sich an die Hauswand. Und der wusste, was er tat. Mira atmete tief durch. Dann ging sie zur Tür.

Sie spähte hinein. Niemand zu sehen. Sie setzte einen Fuß über die Schwelle, dann den zweiten. Sie lauschte. Nur ein fernes Knistern war zu hören. Ihre Neffen waren das sicher nicht. Sie reckte den Hals. Niemand beim Ofen. Sie schlich hinüber, griff sich den Schürhaken. Niemand in der Küche. Die Tür zu Ockos Zimmer war nur angelehnt. Heute Morgen war sie geschlossen gewesen. Da war sich Mira sicher. Der Schürhaken zitterte in ihrer Hand. Sie schlich weiter, mied die Dielen, die quietschten. Wieder diese Geräusche. Jetzt nahm sie es deutlich wahr. Das leise Scharren kam aus ihrem Schlafzimmer! Mira spürte Wut aufsteigen. Jemand schien etwas über den Fußboden zu schleifen. Sie stieß die Tür auf. Da kniete eine Gestalt neben ihrem Bett. »Halt!«, schrie Mira. »Keine Bewegung!«

6. KAPITEL

1952–1957

»Bis die Mama wieder da ist, sind deine Zöpfe nachgewachsen«, versprach die Oma. Dann auch die Tante Liesl und die Tante Resi. Aber die Kleine hatte nicht aufhören können zu weinen an diesem Tag. Die Oma knetete ihre Hände, wie sie sonst nur den Teig vom Sonntagskuchen knetete. Tante Liesl lief in Omas Küche hin und her wie ein aufgeschrecktes Huhn, bis Tante Resi mit der großen Schere kam. Für gewöhnlich lag die sicher verwahrt bei ihrem Mann in der Gaststube unter dem Tresen. Der Onkel Georg hatte sie ihr nicht geben wollen und ihr verboten, das Madl zu belohnen. Aber die Tante Resi hatte ihn angefaucht: »Von wegen belohnen!« Wie könne er den Buben auch noch beistehen für solchen Blödsinn!

Die Kleine rutschte auf dem Küchenstuhl herum. Sie glaubte der Tante Liesl nicht, dass die Schulmädchen in der Stadt schon lange keine Zöpfe mehr trugen. Und die jungen Fräulein erst recht nicht. Ihre Tanten waren niemals weiter als bis ins nächste Dorf gekommen. Das hatte die Mama oft zu ihr gesagt. Und sie trugen ihre Zöpfe wie eine Krone auf dem Kopf. Tante Resi kam mit der riesigen Schere auf sie zu. Sie wollte ihren Zopf so gerne behalten. Wenigstens den einen. Für die Schleifen, die die Mama ihr mitbringen würde. Die im Sonnenlicht schillerten wie Seifenblasen. Um die sie alle Mädchen beneiden würden. Sie musste den Zopf einfach behalten! Sie maß die Entfernung zur Tür. Warum war sie bloß zurückgekommen in die Küche der Großmutter? Warum war sie nicht im Wald geblieben, hatte sich versteckt? Oder am Bergsee? Sie kannte doch die besten, die sichersten Verstecke. Die Mama würde sie schon finden. So wie sie auch den Vati fand. Warum war sie nicht abgetaucht in den See? Ins kühle, tiefe Grün. Dorthin, wo ihr niemand folgte? Wo sie unerreichbar war für die Tanten, die Onkel, die Oma. Wo es nur noch sie gab und die Stille. Tante Liesl hielt die Kleine auf dem Stuhl fest, und Tante Resi schnitt den Zopf ab.

Sie weinte sich in den Schlaf. Am nächsten Tag blieb sie einfach im Bett liegen. Das allererste Mal in ihrem Leben. Sie hörte die Großmutter am Fuß der Stiege nach ihr rufen. Und später die Tanten. Dann tuschelten sie miteinander. Aber keine von ihnen kam herauf. Nahm sie in den Arm. Nein, sie wollte gar nicht in den Arm genommen werden. Nicht von der Oma. Nicht von der Tante Liesl. Und erst recht nicht von der Tante Resi. Nur von der Mama. Doch die suchte ja nach dem Vati. Die Kleine starrte durch die Dachluke in den Himmel. Ins wolkenlose Sommerblau. Die Tanten hatten noch herumgeschnippelt an ihren Haaren, hin und her gekämmt und es Frisur genannt. Die Buben würden es Schweineborsten nennen. Irgendwann schlief sie wieder ein. Im Traum lachte die Mama sie an. Und sie lachte zurück. Denn eins hatte die Kleine auf den ersten Blick gesehen: Die Mama trug keine Zopfkrone mehr. Die Mama strich sich das kurze, wellige Haar hinter die Ohren. Vielleicht mochte es der Vati so. Dann würde er sie auch gleich mögen. Dann müsste sie sich nicht schämen.

Von nun an mied sie die Buben. Sie ging im Bergsee schwimmen, bis das Wasser unerträglich kalt wurde, doch sie legte sich nicht mehr auf den Steg. Im Winter malte sie wieder mehr Bilder für die Mutter und gab sie der Oma für die Briefe. Manchmal überraschte die Großmutter sie am Sonntagmorgen mit der Nachricht, dass die Mama angerufen hätte, in der Gaststube, spät am Abend zuvor. Dass es ihr gut ging und sie alle vermisste. Dass sie bald nach Hause kam, aber noch nicht genau wusste, wann. Dann gelang es der Kleinen, froh auszusehen, wenigstens bis nach der Heiligen Messe. Die Mama kam auch in diesem Jahr nicht zu Weihnachten. Das Christkind brachte der Kleinen Briefpapier. Endlich konnte sie der Mama selbst schreiben! Sie würde sich sofort hinsetzen. Oben in der Kammer. Lang sollte der Brief werden. Damit die Mama wusste, wie sehr sie ihr fehlte. Aber sie wollte die Mama nicht traurig machen. Und die Oma auch nicht. Denn die Oma musste den Brief ja dem Postboten mitgeben, damit der eine Briefmarke draufklebte und ihn an die Mutter abschickte. Die Kleine wollte gehorsam sein und nicht ungeduldig. Und schon gar nicht undankbar. Also schrieb sie von dem vielen Schnee. Und davon, dass der Bergsee zugefroren war.

Ihr zehnter Geburtstag verging ohne die Mama und auch ihr elfter. Die Zöpfe fielen ihr längst wieder über den Rücken. Doch die Schleifen dafür waren immer noch rot oder blau, genau wie bei den anderen Mädchen im Dorf. Tante Liesl zeigte ihr, wie die Kühe gemolken wurden, weil die Tante in den letzten Wochen so dick geworden war, dass sie Mühe mit dem Melkschemel hatte. Also ging es vor der Schule in den Kuhstall. Früh um fünf Uhr waren die Schritte der Kleinen quer über den Hof die ersten im frisch gefallenen Schnee. Es war warm bei den Kühen und friedlich. Nur einschlafen durfte sie nicht und womöglich umkippen mit dem Melkschemel und den Milcheimer umreißen. Natürlich durfte sie auch in der Schule nicht dösen, beim Essen nicht gähnen und über den Hausaufgaben nicht einnicken. Und vor allem nicht vergessen, dass die Kühe am späten Nachmittag noch einmal gemolken werden mussten. Obwohl ihr die Finger und die Hände anfangs so wehtaten. Die Mama hat das auch geschafft, sagte sich die Kleine, wenn sie den Schreibgriffel kaum halten konnte in der Schule. Bestimmt war die Mama stolz darauf, dass sie jetzt schon melken konnte.

Am Sonntag nach der Kirche kamen die Männer aus dem Dorf auf ein Bier in Onkel Georgs Gaststube. Frühschoppen nannte er das. Und weil die Tante Resi zu der Zeit den Sonntagsbraten in den Ofen schob, durfte die Kleine die leeren Gläser abräumen. Onkel Georg zeigte ihr auch gleich, wie sie gespült wurden. Die rotgesichtigen Männer an den Tischen nannten sie *fesches Madl* und *ganz die Mama*. Darüber freute sich die Kleine, obwohl die Männer irgendwie merkwürdig lachten. Manch einer zwickte sie sogar in die Wange oder in den Po.

Im Frühling beschlossen die Tante Resi und der Onkel Georg, Fremdenzimmer zu vermieten. Der Onkel Franz mistete den Kuhstall aus und schüttelte den Kopf über diese Pläne. Sie hatten doch die Gastwirtschaft und den Saal, in dem wieder gefeiert wurde. Dazu die Tische und Bänke, die sie bei Sonnenschein draußen aufstellten. Warum auch noch Fremde im Haus übernachten lassen? Doch Onkel Georg und Tante Resi waren fest entschlossen. Der Max wurde in die Scheune ausquartiert und von seinen jüngeren Brüdern darum beneidet. Die Buben mussten alle gemeinsam in die Bodenkammer ziehen und in extra dafür gezimmerten Doppelstockbetten schlafen. Das schaffte drei Fremdenzimmer. Und kaum waren die Kissen gelüftet, die Betten frisch bezogen und Handtücher neben dem Wasserkrug und der Waschschüssel ausgelegt, da kamen auch schon die ersten Gäste.

Im Frühjahr darauf bauten sie an und konnten im Sommer zehn Zimmer vermieten. Onkel Franz schüttelte immer noch den Kopf darüber und kaufte zehn neue Kühe. Kurz vor dem dreizehnten Geburtstag der Kleinen ließ sich die Großmutter das Dirndl der Mutter bringen. Sie sagte nichts weiter dazu, und die Kleine fragte nicht. Ob es für die Mutter hergerichtet werden sollte? Weil sie endlich heimkam? Und niemand etwas verraten durfte, um sie zu überraschen? Den Tanten passte das Dirndl jedenfalls nicht. Oder ob die Oma es einfach umarbeiten wollte, zu Hemden für die Buben, zu einer Kittelschürze oder zu einem Rock? Sie war viel zu müde, um sich wirklich Gedanken darüber zu machen. Sie war sogar zu müde, um

Briefe zu schreiben an die Mama. Manchmal tröstete sie sich damit, dass sie schon alles geschrieben hatte, über die neuen Kühe vom Onkel Franz und wie sie der Tante Liesl damit half. Von den Fremdenzimmern über der Gaststube und im Anbau und wie sie der Tante Resi und dem Onkel Georg damit half. Wie sie der Tochter vom Bürgermeister half, die die Rechenaufgaben immer noch nicht verstand. Und wie sie sich heimlich davonstahl, um im Bergsee zu schwimmen. Seit Wochen hatte die Großmutter nichts von einem Anruf der Mama erzählt. Und die Kleine wagte nicht mehr zu fragen. Auch nicht den Onkel Georg, der immer alle Telefongespräche annahm, im Flur hinter der Gaststube.

Am dreizehnten Geburtstag sagte die Großmutter, dass die Kleine nun alt genug sei, um das Dirndl der Mama zu tragen. Passen müsste es mit den neuen Abnähern. Die später wieder ausgelassen werden konnten. Bluse und Schürze waren frisch gestärkt. Die Kleine bedankte sich artig. Die Großmutter verlangte, dass sie es gleich anprobierte. Also trug sie das Kleid die Stiege hinauf in die Kammer und legte es aufs Bett. Es roch nicht mehr nach der Gaststube. Aber auch nicht nach der Mama. Sie schlüpfte in die kurze weiße Bluse mit den Puffärmeln und den Rüschen am Kragen. Würde es der Mutter gefallen, dass ihre Tochter das Dirndl trug? Hatte die Mama es nicht widerwillig angezogen, abends, bevor sie in die Gaststube hinunterging zum Servieren? Hatte sie sich je freudig gedreht und den Rock schwingen lassen? Durfte sie das nun tun? Die Kleine knöpfte das Mieder zu und band die Schürze um. Der Rock reichte ihr bis an die Waden. Es fühlte sich so ganz anders an als das karierte Kleid mit dem weißen Kragen, das sie in der Schule trug, oder als der braune Wollrock mit den breiten Trägern.

Sie lief die Stiege hinab, als Tante Resi zur Tür hereinkam. Die brachte einen Guglhupf mit, den sie gebacken hatte, obwohl gar nicht Sonntag war. Sie musterte die Kleine in dem

Dirndl und nickte der Großmutter zu. »Fesch!« Die beiden waren sich einig. So konnte die Kleine sich sehen lassen, auch bei den Gästen in den Fremdenzimmern. Nur die Schleife an der Schürze band ihr die Tante neu. Links sollte sie sitzen, das fanden sie perfekt. Am nächsten Tag zeigte ihr Tante Resi, wie die Betten für die Fremden hergerichtet, die Zimmer aufgeräumt, die Handtücher und das Waschwasser gewechselt wurden. Manchmal gab es sogar einen Nachttopf, der geleert werden musste. Als Nächstes lernte sie, die Tische in der Gaststube fürs Frühstück einzudecken, Kaffee, Tee und Eier zu kochen. Das schaffte sie nach dem Kühemelken und vor der Schule.

Bald brauchte sie nicht mehr zur Schule gehen. Das hatte sie den Onkel Georg sagen hören. Er schien erleichtert darüber zu sein. Wie immer, wenn die Ferien anfingen. Doch dann hörte sie ihn mit der Tante Resi streiten. Die Kleine sollte gar nicht mehr zur Schule gehen. Noch nicht einmal nach den Ferien. Noch nicht einmal bis Ostern. Dabei war doch schon alles besprochen. Mit dem Bürgermeister, weil seine Steffi von der Volksschule auf die Mittelschule wechseln sollte und das alleine nicht schaffen würde. Und weil die Obermüller-Anne von ihrer Tante aus Amerika wusste, dass junge Mädchen die besseren Partien machten, wenn sie eine gute Schulbildung hatten. Doch der Onkel Georg hielt das plötzlich für Schmarrn. Er würde schon dafür sorgen, dass sie einen anständigen Mann bekam, wenn die Zeit reif dafür war. Bis dahin hätte die Kleine alles gelernt, was sie wissen musste und brauchte, auf dem Hof und in der Gastwirtschaft mit den Fremdenzimmern. Die Tante Resi wagte keinen Einwand mehr, denn der Onkel Georg schlug so heftig mit der Faust auf den Tresen, dass die Gläser klirrten. Wenn das die Mama wüsste. Doch die Mama war nicht da. Immer noch nicht.

Die Steffi hatte ihr versprochen, vorbeizukommen und ihr alles über die neue Schule zu erzählen. Aber sie sah nur ein einziges

Mal flüchtig in den Kuhstall und zog die Nase kraus. Sie hätte viel zu lernen, rief sie von der Tür aus. Noch viel mehr als in der alten Schule. Und deshalb müsse sie auch gleich wieder los. Die Obermüller-Anne ließ sich gar nicht blicken. Sie schrieb ihrer Mutter davon. Doch sie brach den Brief mitten im Satz ab und zerriss das Papier in winzige Schnipsel. Die vergrub sie heimlich in Omas Garten, im Komposthaufen. Manchmal zog sie abends vor dem Schlafengehen die Nachttischschublade auf und griff nach dem Umschlag mit den Fotos und Dokumenten der Mutter. Die Stummel der Buntstifte rollten darunter hervor. Die Kleine starrte sie einen Moment lang an. Sie hatte schon lange kein Bild mehr gemalt.

Irgendwann brachte sie es nicht mehr fertig, den Umschlag zu öffnen und die Fotos herauszunehmen. Noch nicht einmal an Heiligabend. Sich an das zu erinnern, was die Mutter ihr dazu erzählt hatte. Vom Vati und wie sie ihn kennengelernt hatte. Ganz weit weg. Im Norden. In einer kleinen Stadt am Meer. Auf der Hochzeitsfeier einer Freundin. Zu der die Oma sie eigentlich nicht hatte hinfahren lassen wollen. Mitten im Krieg. Wenn die Kleine die Augen schloss und ganz fest an die Mama dachte, sah sie sie vor sich, so wie sie sie am letzten Morgen gesehen hatte. An ihrem Bett. Bis ihr das plötzlich nicht mehr gelang. Und sie die Mutter nur noch von hinten sah. Beim Weggehen.

Die Fremdenzimmer waren bald im Sommer und im Winter belegt. Onkel Georg verlangte vom Max, der inzwischen in der Brauerei arbeitete, dass er mit seinem alten Schulfreund Rudi nach Feierabend Heizungsrohre und Wasserleitungen in den Anbau legte. Damit das nicht so teuer wurde wie ein Auftrag für die Firma von Rudis Vater. Möglichst schnell sollte es gehen, und weil die jungen Burschen bei Kräften bleiben mussten, schickte die Tante Resi die Kleine mit einer ordentlichen Brotzeit hin. Je näher sie kam, desto lauter dröhnten die Hammerschläge. Die Tür von dem Zimmer, in dem die beiden arbeiteten, stand offen. Licht fiel in den Flur wie ein gleißender Sonnenstrahl, der rieselnden Staub beleuchtete. Sie blieb in der Tür stehen. Der Max und der Rudi hatten ihre Jacken ausgezogen. Ihre Unterhemden klebten am Leib. Ihre Haut glänzte. Max bemerkte die Kleine zuerst und ließ den Hammer sinken. Dann sah auch Rudi herüber. Sein Gesicht voller Sommersprossen. Sein schweißnasses Haar schimmerte rot. Sie streckte ihnen die Platte mit der Brotzeit entgegen. Der Max machte eine knappe Bewegung mit dem Kopf zum Tisch. Rudi rührte sich nicht. Er sah sie an, wie sie noch nie jemand angesehen hatte. Hungrig. Sie und nicht die Brotzeit. Max wischte sich über die Stirn. Dann forderte er sie barsch auf, die Platte abzustellen. Sie stieg vorsichtig über die Rohre, die am Boden lagen. Dass bloß nichts herunterfiel von der Platte. Auf dem Tisch hatte sich eine Staubschicht abgesetzt, sodass sie nicht wagte, die Brotzeit dorthin zu stellen. Sie drehte sich nach den Burschen um. Der Rudi sah sie immer noch an. Als ob sie einen Fleck auf der Bluse hätte. Und genauso fühlte sie sich auch.

»Passt schon«, brummte der Max.

Die Kleine verließ das Zimmer wieder. Der Max rief ihr hinterher, dass das Bier fehlte. Sie lief zur Gaststube zurück, richtete es aus, doch Onkel Georg weigerte sich, Bier für die Burschen zu zapfen. Tante Resi stimmte ihn schließlich um, und so balancierte sie wenig später zwei Gläser Bier auf einem Tablett zur Baustelle hinüber. Als sie näher kam, hörte sie den Max sagen: »Fesches Madl?« Er schüttete sich aus vor Lachen und klopfte sich auf die Schenkel dabei. Der Rudi lachte nicht mit. Sie blieb stehen. »Das Balg meiner Tante«, hörte sie wieder den Max. Die habe es einfach hier abgeladen, die Tante Traudl, bei ihrer Mutter und ihren Brüdern, und dann sei sie davongelaufen, auf Nimmerwiedersehen. Der Rudi sagte immer noch nichts. Die Biergläser klirrten leise. Ihre Finger umklammerten den Rand des Tabletts. Der Max war so gemein! Wegrennen würde sie am liebsten. Doch sie durfte die Gläser nicht fallen lassen. Sonst war der Onkel Georg wieder böse. Wegen der Scherben. Und weil's schade wäre um das Bier. Das sie aufwischen müsste, das klebte und stank. Sie trug das Tablett ins Zimmer und stellte die Gläser auf den Tisch. Der Max grinste sie an. Rudi sah nur stumm auf die Tischkante.

Als die letzten Gäste gegangen waren, die Kleine das Geschirr gespült, abgetrocknet und weggeräumt hatte, durfte sie schlafen gehen. Sie verließ die Gaststube, überquerte den Hof. In den Ästen vom Ahornbaum an der Zufahrt rauschte der Wind. Der Anbau mit den Fremdenzimmern lag im Dunkeln. Bis ein Streichholz aufflammte. Max hatte es angerissen, und Rudi beugte sich darüber, um seine Zigarette anzuzünden. Die Flamme flackerte unter seiner Nasenspitze. Bevor sie erlosch, erhaschte die Kleine einen Blick auf seine roten Bartstoppeln. Sie beeilte sich, ins Haus der Großmutter zu kommen. Lächelte, ohne zu wissen, warum. Durchs Fenster beobachtete sie, wie Rudi sich vom Max verabschiedete. Er ging Richtung Zufahrt. Blieb aber auf halbem Weg stehen. Der Rudi drehte sich um und sah herüber. Sie duckte sich rasch, bis ihr klar war, dass er sie nicht sehen konnte. Auch hier im Flur war es dunkel. Warum stand er da draußen? Lange. So lange. Vergaß seine Zigarette. Ahnte er, dass sie hinter dem Fenster stand und zu ihm hinaussah? Warum sollte er? Und sie? Warum stieg sie nicht endlich hinauf in ihre Kammer?

Am Morgen beim Melken fragte sie sich, ob er sie wieder so ansehen würde, der Rudi, heute Abend, wenn sie den beiden die Brotzeit brachte. Und das Bier. Sie ging der Tante Resi mit der Wäsche zur Hand. Und in der Küche. Sie dachte immer wieder an den Rudi. Wo der jetzt wohl arbeitete? Mit seinem Vater? Ob er da auch die Jacke ausziehen durfte? Oder ob sein Vater fand, das gehörte sich nicht? Oder ob es ihm wichtiger war, dass der Rudi ordentlich zupackte? Sie hatte seine Oberarme gesehen. Stark. Glänzend. Sie erinnerte sich an den Geruch in dem Zimmer. Nach Staub und Schweiß und doch irgendwie … Sie sprang auf und lief hinaus. Sie hatte versprochen, dem Lucki mit den Hausaufgaben zu helfen, weil die Tante Liesl mit dem neuen Baby unterwegs war. Das war sie oft, wenn der Lucki mit Rechenaufgaben aus der Schule kam.

Sie selbst liebte Zahlen und das, was man mit ihnen alles anstellen konnte. Es gab kaum etwas, das sich nicht berechnen ließ, hatte die Mama ihr erklärt. Sogar Dachschrägen und Zimmerecken, den Inhalt vom Bierfass oder den Kurs, den ein Schiff nehmen musste. Woher sie das wusste, hatte sie ihrer Tochter nicht verraten. Das Einmaleins hatte die Mama noch mit ihr geübt. Lange bevor das in der Schule dran war. Sie würde jedes Wettrechnen gewinnen. Vielleicht sogar gegen den Rudi.

Sie stürmte in die Küche, als Tante Resi schon dabei war, die Brotzeitplatte herzurichten. Der Radi musste noch geschält und geschnitten werden. Die Tante hatte es ihr oft genug gezeigt. Dünn abschälen. Schräg ein-, aber nicht ganz durchschneiden. Umdrehen. Von der anderen Seite her gerade einschneiden. Wieder nicht ganz durch. Auffächern. Salz in die Einschnitte streuen. Eine Weile schwitzen lassen. Schwitzen, wie der Rudi drüben auf der Baustelle. Es musste am Messer liegen. Irgendetwas stimmte nicht damit. Dabei sah es eigentlich aus wie immer. Und sie hielt es wie immer, und doch schnitt sie den Radi schon wieder durch. Ganz und gar durch. Die Tante sah misstrauisch über den Rand vom Steinguttopf hinweg, aus dem sie die Essiggurken fischte. Wenigstens war die Radischlange nicht für einen Gast aus der Wirtschaft. Aber sie war für den Rudi. Und der sollte doch nicht denken, dass sie nicht mal einen Radi schneiden konnte. Am liebsten hätte sie noch einmal von vorne angefangen. Mit einem neuen Radi. Aber das würde die Tante nicht zulassen. Also weiter. Der Rudi war hungrig. Das Messer klapperte. Es fiel zu Boden. Sie drehte sich weg. Der Finger blutete. Sie biss sich auf die Lippen. Die Tante kam um den Tisch herum und sah sich den Schnitt an.

»Bis du heiratest, ist's wieder gut«, sagte sie und mahnte, dass bloß kein Blut aufs Dirndl tropfte.

Tante Resi erlaubte der Kleinen, Schluss für heute zu machen. Sie würde die Platte selbst zu den Buben hinüberbringen.

»Nein!«, rief sie und erschrak selbst darüber.

Die Tante schnitt Brot ab und füllte ein Töpfchen mit Butter. Sie rührte sich nicht von der Stelle. Die Tante lief an ihr vorbei in die Gaststube und kam wenig später mit dem Bier zurück.

»Geht schon«, murmelte die Kleine und hob die Platte mit der Brotzeit vom Tisch. Sie folgte der Tante in den Anbau. Ihre Hände fühlten sich verschwitzt an. Ihr Herz klopfte, als wäre sie gerade quer durch den Bergsee geschwommen. Mindestens zweimal. Wenn nur die Tante nichts merkte. Oder der Max. Oder der Rudi. Obwohl, der Rudi ... Wenn er sie wieder so ansah, wie er sie gestern angesehen hatte, dann würde er es merken. Ganz bestimmt. Sie würde rot werden wie die Tante Liesl, wenn ihr der Onkel Franz den Arm um die Hüfte legte, sonntags nach dem Mittagessen. Und das würde dann auch die Tante Resi bemerken.

»Grüß Gott!«, sagte die gerade zum Rudi.

Er sah von seiner Arbeit auf und grüßte zurück.

Der Max wischte sich die Hände an der Arbeitshose ab und nahm seiner Mutter die Biergläser vom Tablett. Sie fragte, wie die Arbeit voranging. Nach einem kräftigen Schluck antwortete der Max: »Gut«, weil der Rudi nichts mehr sagte, seit die Kleine ins Zimmer gekommen war. Sie hielt dem Rudi die Platte entgegen. Er nahm sie ihr ab. Ihre Finger berührten sich leicht, doch sie zuckte zurück, wie von einem elektrischen Schlag getroffen. Wie damals, als sie der Großmutter die Glühlampe in der Küche auswechselte und irgendwas nicht stimmte mit dem Kabel. Sie hatte sich kaum auf den Beinen halten können, weil ihre Waden sich plötzlich so weich anfühlten. Und ihre Arme auch und ihr Bauch. Tante Resi nahm dem Rudi die Brotzeit ab und stellte sie auf den Tisch. Die Kleine sah zu Boden. Der Rudi folgte ihrem Blick, hinab auf seine staubigen Schuhe. Die Tante forderte die Burschen auf, es sich schmecken zu lassen. Dann legte sie der Kleinen die Hand auf die Schulter. Die schreckte auf, stolperte über ein Werkzeug am Boden, fing sich aber und folgte der Tante hinaus.

Ein paar Tage später nahm die Tante Liesl sie zur Seite und fragte, ob sie wisse, wie das mit den Kühen, den Bullen und den Kälbern sei. Die Kleine zuckte mit den Schultern, wagte weder Ja noch Nein zu sagen. Natürlich hatte sie schon gesehen, wie der Bulle die Kühe besprang. Und wie Kühe kalbten. Nur warum fragte Tante Liesl ausgerechnet sie jetzt danach? Dann fing die Tante auch noch an, von Jungbullen zu reden. Die wollten am liebsten jedes Rindvieh bespringen, sagte sie. Und die Buben, wie der Sepp und der Max, die führten sich manchmal genauso auf wie die Jungbullen. Aber der Rudi bestimmt nicht, dachte die Kleine. Die Tante holte tief Luft. Nur die Madln, die sollten sich nicht wie Rindviecher aufführen. Nicht stillhalten, sondern weglaufen.

Die Kleine nickte. Der Sepp hatte mal »Dumme Kuh« hinter ihr hergeschrien. Da war er jedoch eher noch Bub als Jungbulle gewesen. Sie traute sich nicht, die Tante Liesl zu fragen, ob die dummen Kühe nun die waren, die stillhielten, oder die, die wegliefen.

Ob sie alles verstanden habe, wollte die Tante wissen.

»Ja«, sagte sie dennoch.

Tante Liesl sah erleichtert aus.

Ein paar Tage später lotste Tante Resi die Kleine in ihr Schlafzimmer, kaum dass sie die Pakete vom Metzger in der Kühlung verstaut hatte. Erst dort packte sie die Tasche weiter aus. Die Tante habe ihr etwas mitgebracht aus dem Dorf. Immerhin werde die Kleine bald fünfzehn. Tante Resi zog einen Büstenhalter aus der Tasche, ein paar Stoffbinden und zwei weiße Dirndlblusen.

»Danke«, sagte die Kleine.

Tante Resi versprach, dass es demnächst auch einen richtigen Hüfthalter für sie geben würde und ein oder zwei Dirndl. Denn die Liesl und sie wollten ihre Kleider durchsehen. Ihnen war vieles zu eng geworden, was noch gut war. Geradezu wie neu. Und die Oma würde das schon zurechtschneidern für die Kleine.

»Danke«, sagte sie wieder.

Rechtzeitig vor Ostern beendeten Max und Rudi ihre Arbeit in den Fremdenzimmern. Die Rechnung fürs Material hatte Onkel Georg schon bei Rudis Vater beglichen. Nur der Lohn stand noch aus. Der Onkel zählte die Arbeitstage und rechnete, dann zählte er erneut und rechnete nach. Heimlich sah sich die Kleine seine Aufstellung an. Eine stattliche Summe. Sie freute sich für den Rudi, während der Onkel haderte. Sogar mit der Tante Resi. Stammte die Idee mit den Waschbecken in den Zimmern nicht eigentlich von ihr? Die Wasserkrüge und die Schüsseln hätten seiner Meinung nach gereicht. Was waren das nur für Leute, die sich zu fein dafür waren? Hatten die schon vergessen, dass man sich auch an der Pumpe im Hof waschen konnte? Kamen diese Leute aus den Städten nicht hierher, um unverfälschte Natur zu erleben? Was war an einem Wasserhahn im Zimmer schon natürlich? Oder an einem Heizungsrohr? Schließlich bezahlte Onkel Georg den Rudi zähneknirschend. Und auch seinem Sohn, dem Max, drückte er ein paar Scheine in die Hand. Die Tante Resi hatte darauf bestanden. Nun waren sie die Ersten im Dorf, die Zimmer mit fließendem Wasser anboten. Und das sprach sich schnell herum.

Da gab sich der Onkel Georg auf einmal fortschrittlich. So nannte er es jedenfalls. Vor allem sonntags, wenn die Männer aus dem Dorf nach der Kirche zum Frühschoppen kamen. Er zapfte Bier und sagte, man müsse mit der Zeit gehen. Die Kleine durfte inzwischen servieren. Und sie trug jede Woche ein anderes Dirndl, jedenfalls bis der Monat um war. Vier Stück hingen in ihrem Schrank. Anderthalb von der Tante Liesl, anderthalb von der Tante Resi. Und das von der Mama. Die Oma hatte aufgetrennt und gestückelt, Abnäher gesetzt, Säume umgelegt. Eine neue Schürze und eine weitere Bluse waren ebenfalls dazugekommen.

Die Kleine war flink mit dem Tablett, tauschte leere Gläser gegen volle, kaum dass sich jemand für die nächste Runde entschieden hatte, und leerte die Aschenbecher. Sie hörte nicht auf die Witze, die die Männer rissen. Auf ihr Lachen und Schenkelklopfen. Blieb freundlich, selbst wenn sie über den Tisch nach ihr langten. Nur wenn der Rudi mit seinem Vater und seinem Großvater kam und von der Eckbank aus jeden ihrer Schritte verfolgte, war das anders. Die Gläser schwankten auf ihrem Tablett. Ihre Schritte wurden zögerlich. Ihr Lächeln flüchtig. Dann rief die Tante sie in die Küche oder die Oma. Zwiebeln schälen und in Ringe oder Würfel schneiden.

Manchmal glaubte die Kleine, hinter dem Ahorn an der Auffahrt eine Zigarette glimmen zu sehen. Besonders im Dunkeln, nach Feierabend. Ob sie zu dem Baum huschen und nachsehen sollte? Doch wenn sie dort auf den Max traf oder auf den Sepp oder auf alle beide, dann würden die sie wieder aufziehen mit all den hässlichen Dingen, die sie nur von den Onkeln gehört haben konnten. Über sie, die Mama und den Vati. Also spähte sie lieber durch die Dachluke in ihrer Kammer hinaus, bis ihr die Augen brannten. Und sie nicht mehr sicher war, ob tatsächlich jemand hinter dem Baumstamm hockte oder sie sich das nur einbildete.

Nachdem sie die Kühe am Nachmittag gemolken hatte und bevor der Abendbetrieb in der Wirtschaft losging, lief die Kleine häufig zum See hinauf, um zu schwimmen. Manchmal sogar schon vor Ostern. Selbst wenn es regnete. Im Haus blieb sie vor allem bei Gewitter. Eines Tages saß jemand auf dem Steg. Sie sah seinen roten Haarschopf in der Sonne leuchten. Der Rudi! Er sprang auf und begrüßte sie. Ihre Kehle fühlte sich so trocken an, dass sie kaum ein Wort herausbrachte. Sein Blick wanderte von ihren nackten Armen zu ihren nackten Beinen. Sie trug nur eine Kittelschürze über dem Badeanzug, der eigentlich ihrer Mutter gehörte. Ob er auch so gerne schwimme, fragte sie schließlich.

»Ja – nein – freilich«, stotterte er.

Sie setzten sich auf den Steg und hielten die Beine ins Wasser. Rudi nestelte eine Packung Zigaretten aus der Hemdtasche und bot ihr eine an. Sie streckte schon zwei Finger danach aus, bevor ihr einfiel, dass sie noch nie geraucht hatte. Sie hatte noch nicht einmal ein Mädchen oder eine Frau mit einer Zigarette in der Hand gesehen. Aber sollte sie jetzt einen Rückzieher machen? Was würde der Rudi dann von ihr denken? Verraten würde er sie bestimmt nicht. An den Max. Oder an den Onkel Georg. Sie steckte die Zigarette zwischen die Lippen. Rudi riss ein Streichholz an, und sie neigte den Kopf, seinen Fingern entgegen. Der Wind blies die Flamme aus. Rudi lächelte. Das nächste Hölzchen brach er ab.

Als endlich beide Zigaretten brannten, konnte die Kleine nicht aufhören zu husten.

»Tut mir leid«, stammelte der Rudi, »tut mir so leid, Josefine.«

Ihre Augen tränten. Er nahm ihr die Zigarette wieder ab und drückte sie mit den Fingern aus. Dann schob er sie vorsichtig in die Packung zurück. Die Kleine würgte. Ihr Mund fühlte sich pelzig an. Wie konnte das jemandem schmecken? Jemandem wie dem Rudi? Sie sah ihn von der Seite an. Er rauchte gierig. Fast schien es ihr, als hätte er ein schlechtes Gewissen. Die Glut erreichte seine Fingerspitzen. Er löschte den Zigarettenstummel im See und schnippte ihn ins Gebüsch.

»Schwimmen!«, sagte die Kleine, weil ihr nichts anderes einfiel. Sie knöpfte ihren Kittel auf und streifte ihn ab.

Rudi beobachtete sie dabei. Dann sprang sie vom Steg ins kalte Wasser. Dieses Aufatmen. Es fühlte sich so frei an. Sie schwamm ein paar Züge, drehte sich um. Er saß immer noch so wie zuvor.

»Komm schon!«, rief sie ihm zu.

Er druckste herum. Sie spritzte Wasser nach ihm. Wunderte sich kurz darüber, dass sie sich das traute. Er sprang auf, setzte ein paar Schritte zurück.

»Bist du wasserscheu?«, prustete sie.

Er schüttelte den Kopf. »Keine Badehose.«

»Na und?«, rief sie, ehe sie darüber nachgedacht hatte. Sie tauchte unter und schwamm weit in den See hinaus. Erst dann wagte sie es, sich wieder nach ihm umzudrehen. Er stand immer noch auf dem Steg. Sie winkte ihm zu. Ganz unbeschwert. Er spähte in alle Richtungen, bevor er zurückwinkte. Sie legte sich auf den Rücken und ließ sich vom Wasser tragen, so wie die Mama es ihr einst gezeigt hatte. Die Kleine sah hinauf in den blauen Frühlingshimmel. Gab es etwas Besseres, als sich hier treiben zu lassen? Sie hörte, wie der Rudi in den See sprang. Endlich. Sah ihn planschen. Sollte sie ihm ein Stück entgegenschwimmen? Warum eigentlich nicht? Weil sich das nicht gehörte? Aber es fühlte sich gut an. Hier draußen, fern vom Ufer, war alles anders. Hier erreichten sie keine Blicke, die mit Strafe drohten. Hier gab es keine wachsamen Tanten und strengen Onkel. Hier gab es nur sie und den Rudi und das herrlich grüne Wasser. Es schien ihr, als wollte der Rudi den See umpflügen. Sie paddelte im Kreis. Es dauerte, bis er näher kam. Außer Atem rief er ihr etwas zu, was sie nicht verstand. Sie tauchte unter. Ließ sich tiefer sinken. Immerhin war er nicht in seiner Arbeitskluft ins Wasser gesprungen. Sie umkreiste ihn zweimal und tauchte dicht neben ihm wieder auf. Sein erstauntes Gesicht brachte sie zum Lachen. Er wollte wissen, woher sie so gut schwimmen konnte.

»Mein Vati ist Unterseeboot-Kapitän!«

Der Rudi kam nicht zum Antworten, denn sie rief: »Wer zuerst beim Steg ist«, und schwamm sofort los. Mühelos glitt sie durchs Wasser und wusste, dass er sie nicht einholen und schon gar nicht überholen würde. Sie zog sich auf den Steg. Die

Sonne wärmte sogar schon. Rudi schnaufte. Mit letzter Kraft erreichte er das Ufer. Sie sah, wie sich sein Brustkorb hob und senkte. Er hustete und schüttelte den Kopf. Sie warf ihm ihr Handtuch zu. Er trocknete sich ab und zog sich eilig an. Sie sah ihm aus den Augenwinkeln zu. Dafür müsste sie sich eigentlich schämen, fiel ihr ein, doch es fühlte sich anders an. Ganz anders.

»Donnerwetter«, sagte der Rudi, als er wieder zu Atem gekommen war. Er hätte immer geglaubt, dass das alles nur ein Märchen war, das mit ihrem Vater und mit dem U-Boot. Der Max habe das als Spinnerei ihrer Mutter abgetan. Überhaupt glaubten das alle im Dorf. Die Kleine zuckte nur die Schultern. Aber er glaube das jetzt nicht mehr, bekräftigte Rudi. Er rückte näher an sie heran. Sein Arm legte sich sachte um ihre Hüfte. Das fühlte sich gut an.

Onkel Georg stand in der Tür zur Gastwirtschaft und hielt Ausschau nach der Kleinen. Sie vergaß selten die Zeit. Eigentlich nie. Schon gar nicht am Tag vom Stammtisch. Doch mit dem Rudi am See zu sitzen, ließ alles andere verblassen. Fast so wie zu der Zeit, als sie mit der Mama unterwegs gewesen war. Der Onkel fluchte. Die Kleine lief über den Hof. »Bin gleich da!«, rief sie ihm zu und verschwand im Haus der Großmutter. Sie hastete die Stiege hinauf in die Kammer. Raus aus dem Kittel, der feucht vom Badeanzug war. Wenn der Onkel wüsste, dass der Rudi sie so gesehen hatte. Und sie den Rudi – sie kicherte – in Unterwäsche. Sie trocknete sich ab. Aus Versehen stieg sie in das Dirndl, das erst kommende Woche dran war. Band sich die Schürze im Laufen. Merkte den Irrtum erst, als der Onkel nach dem Kontrollblick erneut fluchte. Tante Resi kam aus der Küche, balancierte die Bestellungen auf den Händen und Unterarmen. Die Kleine folgte ihr zum Stammtisch und half beim Verteilen. Sie wusste, dass der Bürgermeister gleich den Qualm seiner Zigarre über den Tisch blasen würde.

Der Metzger einen Witz über frisches Blut riss und der Schmied ihr auf den Hintern klopfte, wie er es bei den Pferden tat, die neue Hufeisen bekamen. So wie neulich das Pferd vom Onkel Franz, das er vor seinen Pflug spannte. Immer noch. Obwohl er schon lange von einem Schlepper redete. Die Männer lachten. Die Kleine folgte der Tante Resi in die Küche.

Am nächsten Tag wartete niemand auf dem Steg am See und am übernächsten auch nicht. Die Kleine schwamm mit kräftigen Zügen weit hinaus, wieder zurück und wieder hinaus. Tauchte ein und auf und wieder ein. Ließ Luftblasen aufsteigen. Sah ihnen hinterher, bis sie den Druck hinter ihrer Brust nicht mehr aushielt und emporschnellte. Dann ließ sie sich treiben. So lange, bis die Enttäuschung im See versunken war. Es dauerte drei weitere Tage, bis der Rudi zum Steg gehastet kam. »Überstunden«, sagte er nur, als er sich neben sie setzte.

Sie fröstelte plötzlich, tat so, als ob es ihr nichts ausgemacht hätte. Aber sie wagte nicht, den Rudi dabei anzusehen. Diesmal trug er eine Badehose unter seiner Arbeitskluft, und ein Handtuch hatte er auch dabei. Er tauchte schneller ins Wasser ein als sie, schwamm ruhiger als zuvor, und sie zog ihm nicht davon. Es war anders, mit dem Rudi im See, als alleine. Und anders als an Land. Hier konnten sie reden, ohne dass jemand zuhörte. Sie konnten planschen. Sich gegenseitig untertauchen. Gemeinsam lachen. Sie konnte sich von ihm auf den Steg hinaufziehen lassen, obwohl sie das sonst ganz gut alleine schaffte. Sie vermisste ihn, wenn er nicht kam. Und sie dachte an nichts anderes, wenn sie nicht zum See konnte. Der Abend in der Wirtschaft fiel ihr leichter, wenn sie den Rudi vorher beim Schwimmen getroffen hatte.

Der Tante Resi blieb nicht lange verborgen, dass die Kleine fröhlicher wirkte. Und sie glaubte nicht, dass es nur am kühlen Seewasser lag. Sie sollte ihrer Mutter bloß nicht nacheifern, mahnte Tante Resi. Was daran wohl falsch wäre, fragte sich die Kleine. Sie verstand nicht, warum die Tante so betonte, dass sie stets allein nach Hause kommen sollte. Und warum der Onkel Georg irgendwas herumgebrüllt hatte von wegen *Bastard* und *nicht mehr durchfüttern* an dem Tag, als die Kleine zu spät und im falschen Dirndl in die Gaststube gekommen war.

Der Onkel Georg war überhaupt gereizt in den letzten Tagen. Der erste Mai stand bevor, und für gewöhnlich betrieb er die Bierwirtschaft am Dorfanger, wo der Maibaum aufgestellt und der Tanzboden gebaut wurde. Doch er hatte noch keine Zusage von der Brauerei. Was sonst längst per Handschlag besiegelt war, ließ ihn nachts nicht ruhig schlafen, wie Tante Resi sagte. Der Max sollte sich umhören, wozu hatte der Onkel Georg ihm schließlich die Stelle bei der Brauerei besorgt. In Erfahrung bringen konnte er nichts. Bis die Metzgersfrau Tante Resi zur Seite nahm. Der Hüttenwirt, der sonst erst ab Pfingsten Erfrischungen ausschenkte für die Wanderer, die zur Klamm hinaufstiegen, hatte nach Preisen und Rabatten gefragt. Als wollte er Würstl fürs ganze Dorf kaufen!

Onkel Georg tobte. Er rief den Bürgermeister an. Gleich darauf dröhnte seine Stimme wieder durchs Haus. Tante Resi sah die Kleine erschrocken an. Niemand sprach so mit dem Bürgermeister! Onkel Georg wütete weiter. Doch plötzlich stand er in der Küchentür. Rot im Gesicht und außer Atem.

»Und?«, fragte Tante Resi besorgt.

Er wedelte mit der Hand, als wollte er Fliegen verjagen. Ohne ein weiteres Wort stiefelte er auf den Hof, wusch sich an der Pumpe und verschwand im Haus. Nach zehn Minuten kam er im Sonntagsstaat zurück. Er wies die Tante Resi an, Bier zu zapfen, wenn es verlangt wurde, schickte die Oma und die Kleine in die Küche und machte sich auf den Weg zur Brauerei. Am Nachmittag wagte sich die Kleine nicht weiter weg als bis zum Kuhstall. Tante Liesl kam in die Küche und fragte, ob sie eine Begräbnisfeier erwarteten. Tante Resi schüttelte nur den Kopf. Und auch der Oma war nicht zum Reden zumute. Als Tante Liesl begriff, worum es ging, lachte sie plötzlich auf.

Wenn sie nicht alle für die Bierwirtschaft am Dorfanger arbeiten müssten, am Abend vor dem ersten Mai und am ersten Mai, dann könnten sie selbst auch wieder einmal feiern. Die Kleine staunte. Nicht immer nur zuschauen, wenn die anderen ihre Gaudi hatten. Und schuften dafür. So hatte sie die Tante Liesl noch nie reden hören. Tante Resi sah sie nachdenklich an. Seit Kriegsende hatten sie nicht mehr getanzt!, sagte sie. Die Kleine konnte sich nicht vorstellen, dass die Tanten überhaupt tanzten. Etwa mit dem Onkel Franz und dem Onkel Georg? Und wenn sie nicht bis in die Nacht in der Küche stehen müsste mit der Oma und den Tanten, für die Vorbereitungen, und nicht servieren oder abräumen oder Gläser und Geschirr spülen an diesem ersten Mai? Sie wagte kaum daran zu denken. Und doch war es zu verlockend. Ob sie mit dem Rudi …? Sie sah rasch zu Boden. Die Tanten sollten nichts merken.

Es dauerte bis in den Abend, ehe der Onkel zurückkam. Er baute sich in der Küche auf, zog ein Papier aus der Tasche und schwenkte es durch die Luft. Tante Resi juchzte. Die Kleine wusste sofort, was es für sie bedeutete. In der Küche stehen und nicht mal zuschauen bei der Gaudi.

»Also nichts mit Tanzen«, murmelte die Tante Liesl.

Onkel Georg ging zum Tresen, holte die Flasche Schlehengeist hervor und goss fünf Stamperl voll. Er trug das Tablett in die Küche und reichte es herum. Als es bei der Kleinen ankam, stand noch ein Glas darauf. Der Onkel forderte sie auf, es zu nehmen, und prostete allen zu. Tante Liesl und Tante Resi nippten an ihren Gläsern, Onkel Georg trank es in einem Zug leer, genau wie die Oma. Die Kleine hob das Glas vorsichtig an die Lippen. Der scharfe Geruch trieb ihr Tränen in die Augen. Bisher hatte sie immer nur Wasser im Glas gehabt, wenn ein Gast dem feschen Madl unbedingt einen Schnaps ausgeben wollte. Sie nahm schnell einen Schluck, bevor es sich der Onkel anders überlegte. Es brannte auf der Zunge und im Hals. Die anderen ließen sich nichts anmerken davon.

Sie nahm noch einen Schluck, spürte die Wärme. Hieß es deshalb Geist? Sie trank aus. Setzte sich auf den Hocker neben der Oma. Jetzt redeten alle durcheinander. Aber niemand mehr vom Tanzen. Nur die Kleine war immer noch still. Am liebsten wäre sie zum Bergsee gelaufen, doch der Rudi war sicher längst nicht mehr da.

Er kam am nächsten Tag nicht zum Steg und am übernächsten auch nicht. Musste der Rudi schon wieder Überstunden machen? Sie erinnerte sich nicht mehr daran, ob er etwas von besonderen Aufträgen gesagt hatte. Sie wusste nur noch, dass sein Großvater im Juni siebzig Jahre alt wurde und der Familienbetrieb einhundert und dass sie das Jubiläum in Onkel Georgs Saal feiern wollten. Erst als sie die Tanten darüber reden hörte, dass in diesem Jahr nicht nur der Max mitwollte, den Maibaum aufstellen, sondern auch der Sepp, ergänzte sie in Gedanken: und der Rudi. Die Burschen schmiedeten also Pläne. Und sie? Sie würde nicht eine freie Minute haben. Ob der Rudi das schon wusste? Vom Max? Ob er so tat, als machte ihm das nichts aus? So wie sie? Doch es machte ihr etwas aus. Und vielleicht würde sie ihm das sagen. Auf dem Steg. Oder besser noch im See. Da konnte sie ihm alles sagen. Wenn sie sich Seite an Seite in das kühle, grüne Wasser gleiten ließen, galten andere Regeln als an Land. Das hatte sie noch von der Mama gelernt.

Als der Rudi am dritten Tag wieder an den See kam, redete er nicht viel, setzte sich zu ihr, nahm sie in den Arm und drückte seine Lippen auf ihre. Dann ließ er sie schnell wieder los, stand auf und sprang sofort vom Steg ins Wasser. Sie sah ihm hinterher. Atemlos. Dann folgte sie ihm. Nach wenigen Zügen hatte sie ihn erreicht. Er hielt sich über Wasser, während sie ihn umkreiste. Ob tanzen auch so war? Er berührte ihre Brust beim Paddeln. Dieses Stromschlaggefühl. Wenn es ihr nur niemand ansah. Niemand außer dem Rudi. Sie durfte nicht zu spät kommen in die Wirtschaft. Sie schwamm zurück, knöpfte schon ihren Kittel zu, als der Rudi den Steg erreichte. »Bis morgen?«, rief sie ihm zu.

Er nickte und winkte ihr nach.

Sie verschwand eilig zwischen den Bäumen, rannte fast den ganzen Weg bis zum Hof. Dabei war sie gar nicht zu spät dran. Sie jagte die Stiege hinauf in die Kammer, warf sich auf ihr Bett. Sie schloss die Augen und lächelte. Bis ihr einfiel, dass sie dem Rudi hatte sagen wollen, dass sie nicht zum Tanz in den Mai kommen konnte, jedenfalls nicht zum Tanzen, vielleicht nicht mal zum Dorfanger, sondern dass sie arbeiten musste. In der Küche für Nachschub sorgen mit der Oma. Den holte der Onkel Franz ab und brachte ihn zur Bierwirtschaft ins Dorf hinunter, zum Anger. Wo der Onkel Georg zapfte und die Tanten servierten. So war es in den Jahren zuvor gewesen. So würde es der Onkel wieder wollen. Sie würde keine Minute allein sein, unbeobachtet. Würde nicht mal in den See springen können, um sich abzukühlen. Nicht mal später am Abend oder bei Nacht, denn Tanzen machte durstig und hungrig und ungeduldig. Aber vielleicht hatte der Rudi gar keinen Spaß am Tanzen. Vielleicht würde er sich herschleichen, darauf lauern, dass sie zum Melken ging. Oder dass sie allein in der Küche stand, wenn die Oma sich mittags für eine Stunde hinlegte. Davon würde sie ihm jedenfalls erzählen, das nächste Mal am See.

Der Rudi sprach nicht vom Tanz in den Mai. Dabei hatte sie gehört, dass der Max und der Sepp davon redeten. Er war mit den anderen Burschen unterwegs gewesen, um den Maibaum auszusuchen, zu fällen und zu verstecken. Sie trauten ihm jedoch nicht zu, ihn zu bewachen, meinten, die Burschen aus dem Nachbarort würden ihn leicht überlisten können. Die Kleine wartete noch zwei Tage, bevor sie anfing, vom Maifest zu reden, als sie mit dem Rudi im See schwamm. Von der Prozession mit dem Baum durchs Dorf und von der Blaskapelle, in der ihr Großvater mitgespielt hatte. Früher. Vor dem Krieg, wie ihr die Mama und die Oma erzählt hatten. Und wie gerne sie das alles einmal selbst sehen würde. Der Rudi sagte nichts dazu. Und sie glaubte, dass er nur außer Atem war vom Schwimmen. Ein paar Tage blieben noch. Wenn er sie doch nur fragte, ob sie zum Tanz käme! Wenn sie doch nur hingehen dürfte. Wenigstens für eine halbe Stunde. Eine Viertelstunde. Für zehn Minuten. Für einen Tanz. Einen einzigen. Mit dem Rudi. In ihrer Vorstellung schmiegte sie sich schon in seine Arme, drehte sich zur Musik der Kapelle. Doch plötzlich fiel ihr ein, dass sie dann alle sehen würden mit dem Rudi. Der Onkel Georg. Der Onkel Franz. Die Tanten. Der Max und der Sepp. Rudis Vater und sein Großvater. Die Metzgersfrau. Und der Pfarrer. Das würde Gerede geben im Dorf und am Stammtisch. Daran hatte sie gar nicht gedacht. Eigentlich musste sie sich bedanken beim Rudi. Dafür, dass er ihr Geheimnis bewahren und die Kleine schützen wollte. Was brauchte sie einen Tanz am Dorfanger, wenn sie mit ihm allein auf dem Steg sitzen oder im See schwimmen konnte. An jedem Nachmittag. Nicht nur am ersten Mai.

Als sie am nächsten Tag aus dem Kuhstall kam, in Gedanken schon auf dem Weg zum Steg, das Kopftuch aufknotete, bevor sie am Misthaufen vorbei aufs Haus zueilte, kam Tante Liesl angelaufen. Die Kleine müsse ihr unbedingt helfen! Die Tante sollte dringend ins Dorf, doch es war niemand da, der auf das Baby aufpasste. Sie konnte den Bub nicht mitnehmen. Alle anderen wären noch unterwegs. Die Tante verschluckte sich fast vor Aufregung. Sie ließ ihren Jüngsten sonst nie aus den Augen. Die Kleine nickte, obwohl sie an Rudi dachte und dass er nun vergeblich auf sie wartete am See. Die Tante war bestimmt nicht vor dem Abendgeschäft in der Wirtschaft zurück. Und sie würde nicht einspringen für die Kleine, um dem Onkel Georg zu helfen. Selbst wenn sie ihr anvertrauen würde, warum sie unbedingt losmusste. Wenigstens für eine halbe Stunde. Aber natürlich würde sie der Tante Liesl nichts von ihrer Verabredung sagen. Denn wenn der Rudi ihr gemeinsames Geheimnis hütete, dann durfte sie es auch niemandem verraten.

Die Tante versprach, zurück zu sein, bevor der Bub gefüttert werden musste und eine neue Windel brauchte. Dabei kannte die Kleine sich längst aus mit Fläschchen, Brei und Windeln, denn sie hatte schon auf alle ihre jüngeren Cousins aufgepasst. Sie hörte die Haustür zuklappen und sah durchs Fenster, wie die Tante die Auffahrt hinunterhastete. Der Bub saß im Gitterbettchen und spielte mit seinen Fingern. Die Kleine beobachtete ihn dabei. Sie fragte sich, wie aus so einem ruhigen Kind später jemand wie der Max oder Sepp oder etwa Onkel Georg werden konnte. Der Bub schien ihr zuzuwinken. Immerhin war es auch möglich, dass jemand wie Rudi aus ihm wurde. Sie beugte sich über das Gitter und streichelte sein Köpfchen. Der Haarflaum fühlte sich weich an unter ihren Fingern. Sie hob den Buben aus dem Bett. Er strampelte. Sie legte ihn an ihre Schulter, wie sie es bei der Tante gesehen hatte. Dann trug sie ihn durchs Zimmer. Sie spürte seine Wärme. Schloss die Augen, drehte sich mit ihm im Kreis. So hatte die Mama sie auch gehalten und getragen, wusste sie auf einmal. Und so würde sie ihr eigenes Baby … Sie erschrak. Doch dann überlegte sie, ob sie den Buben in den Kinderwagen setzen und mit ihm ausfahren sollte. In den Wald vielleicht. Oder sogar an den See. Dem Rudi zeigen, wie gut sie umgehen konnte damit. Dazu musste sie dem Buben das Jäckchen anziehen und ihm seine Mütze aufsetzen. Sie legte ihn im Bett ab, aber da fing er an zu quengeln. Er beruhigte sich erst, als sie ihn wieder hochnahm. Sie lächelte ihn an. »Na gut, kein Ausflug.«

Der Abend in der Gastwirtschaft schien nicht enden zu wollen. Die Kleine lief in den Flur hinaus, um zu gähnen. Ihr Blick fiel auf das Telefon an der Wand. Die Mama hatte nicht angerufen, seit sie beim Onkel aushalf. Jedenfalls hatte sie nichts davon gehört. Nicht einmal von der Oma. Aber sie hatte auch nicht mehr danach gefragt. Immer wieder hatte sie sich vorgestellt, dass das Telefon klingelte, wenn sie danebenstand. Dass sie abhob, obwohl sie das eigentlich nicht durfte. Dass die Mama dran wäre, einfach so. Und dass sie mit ihr reden konnte, bevor jemand kam und ihr den Hörer aus der Hand nahm. Aber die Mama rief nicht an, und plötzlich fragte sie sich zum allerersten Mal, ob sie überhaupt jemals angerufen hatte. Aber da rief schon wieder der Onkel Georg nach ihr. Sie durfte Feierabend machen, und er setzte sich mit an den Stammtisch.

Sie trat in die frische Nachtluft hinaus. Der Mond kam hinter dem Bergahorn hervor, beleuchtete die Zufahrt und den Weg hinunter ins Dorf und hinauf in den Wald. Die Kleine sah, dass es fast Vollmond war. Ihre Füße brannten. Gleich würde sie die Schuhe ausziehen können und die Strümpfe. Wenn sie sie noch in kaltes Wasser tauchen wollte, musste sie einen Krug oder die Waschschüssel füllen und in die Kammer hinauftragen. Sie spürte ihre Arme von all den Tabletts, die sie durch die Gaststube balanciert hatte. Sie gähnte wieder. Nur nichts mehr schleppen müssen heute Nacht. Schon gar nicht die Stiege hinauf. Sie erreichte die Haustür. Da fiel ihr der See ein, der Steg, das kühle, grüne Wasser. Sie drehte sich um und strahlte den Mond an. Noch nie hatte sie den See in diesem Licht gesehen. Noch nicht einmal mit der Mama.

Sie lief los, fühlte sich mit jedem Schritt frischer, geradeso, als hätte sie ihre Füße schon in den See getaucht. Die Schatten der Bäume schienen sich ihr zuzuneigen. Leiser Wind schaukelte an den Zweigen. Ein Nachtvogel flatterte weit oben. Es war so anders als am Tag. Warum war sie noch nie auf die Idee gekommen, bei Nacht zum Bergsee zu gehen? Vielleicht konnte sie auch im Mondschein schwimmen. Vielleicht sogar mal mit dem Rudi. Dann musste sie sich nicht so beeilen, um pünktlich zurück in die Wirtschaft zu kommen. Sie konnten sitzen bleiben, so lange sie wollten. Aneinandergelehnt. Arm in Arm. Sie konnten auf das schimmernde Wasser sehen. Und dieser Moment würde nur ihnen beiden gehören. Alle anderen wären weit weg. So weit wie die Mama und der Vati.

Sie hörte, wie der Wind durchs Schilf strich. Sie hatte das Ufer fast erreicht. Doch dann blieb sie stehen. Diese Laute kamen nicht aus dem Wald. Sie kamen vom Steg her. Ein verwundetes Tier, das Hilfe brauchte? Sie ging weiter. Jetzt sah sie etwas, das einem Kampf glich. Zwei Menschen auf dem Steg. Aber plötzlich lachten sie. Alle beide. Ein Bursche und ein Madl. In inniger Umarmung. Der Bursche richtete sich auf. Das Mondlicht fiel auf seine roten Haare. Sie schlug die Hand vor den Mund. Das konnte nicht sein. Sie wankte. Das war bestimmt nur dieses Licht. Sie lehnte sich an den Baumstamm am Ende des Weges. Wenige Meter von ihr entfernt kramte der Bursche auf dem Steg eine Packung Zigaretten aus der Hemdtasche. Das Madl drehte sich um. Ihre nackten Brüste sahen so weiß aus. Sie erkannte die Tochter vom Bürgermeister. Und der Bursche, der die Zigarette für die Steffi anzündete und sie ihr zwischen die Lippen steckte, war der Rudi.

7. KAPITEL

Heute

Miras Puls raste. Erst als sich die Gestalt aufrichtete und zu ihr umdrehte, erkannte sie, dass es ihre Schwester war. Was tat sie hier? Anke brach in schallendes Gelächter aus. Mira ließ den Schürhaken sinken, ließ ihre Schwester aber nicht aus den Augen. Sie hatte sich am Weidenkorb zu schaffen gemacht.

»Du siehst zu viele schlechte Filme«, prustete Anke.

Mira lachte nicht mit. »Was suchst du hier?«

»Entspann dich«, sagte Anke. »Ich brauche mal deinen Wäschekorb.« Sie hob ihn hoch und kam auf Mira zu. »Du hast doch nichts dagegen?« Gleich wollte sie sich an Mira vorbeidrängen.

Der Schürhaken polterte zu Boden. »Und wie ich was dagegen habe«, sagte Mira und blockierte die Tür. »Stell den Korb zurück.«

»Ich will nur schnell die Wäsche aufhängen, und meiner …«

»Nein!«

»Aber Mira!«

»Ich habe *Nein!* gesagt.«

»Drehst du jetzt durch, oder was?«

Mira rührte sich nicht von der Stelle.

Anke wich einen Schritt zurück und packte den Korb mit beiden Händen. »Das ist nur ein dämlicher Wäschekorb! Nichts weiter! Und dem geht rein gar nichts davon ab, wenn ich ihn jetzt mal kurz mitnehme.«

»Nein ist nein.«

Anke ging ungerührt auf Mira zu. Mira griff nach dem Korb, aber ihre Schwester hielt ihn fest.

»Lass los«, zischte Mira.

»Sei nicht albern! Geh mir aus dem Weg!« Sie drängte Mira mit aller Kraft zurück.

Mira verlor fast das Gleichgewicht, doch sie krallte ihre Finger in das Weidengeflecht. Ihre Schwester umklammerte die Henkel.

Das Geräusch brechender Zweige traf Mira wie ein Schlag in den Bauch. Die Luft blieb ihr weg. Sie schien die Splitter im Leib zu spüren. Sie taumelte. Der Korb blieb jedoch in ihren Händen.

Anke besah sich ihre blutenden Finger. Dann schüttelte sie den Kopf. »Meine Schwester«, murmelte sie, »die muss völlig den Verstand verloren haben«, und eilte hinaus.

Mira sank zu Boden. Sie löste die Finger vom Korb und ließ ihren Tränen freien Lauf.

Die Dämmerung zog herein. Mira saß immer noch am Boden und schluchzte. Ihre Hand zitterte, als sie sie nach dem Korb ausstreckte. Sie drehte den gebrochenen Henkel zu sich hin. Die Splitter klafften aus dem Flechtwerk. Sollten sie auch Mira fernhalten? Waren sie eine unausgesprochene Drohung? Forderten sie Wiedergutmachung? Der Korb verschwamm im nächsten Tränenschwall vor Miras Augen. Wo kam es her, dieses Beben, dieses Leid, das in ihrer Brust wütete und in ihrem Bauch? War es immer noch Ockos Tod, der ihr so zu schaffen machte? Oder war es etwas anderes, was hier auf der Insel aus ihr herauszubrechen versuchte? Sie sollte sich aufraffen. Mindestens um die Haustür zu schließen. Das Licht einzuschalten. Den Ofen anzufeuern. Teewasser aufzusetzen. *Ein dämlicher Wäschekorb*, hatte ihre Schwester gesagt und nicht verstanden, was sie selbst kaum verstand. Es war der Weidenkorb aus Ockos Geschichte. Aus *ihrer* Geschichte. Aus dem, was alle für Seemannsgarn hielten.

Und sie? Die Geschichte war schon immer so viel mehr für sie gewesen als eine beliebige Erzählung. Aber hatte sie sich je gefragt, ob etwas dran sein könnte an dieser Geschichte? Ob ein wahrer Kern darin steckte? Ob es mehr war als ein Fantasiegespinst, das sie mit Ocko verband? Oder hatte Ocko die Geschichte von ihrer Geburt auf dem Rettungskreuzer einfach umgestaltet? Liebevoll zauberhaft anstatt dramatisch, verunsichernd, angsteinflößend? Wollte er den Bericht ihrer Mutter abschwächen? Weil er gespürt hatte, wie sehr sie Mira zusetzte damit, wenn sie wieder und wieder davon sprach und jedes Detail so genau schilderte? Oder war es seine Art gewesen, Mira ihre Einzigartigkeit zu vermitteln? Ihr so eine Herkunftsgeschichte anzubieten, die nichts unmöglich erscheinen ließ? Ihr Bewusstsein dafür zu schärfen, dass es mehr gab als Ebbe und Flut? Dass der Sog des ablaufenden Wassers im Schlick verborgene Bruchstücke freispülte, die das auflaufende Wasser in den Wellen schaukeln ließ, bis es sie auf den Strand warf? Doch in diesem Moment, als sie völlig erschöpft in der Dunkelheit von Ockos Kapitänshaus saß, sagte Miras Gefühl ihr ganz deutlich, dass irgendetwas dran sein musste an dem Weidenkorb, über den als einziges Stück nichts in Ockos Fundbuch verzeichnet war. Und an der Geschichte von Mira aus dem Meer. Dass ihr Patenonkel ihr etwas damit hatte sagen wollen. Nur was?

Sie beobachtete eine Weile, wie der Wind den feinen Sand zur Tür hereinblies. Wie oft war ihr gewesen, als schwankte der Boden unter ihren Füßen? Als wäre nur aufgewühlte See um sie herum. Schon als Kind hatte sie es gespürt. Aber wenn sie das jemandem anvertraut hatte, ihrer Mutter, ihrem Vater oder ihrer Schwester, dann winkten die nur ab. So schlimm konnte das doch gar nicht sein. Sicher übertrieb Mira maßlos. Ein bisschen Auf und Ab im Leben gehörte dazu und würde auch wieder vorbeigehen. Vor allem, wenn man dem nicht so viel Beachtung schenkte. Also redete Mira nicht mehr darüber. Doch dieses haltlose Hin-und-her-geworfen-Sein, das es für Mira nur auf dem Festland gab, verschwand davon nicht.

Genau wie die Sehnsucht nach der Insel. Das wurzelte nicht nur in Ockos Worten, war sich Mira auf einmal sicher. Es musste mehr dahinterstecken. Und sie würde herausfinden, was.

Sie rappelte sich auf, suchte Halt an der Wand, bis sie ihren Beinen wieder vertraute. Vorsichtig hob sie den Weidenkorb auf und trug ihn in ihr Zimmer zurück. Dann schloss sie die Haustür und schob den Riegel vor. Bevor sie das Licht einschaltete, zog sie die Gardinen zu. Als das Feuer im Ofen loderte und Mira sich mit einem Becher Tee in Ockos Ohrensessel niederließ, spürte sie, wie sich die Anspannung löste. Sie gähnte, wollte der Müdigkeit aber noch nicht nachgeben. Wollte überlegen, was zu tun war, wen von den Insulanern sie fragen konnte nach der Zeit vor fast vierzig Jahren. Welche Geschichte sie ihnen erzählen würde. Möglichst ohne Argwohn zu wecken oder Neugier. Ohne den Inselfunk zu aktivieren oder sogar Sirenengeheul auszulösen. Ihr Blick glitt über die am Boden verstreuten Holzsplitter. Sie zeugten vom Streit mit ihrer Schwester. Vom Streit um den Weidenkorb. Mira fegte sie auf und schüttete sie in den Ofen. Einige gingen sofort in Flammen auf. Andere glommen nur sachte vor sich hin, schienen zu verglühen, bis es laut knackte und das Feuer aufloderte. Es schien Mira darauf hinweisen zu wollen, dass die Reaktionen der Insulaner nicht vorhersehbar waren. Ihre Fragen konnten als Neugier missverstanden werden. Konnten Untiefen erzeugen, auf denen sie festsitzen würde. Trockengefallen, müsste Mira auf einen höheren Wasserstand warten. Müsste aushalten, wenn der Wind ein hämisches *Geschieht ihr recht!* herantrug. Dass man ihr den Rücken zudrehte, statt ihr eine Rettungsleine zuzuwerfen. Ebenso konnten ihre Fragen ein Seebeben auslösen. Den Grund erschüttern, vielleicht sogar aufbrechen. Energie freisetzen, die Wellen anschob, die sich zu mächtigen Fluten auswuchsen und alles mit sich fortrissen, was so sicher verankert schien.

Mira trank ihren Tee aus. Sie wusste, dass es keinen anderen Weg gab. Ocko konnte sie nicht mehr fragen und Klärchen vermutlich auch nicht. Frauke, die Inselhebamme, war nach ihrer Pensionierung in den Süden gezogen. Bei Elins Taufe hatten die Frauen an der Kaffeetafel davon geredet. Einige von Ockos damaligen Nachbarn verkauften ebenfalls ihr Haus, um auf dem Festland zu leben. In der Nähe ihrer Kinder, ihrer Enkel und ihrer Fachärzte. Doch Mira würde nicht aufgeben. Sie musste jemanden finden, der sich erinnerte. Der ihr damit half, ins Bewusstsein zurückzuholen, was sie laut Klärchen keinesfalls vergessen durfte.

Vielleicht spülte eine Suche im Zeitungsarchiv oder in den Jahreschroniken Hinweise an die Oberfläche. Ein Baby im Weidenkorb als Treibgut hätte es sicher bis in die Schlagzeilen geschafft. Mira überlegte, wann Ocko ihr diese Geschichte zum allerersten Mal erzählt hatte. War das in dem Sommer gewesen, kurz bevor sie zur Schule kam? Als sie sich freute auf all die neuen Dinge, die sie dort lernen würde. Und gleichzeitig traurig darüber war, dass sie nun nicht mehr monatelang mit Ocko über die Insel streifen konnte. Dass sie sich bald an einen Stundenplan halten musste und an einen Ferienplan. Schülerin zu sein war ein wichtiger Schritt auf dem Weg zum Erwachsensein, betonte ihre Mutter – und wer wollte nicht erwachsen werden? Mira war sich jedoch nicht sicher gewesen, ob es so schnell gehen musste damit. Vor allem, wenn sie dafür auf Zeit mit Ocko verzichten musste. Vielleicht hatte Ocko ihr ihre Lieblingsgeschichte auch schon in dem Jahr davor erzählt. Als ihre Eltern plötzlich wollten, dass nun auch Miras Schwester mit auf die Insel fuhr. Ocko hatte ständig auf Anke aufpassen müssen. Ob sie Sandtürme baute, Möwen hinterherjagte, Kanäle grub und Schiffchen darin schwimmen ließ oder ob ihr der kleine Niels zeigte, wie man Krabben aus dem Priel fischte – Anke konnte sich jederzeit einfach umdrehen und wegrennen. Dann liefen Ocko und Mira ebenfalls los, um sie nicht aus den Augen zu verlieren. So manche Geschichte brach da abrupt ab und verlor sich im Sand.

Mira war sich fast sicher, dass es in jenem Jahr gewesen sein musste. An einem Abend, als sie nicht einschlafen konnte im Gegensatz zu Anke. Als sie hinausschlich und sich in Ockos Sessel setzen durfte, während er auf dem Schemel zu ihren Füßen Platz nahm und ihr erklärte, dass man sich manches einfach nicht aussuchen konnte. Er hatte anders geklungen als sonst. Nachdenklich. Traurig irgendwie. Und er hatte sie angesehen dabei, wie er sie selten ansah, vor allem in diesem Sommer. Er blinzelte und zog die Decke über ihre Füße. Seine Hände waren groß und rau und fleckig. Nicht so schmal und weich wie die ihres Vaters zu Hause in Hamburg. Weil der bestimmt nie auf einem Schiff gearbeitet hatte wie Ocko, sondern nur im Büro für den, dem das Schiff gehörte. Mira wartete still. Sie wusste, Ocko würde ihr gleich eine Geschichte erzählen. Eine, die er um sie beide ausbreitete wie eine wärmende Decke.

Fünf Jahre musste Mira damals alt gewesen sein. Doch konnte sie sich wirklich so weit zurückerinnern? Oder bildete sie sich das nur ein? Weil es immer solche Momente gegeben hatte, die nur Ocko und ihr gehörten. Und weil sie sich wünschte, dass er ihr diese Geschichte an so einem Abend gewidmet hatte. Mira glaubte fest daran, dass Ocko ihr niemals im Vorbeigehen vom Baby aus dem Priel erzählt hätte. Schon gar nicht mit Anke im Schlepptau. Ob sie dabei sechs Jahre alt gewesen war oder sogar schon sieben, machte kaum einen Unterschied. Doch sie war sich nicht sicher, ob sie sich überhaupt an irgendetwas aus dieser frühen Zeit erinnerte. Damals löste sich alles im Nebel der Gegenwärtigkeit auf. Nur der Tag zählte, der gerade seine Sekunden abspulte. Der die Minuten zu Stunden vergehen ließ. Der ihr Moment für Moment schenkte und keinen Gedanken an gestern oder morgen brauchte. Vielleicht glaubte Mira nur, sich zu erinnern, weil es Fotos gab. Fotos, die mit einem Datum und sogar mit einem Kommentar beschriftet waren. Die angesehen und herumgezeigt wurden, wieder und wieder. Um die manchmal so etwas wie ein Wettstreit der Geschichten ausbrach, zu dem jeder beitragen wollte. Selbst die, die gar nicht dabei gewesen waren am Tag der Aufnahme.

Mira war überzeugt davon, dass sie auch Erinnerungen bewahrt hatte, die sich nicht auf Fotos wiederfanden. Oder in den Erzählungen ihrer Mutter, den Berichten ihres Vaters, den Behauptungen ihrer Schwester. Aber sie zweifelte daran, dass allein der Wille, sich zu erinnern, sie auf die Spur dieser Ereignisse bringen würde. Auf die Ereignisse, die sich damals in ihrem Gedächtnis eingebrannt hatten. Sie erinnerte sich daran, dass Anke das erste Fleißbildchen in die Finger bekommen hatte, mit dem Mira von ihrer Lehrerin besonders gelobt worden war. Anke hatte es zerfetzt. Die Eltern forderten jedoch Verständnis von Mira, die ja schon ein großes, vernünftiges Schulmädchen war. Sie hatte Wut verspürt auf die kleine Schwester, die eigentlich gar nicht so viel kleiner war, und Traurigkeit, weil ihr niemand beistand. Mira erinnerte sich auch an ein hohes Glas lauwarmer Milch mit schmelzenden Butterflöckchen, das sie austrank, obwohl sie sich davor ekelte.

Diese frühen Erinnerungen waren also mit einem Gefühl verknüpft. Einem Gefühl im Körper, das so intensiv wurde wie nie zuvor. Das einen zu überwältigen drohte. Oder galt das für alle Erinnerungen? Für die, die Mira bewusst waren, wie für die Verborgenen? Prägten die sie bis heute? Und beeinflussten sie ihre Sinne? War es denn wirklich wichtig, wann genau Ocko die Geschichte vom Baby aus dem Priel zum ersten Mal erzählt hatte? Würde Mira das dem Kern näherbringen? Ihr etwas über den Wahrheitsgehalt verraten? Suchte sie womöglich nur nach etwas Greifbarem wie einem Datum, um die Fantasie mit der Realität abzugleichen? Die Fragen drehten sich in ihrem Kopf. Weiter und weiter. Sie bemerkte kaum, dass das Feuer im Ofen erloschen war. Irgendwann wankte sie ins Bett.

Nach dem Frühstück lud Mira den Bollerwagen ab, den sie am Tag zuvor vor dem Haus stehen gelassen hatte. Sie konzentrierte sich darauf, das Treibgut zu sortieren, merkte aber, wie ihre Gedanken abschweiften. Alte Fragen tauchten auf und neue. Und so würde es weitergehen, wenn sie nicht endlich etwas unternahm. Mira beschloss herauszufinden, wo sie die Jahreschroniken der Insel einsehen konnte. Einen Band davon hatte sie mal bei Anke gesehen. Das war ein Geschenk von ihrer zukünftigen Schwiegermutter gewesen, in dem Jahr, als sie zu Niels auf die Insel gezogen war. Mira wusste, dass sie von 1983 bis 2012 von Boi Nissen geschrieben worden waren. Dreißig Bände insgesamt. Und irgendwo in den ersten könnte sich ein Hinweis finden, der sie auf die Spur ihrer Lieblingsgeschichte brachte. Wieder schlichen sich Zweifel an. Ein Weidenkorb allein hätte es auch damals nicht bis in die Schlagzeilen geschafft. Ein Weidenkorb mit einem Baby darin hätte den ganzen Landkreis bewegt. Außer die Insulaner hätten es verschwiegen. Aber welchen Grund sollte es dafür geben?

Mira rief beim *Amt Amrum* in Nebel an und erfuhr, dass es kein Inselarchiv gab. Jedenfalls nicht hier. Sondern nur bei der Ferring Stiftung in Alkersum auf Föhr. Aber um die Jahreschroniken einzusehen, müsste sie nicht auf die Nachbarinsel fahren, hieß es. Die Bände stünden allesamt in der Bücherei der Öömrang Skuul. Am nächsten Nachmittag ging Mira die Chroniken dort Seite für Seite durch. Kein Foto und kein Bericht darin beantwortete auch nur eine ihrer Fragen. Sie schob die Bücher von sich weg. Sprach das nun für Ockos Fantasie? Oder dafür, dass sie einem Geheimnis auf der Spur war? Vielleicht sollte sie diesen Boi Nissen persönlich aufsuchen. Es gab sicher Geschichten, die es nicht in die Bücher geschafft hatten, warum auch immer. Sie kannte den Mann flüchtig. Ocko hatte sich vor einigen Jahren einen Wettstreit mit ihm geliefert. Es war darum gegangen, wer die meisten Zuhörer in seinen Bann zog. Was Nissen mit Vorträgen und Diashows schaffte, erreichte Ocko mit seinen Geschichten am Strand, in der Kneipe oder wo auch immer eine Gruppe Menschen zusammenstand oder -saß. Warum sie plötzlich einen Schiedsrichter suchten, der einen der beiden zum Sieger erklären sollte, wusste Mira nicht mehr. Sie erinnerte sich nur noch, dass sie keinen fanden. Jedenfalls keinen Insulaner, der als neutral galt und nicht von vornherein der einen oder anderen Seite zugetan war. Bis sich die neue Kunstlehrerin überreden ließ. Nachdem sie sich Nissens Vorträge angehört und das Publikum beobachtet hatte, folgte sie Ocko eine Woche lang. Danach erklärte sie beide zu Siegern, weil Fakten genauso zum Staunen bringen könnten wie Fantasie. Das allerdings begeisterte weder Nissen noch Ocko. Sie waren sich nur einig darin, die Kunstlehrerin nicht zu mögen, und mieden einander weiterhin. Aber das war inzwischen fast zehn Jahre her.

Mira überlegte, ob sie Boi Nissen anrufen und um einen Termin bitten sollte. In der Stadt würde sie so vorgehen. Doch hier kam ihr das zu förmlich vor. Sie wusste, wo er wohnte, und sah ihn oft in seinem Garten werkeln. Einfach vorbeizuspazieren und ihn anzusprechen, schien ihr die bessere Wahl.

»Moin, Moin!«, grüßte sie wenig später über seinen Zaun.

Nissen harkte Laub vom Rasen. »Moin.«

»Ich bin Mira, die …«

Er stützte sich auf den Rechen und sah zu ihr hin. »Ich weiß, wer du bist«, brummte er.

»Fein«, sagte Mira. Sie lächelte ihn an.

»Und?«

»Ich bin da einer alten Geschichte auf der Spur«, begann Mira vorsichtig, »und wenn sich einer mit Begebenheiten auskennt, die sich auf der Insel zugetragen haben, dann bin ich hier wohl an der richtigen Adresse, oder?«

Er zog die Augenbrauen hoch. »Ach, auf einmal?«

Mira wartete.

»Ockos Deern.« Er seufzte. Aber er kam langsam näher.

Mira schluckte. Niemand hatte sie mehr Ockos Deern genannt, seit … seit einer Ewigkeit.

Er musterte sie. »Ganz die Mama«, murmelte er schließlich. Die Bemerkung irritierte Mira für einen Moment, und sie versuchte sich darauf zu besinnen, wie sie vorgehen wollte. Doch ihre Erinnerung daran schien plötzlich hinter einer Nebelwand zu liegen. »Vor vierzig Jahren«, begann Mira zögernd, »vielleicht auch vor dreißig, da ist etwas angespült worden – da soll etwas angespült worden sein auf dem Kniepsand …«

»Da landet ständig Treibgut. Seit Jahrhunderten.«

»Aber es geht um etwas Besonderes.«

»Lass mich raten: eine Golddublone?«

Mira biss sich auf die Lippen. Sie würde sich nicht aus der Fassung bringen lassen von ihm.

»Der Container voller Rasierklingen? Das ist aber schon länger her.«

Sie holte tief Luft. »Um einen Weidenkorb.«

Boi Nissen lachte auf, doch er verschluckte sich dabei. Er hustete und lief rot an im Gesicht. »Soso«, krächzte er, als er wieder zu Atem kam. »Ein Wäschekorb.«

»Es geht um den Weidenkorb«, wiederholte Mira. Sie zeigte, wie groß er war, nahezu rund, beschrieb die Plastikplane, mit der er ausgekleidet war, und die beiden Henkel.

»Ocko hat ihn aufgehoben«, erkannte Nissen, »und jetzt hast du ihn in seinen Sachen entdeckt.«

»Ja.«

»Wie tausend andere Dinge auch.«

»Nein!«

Er zuckte zusammen.

»Der Korb ist besonders«, beharrte Mira und fuhr leiser fort: »Es gibt eine Geschichte dazu.«

Nissen kam noch näher an den Zaun heran. »Was sonst.«

»Der Korb, der in den Wellen schaukelte, war nicht leer.«

Zeichnete sich Spannung oder Anspannung in seinem Gesicht ab? »Ein Baby soll in dem Korb gelegen haben.«

Boi Nissen winkte sofort ab. »Das ist ein Friesenmythos. Uralt. Hat Ocko dir denn nichts davon erzählt?«

Mira schwieg.

»Oh, verstehe. Er hat die Quelle unterschlagen.« Nissen räusperte sich. »Das nenne ich eine gute Geschichte!«

»Was?«

»Im frühen siebzehnten Jahrhundert glaubten die Friesen, die Babys kämen aus dem Meer. Die Flut würde sie mitbringen.«

»Ernsthaft?«

»Ja. Und das war gar nicht so weit hergeholt, wenn man bedenkt, dass die meisten Kinder hier bei auflaufendem Wasser zur Welt kommen.«

Mira wusste nicht, was sie dazu sagen sollte. Konnte sie diesem Nissen wirklich glauben? Oder feierte er gerade seine späte Rache an Ocko, indem auch er ihn als Märchenonkel abtat?

»Die Winter waren hier früher lang, düster und still. Da ging schon mal die Fantasie mit einem durch. Und Ocko hockte wochenlang allein in seiner Kate und wollte niemanden sehen.« Boi Nissen seufzte. »Vielleicht weil er vorher ein anderes Leben hatte.«

»Als Kapitän.«

»Als Mann. Als Lehrer, als Insulaner …«

Mira wartete ab.

»Ocko hat dich sehr vermisst.«

»Ich ihn auch«, erwiderte sie leise.

Nissen fing wieder an zu harken, obwohl so dicht am Zaun gar kein Laub mehr lag. »Wenn du mehr über die Mythen der alten Friesen wissen willst, ich habe ein paar Bücher dazu geschrieben.«

»Ich weiß.« Mira beobachtete, wie die Zinken seiner Harke den Rasen durchkämmten.

»Es gibt auch Bände mit Sagen von den anderen Inseln. Nicht nur von Amrum.«

Mira nickte. »Danke.« Sie hob die Hand zum Gruß und wandte sich zum Gehen.

»Eins noch«, rief er sie zurück. »In all den Jahren sind viele Menschen zu mir gekommen. Mit unglaublichen Fragen und absurden Theorien. Ob es nun um Rungholt ging oder sogar um Atlantis. Um Scherben und Knochen im Watt. Um einen Piratenschatz oder eine gesunkene spanische Galeone. Oft glaubten sie genau zu wissen, wonach sie suchten. Aber gerade darum fanden sie nichts. Es gibt immer Hinweise. Nur Laien suchen sie meistens an der falschen Stelle.« Damit wandte er sich wieder dem Laubhaufen in der Mitte seines Rasens zu.

Mira lauschte seinen Worten nach. Wollte er ihr damit etwas Bestimmtes sagen? Suchte sie auch an der falschen Stelle? Wenn Ocko den Korb tatsächlich mit einem Baby darin aus dem Priel gefischt hatte, musste er Rat gesucht haben. Das Kind hätte unterkühlt gewesen sein müssen. Es hatte möglicherweise sogar im Wasser gelegen, weil die Plane nicht dicht war. Hatte Meerwasser geschluckt. Oder wirkte leblos. Davon hätte Ocko ihr sicher nichts erzählt. Aber er wäre sofort zum Inselarzt gelaufen mit dem Baby.

Mira schlug den Weg zum Haus des pensionierten Inselarztes ein. An so einen außergewöhnlichen Fall würde er sich sicher erinnern, auch wenn er schon viele Jahre zurücklag. Der alte Doktor saß auf seiner Terrasse im Strandkorb. In seinem Mundwinkel hing eine Tabakspfeife. Die Schachtel mit den Streichhölzern hielt er in den Händen, unternahm aber nichts, um den Tabak anzuzünden.

»Moin, Moin!«, rief Mira ihm zu.

Der alte Doktor winkte sie heran. »Du bist doch … du bist doch …«, er schmunzelte, »… ich hab's gleich.« Er nahm die Pfeife aus dem Mund und deutete damit auf Mira.

Sie zögerte. »Ockos Deern«, sagte sie schließlich.

»Natürlich!«

»Ich brauche Ihre Hilfe.«

»Ich mache nur noch Hausbesuche.« Damit rutschte er auf die Kante der Sitzbank vor. Er senkte seine Stimme. »Geht es um deinen Vater? Der wollte doch nie einen Rat vom Doktor!« Er stützte sich ab, um aufzustehen. »Oder etwa um deine Mutter?«

»Nein. Meinen Eltern geht es gut. Es gefällt ihnen sehr in Hamburg. Hier halten sie es nie lange aus. Aber für ihre Enkelkinder kommen sie immer gerne her.«

»Ach so.« Er lehnte sich wieder zurück.

»Es geht um Ocko«, begann Mira.

»De ole Stuurkopp«, murmelte der Doktor.

»Kann es sein, dass er mal einem Kind das Leben gerettet hat?«

»Sicher.«

»Ich meine, einem Baby?«

Der alte Doktor seufzte.

»Hat er ein Baby in einem Weidenkorb aus dem Priel gezogen? Vor dreißig oder vierzig Jahren vielleicht?«

»Ach, diese Geschichte …«

»Diese Geschichte? Ist sie wahr? Bitte, ich muss es wissen!«

»Wahr ist, was du für wahr hältst.« Er steckte seine Pfeife wieder in den Mund. »Ocko hat den Ton angegeben. Als Kapitän. Und in seinem Leben. Hier auf der Insel. Sein Schiff konnte er aufgeben. Aber seine Mannschaft? Niemals.« Der alte Doktor sah an Mira vorbei in die Ferne. »Das ist alles so lange her. So lange.«

»Was genau ist so lange her?«

»Mancher lässt sich helfen, min Deern. Und mancher glaubt, dass es keine Heilung gibt. Nicht für ihn.«

»Was …«

»Das musste ich erst lernen mit der Zeit.«

Mira wartete, doch der alte Doktor sagte nichts mehr. Seine

Lippen schlossen sich fest um das Mundstück der Pfeife. Er tastete nach den Streichhölzern. Seine Finger schoben die Schachtel auf und zu, ohne ein Hölzchen herauszunehmen. Mira spürte, dass seine Gedanken abdrifteten. Sie würde ihn nicht dazu bewegen können, ihr zu erklären, was genau er meinte. Vielleicht war alles wirklich viel zu lange her. Und seine Erinnerungen an diese Zeit waren längst im Schlick der Jahre versunken. Sie bedankte und verabschiedete sich.

Mira ging ziellos durch die Straßen von Norddorf. Verkäuferinnen begannen die Auslagen vor den Geschäften einzuholen. Kapuzenpullis, Halstücher und Regenjacken, Spaten oder Plüschrobben, Becher mit einem Standardleuchtturm darauf. Mit dem hiesigen hatte der nur die Farben Rot und Weiß gemeinsam. Feriengäste strömten vom Strand her auf ihre Quartiere zu. Andere hielten Ausschau nach einem Restaurant mit Abendkarte oder schlugen den Weg zum Supermarkt ein. Vor dem Fischimbiss bildete sich eine Schlange. Auf den Tischen vor dem Café flatterte hier und da die Rechnung im Wind unter einer Tasse hervor. Die Türen vom Inselkino standen offen. Der Duft von Popcorn wehte über die Wiese, fast wie ein Willkommensgruß für die Neuankömmlinge, die gerade ihre Koffer aus dem Linienbus hoben.

Mira überquerte den Platz. Vielleicht sollte sie auch nach Hause gehen. Sie hatte genug gesehen und gehört fürs Erste. Als sie in die Nebenstraße einbog, entdeckte sie ein paar Schritte vor sich eine von Ankes Nachbarinnen. Letzte Woche hatte sie bereut, mit Frau Petersen stehen geblieben zu sein, als ihr die alte Frau von Ankes Neubauplänen auf Ockos Grundstück erzählt hatte. Aber heute könnte Mira sie fragen, ob es noch weitere alteingesessene Inselbewohner gab. Die Nachbarin schleppte wieder zwei volle Einkaufstaschen und schien mit jedem Meter langsamer zu werden. Mira schloss zu ihr auf. Sie grüßte und bot an, ihr tragen zu helfen. Die Frau sah sie überrascht an.

»Kein Problem! Wirklich nicht.« Mira lächelte.

Die Frau blieb stehen und stellte ihre Taschen ab. »Das wird mir einfach zu viel«, seufzte sie. »Ich biete meinen Stammgästen Frühstück an. Das muss aber unter uns bleiben!« Sie sah sich rasch nach links und rechts um. Die Straße war leer. Und Mira wusste, dass auch Anke sie weder vom Haus noch vom Garten aus beobachten konnte.

»Selbstverständlich«, bekräftigte Mira.

»Jedes Mal schwöre ich mir, das war das letzte Mal. Und wenn dann die Anfragen für die neue Saison kommen … Es fällt mir so schwer, Nein zu sagen. Man kennt sich so lange. Oft schon seit die Kinder klein waren. Manche Gäste kommen jetzt schon mit ihren Enkeln zu mir. Das ist fast wie Familie. Dann hört man gerne, was so los war übers Jahr.«

»Das kann ich gut verstehen«, sagte Mira. »Und Sie haben sicher ein fabelhaftes Gedächtnis für all die Geschichten.«

»Und ob! Das war von Anfang an wichtig. Als ich hier eingeheiratet habe, vor rund fünfundfünfzig Jahren, da ging es ganz anders zu unter den Einheimischen. Und Gäste kamen eigentlich nur im Sommer. Die ersten haben wir noch in unserem eigenen Schlafzimmer untergebracht. Für acht Mark fünfzig pro Person. Mit Frühstück.«

»Dann erinnern Sie sich sicher auch an Ihre Nachbarn von damals.«

Frau Petersen nickte. »Nur haben wir zu der Zeit nicht in Norddorf gewohnt. Das kam erst später. Ende der Neunzigerjahre sind wir von Wittdün hergezogen. Mein Mann wollte unbedingt sein Elternhaus übernehmen.«

»Gibt es denn überhaupt noch jemanden, der damals schon hier gelebt hat?«, wollte Mira wissen.

Frau Petersen betrachtete ein Haus nach dem anderen. Mira bot erneut an, ihr die Taschen zu tragen, und diesmal ließ sie es zu. Seite an Seite gingen sie langsam die Straße hinab. Frau Petersen erinnerte sich tatsächlich an jeden Bewohner und daran, ob er inzwischen auf dem Friedhof oder auf dem Festland zu finden war. Mira trug ihr die Einkaufstaschen bis zur Türschwelle. Klärchen war also die einzige ehemalige Nachbarin, die noch in der Gegend wohnte.

Als sie sich verabschiedeten, bedankte sich die alte Dame. »Komm doch mal zum Kaffee vorbei, wenn alle Gäste weg sind«, lud sie Mira ein.

»Gerne«, erwiderte sie, »ich weiß aber noch nicht, wie lange ich bleibe.«

Mira schwirrte der Kopf. Ihre Lieblingsgeschichte sollte auf einem Friesenmythos beruhen und nichts als eine Legende sein. Alles in ihr sträubte sich gegen diesen Gedanken. Wenn aber wahr sein sollte, was sie für wahr hielt, dann suchte sie womöglich an der falschen Stelle. Und wo sonst? Ocko hatte, wie anscheinend alle alten Insulaner, in Rätseln zu ihr gesprochen. Er musste sich doch gewünscht haben, dass sie verstand. Vielleicht nicht sofort. Weil sie zu jung gewesen war. Damals. Eines Tages würde sie verstehen, das hatte er gehofft. Bestimmt. Er hatte immer gewusst, dass sie sich auf die Suche machen würde. Dass sie keine Ruhe finden und die Dinge nicht in Vergessenheit geraten lassen würde. Sie spürte es genau.

Mira nahm sich vor, Klärchen zu besuchen, gleich am nächsten Tag. Nicht zu früh am Morgen, weil sie möglicherweise etwas länger brauchte. Fürs Aufstehen. Fürs Waschen und Anziehen. Fürs Frühstück. Aber auch nicht zu nah am Mittagessen. Bloß die Routine nicht stören. Unruhe tat Klärchen nicht gut, wie der Trubel des Familientreffens zu Elins Taufe gezeigt hatte. Einfach nur einmal nach Niels' Großmutter sehen. Nach Ockos ehemaliger Nachbarin. Sie zu nichts drängen, wie sie auch die alte Frau Petersen zu nichts gedrängt hatte. Sie einfach erzählen lassen. Von vergangenen Zeiten. Zuhören. Selbst wenn es bei Klärchen wirr klang. Vielleicht klang es nur für Mira so. Vielleicht ergab es später einen Sinn. Wenn Mira verstand, welche Wellen der Erinnerung sich hier überschlugen. Und was sie mitbrachten an Treibgut.

Mira war früh auf. Viel zu früh für den Besuch bei Klärchen. Im Haus fand sie keine Ruhe mehr. Sie trat vor die Tür. Lauschte. Auf das Meer in der Ferne. Auf den Wind, der durchs Dünengras strich. Auf die Möwen, die so anders klangen als am Tag. Sie tauchte ein in den dunklen Morgen. Einzig in der Backstube brannte schon Licht. Aber sie kehrte um und lief Richtung Strand. Sah jemanden drüben am Deich stehen. Der schwarze Umriss verriet ihr nicht, ob es eine Frau oder ein Mann war. Ob er oder sie zu Mira hinsah oder ihr den Rücken zudrehte, einen Hund beobachtete oder Seevögel. Was gab es sonst um diese Zeit hier draußen? Die Möglichkeit, allein zu sein. Noch unbemerkt zwischen den Häusern herumzulaufen. In Fenster zu sehen. Nach unverschlossenen Hintertüren zu suchen. Oder sein illegales Quartier zu räumen, bevor einem einer auf die Schliche kam. Es war schon zu kalt, um in den Dünen zu kampieren oder am Strand. Natürlich war das verboten, aber manchmal wagte das trotzdem jemand. Gerade weil es verboten war. Mira war nie auf die Idee gekommen. Nicht mal mit sechzehn. Im Gegensatz zu Anke. Die war heimlich aus dem Fenster geklettert und hatte so manche Nacht mit Niels am Strand verbracht. Mira war immer wach geworden davon, verriet ihre Schwester jedoch nie. Aber vermutlich wusste Ocko es sowieso. Nur hatte er es nicht verboten, nicht mit Strafe gedroht, Abreise in Aussicht gestellt, wie ihre Eltern es sicher getan hätten.

Mira schlug den Weg durch die Dünen ein. Das war ihr Spielplatz gewesen. Ihr Abenteuerland. Sie hatte die Zeit hier genossen. Die Zeit mit Ocko. Jeden einzelnen Moment. Sie wollte nicht feiern gehen mit Anke und Niels, seinem Bruder Jon, seinen Cousins und deren Schulfreunden. Mira interessierte sich nicht für den Selbstgebrannten, den die Jungs im Keller ihres Großvaters stibitzten. Und auch nicht für das Gras, das sie irgendeinem Urlauber abgekauft hatten. Für Mira war es wie ein Rausch, diese Meeresluft zu inhalieren. Sich mit ausgestreckten Armen in den Wind zu werfen. Über die Sandbank zu rennen, bis sie dieses Prickeln am ganzen Körper spürte. Sie warf sich in den Sand, lag, bis sich ihr Atem beruhigte, und wartete darauf, dass Ocko angestiefelt kam. Dass er sich zu ihr setzte. Und sie schweigend in den Himmel sahen oder aufs Meer hinaus.

Manchmal hatte sie darüber nachgedacht, wie es wäre, ein Inselmädchen zu sein. Besonders wenn ihr die Zeit bis zu den nächsten Ferien unendlich lang erschien. Die Schule hier zu besuchen mochte ganz anders sein als in Hamburg. Mira hatte es nicht herausgefunden, weil niemand, den sie fragte, ihr davon erzählen wollte. Immerhin schienen die Kinder auf Amrum nicht so viele Regeln befolgen zu müssen. Vor allem nicht in der Saison. Da waren die Eltern mit den Urlaubern beschäftigt. Und die konnten einem was abverlangen. Die Gäste mussten gut versorgt und unterhalten werden, damit es ihnen auf der Insel gefiel und sie wiederkamen. Einige hatten die Badeanzüge und Bikinis bewundert, die riesigen Strohhüte und Sonnenbrillen, als kämen die Urlauberinnen damit geradewegs aus Paris und nicht aus Köln oder Ludwigshafen. Andere hatten darüber gelacht, wie die Strandkörbe ausstaffiert wurden, welche Fahnen gehisst wurden, welcher Name auf den Wasserbällen prangte, die sie aufbliesen, wie sie Kühltaschen, Schwimmtiere oder Luftmatratzen heranschleppten, jeden Tag aufs Neue. Beliebt war es auch, Wetten darüber abzuschließen, was die Gäste mitbrachten vom Festland oder eben nicht. Und wie lange es dauern würde, bis sie in den Eckladen stürmten, um Pullover und Jacken gegen Wind oder Regen zu kaufen. Zu Inselpreisen natürlich.

Mira war selten mit den einheimischen Mädchen losgezogen. Auch weil die sie beneideten. Dass sie auf dem Festland lebte. Dass sie nicht ausharren musste auf der Insel, wo sie jedes langweilige Sandkorn kannten. Mindestens bis sie auf die höhere Schule gehen sollten. Oder bis sie volljährig waren. Viele konnten es kaum abwarten, endlich andere als immer dieselben Wege zu gehen und dieselben Leute zu treffen. Sie stellten sich das Leben auf dem Festland wie ein immerwährendes Fest vor. Fast wie eine Saison ohne Ende. Trubel das ganze Jahr über. Und Mira gelang es nicht, sie vom Gegenteil zu überzeugen.

Der Himmel wurde langsam heller. Blaue Wolken zogen über sie hinweg. Mira blieb stehen, schloss die Augen, sog die Luft tief ein, spürte die Kälte, den Wind, den Flugsand. Ob sie das auch so vermissten, die Inselmädchen, die inzwischen zu Festlandbewohnerinnen geworden waren? Es wurde Zeit, umzukehren. Vielleicht zum Bäcker zu gehen und Brötchen für ein ausgiebiges Frühstück zu kaufen. Kaffee aufzubrühen. Die Gedanken einzuholen. Sie nicht durch das Netz schlüpfen zu lassen. Sie zu sortieren. Vielleicht sogar zu notieren, bevor sie sich auf den Weg zu Klärchen machte.

Auf Miras Klingeln zwei Stunden später öffnete niemand. Vielleicht musste Niels' Mutter auch heute eine ihrer Ferienwohnungen putzen und hatte Klärchen mitgenommen. Vielleicht brauchte ihr Mann sie im Büro, um Rechnungen für die Firma zu schreiben, so wie früher. Vielleicht war sie nur einkaufen gegangen. Mira könnte warten. Oder später wiederkommen. Oder nachsehen, ob es auch hier eine Hintertür gab, die nicht abgeschlossen war. Vielleicht hatten sie das Klingeln nur nicht gehört. Sie betrat den Garten und ging ums Haus herum. Dann klopfte sie an die Hintertür. Als sich auch hier niemand meldete, drückte sie die Klinke herunter. Die Tür öffnete sich. Jetzt hörte sie Gitte von irgendwoher singen. Wenn Niels' Mutter im Haus war, dann sicher auch Klärchen.

»Moin!«, rief sie laut. »Ich bin's, Mira!« Sie wagte sich über die Schwelle. »Hallo? Moin, Moin!«

Keine Antwort. Nur das leise Singen.

Mira zögerte. Sie kam sich wie ein Eindringling vor. Aber sie war doch Familie. Niels betonte das immer wieder. Und früher durften sie auch jederzeit in Klärchens Küche stürmen. Nur war dies hier Gittes Küche. Und die war leer. Mira war nicht oft hier gewesen, als Kind nicht und als Erwachsene auch nicht. Doch sie wusste, wo die gute Stube lag. Sie öffnete die Tür. Klärchen saß in ihren roten Wollschal gehüllt im Schaukelstuhl und schaukelte. Weder der Ausblick in den Garten noch Miras Anwesenheit erregten ihre Aufmerksamkeit. Sie wippte vor und zurück. Ohne Pause. Mira sah ihr zu. Plötzlich fragte sie sich, ob sie Klärchen überhaupt ansprechen sollte. Ob es besser wäre, später wiederzukommen. Oder überhaupt nicht.

»Mach endlich die Tür zu!«

Mira zuckte zusammen. Sie schloss die Tür, ging langsam auf Klärchen zu, obwohl die sich immer noch nicht nach ihr umgedreht hatte.

»Hast du Kekse mit?«

»Magst du immer noch die Friesenwaffeln am liebsten?«

»Was sonst? Etwa den neumodischen Kram mit Schokolade?«

»Gut. Ich bringe dir gleich noch welche vorbei.«

Jetzt sah sie sich nach Mira um. »Gutes Mädchen!« Sie winkte Mira heran. »Setz dich zu mir.«

»Wie in deiner Küche damals.«

»Du warst nicht in meiner Küche.«

»Doch, mit Niels und Anke.«

»Nein. Niemals!«

»Da hast du Kakao für uns gekocht. Und du hattest so eine blaue Blechdose mit Schmetterlingen drauf. Da waren die Waffeln drin.«

»Nein!«

Mira schluckte. »Aber Klärchen …«

»Das war Ockos Küche.«

»Ockos Küche war ganz in der Nähe.«

»Nein!«

Mira schüttelte den Kopf und versuchte sich darauf zu besinnen, warum sie hergekommen war. Behutsam setzte sie an. »Du hast ihm sicher geholfen … mit dem Baby und so.«

Klärchens Miene verfinsterte sich. »Er hat alle weggeschickt.«

»Aber du hast dich nicht wegschicken lassen!«

»Jeija.« Plötzlich fing die alte Frau an zu schluchzen.

Mira erschrak. Sie suchte nach einem Taschentuch. In dem Moment sah Gitte zur Tür herein. Mira sprang auf.

»Du hast sie doch nicht aufgeregt?«

»Nein, nein«, versicherte Mira schnell. »Ich kam gerade bei euch vorbei und wollte mal Moin sagen. Tut mir leid.«

»Ach«, sagte Gitte, »so ist sie eben manchmal, meine Mutti.«

»Kann ich was tun?«, fragte Mira.

»Nein.«

Gitte faltete ein Stofftaschentuch auseinander und reichte es Klärchen. Die riss es ihr aus der Hand und knüllte es zusammen, ohne sich zu schnäuzen. »Am besten lassen wir sie erst mal in Ruhe«, sagte Gitte.

Mira nickte. Sie folgte Niels' Mutter in den Flur.

»Weißt du, ich habe ein schlechtes Gewissen«, sagte Gitte leise. »Wir fahren nächste Woche weg, nur Cord und ich. Zu unserem vierzigsten Hochzeitstag. Er wollte so gerne seinen Bruder besuchen. In New York.«

»Das hört sich toll an!«

»Ich freue mich auch darauf. Wir waren ewig nicht zusammen weg.« Gitte lächelte versonnen. »Niels und Anke nehmen Klärchen so lange zu sich«, sagte sie dann.

»Da ist sie sicher gut aufgehoben.«

»Sie liebt ihren Enkel und ihre Urenkel und Anke.«

Mira sah Gitte an, dass es ihr nicht leichtfiel, die richtigen Worte zu finden.

»Anke hat schon mit den Kindern zu tun und mit ihrer Vermietung. Die Ferien sind dann zwar zu Ende, aber sie ist immer noch gut gebucht. Und ich auch. Sie hat gesagt, es ist kein Problem, meine Wohnungen mit zu machen.«

»Verstehe.«

»Und Niels ist das erste Mal ganz allein für die Firma verantwortlich. Ein Probelauf gewissermaßen. Er hat zwar den Gesellen und den Lehrling und die Verkäuferin für den Laden, aber Cord arbeitet sonst voll mit. Und manche Kunden bestehen auf den Seniorchef.«

»Niels schafft das schon!«

»Na klar. Aber ich denke an Klärchen. Vielleicht kannst du ja auch ein bisschen mit auf sie achtgeben?«

Mira versprach es.

Eine halbe Stunde später brachte sie eine Tüte Friesenwaffeln für Klärchen vorbei. Gitte nahm sie ihr ab. Sie habe ihre Mutti schon zum Mittagsschlaf nach oben gebracht. »Hoffentlich träumt sie nicht wieder schlecht. Manchmal ist sie ganz durch den Wind. Dann kann man nichts von dem, was sie sagt, glauben. Dann sieht sie in jeder Ecke Wiedergänger stehen!«

»Vielleicht freut sie sich jetzt auch einfach nur auf die Friesenwaffeln zum Tee«, sagte Mira und verabschiedete sich. Gedankenverloren schlug sie den Rückweg ein.

Wieder zurück an Ockos Küchentisch, las Mira ihre Notizen nun schon zum dritten Mal durch. Enttäuscht schob sie das Büchlein von sich weg. Es kam ihr so vor, als hätte sie gar nichts herausgefunden. Über Ocko. Über das Baby. Über sich selbst. Aber was erhoffte sie sich überhaupt davon? Selbst wenn etwas Wahres dran war – wie sollte die Geschichte irgendeines Babys Miras eigene Unsicherheiten auflösen? Vermutlich wollte sie sich nur ablenken von den eigentlich wichtigen Fragen, die auf sie lauerten. Wie es weitergehen sollte mit Ockos Haus. Und mit ihrem Leben auf dem Festland. Konnte diese Geschichte tatsächlich etwas ändern an dem Schwanken, das sie empfand, das jederzeit drohte, sie aus ihrem Alltag zu reißen? Wie eine Springflut, die ohne Vorwarnung alles durchdrang, gegen die sie nichts tun konnte, nur aushalten, dieses Schaukeln, dieses Hin-und-her-geworfen-Sein, diese Atemlosigkeit. Die Unfähigkeit zu schreien. Sich nicht aufrecht halten zu können, nicht zu funktionieren. Sie fürchtete, bald nicht mehr nur zu Hause, sondern auch auf der Straße zu taumeln. Schweißüberströmt von dem Versuch, es sich nicht anmerken zu lassen. Sie wusste, dass es keinen Befund gab. Ärzte in der Stadt hatten es ihr versichert. Eine Ärztin hatte von sensiblen Nerven, von Reizüberflutung gesprochen und sie merkwürdig angesehen, als Mira sagte, ihr Handy wäre meistens abgeschaltet. Sie suchte nicht an der falschen Stelle. Egal, wie irrational es auch sein mochte, sie spürte, dass diese Geschichte mit ihr zu tun hatte. Dass sie mehr war als Seemannsgarn und dass sie sich dem Kern der Geschichte näherte. Ihn umkreiste. Sie musste nur noch den Zugang finden. Vielleicht gab es ja keinen direkten Weg. Sollte sie noch einmal mit ihrer Mutter sprechen? Nur wie konnte Mira verhindern, dass sie sich angegriffen fühlte? Dass sie jede Frage als Vorwurf auffasste? Und dass sie wieder die immer gleiche Geschichte von der Geburt auf dem Rettungskreuzer erzählte? Sie konnte es nicht verhindern. Aber sie konnte vorbereitet darauf sein. Sie konnte Verständnis zeigen für die Ausnahmesituation, in der sich ihre Mutter befunden hatte. Weit weg von zu Hause. Und umringt von Fremden bei der Geburt ihrer ersten Tochter.

Mira entschied sich dagegen, ihre Mutter sofort anzurufen. Sie fühlte sich immer noch wie eine Gefangene im Gezeitenstrom ihrer Gedanken. Sehnte sich nach Weite. Lief hinaus, schlug den Weg nach Osten ein, an der Wattseite der Insel entlang. Nach Nebel und weiter. Die Fähre in der Ferne wie ein Trugbild. Wolken ballten sich über dem Schlick. Föhrs Küstenlinie nur eine Ahnung im Grau. Schritt für Schritt atmete Mira tiefer, gleichmäßiger, wurde ruhiger. Sie nahm den Geruch wahr, den das Watt verströmte, und das leise Glucksen. Sie schmeckte Salz. An der Mole in Steenodde lagen die Boote auf dem Trockenen. Möwen trippelten zwischen ihnen hin und her. Mira ging auf den Deich. Vor dem Wäldchen grasten Pferde. Weit dahinter erhob sich der Leuchtturm aus den Dünen.

Unverwechselbar rot, mit zwei weißen Bauchbinden. Am Fuß des Deichs weideten Schafe. Ein Stück voraus war bereits der Seezeichenhafen zu sehen. Die Pricken und Tonnen, die sonst die Fahrrinnen markierten, hatten Mira schon als Kind fasziniert. Manche standen schräg. Grüne oder rote Riesen, die sich gegen den Wind stemmten, mit ihren spitzen Hüten oder Zylindern. Drüben am Steg lag der Tonnenleger, der die schwimmenden Seezeichen kontrollierte, auslegte oder einholte, damit sie gewartet und aufgearbeitet werden konnten. Mira ging am Zaun entlang. Der Seenotrettungskreuzer lag auch dort. Einsatzbereit wie immer. Sie kam zu dem Glaskasten, in dem die Deutsche Gesellschaft zur Rettung Schiffbrüchiger ihre Informationen und ihr Spendenschiffchen ausgestellt hatte. Ocko hatte ihr manchmal davon berichtet, wie sein Urgroßvater mit einer Handvoll Männer von der Insel in den Sturm hinausgerudert war, um Seeleute nach einer Havarie zu retten. Ihre Kleidung hatte zuvor in Tran gelegen, damit das Walfett sie wasserfest machte. Erfahrene Seemänner allesamt. Und doch verschlang das Meer so manchen. Auch heute noch.

Mira wandte sich ab. Es fiel ihr schwer, weiterzugehen. Irgendetwas hielt sie auf. Sie sah den Radfahrern nach, die vom Deich herunter an ihr vorbeirasten und auf Wittdün zuhielten. Eine Silbermöwe flatterte heran und landete auf dem weißen Schriftzug *Amrum*, der die Gittertür mit der stilisierten Tonne krönte. Sie schrie. In Miras Ohren klang es vorwurfsvoll. »Du auch noch?«, murmelte Mira und verscheuchte den Vogel. Er flog Richtung Festland davon.

Sicher war ihre Mutter damals auch so schnell wie möglich aufs Festland zurückgefahren. Nach Hause, mit dem Baby. Ob sie sich überhaupt bedankt hatte bei den Rettern?

Was, überlegte sich Mira, wenn sie jetzt einfach bei der Pressestelle anrief und erzählte, dass sie auf einem Rettungskreuzer vor Amrum geboren wurde? Dass sie Kontakt aufnehmen wollte zu Besatzungsmitgliedern von damals, um sich zu bedanken. Vielleicht wohnte ja noch jemand in der Nähe. Sie zog ihr Handy aus der Tasche und schaltete es ein. Sie tippte die Nummer vom Plakat ins Display. Miras Herz klopfte. Das Freizeichen ertönte. Die Pressesprecherin begrüßte sie freundlich und fragte nach ihrem Anliegen. Mira verhaspelte sich mehrmals. Doch die Frau hörte ihr geduldig zu. »Mal sehen, was ich für Sie tun kann«, sagte sie. Nach wenigen Anschlägen auf der Tastatur meldete sie sich wieder: »Der Seenotrettungskreuzer *Ruhr-Stahl* war bis 1985 auf Amrum stationiert. Ach ja, und hier haben wir es auch. Eine Geburt ist im Logbuch verzeichnet. Die genauen Koordinaten …« Plötzlich brach sie ab.

Mira umklammerte das Smartphone.

»Es tut mir leid«, sagte die Frau, »das Baby war ein Junge.«

»Das kann nicht sein!«

»Doch. Das Geburtsdatum stimmt auch nicht.«

Mira schluckte.

»Weitere Einträge gibt es nicht«, sagte die Frau dann.

»Aber …«, begann Mira und wusste nicht weiter.

Die Pressesprecherin tippte erneut auf ihre Tastatur ein. Anschließend hörte Mira sie leise mit jemandem reden. »Ich gebe Sie gerne an meinen Kollegen weiter. Er startet jetzt eine neue Suche, falls ich etwas übersehen habe.«

Mira bedankte sich leise.

»Schauen wir mal …«, sagte der Mann.

Doch Mira ahnte, dass er vergeblich suchte.

8. KAPITEL

1963–1967

Die Kleine bemerkte es sofort. Tante Resi war beunruhigt. So sehr, dass sie fast den Topf mit den Essiggurken fallen ließ. Später tuschelte sie mit der Tante Liesl. Sie sahen sorgenvoll aus. Aber als sie aus der Vorratskammer zurückkamen, schlug die Stimmung um. Tante Resi schenkte Schlehengeist ein, für die Tante Liesl, die Oma und die Kleine. Das hatte es noch nie gegeben. Selbst wenn der Onkel Georg außer Haus war wie jetzt, die Flasche blieb unter Verschluss. Tante Resi setzte ihr Stamperl schon an die Lippen, als die Oma fragte, worauf sie trinken wollten. Die Tanten wirkten plötzlich wie ertappt.

»Auf … auf die Familie und …«, stotterte Tante Resi.

»Wohlsein!«, unterbrach Tante Liesl und trank ihr Glas leer. Ebenso die Oma. Die Kleine nippte nur am Schlehengeist, dann lief sie wieder in die Gaststube, um Bestellungen aufzunehmen. Hinter ihr in der Küche wurden die Stimmen lauter.

»Der Max?«, rief die Oma, sodass es bis nach vorne schallte.

Der Metzger brachte gerade sein leeres Glas zum Tresen und grinste die Kleine an. »Schau an, der Max!« Dann wollte er wissen, wann es denn so weit sei.

»Das Bier kommt sofort«, erwiderte die Kleine.

»Das Bier?« Der Metzger lachte und schlug sich dabei auf die Schenkel.

Sie brachte rasch den Zettel mit den Bestellungen in die Küche. Als sie nach ihrem Stamperl greifen wollte, war es leer. Die Oma hatte Tränen in den Augen. Die Kleine hatte keine Zeit zu fragen. Der Metzger rief nach seinem Bier.

Onkel Georg kam erst heim, als die Gaststube schon abgeschlossen und die Küche aufgeräumt war. Die Kleine sah ihn über den Hof wanken. Wo und mit wem mochte er so viel getrunken haben? Bestimmt nicht mit dem Max. Den hatte sie seit ein paar Abenden nicht mehr gesehen. Und den Sepp auch nicht. Sicher halfen die Burschen wieder einem Nachbarn, der an- oder ausbaute oder eine neue Scheune für den neuen Schlepper brauchte. Wie kürzlich erst der Onkel Franz. Onkel Georg polterte die Treppen hoch. Die Kleine hörte, wie die Tante Resi ihn fragte, ob sie sich einig geworden seien. Der Onkel fluchte. Die Tante schloss eilig das Fenster. Die Kleine gähnte. Sie zog die Schleife an ihrer Schürze auf, während sie das Haus der Großmutter betrat. Drinnen war es still und dunkel. Also erwartete die Oma sie nicht in der Küche, wie öfter in letzter Zeit, wenn sie nicht schlafen konnte. Leise stieg die Kleine die Stufen zu ihrer Kammer hinauf. Morgen würde das ganze Dorf wissen, was los war mit dem Max. Sie zog ihr Dirndl aus und hängte es an den Schrank. Und mit seinem Madl, das er noch nicht einmal mitgebracht hatte in den Biergarten, die Gastwirtschaft oder zum Sonntagsessen.

Drei Wochen später feierte Max seine Verlobung mit Thea, der jüngsten Tochter vom Chef der Brauerei. Nur im engsten Familienkreis, betonte Tante Resi immer wieder. Doch die Gästeliste, die Max mitbrachte, war ellenlang. Onkel Georg schimpfte, ohne Luft zu holen. Auf die Großkopferten. Auf die Brauer. Auf den Max. Und mit der Tante Resi und der Tante Liesl stritt er über das Verlobungsessen. Er bestand auf Weißwürsten und Brezn. Aber die Tanten waren sich einig, dass das für einen Frühschoppen angemessen war, jedoch kein Essen für so eine Feier. Onkel Georg würde sie blamieren, zur Verlobung ihres ältesten Sohnes, vor der versammelten Familie der Braut, erboste sich Tante Resi. Die Tanten fragten die Metzgersfrau. Ein Spanferkel, das den Brautleuten Glück brachte, vor allem, wenn sie es mit ihren Gästen teilten? Oder doch lieber Haxn? Oder bedeuteten die etwa, dass der Bursche dem

Madl nun nicht mehr weglaufen konnte? Und das ganze Dorf würde darüber lachen?

Die Kleine versuchte den Tanten aus dem Weg zu gehen. Doch sie standen meistens in der Küche oder bei der Vorratskammer, wie der Bergahorn an der Zufahrt. Der Onkel verschanzte sich hinter dem Zapfhahn. Er stellte sich taub und kümmerte sich um die Reste vom Obstler. Die Männer vom Stammtisch feixten. Aber nur, wenn Onkel Georg ihnen den Rücken zudrehte. Die Kleine lief zwischen Küche, Gastwirtschaft und Biergarten hin und her. Fast wie immer. Nur manche Bestellungen dauerten jetzt etwas länger. Vielleicht hätte sie ja bald Hilfe. Wenn die Thea hier einzog, die Braut vom Max.

Am Sonntag saß die Thea das erste Mal mit am Tisch. Sie sah kaum von ihrem Teller auf. Der Löffel schien in ihrer Hand zu zittern. Sie wirkte blass. Und so ganz anders als die Madln, mit denen der Max zum Jahrmarkt gegangen war oder zum Tanz in den Mai. Die Kleine stellte die Platte mit dem Braten zum Onkel Georg und die Schüssel mit den Knödeln zur Tante Resi, die Erbsen und die gelben Rüben und die braune Soße zur Oma, wie jeden Sonntag. Doch die Oma schob die Terrine mit der Soße quer über den Tisch, direkt vor Theas Teller. Sie nickte der Braut vom Max zu. Die Kleine staunte. Zu ihr kam die Soße immer erst, wenn sie auch nachgefüllt werden musste. Tante Resi hielt Thea die Schüssel mit den Knödeln hin und lächelte sie an. Doch anstatt einen zu nehmen, presste sie nur die Lippen zusammen. Dann sprang sie auf und lief hinaus. Die Tanten und die Oma wechselten mitleidige Blicke. Onkel Georg fluchte. Onkel Franz klopfte dem Max auf die Schulter und grinste. Die Buben kicherten. Tante Resi gab der Kleinen ein Zeichen. Sie sollte nach der Thea sehen. Heute schienen alle Regeln außer Kraft zu sein. Draußen vor der Tür keine Spur von dem Madl. Die Kleine lief über den Hof. Sollte sie nach ihr rufen? Dann hörte sie ein Würgen. Die Thea lag hinter dem Misthaufen auf den Knien, ohne auf ihr Sonntagsdirndl zu achten. Sie holte Handtuch und Lappen aus der Wäschekammer, tauchte sie in das kalte Wasser an der Pumpe und brachte sie zur Thea.

»Danke«, hauchte die, als die Kleine ihr aufhalf.

»Geht's wieder?«

Theas Augen glänzten. »Ist nur das Baby«, sagte sie kaum hörbar. Sie legte ihre Hände auf das Mieder vom Dirndl.

Die Kleine schwieg.

Der Max habe sich so gefreut auf das Essen mit der ganzen Familie. Und nun hätte sie es verdorben.

»Halb so schlimm.« Sie legte den Arm um Thea. Manchmal war es wirklich zum Wegrennen. Aber sollte sie das der Braut vom Max sagen? Konnte sie ihr vertrauen? »Willst du dich hinlegen? Eins von den Gästezimmern ist frei.«

Thea schüttelte den Kopf. »Passt schon.«

»So?«, fragte die Kleine und zeigte auf die Flecken vom Misthaufen.

Thea seufzte.

Die Kleine erklärte ihr, dass es am besten sei, die Flecken richtig trocknen zu lassen und sie dann erst auszubürsten. Danach konnte das Dirndl gewaschen werden.

»Ach so.« Thea schluckte. Zu Hause kümmere sich das Personal um die Wäsche, sagte sie leise.

Daran hatte die Kleine nicht gedacht. Durfte sie der Thea überhaupt anbieten, das schmutzige Sonntagsdirndl gegen eins ihrer Arbeitsdirndl zu tauschen? Thea roch nach Kuhmist. So konnte sie keinesfalls zurück an den Familientisch.

»Komm mit!« Entschlossen führte die Kleine sie hinauf in ihre Kammer. Sie öffnete den Schrank. Mehr könne sie ihr nicht anbieten. Dann goss sie Wasser in die Waschschüssel und legte ein Handtuch bereit. »Ich warte unten auf dich.«

Thea sah sie dankbar an.

Die Kleine lief die Stiege hinunter. Sie überlegte, ob sie die

Mama auch so gequält hatte, wie das Baby vom Max die Thea quälte. Ob das alle Babys taten? Die Tanten hatten sich nie etwas anmerken lassen. Und reden würden sie auch nicht darüber. Jedenfalls nicht beim Sonntagsessen. Mit den Buben am Tisch. Die Mama könnte es ihr sagen. Doch die suchte nach dem Vati. Auch wenn die Kleine schon lange nicht mehr daran gedacht hatte. Das Telefon im Flur hinter der Gaststube nicht mehr ansah, als müsste es jeden Moment klingeln. Den Postboten nicht mehr abpasste. Die Großmutter nur noch selten darum bat, einen Brief an die Mama abzuschicken. Vielleicht könnte sie die Thea fragen. Nicht heute. Aber bald. Denn dann wüsste die Thea, wie es war, eine eigene Familie zu haben und ein Kind. Und dann würde sie der Kleinen verraten, ob Babys ihre Mütter quälten.

Zögernd kam Thea die Stiege herunter. Blass und fremd in dem Dirndl, das der Kleinen so vertraut war. So könnten sie wieder zum Essen hinübergehen. Aber sollten sie das? Sich den Blicken der anderen aussetzen? Diesen Blicken, die früher ihr gegolten hatten und der Mama? Die sagten, du hast alles falsch gemacht. Du gehörst nicht hierher. Du störst in unserer Familie. Blicke, die jede Bewegung verurteilten, die einem den Hals zuschnürten. Genau wie die winzigen Gesten, die alle am Tisch verstanden, sogar die Buben schon, nur sie nicht. Und wenn sie so taten, als würden sie verstehen, zog jemand die Oberlippe hoch. Angewidert, als ob die Suppe einen Stich hätte. Die Thea würde keinen Bissen vom Sonntagsbraten hinunterbringen. Nicht heute. Die Kleine überlegte, nur bis in die Küche der Großmutter mit ihr zu gehen. Einen Kräutertee zu kochen für die Thea. Und ihr eine Scheibe von Omas Zwieback zu geben. Sie würden allein am Tisch sitzen. Unbeobachtet. Nur sie beide. Ohne die Angst, etwas Falsches zu sagen oder zu tun. Sie lotste die Braut vom Max an der Haustür vorbei in die Küche.

Später kam die Tante Resi und legte der Thea die Hand auf

die Schulter. »Der Max bringt dich heim.« Sie nickte der Kleinen zu. »Gut gemacht.«

Bis zum Abend der Verlobung sprach niemand mehr davon, obwohl die Tanten öfter tuschelten. Die Onkel verhandelten, wo der Max und die Thea wohnen sollten. Wenn sie ins Haus vom Onkel Georg über die Gastwirtschaft ziehen würden, dann gab es ein paar Fremdenzimmer weniger an Urlauber zu vermieten. Wenn sie sich ein eigenes Haus bauten, brauchten sie ein Stück Land, am besten vom Onkel Franz. Der wollte aber keine von seinen Wiesen oder Äckern hergeben, nicht mal ein winziges Stück davon. Denn bald würde der Sepp ein Madl mitbringen und dann seine Brüder und die Brüder vom Max. Und wenn jeder einen Bauplatz brauchte, hätte der Onkel Franz bald kein Land mehr zu bestellen. Bei der Oma im Haus war es zu eng. Vor allem, wenn das Kind kam. Sie mussten jedoch einen angemessenen Platz finden für das Brautpaar. Die Onkel waren sich einig, dass es pressierte. Nicht dass der Vater von der Thea auch noch mitreden wollte. Oder sie gleich bei der Brauerei unterbrachte. Ein Anbau sollte her. Am besten beim Haus der Oma. Mit einem Durchbruch von ihrer Küche aus. Der Max und der Rudi, der Sepp und der Hannes mussten sich gleich an die Arbeit machen. Und großzügig sollte er sein, der Anbau, damit die Thea ihre Aussteuer unterbringen konnte.

Am Abend der Verlobung war schon zu sehen, wie großzügig. Die Burschen hatten immer bis in die Nacht gemauert und nur selten eine Pause gemacht. Die Brotzeit dafür stellten die Tanten in der Küche der Großmutter bereit. Die Kleine hielt sich von der Baustelle fern. Sie wollte nicht, dass der Hannes sie so ansah wie der Rudi damals. Sie wollte überhaupt nicht, dass irgendjemand sie noch einmal so ansah. Und sie sich so fühlte. So als ob es gar nichts anderes mehr gäbe. Dabei gab es nicht einmal eine Aussteuer für sie. Niemand hatte auch nur ein einziges Handtuch für sie zurückgelegt. Oder eine Tischdecke. Oder Bettwäsche. Aber sie wollte ja sowieso hier warten, bis die Mama zurückkam. Damit die Mama nicht auch noch nach ihr suchen musste. Und mit dem Vati würde sie dann schon dafür sorgen, dass ihre Tochter alles hatte, was sie brauchte. Die Kleine hatte die anderen Madln schon in der Schule davon schwärmen gehört, was in ihre Aussteuer kam. Sie freuten sich darüber, Geschirr geschenkt zu bekommen oder Besteck oder Kochtöpfe, zum Geburtstag und zu Weihnachten. Die Nachthemden und Taschentücher für später verzierten sie dann noch mit Stickereien oder Häkelspitze. Und natürlich gab es eine heimliche Rangfolge. Ein Waschbrett oder ein Teppichklopfer waren nicht ganz so beliebt wie etwa eine Nähmaschine. Nur wer bekam schon eine Nähmaschine geschenkt? Steffi war die Erste gewesen. Lange bevor sie den Rudi geheiratet hatte.

Die Kleine blieb in der Küche hinter der Gaststube, bis kein Lärm mehr von der Baustelle zu hören war. Sie wartete darauf, dass sie die Burschen über die Auffahrt verschwinden sah. Dann erst lief sie über den Hof zum Haus der Großmutter und räumte dort die Küche auf. Manchmal schlief sie aber auch schon lange vorher ein. An dem winzigen Tisch, an dem die Oma saß, wenn sie in der Gastwirtschaft mithalf. Kartoffeln schälte oder Rüben oder Radi.

Die Tanten wurden von Tag zu Tag unruhiger. Die Tischdecken mussten gewaschen, in der Sonne getrocknet, gestärkt und gebügelt werden. Der Saal gefegt, die Tische angeordnet und eine Bühne für die Musiker aufgebaut werden. Die Onkel hatten es nicht so eilig damit. Am Tag vor der Verlobung richteten die Tanten den Saal selbst her. Zuerst schleppten sie Kisten aus dem Keller in die Küche, die die Kleine nie zuvor gesehen hatte. Sie packten feines Porzellan aus, Kristallgläser und -krüge, silbernes Besteck und Serviettenringe. Und alles musste gespült und geputzt und poliert werden. Keine Schliere, kein Kratzer und schon gar kein Sprung durften sich zeigen. Da waren sich die Tanten mit der Oma einig. Frisches Grün wurde geschnitten und Blüten. Kerzen aufgestellt. Auf dem Weg in den Kuhstall spähte die Kleine rasch in den Saal. Die Tanten bemerkten sie gar nicht. So sah es also aus, wenn man sich verlobte. Jedenfalls beim Max und der Thea. Sie versuchte sich an das Foto von der Mama und dem Vati zu erinnern. Sie hatte es so lange nicht mehr angesehen. Und doch verstand sie auf einmal, hier im Saal konnte es nicht aufgenommen worden sein.

Am Morgen der Verlobung mussten mehr Weißwürste und Brezn herangeschafft werden als sonst. Da die Kleine die Küche nicht verlassen sollte, schickte sie den Lucki mit dem Rad ins Dorf. Der fuhr tatsächlich los, obwohl er sich sonst nie etwas von ihr sagen ließ. Pausenlos kamen Nachbarn mit Glückwünschen für Onkel Georg und Tante Resi und mit Geschenken und Blumen für das junge Paar vorbei. Wenn sie schon nicht eingeladen waren zur Feier am Abend, mussten sie wenigstens jetzt bewirtet werden, fanden die Tanten. Und das sah der Onkel Georg ein. Die Kleine schwitzte über den dampfenden Kesseln und Töpfen. Die Söhne vom Onkel Franz und der Tante Liesl waren heute fürs Servieren zuständig. So wie sie im Sommer auch mal im Biergarten aushalfen. Dabei hatte der Sepp eigentlich ein Madl zum Tanz einladen wollen, aber der Onkel Franz verbot es. Und ließ sich nicht umstimmen, obwohl der Hannes das Kellnern übernehmen wollte.

»Nur Familie und Schluss!«, beharrte der Onkel Franz.

Nach der Mittagspause überzeugten sich die Tanten, dass die Töpfe mit der Leberknödelsuppe, den Kartoffeln, dem Gemüse und der Soße bereitstanden. Dass die Nachspeisen in der Kühlung ruhten, dass die Metzgerei nicht vergaß, das Spanferkel pünktlich zu liefern. Und dass die Kleine den Ablauf nicht durcheinanderwarf. Schließlich war sie dafür verantwortlich, dass die Burschen in der richtigen Reihenfolge servierten. Also zuerst die Suppe, nicht etwa den Nachtisch. Die Kleine verdrehte die Augen. Die Tante Liesl hatte es ihr gesagt. Und die

Tante Resi auch. Wieder und wieder. Als ob sie noch vergesslicher wäre als die Oma. Als ob sie nicht wüsste, dass auch die Kühe noch gemolken werden mussten. Obwohl der Max schon in der Auffahrt stand und auf seine Braut wartete. Und die anderen damit beschäftigt waren, ihre Festtagskleider anzuziehen. Die Kleine band sich das Kopftuch um und lief über den Hof zum Stall. Sie schnallte sich den Melkschemel um und griff nach dem Milcheimer. Ein Nachmittag wie jeder andere. Dem ein Abend in der Küche folgen würde. Ein langer Abend.

Als sie aus dem Kuhstall zurückkam, bogen mehrere Autos in die Zufahrt ein. Sie beeilte sich, ins Haus zu kommen. Durchs Flurfenster sah sie die Wagen bis vor die Gastwirtschaft fahren. Der Max begrüßte Thea und ihre Eltern mit einer tiefen Verbeugung. Die Thea wirkte noch zerbrechlicher als beim letzten Besuch. Die Gäste, die aus den anderen Autos stiegen, mussten die Großeltern von der Thea sein und ihre älteren Schwestern mit ihren Männern. Die Kleine wandte sich ab, als der Max ihnen den Weg zum Saal zeigte. Sie wusste, dass sie dort vom Onkel Georg, der Tante Resi und der Oma empfangen wurden. Dass der Onkel Franz sich ums Bier kümmerte und die Tante Liesl um den Sekt. Die Kleine versuchte sich daran zu erinnern, ob es hier schon jemals Sekt gegeben hatte, aber ihr fiel kein Anlass ein.

Sie stieg nach oben in ihre Kammer, goss etwas von dem kalten Wasser in die Waschschüssel und zog den Kittel und das Kleid aus. Genau wie ihr Kopftuch rochen sie nach Kuhstall. So wie die Mama immer gerochen hatte, morgens, wenn sie die Kleine weckte. Wenigstens daran erinnerte sie sich noch. Sie wusch sich und zog eins ihrer üblichen Dirndl an. Tante Resi hatte ihr versprochen, dass sie für die Hochzeit vom Max auch ein Festtagsdirndl bekommen würde. Nächste Woche wollten die Tanten sie mit zur Schneiderin nehmen. Sie sollte passabel aussehen. Das musste etwas anderes sein als fesch. Denn sie würde nicht servieren an diesem Tag und auch nicht in der

Küche stehen. Die Feier fand bei Theas Eltern, im Saal der Brauerei, statt. Dort kümmerte sich Personal ums Essen und um die Getränke. Und sie würde an der Seite der Oma sitzen. Den ganzen Tag. Am Familientisch. Als gehörte sie dazu. Auch ohne ihre Eltern. Aber noch war es nicht so weit.

Die Kleine huschte in die Küche. Sie hörte die Stimmen und das Gelächter aus dem Saal bis dorthin. Nebenan in der Wirtschaft zapfte der Onkel Franz das Bier. Der Sepp und seine Brüder schleppten die Tabletts mit den Gläsern zu den Gästen hinüber. Sie spülte, was leer zurückkam, bis die Tante Liesl ihr das Zeichen gab. Zeit fürs Essen. Jedenfalls drinnen im Saal. In der Küche hieß es die Suppenschüsseln samt Deckel und Kelle vorwärmen. Die Suppe einfüllen, ohne etwas davon zu verschütten. Und wenn doch, das Porzellan sofort abwischen und nachtrocknen. Als die Burschen die Suppe auftrugen, fuhren der Metzger und seine Frau vor. Sie hoben die Platte mit dem Spanferkel aus dem Wagen und wollten sie direkt in den Saal tragen. Aber der Onkel Franz sorgte dafür, dass sie sie in der Gastwirtschaft abstellten. Sie wechselten ein paar Worte, und die Kleine sah, dass die Metzgersfrau den Hals reckte, als die Burschen mit den leeren Tabletts aus dem Saal kamen. Der Metzger bot an, zu bleiben, um das Spanferkel zu zerlegen. Und wie verabredet lehnte der Onkel Franz ab. Er musste gar nicht erst sagen, dass das nicht das erste Schwein war, das er in Stücke schneiden sollte. Schließlich hatte er oft genug davon erzählt, wie er im Krieg und kurz danach mit dem Metzger zu Hausschlachtungen unterwegs gewesen war. Manchmal nannte er es auch *schwarzschlachten*, was sich die Kleine nicht erklären konnte, die Tanten und die Oma aber nervös machte.

Die Kleine richtete Schüsseln mit Blau- und Weißkraut an, Platten mit Erbsen, gelben Rüben und Blumenkohl und weitere Schüsseln mit Kartoffeln und Knödeln. Sie füllte die Terrinen mit der Soße. Dann brachten die Burschen auch schon die leeren Suppenschüsseln und -teller in die Küche. Bald darauf hörte sie Ahs und Ohs aus dem Saal. Bestimmt sah die Tante Resi den Onkel Georg jetzt zufrieden an, vielleicht lächelte sie sogar. Und der Onkel Georg lehnte sich stolz auf seinem Stuhl zurück. Damit der Brauereibesitzer ihm zunicken konnte. Voller Anerkennung. Denn für seinen ältesten Sohn, für den Max, und für seine Braut, die Thea, hatte der Onkel alles gegeben. Und niemand schien mehr daran zu denken, wie er mit hochrotem Kopf geschimpft hatte auf die ganze großkopferte Bagage.

Die Kleine holte die Schüsseln mit dem Nachtisch aus der Kühlkammer. Vanillecreme. Schokoladencreme. Zitronencreme. Mit Rahmtupfen verziert. Von der Gaststube her hörte sie den Onkel Franz mit ein paar Männern reden. Das mussten die Musiker sein.

»Josefine?«

Sie drehte sich um, um zu sehen, wer da nach ihr fragte. Ganz leise nur. Kaum zu verstehen unter dem Stimmengewirr von draußen. Thea stand in der Küchentür. Im Nu war die Kleine bei ihr. »Wie geht es dir?«

Thea hob die Schultern und ließ sie wieder sinken. Immerhin waren ihre Wangen gerötet. Es war sicher heiß im Saal.

»Hast du was gegessen?«

Thea nickte. »Und du?«

»Keine Zeit«, antwortete die Kleine rasch. Sie deutete auf das schmutzige Geschirr, das sich überall stapelte.

»Aber …«

Die Kleine winkte ab. »Ich schaff das schon.«

»Kommst du denn gar nicht mit uns feiern?«

»Heute nicht.«

Die Thea sah sie verständnislos an.

»Um Mitternacht werden die Suppenteller wieder gebraucht«, erklärte die Kleine. »Und Kaffee gibt's dann auch noch. Und die Schaumröllchen.« Solange sie denken konnte, hatte es keine solche Speisenfolge gegeben. Auch nicht, wenn andere aus dem Dorf hier im Saal feierten.

»Puh!« Thea legte die Hände auf den Bauch.

Die Kleine lachte. »Und was mag das Baby am liebsten?«, fragte sie leise.

»Süßes. Genau wie ich.«

Um halb drei Uhr in der Nacht hörten die Musiker auf zu spielen. Tante Liesl kam in die Küche gelaufen und bat die Kleine, etwas von dem Essen für die Männer aufzuwärmen. Von allem war reichlich übrig geblieben, wie sie sich zuvor schon überzeugt hatte. Die Kleine richtete Teller her und servierte den Musikern in der Gaststube. Im Flur gähnte sie heimlich. Draußen verabschiedeten sich die ersten Gäste. Onkel Georg und Theas Vater standen vor der Tür und rauchten Zigarre. Thea durfte sich in eins der Gästezimmer zurückziehen. Der Max brachte die Oma über den Hof zu ihrem Haus und bis in ihr Schlafzimmer, damit der Himbeergeist ihr kein Bein stellte. Als er zurückkam, saßen immer noch ein paar Gäste mit der Tante Resi im Saal. Um vier Uhr konnte der Onkel Georg das Licht löschen und die Tür abschließen. Er legte den Arm um die Tante Resi. »Gut?«, fragte er nur, und sie nickte. Dann stiegen sie die Treppe hinauf zu ihrem Schlafzimmer. Die Kleine spülte das letzte Geschirr. Dann biss sie in eins der übrig gebliebenen Schaumröllchen und trank dazu einen Schluck vom kalten Kaffee, im Stehen. Die Uhr ging auf fünf. Sie musste sich auf den Weg in den Kuhstall machen.

Der Anbau wurde vier Tage vor der Hochzeit fertig. Genau wie die Kleider für die Tanten, die Oma und die Kleine. Die Schneiderin brachte sie ins Haus. Und die Anzüge für die Onkel, den Max und seine Brüder gleich mit. Das Kleid mit der glänzenden Schürze, der Stickerei am Mieder und der schimmernden weißen Bluse mit den Rüschen hing am Schrank in der Kammer. Die Kleine wagte kaum, es anzufassen. Doch sie musste immer wieder hinsehen. Sich überzeugen, dass es noch da hing. Schon bei den Anproben war es ihr fremd vorgekommen. So ganz anders als die Dirndl, die die Oma für sie zusammengeschneidert hatte. Dieser knisternde Stoff, der sich so kühl anfühlte. So als wäre er gar nicht für sie gemacht. Sogar neue Schuhe hatte sie dazubekommen und feine, fast durchsichtige Strümpfe. Die Tanten hatten zufrieden genickt bei der letzten Anprobe, und die Oma hatte »Mei, wie schee« geseufzt.

Aber noch war es nicht so weit, das Festtagskleid anzuziehen. Im Anbau musste geputzt werden, denn am Mittag sollten die Fuhren mit Theas Aussteuer kommen. Die Freunde vom Max hatten die beiden Erntewagen samt Gespann besorgt, und die Schwestern von der Thea hatten sie geschmückt. Natürlich musste es gefeiert werden, wenn sie hier ankamen. Dafür hielt der Onkel Georg extra ein Fass Bier bereit. Und die Flaschen mit dem Obstler standen in der Kühlung. Wenn die jungen Leute alles abgeladen hatten, wurde erneut ausgeschenkt. Und vielleicht auch zwischendurch, wenn sie mal durchschnaufen mussten. Denn es hieß, Theas Vater habe nicht gespart bei der Aussteuer seiner Jüngsten. Zusätzlich zur Wäschetruhe und der Küchenausstattung, die Thea schon angesammelt hatte, bestellte er Bett und Schrank beim Schreiner, ebenso wie einen Tisch, eine Eckbank und sechs Stühle, ein Sofa und eine Kommode. Und dafür ließ er sich bei der Verlobung feiern, berichteten die Tanten. Wenn die Möbel aufgestellt waren, sollte es eine Brotzeit geben. Seit Tagen redeten die Tanten über nichts anderes mehr. Sie fürchteten, ihre Vorräte würden nicht reichen, die Burschen würden sie aussingen und sie wären blamiert.

Die Kleine fegte die Räume im Anbau ein letztes Mal aus. Die Tanten überzeugten sich davon, dass sie gescheit gearbeitet hatte, alles sauber und ordentlich und bereit für die Ankunft der Aussteuer war. Als ob sie je schlampig gewesen wäre mit den Aufgaben, die sie ihr zuteilten. Sie kam nicht dazu, weiter zu überlegen, ob sie vielleicht doch einmal nachlässig gewesen war in all den Jahren, denn sie sollte nicht warten, bis die Tanten ihren Rundgang beendet hatten, sondern in die Küche hinübergehen und der Oma helfen.

Die Oma saß an ihrem Platz und rieb sich die Augen. Dabei schälte sie gar keine Zwiebeln. Sie schluchzte leise. Ab und zu zog sie ihr Taschentuch aus der Kittelschürze und schnäuzte sich. Die Kleine lief zu ihr und fragte, ob es ihr nicht gut ging. Doch die Oma seufzte nur: »Mei, der Bub vom Georg. Dass ich das noch erleben darf.«

Sie wusste nicht, was sie dazu sagen sollte. Wünschte sich nur, dass die Großmutter hundert Jahre alt werden würde, damit sie noch erlebte, wie die Mama heimkam mit dem Vati. Doch sie wagte nicht, es laut auszusprechen. Stattdessen fragte sie die Oma, ob sie ihr aufhelfen und sie nach draußen begleiten sollte, damit sie die Ankunft der jungen Leute mit der Brautfuhre nicht verpasste. Erst als die Kleine anbot, ihr auch die Strickjacke zu holen und einen Stuhl auf den Hof zu stellen, damit sich die Oma hinsetzen konnte, stimmte sie zu.

Die Musik war schon von Weitem zu hören. Dann kamen die Wagen die Auffahrt herauf, fuhren im großen Bogen über den Hof und hielten vor dem Haus der Großmutter an. Der Onkel Georg und die Tante Resi begrüßten die jungen Leute mit Obstler. Die Kleine wandte sich ab. Nicht weil sie in dem feisten Rotschopf, der gerade vom Wagen sprang, den Rudi erkannte. Auch nicht weil die Tante Liesl ihr ein Zeichen gab, in die Küche zu kommen. Sondern weil sie nichts hinzog zu der Gaudi, ihr die Späße und das Gelächter so fremd waren, ja fast schon Angst machten.

In der Küche hörte sie nichts mehr von der Musik. Tante Liesls Messer klapperte auf dem Schneidebrett. »Mei«, stöhnte die Tante. Und dann noch einmal. Die Kleine sagte nichts dazu. Sie sah, dass auch ihre Augen glänzten. Was war bloß los mit den Tanten und der Oma?

»Und der Sepp«, sagte die Tante Liesl plötzlich, »der Sepp ist der Nächste.« Ihre Tränen fielen auf den Radi. Sie schluchzte und sagte dabei etwas über ein gescheites, fesches Madl für den Sepp. Zupacken müsse sie auch können auf dem Hof. Und dann wäre die Tante Liesl bald die Oma für die kleinen Buben und Madln vom Sepp. Sie legte das Messer weg und lief in die Gaststube hinüber. Die Kleine hörte sie kurz mit dem Onkel Franz reden. Gleich darauf kam sie mit zwei Stamperl randvoll mit Schlehengeist zurück. Sie stieß mit der Kleinen an und leerte ihr Glas in einem Zug.

Am nächsten Tag banden die Mädchen aus der Nachbarschaft den grünen Kranz für die Eingangstür und die Bögen fürs Spalier. Die Burschen befestigten den Kranz, und natürlich wurde auch das gefeiert, mit Musik und Tanz, mit Bier und Obstler und einer tüchtigen Brotzeit. Der Steinguttopf mit den Essiggurken war schon fast leer. Die Burschen johlten bis weit in die Nacht.

Um fünf Uhr früh fand sie den Hannes im Stroh bei den Kühen. Sie stieß ihn vorsichtig an, doch er schnarchte weiter. Sie zog an seinem Hemdsärmel. Der Hannes lag im Weg, und wenn er den Milcheimer umstieß, bekam sie Ärger. Er murmelte etwas im Halbschlaf, drehte sich um und griff ihr unter den Rock. Sie schlug ihm die Hand weg. Er stöhnte auf. Doch dann kroch er auf allen vieren hinaus in den Hof. Endlich konnte sie sich den Melkschemel umschnallen. Die Kühe mussten schließlich auch am Hochzeitsmorgen gemolken werden. Am Nachmittag würde das die Schwiegertochter vom Paachmayer übernehmen. Ausnahmsweise. Sonst ließ der Onkel Franz keine Fremden in den Stall. Aber die Brauerei war zu weit weg, als dass die Kleine die Feier zwischendurch verlassen konnte, um in den Stall zu gehen.

Nach dem Melken wusch sie sich zwei Mal, um sicherzugehen, dass sie nicht mehr nach Kuhstall roch. Eine Seife, die nach Flieder duftete, wie die Mama sie gehabt hatte, das wäre was für einen Tag wie heute. Aber wen hätte sie schon darum bitten können? Vorsichtig streifte sie die hauchzarten Strümpfe über und befestigte sie am Hüfthalter. Ihre Beine sahen so ganz anders aus. Und in den Schuhen erst. Darin würde sie sicher tanzen können. Wie von selbst. Sie zog die weiße Bluse mit den gebauschten Ärmeln an. Tauchte ein in das Kleid, das fast so schimmerte wie der Bergsee im Sonnenlicht. Sie knöpfte das Mieder zu und band die Schürze um. Die Schleife hatte links zu sitzen und nicht rechts wie bei den Tanten und ab morgen auch bei der Thea. Ab morgen. Wenn dieses Kleid ganz hinten im Schrank hing. Wenn die Kleine keine Zeit hatte, sich zu fragen, wann sie es wohl das nächste Mal tragen würde. Sie hörte die Oma von unten rufen. Vielleicht brauchte sie Hilfe beim Anziehen. Vielleicht drängte sie schon darauf loszugehen, damit sie nicht zu spät zur Kirche kamen. Vielleicht hatte sie in der Aufregung vergessen, dass sie mit dem Wagen hinfuhren. Die Kleine lief die Treppe hinab. Die Oma tippelte im Flur hin und her. Sie zupfte immer wieder an dem weißen Spitzenkragen, gegen den sie sich so lange gesträubt hatte. Dabei ließ der ihr neues schwarzes Kleid feierlich und nicht mehr nur traurig aussehen. »Endlich wieder eine richtige Hochzeit«, murmelte sie. »In der Kirche, wie's sich gehört. Und nicht wie bei der Traudl damals. Eine Ferntrauung, im Amt. Mit dem grässlichen Stahlhelm auf dem Stuhl neben der Traudl. Das Herz hat's mir zerrissen. Mein Madl. So eine traurige Braut.«

Die Kleine sah die Großmutter überrascht an. Davon hatte sie ihr noch nie erzählt. Und die Mama auch nicht. Das war ein schlechtes Omen gewesen, jammerte die Oma. Und sie habe sich schreckliche Vorwürfe gemacht, dass sie die Traudl überhaupt hatte fahren lassen damals im Krieg, zur Hochzeitsfeier ihrer alten Freundin in den Norden. »Einen Marineoffizier!« Sie schnäuzte sich die Nase. Hier hätte sie den nie getroffen. Hier war sie mit dem Leo ausgegangen, dem Sohn vom Schmied. Und später dann mit dem Ferdinand vom Kaufmannsladen. Hier wusste sie, was sich gehört. Sie seufzte und schwieg.

Die Kleine kannte die Männer vom Stammtisch. Auch wenn der Ferdinand nicht immer dabei war. Und die Mama sollte mit ihnen ausgegangen sein? Zur Kirchweih, zum Tanz in den Mai oder zum Erntedankfest? Sie schüttelte den Kopf. Die Mama? Sie dachte an die Frau vom Kaufmann, die ihr so farblos vorkam wie ein Sack Mehl. Und an ihr einziges Kind, die Ursel. Der Leo dagegen hatte mit seiner Gretl jetzt vier Buben in der Schmiede. Wenn er die Mama genommen hätte und nicht die Gretl, hätte sie die Mama mit den vier Buben teilen müssen. Und den Vati auch. Aber sie konnte sich den Leo gar nicht als ihren Vati vorstellen. Und den Ferdinand erst recht nicht.

Die Oma stopfte ihr feines Taschentuch wieder in den Ärmel zurück. »Auf so einen war sie nicht vorbereitet, meine Traudl. Auf so einen geschniegelten. Der hat ihr den Kopf verdreht. Und dann ist er ihr unter den Rock. Von wegen U-Boot-Kapitän.« Sie sah die Oma entsetzt an.

»Und jetzt ist sie fort, meine Traudl, und wir sehen sie nie wieder.«

So hatte sie die Oma noch nie reden gehört. Wie kam sie nur dazu? Wusste sie etwas, das sie ihr verschwieg?

Die Tante Resi öffnete die Haustür, blieb aber auf der Schwelle stehen. »Unser Max«, sagte sie nur und strahlte die Oma an.

Die Oma nickte. Sie griff wieder nach ihrem Spitzentaschentuch im Ärmel, zog es aber diesmal nicht heraus.

Die Tante Resi blinzelte.

»Auf geht's!«, rief die Tante Liesl von draußen.

Wenig später betrat die Kleine mit der Oma am Arm die Kirche, wie zur Heiligen Messe am Sonntag. Doch es fühlte sich anders an. Nicht nur weil sie ganz vorne saßen, gleich hinter dem Onkel Georg, der Tante Resi und den Brüdern vom Max. Und neben der Tante Liesl, dem Onkel Franz und ihren

Buben. In ihren feinen Kleidern. Wie eine Familie unter all den Fremden. Nur die Mama war nicht mit dabei. Und nicht mal die Oma glaubte mehr, dass sie noch einmal hier an ihrer Seite sitzen würde. Das Rascheln und Tuscheln hinter ihnen verstummte. Die Glocken läuteten. Und der Kleinen schnürte es die Kehle zu. Die Worte der Oma hallten in ihrem Kopf wider. Die Kirchenbank verschwamm vor ihren Augen. Sie suchte nach ihrem Taschentuch. Das war doch keine Trauerfeier. Wenn nur niemand merkte, dass ihr Tränen über die Wangen rannen. Sie tupfte sie rasch weg und sah zu Boden. Aber da liefen schon die nächsten. Was war bloß los mit ihr? Sie bekam kaum mit, dass das Läuten verklang. Sah den Max und die Thea und den Pfarrer vorne am Altar nur schemenhaft, hörte die Trauung, den Segen und die Predigt, als ob sie weit weg wäre. Die Gemeinde stimmte ein Lied an. Die Töne erfüllten das Kirchenschiff. Doch sie presste die Lippen zusammen, um nicht schluchzen zu müssen. Ihr Taschentuch war längst nass. Sie wagte kaum, sich zu rühren, den Blick zu heben, bis das Brautpaar die Kirche verließ. Die Familien folgten. Und sie allein. Draußen vor der Kirche schritten der Max und die Thea durch das Spalier der grünen Bögen, das die Burschen und Mädchen aus der Nachbarschaft für sie hochhielten. Die Kleine blinzelte in die Sonne. Die Tränen versiegten.

Der Vater von der Thea hatte einen Fotografen bestellt. Er sorgte dafür, dass die Familien auf den Stufen vor dem Kirchenportal zusammenfanden. Dicht gedrängt standen sie hinter dem Brautpaar, den Trauzeugen, den Eltern. Die Großmutter ganz am Rand und die Kleine noch daneben. Es dauerte, bis der Fotograf zufrieden war und der Vater von der Thea auch. Dann fuhren sie endlich zum Saal in der Brauerei. Der war mindestens doppelt so groß wie der Saal vom Onkel Georg. Wie groß genau, hätte sie leicht ausrechnen können. Doch da wurden sie schon zu ihrem Platz geführt, ein gutes Stück vom Brautpaar und den Eltern entfernt. Immerhin beim Onkel

Franz, der Tante Liesl und den Buben. Sie war schon ein- oder zweimal zu einer Hochzeit eingeladen gewesen, bei Mädchen, mit denen sie zur Schule gegangen war. Mitfeiern durfte sie aber nie, weil ihre Hilfe in der Küche gebraucht wurde oder beim Servieren. Hier gab es Personal dafür. Der Saal war mit frischen Blumen geschmückt. Und auf der Bühne, am anderen Ende, nahmen schon die Musiker einer Kapelle von außerhalb Platz. Sekt wurde in funkelnden Kristallgläsern gereicht, damit auf das Brautpaar angestoßen werden konnte. Nachdem der Vater von der Thea ein paar Worte gesagt hatte und dann auch der Onkel Georg. Der Onkel Franz verzog nach dem ersten Schluck das Gesicht. Die Tante Liesl konnte gerade noch verhindern, dass er sich ein Weißbier bestellte. Die Oma lächelte still vor sich hin. Ihre Wangen röteten sich, und ihr Glas war als Erstes leer. Natürlich wurde sofort nachgeschenkt, denn auch die Trauzeugen und die Paten ließen das junge Paar hochleben. Der Max, in seinem dunklen Anzug, und die Thea, im weißen Brautkleid, sahen so fremd aus, wie sie da saßen zwischen ihren Eltern. Geradeso, als wären sie über Nacht andere geworden. Oder mit dem Ring, den sie jetzt am Finger trugen. Oder mit dem kirchlichen Segen. Sie fragte sich, ob es allen hier so ergangen war. Und wie es für sie selbst wäre, würde sie jemanden heiraten. Aber wer sollte sie auswählen und einladen? Die meisten Mädchen in ihrem Alter waren mindestens verlobt oder hatten schon Männer und Kinder. Wie die Steffi. Seit fünf Jahren war sie mit dem Rudi verheiratet. Und es würde nicht mehr lange dauern, bis sie ihr drittes Kind bekamen. Das hatte der Rudi dem Max erzählt. Und vor Stolz gestrahlt dabei.

Bis die Suppe als erster Gang aufgetragen wurde, sah sich die Kleine heimlich um. Aus jeder Familie im Dorf waren Gäste eingeladen. Und die, die sie nicht kannte, mussten Theas Verwandte aus der Stadt sein oder besonders gute Kunden der Brauerei. Für ihre eigene Hochzeit würde sie nicht mal den

Saal vom Onkel Georg brauchen. Vermutlich wären kaum alle Plätze in der Gaststube besetzt. Außer ihr Bräutigam brachte eine große Familie mit. Aber große Familien warteten nicht auf eine Braut wie sie. Sie wussten lange im Voraus, wer einheiraten würde. Jedenfalls meistens.

Als alle am Tisch ihre Suppe gelöffelt hatten, sprang die Kleine auf. Die Teller mussten zusammengestellt, die Löffel eingesammelt und alles in die Küche getragen werden. Zügig. Aber ohne Geklapper. Die Gäste durften nicht gestört werden in ihrer Feierlaune. Und sie war dafür zuständig, dass sie sich wohlfühlten. Tante Liesl griff nach ihrem Handgelenk und zog die Kleine auf ihren Platz zurück. Erschrocken sah sie die Tante an. Was hatte sie falsch gemacht?

»Schon gut«, murmelte die Tante und ließ sie wieder los.

Sie spürte, dass sie rot wurde, und sah auf die Tischkante. Die Burschen am Tisch lachten. Über sie? Oder über einen Witz, den jemand gemacht hatte? Oder war sie der Witz? Die, die alle blamierte? Mit der man sich nicht sehen lassen konnte auf einem Fest? Schon gar nicht auf einer Hochzeit wie dieser? Noch nicht einmal, wenn sie sich verkleidete? Wenn sie so aussah und wenn sie versuchte, so zu tun, als ob sie dazugehörte? Als wäre es nichts Besonderes, mitzufeiern? Sich bedienen zu lassen? Dinge zu essen und zu trinken, die sie nie zuvor probiert hatte? Deren Namen sie nicht einmal kannte? Und sich kaum wagte einzugestehen, dass sie schmeckten. Oder auch nicht.

Die Oma musste dreimal zu den Waschräumen hinaus, ehe sie beim Nachtisch angekommen waren. Natürlich zeigte die Kleine ihr den Weg und sorgte auch dafür, dass sie wieder an den Tisch zurückfand. Nach dem Halbgefrorenen gab es Kaffee und Cognac für die Männer und Kirschlikör für die Frauen.

»Das will ich auch, für den Sepp«, flüsterte die Tante Liesl.

»Schmarrn!« Und der Onkel Franz duldete keine Widerrede.

Wenig später führte der Max die Thea auf die Tanzfläche,

und die Kapelle spielte den Hochzeitswalzer. Onkel Georg und Tante Resi folgten Theas Eltern und Großeltern, die Trauzeugen und die Paten und Theas Schwestern umtanzten das Brautpaar, und schließlich kamen auch der Onkel Franz und die Tante Liesl und die Brüder vom Max und der Sepp. Die Kleine sah zu.

»Mei, wie schee«, seufzte die Oma.

Das Stück war zu Ende, doch die Musiker setzten gleich zum nächsten an. Von allen Tischen erhoben sich Gäste und strömten auf die Tanzfläche. Das weiße Kleid von der Thea blitzte hier und da aus der Menge hervor. Die Buben tobten um die Tanzenden herum. Die Musik setzte aus, und manche kamen zu ihren Plätzen zurück. Hochrot im Gesicht, langten sie nach ihren Gläsern. Andere gingen nach draußen. Bald lockerten die Männer ihre Krawatten, und die Burschen legten ihre Jacken ab. Die Kleine sah zu, wie die Madln ringsum lachten. Wie sich Strähnen aus ihren Frisuren lösten. Die Mütter sie stolz oder versonnen beobachteten. So ein Blick würde nie auf ihr ruhen.

Als sie die Oma wieder einmal hinaus zum Waschraum begleitete, traf sie auf die Thea. Die flog ihr um den Hals. Die Kleine wagte kaum, sie zu umarmen. Dabei würde sie das Brautkleid berühren. Und sie wusste nicht, ob sie das durfte. Diese weiße Wolke, in der die Thea kaum aussah wie das Mädchen, das hinterm Misthaufen gekniet und gewürgt hatte.

»Mir tun die Füße so weh vom Tanzen!« Thea schloss kurz die Augen, außer Atem, wie sie war. »Dir auch?«

»Nein«, sagte die Kleine.

»Magst du nicht tanzen?«

»Doch. Schon.«

Die Oma kam aus dem Waschraum. Sie nahm die Hand von der Thea in ihre Hände. Dann beugte sie sich zu ihr vor. »Gibst fein acht auf das Kinderl vom Max«, flüsterte sie.

Die Thea nickte.

Dann wollte die Oma zurück zu ihrem Platz.

Die Kleine sah, dass die Thea erst mit dem Max redete und dann mit dem Mann ihrer ältesten Schwester. Die Musik setzte wieder ein. Die Kleine nippte an ihrem Glas. Der Sekt war längst schal und warm geworden. Sie hatte den Mann nicht herankommen sehen. Plötzlich stand er neben ihrem Stuhl und verbeugte sich. Sie erinnerte sich an seine Rede. Es war der Patenonkel von der Thea. Er reichte ihr die Hand, und sie wusste, dass sie aufstehen und ihm zur Tanzfläche folgen sollte. Die Oma nickte ihm zu. Und so ging sie mit ihm.

»Du bist also die Cousine«, sagte er.

Sie spürte seine Hand an ihrer Hüfte. So nah war ihr niemand mehr gewesen, seit sie mit dem Rudi am Bergsee … Aber hier war sie nicht im kühlen, grünen Seewasser. Sie wusste nicht, was sie sagen und wie sie sich bewegen sollte. Niemand hatte ihr das beigebracht. Das hatte die Mama vergessen. Weil sie immer nur an den Vati gedacht hatte und nicht an sie. Weil kein Platz für sie war, nicht einmal in ihren Gedanken. Weil es ihr egal war, dass ihre Tochter hier im Festtagskleid stand und auf ihre neuen Schuhe herabsah. Sie konnte ja tanzen und der Vati auch. Sonst hätten sie sich nicht kennengelernt, irgendwo weit weg von hier. Und nicht zulassen müssen, dass ein fremder Mann sie heute in den Armen hielt. Zwischen all den anderen schwitzenden Tanzpaaren. Sie müsste sich nicht so steif wie ein Reisigbesen fühlen und ihm immer wieder auf die Füße treten. Auch wenn er lachte und meinte, sie habe bestimmt nicht genug Sekt getrunken. Er schwenkte sie herum. Sie spürte den Luftzug von ihrem schwingenden Rock an den Waden. Wenn sie nur nicht auch noch stolperte, jemanden anrempelte, stürzte. Würde er sie festhalten, fest genug? Oder würde sie fallen und alle über sie lachen? Blamierte sie dann etwa den Onkel Georg, die Tante Resi und sogar den Max? Ihr Tänzer reichte sie weiter an einen der Trauzeugen. Als Nächstes kamen die Männer, die mit Theas Schwestern verheiratet waren. Sie drehte sich mit ihnen im Kreis. Schneller und schneller. Bis die Musik aussetzte und sie zurück zu ihrem Platz gebracht wurde.

Vielleicht gewöhnte sie sich ja noch ans Tanzen. Doch von den jungen Burschen kam niemand, um sie aufzufordern. Nicht einmal der Sepp. Der Rudi grüßte nur im Vorbeigehen. Er musste seine Frau nach Hause bringen. Die Steffi sah kreidebleich aus. Die Kleine wusste nicht, ob sie sich wünschen sollte, dass er allein zurückkam. Dass er dann mit ihr tanzte, wenigstens einmal. Und sie könnte die Augen schließen und sich vorstellen, es wäre der Tanz in den Mai, damals vor fünf Jahren. Aber sie wünschte sich auch nicht, dass der Onkel Georg käme oder der Onkel Franz, um mit ihr zu tanzen. Oder der Ferdinand vom Kaufmannsladen. Schon gar nicht der Leo oder einer seiner Buben, die für den Vater von der Thea die Brauereipferde beschlugen. Vielleicht war es doch besser, nur zuzuschauen. Sie war einfach nicht gemacht für so eine Gaudi. Nicht so wie die anderen, die anscheinend nicht genug davon bekamen. Oder verstellten sie sich nur, weil Hochzeitsfeiern eigentlich gar keine Gaudi waren? Weil sie nur besiegelten, was die Eltern zuvor verabredet hatten? Weil Musik und Tanz dazu erwartet wurden? Weil es sich gehörte, ein Essen mit vielen Gängen und reichlich Getränken zu geben? Und das ganze Dorf dazu einzuladen? Oder beinahe das ganze Dorf? Plötzlich kamen ihr die Kühe vom Onkel Franz in den Sinn, und sie fragte sich, ob er Paachmayers Schwiegertochter auch noch für morgen früh um fünf zum Melken bestellt hatte.

Es dauerte ein paar Tage, bis nichts mehr zu sehen war von den Feierlichkeiten, den Nachfeiern und dem Aufräumen. Bis das Kristall und das Silber wieder in den Kisten verstaut war und die Tanten alles in den Keller geschleppt hatten.

»Der Sepp«, seufzte die Tante Liesl immer wieder.

Die Kleine fragte sich, ob sie es gar nicht abwarten konnte, bis er ein Madl mitbrachte. Oder ob sie hoffte, dass er sich noch

Zeit ließ damit. Oder ob sie etwa fürchtete, er würde niemals eins heimbringen, den Hof vom Onkel Franz übernehmen, heiraten und ihnen einen Erben bescheren. Vielleicht mochte er einfach keins von den Madln. Die Kleine konnte sich nicht vorstellen, was schlimm daran sein sollte. Immerhin hatte der Sepp ja Brüder. Den Lucki zum Beispiel. Und war der nicht schon erwischt worden, als er bei Paachmayers Rosa einsteigen wollte? Sie hatte die Männer vom Stammtisch Witze darüber reißen hören.

Die Thea sollte in der Küche helfen. Ihre gestärkte Schürze kam direkt aus der Aussteuertruhe. Sie hatte sie noch nie zuvor getragen, auch nicht zur Probe. Die Tante Resi zog die Augenbrauen hoch, als sie sah, wie die Thea das Messer anpackte. Die Kleine sollte ihr alles zeigen, was zu tun war und wie. Sogar das Kartoffelschälen. Die Oma schlief neuerdings immer ein dabei.

Die Thea konnte bald nicht mehr stundenlang stehen. Also brauchte sie einen Stuhl am Tischchen bei der Oma. Wenigstens für die nächsten Monate. Manchmal sah die Tante Liesl zur Tür herein, wechselte einen Blick mit der Tante Resi und schüttelte sachte den Kopf. Ob sie sich sorgte um die junge Frau vom Max oder ob sie daran dachte, dass sie sich das nie erlaubt hatte, bei der Arbeit zu sitzen? Mit keinem ihrer Buben im Bauch, wie sie zur Tante Resi gesagt hatte. Doch die zuckte nur mit den Schultern und murmelte was über den Haushalt, aus dem die Thea kam. Und dass es ja ihr erstes Kind sei. Da wollte sie nachsichtig mit ihr sein. Jedenfalls verstand das die Kleine. Aber die Tanten redeten nur offen miteinander, wenn sie niemanden in der Nähe vermuteten. Weder die Onkel noch die Oma noch die Kleine.

Dann bekam die Thea Leibschmerzen. Lange vor der Zeit. Die Hebamme wurde gerufen und verordnete Bettruhe. Nicht mal zum Essen durfte die Thea aufstehen. Also brachte die Kleine ihr das Tablett ins Schlafzimmer. Sie schüttelte die Kissen auf. Und manchmal wechselte sie ihr auch die Bettwäsche. Der Max sah ernst drein und die Tante Resi ebenso.

»Das wächst sich alles zurecht«, behauptete die Tante Liesl.

So lange waren sie in der Küche nur zu zweit. Wenn die Kleine nicht auch noch Bestellungen aufnahm und servierte. Manchmal half die Tante Liesl aus. Denn der Onkel Georg wollte immer noch keine Fremden in seiner Wirtschaft. Besonders freitags und samstags. Im Sommer auch sonntags, am Nachmittag, wenn die Wanderer und Urlaubsgäste im Biergarten einkehrten. An einem dieser sonnigen Tage mit Hochbetrieb musste die Tante Resi die Hebamme für die Thea rufen. Es dauerte, bis sie aus dem Dorf heraufkam. Die Tanten blieben bei der Thea und schickten den Max in die Küche. Doch der brachte die Bestellungen durcheinander, was noch nie vorgekommen war beim Max. Später ließ er sogar ein Tablett mit leeren Gläsern fallen. Und der Onkel Georg war nicht einmal wütend darüber. Der nahm ihn mit hinter den Tresen und schenkte ihm aus seiner Spezialflasche Enzian ein.

Als die Wirtschaft geschlossen und die Küche aufgeräumt war, setzten sich die Onkel mit dem Max und dem Enzian an den Stammtisch. Die Kleine brachte die Oma zu Bett, denn sie war schon fast vom Stuhl gerutscht, erst in der Küche, dann in der Gaststube. Sie musste ihr jedoch versprechen, dass sie sie sofort weckte, wenn das Kindchen vom Max und von der Thea seinen ersten Schrei getan hatte. Die Kleine versprach es, und die Oma schlief sofort ein. Dabei schrie die Thea. Und das war aus dem Anbau bis ins Schlafzimmer der Oma zu hören.

Die Kleine lief in die Gastwirtschaft zurück. Doch als sie die Männer am Tisch sitzen sah, wusste sie, dass sie sich nicht zu ihnen setzen konnte. Sie zögerte, über den Hof und hinauf in ihre Kammer zu gehen. Auch dort würde sie die Thea hören und die Hebamme und die Tanten. Würde die Angst spüren, die sie alle zu verstecken suchten, und sich mitfürchten vor dem, was da kam und worüber niemand sprach. Nur weg vom Haus.

Sie schlug den Weg in den Wald ein, rannte fast, bemerkte es erst, als sie außer Atem war. Sie war zu lange nicht mehr im Wald gewesen. Einfach nur so. Wie diese Urlauber, die jetzt überall herumwanderten. Sogar ihren Steg am Bergsee belagerten sie manchmal schon. Und meistens lärmten sie dabei. Geradeso, als ob es nichts zu hören gab hier draußen. Die Kleine besann sich auf die Vogelstimmen, die die Mama ihr erklärt hatte, wenn sie zur Klamm hinaufgewandert waren. Auf die Kräuter, die sie ihr gezeigt, und auf die Beeren, die sie gemeinsam gepflückt hatten. Vielleicht sollte sie die Thea mitnehmen, wenn sie wieder auf den Beinen war. Vielleicht würde sie sogar mal mit zum Schwimmen kommen. Die Kleine setzte sich auf den Steg und streckte die Beine ins Wasser. Es war angenehm kühl. Sie lehnte sich zurück und sah in den Himmel. Die Sterne, so weit weg. Und doch würde die Mama sie auch sehen, wenn sie am Meer stand und in den Himmel sah, allein oder mit dem Vati zusammen. Und vielleicht würde die Mama dabei auch an sie denken. Und sich wünschen, sie könnte endlich heimkommen. Zu ihr. Sie hatte doch alles dafür getan. Hatte gehorcht. Und gearbeitet. Klaglos. Hatte gelernt, was immer verlangt wurde von ihr. Hatte allen geholfen, Tag und Nacht. Was hätte sie sonst noch erwarten können, die Mama? Sie wusste doch, wie es hier zuging. Beim Onkel Georg und beim Onkel Franz. Sie wusste, dass die Oma nichts dagegen ausrichten konnte. Hatte es selbst erlebt. Unzählige Male. Und hatte sie trotzdem hier zurückgelassen. Einfach so. War weggegangen, ohne sich noch ein einziges Mal nach ihr umzudrehen. Und kam nicht wieder. Nicht mal die Oma glaubte mehr daran. Nur sie hoffte immer noch. Träumte davon, wünschte sich so sehr, endlich wieder einmal Mama sagen zu dürfen. Und zum ersten Mal Vati. Zu irgendeinem fremden Mann. Den sie hier gebraucht hätte an ihrer Seite, der sie verteidigt hätte gegen die

Onkel. Der nicht irgendwo herumstand und in den Himmel starrte. Und gar nicht mitkommen wollte. Oder konnte? Oder den die Mama doch nicht gefunden hatte? Weil sie gar nicht mehr nach ihm suchte? Schon lange nicht mehr? Weil sie es war, die gar nicht mehr zurückwollte? Hierher zu ihr? Nein! Sie hätte ihr wenigstens eine Nachricht geschickt. Einen Treffpunkt vereinbart, ihr erzählt, was sie erlebt hatte. Es musste etwas mit ihr passiert sein da draußen. Etwas Schreckliches. Unaussprechliches. Etwas, das sie für immer trennte.

Irgendwann wurde der Himmel heller. Sie musste zurück. Sicher war das Baby von der Thea längst da. Als sie die Zufahrt hinaufkam, sah sie, dass im Anbau Licht brannte. Das Fahrrad von der Hebamme lehnte immer noch an der Mauer. Die Tante Resi kam aus dem Haus gestürzt und rannte die Kleine fast um. »Der Bub ist da«, schluchzte sie, »der Bub vom Max!« Dann lachte sie. Sie blieb kaum stehen, um sich die Tränen mit dem Handrücken abzuwischen. Sie stürzte auf die Gaststube zu. Die Kleine ging ins Haus. Sollte sie die Großmutter wie versprochen wecken? Oder erst nach der Thea sehen? Sie lief durch die Küche in den Anbau. Tante Liesl brachte die Hebamme zur Tür. Die Thea lag mit geschlossenen Augen in den Kissen. Die Kleine wagte sich kaum über die Schwelle. Auf Zehenspitzen näherte sie sich dem Kinderbett. Dort lag das Baby. Rot bis in die winzigen Fingerspitzen. Und mehr Falten im Gesicht als die Oma. Von draußen hörte sie die Stimmen vom Max und vom Onkel Georg. Die Thea seufzte. Dann betraten die Männer auch schon das Zimmer. Die Tante Resi folgte mit der Tante Liesl und dem Onkel Franz. Die Thea versuchte zu lächeln. Obwohl alle um ihr Bett herumstanden. Und als sich der Max über seinen Sohn beugte, redeten sie alle durcheinander. Später am Tag würden sicher auch die Eltern von der Thea herkommen und ihre Schwestern. Die Kleine stieg in ihre Kammer hinauf. Sie zog sich um zum Kühemelken.

Die Thea kam nur langsam wieder zu Kräften. Denn das

Kindchen schrie, als ob es immer hungrig wäre. Die Oma, die jetzt auch die Uroma von dem kleinen Andi war, schlief trotzdem. Die Kleine wachte jedes Mal auf. Und manchmal flüchtete sie nachts sogar in den Wald, wenn das Baby nicht aufhören wollte zu weinen. Als die Thea sich wieder auf den Beinen halten konnte, kam sie mit dem kleinen Andi in die Küche. Sie sollte der Oma zur Hand gehen. Doch sobald sich das Kindchen meldete und sich nicht wieder beruhigen ließ, schickten die Tanten sie weg. Eine Ausfahrt im Kinderwagen half bestimmt, waren sie sich einig. Und die Thea gehorchte. Sie wirkten erleichtert, wenn sie sie am Bergahorn vorbeigehen sahen. Die Gäste in den Fremdenzimmern sollten ihre Ruhe haben, hieß es.

Als der Andi laufen lernte, fiel der Kleinen eines Tages auf, dass die Thea käsig aussah. Sie fragte, ob es ihr gut ginge, und die Thea nickte still. Im Sonntagsessen stocherte sie jedoch nur herum. Die Tanten schienen es nicht zu bemerken. Jedenfalls hörte die Kleine sie nicht darüber reden. Vielmehr sorgten sie sich um den Sepp, der immer noch kein Madl mitgebracht hatte, und um den Lucki, der von den Brüdern von der Rosa verprügelt worden war. Doch eines Morgens, auf dem Weg in den Kuhstall, fand sie die Thea in ihrem fein bestickten Nachthemd beim Misthaufen kniend. Sie würgte und würgte, und Tränen liefen ihr übers Gesicht. Die Kleine hockte sich zu ihr. Sie strich der Thea über die Wange. »Ein neues Baby?«, fragte sie leise.

Die Thea nickte.

»Bestimmt freut sich der Max.«

Die Thea nickte wieder.

»Und die Tante Resi und der Onkel Georg auch.« Sie gab der Thea ihr Taschentuch, denn die Tränen liefen immer weiter. Im Stall hinter ihnen wurden die Kühe langsam unruhig. Sie half der Thea auf die Beine.

»Na geh schon!«

»Aber du kannst doch nicht …«, begann die Kleine.

»Passt schon«, sagte die Thea und klopfte den Kuhmist von ihrem Nachthemd.

»Der Andi bekommt eine Schwester«, sagte die Oma eines Tages, als sie aufschreckte aus einem Nickerchen beim Kartoffelschälen.

Der Thea fiel das Messer aus der Hand. Die Kleine hob es rasch auf, spülte es ab und gab es ihr zurück. Die Tanten sahen sich an, als wüssten sie noch nichts von dem Kind, das sich angekündigt hatte. Bei der Thea flossen schon wieder die Tränen.

»Waltraut«, bestimmte die Oma, »sie heißt Waltraut!«

Tante Resi stemmte die Hände in die Hüften. »Das hat wohl noch Zeit.« Die Tante klang barsch. So redete sie sonst nie mit der Oma.

»Darauf einen Schlehengeist!« Tante Liesl lief in die Gaststube und griff unter den Tresen. Doch die Flasche mit dem Schlehengeist war fast leer. Sie kam mit dem Vogelbeerschnaps zurück und goss jedem ein Stamperl voll. »Wohlsein!«, rief sie.

Die Oma starrte das Glas an. »Aufs kloane Traudl«, sagte sie dann.

Die Kleine zögerte. Warum sollte das neue Baby vom Max und von der Thea heißen wie die Mama? Die Tanten und die Oma leerten ihre Gläser in einem Zug. Die Thea würgte schon wieder. Die Kleine stellte ihr Stamperl ab und schob es der Großmutter hin. Dann folgte sie der Thea hinaus.

Die Oma ließ sich nicht mehr davon abbringen. Das Kind würde ein Mädchen werden. Und es sollte Waltraut heißen.

Nein! Nein! Nein!, hätte die Kleine am liebsten geschrien, doch sie schrie nie. Schon gar nicht mit der Oma.

»Der Papa hat's so gewollt. Damals!«

Die Kleine sah die Oma irritiert an. Sie sprach selten vom Opa und lächelte nie so versonnen.

»Und gefreut hat er sich übers Madl. Mehr als über die Buben«, seufzte die Oma. »Was die Leut im Dorf g'ratscht ham, war ihm egal.«

Die Kleine horchte auf. Nie zuvor hatte die Oma davon erzählt, dass sie als junges Madl zum Helfen bei der Ernte hergekommen war. Und dass es immer hieß, sie hätte Absichten gehabt.

Ausgerechnet die Oma? Das konnte sie sich nicht vorstellen.

Der Bauer und sie hatten gleich nach der Ernte geheiratet, fuhr die Oma fort, und das Kindchen war bald nach der Hochzeit gekommen.

»Wie beim Max und der Thea?«, traute sich die Kleine zu fragen.

Die Oma schüttelte energisch den Kopf. Der Papa wusste es besser. Der Gute. Aber im Dorf wurde lange gemunkelt, sie hätte das Kind schon mitgebracht. »Die Traudl hat darunter gelitten.« Die Oma schluckte. »Und i hab's net g'merkt.« Dann schickte sie die Kleine weg, legte sich ins Bett und stand nicht mehr auf.

Am Tag nach der Beerdigung räumten die Tanten das Zimmer von der Oma aus. Irgendwann riefen sie den Onkel Georg dazu, ließen sich nicht vertrösten, beharrten darauf, dass er ihnen sofort half. Die Kleine verstand, dass es ein Problem mit dem Schrank gab. Oder mit etwas, das sie im Schrank gefunden hatten. Sie kümmerte sich nicht weiter darum, bereitete in der Küche der Gastwirtschaft die Speisen fürs Abendgeschäft vor. Da stürzte der Onkel Georg herein und schleuderte ihr einen Korb vor die Füße. Papiere fielen heraus, Umschläge und Blätter ergossen sich über den Boden. »Wach auf, Madl!«, brüllte er mit hochrotem Kopf.

Was hatte sie jetzt wieder falsch gemacht? Sie stützte sich auf den Küchentisch. Eins von den Blättern segelte bis vor ihre Füße. Es war das Willkommensbild, das sie für den Vati gemalt hatte. Für den großen, blauen Mann. Vor so vielen Jahren. Wo kam das bloß her, und was hatte der Onkel Georg damit zu tun?

»Dein Abschiedsgruß von der Oma!«, rief er da auch schon.

Sie hatte doch nichts falsch gemacht. Sie nicht!

»Märchen hat sie uns allen erzählt, deine Mutter! Die Burschen aus dem Dorf waren ihr nicht fein genug. Fürs Fräulein Traudl musste es ein Marineoffizier sein.« Er schnappte nach Luft. »Ein Kapitän – so ein Schmarrn! Aber unsre Mama hat's ihr geglaubt. Und wir haben brav 's Maul gehalten und ihr Balg durchgefüttert.«

Die Kleine sah ihn fassungslos an.

»Ja, von dir red ich. Jetzt ist Schluss damit!« Er trat gegen den Korb, dass es knirschte. Dann lief er hinaus und warf die Tür hinter sich zu.

Die Kleine ging in die Knie. Am Boden lagen alle Briefe, die sie jemals an die Mama geschrieben hatte. Und alle Bilder, die sie gemalt hatte, ebenso. Nichts war jemals abgeschickt worden. Warum hatte die Oma ihr das nur vorgemacht in all den Jahren? Und die Tanten und Onkel? Manche Umschläge trugen den Namen der Mutter. Die Anschrift fehlte jedoch. Die Papiere verschwammen vor ihren Augen. Sie hatten sie belogen. Immer schon. Schluchzend schob sie die Blätter zusammen und hob sie auf.

Auf einmal wusste sie, dass sie nicht mehr länger darauf warten konnte, ob die Mama doch noch heimkam mit dem Vati. Jedenfalls nicht hier.

Sie zog die Kittelschürze aus und ließ sie einfach fallen. Dann ging sie hinaus, über den Hof, in die Kammer hinauf. Sie stopfte ihre Habseligkeiten zu den Briefen, den Bildern und den Dokumenten aus dem Nachttisch in zwei Einkaufstaschen und eilte die Stufen hinab. Am Fuß der Stiege stand die Tante Resi und rang die Hände.

»Er hat's nicht so gemeint. Du kennst ihn doch!«

Die Kleine nickte. »Ebendrum.«

Die Thea kam heran. »Bleib«, flüsterte sie, »bitte!«

Die Kleine drehte sich zu ihr um. »Das geht nicht.«

Die Thea streckte die Hände nach ihr aus. Die Kleine umarmte sie fest. Dann ließ sie los und ging.

Der Schotter der Auffahrt knirschte unter ihren Füßen. Sie sah ein letztes Mal hinauf in den alten Bergahorn. Das Rauschen der Blätter begleitete sie bis zur Straße. An der Kreuzung blieb sie einen Moment stehen. Nebel lag über dem Dorf, machte ihr das Atmen schwer, schon bevor sie das Tal erreicht hatte. Sie ging weiter. Langsam an der Kirche vorbei. Ein Sonnenstrahl brach durch, blendete sie kurz, sodass sie blinzeln musste. Sie wischte sich mit dem Handrücken über die Augen.

Am Bahnhof bemerkte sie, dass die Tante Resi ihr etwas Geld in die Tasche gesteckt haben musste. Sie kaufte sich eine Fahrkarte, wie die Mama es auch gemacht hatte, und stieg in den Zug nach Norden.

9. KAPITEL

Heute

»Aber am Sonntag kommst du doch ganz bestimmt, Tante Friede!« Alexander ließ nicht locker. Es war clever von seiner Mutter, den Jungen vorzuschicken. In den letzten drei Wochen hatte Sofie vergeblich versucht, Friede zum Kaffee einzuladen. Friede hatte jedoch niemanden sehen wollen, der sie an dieses Picknick am Kanal erinnerte. Immer noch nicht. Allein der Gedanke an diesen Tag schnürte ihr die Luft ab. Sie wusste nicht, ob sie es aushalten würde, auf das Baby zu treffen, das sie aus den Fluten gerettet hatte. Und auf seine Mutter.

»Also, Tante Friede, was ist?«, drängte Alexander.

Sie wollte den Jungen nicht enttäuschen. Und Sofie auch nicht. »Ja«, sagte sie schließlich.

»Au fein! Mama backt auch deinen Lieblingskuchen!«

»Das solltest du doch nicht verraten!«, hörte sie Sofie im Hintergrund.

Die beiden schienen den Vorfall gut verkraftet zu haben. Nur sie, sie sah immer wieder diesen Kinderwagen. Wie er über die Wiese holperte. Die Böschung hinab. Wie er in den Kanal stürzte. In dem braunen Wasser versank. Ohne dass ihn jemand aufhielt. Sie schluckte. »Und, Alexander, sag deiner Mama, sie soll sich nicht so viel Arbeit machen!«

»Ja, Tante Friede. Tschüs, Tante Friede!«

Dann war es still in der Leitung. Sie sah das Telefon an, als erwartete sie, dass es gleich wieder klingelte. Aber es blieb stumm. Wenigstens das. Bis Sonntag waren es noch fünf Tage. Fünf Tage und fünf Nächte, um sich an den Gedanken zu gewöhnen, diese junge Mutter mit ihrem Baby zu treffen. Ihren

Dank zu ertragen. Sich ihrer Geschichte auszusetzen. Anhören zu müssen, wie es überhaupt dazu kommen konnte, dass ihr der Kinderwagen entglitten war. Einfach so. Oder sie hatte ihn losgelassen. Vielleicht sogar angestoßen auf abschüssiger Strecke, wie in einem übermütigen Spiel. Oder aus schierer Verzweiflung. Oder weil sich diese Taubheit anschlich, als wäre sie Müdigkeit. Jede Zelle lähmte und jeden Gedanken erstickte. Was hatte sie wohl zu Protokoll gegeben? Wenn es überhaupt eins gab. Was hatte sie Sofie erzählt? Und Alexander? Glaubte sie selbst daran? Und würde Friede daran glauben können?

Es gab den Birnenquarkkuchen mit Kakaostreuseln, der vor Jahren einmal aus einem Missgeschick entstanden war. Denn als Friede ihn mit der kleinen Sofie zum allerersten Mal gebacken hatte, sollte eigentlich gar kein Schokopulver in den Streuselteig. Das Mädchen hatte die Tüten verwechselt, als Friede einen winzigen Moment lang nicht aufpasste. Aber der Kuchen sah am Ende nicht nur besser aus als auf dem Foto beim Rezept, er schmeckte auch richtig gut.

Sofie schien erleichtert, als sie die Tür öffnete und Friede auf dem Treppenabsatz stehen sah. Sie umarmte sie zur Begrüßung. Alexander nahm sie gleich bei der Hand und wollte sie in sein Zimmer lotsen. Doch sein Vater hielt ihn auf. »Lass sie erst mal zu Atem kommen. Dass du auch nie den Aufzug nimmst, Friede!«

Friede winkte ab. »Das hält mich fit. Und man weiß ja nie, wozu das gut ist.«

Sie gingen ins Wohnzimmer.

»Der Kaffee ist gleich fertig«, sagte Sofie.

Friede bemerkte, dass sie schon wieder zur Uhr sah. Alexander lief zum Fenster und drückte sich die Nase an der Scheibe platt.

»Sie ist sonst nie zu spät«, murmelte sein Vater.

»Du weißt doch selbst, wie das mit kleinen Kindern ist«, sagte Sofie und lächelte ihren Mann an.

Alexander drehte sich empört um.

»Du warst auch mal klein, mein Großer!« Sein Vater strubbelte ihm durch die Haare.

»Aber jetzt nicht mehr!« Er wandte sich an Friede. »Im Sommer komme ich schon in die vierte Klasse!«

»Donnerwetter!«

»Ja, und Schwimmen haben wir jetzt auch in der Schule.«

Friede nickte.

»Ich bin da richtig gut. Mama sagt, das kommt davon, dass sie mit mir beim Babyschwimmen war. Aber da kann ich mich gar nicht mehr dran erinnern.«

»Ich schon«, sagte Friede.

»Weißt du, wir haben nämlich echte Angsthasen dabei. Die heulen gleich los, wenn sie mal ein paar Spritzer Wasser ins Gesicht kriegen.«

»Wollen wir uns schon setzen?«, unterbrach Sofie ihren Sohn.

Friede rührte sich nicht.

»Die haben noch nicht mal das Seepferdchen«, fuhr Alexander unbeirrt fort. »Aber Papa hat schon für den Freischwimmer mit mir trainiert, bevor wir in der Schule Schwimmen hatten.«

»Prima«, sagte Friede. Sie räusperte sich. »Ist ja auch wichtig, gut schwimmen zu können.« Ihre Stimme klang heiser.

Sofie lief hinaus und kam mit der Kaffeekanne zurück. »Wir fangen jetzt an!«, bestimmte sie. »Holst du dir noch dein Glas Milch aus der Küche, Alex?«

Der Junge rannte los. Sein Vater bot Friede einen Stuhl an. Sie setzte sich und lobte den Kuchen.

»Probier ihn lieber erst«, flüsterte Alex' Vater ihr zu, »sie hatte Hilfe beim Backen.«

In dem Moment klingelte es an der Tür. Friede zuckte zusammen. Sie drehte sich um, sah Alexander in den Flur rennen. Er riss die Wohnungstür auf. Auf der Fußmatte stand die Tragetasche mit dem Baby, dahinter eine zierliche Person, fast vollständig verdeckt von dem riesigen Blumenstrauß, den sie scheinbar mit beiden Händen halten musste. Sofie und ihr Mann gingen ihr entgegen. Friede wollte aufstehen und konnte es nicht. Sie wandte sich ab, kramte ein Taschentuch heraus, steckte es aber gleich wieder ein.

»Ach, Jenny«, hörte sie Sofie rufen, »du solltest dir doch keine Umstände machen!« Alexanders Mutter trug die Tasche mit dem Baby herein und stellte sie auf dem Sofa ab.

»Tante Friede! Tante Friede, ist sie nicht süß, die kleine Ida?« Alexander lief zwischen Sofa und Kaffeetisch hin und her.

»Ja, mein Junge.«

»Du hast sie doch noch gar nicht richtig gesehen!«

Sein Vater versuchte vergeblich, ihn zu bremsen.

Friede stützte sich am Tisch ab und stand auf. Die junge Frau mit dem üppigen Blumengebinde versperrte ihr den Weg. Drei langstielige gelbe Rosen, umringt von Chrysanthemen, Astern, Dahlien und herbstlichem Blattwerk. Großzügig eingeschlagen in knisternde Folie. Der Strauß zitterte in den Händen der jungen Frau. »Danke«, sagte sie leise. »Ich … ich kann Ihnen gar nicht genug danken. Sie haben uns das Leben geschenkt. Meiner Ida und mir. Ich weiß nicht, was ich gemacht hätte, wenn …« Ihre Stimme versagte.

Friede wusste, jetzt musste sie ihr die Blumen abnehmen. Wenigstens konnte sie sie gleich an Sofie weiterreichen. Die würde sie ins Wasser stellen. In einen Eimer, falls keine ihrer Vasen groß genug war. Und doch fiel es Friede so schwer. Dabei war es nur ein Strauß. Kein Friedhofsgebinde.

»Soll ich mal die Blumen nehmen?«, meldete sich Sofie.

Friede nickte, und Sofie verschwand mit dem Strauß in die Küche. Jetzt war der Blick frei auf die junge Frau. Sie war wirklich sehr jung. Vielleicht kaum zwanzig. Und blass. Abgesehen von den dunklen Augenringen. Ihre Mundwinkel zuckten. »Ich bin Jenny«, sagte sie mit belegter Stimme. Sie streckte Friede die Hand hin. Friede zögerte. Außer Alex hatte das lange keiner mehr getan. Sie fühlte sich an wie eine Kinderhand. Wie eine, die noch nie zupacken musste.

»Freut mich«, sagte Friede, obwohl es eher zurückhaltend klang.

Sofie schleppte eine Bodenvase herein und stellte sie in den Erker. Friede wagte kaum, zu ihr hinüberzusehen oder zu Alexander oder zu seinem Vater. »Ich bin die Friede«, setzte sie dann noch dazu.

»So, Schluss jetzt mit den Förmlichkeiten, der Kaffee ist fertig!«, warf Sofie ein.

»Ich will neben Tante Friede sitzen!«, rief Alex. Er wandte sich von der Tasche mit dem Baby ab. »Und neben Jenny!«

Sie setzten sich an den Tisch. Alex' Vater reichte die Kuchenplatte herum.

»Den haben Jenny und ich gebacken«, sagte Sofie.

Alex' Vater stutzte. »Ich dachte, Alexander war dein Bäckergehilfe. Die Küche sah jedenfalls danach aus.« Er lachte. Doch niemand lachte mit.

»Tut mir leid«, sagte Jenny leise. »Tut mir so leid. Das … das war mein erster Kuchen.«

Sofie winkte ab. »Ist doch nichts passiert. Jedenfalls nichts, was ich nicht mit Besen, Kehrschaufel und Wischmopp wieder in Ordnung bringen konnte.«

Jenny hob den Blick von der Tischkante und sah sie dankbar an.

»Lasst es euch schmecken«, forderte Sofie auf.

»Ich war schon mit Jenny und Ida spazieren, Tante Friede. Du musst unbedingt mal mitkommen!« Alexander strahlte sie an. »So eine kleine Schwester wie die Ida hätte ich gerne zum Spielen. Aber Mama und Papa wollen nicht. Kannst du sie nicht überreden, Tante Friede? Ach bitte, ja?«

Sie schluckte. »Nein«, sagte sie dann.

Der Junge schob die Unterlippe vor. »Och manno!«

Sofie warf ihm einen strengen Blick zu. Er stocherte mit der Gabel im Kuchen herum, bis nur noch Krümel auf seinem Teller lagen.

»Und«, versuchte Alex' Vater das Gespräch in Gang zu bringen, »hat das jetzt geklappt mit dem Elterngeld?«

Jenny nickte. »Danke für die Hilfe.«

»Kein Problem. Manches ist eben schwer zu durchschauen.«

Er balancierte ein weiteres Stück Kuchen von der Platte auf seinen Teller. »Na, Friede, und bei dir?«, fragte er dann. »Alles klar?«

»Alles wie immer.«

»Hilfst du noch in diesem Stehcafé am Markt aus?«, wollte Sofie wissen.

»Natürlich.«

»Meinst du, die könnten auch jemanden für tagsüber brauchen?«

Friede zuckte die Schultern.

»Jenny würde sich gern ein paar Euro dazuverdienen.«

Die junge Frau nickte eifrig.

»Tja, dann geht sie am besten mal vorbei und fragt.«

»Weißt du, Friede, Jenny ist ganz neu in der Stadt.« Sofie wartete.

Doch Friede schwieg.

»Vielleicht könntest du ja vorab schon mal fragen«, ließ Sofie nicht locker. »Dann weiß sie, was sie erwartet, und muss sich nicht vergeblich bemühen.«

»Das wär toll«, sagte Jenny.

Für Friede klang es eher gebremst.

»Sofie hat sie nämlich unter ihre Fittiche genommen«, erklärte Alexanders Vater.

»Warum auch nicht?« Sofie lächelte erst Jenny, dann Friede an. »Ihre Eltern wohnen an der holländischen Grenze. Das ist viel zu weit weg, um mal eben herzukommen, wenn Hilfe gebraucht wird.«

»Sie haben mir ja sonst immer geholfen«, sagte Jenny. »Und sie haben mir nie Steine in den Weg gelegt. Aber jetzt …«

»Was hat dich denn ausgerechnet hierher verschlagen?«, wollte Friede wissen.

»Ich sollte studieren. Mein Vater hat mir ein Zimmer besorgt. Bei einem ehemaligen Kollegen«, begann Jenny. »Sein Sohn ist auch Student. Medizin. Der sollte mir die Uni zeigen und die Stadt. Wir sind uns dann nähergekommen …« Sie senkte den Kopf und zupfte einen Faden von ihrem Schoß. »Ganz nah.«

»Verstehe«, murmelte Friede.

»Zu nah. Für seine Karriere. Und für seine Eltern. Die wollten keinesfalls schon Großeltern werden.«

Einen Moment lang war es still am Kaffeetisch.

»Aber ich wollte die kleine Ida. Unbedingt.«

»Und deine Eltern?«

»Die …« Die junge Frau zögerte kurz. »Die wissen nichts davon.«

»Soll das denn so bleiben?«

Jenny schwieg.

»Das habe ich sie auch schon gefragt«, bemerkte Sofie.

»Meine Mutter kam von der Küste«, holte Jenny aus. »Sie wusste immer ganz genau, was sie wollte. Wohin sie wollte. Was gut für sie war. Und später für mich. Wenn ich zurückgegangen wäre, hätte sie entschieden. Sie hätte mir keine Wahl gelassen.«

»Und jetzt?«

»Ich kann nicht zurück!« Sie war den Tränen nahe. »Ich kann einfach nicht.«

Auf einmal war er wieder da, dieser Sog. Friede spürte ihn so deutlich wie lange nicht mehr. Er schien all ihre Kraft zu schlucken. Aufrecht bleiben, ermahnte sie sich, und niemand wird etwas merken. Dabei fürchtete sie, dass sich der Boden unter ihren Füßen in Treibsand verwandelte. Wie früher. Manchmal. Sie wusste, dass es wenig half, sich dagegenzustemmen. Und doch musste sie dafür sorgen, dass sie nicht darin versackte. Feststeckte. Der Flut der Erinnerungen ausgesetzt. Nicht jetzt. Nicht hier. »Familie«, seufzte sie nur. Mehr kam nicht über ihre Lippen.

Nach dem Kaffee brachen sie zu einem Spaziergang auf. Alex' Vater trug die Tasche mit der kleinen Ida die Treppen hinunter. Neben den Briefkästen im Hausflur stand das Unterteil eines Kinderwagens. Mit wenigen Handgriffen befestigte er die Tasche darauf.

»Den hat mir Sofie besorgt«, erklärte Jenny. »Secondhand. Nach dem … dem Samstag …« Sie löste die Bremse.

Alex lief vor und hielt die Haustür auf. Sie schob den Wagen hinaus auf die Straße.

»Lasst uns eine Runde durch den Park drehen«, schlug Sofie vor. »Vielleicht setzen wir uns auch noch einen Moment in die Sonne? Auf die Bank bei der Trauerweide. Wenn es nicht zu kalt ist.«

Und der Platz nicht zu abschüssig, dachte Friede. Sie fröstelte.

Alex durfte den Kinderwagen mitschieben.

»Willst du auch mal, Tante Friede?«

»Nein!«

Alex hielt sich nicht daran auf.

Sofie runzelte die Stirn. »Ist wirklich alles in Ordnung mit dir?«, fragte sie Friede leise.

»Ja.«

»Aber ich will mal!«, rief Sofie da. »Ich glaube, ich habe schon ganz vergessen, wie das mit dem Kinderwagen geht.«

Jenny ließ den Wagen los, und Sofie trat an ihre Stelle.

Eine Weile gingen Jenny und Friede stumm nebeneinanderher.

Friede beobachtete sie aus dem Augenwinkel. »Du schläfst schlecht«, sagte sie dann.

Jenny blickte sie kurz überrascht an, dann nickte sie. »Manche Nacht überhaupt nicht.«

»Hast du Albträume?«

Jenny schüttelte den Kopf.

Sollte sie das glauben? »Und gleich nach dem Vorfall?«

»Nein.« Jenny schien zu überlegen. »Ich bin einfach wach, sobald sich meine Ida bewegt. Eigentlich schon immer.«

Friede wusste, was sie meinte. »Hast du mit jemandem darüber gesprochen, was passiert ist?«, fragte sie rasch weiter.

»Nein«, antwortete Jenny leise.

»Heutzutage gibt es Ärzte dafür. Und es ist überhaupt keine Schande …«

»Aber der kleinen Maus geht es doch gut«, warf Jenny ein.

»Und dir?«

»Mir?« Es klang, als hätte sie lange niemand mehr danach gefragt.

»Ja, dir«, beharrte Friede. »Wie kommst du damit klar?«

»Ach, das geht schon.«

»Das ist nicht genug!«

Jenny sah sie verschreckt an. Friede biss sich auf die Lippen. Es kam ihr so vor, als müsste sie die junge Frau wachrütteln. Doch sie wusste auch, dass sie vorsichtig sein musste, damit sich Jenny nicht zurückzog. So weit zurück, dass sie keine Frage mehr erreichte und kein Lächeln.

»Ich habe mit Sofie darüber geredet«, erwiderte sie.

»Und das hat dir geholfen?«

»Ich weiß nicht. Ich weiß einfach gar nichts mehr. Mir schwirrt der Kopf. Immer wenn ich daran denke. Ich versuche mich zu erinnern, wie das alles war. Ich sehe mich noch auf diesem Weg am Kanal. Jeden Tag bin ich da entlanggegangen mit dem Kinderwagen. Bei jedem Wetter. Und an diesem Samstag. Das sonnige Herbstwetter. Dieser Pinscher, der so schrill gekläfft hat. Die beiden Joggerinnen, die mich überholt haben, in ihren hautengen Outfits. Die Picknickdecken auf der Wiese. Die Gruppe, die den Gitarrenspieler umringte. Das Paar, das auf der Böschung Family-Tennis spielte. Und diese beiden Alten, die Hand in Hand nach einem Platz auf der Parkbank suchten.«

»Und du?«

»Ich? Ich war so müde. Und so wach irgendwie. Und Ida fing an zu quengeln. Dabei war sie doch satt und trocken.«

Friede nickte.

»Und dann weiß ich nichts mehr«, sagte Jenny leise, »gar nichts. Absolut nichts.« Sie schniefte. »Der Arzt im Krankenhaus hat was von Trauma gesagt. Das habe ich gehört. Ich weiß aber nicht, mit wem er gesprochen hat. Mit jemandem von der Polizei. Oder vom Jugendamt.« Sie wischte sich mit dem Ärmel über die Augen. »Sofie sagt, es kommt alles in Ordnung.«

»Na, wenn Sofie das sagt …« Es klang nicht so mitfühlend wie beabsichtigt, aber Jenny schien es nicht zu bemerken.

»Sie hat mir so geholfen in den ersten Tagen nach dem Unfall. Hat achtgegeben auf mich und auf Ida.«

»Und jetzt?«

»Ich muss unter Menschen, sagt Sofie. Am besten unter junge Mütter. Aber ich weiß nicht. Ich wohne neuerdings am anderen Ende der Stadt. Weit weg von denen aus der Geburtsvorbereitung.«

Es gibt jede Menge junge Mütter in der Umgebung, dachte Friede. Aber niemand würde Jenny an die Hand nehmen und sie zu ihnen bringen. Den Weg musste sie schon selbst finden. Musste endlich aufwachen. Musste begreifen, dass sie allein verantwortlich war. Für sich und das Kind. Musste dafür einstehen. Und die Freiheit darin entdecken. Sie hörte ihren Gedanken zu wie einer Fremden.

Sofie stellte den Kinderwagen neben der Bank bei der Trauerweide ab und blockierte die Räder. Jenny nahm die kleine

Ida aus dem Wagen. Alexander beobachtete jede ihrer Bewegungen fasziniert. Sofie lächelte und griff nach der Hand ihres Mannes.

Friede trat einen Schritt zurück. Und dann noch einen. Sie konnte sich nicht auf die Bank setzen. Nicht zu Jenny und der kleinen Ida. Nicht zu Alexander und seinen Eltern.

»Ach, wisst ihr«, sagte Friede, »mir wird das hier zu kalt. Ich gehe lieber nach Hause.«

»Aber …«

»Nein, schon gut, Sofie. Ist ja nicht weit. Wir sehen uns dann am Dienstag. Tschüs zusammen.«

»Und die Blumen?!«, hörte sie Sofie hinter sich rufen. Doch da hatte sie schon fast die Straße erreicht. Sie ging einfach weiter. Ohne sich umzudrehen.

Friede tauchte ein in ihren Alltag. Doch es kam ihr so vor, als ob sie mit ihren ruhigen, gleichmäßigen Zügen kaum noch durch die Woche kam. Der Wind blies ihr ins Gesicht, ob sie nachts mit dem Fahrrad zur Kanzlei fuhr oder morgens zurück. Ob sie es zum Supermarkt schob oder nur über die Straße. Und jedes Mal brachte er einen Schwall Regen mit. Nicht die feinen, silbrig glänzenden Tropfen, sondern Wellen, die, von Böen getrieben, heranrollten, gegen ihre Brust klatschten und ihr den Atem nahmen. Als ob ihr das je etwas ausgemacht hätte. Jetzt musste sie manchmal nach Luft ringen. Sie trat trotzdem in die Pedale. Kräftig. Schaffte es immer noch, sich so aus dem Sattel zu heben. Fahrt aufzunehmen. Und doch schien sich die Strecke unter ihrem Rad zu winden. Die Treppen zur Kanzlei hinauf endlos. Der Schlüssel hakte im Schloss. Der neue Staubsauger gebärdete sich störrisch. Überhaupt fühlte sich das Putzen zäh an wie nie zuvor. Dieses endlose Wischen, wo es gar nichts zu wischen gab. Fast nichts. Die halb vollen Papierkörbe leeren. Sie hatte ihre Aufgaben nie infrage gestellt. Nie überlegt, ob es auffallen würde, wenn sie einen Tag später kam. Oder gar nicht. Sie hatte nur getan, was von ihr verlangt wurde. Zügig. Und ordentlich. Dann war es weitergegangen. Zumindest an den Markttagen. Zu Pauline. Kaffee kochen. Brötchen belegen. Die Auslage damit bestücken. Auf die Preisschilder achten. Papierservietten auffüllen. Milchkännchen und Zuckerstreuer bereitstellen. Die Vorräte im Kühlschrank kontrollieren. Die Arbeitsplatte reinigen. Die Küche hinter dem Café ausfegen. Die Schürze zum Waschen mitnehmen. Handgriffe, über die sie nicht reden, nicht nachdenken musste. Die ihr Leben begleitet hatten, selbstverständlich für sie waren. Und doch schienen sie ihr jetzt erst richtig bewusst zu werden. Jeder einzelne für sich. In jeder Minute des Tages.

Sie fing auch nicht an zu rechnen, wenn sie nach Hause kam. Wie viel Zeit ihr blieb. Zum Frühstücken, Zeitunglesen, Schlafen, bevor eins von den Kindern kam. Mit denen sie Hausaufgaben machte. Oder in den Tiefen ihres Schranks nach Spielen tauchte, die sie so noch nie gespielt hatten. Sie vergaß nicht, Geli die Zeitung zu bringen und nach dem alten Heinrich aus Nummer sieben zu sehen. Die Termine, wann und wo sie abends als Babysitterin gefragt war, notierte sie so, wie sie es schon immer getan hatte, in einem Kalender. Sie freute sich auch noch auf jeden einzelnen davon. Es musste Freude sein, redete sie sich ein, keine Verpflichtung. Sie liebte es, den Kindern Gutenachtgeschichten vorzulesen oder eine Schlafanzugparty für sie zu inszenieren. Weil die Kinder es liebten. Weil niemand anderes so etwas für sie erfand. Nur die Tante Friede. Die so ganz anders war als ihre Eltern. Niemals gereizt oder ungeduldig. Mit der man reden konnte. Die einem zuhörte. Und bei der jedes Geheimnis sicher war. Denn sie konnte schweigen.

Und wie sie schwieg. Ohne dass es jemand vermutete. Schon gar nicht Sofie. Oder damals deren Mutter. Die hin und wieder in der Studentenkneipe kellnerte, wo Friede die Küche in Ordnung hielt. Manchmal musste sie die kleine Sofie mitbringen und im Hinterzimmer schlafen legen, obwohl die Chefinnen das nicht gerne sahen. Aber sie konnte doch eine Zweijährige nicht allein zu Hause lassen. Fand niemanden zum Babysitten, der es kostenlos oder wenigstens zum halben Preis machte und dennoch vertrauenswürdig war. Und keinen anderen Job, der mehr Geld einbrachte. Vielleicht auch regelmäßiger. Damit sie einen Platz für ihre Tochter in einem Kinderladen oder Kindergarten bekommen konnte.

Eines Abends hatte sie Friede von ihrem Vorstellungsgespräch bei der Post erzählt. Und von der Zusage, dass sie sofort anfangen könnte in der Kurzbriefverteilung. Als Friede ihr dazu gratulierte, kamen ihr die Tränen. »Ich kann den Job nicht annehmen.«

Friede trocknete sich rasch die Hände ab und reichte ihr ein Taschentuch. »Aber warum denn das?«

»Die Verteilung fängt um Viertel vor fünf an. Frühmorgens. Da hat bestimmt noch kein Kindergarten offen«, schluchzte sie. »Wer soll denn da auf meine Sofie aufpassen?«

»Ich«, sagte Friede einfach.

»Um diese Zeit?«

»Ich bin früh auf. Schon immer.«

»Und du kennst dich aus mit Kindern.« Es war mehr eine Überlegung als eine Frage. Weil Friede immer mal wieder nach der kleinen Sofie sah, wenn sie im Hinterzimmer schlief.

»Also, wann musst du los?«, fragte Friede.

»Zwanzig nach vier.«

»Dann bin ich zehn nach bei dir.«

Sofies Mutter fiel ihr um den Hals.

»Und wann fängst du an? Am Montag?«

Sie nickte.

»Na dann!«

Sofies Mutter hatte Friede gar nicht nach eigenen Kindern gefragt. Jedenfalls nicht an diesem Abend. Und wenn sie gefragt hätte, hätte Friede erzählt, dass sie zu Hause die älteste

Tochter gewesen ist. Vielleicht auch noch gedankenverloren geseufzt. Mehr wäre bestimmt nicht nötig gewesen. Das war das Erste, was sie gelernt hatte in all den Monaten, in denen sie unterwegs gewesen war. Wenig preisgeben. Aber so nah wie möglich bei der Wahrheit bleiben. Ihrer Wahrheit. Damals. Auf dem Weg zurück ins Leben. In irgendein Leben. Nur nicht in ihr eigenes. Sparsam sein mit Worten. Selbst wenn Erklärungen verlangt wurden. Geschichten andeuten und abwarten. Das Gegenüber ergänzte meist ganz von selbst. Nach den eigenen Erfahrungen. Danach, wie er oder sie die Welt sah. In diesem Moment oder immer. Selten danach, was Friede wirklich gesagt hatte.

Anfangs war sie atemlos gewesen, wenn Fremde sie nach ihrer Vergangenheit gefragt hatten. Hatte sich gehetzt gefühlt. Auf der Flucht. Hatte erst gar keine Worte gefunden, dann zu viele. Sätze, die nicht zu ihr gehörten. Die aus ihrem Mund strömten. Unaufhaltsam. Die Misstrauen weckten. Und Selbsthass. Später, als sie für Kost und Logis auf einem Gnadenhof arbeitete, fragte niemand mehr. Und sie hörte nur zu. Den Menschen. Den Tieren. Denen, die Futterspenden vorbeibrachten. Denen, die unbedingt helfen wollten, aber den Stallgeruch nicht ertrugen. Und denen, die geglaubt hatten, man könnte nichts mehr tun für ihre Lieblinge, außer den Abdecker zu rufen, und sie nun herumgaloppieren sahen auf der Weide mit den anderen. Friede hörte ihre Worte, nahm den Tonfall wahr, die Gesten, die ihn begleiteten. Doch sie spürte nichts dabei, wenn ihr jemand zum Abschied zunickte, die Hand schüttelte oder ihr sogar um den Hals fiel. Sie hatte sich gefühlt wie betäubt.

Bis dieser Mann kam. Er steuerte seinen Wagen mit dem Anhänger direkt bis vor die Ställe. Friede sah ihn aussteigen, die Tür zuschlagen, um den Wagen herumgehen, nach der Verriegelung des Anhängers greifen, als würde er Tag für Tag nichts anderes tun. Die Kräfte schienen ihn jedoch zu verlassen, sobald seine Finger das Schloss berührten. Er ließ die Hand sinken und wandte sich ab. Auf der Rückseite des Anhängers glänzten Aufkleber. Von Turnieren. Um Haltung bemüht, kam er wieder hinter dem Wagen hervor und koppelte ihn ab. Er verlor fast das Gleichgewicht dabei. Der Hofbesitzer verließ die Scheune und ging auf ihn zu. Der Mann wich zurück und zog den Kopf ein, als erwarte er einen Schlag, der ihn niederstrecken würde. Friede verstand nicht, was der Hofbesitzer ihn fragte. Der Mann holte einen großen, braunen Umschlag aus dem Wagen. Seine Hände zitterten, als er ihn übergab. Er setzte an, etwas zu sagen, schluckte aber nur und presste die Lippen zusammen. Das Pferd in dem Anhänger wurde unruhig. Der Hofbesitzer winkte Friede heran.

»Bleibt alles hier«, hörte sie den Mann sagen. Leise, fast tonlos. »Sie kann nichts dafür. Keiner kann was dafür.« Er stieg in sein Auto. Den Zündschlüssel zu drehen, trieb ihm Tränen in die Augen.

»Wir hätten ihn nicht fahren lassen dürfen«, sagte der Hofbesitzer später. »Nicht so.«

Friede runzelte die Stirn. Eigentlich hasste es ihr Chef, wenn sich das, was er Abschiedsdrama nannte, in die Länge zog.

»Reitunfall. Seine Frau. Und schwanger war sie auch.«

Noch bevor er ausgesprochen hatte, war sie plötzlich da, diese warme Welle, ein kurzes Aufbäumen nur, dann verebbte sie schon wieder. Und Friede wusste, hier konnte sie nicht bleiben. Keinen Tag länger.

Friede fragte sich, warum sie sich ausgerechnet jetzt daran erinnerte. Sie war eine andere gewesen, damals auf dem Gnadenhof. Hatte noch nicht einmal auf ihren Namen gehört. Jünger, wenn auch nicht mehr jung. Unterwegs. Ohne zu wissen, wohin.

Inzwischen war sie angekommen. Obwohl sie nicht wagte, es so zu nennen. Nicht einmal in Gedanken. Jedenfalls zog es sie nicht weiter. Schon seit Jahren nicht mehr. Sie hatte sich eingerichtet. Alles hatte sich gefügt. Sofies Mutter kannte andere Mütter. Eine Krankenschwester konnte wieder in ihrem Beruf arbeiten, weil Friede ihre Kinder betreute, wenn sie zum Nacht- oder Frühdienst musste. Eine Köchin bekam ihren angemessenen Job in der Küche eines Fünf-Sterne-Hotels zurück, weil Friede auch mal am Wochenende für ihren Sohn da war. Eine Polizistin konnte endlich ihren Dienst aufnehmen, ohne ihr Töchterchen allein zu Hause lassen zu müssen.

Natürlich war es ein Unterschied gewesen, ob sie über ein schlafendes Kleinkind wachte oder den Sonntag mit einem Neunjährigen verbrachte. Ob sie mit einem Wildfang Rechenaufgaben löste, eine Träumerin zur Schule brachte oder mit einer Leseratte auf den Spielplatz gehen sollte. Bei der kleinen Sofie zögerte sie anfangs noch, sie aus ihrem Bettchen zu heben. Fast so, als fürchtete sie sich vor dieser Lebendigkeit. Friede sah lange zu, wie sich das Kind bewegte. Wie es die Arme nach ihr ausstreckte, bevor sie es fertigbrachte, ihm die Hand auf den Bauch zu legen. Und sie dort zu lassen, bis auch sie die Wärme spürte. Das auszuhalten. Ohne sich von dem Kind abzuwenden. Ohne zu erstarren. Unfähig, auf das Kind zu reagieren, es anzulächeln, es zu versorgen. Wenigstens in den Stunden, bis seine Mutter zurückkam. Bei Alexander zögerte sie nicht mehr. Da war es längst zu einer Art Gewohnheit geworden. Jedenfalls fühlte es sich irgendwie natürlich an. Manchmal sogar liebevoll. Vielleicht nicht ganz so wie bei echten Großmüttern, aber wer konnte das schon genau sagen.

Erst als sie die kleine Ida in ihrer Tragetasche gesehen hatte, war es plötzlich wieder da gewesen, dieses Gefühl. Oder das, was eigentlich gar kein Gefühl war. Eher die Abwesenheit von Gefühlen und von Empfindungen. Es ließ sich nicht in Worte fassen. Jedenfalls nicht von ihr. Mit wem sollte sie auch darüber reden? Mit Jenny etwa? Oder mit jemandem, den sie überhaupt nicht kannte? Einem Fremden im Bus? Oder eher einem Therapeuten? Einem Arzt? Sie konnte nicht darüber reden. Damals wie heute. Mit niemandem.

10. KAPITEL

Heute

Mira starrte vor sich hin. Fast eine Woche war inzwischen vergangen, und noch immer konnte sie es nicht fassen. Kein Mädchen war vor siebenunddreißig Jahren auf einem Rettungskreuzer geboren worden. Warum erzählte ihre Mutter dann immer wieder, sie habe Mira dort zur Welt gebracht, wenn das gar nicht stimmte? Und warum hatte ihr nie irgendjemand widersprochen? Niemand hatte gezweifelt. Die Geschichte wenigstens infrage gestellt. Nicht einmal Ocko. Oder Klärchen. Oder einer von den anderen Insulanern. Sie schwiegen dazu, bis heute. Und wo war Mira denn tatsächlich zur Welt gekommen?

Sie erinnerte sich daran, dass ihre Mutter selten mit nach Amrum gekommen war. Eigentlich nur, wenn es sich nicht vermeiden ließ. Zu Ankes Verlobung. Zur Hochzeit. Zu den Taufen. Zu Ockos runden Geburtstagen. Dass sie die Organisation der Feierlichkeiten übernommen, ja fast an sich gerissen hatte. Aufgaben verteilte. Und niemand wagte, etwas dagegen einzuwenden. Alle spielten mit. Selbst Mira. Obwohl sie dabei öfter das Gefühl beschlichen hatte, am falschen Platz zu sein. Einen Schritt zurücktreten zu müssen. Mindestens einen.

Mira griff nach dem Telefon. Doch sie brachte es nicht fertig, ihre Mutter anzurufen. Sie zu fragen nach all diesen Geschichten. Die auf einmal nur noch Lügen waren. Und danach, ob sie die Wahrheit nicht wert war. Vielleicht sollte sie dazu besser nach Hamburg fahren. Sie direkt damit konfrontieren. Ihr in die Augen sehen dabei. Ins Gesicht. Keine Ausflüchte zulassen.

Auf ihre Stimme hören. Auf das, was sie sagte und wie sie es sagte. Und auf das, was sie nicht sagte. Was aber mitschwang wie Seetang in den Wellen. Doch auch dazu konnte sie sich nicht entschließen.

Mira fühlte sich auf einmal so müde, so erschöpft, als hätte sie wochenlang nicht geschlafen. Jede Bewegung schien sie weiter auszulaugen. Jeder Handgriff fiel ihr schwer. Fast so, als würde sie ganz allein Wrackteile aus dem Schlick bergen. Sie sah hinaus. Wo der Schuppen gestanden hatte, zerrte der Wind an der graubraunen Plane. Manchmal blähte er sie auch auf. Wie eine Kuppel über dem eingesammelten Treibgut. War das ihr gemeinsames Universum gewesen? Oder doch nur Ockos Welt? Hatte er versucht, etwas zusammenzutragen, zusammenzusetzen für sie beide? Etwas, das die Flut fortgerissen und niemals wieder angespült hatte? Oder redete sie sich das nur ein? Weil sie dem allen einen Sinn geben wollte? Weil sie sich wünschte, dass alles zusammenhing, auch wenn sie noch nicht verstand, wie.

In der Nacht träumte Mira von Geisternetzen, die sich um ihre Arme und Beine schlangen. Sie versuchte sich zu befreien von diesen Kunststoffschlingen, doch mit jeder Bewegung zogen sie sie weiter in die Tiefe. Sie drohte zu ertrinken, spürte den Druck auf der Brust und die Netzknoten, die ihr den Hals und die Glieder abschnürten. Sich einfach zu Boden sinken lassen und vergessen, was über der Wasserlinie war. Dort, wo die Sonne schien. Sich Wolken zusammenballten. Wo der Wind den feinen Sand vor sich herblies. Wo die Luft salzig schmeckte. Einem die scharfkantigen Muschelschalen in die Fußsohlen schneiden konnten. Wo Tag für Tag Kinder auf Schatzsuche gingen, als Naturforscher oder als Piraten. Sich forttreiben lassen von diesen Geschichten, dieser Insel, diesem Leben.

Mira schreckte auf. Sie schnappte nach Luft, als wäre sie tatsächlich aus der Tiefsee emporgeschnellt. Einem Strudel entkommen. Rauschen in den Ohren. Sie rieb sich die Handgelenke. Spürte noch die rauen Seile der Netze wie Fesseln auf der Haut. Sie lag nicht im Spülsaum. Sie lag in ihrem Bett. In dem Bett, dass Ocko für sie gebaut hatte. Aus Treibholz. Auf der Matratze aus Seegras. Sie setzte sich auf. Ihr Blick fiel auf den Weidenkorb. Langsam beruhigte sich ihr Atem wieder.

Mira stand auf. Sie musste hinaus. Musste den Wind spüren. Am ganzen Körper. Musste sich überzeugen davon, dass sie lebendig war. Ein Mensch. Kein Monster aus einer Schlucht im Ozean. Sie riss die Haustür auf und sog die Meeresbrise ein. Der Westwind frischte auf. Die Flut würde neues Treibgut anschwemmen. Und Netze. Immer wieder diese Geisternetze, die über Bord gegangen waren, versehentlich oder absichtlich. Weil sie verräterisch waren, nicht mehr gebraucht wurden, zerrissen waren oder Platz für noch mehr Ladung machen sollten. Aber auch ohne Boot weiterhin genau das taten, wozu sie geknüpft worden waren. Fische fangen. Nur dass die niemand mehr anlandete und weiterverarbeitete. Und dass ihre mörderischen Schlingen jetzt wahllos zuschlugen. Kein Meeresbewohner war sicher vor ihnen. Und die Seevögel ebenso wenig.

Worauf wartete sie noch? Mira hatte die Netze doch immer ausstellen wollen, um Bewusstsein für diese Gefahren zu schaffen. Ihre Begeisterung, ihr Engagement, ihre Fantasie konnten sich nicht in Luft aufgelöst haben. Sie hatte sich nie von Menschen aufhalten lassen, die nicht sahen, nicht sehen wollten, was sie sah. Und schon gar nicht wollte sie so werden wie ihr Vater, der nur noch in seinem Büro in der Reederei saß. Der sich hinter seinem Schreibtisch in Hamburg verschanzte und seit Jahrzehnten nicht mehr aufs Meer hinausfuhr. Der nur ein einziges Mal etwas davon erzählt hatte und niemals darüber redete, warum. Jedenfalls nicht mit ihr. Nein, so wollte sie auf gar keinen Fall enden. Sie wollte anpacken. So wie Ocko es getan hatte.

Mira stürmte hinaus. Barfuß. Ohne Jacke. Mit jedem Schritt wirbelte sie Sand auf. Hastete vorbei an den letzten Urlaubern, die auf dem schmalen Weg stehen blieben, um ihre Wettermäntel bis obenhin zuzuknöpfen. Weiter, durch die Dünen, hinunter zum Strand. Sie warf sich dem Wind entgegen, wandte sich Richtung Odde. Erste Regentropfen sprühten ihr ins Gesicht. Sie schob sich die Ärmel ihres Pullovers hoch, als sie den Spülsaum erreichte. Ein zerfasertes Seil ragte aus dem feuchten Sand. Sie zog es heraus. Und dann noch eins. Leuchtend orange waren sie mal gewesen. Bevor sich Algen und Seegras und Muscheln darangeheftet hatten. Mira richtete sich auf und strich sich die feuchten Haarsträhnen aus dem Gesicht. Die Wolken schienen sich zu jagen. *Jeija*, riefen sie ihr zu. *Jeija*, heulte der Wind. Oder bildete sie sich das nur ein? Sie senkte den Blick. Einige Meter weiter draußen entdeckte sie ein Geflecht. Die giftgrünen Knoten schienen auf dem geriffelten Wattboden zu liegen. Doch als sie zupackte, spürte sie Widerstand. Sie zog und zerrte. Vergeblich. Sie sank auf die Knie, begann zu graben. Mit bloßen Händen schaufelte sie den nassen Sand weg, riss immer wieder an den grünen Kunststoffsträngen, doch das Netz ließ sich nicht freilegen. Sie sprang auf und rannte zurück. Ein Spaten musste her, eine Hacke vielleicht. Sie konnte das Netz nicht einfach dort liegen lassen, nicht darauf warten, dass die nächste Flut es freispülte oder die übernächste. Und inzwischen zusehen, wie sich Möwen daran zu schaffen machten oder wie sich ein Strandläufer darin verhedderte.

Sie griff sich den Spaten, den sie aus dem zerstörten Schuppen gerettet hatte, verzichtete auf den Bollerwagen, rannte zurück zum Strand. Die Gischtmähnen waren schon von Weitem zu sehen. Der Wind trieb die Wellen schneller heran als erwartet. Bald würden sie das Netz erreichen. Mira stieß den Spaten in den Sand. Wieder und wieder. Sie stand bis zu den Knöcheln im Wasser. Regen rann ihr übers Gesicht. Ihr Pullover war längst durchnässt. Die Jeans klebte an ihren Beinen. Mira achtete nur auf die giftgrünen Knoten. Ein Teil trieb schon im auflaufenden Wasser, der andere hing noch im Wattboden fest. Und die Flut kam unerbittlich näher.

Plötzlich spürte Mira, dass jemand sie am Arm packte. Wütend schüttelte sie ihn ab. Trat den Spaten wieder in den Wattboden, achtete nicht auf die Wortfetzen, die der Wind mit sich fortriss. Doch da war er schon wieder, dieser eiserne Griff. Sie drehte sich um. Anke stand vor ihr. »Was?«, brüllte Mira sie an.

Anke ließ sie sofort los. »Klärchen!«, rief sie gegen den Wind. Der Regen prasselte auf ihre Kapuze und tropfte ihr auf die Gummistiefel. »Klärchen ist weg!«

Mira fragte sich, ob sie richtig verstanden hatte, doch sie sah ihre Schwester schluchzen.

»Da ist sie den ersten Tag bei uns, und schon läuft sie weg, und ich merke es nicht mal!«

Mira zog den Spaten aus dem Sand. Dann legte sie den Arm um ihre Schwester. »Na komm, wir finden sie schon.«

»Wenn sie bloß nicht ins Watt rausgelaufen ist!«

»Aber nein.«

»Sie ist so seltsam … manchmal.«

»Hast du beim Haus deiner Schwiegereltern nachgesehen?«

»Klar. Gleich als Erstes.«

Mira lotste ihre Schwester zur Aussichtsdüne. »Von da oben sehen wir mehr.«

»Gerade hilft sie mir noch beim Wäscheaufhängen. Im nächsten Moment verschwindet sie hinter den Laken, und dann ist sie wie vom Erdboden verschluckt.«

Sie stiegen die Stufen zur Plattform hinauf. Die Holzbohlen waren nass und glitschig. Anke hielt sich am Geländer fest. »Niels verzeiht mir nie, wenn seiner Oma was passiert, niemals!«

»Was soll ihr denn passieren?«, versuchte Mira sie zu beruhigen.

Aber Anke hörte ihr gar nicht zu. »Und Gitte. Sie hängt so an ihrer Mutter. Sie wollte erst gar nicht wegfahren. Aber Cord zuliebe …«

»Deine Schwiegereltern müssen doch gar nichts davon erfahren! Ehe sie zurück sind aus New York, ist das längst vergessen.«

»Da kennst du die Insel aber schlecht.«

Mira winkte ab. »Wir finden sie. Bevor irgendjemand etwas merkt. Du wirst sehen.«

»Aber …«

»Kein Aber. Klärchen passiert nichts. Sie ist hier geboren. Sie kennt sich aus. Und sie läuft nicht einfach ins Watt hinaus. Das Meer steckt ihr in den Knochen.«

»Was weißt du schon«, schniefte Anke.

Mira schirmte ihre Augen gegen den Regen ab. Sie überblickte den Dünengürtel, doch die Wege waren menschenleer. Am Strand darunter war niemand zu sehen. Auch im seichten Wasser und hinter der Sandbank nicht.

»Ich weiß ja nicht mal genau, wann sie verschwunden ist!«, jammerte Anke. »Ich hab nichts gehört. Ich hätte die Haustür abschließen müssen. Aber das mache ich nicht mal wegen der Kinder.«

Mira wandte sich ihrer Schwester zu. »Pass auf. Du gehst jetzt Richtung Quermarkenfeuer.«

»So weit ist sie bestimmt nicht gelaufen«, schnappte Anke, »nicht mal bis zum Hünengrab!«

Mira nickte. »Nimm den letzten Aufgang, und geh durch die Dünen zurück zu eurem Haus. Ich laufe hier weiter Richtung Odde und komme über den Deich zurück. Einer von uns wird sie finden, da bin ich mir sicher.«

»Und wenn nicht?«

»Dann suchen wir eben weiter!«

»Aber wenn sie doch ins Meer gelaufen ist?«

»Schluss jetzt, Anke!« Mira sah ihre Schwester durch den

Regenschleier hindurch an. Sie konnte sich nicht erinnern, sie je so erlebt zu haben. »Na komm schon, vorwärts. Bei dem Wetter zählt jede Minute.«

Anke nickte. Dann gab sie sich einen Ruck und lief die Stufen hinab. Mira folgte ihr. Am Fuß der Dünen trennten sie sich.

»Viel Glück!«, rief Mira ihrer Schwester hinterher.

Anke stiefelte ohne Weiteres davon, den Wind im Rücken.

Mira kam nur langsam voran. Die Böen trieben ihr den Regen entgegen. Er lief ihr aus den Haaren übers Gesicht, den Hals hinab. Sie fror. Mira achtete nicht darauf, dass ihr Pullover völlig durchweicht war. Klärchen trug sicher nur ein Kleid. Und ihren roten Schal. Sie musste sie finden. Bevor sich Klärchen unterkühlt in eine Senke kauerte. Bevor es dunkel wurde. Bevor sie einschlief und nicht wieder aufwachte. Mira blieb immer wieder stehen, wischte sich über die Augen, ließ den Blick langsam über den Strand gleiten. Von den Dünen bis zum Spülsaum und wieder zurück. Dann lief sie weiter. Wo mochte Klärchen nur hingegangen sein? Hatte sie einen Lieblingsplatz? Rief eine Erinnerung sie hier hinaus? An ein Liebesnest? Oder an Notzeiten, in denen sie Daunen gesammelt oder Möweneier stibitzt hatte? Stammte sie aus einer alten Seefahrerfamilie? Deren Haus am Ende des Dorfes Schätze aus aller Welt barg? Oder war sie schon als junge Frau auf sich allein gestellt gewesen? Weil ihr Mann auf dem Meer verschollen war? Wie schon sein Bruder? Und sein Vater vielleicht auch? Zog es sie deshalb zum Strand? Oder waren sie gar nicht zur See gefahren? Hatten sie Arbeitspferde gezüchtet? Oder Schafe? Was wusste Mira schon über Klärchen? Dass sie Niels' Großmutter war. Und Ockos Nachbarin. Dass sie die Kinder gerne um sich gehabt und verwöhnt hatte. Mira konnte sich nicht daran erinnern, sie je woanders als in ihrer Küche oder im Garten angetroffen zu haben.

Sie blieb wieder stehen, um aufs Meer hinauszusehen. Der Wind presste die regennasse Jeans gegen ihre Knie. Die grauen

Wellen überschlugen sich und prusteten die Gischt immer höher den Strand hinauf. Mira versuchte sich die Hände warm zu reiben, spürte aber kein Prickeln, sah nur die gerötete Haut auf den Handrücken. Dann ließ sie ihren Blick wieder über den Spülsaum schweifen und weiter hinaus, bis zur Sandbank. Da trieb doch etwas in den Wellen. Lang und schmal und feuerrot. Mira spurtete ins Wasser. Etwa Klärchens Lieblingsschal? Die Flut schien ihr den Boden unter den Füßen wegzutreiben. Mira ruderte mit den Armen, um das Gleichgewicht zu halten. Die nächste Welle überschlug sich. Mira griff ins Leere. Salzwasserspritzer brannten in ihren Augen. Sie schnappte erneut nach dem, was da trieb. Bekam es zu fassen und zog es auf den Strand. Ein zerfetztes Stück Segeltuch. Feuerrot wie Klärchens Schal.

Einen Moment lang schloss sie die Augen. Erleichtert. Langsam kam die Gewissheit zurück. Klärchen wäre nicht ins Wasser gegangen. Niemals. Und ins Watt auch nicht. Mira raffte sich auf und stapfte weiter den Strand hinauf. Vielleicht hatte Klärchen beim Vogelwärterhäuschen nach einem Unterschlupf gesucht oder sich wenigstens im Windschatten dahinter verkrochen.

Der Regen trommelte auf den Schuppen, rann vom Reetdach herab und tropfte vom Tisch und den Holzbänken auf die Terrasse. Die Tür war abgeschlossen. Durchs Fenster sah sie, dass auch niemand im Haus war. Nach den Herbstferien wurde hier alles sturmsicher verschraubt. Noch gab es vormittags Führungen. Mira umrundete das Anwesen. Keine Spur von Klärchen. Vielleicht sollte sie wirklich über den Deich zurück nach Hause gehen. Vielleicht war Klärchen längst dort. Vielleicht hatte Anke sie gefunden. Und sie saß, in warme Decken gehüllt, bei heißem Tee, und die Eindrücke ihres Ausflugs verblassten schneller, als sie nach einer Friesenwaffel greifen konnte.

Mira stieg den Teerdeich hinauf. Sie sah über die Dächer

des Schullandheims Ban Horn hinweg auf die Dünen. Dort war niemand unterwegs. Dann drehte sie sich um. Föhr lag irgendwo im Dunst. Das Watt an der Ostseite der Insel lief voll. Unaufhaltsam strömte das Meerwasser heran. Mira zögerte. Sie sollte am Deich entlang nach Norddorf gehen. Doch nach wenigen Schritten blieb sie stehen und sah noch einmal zurück Richtung Vogelwärterhäuschen. Der Holzsteg mit der Bank am Ende menschenleer. Sie blinzelte. Weiter unten am Flutsaum, das war doch kein Begrenzungspfahl, der da stand? Sie wischte sich über die Augen. Da flatterte etwas im Wind. Ihr Herz schlug schneller. Sie konnte nicht genau erkennen, ob da tatsächlich jemand stand, ein Mensch, an dessen Kleidung die Böen zerrten. Das musste einfach Klärchen sein. Auch ohne ihren roten Schal. Niemand sonst. Wer kam schon bis hierher bei diesem Wetter? Sie lief hinab, so schnell sie konnte. Hastete durch den nassen Sand. »Klärchen!«, rief sie. »Klärchen!« Sie schrie gegen den Wind an. Doch der fetzte ihre Worte weg.

Außer Atem kam sie näher. Kein Zweifel. Die Frau in dem triefenden Kleid war Niels' Großmutter.

Sie sah aufs Meer hinaus. Die auslaufenden Wellen hatten ihre Schuhe längst durchweicht. Die spindeldürre Gestalt zitterte. Die nächste Böe konnte sie umwerfen. Mira durfte sie nicht erschrecken. Sich nicht von hinten nähern. Eher von der Seite. Sie blieb stehen.

»Hallo, Klärchen«, sagte sie leise.

Klärchen rührte sich nicht.

Mira wartete.

»Jeija, das Meer«, klang es auf einmal leise.

Mira streckte ihr die Hand hin.

Klärchen sah sie von der Seite an.

»Komm«, sagte Mira.

»Nein!« Klärchen wich zurück. »Du nimmst mich nicht mit ins Meer!«

Mira schüttelte den Kopf. Sie ließ die Hand sinken. Wie konnte sie sie nur weglocken von der Flutlinie?

Klärchen sah wieder auf die Wellen zu ihren Füßen. »Jeija! Das Meer nimmt. Das Meer verschlingt.« Plötzlich hob sie den Kopf und sah Mira direkt ins Gesicht. »Jeija! Ich kenne dich.«

Mira lächelte. Endlich. Klärchen erinnerte sich. Sie würde mit ihr gehen. Nach Hause. Zu Anke und Niels.

»Jeija, das Meer hat dich zurückgebracht!« Klärchen griff nach Miras Hand und streichelte sie. »Du warst so lange fort. So lange.«

Mira nickte nur. Sie wagte nicht zu antworten. Wollte Klärchen nicht aufstören, hoffte nur, dass sie sich bald nicht mehr dagegen sträubte, mit ihr zu gehen.

»Ocko grämt sich so. Er sucht die ganze Insel nach dir ab. Immer wieder.«

»Nach mir?«, wunderte sich Mira. Sie konnte sich nicht daran erinnern, ihm jemals weggelaufen zu sein.

»Ja. Und er hat nur euer Baby gefunden.«

Mira sah sie fassungslos an. Was redete sie da?

»Die Flut hat dich zurückgebracht. Jeija! Nur du weißt, was passiert ist.«

Mira schluckte. Was sollte sie wissen?

»Ocko wird mir ewig dankbar sein, wenn ich ihm jetzt seine Josefine zurückbringe«, murmelte sie. Damit packte sie Miras Hand fester und zog los.

Mira versuchte zu ordnen, was sie gehört hatte. Doch sie kam nicht klar damit. Ergaben Klärchens Worte irgendeinen Sinn? Mira hatte Mühe, mit der alten Frau Schritt zu halten. Sie eilte auf den Weg zu, ohne Miras Hand wieder loszulassen. Sie war wie verwandelt, zog und zerrte sie über den Strand. Ähnelte kaum noch der zerbrechlichen Person im Spülsaum.

»Das Baby, was ist mit dem Baby?«, wollte Mira wissen.

»Es lebt. Jeija! Es lebt.« Sie blieb nicht stehen dabei. »Ich hab es gesehen. Und Ocko. Aber er will keine Hilfe. Er ist so stolz.« Sie seufzte.

»Und Josefine?«, fragte Mira verunsichert.

»Mir verdrehst du nicht den Kopf«, empörte sich Klärchen. »Du passt hier genauso her wie alle anderen.«

Sie erreichten die Straße.

»Und Ocko ist ganz verrückt nach dir. Jeija. Nach dir und dem Kind.« Klärchen kam zu der schmalen Pforte, die zu Ockos Grundstück führte. Doch sie lief einfach daran vorbei und steuerte direkt auf Ankes Haus zu. Ohne zu zögern, passierte sie den Friesenwall und eilte auf die Vordertür zu. Erst als die sich nicht öffnen ließ, drehte sie sich nach Mira um. »Seit wann verrammelt er die Tür?«

»Das ist nicht Ockos Haus«, sagte Mira.

»Aber Josefine«, empörte sich Klärchen. »Was ist mit dir?«

Mira schwieg.

»Du erkennst es doch wieder. Das ist Ockos Kapitänshaus!« Klärchen drehte sich um und hämmerte mit der Faust an die Tür.

Mira trat einen Schritt zurück. »Das ist dein Haus, Klärchen.« – »Nein!«

Mira deutete hinüber Richtung Bauzaun. »Ockos Haus steht da drüben.«

»Nein!«

»Komm mit, ich zeige es dir!«

»Was soll ich denn in seiner Werkstatt?«

In dem Moment wurde die Haustür geöffnet. Anke stand auf der Schwelle und rubbelte sich mit einem Handtuch die Haare trocken.

Klärchen musterte sie. »Wer ist die Frau? Was macht sie in Ockos Haus?«

Anke ging mit offenen Armen auf Klärchen zu. »Endlich, Oma! Wir haben uns solche Sorgen um dich gemacht!«

Klärchen wich zurück. »Josefine?« Sie blickte Mira irritiert an. Ihre Stimme zitterte.

»Schon gut, Klärchen«, sagte Mira.

»Was ist los?«, fragte Anke. Sie legte das Handtuch weg und trat aus der Tür.

»Sie ist durch den Wind«, sagte Mira leise.

»Ach, tatsächlich?«, schnappte Anke. »Frag mich mal. Die letzten Stunden waren der reinste Horror!«

Mira wusste nicht, was sie dazu sagen sollte. Sie sah auf ihre nackten Füße, an denen immer noch Sand klebte. Sie spürte ihre nasse Kleidung auf der Haut. Sie fror.

»Vielleicht rufst du den Arzt für Klärchen? Sie ist bestimmt unterkühlt.«

»Das sehen wir dann.« Anke drängte sich zwischen Mira und Klärchen, legte den Arm um die alte Frau und bugsierte sie in die Diele.

»Aber Josefine«, hörte Mira sie noch protestieren, bevor Anke die Haustür schloss.

Mira lief zurück auf die Straße. Und weiter zu ihrem Haus. Die Tür war nur angelehnt, weil sie einfach losgestürmt war heute Morgen. Ohne abzuschließen. Genau wie Ocko. Sie setzte sich auf die Schwelle und rieb sich den Sand von den Füßen. Klärchen hatte sie Josefine genannt. Und geglaubt, sie wäre aus dem Meer gekommen. Was ging wohl vor in ihrem Kopf? Wie kam sie bloß auf diesen Namen? Aus dem Meer zurückgekommen, hatte sie gesagt. Wer kam schon aus dem Meer zurück? War es das, was Ankes Schwiegermutter meinte, als sie sagte, Klärchen würde überall Wiedergänger sehen? Vor allem wenn sie aufgeregt war? Mira hatte diese Erklärung schon beim ersten Mal nicht gefallen. Sie stand auf, ging ins Haus und ließ die Tür hinter sich zufallen. Sie musste die nassen Kleider ausziehen. Sie musste den Ofen anheizen. Sie musste Tee kochen. Und heiß duschen.

Doch die Gedanken an Klärchen ließen sie nicht los. Vor

allem, dass sie Ankes Haus für Ockos Kapitänshaus gehalten hatte. Sie war ohne Zögern, ohne den geringsten Zweifel direkt darauf zugegangen. Und sie hatte es nicht als ihr Heim erkannt. Als das Haus, in dem Klärchen selbst gelebt, ihre Kinder aufgezogen und ihre Enkel verwöhnt hatte. Vielleicht sah es jetzt einfach zu fremd für sie aus. Vielleicht erkannte sie es nach all den Umbauten nicht mehr wieder.

Plötzlich fiel Mira ein, dass Klärchen noch draußen vor der Tür gestanden hatte, als sie behauptete, Ankes Haus wäre Ockos Kapitänshaus. Und die strahlend weiße Fassade hatte in all den Jahren nie mehr als nur einen neuen Anstrich bekommen. Konnte es denn wirklich sein, dass Ankes Haus früher einmal Ocko gehört hatte? Sie musste Niels danach fragen. Unbedingt. Vielleicht wusste er, wie lange das Haus schon im Besitz seiner Familie war. Und warum Ocko es ihnen möglicherweise verkauft hatte. Wenn sie Klärchen glaubte, war das, was Mira in all den Jahren für Ockos Kapitänshaus gehalten hatte, nur seine Werkstatt gewesen. Konnte das wirklich wahr sein?

Miras Finger waren weiß vor Kälte. Sie schaffte es kaum, die nasse Jeans auszuziehen. Nicht nur ihre Hände fühlten sich taub an. Sie ließ den Pullover und die Wäsche einfach fallen. Das Wasser aus der Dusche war viel zu heiß. Sie schraubte an den Hähnen, bis es irgendwann erträglicher wurde. Als das Wasser auf ihren Rücken prasselte und sich ihre Muskeln langsam entspannten, fiel ihr das giftgrüne Netz aus dem Spülsaum wieder ein. Sie musste es unbedingt wegholen vom Strand, bevor es zur Falle wurde. Für wen auch immer.

Mira blieb unter der Dusche, bis die Spuren vom Regen, vom Wind und vom Sand in den Abfluss gespült waren. Ihre Finger fühlten sich aufgeweicht und runzelig an, und sie schmerzten. Die roten Striemen zeugten vom verbissenen Versuch, das Geisternetz zu bergen. Draußen war es längst dunkel geworden. Der Bademantel wärmte nicht genug. Sie musste sich anziehen. Und endlich den Ofen heizen.

Mira wappnete sich mit zwei Pullovern und einer Strickjacke gegen die Kälte. Als das Feuer im Ofen loderte, setzte sie Teewasser auf. Sie holte zwei Wolldecken aus dem Schrank und breitete sie über Ockos Ohrensessel und die Fußbank aus. Einen Moment lang zögerte sie, sich hineinzusetzen, sich zuzudecken, die Glieder auszustrecken und die Augen zu schließen. Für ein paar Minuten nur. Sie musste doch noch mit Niels reden. Sie musste nach Klärchen sehen. Sie musste endlich das Geisternetz aus dem Schlick ziehen.

11. KAPITEL

1972–1982

Vielleicht hatte es die Mama auch so gemacht. Nie zu lange ausgeharrt. Ein halbes Jahr vielleicht. Oder von Ostern bis in den Herbst. Dann weiter, dorthin, wo Schnee die Gäste anlockte. Und im Frühjahr wieder zurück an die Küste. Aber nie in denselben Ort. Weiter, immer weiter. Immer noch auf der Suche. Seit fünf Jahren war sie schon unterwegs, arbeitete sich von Küche zu Küche voran. Anfangs unterschieden sie sich kaum voneinander und auch nicht von der Küche hinter der Gastwirtschaft vom Onkel Georg. Sie dachte nur noch selten daran zurück. Teller mit Soßenpfützen, in denen Fleischbrocken klebten, oder Reste von Kartoffeln und Gemüse mussten überall geleert werden, heiß gespült und abgetrocknet. Ebenso das Besteck. Schnell und gründlich. Die Gläser extra, wegen der Fettaugen im Spülwasser. Am Ende, zum Feierabend, auch die Schüsseln, Töpfe, Kochlöffel, Schöpfkellen und Küchenmesser. Und selbstverständlich sollte alles an den richtigen Platz zurückgestellt werden. Die Arbeitsflächen mussten gesäubert, manche sogar blank geputzt und die Fußböden geschrubbt werden. Damit kannte sie sich aus. Jeder Handgriff fühlte sich vertraut an.

Nacht für Nacht verließ sie als Letzte die Küche. Und am frühen Vormittag kam sie zurück. Aus einem Zimmer, das sich von ihrer Kammer im Haus der Großmutter kaum unterschied. Das sie jedoch mit einer Fremden teilen musste. Besonders die erste hatte einen bleibenden Eindruck hinterlassen. Irene hieß sie und musste etwa genauso alt gewesen sein wie sie. Im Gegensatz zu ihr arbeitete Irene jedoch schon die dritte Saison an dieser Stelle. Eines Morgens, wenige Tage nachdem sie ihre Habseligkeiten in dem Schrank beim Fenster verstaut und das Bett daneben bezogen hatte, stand Irene in der Tür.

»Das ist meins«, sagte sie, ohne die Zigarette aus dem Mund zu nehmen. Sie deutete mit dem Kinn auf das Bett, aus dem die Kleine sich gerade erhob. Die Frau kam näher, achtete nicht auf die Hand, die sie ihr zur Begrüßung entgegenstreckte. Warf ihren Koffer einfach neben sie aufs Bett. »Ich bin Irene.« Sie nahm die Zigarette aus dem Mund, ließ sie auf den Fußboden fallen und trat sie aus. »Ich denke, wir verstehen uns.«

Was sollte sie dazu sagen?

»Und der Schrank gehört auch mir! Sieh zu, dass du deinen Kram wegschaffst!«

»Das … das habe ich nicht gewusst«, stammelte sie.

»Dann weißt du es jetzt.« Irene sah sie von oben herab an. »Wird's bald, oder brauchst du 'ne extra Einladung?«

Sie stand auf und sah sich irritiert um.

»Na, das kann ja heiter werden«, murmelte Irene. »Ich geh jetzt frühstücken. Und wenn ich zurückkomme, ist hier alles klar. Verstanden?«

Sie nickte nur und sah zu, wie Irene davonrauschte, öffnete das Fenster und beeilte sich, Bett und Schrank umzuräumen. Irene öffnete das Fenster nie. Obwohl sie eine Zigarette nach der anderen rauchte. Und den Aschenbecher auf dem Nachttisch niemals leerte. Dafür brachte Irene hin und wieder einen Mann mit aufs Zimmer, und keiner der beiden störte sich daran, wenn sie schon im Bett lag.

Immerhin bekam sie Geld für ihre Arbeit ausgezahlt. Ein seltsames Gefühl. Denn zuvor waren die Geldscheine und Münzen nur durch ihre Hände gegangen und weiter an den Onkel Georg. Jetzt rollte sie den Lohn in ihren Strümpfen ein und verstaute sie ganz hinten in dem schmalen Schrank. Weil sie beobachtet hatte, dass Irene das auch so machte. Am Ende der ersten Saison fand sie allerdings nur noch die Socken mit dem Kleingeld hinter ihrer Wäsche. Die Strümpfe mit den Scheinen waren verschwunden. Genau wie Irene, mit der sie acht Monate lang Bett an Bett geschlafen hatte.

»Mit dreißig habe ich meinen eigenen Imbiss«, war stets das Erste gewesen, was Irene sagte, wenn morgens der Wecker klingelte. Sie gähnte und griff nach ihrer Zigarettenschachtel. »Ich lass mich doch nicht länger schikanieren als unbedingt nötig.« Und wenn keine Zigarette mehr in der Schachtel war, zerknüllte sie die fluchend und warf sie an die Wand.

Der Chef schüttelte nur den Kopf, als sie ihn nach der Irene fragte. »Hast Lehrgeld bezahlt«, sagte er nur.

Das übrige Kleingeld reichte nicht für die neuen Schuhe, die sie sich endlich kaufen wollte. Schuhe, die das Herumlaufen in der Küche erträglicher machen sollten. Vierzehn Stunden, jeden Tag. Das mit dem Geld durfte ihr nicht noch einmal passieren. Sie brauchte einen Koffer, den sie abschließen konnte. Aber auch dafür reichten die Münzen nicht. Schon gar nicht, weil sie auch noch eine Fahrkarte davon bezahlen musste.

Kam sie in einen neuen Ort an der Küste und sah sich nach einer Stelle um, nahm sie das Foto von der Mama aus der Tasche und fragte, ob sich jemand an sie erinnerte. Kaum einer von den Wirten und Hausdamen, von den Kellnerinnen und Köchen nahm das Bild in die Hand und betrachtete es eingehend. Sie schüttelten gleich den Kopf. Bis auf den Rotgesichtigen. Sie sah ihn erwartungsvoll an, während er sich mit den Fingern durch die weißblonden Haarsträhnen fuhr. Er grinste sie an. »Da sieh mal einer an! Die Kleine sucht ihre Mama!«

Die Küchenhilfen hinter ihm schienen zu erstarren.

»Sind wir hier beim Roten Kreuz, oder was?«, donnerte er los. »Hier wird gearbeitet. Und zwar zack, zack! Da ist keine Zeit für so ’n Blödsinn!«

Sie zuckte zusammen.

»Kannst gleich wieder gehen! Na los, hau ab! Zieh Leine! Such woanders nach deiner Mama!«

Sie ging.

Und zog das Foto weiter bei jeder Station heraus, bis es zerknickt war und sie befürchtete, es könnte zerfallen. Da ließ sie es vorsichtig in den Umschlag zurückgleiten und verstaute ihn ganz unten in ihrem Koffer. Niemand hatte die Mama gesehen. Und ganz tief im Innern wusste sie schon lange, dass sie vergeblich suchte. Doch weder im hektischen Küchenbetrieb noch an den dampfenden Spülbecken oder in dem Zimmer neben einer Fremden konnte sie sich darüber klar werden.

Dazu ging sie nachts ans Meer. Allein. Weit weg von denen, die sich am Strand trafen, riesige Rotweinflaschen kreisen ließen oder sogar dort schliefen. Sie wollte den Wellen zuhören. Die wispern konnten oder brüllen. Die sie mit ihrem ewigen Auf und Ab lockten. Hinein und hinaus. Oder ihr den Rücken zudrehten, sich zurückzogen, bis sie außer Sicht waren. Jedoch die Gewissheit verströmten, dass sie wiederkamen, auch wenn es gerade nicht so aussah. In manchen Nächten tröstete sie das. In anderen wühlte es sie auf. Sie wollte nicht daran denken. Und doch stiegen diese Bilder hin und wieder in ihr auf, wie Luftblasen. Das Unterseeboot irgendwo da draußen auf dem Meeresgrund. Und ihre Mutter, die hinschwimmen wollte. Vielleicht sogar von hier aus. Nicht einmal ihre Tochter hätte sie davon abhalten können. Vielleicht war jeder Tag am Bergsee einzig und allein die Vorbereitung dafür gewesen. Und sie hatte ihr das absichtlich verschwiegen. Oder ihr Plan war erst langsam gereift. Mit der vergeblichen Suche. Mit der Angst, nur noch herumzuirren. Mit jedem neuen Aufenthalt und jedem Weiterziehen. Vielleicht hatte ihre Mutter den Entschluss auch erst hier gefasst, nach ungezählten Stunden in den Küchen dieser Badeorte.

So hatte es gedauert, bis sie wagte, sich in den Sand zu setzen. Und noch länger, bis sie das erste Mal ins Wasser gestiegen war. Diese Weite schüchterte sie ein. Immer noch. Das Meer schien bis zum Himmel zu reichen. Der Bergsee dagegen nur bis zu den schroffen Felsen. Und doch war beides Wasser. Auch wenn es ganz anders schmeckte. Wasser, auf das der Mond schien. Über dem die Wolken rasteten. Oder mit dem Wind dahinjagten. Das nach Ferne roch. Nach Leben und nach dem Tod. Dessen Wellen so vieles schluckten und so wenig wieder freigaben. Das sie bald anzog, als würde es sie zu sich rufen. Und sie gehorchte. Kam regelmäßig. Um die Gerüche des Tages abzuwaschen. Oder um einzutauchen in einen neuen Morgen. Um sich von der Stille durchdringen zu lassen, die gar nicht so still war. Um ein Teil davon zu sein. Dazuzugehören, wie sie noch nirgends dazugehört hatte.

Im Winter sehnte sie sich ans Meer zurück. Zählte die Nächte im Schnee. Fragte sich, ob die Flocken auch über der Brandung dahinstoben, ob Wellen gefroren, Eisschollen auf dem Wasser trieben oder auf den Strand geschoben wurden und sich auftürmten zu Gipfeln auf Zeit. Manchmal breitete sie dann eine Landkarte auf ihrem Bett aus und betrachtete all die schwarzen Kreise, mit denen sie die Orte markierte, in denen sie bereits gearbeitet hatte. Einen einzigen gab es an der Ostsee, nahe der dänischen Grenze. In der Nähe der Stadt, wo die Mama den Vati kennengelernt hatte. Auf der Hochzeitsfeier ihrer alten Freundin. Mitten im Krieg. Dort war sie zuerst hingefahren. War herumgelaufen. Hatte Menschen beobachtet und sich gefragt, ob sie jemanden erkennen würde nach den alten Fotos. Einfach so. Vor einem Schaufenster oder an der Haltestelle der Straßenbahn. Weil sie sie so oft angesehen und dabei den Erzählungen der Mama gelauscht hatte, kam es ihr fast so vor, als wäre sie selbst dabei gewesen bei dieser Feier. Schließlich fragte sie sich zu der Adresse durch, die auf einem vergilbten Stück Papier aus dem Umschlag mit den Dokumenten stand. Hier hatte die Freundin gewohnt. Hier sollte sie Hochzeit gefeiert haben. In einem Haus aus roten Ziegelsteinen. Vier Stockwerke hoch. Die Haustür stand offen. Und gleich dahinter eine alte Frau. Die nahm sie mit in ihre Wohnung.

»Meine Augen sind nicht mehr die besten«, entschuldigte sie sich. Durch die Sprossenfenster fiel wenig Licht in die schmale Stube. Sie humpelte zu dem riesigen dunklen Schrank und kramte in den Schubladen nach einer Lupe. Dann setzten sie sich aufs Sofa. Die alte Frau nahm sich Zeit, für die Fotos und für das, was sie von der Mama wusste. Während sie kerzengerade neben ihr saß, um die bestickten Kissen nicht zu berühren und die Häkeldeckchen, die die moosgrünen Lehnen schonen sollten.

»Sssünde«, murmelte die Frau und schüttelte den Kopf. Sie versuchte sich zu erinnern. »Sechsundzwanzig Jahre ist das her?«, fragte sie.

»Ja. Genau.«

»Hm, im Krieg durfte eigentlich nicht gefeiert werden.«

Sie sah die alte Frau überrascht an.

»Jedenfalls nicht mit Musik und Tanz.«

Aber so hatte sie es erzählt bekommen. Immer wieder.

»Die Hansens sind letztes Jahr erst weggezogen«, überlegte die alte Frau. »Nein. Das muss schon zwei Jahre her sein. Oder drei. Nach Bremen. Oder Wilhelmshaven?« Sie seufzte: »Sssünde.« Dann starrte sie die Fransen vom Teppich vor ihren Füßen an. »Ja, und der alte Hennings mit dem Holzbein – also der war 1941 bestimmt nicht hier. Aber jetzt liegt er auf dem Friedenshügel.«

Niemand wohnte mehr in dem Haus, der die junge Braut von damals gekannt haben konnte. Oder ihre Familie. Oder irgendjemanden aus ihrer Hochzeitsgesellschaft, wie ihre Mutter und den U-Boot-Kapitän.

Die anderen markierten Orte auf ihrer Landkarte lagen an der Nordsee. Das Unterseeboot war im Nordatlantik unterwegs gewesen. Vor Island. Als es kein Signal mehr gab. Vielleicht hatte ihre Mutter das aus einem der Briefe, die sie immer wieder zum Weinen brachten. Vor allem die mit dem roten Kreuz darauf. Eines Tages hatte sie ihr auf einer alten Karte gezeigt, wo Island lag. Ganz weit oben unter dem Rand. Und gemeinsam ließen sie ihre Zeigefinger über die blaugrüne Fläche nach unten gleiten. Sie erinnerte sich noch an die Namen, die die Mama dabei geflüstert hatte. Die hörten sich wie eine Zauberformel an. Färöer, Shetland, Bergen. Und weiter hinab ging es in die Nordsee und auf die deutsche Küste zu. Wenn sie nachts in der Brandung stand und aufs Meer hinaussah, kam ihr ab und zu noch der Gedanke, ihre Mutter könnte auch hier gestanden haben. Und Island musste dort liegen, wo der Himmel die Wellen berührte. Nur ein Stück weiter draußen. Viel weiter draußen noch. Weil sie es nicht sehen konnte. Nur ahnen. In dunklen, klaren Nächten. Ganz besonderen Nächten. In denen sie sich der Mama ganz nah fühlte, trotz allem. Nächte, die es nur noch selten gab. Und dann gar nicht mehr.

Mit den Jahren begannen sich auch die Küchen zu verändern. Sie traf öfter auf Geschirrspülmaschinen. Noch brauchten sie jemanden, der Seifenpulver einfüllte, die Teller abbrauste, hineinstapelte und hinterher abtrocknete. Doch schon bald gab es Maschinen, die nur noch be- und entladen werden mussten, sogar welche extra für Gläser und Töpfe. Sie spülten so schnell und so heiß, wie sie und die anderen Küchenhilfen es niemals konnten. Modernisierung nannten die Wirte das und nahmen sich als Nächstes die Speisekarte vor. Kartoffeln, Würste, Hähnchen, Schnitzel und Fisch, alles wurde in Metallkörbe gelegt und im siedenden Fett gebadet. Frittieren hieß das, und dazu brauchten sie keine Köche mehr.

Einen Sommer hielt sie durch in so einer Küche. Kartoffeln schälen. Mit aller Kraft durch die Schneide pressen, damit die Stäbchen schön gleichmäßig aussahen, sie hießen jetzt Pommes frites. Heiß begehrt. So heiß wie die Fettspritzer, die sich auf ihren Unterarmen einbrannten. Die überhitzte Luft machte ihr das Atmen schwer. Und überall dieser schmierige Film, der sich kaum wegschrubben ließ. Der Öldunst hing in ihren Kleidern fest und in den Haaren. Selbst nach dem Waschen noch oder nach einem Bad im Meer. Nach den ersten neugierigen Bissen in das knusprig Frittierte spürte sie bald nur noch Widerwillen, Abscheu, manchmal sogar Ekel. Vielleicht hätte sie das hingenommen, aber dann kam dieser Tag im Spätsommer, an dem der Chef die Küche ausnahmsweise seinem Sohn Piet überließ. »Ich muss morgen in die Kreisstadt fahren. Das lässt sich nicht verschieben«, teilte er am Abend vorher mit. Er klopfte seinem Sohn auf die Schulter. »Du machst das schon, mein Junge!«

»Yes, Sir!« Piet grinste in die Runde.

Die Küchenhilfen sahen zu Boden.

»Alles hört auf sein Kommando!«, sagte der Chef noch.

Sie nickten nur stumm.

Piet hatte schon jahrelang neben seinem Vater am Herd gestanden und ihm zugearbeitet. Das wusste sie vom Stammpersonal. Denn vor jedem neuen Mädchen prahlte er: »In Wahrheit schmeiße ich den Laden hier. Und bald steht das auch draußen dran. Ganz groß. In Leuchtbuchstaben!«

Das Mittagsgeschäft lief langsam an. Die ersten Bestellungen trafen in der Küche ein. Die Schnitzel landeten im Fettbad. Der Kellner kam dreimal in die Küche gelaufen. Doch das Essen war immer noch nicht fertig.

»Hast du nichts zu tun da draußen?«, schnauzte Piet ihn an. »Sieh zu, dass die Leute mehr trinken!«

Als die ersten Teller endlich angerichtet und serviert waren, fuhr ein Bus vor. Wenig später stürmte der Kellner herein.

»Vierzig Essen«, prustete er, »kriegen wir das hin?«

»Was soll die Frage? Willst du mich beleidigen, oder was?«

»Na, ich meine ja nur, weil das nicht angemeldet war. Sonst läuft das nur auf Vorbestellung.«

»Dann passt jetzt mal alle gut auf!« Er marschierte zum Kühlraum und kam wenig später mit Paketen beladen zurück. »Geht los!« Er warf alles auf die Arbeitsplatte. Der Kellner verschwand eilig in den Gastraum, und Piet drehte sich zu den Küchenhilfen um. »Löcher in die Luft starren ist nicht mehr!« Als ob sie je Zeit dazu gehabt hätten. Er teilte neu ein, wer Kartoffeln schälen, waschen und wer sie zu Pommes frites pressen sollte, wer für den Fisch, das Fleisch, das Panieren zuständig war, und drehte den Regler am Fettbad hoch. »Wird's bald? Oder muss ich euch erst Feuer unterm Hintern machen?« Er stellte die Metallkörbe bereit.

Der Kellner stieß die Schwingtür auf und rief in die Küche hinein: »Siebenundzwanzig Mal das Schnitzel, zwölf Mal den Fisch, acht Mal Bratwurst und drei Mal nur Pommes!« Dann klappte die Tür wieder zu.

Sie schälte Kartoffeln, ohne aufzusehen. Piets kleine Schwester wusch sie ab, weil es gerade einer der Tage war, an denen sie früh aus der Schule kam. Und Willi, der von sich behauptete, das Urgestein dieser Küche zu sein und hier schon für Piets Großvater gearbeitet zu haben, quälte sich damit, die rohen Kartoffeln durch den Schneider zu Stiften zu pressen.

Das Fettbad zischte und dampfte. Piets kleine Schwester hustete, und Willi lief der Schweiß übers Gesicht und in den Nacken.

»Wo bleiben die Pommes?«, brüllte Piet da auch schon.

»Kommen sofort!«, rief sie und legte das Messer weg. Doch Willi wollte sich die Arbeit nicht abnehmen lassen. »Kartoffeln sind alle!«, krächzte sie. Das musste das Fett sein. Sie schluckte. Das Kratzen im Hals blieb, und ihre Augen juckten.

Piet drehte sich nach ihr um. »Dann steh doch nicht da, wie so 'n dämliches Denkmal! Du weißt doch, wo der Keller ist!«

Sie nickte. Im Nu war sie bei der Hintertür. Als sie sie öffnete, zogen dunkle Schwaden hinaus. Das Fett musste zu heiß sein. Wie oft hatte sie gesehen, dass der Chef die Temperatur herunterregelte? Und Piet? Hatte der Chef nicht jeden in der Küche angehalten, mit darauf zu achten? Und gemahnt, dass der Rauchpunkt keinesfalls überschritten werden durfte? »Der

Rauchpunkt ist, wenn's anfängt zu qualmen«, hatte er erklärt. Und Piet hatte gelacht.

Ihre Augen tränten. »Piet?« Sie klang heiser. »Piet!«

»Bist du immer noch nicht weg?«, donnerte er.

Sie hielt sich an der Türklinke fest. »Pass auf das Fett auf!«

»Was glaubst du eigentlich, wer du bist?« Er stemmte die Hände in die Hüften. »Sieh zu, dass du deine Arbeit machst! Na los! Geh schon! Und wenn du nicht ausgelastet bist, bring zwei von den Kartoffelsäcken mit hoch«, rief er quer durch die Küche. »Und zwar ein bisschen plötzlich!«

Sie ließ die Tür hinter sich zufallen und sog die frische Luft im Hof tief ein. Dann ging sie zum Keller hinüber. Aus der Küche drangen laute Stimmen. Vermutlich stauchte Piet den Nächsten zusammen. Sein Vater redete nie so mit dem Personal. Sie lief die Kellertreppe hinab. An den Getränkekisten vorbei. Am Leergut. An den Säcken mit Zwiebeln. Zu den Kartoffeln. Sonst holte Piet die aus dem Keller. Sie zerrte einen Sack zum Gang. Und dann noch einen. Sie stützte die Hände auf die Oberschenkel und schnappte nach Luft. Das musste von diesem Qualm kommen. Plötzlich hörte sie Schreie von draußen. Dann einen Knall. Sie ließ die Säcke liegen, rannte die Stufen hinauf, stolperte hinaus. Die verkohlte Küchentür lag mitten im Hof. Sie stürzte daran vorbei. Über Scherben und geborstene Fensterrahmen am Boden auf die Flammen zu. Von der Straße her kam ein Nachbar angelaufen und rief ihr etwas zu. Sie achtete nicht darauf. Sie musste helfen. Sie musste an den Löschsand. Der Mann packte sie. Sie schlug um sich, versuchte sich zu befreien. Er ließ nicht locker, riss sie zurück. In dem Moment stürzte die Rückwand ein. Sie zitterte. Ihre Beine sackten weg. Der Mann legte vorsichtig den Arm um sie und führte sie auf die Straße hinaus.

Sie hörte die Feuerwehr, sah all die Menschen. Fremde. Nachbarn, die Stühle brachten und Decken. Der Kellner lief zwischen ihnen herum. Seine Haare angesengt.

»Danke«, sagten die immer wieder zu ihm. Die aus dem Bus.

»Kein Wasser!«, schrie er. »Kein Wasser!« Und dann leiser: »Aber da hatte er schon den Eimer voll Wasser in den Händen und holte aus.«

Sie wusste nicht mehr viel von den nächsten Stunden. Irgendwann war der Bus mit den Gästen weggefahren. Irgendwer brachte sie zum Personalhaus hinüber und hinauf in ihr Zimmer. Sie lag auf dem Bett und starrte an die Decke. Bis ihr einfiel, dass die Frau, mit der sie das Zimmer geteilt hatte, nicht kommen würde. Heute Nacht nicht. Nie mehr. Und morgen? Keine Küche mehr, die der alte Willi gleich nach ihr betreten würde und sie mit »Na, mein Mädchen, wie steht's mit uns beiden?« begrüßte. Piet nicht, der immer als Letzter kam. Und seine kleine Schwester auch nicht. Weder die beiden Hilfsköche, Ole und Bert, die seit Jahren hier zusammen anheuerten, noch Lieselotte, die mittags mit dem Fahrrad aus dem Nachbardorf kam, um ihre Rente aufzubessern. Es gab nur noch schwarzes Mauerwerk. Bis hoch zum dritten Stock. Asche und geschmolzenes Metall in den Trümmern. Vor allem Asche. Mehr nicht. Dann hörte sie den Schrei. Sie fuhr hoch. Dieses Aufheulen. Die Stille danach. Sie wagte sich nicht ans Fenster. Sie schluckte. Nur nicht hinaussehen. Tränen brannten ihr in den Augen. Sie wusste, dass es der Chef war. Zurück aus der Kreisstadt. Piets Vater. Wenig später hörte sie ihn unten an eine Tür hämmern. Der Kellner wohnte da. Doch den hatte die Feuerwehr ins Krankenhaus gebracht. Sie lauschte. Er kam nicht herauf. Und sie ging nicht hinunter. Drei Tage lang.

Sie musste diese Küchen hinter sich lassen, endgültig. Musste sich etwas anderes suchen in der nächsten Saison. Warum sollte sie nicht wieder Bestellungen aufnehmen und servieren? Immerhin hatte sie das beim Onkel Georg auch getan. In einer Gastwirtschaft gab es viele Möglichkeiten. Sie zögerte. Doch dann warf sie ihre Küchenkleidung weg. Sie wollte keine Zugeständnisse mehr machen. Vielleicht konnte sie in einer Bäckerei arbeiten. Oder in einer Konditorei, in die die Gäste zum Kaffeetrinken kamen. Im Sommer möglicherweise auch in einer Eisdiele. Schließlich brachte sie Erfahrung aus dem Biergarten mit. Flinke Füße, starke Arme, ruhige Hände, den Blick für die Gäste, die bestellen, und für die, die bezahlen wollten, und ihr Lächeln. Das hatte sie schon bei ihrer Mutter gesehen, wenn sie servierte beim Onkel Georg. Wirtshauslächeln hatte die Mama das genannt. Und der Kleinen erklärt, dass sie dieses Lächeln anzog wie ihre Servierschürze. Und genauso fest musste es auch sitzen. Weil es ihr Schutzschild war vor all den Blicken, den Fragen, den Vorwürfen. Dabei hatte sie damals kaum verstanden, was die Mama damit meinte. Erst als sie selbst an den Männern vom Stammtisch vorbeimusste, war es ihr wieder in den Sinn gekommen. Hier war es anders. Jedenfalls ein bisschen. Hier waren die Männer mit ihren Frauen und Kindern unterwegs. Und in Urlaubsstimmung.

Nach dem Winter in einer Bäckerei bekam sie im Frühjahr eine Stelle im Café. Die Chefin arbeitete in einer winzigen Teeküche, die niemand sonst betreten durfte. Marion stand hinter der Glasvitrine mit den Torten und Kuchen. Schon die fünfte Saison. »Du kannst mich alles fragen«, bot sie an.

»Hast du die etwa selbst gebacken?«

»Nein. Torte kann ich nur selber essen.« Marion lachte. »Der Chef ist Konditor. Die Backstube ist im Keller. Ums Haus herum.« Sie senkte die Stimme: »Damit er den Verkehr hier nicht aufhält mit seinem *Küss die Hand, Madame* und solchem Schmäh.«

Das Café öffnete um zehn Uhr und schloss um achtzehn Uhr. Die Tische in der Friesenstube und im Garten waren fast pausenlos besetzt. In der kühlen Vorsaison lernte sie schnell, was Pharisäer, Eiergrog und Roter Seehund waren und wie sich Tote Tante vom Schriftgelehrten unterschied.

Nach drei Wochen fragte Marion, ob sie sich nicht wohlfühle bei der Arbeit. »Doch«, behauptete sie, »alles gut.« Sie traute sich nicht zu sagen, dass sie nicht schlafen konnte. Dieser ungewohnt frühe Feierabend. Sie legte die längs gestreifte, blau-weiße Servierschürze zu einer Zeit ab, in der in den Küchen der Restaurants gerade der Abendbetrieb begann. Ein paar Nächte lang überlegte sie, ob sie eine zweite Stelle annehmen sollte. Für ein paar Stunden nur. Gläser spülen vielleicht oder Geschirrspülmaschinen ein- und ausräumen. Als sie jedoch die Küchentür erreichte, um zu fragen, ob Hilfe gebraucht wurde, schlugen ihr Dunst und Lärm entgegen. Sie schloss einen Moment lang die Augen. Konnte sich nicht wehren gegen die Bilder von Piet am brodelnden Fettbad, der Flammenhölle und diesem Geruch. Sie würgte, musste sich abwenden, übergab sich am Straßenrand. Ausgerechnet in dem Moment kam Marion vorbei.

»Oje, hast du was Schlechtes gegessen?«

Sie schüttelte den Kopf. Marion reichte ihr ein Taschentuch. Sie würgte immer noch.

»Bist du schwanger?«

Sie sah überrascht auf. Dann fiel ihr Thea ein, die Braut vom Max. »Nein!« Sie hörte selbst, wie empört es klang. Sie versuchte zu lächeln und scheiterte.

»Na komm, vielleicht brauchst du nur ein bisschen frische Luft.« Marion hakte sich bei ihr unter. »Gehen wir ein paar Schritte. Magst du zum Wasser runter?«

Sie brachte kein Wort heraus und nickte nur. Schweigend gingen sie zum Strand. Sie liefen ein Stück am Meer entlang. Ihr Atem wurde ruhiger, die Übelkeit löste sich langsam auf. Sie steuerten einen abseitsstehenden Strandkorb an.

»Bis kurz vor den Sommerferien sind sie offen«, erklärte Marion. »Dann gibt's so 'n Lattenrost mit Schlüssel für die zahlenden Gäste.« Mit der Handkante wischte sie den losen Sand vom Polster, dann setzte sich Marion hinein.

Sie hatte noch nie in einem Strandkorb gesessen.

»Na, worauf wartest du noch?«

Sie zuckte die Schultern.

»Das geht schon in Ordnung. Ich kenne den Vermieter.«

Sie setzte sich neben Marion, lehnte sich zurück und spürte sofort, dass der Korb vor dem kühlen Wind schützte. Marion zog die Fußbänke heraus und legte ihre Beine auf der einen ab. Sie machte es ihr nach, sah aufs Meer hinaus und seufzte.

»So fühlt sich Urlaub an«, sagte Marion.

Sie sagte lange nichts. Hielt die Nähe aus. Spürte, dass es sicher war, dass sie hier sitzen durfte. Nicht aufspringen musste, um jemanden zu bedienen. Abzurechnen. Weiterzulaufen. »Urlaub – das ist doch nichts für uns«, sagte sie leise.

»Jeder braucht mal eine Pause!«

Sie sah aufs Meer hinaus. Unter dem dunklen Abendhimmel wirkten die Wellen fast schwarz.

»Nächstes Jahr will ich auf eine Insel«, sagte Marion. »Nach Sylt vielleicht. Oder nach Norderney. Wie wär's, kommst du mit?«

»Ich weiß nicht.«

»Inseln sind schon anders. Da haust du nicht einfach so ab, wenn dir was nicht passt.«

Sie sah Marion überrascht an.

»Das passiert doch andauernd«, winkte Marion ab. »Du kannst dir doch nicht alles gefallen lassen! Ich meine, wenn dir einer ständig in den Hintern kneift oder in den Busen, da kannst du doch nicht stillhalten. Was nimmt der sich denn als Nächstes raus?«

Sie wusste nicht, was sie dazu sagen sollte.

»Auf den Inseln ist irgendwie mehr Zusammenhalt. Ich hab mal ein paar Sommer auf Juist gearbeitet. Ende Oktober gab's immer einen tollen Abschied an der Fähre. Da standen sie mit Bannern aus Bettwäsche am Hafen und hielten sie mit Besenstielen hoch. ›Nach der Saison ist vor der Saison!‹ hatten sie draufgepinselt und sangen dazu: ›Ein Schiff wird kommen!‹

Und wir hatten uns mit Klopapierrollen ausgerüstet, ein gutes Stück davon abgerollt, das Papier im Wind flattern lassen und die Rollen dann von der Reling aus auf den Kai geworfen. Als es hieß ›Leinen los‹ und das Typhon ging, du weißt schon, dieses Nebelhorn – ich hätte glatt heulen können.«

Sie hatte sich bisher noch nicht auf eine Insel gewagt. Manchmal hatte sie eine gesehen, vom Strand aus, bei klarem Wetter. Sie erschienen ihr fast wie ein Trugbild, da draußen im Meer. Lagen näher am Horizont als das Festland. Waren ganz und gar vom Wasser umgeben. Kaum mehr als eine Sandbank, der die Wellen von allen Seiten zusetzten. Fast wie ein Boot. Ein Unterseeboot.

»Ja«, sagte sie einfach, »ich komme mit.«

12. KAPITEL

Heute

Mira war eingeschlafen in Ockos Ohrensessel. Sie erwachte nicht davon, dass das Holz im Ofen zusammenfiel, und auch nicht, als das Feuer erlosch. Erst gegen Morgen, als der Raum ausgekühlt war und die Decke von ihren Beinen rutschte, kam sie zu sich. Sie spürte den vergangenen Tag in den Gliedern und die Nacht im Rücken. Doch der Nebel im Kopf verzog sich nicht. So taumelte sie zu ihrem Bett, hielt sich nicht damit auf, sich auszuziehen, sondern legte sich hin und schlief weiter. Irgendwann am späten Vormittag weckte sie ein Sonnenstrahl, der durchs Fenster fiel. Sie öffnete die Augen einen Spaltbreit. Ihre Lider flatterten vor dem gleißend hellen Herbsttag. In der Ferne hörte sie Stimmen und Autotüren, die zugeschlagen wurden. Wieder eine Abreise.

Mira schälte sich mühsam aus dem Bett. Die dicken Wollsocken an ihren Füßen sorgten für ein wohliges Gefühl, als sie die Holzdielen berührten. Sie blieb auf der Bettkante sitzen. Langsam stellten sich die Bilder vom Vortag wieder ein. Klärchen, triefend nass im Wind. Zerbrechlich geradezu. Und plötzlich wie verwandelt. Nicht mehr die verwirrte alte Dame, sondern die Frau, die den Weg kennt. Sie musste nach ihr sehen. Jetzt gleich. Musste hören, was der Arzt gesagt hatte. Ob ihr Ausflug auf die Odde sie geschwächt oder ob Klärchen ihn unbeschadet überstanden hatte. Vielleicht brauchte sie einfach mehr frische Luft, als sie bei ihrer Tochter oder bei ihrem Enkel bekam. Vielleicht hatte sie es satt, im Haus herumzusitzen. Vielleicht konnte Mira sie mit hinaus in die Dünen oder an den Strand nehmen, so wie sie die Jungs mitgenommen hatte.

Mira lief hinüber, hielt sich nicht an der Vordertür auf, sondern lief am Haus vorbei durch den Garten zur Hintertür. Doch die war heute verschlossen. Sie klopfte, bis die Fingerknöchel gerötet waren und schmerzten. Hoffentlich hatten sie Klärchen nicht ins Krankenhaus nach Föhr schaffen müssen. Unterkühlt. Oder sogar mit einer Lungenentzündung. Sie lauschte an der Tür. Nichts zu hören von drinnen. Sie musste Anke anrufen. Oder Niels. Sie musste es wissen, jetzt sofort. Mira tastete ihre Taschen ab. Wo war nur ihr Handy? Sie hatte es nicht eingesteckt. Gestern auch nicht. Im ersten Stock wurde ein Fenster geöffnet. Mira trat ein paar Schritte von der Tür zurück. Eine Decke wurde ausgeschüttelt. Krümel segelten vor Miras Füßen zu Boden.

»Hey!«, rief Mira.

Ankes Kopf erschien im Fensterrahmen. »Ach, du bist's.«

»Moin!«

»Ich hab jetzt keine Zeit. Um vier kommen die neuen Gäste.«

»Brauchst du Hilfe?«, fragte Mira. »Ich könnte …«

»Nein!«

»Dann will ich wenigstens kurz nach Klärchen sehen. Wie geht es ihr denn?«

»Gut. Sie schläft.« Damit klinkte Anke das Fenster wieder zu.

Mira sah fassungslos hinauf. Doch inzwischen hatte Anke schon die Gardine vorgezogen. Was bildete ihre Schwester sich eigentlich ein, sie so abzufertigen? Schließlich hatte Mira Klärchen gefunden. Anke war wohl Opfer ihres schlechten Gewissens geworden. Darum hatte sie auch die Hintertür abgeschlossen: damit Klärchen bloß nicht noch einmal entwischen konnte. Ihr entwischen, der vorbildlichen Insulanerin. Mira lief zurück in ihr Haus. Das Handy lag auf dem Küchentisch. Sie entschied sich jedoch dagegen, Niels anzurufen. Sie würde ihn abpassen, wenn er am Abend von der Arbeit kam. Bis dahin konnte sie noch zum Strand hinuntergehen und das giftgrüne Geisternetz bergen.

»Komm doch mit rein und iss mit uns«, bot Niels an. Er schloss den Firmenwagen ab und wunderte sich, als Mira ihm nicht in den Vorgarten folgte.

»Danke. Aber ich wollte nur kurz fragen, wie es deiner Oma geht. Hat sie die Nacht gut überstanden?«

»Du hast sie gerade noch rechtzeitig gefunden, Mira.«

»Wenigstens das«, murmelte sie.

»Anke sagt, sie hat fast den ganzen Tag geschlafen. Ich denke, sie wird wieder.«

Mira nickte.

»Sie ist zäh. Nur manchmal wirkt sie eben etwas abgedreht.«

»Wer nicht?«

Niels lachte.

»Sag mal, hat Klärchen eigentlich schon immer hier gewohnt?«, fragte Mira unvermittelt.

Niels stutzte. »Soweit ich weiß, sind meine Großeltern hier eingezogen, als meine Eltern geheiratet haben«, sagte er dann. »Oder kurz davor.«

Mira sah zu dem Kapitänshaus hin. »Du stammst also gar nicht aus einer alten Seefahrerfamilie?«

»Nein.« Niels lachte. »Dachtest du das etwa all die Jahre, die du mich schon kennst? Bei uns sind alle wasserscheu – wie es sich für einen Elektrikerclan gehört!«

»Das habe ich aber anders in Erinnerung!«

»Ist lange her.« Dann deutete er zum Küchenfenster. Von dort fiel Licht in den Vorgarten. »Ich muss jetzt. Anke wartet sicher schon mit dem Essen. Willst du wirklich nicht mitkommen?«

»Nein, ganz bestimmt nicht. Aber sag mal, weißt du zufällig auch, von wem Klärchen und ihr Mann das Haus gekauft haben?«

»Von Ocko. Das ist doch kein Geheimnis.«

Bis in die Nacht fand Mira keine Ruhe. Wenn Klärchen sich richtig daran erinnerte, dass ihr Haus Ocko gehört hatte, warum sollte dann nicht auch alles andere wahr sein? Von dieser Frau, die ins Meer gegangen war. Josefine, hatte Klärchen sie genannt. Und Mira mit ihr verwechselt. Nach all den Stunden draußen in der Kälte. Ocko soll verrückt nach ihr gewesen sein. Und nach dem Baby, ihrem gemeinsamen Baby. Wenn es stimmte – warum wusste Mira nichts davon? Es könnte natürlich auch Klärchens Ausflug geschuldet sein, dass sie Mira für Josefine hielt. Ocko jedenfalls hatte Mira nie von seiner großen Liebe erzählt. Obwohl sie ihr ähnlich gesehen haben musste. Das würde Miras Nähe, ihre besondere Beziehung zu Ocko erklären. Wenn sie wirklich so vertraut miteinander waren, wie Mira immer geglaubt hatte, und all die Geschichten, die er ihr erzählt hatte, nicht nur so etwas wie Ausflüchte waren. Um sich abzulenken von seinem Schmerz. Von seiner großen Liebe. Davon, dass sie ihn verlassen hatte. Er allein zurückblieb, weil sie ins Meer gegangen war. Oder die Flut sie geholt hatte. Konnte es denn wirklich sein, dass sie spurlos verschwunden war? Ocko hätte sie nicht einfach aufgegeben. Vermutlich hatte er deshalb sein prächtiges Kapitänshaus an Klärchen verkauft und war in seine Werkstatt gezogen. Um Abstand von dem gemeinsamen Leben zu bekommen. Aber was war dann mit dem Kind geschehen? Sie musste unbedingt mehr über diese Josefine herausfinden. Vielleicht hatte das Meer sie wirklich zurückgebracht, wie Klärchen glaubte. Wenigstens ihren Körper. Vielleicht ruhte der in einem Grab auf dem alten Friedhof.

Sobald es hell genug war, suchte Mira die Grabsteine nach Hinweisen ab. Doch sie fand keine. Als die Pastorin zur Kirche kam, sprach Mira sie an.

»Ich bin noch nicht lange genug auf der Insel, um all diese alten Geschichten zu kennen«, entschuldigte sich die Pastorin.

»Wer ist das schon?«, erwiderte Mira.

»Das Meer ist hier allgegenwärtig. Und unberechenbar. Es

bestimmt den Rhythmus von Leben und Sterben. Es gibt, und es nimmt, und es verschont niemanden.«

»Könnte es einen Eintrag im Kirchenbuch geben?«

»Sehen wir nach!«

Mira folgte der Pastorin. Aus den vagen Angaben, die Mira mitbrachte, grenzten sie den Zeitraum ein. Mira las Zeile für Zeile der handschriftlichen Einträge auf den Doppelseiten im Totenbuch. Am Ende ging sie alles noch einmal durch. Doch sie suchte vergeblich. Enttäuscht schlug sie das schwarze Buch zu.

»Das muss kein schlechtes Zeichen sein«, sagte die Pastorin. »Vielleicht finden Sie doch noch jemanden, der mehr über die Frau weiß.«

Mira nickte. Bisher hatte niemand sie erwähnt. Außer Klärchen. Fast so, als hätte sie für die anderen gar nicht existiert. Oder als wollten sie nicht über sie sprechen. Als müssten sie vielleicht sogar darüber schweigen.

»Es ist nicht leicht, sich an so etwas zu erinnern«, gab die Pastorin zu bedenken. »Es gab auch oft Verstrickungen, an die nicht gern zurückgedacht wird. Vor allem auf einer Insel wie dieser …«

Mira verstand.

»Jetzt, nach all den Jahren, kommen Sie her und stellen Fragen«, fuhr die Pastorin fort. »Unbequeme Fragen.«

Mira überlegte. »Vielleicht auch die falschen Fragen«, sagte sie dann. Sie hatte nur nach dem Baby im Weidenkorb gefragt, das Ocko aus dem Priel gefischt haben wollte. Und nicht nach seiner Mutter. Hier im Kirchenbuch hatte sie dagegen nur nach Josefine gesucht und nicht nach dem Kind.

»Können wir noch ins Taufregister sehen?«, bat Mira da.

»Natürlich.« Die Pastorin brachte ein weiteres schwarzes Buch und legte es vor Mira auf den Tisch. Sie blätterte es auf und trat einen Schritt zurück.

Mira beugte sich darüber. Ihr Zeigefinger zitterte, als sie die

Stelle berührte, an der ihr eigener Name stand. Mira Ockolina. Und ihr Geburtsdatum.

Als Eltern waren Josefine und Ocko eingetragen.

Und als Paten ihre Eltern in Hamburg.

Das Blatt verschwamm vor ihren Augen. Mira Ockolina. Genauso stand es auch in ihrem Ausweis. Sie war immer so stolz auf ihren Namen gewesen. Und darauf, dass er sie mit Ocko verband. Mit ihrem Patenonkel. Aber dann musste der Eintrag im Kirchenbuch doch falsch sein! Ein Irrtum? Eine Verwechslung? Mira wischte sich mit dem Handrücken die Tränen weg. Ihre Geburtsurkunde wies sie als Kind ihrer Eltern in Hamburg aus. Sie hatte es mit eigenen Augen gesehen. Mehrfach sogar. Da war sie sich ganz sicher.

»Wie kann das sein?« Ihre Stimme klang rau. »Unmöglich. Das ist einfach unmöglich.«

Die Pastorin trat zu ihr an den Tisch und sah sie mitfühlend an. »Was genau wühlt Sie denn so auf?«

»Hier steht …«, Mira schluckte gegen ihre Tränen an und verlor. »Hier steht, dass meine Eltern gar nicht meine Eltern sind!«

Die Pastorin gab ihr ein Taschentuch. »Nun, die Kirchenbücher werden mit größter Sorgfalt geführt. Die Angaben werden genau überprüft. Eigentlich müssten auch die amtlichen Dokumente vorgelegen haben. In den letzten Jahrzehnten auf jeden Fall. Wir haben da strikte Anweisungen. Sie wissen doch, wie das bei der Taufe Ihrer kleinen Nichte Elin war.«

»Aber dann muss es doch eine Verwechslung sein, wenn meine Eltern hier als meine Paten eingetragen sind!«

»Es tut mir leid, dazu kann ich nichts sagen. Ich muss davon ausgehen, dass sich mein Vorgänger korrekt verhalten hat. Mir ist jedenfalls nichts anderes bekannt.«

»Sie meinen also, ich soll diesen Angaben hier vertrauen?«

»Was sagt Ihnen denn Ihr Gefühl?«

Mira schluchzte auf.

»Ich möchte keine Vermutungen anstellen«, sagte die Pastorin. »Am besten, Sie sprechen mit Ihren Eltern darüber.«

Mira bedankte sich und ging. Draußen wusste sie nicht, wohin sie sich wenden sollte. Zur Bushaltestelle Nebel Mitte, damit sie zurück nach Norddorf fahren konnte? In Ockos Haus. Das, was für Mira immer das Kapitänshaus ihres Patenonkels gewesen war. Und auf einmal sollte es das Haus ihres Vaters sein. Oder seine ehemalige Werkstatt. Wenn Ocko tatsächlich ihr leiblicher Vater war, warum hatte sie dann nicht bei ihm auf der Insel bleiben dürfen? Weil ihre Mutter ins Meer gegangen war? Und wer waren dann überhaupt ihre Eltern in Hamburg? Fremde. Ocko hatte sie einfach weggegeben, zu irgendwelchen fremden Leuten. Konnte er Mira überhaupt geliebt haben? Oder hatte er sich nur aus schlechtem Gewissen so intensiv mit ihr abgegeben? Und ihre Mutter hatte Mira kurz nach der Taufe verlassen. Fünf Wochen war sie da alt gewesen. Die Gedanken tosten in Miras Kopf. Verlassen von allen. Das waren die Fakten. Oder doch nur Geschichten, die auf Klärchens wirrem Gerede beruhten? Es musste einen gemeinsamen Kern geben. Ein Körnchen Wahrheit in allem. Sonst war Miras bisheriges Leben eine vollkommene Lüge.

Mira brachte es nicht fertig, in den Bus zu steigen. Zu all den Menschen, für die die Sonne auf eine heile Inselwelt schien. Sie konnte durch den Wald gehen, um über die Märchen nachzudenken, die ihre Familie ihr erzählt hatte. Oder: die Leute, die sie für ihre Familie gehalten hatte. Womöglich machte es ihnen sogar Spaß, sie zu belügen, und sie machten sich insgeheim lustig über sie. Weil sie Ockos Geschichten so liebte und doch nicht verstand, dass ihr ganzes Dasein genauso ein Lügengespinst war. Bestimmt hatten sie gespannt zugesehen und nur darauf gewartet, dass ein Sturm aufzog, der all das in der Luft zerriss. Oder sie klopften sich auf die Schulter dafür, dass alle dichtgehalten und sich damit eingerichtet hatten. Bis heute und am liebsten immer weiter. Vermutlich hatten sie Mira beobachtet in all den Jahren, bei den Familienfesten, und erwartet, dass sie irgendwann einmal aus der Rolle fiel. Der Rolle, die sie ihr zugewiesen hatten und in die sie ganz selbstverständlich hineingewachsen war. Ahnungslos und ohne Bedenken. Oder konnte es nicht doch alles nur ein Missverständnis sein? Ein Schreibfehler, der einem zerstreuten Kirchendiener unterlaufen war? Damals. Vor fast vierzig Jahren. Der die Papiere verwechselte. Der die Namen der Eltern und der Paten einfach nur in die falschen Spalten eintrug. Weil er seine Brille verlegt hatte. Weil er vielleicht überlastet oder sogar krank war. Natürlich, dachte Mira, es musste ein Fehler sein.

Sie schlug den Weg am Watt entlang ein. Weit draußen, vor Föhr, glitzerte das Wasser in der Fahrrinne. Radfahrer überholten Mira. Dann auch ein Trecker mit einem Rundballen Heu. Sein Ziel waren die Pferde auf der Weide, ein Stück voraus. Unzählige Male war sie hier schon entlanggegangen. Meistens an Ockos Seite. Gemeinsam hatten sie Zugvögel beobachtet. Und Ocko wusste, wie sie hießen, wo sie herkamen und wo sie hinflogen. Er berichtete, was sie unterwegs sahen, wo sie zwischenlandeten und wie es dort war, wo sie den Winter verbrachten. Manchmal erzählte er ihr auch von den Gräbern aus der Bronzezeit, die auf einigen Weiden noch als Hügel zu sehen waren. Und von der Friesenburg, die sich in uralten Zeiten dort erhoben hatte, wo heute das Haus Burg stand. Immerhin gab es das noch, wenn auch seit einigen Jahren ohne die Teestube, wo Ocko anfangs mal mit ihr eingekehrt war. Sie erinnerte sich an bunte Teppiche an den Wänden und daran, wie erwachsen sie sich an seiner Seite gefühlt hatte.

Lüge, alles Lüge, hämmerte es dann wieder in ihrem Kopf. Sie schloss die Augen, spürte die Tränen, versuchte zu begreifen, dass alles, was sie für wahr gehalten hatte, nichts als eine Illusion gewesen sein sollte. Mindestens für sie. Und für Anke? War sie denn überhaupt das Kind ihrer Eltern? Wenn die sie auch irgendwo aufgegriffen und mitgenommen hatten, konnte sie jedenfalls nicht Miras Schwester sein. Vielleicht benahm sie sich deshalb so. Früher wie heute. Weil sie das gewusst hatte. Weil sie glaubte, Mira, die keiner haben wollte, hätte ihr ihren Platz streitig gemacht. Diese Ausgestoßene, die ihre Eltern aus Mitleid aufgenommen hatten oder warum auch immer, galt als die Ältere, die Erstgeborene, das Vorbild. Eine Rolle, die eigentlich Anke zugestanden hätte. Wenn sie die Tochter ihrer Eltern war. Dann wäre sie sogar ein Einzelkind gewesen. Wirbelwind und Liebling der gesamten Verwandtschaft. Wenn ihre Eltern es Anke nicht erzählt hatten, dann doch bestimmt Ocko. Als Anke mit Niels in sein ursprüngliches Kapitänshaus einzog. Was hatte Anke noch gesagt über die letzten Wochen in Ockos Leben? Er sei längst nicht mehr der liebe Märchenonkel von früher gewesen. Weil er Anke mit der Wahrheit konfrontiert hatte. Und sie ihm womöglich nicht zuhören und schon gar nicht glauben wollte. So wie sie jetzt Klärchens Gerede nicht ernst nahm.

Miras Gedanken flatterten. Wem sollte sie glauben? Und was? Sie musste mit Anke sprechen. Musste herausfinden, ob ihre Schwester wusste, dass sie gar nicht ihre Schwester war. Und seit wann. Dann würde sie nach Hamburg fahren. Morgen vielleicht. Oder übermorgen. Und mit ihren Eltern reden, die womöglich gar nicht ihre Eltern waren. Wie konnte sie ihnen nur gegenübertreten, all diesen Fremden, die ihr so vertraut gewesen waren? Und wie konnten sie Mira gegenüber nur so tun, als ob alles in bester Ordnung wäre? Das letzte Stück nach Norddorf hinein rannte sie fast.

Mira hämmerte an die Hintertür. Als Anke öffnete, stürzte sie an ihr vorbei in die Diele. »Ich muss mit dir reden. Jetzt!«

Anke öffnete überrascht den Mund und schloss ihn wieder.

Mira steuerte die gute Stube an. Anke folgte ihr.

»Du bist nicht meine Schwester!«, platzte Mira heraus.

»Spinnst du jetzt völlig?«

»Gib ruhig zu, dass du es wusstest.«

»Was, ich?«

»Mama hat es dir doch bestimmt gesagt. Oder Paps. Oder war es Ocko?«

»Aber Mira, was redest du denn da?«

»Ich bin die Tochter …« Sie schluckte. Sie konnte es nicht aussprechen. »Ich … ich …«

»Beruhige dich doch erst mal.« Anke ging auf sie zu. Mira wich zurück.

»… bin Ockos und Josefines Tochter.« Die Tränenflut ließ sich nicht mehr aufhalten.

Sprachlos starrte Anke sie an. Dann kramte sie ein Paket Taschentücher heraus und hielt es ihr hin.

Mira schluchzte. Doch sie griff nicht zu.

»Aber wer sagt denn so was?«, fragte Anke schließlich.

»Du wusstest es also!«

»Nein. Ganz bestimmt nicht!«

Mira konnte sie kaum ansehen. Sollte sie ihr glauben? Dieser Fremden da? Sie hob den Blick. Anke schien zu zweifeln. Doch dann schüttelte sie nachdrücklich den Kopf.

»Kurz vor seinem Tod hat Ocko mal von seiner großen Liebe Josefine gesprochen. Aber nie von einem Kind. Wirklich nicht, Mira!«

Mira schniefte.

»Und Klärchen hat mir dann erzählt, dass Ocko sich total veränderte, nachdem seine Liebste ins Meer gegangen war. Jeden Tag zog es ihn zu der Stelle hin. Er hielt Ausschau nach ihr oder nach einem Zeichen von ihr. Nach irgendetwas, das das Meer von ihr zurückbrachte. Aber ich habe nie viel auf ihr Gerede gegeben …«

Konnte es wirklich sein, dass Anke genauso ahnungslos war wie Mira?

»Gib's zu, deine Eltern haben dich zum Stillschweigen verpflichtet!«

»Wie kommst du bloß auf solchen Blödsinn, Mira?«

»Haben sie dich auch dazu gedrängt, mich zu Elins Taufpatin zu machen? Nur damit ich doch irgendwie zur Familie gehöre?«

Anke sah sie entgeistert an.

»Und so habt ihr ganz bequem den Pakt erneuert, den Ocko und Josefine damals mit deinen Eltern geschlossen haben«, ereiferte sich Mira.

»Jetzt reicht's aber! Du stürmst hier rein und wirfst mit den wildesten Vermutungen um dich …«

»Steht alles im Kirchenbuch. Schwarz auf weiß kannst du's da nachlesen!«

»Und das glaubst du so ohne Weiteres?«

»Du etwa nicht?«

»Beruhige dich erst einmal.« Anke überlegte. »Das kann nur ein Irrtum sein. Ob es im Kirchenbuch steht oder nicht. Das wird sich bestimmt alles aufklären, du wirst sehen!«

Anke blieb bei ihr sitzen, bis die Tränen versiegten.

»Und, was willst du jetzt machen?«, fragte sie leise.

»Nach Hamburg fahren«, antwortete Mira tonlos.

Anke nickte. »Soll ich mitkommen?«

Miras Tränen flossen wieder. Anke umarmte sie. »Wenn du willst, fahre ich mit«, bekräftigte sie.

»Danke«, schluchzte Mira.

Als sie sich beruhigt hatte, sagte sie: »Ich fahre allein. Ich muss das klären. Und bitte ruf sie nicht an und sag ihnen, dass ich komme.«

»Natürlich nicht. Du kannst dich auf mich verlassen!« Sie sah Mira eindringlich an. »Was sie dir auch erzählen, ich bin deine Schwester, verstehst du?«

Am nächsten Morgen nahm Mira die Fähre zum Festland, fuhr weiter nach Hamburg und steuerte als Erstes ihre eigene Wohnung an. Sie warf die Post auf den Tisch, sah nicht nach dem Anrufbeantworter, stürmte geradewegs auf die Kommode im

Schlafzimmer zu und nahm die Mappe mit den Dokumenten heraus. Elins Patenbrief segelte zu Boden. Sie hob ihn rasch auf, legte ihn zur Seite. Jetzt ging es um ihre Geburtsurkunde. Mira schlug die Mappe auf und blätterte sie zügig durch. Ganz hinten fand sie sie in einer Klarsichthülle.

Als Geburtsort war Amrum eingetragen und als ihre Eltern Elke und Jobst Claasen, beide wohnhaft in Hamburg. Die Urkunde trug den Stempel vom Standesamt auf Amrum. Ausgestellt kurz nach Miras Taufe. Unterschrieben hatte sie jemand mit Namen Nissen. Nissen, wie dieser Mann, der ihr von dem Mythos erzählt hatte, dass Friesenbabys aus dem Meer kamen. Vielleicht hatte er sie selbst ausgefüllt. Oder jemand aus seiner Familie. Deshalb war er wohl so angespannt gewesen, als Mira ihn besuchte. Er fürchtete, dass sein Fehler ihn nun doch noch einholte. Dass er eingestehen musste, unachtsam gewesen zu sein. Mit den Gedanken eher bei einem seiner Vorträge als beim Ausfüllen eines Vordrucks für eine Geburtsurkunde. Oder sogar angeheitert von irgendeinem feierlichen Anlass. Natürlich fiel es niemandem leicht, so etwas zuzugeben. Aber nach all den Jahren sollten sie lieber gemeinsam darüber lachen und darauf anstoßen, dass ihre Eltern doch ihre Eltern und Josefine und Ocko ihre Paten waren.

Sie nahm die Urkunde aus der Mappe. Ihr Blick blieb an dem Datum hängen. Das Dokument war erst nach ihrer Taufe ausgestellt worden. Mira wusste nicht, ob das üblich gewesen war. Oder ob doch nicht alles mit rechten Dingen zugegangen war dabei. Dieser Nissen hatte Ocko vielleicht einen Gefallen geschuldet. Und Ocko ihn in Form einer neuen Geburtsurkunde für Mira eingefordert. Nun fürchtete er, dass dieser alte Freundschaftsdienst – oder wie immer er das nennen würde – nach all den Jahren doch noch aufflog. Dass es jemand wie sie Betrug nennen könnte. Seine Pension womöglich in Gefahr war. Und sein Ansehen, das darauf aufbaute, dass er sich den historischen Fakten verpflichtet fühlte, in seinen Vorträgen und Büchern. Aber wie wahrscheinlich war es schon, dass so ein Mann seinen Ruf für Ocko aufs Spiel gesetzt hatte? Eine Urkunde war schließlich nicht nur irgendein Stück Papier. Es bezeugte ihre Herkunft. Ihre Abstammung. Ihre Eltern.

Mira steckte die Geburtsurkunde ein. Dann machte sie sich auf den Weg zu den Claasens, wie sie ihre Eltern noch nie zuvor genannt hatte, nicht einmal in Gedanken. Nicht einmal, als sie wütend auf sie war. Aber war sie überhaupt jemals so richtig wütend auf sie gewesen? Eigentlich nicht. Zumindest fiel es ihr jetzt gerade nicht ein. Sicher saßen sie noch beim Sonntagsfrühstück. Mit Bohnenkaffee und frischen Brötchen, selbst gekochter Marmelade und wachsweichen Eiern, in diesen albernen Eierbechern mit den Entenfüßen und den gehäkelten Eierwärmern. Dazu teilten sie sich die Sonntagszeitung und lasen sich gegenseitig daraus vor. Sie liebten es, bis in den Nachmittag so zu sitzen. Und nun kam Mira angerauscht und würde ihre Idylle fluten.

»Mira-Kind, was machst du denn hier?«, begrüßte sie Elke Claasen. »Ich dachte, du bist noch bei deiner Schwester auf Amrum. Komm rein! Willst du einen Kaffee mit uns trinken?«

»Ich muss mit euch reden«, sagte Mira.

»Na, so eine Überraschung«, sagte Jobst Claasen und legte die Zeitung weg. »Setz dich her. Wie geht's, wie steht's mit meiner Großen?«, fragte er wie immer.

›Gut, Paps, und bei dir?‹, wäre die Antwort gewesen, gestern noch oder vorgestern. Ihr Ritual. Seit Jahren. Doch heute brachte sie es nicht über die Lippen. »Schluss mit dem Theater!«, sagte sie stattdessen.

Die Claasens sahen sie überrascht an.

»Sagt mir endlich die Wahrheit!«

»Ich weiß nicht, was du meinst, Mira-Kind?«

»Genau das.« Ihr Hals schnürte sich zu. »Diesmal müsst ihr ehrlich zu mir sein.« Tränen fluteten ihre Augen. »Bin ich wirklich euer Kind?«

»Aber Mira!«

Sie zog die Geburtsurkunde aus der Tasche und warf sie auf den Tisch. »Ist alles Schwindel«, schluchzte sie, »oder etwa nicht?«

Elke Claasen sank auf den Küchenstuhl, bleich, als wäre ihr ein Geist begegnet.

Ihr Mann sah sie besorgt an. »Wir wussten immer, dass der Tag kommen würde«, sagte er leise.

Doch seine Worte trafen Mira wie ein Brecher, der sie von den Füßen riss und unter der schäumenden Gischt begrub.

»Wir wollten nur helfen«, hörte sie ihn sagen. »Das musst du verstehen.«

Sie schnappte nach Luft. Es war also wirklich wahr. Kein Missverständnis. Kein Schreibfehler. Irrtum ausgeschlossen. Ihr ganzes Leben war nichts als eine Lüge. Und kein zerstreuter Beamter oder angetrunkener Pastor war schuld daran, sondern ihre Eltern.

»Ocko war so verzweifelt damals«, warf Elke Claasen ein.

Mira schluckte.

»Ist das eure Rechtfertigung dafür, mich so zu belügen? Bin ich die Wahrheit nicht wert, oder was?«

»Ach, Mira, du verstehst das falsch. Das war nicht leicht, für keinen von uns.«

»Na, das beruhigt mich jetzt aber!«

»Lass es uns erklären«, verlangte Jobst Claasen. »Und lass deine Mutter ausreden!«

Mira lachte bitter auf.

Er presste die Lippen zusammen.

»Ich wollte unbedingt Kinder«, begann seine Frau zögernd. »Wir beide wollten Kinder. Aber ich wurde einfach nicht schwanger. Was wir auch versucht haben, es hat nicht geklappt. Und wir haben wirklich alles versucht. Ich habe Hormone ohne Ende geschluckt für ein Forschungsprojekt an der Uniklinik und mich schrecklich gefühlt davon. Ich war nicht mehr ich selbst. Und dann diese Eizellenentnahme. Immer wieder. Die Befruchtung in der Petrischale. Das war alles noch ganz anders vor knapp vierzig Jahren.«

»Damals haben die Ärzte Morddrohungen bekommen«, ergänzte Jobst Claasen. »Und das Labor durfte kein Schild an der Tür haben.«

»Ich habe so darauf gehofft, dass es endlich klappt. Und wenn sich die Zellen tatsächlich teilten und eingesetzt wurden, hieß es wieder warten und hoffen. Und wieder alles vergeblich. Das war so zermürbend.«

»Irgendwann haben wir aufgeben müssen.«

»Und für eine Adoption gab es strenge Richtlinien. Demnach waren wir auf einmal schon zu alt.« Elke Claasen seufzte.

»Du kannst dir gar nicht vorstellen, wie deprimiert deine Mutter war. Das konnte ich kaum mitansehen.«

»Und als Ocko dann eines Tages fragte, ob wir Paten von seinem Töchterchen werden wollten, habe ich sofort Ja gesagt. Ich dachte, wenigstens das. Wenigstens so etwas wie eine Ersatzmutter sein für die Kleine. Für dich.«

Mira hielt ihren Blick nicht aus und sah zu Boden.

»Da konnte ja noch keiner ahnen, was passiert!« Jobst Claasen holte tief Luft. »Weißt du, Mira, Ocko hat mir das Leben gerettet. Als ich zur See gefahren bin. Das war eine schlimme Zeit für mich. Ich denke nicht gerne daran zurück. Ich war so jung und unerfahren, und er … Ich verdanke ihm alles. Und ich hätte ihm nie einen Wunsch abschlagen können.«

»Ocko hat uns jedes Mal besucht, wenn sein Schiff in Hamburg lag. Und dabei immer gescherzt, dass seine einzige Braut die See ist.«

»Bis er diese Frau traf.«

»Josefine«, ergänzte Elke Claasen.

»Ocko war wie verwandelt.«

»Dabei muss er schon um die fünfzig gewesen sein«, bemerkte Elke Claasen. »Und seine Liebste«, überlegte sie, »vielleicht zehn Jahre jünger. Sie waren ein wunderbares Paar. Jedenfalls wirkte das bei deiner Taufe noch so.«

Ihr Mann nickte.

»Und als dann dieser Anruf von Ocko kam … Er hatte nur noch ihren Morgenmantel gefunden. Unten am Strand. Und dich. In diesem Wäschekorb.«

»Unbegreiflich für uns, dass er nun plötzlich allein mit einem Neugeborenen dastand.«

Es stimmte also, dachte Mira. Es war alles genauso, wie Ocko es ihr erzählt hatte. Oder fast genauso.

»Ich wollte gleich hin und ihm helfen. Aber Ocko war ein richtiger Dickkopf.« Elke Claasen klang beleidigt. »Er wollte absolut keine Hilfe. Ganz der stolze Kapitän. Er kümmerte sich so liebevoll um dich. Obwohl er um Josefine trauerte. Er wollte unbedingt bei dir bleiben, für dich sorgen und dafür seinen Dienst quittieren.«

»Statt für die Handelsmarine auf große Fahrt zu gehen«, ergänzte Jobst Claasen, »wollte er bei der Fährgesellschaft anheuern. Doch da war auf absehbare Zeit keine Stelle für ihn frei. Und seine Reserven reichten nicht aus, um sich zur Ruhe zu setzen. Er hatte ja gerade das Haus aufwendig umbauen lassen. Für Josefine und für dich, Mira.«

»Ich verstehe bis heute nicht, warum sie dich zum Strand mitgeschleppt hat. Und warum sie ins Wasser gegangen ist«, sagte Elke Claasen. »Wie kann eine Mutter nur so etwas tun?«

Und wie konnte eine, die sich für eine Mutter hielt, so etwas jahrzehntelang verschweigen, hätte Mira ihr am liebsten ins Gesicht geschrien, schwieg aber.

»Wir haben uns dann zusammengesetzt«, fuhr Jobst Claasen rasch fort, »und nach einer Lösung gesucht. Am Ende hat Ocko eingesehen, dass du bei uns besser aufgehoben bist.«

Mira sah verständnislos von einem zum anderen. »Und deshalb habt ihr meine Geburtsurkunde gefälscht und mich in all den Jahren belogen?«

»Wie du das so sagst …«

»Wie soll ich es deiner Meinung nach sonst sagen?«, fuhr sie Elke Claasen an.

»Ocko wollte doch nur, dass du ganz unbelastet von alldem aufwächst«, rechtfertigte sie sich. »Er hat dafür gesorgt, dass eine neue Geburtsurkunde für dich ausgestellt wurde, in der weder er als Vater noch Josefine als deine Mutter auftauchten.«

»Und dann habt ihr mich einfach so nach Hamburg mitgenommen?«

»Ja.«

»Das Verrückte war, dass ich plötzlich doch noch schwanger wurde. Mit Anke.«

»Nur mich konntest du da nicht mehr zurückgeben.«

»Ich bitte dich, Mira, das stand nie zur Debatte! Du warst unser Wunschkind. Genau wie Anke.«

»Ach, und darum hast du dir auch diese dämliche Geschichte mit dem Rettungskreuzer ausgedacht, oder was?«

Jetzt kamen Elke Claasen die Tränen. »Ich wollte nur … nur, dass es besonders ist zwischen dir und mir und dass es erklärt, warum du auf Amrum geboren wurdest.«

Jobst Claasen zog ein Stofftaschentuch aus der Hosentasche und reichte es seiner Frau. Dann wandte er sich an Mira: »Wir wollten immer nur das Beste für dich. Jeder von uns. Dabei wusste niemand, was richtig oder falsch war. Sicher hätten wir dir sagen müssen, wer deine leiblichen Eltern waren. Wir wollten das eigentlich mit Ocko gemeinsam tun. Aber er wusste wohl genauso wenig wie wir, wann der geeignete Zeitpunkt dafür gewesen wäre.«

»Das war doch keine böse Absicht«, schluchzte Elke Claasen, »wir lieben dich und wollten dich nur beschützen!«

»Liebe!«, warf Mira ihr vor. »Das nennst du Liebe? Das ist krank!«

»Bitte«, warb Jobst Claasen um Verständnis, »du ahnst ja nicht, was deine Mutter und ich durchgemacht haben. Ständig in Angst, dass diese Schwindelei auffliegt. Dass jemand redet, auf der Insel vielleicht. Dass ihre Leiche doch noch angespült wird. Oder dass Ocko dich nach den Ferien einfach bei sich behält.«

»Und dann auch noch die Geschichten, die er dir immer erzählt hat! Du warst so begeistert davon«, sagte Elke Claasen. »Es tat gut, dich so zu sehen. Aber jedes Mal fürchtete ich, du würdest entdecken, was dahintersteckt. Du würdest auf einmal verstehen, was er dir da eigentlich erzählt. Würdest anfangen, Fragen zu stellen.« Sie putzte sich die Nase. »Und du würdest uns am Ende alle hassen dafür.«

Ihr Mann schwieg.

Elke Claasen seufzte tief. »Ehrlich, ich bin erleichtert«, sagte sie dann. »Endlich ist unsere kleine Schummelei aufgeklärt.«

»Wie nennst du das?!«, fauchte Mira.

Elke Claasen zuckte zusammen.

»Du verstehst überhaupt nicht, was das mit mir gemacht hat in all den Jahren! Wie fremd ich mich gefühlt habe.«

»Fremd?«, schnappte Elke Claasen. »Das wüsste ich aber!«

Jobst Claasen legte die Hand auf den Arm seiner Frau, doch sie beruhigte sich ebenso wenig wie Mira.

»Wie oft hat der Boden unter meinen Füßen geschwankt? Und ihr habt das einfach abgetan. So als würde ich mir das alles einbilden. Als hätte ich eine übersteigerte Fantasie! So hast du das doch immer genannt. Anstatt mir zu erklären, woher das kommt.«

»Aber ich wusste ja nicht …«

»Du verharmlost das alles. Du gibst dir nicht mal Mühe, mich zu verstehen! Dich auf meine Gefühle einzulassen. Im Gegenteil. Du trampelst nur darauf herum.«

»Das ist nun der Dank«, schluchzte Elke Claasen.

Mira spürte die Wut aufsteigen. Wie eine Flutwelle türmte sie sich höher und höher. Mira schnappte nach Luft, als hätte sich auch dieser Brecher schon überschlagen, und sie müsste sich aus der schäumenden Brandung retten. Da kam ihr plötzlich Ockos Kapitänshaus in den Kopf. »Und das Haus?«, ächzte Mira. »Was ist mit Ockos Haus passiert?«

Jobst Claasen sah sie irritiert an. »Das hast du geerbt.«

»Tu doch nicht so! Du weißt genau, was ich meine. Ich meine das alte Haus. Ockos ursprüngliches Kapitänshaus. Du hast doch vorhin selbst gesagt, dass er es hat umbauen lassen, für mich und …«

»Ach, du meinst das Haus, in dem jetzt Anke und Niels wohnen?«

Mira fragte sich, ob er versuchte Zeit zu schinden. »Welches denn sonst?«

»Ocko wollte, dass du in einem guten Umfeld aufwächst. Wir hatten damals nur eine kleine Wohnung. Und er dieses riesige Haus, das ihn immer daran erinnerte, wie es hätte sein können, mit seiner Liebsten und mit dir. Das war zu viel für ihn. Er hat es verkauft. An eine Jugendfreundin.«

»Und weiter?«, drängte Mira.

»Von dem Erlös sollten wir uns hier eine Eigentumswohnung kaufen.«

»Und ihr habt das Geld genommen.«

»Er hat es uns geradezu aufgedrängt!«

Mira wich zurück. »Ihr habt euch von Ocko bezahlen lassen. Dafür, dass ihr euch um mich kümmert.«

»Du siehst das völlig falsch!«, mischte sich Elke Claasen ein.

»Ich sehe das falsch?«, rief Mira. »Ich? Bin ich eine Ware, die man einfach so verschachert?«

»Was wirfst du uns denn vor, Mira? Wir wollten nur das Beste für dich. Wir haben dich stets als unsere Tochter angesehen und genauso behandelt und geliebt wie Anke.«

»Na klar! Aber ich bin ganz anders als Anke! Und ich hasse diese Gleichmacherei! Schon immer! Aber das war natürlich schön einfach für euch!«

Elke Claasen krallte ihre Finger in das Taschentuch. Ihr Mann sah Mira ratlos an.

»Ich hab genug gehört. Mir reicht's! Wenn ihr weiter damit leben könnt, mit all diesen Halbwahrheiten und Lügen – ich kann es nicht!« Damit stürmte Mira hinaus und schlug die Tür hinter sich zu.

Stundenlang irrte sie in der Stadt herum. Unter Fremden. Die wenigstens nicht vorgaben, Familie zu sein. Musste niemandem die Hand reichen, der Familie war und vorgab, ein Fremder zu sein. Der es gut mit ihr meinte und ihr so wehtat dabei. Der sie gerettet hatte vor den Fluten und ihr doch keinen festen Boden unter den Füßen gewährte. Sie gehörte nicht hierher. Aber gehörte sie auf die Insel? Dorthin, wo sie niemand hatte haben wollen? Nicht einmal ihre Mutter. Und ihr Vater auch nicht. War sie weniger wert als das verdammte Strandgut? Ihre Wurzeln lagen doch dort. Wurzeln, die sich nur zu leicht aus dem losen Sand hatten ziehen lassen. Spurlos. Weil der Wind darüber hinweggefegt war, alles zugeschüttet und eine Düne darüber aufgehäuft hatte. Fast wie ein Grabmal, nur ohne Grab. Sie wusste nicht, wohin.

Eine Windböe fuhr in die Häuserschlucht und traf Mira wie ein Schlag auf den Rücken. Über den Dächern ballten sich Wolken zusammen. Eine leere Dose rollte in den Rinnstein. Vom Hafen her roch es nach Brackwasser. Sie musste zurück. Zurück auf die Insel.

13. KAPITEL

1983–1984

Mit Marion erschien ihr alles leichter. Eine Stelle zu finden mit einer Unterkunft, in der jede ihr eigenes Zimmer hatte. Ein Café mit üppigem Kuchentresen und Terrassenbetrieb. Zeit, um im Meer zu schwimmen, vor oder nach der Arbeit. Auf einer Insel zu landen. Mit einem Strand, wie sie ihn noch nie gesehen hatte. Von der Südspitze mit dem Fähranleger bis hin zur Odde an der Nordspitze. Feiner weißer Sand, der bis ins Meer reichte. Sich zu endlosen Dünen aufhäufte, himmelhoch und doch nicht so schroff und massiv wie die Berge, die sie so gut kannte. Auf den Rückseiten überwuchert von Heide, Gräsern, Disteln und Sanddorn. Und immer irgendwo ein Platz, den sie für sich allein haben konnte, wenn sie das wollte. Manchmal wollte sie das auch, nach einem Tag voller Stimmen und Lachen oder mit quengelnden Gästen, die ungeduldig nach der Bedienung riefen. Marion hatte Verständnis dafür. Und ab und zu sogar eine Verabredung. Sie selbst nahm keine Einladung an. Weder von den Gästen noch von Saisonkräften. Sie hielt sich fern von den Treffen, mochte keine Geschichten hören, die andere für bemerkenswert hielten. Mochte selbst nichts erzählen. Sie kannte jeden Traum, jeden Zukunftsplan, jede Misere aus ihrer Zeit in den Küchen. All die Wünsche der Kollegen nach dem eigenen Imbiss, dem eigenen Café oder mindestens einer winzigen Bude am Strand für Eiscreme und Getränke. Die meisten Ideen hatten sich längst als Selbsttäuschung erwiesen. Und doch wurden sie immer noch hochgehalten. Als wären sie ein Windschutz vor den Anforderungen, die hier täglich auf sie einstürmten. Vor allem für die, die monatelang getrennt von ihren Familien lebten.

Stattdessen ging sie ein Stück hinaus, am Strand entlang, weg vom Aufgang zum Ort. Ließ den Tag mit all seinen Geräuschen hinter sich. Liebte es, wenn der Himmel schon dunkel war. Der Wind über die Gräser und den Sand strich und sich die seltsamen Schatten der Dünen im Mondlicht bewegten. Wenn sich das Meer zurückzog, das Watt freigab mit den Schlickwellen, die es zuvor in den Boden geprägt hatte. Wenn sie diese Riffeln unter den nackten Fußsohlen spürte. Oder wenn das Wasser seine Rückkehr mit kaum wahrnehmbarem Glucksen ankündigte. Sie konnte stundenlang im Sand sitzen und hinaussehen, ohne etwas oder jemanden zu erwarten. Hier musste sie sich nicht mehr fragen, wen oder was die Brandung da draußen umspülte. Und was sie wohl mitbrachte von dort, wo der Himmel ihr die Sicht versperrte.

Die Sommerferien begannen. Seit Mitte Juni strömten immer mehr Gäste von der Fähre und bevölkerten die Insel. So wie sie es auch von den Badeorten auf dem Festland kannte. Hochsaison. Eines Abends kam Marion an den Strand gelaufen.

»Hast du schon gehört«, rief sie ihr außer Atem zu, »demnächst kommt hoher Besuch!« Marion ließ sich neben ihr in den Sand fallen.

Sie sah weiter in die Brandung und schüttelte den Kopf.

»Stell dir vor, der Bundespräsident kommt! Hierher. Du weißt doch, der wandert kreuz und quer durchs Land. Der Rolf vom Seehospiz hat's mir gerade erzählt.«

»Der dürre Blonde mit den Geheimratsecken?«

»Ja. Der ist auch bei der Feuerwehr in Norddorf. Die planen da schon ein großes Erbsensuppenessen.«

Sie wusste nicht, was sie dazu sagen sollte.

»Der kommt zu Fuß, den ganzen Weg von Föhr übers Watt. Und seine Frau auch! Das muss ich mir ansehen. Unbedingt!

Ich meine, wann kriegt man so jemanden schon mal aus der Nähe zu sehen?«

»Und dann noch mit Matsch an den Füßen.«

Marion runzelte die Stirn. »Machst du dich lustig über mich?«

Sie schüttelte den Kopf.

»Solche Leute, die du nur aus dem Fernsehen kennst – fragst du dich da nicht manchmal, ob es die wirklich gibt? Und ob die genauso essen, trinken und schlafen wie wir?«

»Nein. Eigentlich nicht.«

»Also ich schon.«

Sie schwiegen eine Weile.

»An dem Tag will ich freihaben«, sagte Marion dann.

Sie lachte. »Na, da wirst du nicht die Einzige sein!«

»Wer interessiert sich denn für Kaffee und Kuchen, wenn unser aller Präsident auf der Insel ist?«

»Unsere Chefin?«

»Nun sei kein Spielverderber! Komm schon, du willst ihn doch auch sehen! Unser Staatsoberhaupt und alles, was sie für ihn aufbieten.«

»Die Amrumer Blaskapelle?«

Marion nickte.

»Den Jugendposaunenchor?«

Marion nickte wieder.

»Die Damen in ihren Trachten?«

»Genau.«

»Das kann ich mir wirklich nicht entgehen lassen«, lachte sie.

Marion stimmte mit ein. »Genauso wenig wie den Schlick an seinen Füßen!«

Sie bekamen tatsächlich beide frei an dem Samstag, und Rolf vom Seehospiz sorgte für alles Weitere. Er setzte Marion und sie mit auf die Personalliste und holte sie frühmorgens am Eingang ab. Dann hieß es auch schon, der Präsident sei drüben in

Dunsum am Deich angekommen. Und kurz darauf: Er und seine Mitwanderer brechen jetzt von Föhr aus auf. Wenn es bloß nicht regnet! Sie haben doch Regen angesagt!

Marion und sie halfen beim Aufbauen, als würden sie Tag für Tag nichts anderes tun. Der Spielmannszug der Jugendfeuerwehr Wyk versammelte sich vor dem Haus. Die Uniformen wurden gerichtet, die Aufstellung kontrolliert. Letzte Proben. Zuerst ohne Musik. Später mit. Runde um Runde und immer wieder ein Blick zur Uhr. Und einer zu den Wolken am Himmel, die sich langsam verzogen. Jemand lief mit dem Fernglas umher. Die, die die Tour kannten, sprachen darüber, wie weit die Wattwanderer inzwischen wohl gekommen wären. Einer wollte gehört haben, dass der Bundespräsident recht flott unterwegs war. Die Köchin stimmte zu. Sie hatte ihn schon einmal bei einer Wanderung im Schwarzwald erwartet. Vielleicht näherten sie sich dem Mittelloch oder wateten bereits durch den großen Priel vor der Nordspitze? Der Mann mit dem Fernglas verschwand. Irgendwann kam er zurück. Er wusste zu berichten, dass die Offiziellen mit den Trachtendamen und dem Kapitän zur Dünenkante unterwegs waren, es also nicht mehr lange dauern konnte. Sie horchte auf, auch wenn ihr nicht bewusst war, warum. Überall würden Schaulustige mit ihren Fotoapparaten im Anschlag stehen, dicht an dicht, sagte er noch.

Rolf nickte ihm zu und ging sein Protokoll erneut durch. Marion wischte sich heimlich die schweißnassen Hände an ihrem Rock ab. »Gleich ist es so weit!«, flüsterte sie ihr zu.

Einen Moment lang fragte sie sich, was sie hier eigentlich machte, warum sie ihren freien Tag nicht irgendwo in den Dünen oder am Strand verbrachte, wo sie ganz für sich war, allein mit dem weiten Watt. Warum sie überhaupt freihatte und ob sich gerade wirklich niemand für Kaffee und Kuchen interessierte. Dann hörten sie endlich, wie der Spielmannszug draußen zur Begrüßung loslegte.

Wenig später strömten die ersten Wattwanderer herein. Rolf sorgte wie vorgesehen dafür, dass der Bundespräsident, barfuß und in weißen Shorts, und seine Frau in einem Nebenraum die Spuren der Wattwanderung abwaschen und die Kleidung wechseln konnten. Die Köchin begann Teller mit Erbsensuppe zu füllen. Marion stieß sie in die Seite. Sie drehte sich um, doch ihr Blick blieb nicht am Präsidenten hängen und auch nicht an seiner Frau. Sondern an dem blauen Mann, der neben ihnen stand.

Das Stromschlaggefühl traf sie ohne Vorwarnung. Wie an dem Tag am Bergsee mit diesem Burschen, dem Rudi. Ewig hatte sie nicht mehr daran gedacht. Und es nie wieder gespürt. Sie musste sich an der Tischkante festhalten.

Marion sah sie von der Seite an. »Was ist?«, fragte sie leise.

»Nichts.« Doch ihre Stimme zitterte. Sie verstand nicht, was der Mann zu den Umstehenden sagte, hörte nur, dass sie lachten.

»Brauchst du frische Luft?«

Sie schüttelte den Kopf.

Marion folgte ihrem Blick. »Der Kapitän?«, murmelte sie. »Rolf sagt, der ist so eine Art Institution hier auf der Insel. Wenn er nicht gerade auf großer Fahrt ist.«

Sie sah rasch zu Boden.

Marion nahm sie am Arm und zog sie in seine Richtung. Rolf stellte sich ihnen in den Weg. Marion tuschelte mit ihm. Am liebsten hätte sie sich losgerissen und wäre hinausgerannt. Aber das würde zu viel Aufsehen erregen. Weil der Präsident und seine Frau hier Erbsensuppe aßen. Rolf würde sein Gefallen für Marion Ärger einbringen, mit dem Seehospiz, seinen Kameraden von den Feuerwehren, den Offiziellen, den Personenschützern, der Polizei. Bloß weil sie sich plötzlich fühlte, wie sie sich fühlte. Sie versuchte tief durchzuatmen. Es misslang. Vielleicht waren es die goldenen Knöpfe an seiner nachtblauen Uniform, dachte sie und wartete darauf, dass das Gefühl wieder verschwand. Doch sie wartete vergeblich. Er sah am Präsidenten vorbei zu ihr hin. Und dann immer wieder mal. Gut eine Stunde später machten sie sich ans Aufräumen. Sie packte stumm mit an. Alle anderen hatten viel zu erzählen.

Marion blieb bei Rolf, als sie fertig waren. Sie lief gleich hinaus zum Strand. Die Odde war nahezu menschenleer. Sie setzte sich in den Sand, sah den auflaufenden Wellen entgegen. Dieser Kapitän war sicher noch an der Seite des Bundespräsidenten über die Insel unterwegs. Sie wusste nicht mehr viel von dem, was Rolf über das Programm erzählt hatte. Nur dass der hohe Besuch am Ende von der Amrumer Blaskapelle am Fähranleger in Wittdün verabschiedet und mit dem Seenotrettungskreuzer *Ruhr-Stahl* wieder aufs Festland gebracht werden sollte. Vermutlich würden sich die Offiziellen danach gegenseitig auf die Schulter klopfen. So wie sie es oft in der Wirtschaft beim Onkel Georg gesehen hatte. Weil sie glaubten, dass der Tag ganz nach ihren Vorstellungen abgelaufen war. Zufrieden waren sie und erleichtert, dass es keine Zwischenfälle gegeben hatte. Davon würden sie noch ihren Enkeln erzählen. Vielleicht sogar ihren Urenkeln. Dass sie mit dem Bundespräsidenten persönlich über ihre Insel gewandert waren, geradeso wie mit einem ganz normalen Badegast. Wobei sie eigentlich nie mit ihren Badegästen über die Insel wanderten. Nur der Kapitän, der wusste sicher andere Geschichten zu erzählen.

In der Hektik der letzten Sommerferientage blieb kaum Zeit zum Nachdenken. Eines Abends lud Marion sie zum Essen ein. In ein Restaurant.

»Aber das ist doch viel zu teuer!«

»Ich werde vierzig. Das ist es mir wert.«

»Wir können auch ein Picknick machen.«

Marion schüttelte den Kopf. »Ich will es richtig schick!«

Sie saßen zwischen all den Urlaubern, und Marion schien es

zu genießen. Sie dagegen blätterte unschlüssig in der Speisekarte und wagte nicht, sich ein Gericht auszusuchen.

Marion winkte den Kellner heran. Sie kannten ihn flüchtig.

»Die Damen haben gewählt?«, fragte er übertrieben höflich.

»Wir verlassen uns heute ganz auf deine Empfehlung, Niko.«

»Sehr wohl.« Er grinste.

Sie achtete nicht darauf, was Marion mit ihm besprach. Denn von dem großen runden Tisch am Fenster hörte sie, wie jemand vom Indischen Ozean erzählte. Von der Farbe des Meeres. Vom Wellengang. Von den Wesen, die dicht unter der Wasseroberfläche erschienen. Die unerfahrene Seeleute verzauberten.

Marion griff nach ihrem Arm. »Ich hoffe, du bist einverstanden damit?«

Sie sah irritiert auf. »Ja«, sagte sie schnell, und: »Danke!«

Niko nahm ihnen die Speisekarten ab und verschwand in Richtung Küche.

Sie hörte die Männer lachen.

»Ihr haltet das für Seemannsgarn?«, fragte der Kapitän.

Die Männer schwiegen abrupt.

»Dann möchte ich mal sehen, wer es schafft, aufrecht stehen zu bleiben an Deck, bei solchen Wellen da draußen.«

»Ich habe einen Entschluss gefasst«, sagte Marion. »Und den begießen wir jetzt!«

Niko brachte zwei Gläser Weißwein.

»Ich mache mich selbstständig. Mit einem Vermieterservice. Hier auf der Insel!«

Sie sah Marion erstaunt an.

»Da denke ich schon länger drüber nach. Jetzt wird es langsam Zeit. Glaubst du nicht?«

»Auf jeden Fall«, antwortete sie, überlegte jedoch, ob Marion jemals über so ein Projekt gesprochen hatte. Sie konnte sich nicht daran erinnern.

»Weißt du, es gibt ja jede Menge Leute, die gar nicht auf der

Insel wohnen, sondern in Hamburg oder Berlin oder im Ruhrgebiet, die aber hier Apartments oder sogar Häuser haben, die sie an Urlauber vermieten wollen. Und die brauchen jemanden, der sich vor Ort um alles kümmert. Schlüsselübergabe bei der An- und Abreise, Wäschewechsel, Endreinigung und solche Sachen.«

»Ich dachte, die Torten sind dein Spezialgebiet.«

»Gelernt habe ich mal im Hotel«, sagte Marion.

»Ja dann, herzlichen Glückwunsch! Wann geht's los?«

»Im März.«

»Heißt das, du kommst nicht mit in den Schnee?«

Marion nickte. »Ich bleibe hier.«

Sie schluckte.

»Wenn die Saison zu Ende ist, nach den Herbstferien, muss ich mir eine Wohnung suchen. Das ist nicht so einfach, aber Rolf will mir dabei helfen.«

»Soso, der Rolf.«

Marion grinste. »Er ist nett. Warum also nicht?«

›Nett‹, klang es ihr in den Ohren. Sie sah zu dem runden Tisch hinüber.

»Kap Hoorn«, hörte sie den Kapitän, »ich sage nur: Kap Hoorn.«

Die Männer nickten. Stumm. Geradezu ehrfürchtig. Seine Mundwinkel zuckten. Oder täuschte das im Halbdunkel? Und blinzelte er ihr tatsächlich zu? Obwohl er mit all diesen Männern am Tisch saß? Sie sah weg. Und wieder hin. Und wieder weg. Nett fühlte sich anders an. Ganz bestimmt.

»Und du?«, fragte Marion.

»Ich?«

»Ja. Du.« Marion folgte ihrem Blick. »Du wirst ja ganz rot!«

Nach dem Essen kam Rolf von seiner Spätschicht und setzte sich zu ihnen. Marion orderte Nachtisch, Kaffee und Cognac, und sie stießen noch einmal auf die Zukunft an.

Sie hatte sich nie zuvor Gedanken darüber gemacht, ob sie

irgendwo bleiben wollte. Für immer. Sie war einfach weitergezogen. Sommer. Winter. Sommer. Wieder eine Saison im Schnee. Wieder eine am Meer. Ohne zu fragen. Ohne zurückzublicken. Nur weiter. Immer weiter. Koffer einpacken. Koffer auspacken. Mehr gab es nicht als nur diesen Koffer. Mehr musste es auch nicht geben. Bis jetzt nicht. Doch Marion hatte ihren Blick gesehen. Und den vom Kapitän. Beim Erbsensuppenessen. Und heute wieder. Marion musste verstanden haben, was ihr so fremd war.

Am nächsten Tag saß der Kapitän plötzlich im Café. Aus dem Augenwinkel sah sie, wie die Chefin ihn begrüßte.

»Moin, Ocko, wieder an Land?«

»Jau, min Deern.«

Sie hatte noch nie gehört, dass jemand die Chefin so nennen durfte. Ausgeschlossen. Aber die Chefin wies ihn nicht mal zurecht. Stattdessen sagte sie: »Was ist ein Seemann auch ohne seinen Heimathafen?«

»Nichts als ein Seelenverkäufer in kabbeliger See«, erwiderte er nachdenklich.

Alte Bekannte, die sich lange nicht gesehen hatten. Oder war da mehr zwischen den beiden? Sie wandte sich rasch ab und wieder den Gästen in ihrem Bereich zu. Bis die Chefin plötzlich neben ihr stand. »Du bringst dem alten Seebären da drüben seinen Grog!«

Sie musste langsam gehen mit dem Glas auf dem winzigen Tablett, ganz langsam.

»Spezialmischung für den Käpt'n!«, hatte die Frau aus der Küche ihr zugerufen.

Wellengang im Glas. Wenn es nur nicht überschwappte. Er sollte sie nicht für ungeschickt halten. Oder unachtsam. Oder gleichgültig. Er sah ihr entgegen. Und sie nur für einen flüchtigen Moment vom Grogglas auf. Endlich erreichte sie seinen Tisch. Sie stellte das Tablett ab. Erleichtert lächelte sie ihn an.

Bis sie spürte, dass seine Augen auf ihr ruhten. Augen wie aufgewühlte See.

»Wenn … wenn Sie vielleicht extra Zucker brauchen?«, stotterte sie.

»Extra Rum«, sagte er, »damit Sie wiederkommen.«

Sie spürte die Welle in ihrem Körper. Was, wenn er es ihr ansah? Wenn jeder hier sah, was mit ihr los war. Sie für eine törichte Gans hielt oder schlimmer. Sie nickte nur und verschwand Richtung Küche.

Marion drückte sich vom Tortentresen her um die Ecke. »Er hat Rolf gefragt, wo er dich findet«, flüsterte sie. »Sieht doch ganz passabel aus, der Mann. Auch ohne seine Uniform.«

Sie schwieg.

Marion wandte sich dem nächsten Kunden zu: »Fürs Café oder zum Mitnehmen?«

Er war also nicht zufällig hierhergekommen. Er wollte sie sehen. Sie wagte kaum, sich nach ihm umzudrehen. Sie musste sich auf ihre Gäste konzentrieren. Durfte die Eisbecher nicht vertauschen, den Kaffee nicht überschwappen und die Tortenstücke möglichst nicht auf die Seite kippen lassen. Doch sie wusste, dass er sie nicht aus den Augen ließ, dass er jede ihrer Bewegungen verfolgte, ihre Gesten, ihr Lächeln, der Kapitän. Ohne die Uniform mit den goldenen Knöpfen. Sie ahnte, dass er auf sie warten würde nach Feierabend.

Sie gingen gemeinsam zum Strand, liefen ein Stück am Spülsaum entlang. Stumm. Seite an Seite. Und später, als sie sich in den Sand setzten und in die überschäumenden Wellen sahen, ließ sie zu, dass er dicht bei ihr saß. So dicht, wie sie es noch niemandem erlaubt hatte. Mit ihm war alles ganz natürlich, schien ihr so vertraut, obwohl es neu war und frisch, wie die auflaufende Flut.

Er lud sie in sein Haus ein und entschuldigte sich dafür, dass das prächtige Kapitänshaus mit dem hohen Reetdach von innen dringend überholt werden müsste. Durch die kleinen

Sprossenfenster fiel wenig Licht in die Zimmer. Er schien fast mit dem Kopf an die Deckenbalken zu stoßen. Die Alkovenbetten, die sie an ein Versteck in der Wand erinnerten, waren noch nicht abgerissen, und in der guten Stube schmückten Delfter Kacheln mit Großseglern die Wände. Nur der Bilegger-Ofen, dieser gusseiserne Kasten auf den geschmiedeten Beinen, der von der Küche aus befeuert wurde, war schon durch eine Ölheizung ergänzt worden, erklärte er. Dabei beobachtete er, wie sie mit den Fingerspitzen über einen polierten Messingknauf fuhr, der genau wie die drei anderen die Ofenkante verzierte. Er kam nicht mehr dazu, ihr vom Geheimnis dieser Tubben zu erzählen, denn sie widmete ihre ganze Aufmerksamkeit schon den blauen Schiffen auf den Kacheln.

»Meiner Mutter hat es so gefallen«, sagte er. »Nur die Küche habe ich damals für sie umbauen lassen.«

Sie nickte.

»Alles andere sollte nach und nach verändert werden. Sachte. Mit ihrem Einverständnis. Aber ich war viel unterwegs in all den Jahren. Und im Winter immer die Seefahrtschule. Mir war es genug. Und gegen so manche Koje an Bord ist das Luxus pur.«

Sie spürte sein Lachen wie eine Umarmung.

»Jetzt wird es Zeit, umzubauen«, sagte er dann. Er ging auf sie zu und nahm ihre Hände. »Ich möchte, dass du hier mit mir wohnst. Lebst.« Er räusperte sich. »Ich … ich wünsche mir nichts mehr, als zu dir nach Hause zu kommen.«

Er meinte wirklich sie. Sie schmiegte sich in seine Arme. Nach Hause kommen. Fühlte sich das so an?

»Bitte«, sagte er.

Sie schwieg.

»Ich will dich nicht drängen. Ich weiß, wir kennen uns noch nicht. Aber die Saison geht zu Ende. Und ich habe nur die paar Wochen an Land.«

Sie nickte. Bleiben. Wie würde das sein? Hier mit ihm? Und ohne ihn, wenn er auf großer Fahrt war?

Sie verbrachten Abend für Abend gemeinsam. Und bald auch die Nächte.

»Dann bleibst du also auch hier?«, fragte Marion eines Morgens, als sie sich, kurz bevor das Café öffnete, die Servierschürzen umbanden.

Sie seufzte. »Ich weiß nicht.«

Marion zog die Augenbrauen hoch. »Was stimmt nicht mit ihm?«

Sie wusste nicht, was sie darauf sagen sollte.

»Oder mit dir?«

Sie zuckte mit der Schulter.

»Liebst du ihn?«

»Ich glaube schon.«

»Du glaubst?« Marion hörte sich empört an. »Du weißt es nicht?«

Sie sah zu Boden. »Mir fehlt die Erfahrung«, sagte sie leise.

»Frag dich, ob du ihn vermissen würdest, wenn er dich nicht abholt heute Abend. Ob du in Sorge um ihn wärst. Ob du zu seinem Haus schleichen und in die Fenster spähen würdest. Ob du abreisen könntest ohne ihn. Ob du nicht ständig an ihn denken müsstest, allein auf dem Festland. Ob du dich nach seiner Nähe, seiner Wärme, seinem Geruch sehnst. In jedem Moment. Mit jeder Faser deines Körpers.«

Die ersten Gäste betraten das Café, und Marion verschwand hinter dem Kuchentresen, bevor sie ihr antworten konnte.

Sie scheute sich, Ja zu ihm zu sagen. Ja mit Haut und Haar. Ja, wenn er bei ihr war. Und Ja, wenn sie allein in seinem Haus lebte, bis er zurückkam, vom Schiff, vom Meer, das gleich hinter den Dünen begann und doch so weit war. Ja zu seinen Nachbarn, zu seinen Freunden, zu all den Insulanern, die sie für eine Fremde hielten. Für eine Saisonkraft. Die kam und wieder ging. Vielleicht noch für eine weitere Saison und für eine dritte vielleicht auch noch. Aber bestimmt nicht für immer. Oder doch?

Der Tag mit den Gästen im Café und auf der Terrasse überlagerte ihre Gedanken. Doch als der Besucherstrom abebbte, tauchten sie wieder auf. Vielleicht ging ihr das alles zu schnell.

»Wie alt bist du?«, fragte Marion.

»Einundvierzig«, antwortete sie, obwohl sie den Sinn der Frage nicht verstand. Und doch erschrak sie. Wie lange hatte niemand sie mehr nach ihrem Alter gefragt? Und wie lange war sie schon unterwegs von einem dieser Badeorte zum nächsten? Sechzehn Jahre mussten es inzwischen sein. Nie länger als ein paar Monate an einem Ort. Nie mehr als lose Freundschaften. Nie Wurzeln schlagen. War sie dazu überhaupt in der Lage?

»Und worauf wartest du noch?«, wollte Marion wissen.

Eigentlich wartete sie schon lange nicht mehr. Doch wie sollte sie erklären, was sie selbst nicht verstand? Dieses Gefühl. Diesen Sog. Dieses Ja. Und dieses Nein.

»Also ich würde zugreifen«, sagte Marion. »Du bist verliebt. Das sieht dir jeder an. Was willst du mehr?«

Die Tage trieben davon. Ohne Antwort.

Der Kapitän schmiedete Pläne. Sie hoffte, der Wind würde ihre Bedenken forttragen, bis hinaus aufs Meer, und sie in den Wellen schaukeln lassen, bis sie sich aufgelöst hatten. Doch nicht einmal die stürmischen Herbstböen schafften es, ihr den Kopf freizupusten.

Dann entschied sie sich für eine Stelle im Schnee. Vielleicht zum letzten Mal. Sie versprach ihrem Kapitän, im Frühjahr zurückzukommen. Und er versprach ihr, nicht eher aufzubrechen, bis sie wieder bei ihm war. Sie verlangte, dass er sie nicht zur Fähre brachte. Und Marion auch nicht. Dann packte sie ihren Koffer. Er bat um einen letzten gemeinsamen Abend mit ihr. Und sie war sich auf einmal nicht mehr sicher, ob er überhaupt daran glaubte, dass er sie wiedersehen würde.

Arm in Arm gingen sie am Watt entlang. Schweigend. Gegen den Wind. Sahen hinaus über den trockengefallenen Meeresboden. Sie legte den Kopf an seine Schulter. Diese graubraune Düsternis reichte bis an die tief hängenden Wolken heran. Kein Winkel, um sich zu verstecken. In den Dünen vielleicht, aber nicht hier am Flutsaum. Hier, wo die Wellen Stunden zuvor ihre Spuren hinterlassen hatten. Und wo sie Stunden später wieder an Land kommen und sie verwischen würden.

Sie schauderte.

»Dir ist kalt«, sagte er.

»Nein«, sagte sie.

Sie schlugen trotzdem den Heimweg ein. In Gedanken nannte sie es tatsächlich schon so und wunderte sich darüber. Ja, sie wollte an seiner Seite sitzen. In seinen Armen liegen. Neben ihm einschlafen und wieder aufwachen mit ihm. Ganz egal, was die anderen davon hielten. Sie gehörte hierher. Zu ihm. Und doch brachte sie es nicht fertig, ihren Koffer wieder auszupacken.

»Das wird ein schrecklich langer Winter ohne dich«, sagte er.

Ihr Lächeln flackerte auf.

Er ging auf den gusseisernen Bilegger-Ofen zu. »Ich will dir etwas mitgeben, damit du an mich denkst. Und an unser Zuhause.«

Sie schluckte. »Dazu muss ich nichts mitnehmen.«

Er schraubte einen der Tubben ab. »Wie du siehst, ist das nicht der friesische Trauring meiner Urgroßmutter«, sagte er.

Überrascht drehte sie die goldglänzende Kugel in ihren Händen. Dann sah sie zu ihm auf.

»Früher haben die Seeleute so eine Messingkugel von ihrem Ofen daheim mitgenommen. Manchmal heizten sie sie unterwegs auf, um sich die Hände daran zu wärmen. Oft lag sie nur in der Seekiste und glänzte mit Erinnerungen an zu Hause.« Seine Stimme klang plötzlich rau. »Und tröstete sie, wenn die

Liebsten so weit weg waren. Mein Vater und mein Großvater hatten immer so einen Tubben bei sich. Und ich anfangs auch. Jetzt will ich, dass du ihn mitnimmst.«

Sie legte die Messingkugel an ihr Herz. »Ich bringe sie dir zurück«, sagte sie leise. »Versprochen.«

Sie ging, ohne sich noch einmal nach ihm umzudrehen. Sie wusste, sie würde die Straße sonst nicht erreichen und auch nicht den Bus, würde die Fähre aufs Festland verpassen und die Stelle im Schnee niemals antreten. Es würde dann bestimmt nicht lange dauern, bis Fragen sie quälten und Zweifel. Sie wäre niemals sicher, ob die Insel im Meer wirklich der richtige Ort für sie war und ob sie hier, mit dem Kapitän an ihrer Seite, leben konnte. Mit all seinen Geschichten. In seinem uralten Haus. Sie hoffte darauf, dass es leichter werden würde und klarer, mit jedem Meter, den sie sich von ihm entfernte.

Sie versuchte vergeblich, die goldglänzende Kugel in der Tasche zu lassen, schloss sie in ihrem Koffer ein, und doch konnte sie nicht anders, als sie jeden Abend in die Hand zu nehmen. Und jeden Morgen wieder. Bald fragte sie sich, warum sie in diesem Zimmer in den Bergen hauste, wenn sie sich nach dem Meer sehnte? Warum sie immer noch zögerte, sich zu entscheiden? Warum sie Nacht für Nacht lärmende Kolleginnen und Kollegen im Nebenzimmer ertrug, wenn sie auch bei ihrem Kapitän liegen konnte. Warum sie glaubte, den ganzen Winter zu brauchen, weit weg von ihm und allein?

Sie hielt vier Wochen durch. Spürte von Tag zu Tag mehr, dass sie bereit war, dieses Leben unterwegs hinter sich zu lassen. Diese Zimmer auf Zeit. Diese Arbeit, die sie kannte, solange sie denken konnte. Jetzt wollte sie nur noch ankommen. Bei sich. Und bei ihm.

Sie umklammerte die Messingkugel in ihrer Manteltasche, geradeso, als könnte ihr der Tubben noch verloren gehen auf den letzten Kilometern. Auf der Mole in Dagebüll hörte sie, dass die Fähre nicht ablegen konnte. Tagelang hatte der Ostwind alles Wasser aus der Fahrrinne gedrückt. Sie fror. Doch sie blieb auf dem Kai stehen. Sie wollte nicht in das Hotel am Deich gehen, nicht mal für eine Tasse Kaffee. Und noch nicht einmal, um ihn anzurufen, ihm zu sagen, dass sie schon in der Nähe war. Nur die Abfahrt nicht verpassen. Die Fähre, die sie auf die Insel bringen würde. Zurück zu ihm. Sie wartete, bis sie an Bord gehen durfte. Gegen Morgen, als das Wasser wieder weit genug aufgelaufen war, hieß es endlich: »Leinen los!«

Von der Insel aus schickte der Leuchtturm seinen Lichtfinger übers Meer. Wieder und wieder. Die Fähre glitt langsam durch die Dunkelheit. Einige der wenigen Fahrgäste schliefen. Sie lauschte auf die Motorengeräusche, die vom Maschinenraum heraufdrangen. Ein-, zweimal schien es, als würde der Rumpf über eine Sandbank schleifen. Doch sie fuhren sich nicht fest. Sie steuerten Föhr an, als wäre der Fahrplan nicht außer Kraft. Lagen im Hafen. Warteten auf noch mehr Wasser unterm Kiel. Vor den trüben Fenstern wurde es langsam hell. Drei Stunden später erreichten sie Wittdün.

Die Einheimischen fuhren mit ihren Autos davon. Sie trug ihren Koffer zur Bushaltestelle hinüber. Die bot keinen Schutz vor dem eisigen Ostwind. Sie tastete nach der goldglänzenden Kugel in ihrer Tasche. Nachher würden sie den Knauf wieder anschrauben. Und den Ofen von der Küche aus befeuern. Gemeinsam. Vielleicht hätte sie Marion anrufen sollen vom Festland aus, überlegte sie, oder Rolf. Und fragen, ob sie sie abholen konnten. Doch sie wollte nicht, noch nicht, dass jemand wusste, dass sie zurückkam auf die Insel. Lange vor der Zeit. Sie wollte, dass es ihr Kapitän als Erster erfuhr. Dass er sie für ein Wunschbild hielt, wenn sie vor seiner Tür stand. An diesem nebligen Morgen Ende November. An seinem fünfzigsten Geburtstag.

Er erwartete Nachbarn, die zum Gratulieren vorbeikamen, auf einen Schnack und einen Köm. Stand stumm in der Tür, als er sie sah. Bis sie in die Manteltasche griff. Seine Mundwinkel zuckten. Sie hielt ihm den Tubben entgegen. »Ich glaube, der gehört hierher«, sagte sie leise.

Er nahm sie in die Arme. »Endlich«, murmelte er in ihr Haar, »endlich.«

»Meine Frau ist wieder da«, sagte er jedem und genoss es.

Er nahm sie an die Hand und überallhin mit. Sie liebte es, bei ihm zu sitzen und seinen Geschichten zu lauschen. Von fremden Ländern, deren Namen sie nie zuvor gehört hatte. Von Menschen, die er unterwegs getroffen hatte, an Bord und in den Häfen. Von der Fracht, im Laderaum und an Deck. Von Inseln, die auf keiner Karte verzeichnet waren, und vom Meer. Immer wieder vom Meer. Sie lauschte stumm. Oft kam es ihr so vor, als erzählte er nur für sie. Besonders, wenn seine blaugrünen Augen auf ihr ruhten. Augen wie der Ozean. Dann vergaß sie leicht, dass sie nicht in ihrer guten Stube saßen, sondern bei seinen Freunden, seinen Nachbarn, in einer Versammlung oder in einer Kneipe. Und dass kaum jemand mehr als »Moin« zu ihr sagte. Manchmal ließ sie ihn auch allein gehen, vor allem, wenn er sich am frühen Abend mit Männern treffen wollte, die er von der Seefahrtschule oder von Bord kannte.

Sie half, das Kapitänshaus neu einzurichten und den Garten gegen die Kälte zu wappnen. Es kam ihr seltsam vor, gar nicht zur Arbeit zu müssen. Doch die meisten Hotels und Gaststätten waren geschlossen. Nur wenige Restaurants für ein paar Stunden am Abend geöffnet. Die Insel im Winter. Fast ohne Gäste vom Festland. Selten stiefelte jemand über den Kniepsand, stemmte sich gegen den Wind, ließ den Flugsand auf sich einprasseln. Hierhergelockt von den Sparangeboten der Kurverwaltung. Oder dem Termin für eine Kur im Erholungsheim, der nicht ausgeschlagen werden durfte.

Stille Weihnachtstage, mild und schneelos, wie sie sie noch

nie erlebt hatte. Und statt einer geschmückten Tanne gab es hier nur einen Bogen aus Holz. Kenkenbuum nannte ihn der Kapitän und zeigte ihr, wie die drei Sprossen mit Buchsbaumzweigen umwickelt, mit Äpfeln, Rosinen und selbst gebackenen Figuren geschmückt wurden. Erzählte vom Lauf der Sonne, von Hoffnung und Fruchtbarkeit. Und davon, dass nicht nur die Adam-und-Eva-Figuren mit dem Baum der Erkenntnis unten am Fuß des Bogens ihre Bedeutung hatten, sondern auch der Hahn das Haus bewachen und das Schwein Glück bringen sollte, das Pferd für die Ausdauer und das Segelschiff für die Seefahrer seiner Familie standen. Als Ocko endlich die Kerzen darauf anzündete, wirkte der Holzbogen doch fast wie ein schmuckes Bäumchen auf sie.

Am Silvesterabend standen pausenlos kleine und große Insulaner vor der Tür. Hulken hieß das, hatte er ihr vorher erklärt. Verkleidet oder mit geschwärzten Gesichtern kamen sie, schlugen Krach mit ihrem Rummelpott und sangen Lieder, die er kannte und sie nicht verstand. Anfangs verteilten sie gemeinsam Süßigkeiten an die Kinder und schenkten Schnaps für die Erwachsenen aus. Sie prosteten sich zu. Er erwies sich als trinkfest, freute sich über den Rummel und zog bis auf die Straße hinaus mit. Sie nippte nur an ihrem Glas, wie sie früher am Schlehengeist genippt hatte, schenkte ein, schenkte nach und spülte zwischendurch die Gläser. Irgendwann verabschiedeten sie die Besucher mit »Seegent nei juar!«, wie es Brauch war.

Später am Abend wurde es ruhiger. Gegen Mitternacht waren sie allein. Ocko seufzte zufrieden und nahm sie in die Arme. »So habe ich mir das immer gewünscht, meine Kleine«, flüsterte er ihr zu.

Sie erstarrte.

Er merkte nichts davon, legte seinen schweren Kopf auf ihre Schulter. »Wo hast du dich versteckt all die Jahre?«

Sie schwieg.

»Wir hätten Kinder haben können.«

Sie rührte sich nicht.

»Das ganze Haus voll.« Er hob den Kopf. »Du wärst bestimmt eine wunderbare Mutter gewesen.«

Sie schaffte es nicht, sein Lächeln zu erwidern.

»Aber wenigstens habe ich dich.« Er nahm ihre Hand und küsste ihre Fingerspitzen. »Komm«, flüsterte er, »gehen wir ins Bett.«

Bis Ende Januar blieb es mild. Hämmern und Sägen war zu hören. Überall in der Nachbarschaft wurde an-, um- und ausgebaut. Dächer neu gedeckt, Zäune gesetzt, Bäume gefällt. Bis die Temperatur Anfang Februar plötzlich sank und die meiste Arbeit ruhen musste. Schnee fiel. So dicht, wie sie es aus den Bergen kannte. Sie lief hinaus, kam mit roten Wangen zurück. Er stand stumm vor dem alten Schiffsbarometer. Sah nicht auf, als sie sich den Schal umband und die Mütze aufsetzte. Sie holte den Besen aus der Werkstatt, um den Weg zur Straße freizufegen. Als sie zum Haus hinübersah, bemerkte sie, wie er hinter den Fenstern hin und her ging. Sie nahm den Besen mit in die Diele, rieb sich die Hände warm und rief nach ihm. »Lass uns zum Strand gehen! Bitte! Ich muss unbedingt wissen, ob die Wellen gefrieren, wenn sie …« Sie brach ab, als sie sein ernstes Gesicht sah.

»Es wird Sturm geben«, sagte er nur.

»Einen Schneesturm?«

»Nein. Eine Sturmflut.« Er schaltete das Radio ein. Noch gab es keine Warnung. Er ließ es halblaut laufen. »Eine schwere Sturmflut. Ich zeige dir jetzt, wie du das Haus sichern musst, wenn du allein bist.«

Sie folgte ihm in den Schuppen. »Diese Platten werden vor die Fenster geschraubt. Die Sandsäcke schichtest du draußen vor dem Friesenwall und der Gartenpforte auf. Das Wasser kommt selten bis hierher. Aber besser, wir sind darauf vorbereitet.«

Sie griff sich zwei der Säcke und fragte sich, warum sie nicht randvoll gefüllt waren.

»Das ist genau das richtige Maß«, sagte er, als hätte er ihre Gedanken erraten. »Die letzten legst du vor die Haustür. Und die Hintertür sicherst du von innen.«

»Verstanden.«

»Du musst unbedingt darauf achten, dass keine Schaufel oder Harke im Garten liegen bleibt und die Werkstatt und der Schuppen ordentlich verschlossen sind. Sonst kannst du das Werkzeug nachher aus den Dünen klauben. Wenn du es überhaupt wiederfindest. Und das Treibholz taugt dann nicht mehr für den Ofen.«

Sie arbeiteten Hand in Hand. Als sie zurück ins Haus kamen, sendete das Radio gerade eine Sturmflutwarnung.

»Boi Nissen weiß auch Bescheid, wenn ich nicht da bin«, sagte der Kapitän.

»Du meinst den Mann, der neulich im Gemeindesaal den neuen Sturmflutvortrag für die nächste Saison geprobt hat?«, vergewisserte sie sich.

»Genau der. Unser Inselchronist. Der alte Fuchs braucht einfach meine Zustimmung. Auch wenn er es niemals zugeben würde.« Ocko lief zum Barometer und kam rasch wieder zu ihr zurück. »Wird nicht ganz so schlimm werden heute Nacht. Ich schreibe dir noch eine Liste, wen du anrufen kannst, wenn was mit dem Dach ist. Aber das hat schon so manchen Sturm überstanden. Oder falls der Strom ausfällt. Oder wenn kein Wasser aus der Leitung kommt.«

»Danke«, sagte sie nur. Erleichtert darüber, dass er bei ihr war, während sich der Sturm draußen weiter aufblies.

Das Wasser lief höher auf als das mittlere Hochwasser und lief nicht wieder ab gegen den Wind. Sie lag im Bett und lauschte den Böen. Er schlief, was sie für ein gutes Zeichen hielt. Die nächste Flut trieb ihre Wellen bis zu den Dünen und von der Ostseite gegen den Deich, hörten sie von Boi Nissen. Er rief mehrfach an und erstattete dem Kapitän Bericht. Sie fühlte sich sicher in dem Haus. Und doch auch wie eine Gefangene hinter den Holzplatten an den Fenstern.

Am nächsten Abend drehte der Wind, und das Wasser begann langsam abzulaufen. Das Kapitänshaus, die Werkstatt und der Schuppen blieben unbeschädigt. Es kam ihr wie Aufatmen vor, als sie die Verschalungen von den Fenstern abschraubten. Sie hoffte, dass sie diesen Schutz nicht so schnell wieder brauchten, obwohl er davon geredet hatte, dass es Sturmflutketten gab, bei denen es innerhalb weniger Tage wiederholt zu Sturmfluten kam. Sie hörten von Dünenabbrüchen, unterspülten Wegen, geborstenem Pflaster auf der Wandelbahn und den weggerissenen Stufen von der Treppe zum Kniepsand hinab. Zerschellte Dachziegel lagen auf den Straßen. Die Reetdächer hatten den Böen eher standgehalten.

»Nichts Ernstes«, sagte er, als er vom Inselrundgang mit den Offiziellen zurückkam.

Sie hatte inzwischen Marion besucht. In dem winzigen Apartment, das sie wenigstens für den Winter mieten konnte. Mit Rolf zusammenzuleben fiel Marion nicht leicht. Schon gar nicht in seiner Dienstwohnung draußen beim Seehospiz. Ihr Vermieterservice entwickelte sich nur schleppend.

»Das wird schon«, sagte Marion, als müsste sie sich selbst Mut zusprechen. »Alles ist besser als der alte Trott.« Marion lachte sie über ihre angeschlagene Kaffeetasse hinweg an. »Kann ja nicht jeder einen Kapitän an Land ziehen.«

Sie wusste nicht, was sie darauf antworten sollte.

»Und wie gut er dir bekommt«, fuhr Marion fort. »Du siehst so rosig aus. Und irgendwie weiblicher. Nicht mehr so hager.« – »Ehrlich?«

»Ja. Der Saisonstress hat wohl an jedem genagt.«

»Ich kannte gar nichts anderes«, sagte sie nachdenklich.

»Hast du schon Pläne mit deinem Kapitän?«

»Ocko muss Anfang März los. Dann ist er für ein halbes Jahr

weg. Auf großer Fahrt. Da kann ich nicht nur herumsitzen im Haus oder im Garten oder am Strand liegen.«

»Wir könnten wieder schwimmen gehen!«, begeisterte sich Marion.

»Du gibst dich immer noch nicht geschlagen?«

»Auf keinen Fall!«, rief Marion. »Eines Tages schaffe ich es bestimmt als Erste zur Boje und wieder zurück!«

»Träum weiter!« Sie lachte.

Marion stimmte mit ein. »Auf jeden Fall.«

»Na, ich werde mich wohl wieder um eine Stelle im Café kümmern. Vielleicht übernehme ich auch deine am Kuchentresen«, sagte sie.

»Meinetwegen«, gab Marion sich großzügig. »Ich bin ja dann schon Unternehmerin.«

Die frostigen Februartage brachten keine weitere Sturmflut mit. Sie kamen ihr wie Seenebel vor, der still heraufzog, sie einhüllte, ihr die Orientierung nahm. So wie sie es einmal am Strand erlebt hatte. Da war Ocko an ihrer Seite gewesen, hatte sie zu den Dünen gelotst und ihr eingeschärft, sofort den nächsten Aufgang zu nehmen, damit sie sich im nassen Weiß nicht etwa ins Meer verirrte. Jetzt traf er Vorkehrungen für seine Abreise. Wenn er seine Seekiste aufklappte, spürte sie Übelkeit. Sie musste sich abwenden. Nie zuvor hatte sie etwas Ähnliches gespürt. Was, wenn er nicht wiederkam? Ihr Magen drehte sich um. Sie schluckte schwer, um es vor ihm zu verbergen.

Dann stand auch noch das traditionelle Abschiedsessen mit seinen Freunden und Nachbarn an. Grünkohl. Am Abend vor dem Petritag. Früher war der 22. Februar der Tag gewesen, an dem die Seeleute von der Insel aufbrachen, um auf Walfang zu gehen, erklärte er ihr. Die Feuer wurden zum Geleit angezündet und eine Strohpuppe, die den Winter verkörperte, verbrannt. Und heutzutage sammelten die Konfirmanden Buschwerk und Stroh, schichteten alles zu einem Haufen auf und setzten die selbst gebastelte Puppe, den Peter, obendrauf. »Wenn es dunkel wird, treffen wir uns zum Anzünden.«

Sie hätte den Abend lieber allein mit ihm verbracht. Doch sie sah, wie er sich darauf freute. Sie würde an seiner Seite sein, mit ihm am Feuer stehen, auch wenn die Nachbarn nur »Moin« zu ihr sagten, immer noch nicht mehr. Und er das nicht einmal merkte. Sie konnte zusehen, wie die Funken in den Nachthimmel flogen und verglühten. Später würde sie Aquavit ausschenken. Vor dem Essen. Beim Essen. Nach dem Essen. Das konnte sie sicher. Und lächeln dabei. Selbst wenn die Übelkeit wieder hochkam und die Angst.

Wenige Tage danach brachte sie ihn zur Fähre. Ein paar Stunden würde er bei alten Freunden in Hamburg verbringen und sie von dort aus anrufen. Dann ging der Kapitän an Bord, die Arbeit begann, und er wisse nicht genau, wann er sich wieder melden könne. Er nahm sie in die Arme. Küsste sie sanft auf die Stirn. Wenn sie ihn nur nicht loslassen müsste. Jetzt gleich. Die Fähre *Amrum* war bereit zum Ablegen. Das Blau seiner Uniform verschwamm vor ihren Augen. Sie schmeckte Salz auf ihren Lippen. Wenigstens hatte sie in der Nacht einen Messingtubben vom Ofen in seine Seekiste geschmuggelt.

Sie sah zu ihm auf. »Ocko«, flüsterte sie.

Er küsste sie. »Ich liebe dich, Josefine.«

Sie brachte kein Wort mehr heraus. Er löste sich aus ihrer Umarmung und ging an Deck. Die Fähre legte ab. Sie wusste, dass er ihr von der Reling aus zuwinkte, auch wenn sie ihn durch ihren Tränenschleier kaum sah. Sie stand immer noch da, als die *Amrum* schon längst im Dunst verschwunden war.

Es fiel ihr schwer, in den Ort zu gehen, in den Bus zu steigen, in das leere Haus zurückzukehren. Sollte sie einen Abstecher zu Marion machen? Oder vielleicht im Café vorbeischauen, wo in den nächsten Tagen die Saison für sie begann? Doch sie fühlte sich nicht danach, mit anderen zu reden. Sie wollte allein sein. Auf seinen Anruf warten. Oder den Ofen anstarren, an dem jetzt ein Messingknauf fehlte.

Das Haus erschien ihr riesig. Nachts meinte sie oft Geräusche zu hören. Sie wusste, dass es nur das uralte Holz der Deckenbalken oder der Fußbodendielen sein konnte. Aber manchmal stand sie auf, schaltete das Licht an und sah in jedes Zimmer, als wollte sie sich überzeugen, dass tatsächlich niemand darin wohnte. Sie mied die gute Stube mit dem Ofen. Verbrachte viel Zeit in der Küche. Kochte für sich und bekam das Essen dann doch nicht herunter. Oder sie verschlang es und war immer noch hungrig. Boi Nissen rief an und fragte, ob alles in Ordnung sei und ob sie etwas brauche.

»Alles bestens, ich komme zurecht«, behauptete sie. »Danke.« Sie konnte es gar nicht erwarten, den Telefonhörer wieder aufzulegen. Ob er neugierig war? Ob er sie kontrollieren wollte? Oder hatte Ocko ihn beauftragt, sich zu kümmern? Vertraute er ihr nicht? Oder sorgte er sich so sehr um sie? Warum musste es dann ausgerechnet dieser Nissen sein? Hatte der nicht auch so genug zu tun? Er schien jemand zu sein, der unbedingt alles wissen musste, was auf der Insel vorging. Der immer schon da saß, wenn sie irgendwo hinkamen. Und der der Einzige war, der es wagte, Ockos Geschichten öffentlich anzuzweifeln. Was Ocko jedoch nur mit einem milden Lächeln quittierte.

Sie schlief wieder besser, als die Saison begann und sich das Café mit Osterurlaubern füllte. Marion kam ab und zu vorbei und berichtete, dass weitere Aufträge hereinkamen und sich das Geschäft ganz gut anließ. Sie verabredeten sich wieder zum Schwimmen. Weil es kühl und regnerisch war, zögerte sie, sagte ab, wusste eigentlich nicht, warum sie das auf einmal störte. Früher war es ihr immer gleichgültig gewesen. Den Bergsee hatte sie auch nur bei Gewitter gemieden. Doch irgendetwas war anders in diesem Jahr. Sie konnte sich selbst an sonnigen Tagen nicht dazu durchringen, sich auszuziehen und in die

Brandung zu laufen. Noch nicht einmal, wenn Marion schon einen Vorsprung hatte.

»Muss ich mir Sorgen machen?«

Sie winkte ab.

»Ist wirklich alles in Ordnung?« Marion ließ nicht locker. »Ich meine, du bist doch sonst die reinste Wasserratte.«

»Morgen. Vielleicht.«

Als sie sich ein paar Tage später tatsächlich auszog, sah Marion sie überrascht an.

»Warum sagst du denn nichts?«

»Was soll ich denn sagen? Dass ich einen neuen Badeanzug brauche?«

»Nun verkauf mich mal nicht für dumm!«, empörte sich Marion. »Wann ist es denn so weit?«

Sie sah an sich herab. Hatte sie so viel zugenommen? Sie musste doch noch nicht einmal Keile in den Rockbund einsetzen, wie es die Oma früher gemacht hatte.

»Jedenfalls herzlichen Glückwunsch! Du hättest ruhig was sagen können! Weiß denn dein Kapitän schon Bescheid?«

Sie hatte keine Chance, die Tränen aufzuhalten. Marion setzte sich mit ihr in den Sand. Das kann nicht sein, dachte sie und wusste gleichzeitig, dass es doch so war. Dass sie nicht auf ihren Körper gehört hatte. Und auf all die Zeichen, die er ihr in den letzten Monaten gesandt hatte.

»Warst du schon beim Arzt«, fragte Marion, »oder hast du mit der Hebamme gesprochen?«

Sie schüttelte den Kopf.

»Versprich mir, dass du einen Termin machst«, drängte Marion, »oder soll ich?«

»Nein. Ich kümmere mich selbst darum.« Sie starrte eine Weile in den Sand. Dann sprang sie auf und stürzte sich in die Brandung. Sie sah sich kurz nach Marion um, die ihr verblüfft folgte.

Plötzlich sah sie sie überall. Diese Mütter. So jung wie die Thea, die Braut vom Max. Nicht nur unter den Gästen. Auch Frauen von der Insel, die einen Kinderwagen zum Einkaufen schoben. Die über Babybrei, Windeln und Dreimonatskoliken redeten. Die halb so alt waren wie sie. Oder schon zwei, drei Kinder bei sich hatten, wie damals die Tante Liesl. Fremd kamen sie ihr vor. Und jetzt sollte sie plötzlich etwas mit ihnen gemeinsam haben. Sollte neben ihnen sitzen, beim Arzt oder auf dem Spielplatz. Ihre Blicke aushalten und ihre Fragen. Das Tuscheln. Sie legte die Hände auf den Bauch. Jetzt spürte sie es auch. Das kleine Wesen, das in ihr wuchs, sich bewegte, nach ihr trat. Marion musste ihr schwören, nichts zu verraten. Niemandem. Nicht einmal Rolf. Sie tat es lächelnd und wollte wissen, was die Hebamme gesagt hatte.

»Alles in Ordnung. Wie es sich gehört«, behauptete sie.

»Soll ich schon anfangen, Strampler zu stricken?«, fragte Marion ungeduldig.

»Das hat noch Zeit.«

»Nun mach doch nicht so ein Geheimnis daraus! Wann ist es denn so weit? Ist Ocko dann schon wieder zurück?«

»Sicher.«

Marion strahlte. »Bestimmt ist er außer sich vor Freude!«

»Ja«, sagte sie. Und sagte ihm nichts. Es war, als ob sie es nicht aussprechen konnte. *Ich bin schwanger. Wir bekommen Nachwuchs, ein Kind, wir werden Eltern.* Nichts kam ihr über die Lippen, als er sie anrief, endlich, nach Wochen auf See ohne ein Zeichen. Es knisterte in der Leitung. Seine Stimme kam mal laut und mal leise bei ihr an, als schaukelten seine Worte auf den Wellen eines fernen Ozeans. Sie schloss die Augen. Sah ihn vor sich in seiner dunkelblauen Uniform mit den goldenen Knöpfen. Sie presste die Lippen zusammen. Nur nicht in Tränen ausbrechen. Nicht jetzt. Er hatte ihr von den Frauen der Seeleute erzählt. Über ihre Stärke, alles in Haus und Hof allein zu regeln, wenn ihre Männer auf großer

Fahrt waren. Schon immer. Sie wollte auch so eine Frau sein. Alles alleine regeln.

»Hauptsache, es geht dir gut, meine Kleine«, sagte er.

Sie schnappte nach Luft.

»Kleine, Kleine, Kleine«, schwappte das Echo in der Leitung.

Sie umklammerte den Hörer.

»Ich bin bald wieder da! Bald.«

Die Tränen rannen lautlos.

»Vielleicht schaffe ich es sogar ein paar Tage früher!«

»Gut«, sagte sie nur.

Als er tatsächlich vor der Zeit zur Tür hereinkam, lag sie am Boden und krümmte sich in den Wehen.

Er hockte sich zu ihr, strich ihr die schweißnassen Haare aus der Stirn. »Ich rufe den Arzt!«

Sie griff nach seiner Hand und hielt sie fest. »Nein!«, schrie sie. »Bleib bei mir. Bitte!« Sie stöhnte.

»Aber du brauchst Hilfe. Wir brauchen Hilfe!«

»Nein. Ich schaffe das schon.« Sie ließ seine Hand nicht los.

»Bleib bei mir«, wiederholte sie. »Verlass mich nicht! Bitte, Ocko, verlass du mich nicht auch noch!«

Keine halbe Stunde später legte er ihr den Säugling auf den Bauch. Sein Töchterchen! Und sie hatte versucht zu lächeln. Mit glänzenden Augen.

Er schluckte. »Meine Mädchen«, flüsterte er.

Sie beobachtete, wie er das Kind ganz vorsichtig säuberte. Er polsterte den Wäschekorb mit Handtüchern und mit seinem Kissen aus und legte die Kleine hinein. Dann begann er nach der Babyausstattung zu suchen – und fand nichts. »Das kann doch nicht wahr sein«, murmelte er.

Sie schluchzte.

Er setzte sich zu ihr aufs Bett und nahm ihre Hand. »Schon gut, Josefine, ich kümmere mich darum. Ruh dich aus. Ich sorge dafür, dass es unserer Tochter an nichts fehlt.«

Als sie eingeschlafen war, rief er den Doktor an. Der versprach, noch vor Beginn der Sprechstunde vorbeizukommen, um nach Mutter und Kind zu sehen. Er bot an, dass seine Frau das Notwendigste für die Kleine zusammenstellen und mitschicken könnte.

»Lass sie uns Mira nennen«, schlug Ocko vor. »Mira wie Wunder, denn ist es nicht ein Wunder, dass wir jetzt eine Tochter haben?«

Sie nickte nur.

»Und Mira wie Meer auf Sanskrit, weil ich gerade aus dem Indischen Ozean zurück bin.«

Sie nickte erneut. Sie sah auf das Kind im Körbchen und auf den Kapitän an ihrem Bett. Sie ertrug den Doktor mit seiner Untersuchung und all seinen Fragen. Und später die Nachbarn, die ins Haus kamen zum Kindskieken, mit Glückwünschen, Geschenken und Ratschlägen. Sie ertrug, dass das Kind schrie, bis Ocko es aufnahm und ihr an die Brust legte. Sie spürte die Wärme, wenn sie es hielt. Nahm die Bewegung wahr. Diesen kleinen Körper in ihren Händen. Doch sie fühlte nichts. Ocko wickelte seine Tochter und wiegte sie in seinen Armen. Er baute eine Wiege für sie und fuhr sie stolz in dem geliehenen Kinderwagen durchs Dorf, während sie kaum aus dem Bett kam.

»Unsere Mira muss getauft werden«, sagte Ocko. »Und ich weiß auch schon, wer die besten Paten für sie sind! Du wirst sie mögen! Ich rufe sie gleich mal an.«

Sie drehte sich von ihm weg. Noch mehr Fremde in ihrem Haus. Noch mehr Blicke. Und Vorwürfe.

Er strich ihr übers Haar. »Keine große Feier. Versprochen. Nur Jobst und seine Elke. Ein guter Kerl, auf den immer Verlass ist. Er war mal Offizier bei mir an Bord. Aber das ist lange her. Er fährt nicht mehr zur See. Weißt du, sie wollten auch Kinder haben. Sie kommen bestimmt gerne her. Ich mache gleich ein Gästezimmer für sie fertig. Du brauchst dich um nichts zu kümmern. Ruh dich aus. Ruh dich einfach nur aus!«

Sie lag da und starrte die Deckenbalken an.

»Du kommst schon wieder zu Kräften«, sagte er immer wieder zu ihr. Kochte für sie. Doch sie brachte es kaum fertig, die Gabel zu heben oder den Löffel, den Mund zu öffnen, zu schlucken. Er half ihr aus dem Bett und unter die Dusche.

Die Paten kamen ins Haus, begrüßten sie und umarmten Ocko. Er strahlte.

»Was für ein Glück du hast!«, wiederholte Elke.

Jobst klopfte ihm auf die Schulter. Dann gingen sie aus, um die Formalitäten mit dem Pastor zu erledigen. Später ließ Ocko sie mit Mira im Kinderwagen spazieren gehen. Zufrieden sah er ihnen nach.

»Wenn es dich zu sehr anstrengt, Josefine, gehen wir allein in die Kirche«, bot Ocko ihr an. »Früher war es üblich, dass die Mütter nicht mit zur Taufe kamen. Sie sollten sich im Wochenbett erholen.« Er sah sie liebevoll an.

»Ich … ich schaff das schon«, sagte sie. Es klang gleichgültig, doch er schien erleichtert, dass sie sich aufrichtete und die Beine über die Bettkante schob.

Sie saß still bei den Besuchern. Starrte vor sich hin. Elke sah immer wieder nach dem Baby in der Wiege. »Eure Tochter ist einfach zauberhaft!«, begeisterte sie sich. »Die Fingerchen! Und die kleinen Zehen! Diese süße Stupsnase! Und sie hat Ockos Augen, findest du nicht, Jobst?«

Ihr Mann nickte.

»Und schon fast so eine Mähne wie du, Elke!«

»Sie wird bestimmt mal das Ebenbild ihrer Mutter«, sagte Ocko und legte den Arm um Josefine. Sie ließ es reglos geschehen.

An die Taufe erinnerte sie sich kaum. Nur noch daran, dass Elke darauf bestanden hatte, Fotos vor der Kirche zu machen. Vor allem eins musste es unbedingt sein, eins, auf dem sie alle vier gemeinsam mit Baby zu sehen waren. Mira in dem Taufkleid, das schon Ocko getragen hatte.

Am nächsten Tag verabschiedeten sich Elke und Jobst, um wieder zurück nach Hamburg zu fahren. Ocko begleitete die beiden durch den Vorgarten, während sie auf der Schwelle stehen blieb. Elke flüsterte ihm etwas zu, und Ocko winkte ab.

»Sie muss nur wieder zu Kräften kommen«, sagte er, »und das schafft sie locker, bis ich wieder losmuss!«

»Wenn du meinst.«

»Wir sind jedenfalls immer für dich da«, sagte Jobst. »Für euch!« Dann drehte er sich um und winkte ihr zu.

Sie hielt sich am Türrahmen fest, schloss die Augen. Wenig später war Ocko wieder bei ihr. »Das lief doch ganz gut«, sagte er und führte sie ins Haus zurück.

Marion kam mit ihrem Strickwerk vorbei. »Allerliebst, die Kleine«, schwärmte sie und beugte sich über die Wiege. »Darf ich sie mal auf den Arm nehmen?«

Sie nickte nur.

Ocko beobachtete lächelnd, wie Marion das Baby hochhob.

»Der Strampler ist vielleicht noch etwas zu groß für sie«, bemerkte Marion.

»Da wächst unser kleines Wunder bestimmt ganz schnell rein«, sagte Ocko und bedankte sich. »Wenn du ein Stück mit Josefine spazieren gehen willst, zum Strand runter oder so, dann geht nur. Ich bleibe hier bei der Kleinen.«

»Wie wär's?«, fragte Marion.

Sie rührte sich nicht.

»Oder soll ich euch Stühle in den Garten stellen?«, bot Ocko an. »Möchtet ihr einen Kaffee trinken oder lieber Tee? Oder etwas zu essen?«

Marion wartete. Besorgt nahm sie die dunklen Schatten im Gesicht der Freundin wahr. Und dass sie nicht auf Ockos Angebote reagierte. »Warum nicht?«, sagte Marion schließlich.

Es blieb ein stiller Nachmittag.

Ocko bat den Arzt, noch einmal nach ihr und dem Kind zu sehen. Der Doktor schien unschlüssig. »Eigentlich ist alles in

Ordnung«, meinte er. »Bei manchen Müttern gibt es eben solche Phasen. Sie müssen sich erst an das Kind gewöhnen. An seinen Rhythmus. Sie fühlen sich von der neuen Situation überfordert. Das kommt vor. Kein Grund zur Sorge. Das legt sich auch wieder.«

Die Nachbarinnen kamen erneut ins Haus und erzählten von dem alten Brauch, für die jungen Mütter zu kochen. Sie zog sich zurück. Sie hörte die Stimmen der Frauen bis ins Schlafzimmer. Worte wie messerscharfes Zischen.

»Schämen sollte sie sich!«

»Setzt sich ins gemachte Nest!«

»Und lässt sich so gehen!«

»Das hätte ich mir mal erlauben sollen!«

»Sie weiß doch ihr Glück gar nicht zu schätzen!«

»So was Undankbares!«

»Warum reißt sie sich nicht endlich zusammen!«

Plötzlich schienen die Stimmen aus allen Ecken zu kommen. Immer dichter heranzudrängen. Sie hörte die Worte, doch sie stießen auf eine Wand aus Watte. Einzelne sickerten durch und kamen doch nicht bei ihr an. Lösten nichts aus. Nicht einmal Tränen. Ebenso wenig wie Ockos Zuwendung. Sie spürte gar nichts, wenn das Baby nach ihrem Finger griff und ihn umklammerte. Wie durch Seenebel tastete sie sich durchs Haus. Manchmal auch bis in den Garten. Doch nie weiter. Niemals hinaus bis zum Friesenwall. Oder noch weiter. Auf die Straße. Oder sogar bis in die Dünen. Dorthin, wo die Insel begann.

Nachts geisterte sie durchs Haus, während Ocko schlief. Und das Baby auch. Jedenfalls bis es wieder gefüttert werden musste. Wenn es sich meldete, sprang Ocko sofort aus dem Bett und brachte es ihr. Sie wusste, was zu tun war, und tat es. Jeder Handgriff saß. Und doch kam es ihr so vor, als ob sie nicht sie selbst war. Diese Frau. Mit dem Kapitän an der Seite. Die Mutter mit dem Kind an der Brust. Die im Haus seiner

Vorfahren wandelte. Und seiner Nachfahren. Die, die wieder tagelang nicht aus dem Bett kam.

Doch dann stand sie plötzlich auf. Hörte den Ostwind an den Fenstern rütteln. Nahm das Baby aus der Wiege. Legte es in den Korb. Ging damit hinaus. Durch die Gartenpforte. Und weiter. Ohne sich noch einmal umzudrehen. Ihre Füße fanden den Weg durch die Dünen und hinunter zum Strand von allein. Sie setzte die Last im Spülsaum ab. Der Korb schwankte in den Wellen. Sie ging einfach weiter. Immer weiter. Ins Meer. Das Wasser musste grün sein, grün wie im Bergsee. Gab Halt. Geborgenheit. Nur weiter. Immer weiter. Der Flut entgegen. Sie tauchte ein. Die Wellen trugen sie. Hinaus. Nach Hause. Heim.

14. KAPITEL

Heute

Mira stemmte sich gegen den Wind. Er kam von Nordwesten herein. Es blieb keine Zeit mehr, zum Strand zu laufen und zuzusehen, wie der Wellenschaum über den Sand flog. Sie schien Ockos Hand zu spüren, groß und rau, die ihre festhielt. Nicht mehr lange, und die Brandung würde sich zu Brechern auftürmen. Sie passierte das Hotel. In der Seitenstraße dahinter zerschellten Dachziegel auf dem Asphalt.

»Das Meer zeigt sein weißes Gesicht«, hatte Ocko einmal zu ihr gesagt und verlangt, dass sie im Haus blieb, wenn es so weit war. »Es brüllt. Aber du hältst dir die Ohren zu. Hast du verstanden?« Sie hatte ihn selten so ernst erlebt.

Aus dem Augenwinkel sah sie Licht in Ankes Küche brennen. Doch jetzt war nicht der Moment, sich zurückzumelden. Mira lief weiter auf ihr Haus zu. Wenn nur die Plane über dem Treibgut hielt. Sie kontrollierte die Bodenanker. Noch saßen sie fest. Die Böen zerrten am Bauzaun. Auf der anderen Seite schleifte der Sturm Ankes Gartenmöbel über die Terrasse. Mira wandte sich ab. Sie umrundete ihr Haus. Das geflickte Dach wirkte wie ordentlich gekämmt. Sie hoffte, dass ihm später keine Büschel herausgerissen würden. Als sie endlich die Tür hinter sich schloss, fühlte sie sich erleichtert. Dann spürte sie die Kälte, die durchs Mauerwerk drang. So hatte sich das Haus früher niemals angefühlt. *Sie* hatte sich früher niemals so gefühlt in diesem Haus. Bei Ocko. Den sie für ihren Patenonkel gehalten hatte. Der ihr Vater gewesen war. Und es doch nicht fertiggebracht hatte, ihr davon zu erzählen. Der sie in ein fremdes Leben gezwungen hatte. In eine Familie, die gar nicht ihre war. Er hatte bezahlt dafür. Und sie auch.

Sie setzte sich auf die Fußbank am Ofen. Wie oft hatte sie hier bei ihm gesessen. Sie sah noch, wie er sich in seinem Ohrensessel zurücklehnte. Und hörte seine Stimme. Sie klang ganz anders, wenn er ihr erzählte, wie er das Körbchen aus dem Meer gefischt hatte. Das Körbchen mit dem Baby Mira. Das ihre Mutter in den Priel gesetzt hatte. Weil sie es auf der Insel nicht mehr aushielt und zu ihren Cousinen ins Meer wollte. Warum hatte sie das in all den Jahren nur für ein Märchen gehalten? Ocko hatte nie behauptet, dass es eins war. Nur ihre Eltern hatten es als Seemannsgarn abgetan. Sie dagegen liebte diese Geschichte deshalb so sehr, weil sie in all den Jahren immer gespürt hatte, dass sie mehr bedeutete als die anderen. Dass es eine weitere Schicht darin gab. Einen Bodensatz. Ein Geheimnis, verborgen in den magischen Worten. Ihr Geheimnis. Und das ihres Vaters und ihrer Mutter. Sie musste unbedingt mehr über ihre Mutter herausfinden. Über diese Josefine.

Die Tür zum Schlafzimmer schlug zu. Mira sprang auf und lief hinüber. Das Fenster war unbeschädigt. Der kalte Luftzug war jedoch deutlich zu spüren. Vielleicht brauchte es neue Dichtungen. Sie sah hinaus, entdeckte den mächtigen Ast, der sich im Bauzaun verfangen hatte. Der konnte nur von dem alten Apfelbaum stammen, den sie bei Frau Petersen im Garten gesehen hatte. Mira überlegte, ob sie hinausgehen sollte, um ihn zu bergen, damit er keinen Schaden anrichtete. Schon die nächste Böe könnte ihn losreißen, auf ein Dach katapultieren oder in eine Glasscheibe. Doch als sie zur Haustür kam und die Hand auf die Klinke legte, war ihr, als zitterte die Tür in den Angeln. Sie sah zur Küche hinüber. Vielleicht sollte sie sich eine Kanne Tee kochen. Und auch ein paar Töpfe mit Wasser füllen, falls der Orkan die Leitungen beschädigte. Und Kerzen suchen sowie ein Feuerzeug bereitlegen, falls der Strom ausfiel.

Sie sah sich um. Ihr Blick blieb an Ockos Seekiste hängen. Nicht weil sie ein Feuerzeug darin vermutete. Sondern weil sie die Kiste gemieden hatte, seit ihr das Haus gehörte. Weil sie es für undenkbar gehalten hatte, sie allein zu öffnen. Ohne Ocko an ihrer Seite. Weil sie sonst jeden Winkel kannte und spätestens seit ihrem großen Hausputz wusste, dass es nirgends Fotos oder Papiere gab, die sie noch nicht entdeckt hatte.

Mira zögerte. Wenn diese Josefine Ockos große Liebe gewesen war, wie Klärchen behauptete, dann müsste es Spuren von ihr geben. Selbst nach so vielen Jahren noch. Auch wenn er mit ihr in dem Haus gelebt hatte, in dem jetzt Anke wohnte. Oder hatte Ocko alles weggeschafft, was ihn an sie erinnerte? Vielleicht sogar verbrannt, bevor er aus dem Kapitänshaus in seine kleine Werkstatt gezogen war? Weil er gar nichts mehr sehen oder bei sich behalten wollte, das ihn an die Mutter seiner Tochter erinnerte. An die Frau, die ihn verlassen hatte. Ins Meer gegangen war. Eigentlich sogar mit ihrer Tochter. Erinnerte Mira ihn nicht auch ununterbrochen daran?

Entschlossen ging sie auf die Kiste zu. Ein Großsegler in voller Fahrt war mit feinen Pinselstrichen auf den gewölbten Deckel gemalt. Sie strich mit der Hand darüber, bevor sie ihn öffnete. Die glatte Innenseite war ozeanblau. Obenauf lagen Ockos Seebücher. Sie hob sie heraus und legte sie zur Seite, damit die Erinnerungen an das gemeinsame Blättern darin gar nicht erst aufliefen. Unter den Büchern lag ein Schnellhefter aus Pappe. Und eine Messingkugel, die stumpf aussah. Und ein Gewinde hatte, als wäre sie irgendwo abgeschraubt worden. Der Papphefter trug keine Aufschrift. Mira schlug ihn auf. Formulare. Stundenzettel. Lohnabrechnungen. Von Josefine Friedrichs. Die letzte vom August 1984. Aus einem Café, das es immer noch gab. Sie könnte hingehen. Wenn sich der Sturm gelegt hatte. Sie könnte fragen, ob sich jemand an eine Frau namens Josefine Friedrichs erinnerte. An ihre Mutter. Mira schüttelte den Kopf. Nach fast vierzig Jahren erinnerte sich keiner mehr an eine Saisonkraft. Selbst wenn sie am Ende verschwunden war. Mira wusste nicht einmal, ob Ocko ganz allein nach Josefine gesucht oder alle Nachbarn und Freunde und ihre Kollegen alarmiert hatte. Bisher hatte niemand etwas davon erzählt. Aber Mira hatte auch nicht danach gefragt. Sie stand auf. Sie konnte nicht länger warten. Sie musste diesem Hinweis nachgehen. Jetzt sofort. Egal, wie gering die Chance war, etwas Neues herauszufinden. Einen Moment lang lauschte sie noch auf die Orkanböen, die ums Haus fegten. Dann kramte sie ihr Handy hervor.

Wenig später erreichte Mira die Seniorchefin des Cafés. Sie musste gar nicht lange überlegen. »Ach, Kindchen«, seufzte sie, »natürlich erinnere ich mich.« Sie erzählte davon, wie Ocko damals im Café aufgekreuzt war, obwohl er gar nichts für Kaffee und Kuchen übrighatte. Und dass sie ihm sofort angesehen hatte, warum. Kurz darauf waren die beiden schon das Inselgespräch: der Kapitän, von dem jeder glaubte, er würde sich niemals binden, weil er es angeblich genoss, in jedem Hafen eine andere haben zu können, und diese zierliche Frau, die nicht nur vom Festland, sondern sogar aus den Bergen kam. »Und wie die Alteingesessenen sie ansahen, wenn sie irgendwo auftauchten! So als müsste sie beweisen, dass sie würdig war, an seiner Seite hier auf der Insel zu leben. Sie hat mir schon manchmal leidgetan, die arme Kleine. Aber sie machte immer so einen ruhigen, freundlichen Eindruck. Ich glaube, sie hatte auch schon so einiges hinter sich.«

Mira bedankte sich und fragte, ob die Seniorchefin wusste, mit wem Josefine befreundet gewesen war.

»Ach, diese Saisonkräfte kamen und gingen. Manche mehrere Jahre hintereinander. Die meisten waren jünger als sie, unter dreißig. Und viele hatte solche Vorstellungen wie jede Nacht Party am Strand. Tagsüber gutes Geld verdienen. Und reichlich Trinkgeld dazu. Aber so war das natürlich nicht. Die wenigsten blieben so lange dabei wie Josefine und Marion.«

»War diese Marion denn ihre Freundin? Wissen Sie zufällig ihren Nachnamen?«, fragte Mira.

»Marion besucht mich noch ab und zu. Sie wohnt in Wittdün.«

Miras Hand zitterte, als sie kurz darauf das Handy auf dem Küchentisch ablegte. Endlich jemand, der mit ihr geredet hatte, und zwar nicht in Rätseln. Das Licht flackerte. Sie lauschte dem heiseren Atem der Böen. Sie mussten längst Orkanstärke erreicht haben. Von irgendwoher erklang ein seltsamer Singsang. Sie lief ins Schlafzimmer. Hier war er lauter zu hören. Sie versuchte durchs Fenster zu sehen, sah aber nichts. Sollte sie bei Anke und Niels drüben anrufen und fragen, ob alles in Ordnung war? Niels' Anschluss musste für Notfälle freigehalten werden. Plötzlich endeten die hohen Töne in einem dumpfen Schlag. Vielleicht hatten die Böen den Bauzaun umgerissen. Sie fröstelte. Ocko hatte es immer verstanden, ihr die Angst zu nehmen. Vielleicht war der Zaun auf die Plane gestürzt, die sie über das Treibgut gespannt hatte. Sie griff sich einen dicken Pullover und ging in die Küche zurück. Sie würde diese Marion anrufen. Jetzt gleich.

»Moin. Was gibt's und wo? Sturm- oder Wasserschaden? Stromausfall? Dach ab? Kein Fernsehbild? Oder was ist es?«, meldete sich Marion.

Mira wusste kaum, was sie sagen sollte. »Ich bin Mira.« Sie schluckte. »Die Tochter von …«

Es war still in der Leitung. Lange.

»Etwa von Josefine?«, fragte die Frau dann. Fast so, als hätte sie Miras Anruf schon erwartet.

»Ja.«

Nur das Haus schien zu ächzen.

»Ich kannte sie nicht gut genug«, sagte Marion, »sonst … Ich hätte doch was merken müssen.«

»Ach«, sagte Mira nur.

Dann begann Marion zu erzählen. »Sie hat nie viel geredet.

Nichts von ihren Eltern erzählt. Oder ob sie Geschwister hatte und wo genau sie herkam. Damals habe ich mir nichts dabei gedacht.« Sie seufzte. »Bei manchen Saisonkräften konnte man glauben, dass sie auf der Flucht waren oder sich versteckten. Vielleicht sogar vor sich selbst. Bei deiner Mutter war das anders.«

»Ich weiß fast gar nichts über sie«, sagte Mira.

»Irgendwie standen wir alle unter Schock, als es hieß, sie ist ins Meer gegangen. Niemand hat das so richtig verstanden. Sie hatte es gut getroffen mit ihrem Kapitän. Und mir schien es, als hätte sie ihren Platz gefunden.«

»Hatte sie Probleme«, Mira zögerte, »mit mir?«

»So würde ich das nicht sagen. Es war eher so, als ob sie es gar nicht für möglich hielt, in ihrem Alter noch schwanger zu werden. Wir haben eigentlich nie darüber gesprochen, ob sie eine Familie mit Kindern wollte. Noch nicht einmal, als ich ihren Babybauch entdeckt hatte. Weißt du, wir waren nämlich oft zusammen schwimmen. Und meistens haben wir einen Wettkampf daraus gemacht. Josefine hat immer gewonnen. Sie war eine tolle Schwimmerin. Einmal hat sie mich sogar gerettet, als ich einen Wadenkrampf hatte.«

»Ich war früher auch die reinste Wasserratte«, erinnerte sich Mira.

»Es muss ein paar Fotos von Josefine und mir geben. Aus dem ersten Sommer auf jeden Fall. Ich suche sie gerne für dich raus. Dann können wir uns treffen. Wenn du willst.«

Mira bedankte sich.

Marion versprach, sich zu melden. »Nach so vielen Jahren …«, sagte sie. »Ich freue mich darauf, dich zu sehen.«

Mira schob das Handy von sich weg. Nun hatte sie jemanden aufgespürt, der ihre Mutter näher kannte. Und endlich auch offen darüber redete. Sie würde Bilder sehen. Vielleicht sah Mira ihr sogar ähnlich. Obwohl sie nicht wusste, ob sie das überhaupt wollte. Sie hörte den Orkan draußen wüten. Wenn er nur endlich weiterzog. Wenn Ruhe einkehrte und sie sich wieder vor die Tür wagen konnte und in die Dünen und zum Strand hinunter. Wenn die Böen nicht die Zugänge verwehten oder die Vordünen wegrissen und das Meer sie verschlang. Was es sicher tun würde. So wie es ihre Mutter verschlungen hatte. Aber Marion hatte gerade gesagt, dass sie eine gute Schwimmerin gewesen war. Eine tolle Schwimmerin. Eine Rettungsschwimmerin. Und dann sollte sie ertrunken sein? Das konnte doch nicht wahr sein! Das war nur wieder eine von diesen Geschichten. Vielleicht sogar eine, die Ocko erzählt hatte. Jedem, der sie hören wollte. Und wollten nicht alle Ockos Geschichten hören?

Mira wandte sich wieder der Seekiste zu. Es musste mehr als diese Abrechnungen von ihren Jobs geben. Etwas, das sie damals von zu Hause mitgebracht hatte. In ihr neues Heim. Wenn sie zuvor nicht selbst alle Leinen gekappt hatte, die sie mit ihrem Leben auf dem Festland verbanden. Die sie an ihre Familie und an ihre Kindheit erinnerten. Oder an alte Freunde. Mira fragte sich, was sie mitnehmen würde, wenn sie ihre Existenz in Hamburg aufgab. Wenn sie hinter sich ließ, was nie ihr wahres Leben gewesen war. Sie starrte in die leere Truhe. Nichts. Weil jedes Teil eine Geschichte erzählte. Seine Geschichte. Ihre gemeinsame Geschichte. Immer lauter und eindringlicher, besonders wenn sie sie nicht mehr hören wollte. Nie mehr. Selbst ihr sandfarbenes Leinenkostüm würde Erinnerungen hervorzerren. Nicht nur das kleine Seemonster, das sie mit Ocko zusammen gebastelt hatte, oder der Stein mit den Linien, die aussahen wie eine magische Zahl. Das goldene Armband mit ihrem Namen fesselte sie genauso an die Vergangenheit wie der Kaffeebecher mit dem grünen Schwein darauf. Für jeden anderen mochte es nur ein Gebrauchsgegenstand sein. Ein Schmuckstück vielleicht. Aber ein Ding eben. Und damit austauschbar. Während es für sie einmalig war. Weil sie mehr darin sah. Mehr als bemaltes Porzellan oder graviertes Gold.

Selbst wenn sie alles zurücklassen würde, solche Gedanken ließen sich nicht einfach abstellen. Vielleicht war es gar nicht möglich, sich abzuwenden und all das zu vergessen. Mitsamt den Menschen, die ebenfalls damit verbunden waren. Für immer. Es würde sie plötzlich wieder einholen. Irgendwann. Ganz unerwartet. An einem fernen Tag. Durch irgendetwas, was sie hörte, sah oder tat. Durch Zufall. Oder durch das, was sie für Zufall hielt.

Mira horchte auf. Es knisterte und knackte im Reet. Die Böen fauchten unablässig. Was, wenn das geflickte Dach nicht hielt? Rasch legte sie Ockos Seebücher und Josefines Abrechnungen in die Truhe zurück. Als sie den schweren Deckel schließen wollte, hielt sie inne. Warum war er auf der Innenseite glatt, wenn er sich doch nach außen wölbte? Sie fuhr mit den Fingerspitzen an der Kante entlang. Und wieder zurück. Ertastete eine Unebenheit. Etwas wie einen winzigen Riegel. Die Platte löste sich vom Deckel, sprang auf und gab ein Geheimfach frei. Ein zerknitterter brauner Umschlag lag darin. Miras Finger zitterten. Sie traute sich kaum, das Papier zu berühren und ihn herauszunehmen. Dahinter kamen zahlreiche Briefe zum Vorschein. Und Bilder, die ein Kind gemalt hatte. Auf kleinen Zetteln. Eins segelte aus dem Fach direkt auf Ockos Seebücher hinab. Es zeigte einen riesigen blauen Mann. So hatte Mira Ocko auch einmal gemalt. Der blaue Riese trug etwas auf dem Kopf, das Mira für eine Schiffermütze hielt, verziert mit gelben Sternen. Unter seinem linken Arm ein kleines Mädchen mit Zöpfen und rechts eine Frau. Mira griff nach einem der Briefe und faltete ihn vorsichtig auseinander. »Liebe Mama«, stand auf dem vergilbten Papier. Der Text verschwamm vor ihren Augen. Sie wischte sich mit dem Ärmel übers Gesicht. »Deine Josefine«, endete der Brief. Und jeder andere, den sie öffnete, ebenso. Sie überflog die Zeilen nur. Unzählige Briefe. Briefe, die ein kleines Mädchen geschrieben hatte. An seine Mama. Die weggegangen war, um den Vati zu suchen. Die versprochen hatte, wiederzukommen. Bald. Und nicht zurückkam. Jahrelang. Jahrzehntelang. Vermutlich nie mehr. Mira schloss die Augen. Sie musste die Briefe genau lesen. Jeden einzelnen. Doch sie hörte das Haus ächzen. Fürchtete auf einmal, dass ihr keine Zeit mehr dazu blieb. Ocko hatte sie gewarnt. Bei jedem Sturm wieder. Wenn die Ziegelsteine in den alten Mauern summten und die Balken knackten, gab es einen Orkan wie selten zuvor. Einen, der alles mit sich fortreißen konnte.

Mira raffte die Briefe und Zeichnungen der kleinen Josefine zusammen und legte sie in den Deckel der Truhe zurück. Dann öffnete sie den großen braunen Umschlag. Als Erstes zog sie das Porträtfoto eines Marineoffiziers heraus. Mit der Widmung: »Für Traudl in Liebe Carl Friedrichs, Januar 1941«. Auf dem zweiten Foto stand »Carl und Traudl, Verlobung Pfingsten 1941«. Die letzte Aufnahme zeigte drei dunkel gekleidete Frauen in einem Amtszimmer. Eine davon Traudl, die die Hände vor ihrem deutlich sichtbaren Bauch faltete. Auf dem Stuhl neben ihr lag ein Stahlhelm. Die verwischte Aufschrift »Kriegsbraut Traudl, 1942« ließ sich kaum noch entziffern.

Mira schreckte auf. Dieses Zischen. Es kam vom Dach. Eine Böe musste sich im Reet festgebissen haben. Warum ausgerechnet jetzt? Es gab noch verschiedene Dokumente in dem Umschlag. Josefines Geburtsurkunde, die den U-Boot-Kommandanten Carl Friedrichs als ihren Vater auswies und seine Kriegsbraut Traudl als ihre Mutter. Die schriftliche Nachricht, dass er und sein U-Boot als vermisst galten. Suchanzeigen. Mehrere Briefe vom Roten Kreuz. Eine Notiz, handschriftliche Koordinaten. »Letzte Meldung« stand dabei.

Plötzlich spürte Mira den eiskalten Luftzug. Putz fiel in großen Placken zu Boden, Flocken von Isolierwolle, Holzsplitter und Reet rieselten herab. Erschrocken sprang Mira auf. Ein Loch klaffte im Dach. Zwischen den Deckenbalken sah sie den sternenklaren Himmel. Das war es, was Josefine von zu Hause fortgetrieben hatte. Die Suche nach ihrer Mama. Die alles zurückgelassen hatte, sogar ihre kleine Tochter. Die aufgebrochen war, um ihren verschollenen Liebsten zu finden.

Mira hörte das Meer brüllen. Ein Ungeheuer, das mit seinen Tentakeln nach ihrem Herzen griff. Es war, als spürte sie Josefines Sehnsucht wie ihre eigene. Die Sehnsucht nach ihrer verschwundenen Mutter. Der Sog musste besonders stark gewesen sein, als Josefine das Baby bekam. Und erst die Angst, allein mit ihrem kleinen Mädchen dazustehen, wenn Ocko wieder zur See fuhr. Angst, die sie nicht schlafen ließ. Die ihre Gedanken kaperte. Die jedes Gefühl fortspülte. Was, wenn auch ihr Kapitän nicht zurückkäme? Was, wenn sie hier allein bliebe, allein mit Mira?

Mira zuckte zusammen. Das war kein Platzregen, der da neben der Tür auf die Holzdielen niederprasselte. Die Wand begann zu bröckeln. Mira hockte immer noch vor Ockos Seekiste. Schon warf sich die nächste Orkanböe gegen das Mauerwerk. Mira hatte es für unverwundbar gehalten, Ockos Kapitänshaus. Selbst als sie erfuhr, dass es ursprünglich nur seine Werkstatt gewesen war. Bei der Küche stürzte die Hauswand ein. Es war ihr nie wie eine rotte alte Kate in den Dünen vorgekommen.

Niels stürmte zur Tür herein. »Du musst raus hier!«, schrie er gegen den Lärm an. »Sofort!«

Mira rührte sich nicht.

»Verdammt noch mal! Siehst du denn nicht, was hier los ist?!« Er packte sie am Arm und zog sie auf die Füße.

Sie schüttelte ihn ab. Sie starrte die Seekiste an. Tränen rannen ihr übers Gesicht. »Ich kann nicht«, schluchzte Mira.

»Was?«, brüllte Niels.

Mira bekam kein Wort mehr heraus. Sie schlug den Deckel der Truhe zu und setzte sich drauf.

»Mira! Bitte! Das Dach hält nicht mehr lange!«

»Aber die Kiste«, schluchzte Mira, »Ockos Kiste.« Ihr Körper bebte. »Die Truhe. Mein Schatz. Ich kann nicht.«

Langsam verstand Niels. Er gab Mira ein Zeichen. Sie stand auf. Ocko hatte die Griffe aus Schiffstau nie entfernt, wie es eigentlich Tradition war, wenn der Kapitän sich zur Ruhe setzte und die Seekiste ihren endgültigen Platz fand. Aber seine Vorväter hatten das auch nie getan. Gemeinsam hoben Niels und Mira die Seekiste an. Dann trugen sie sie hinaus. Böen schlugen ihnen entgegen. Sie wankten. Warteten. Mira presste eine Hand auf den Deckel, mit der anderen klammerte sie sich an dem dicken Tau fest. Es scheuerte in ihrer Handfläche. Aber sie durfte nicht loslassen. Nicht dass der Orkan den Deckel abriss und alles herauswirbelte. Oder gleich die ganze Seekiste wegschleuderte, als wäre sie nur ein Stück Treibholz. Sie passten die Pause zwischen zwei Böen ab und liefen los. Als sie den Friesenwall zu Ankes und Niels' Haus erreichten, traf die nächste Böe sie im Rücken. Mira schnappte nach Luft. Der Sturm trieb sie direkt auf Ockos altes, auf das wahre Kapitänshaus zu. Mira schwankte. Sie brachte Ockos Seekiste zurück. Nach all den Jahren. Zurück in das Heim seiner Vorfahren.

Irgendwann war Mira vor Erschöpfung eingeschlafen. In Ankes guter Stube. In der nichts mehr daran erinnerte, dass sie einmal die Kapitänsstube gewesen war. Außer dass die alte Seekiste jetzt wieder darin stand. Anke wollte sie in der Diele lassen. Doch nach einem Blick auf Mira gab sie sich geschlagen. Wortlos. Mira fand trotzdem keine Ruhe. Sie horchte auf die Pausen zwischen den Böen. Sie wurden länger und länger. Das Meer war kaum noch zu hören. Was spülte es fort? Und was brachte es zurück? Was schaukelte in den Wellen? Und was warf es wieder an den Strand? Zerrieben. Zerschlagen. In Scherben.

Am Morgen war es still. Nichts regte sich. Im Haus nicht. Und draußen auch nicht. Niemand schien sich vor die Tür zu wagen. Fast so, als könnte ein einziger Atemzug den Wind aufwecken und einen neuen Sturm heraufbeschwören. Doch diese seltsame Ruhe würde nicht lange andauern. Die Schäden mussten beurteilt werden. Und verglichen. Mit denen der Nachbarn. Und mit denen bei anderen Unwettern. War es überhaupt ein Orkan gewesen? Oder ein orkanartiger Sturm? Oder etwa nur ein schwerer Sturm mit orkanartigen Böen? Die Motorsägen würden ausgepackt und angeworfen werden. Ihr Röhren vertrieb die Angst und stellte das Selbstbewusstsein wieder her. Mit jedem entwurzelten Baum, der zu Brennholz zerlegt werden musste.

Mira schlich hinaus. Vielleicht war Niels schon zu Schadensfällen unterwegs. Vielleicht sah Anke mit Klärchen und den Kindern nach dem Haus ihrer Schwiegermutter. Vielleicht schliefen sie alle noch. Mira ging durch den Garten. Der Bauzaun war tatsächlich umgestürzt. Sie stieg darüber hinweg. Teile des Metallzauns lagen auf der Plane, die sie über das Treibgut gespannt hatte. Also war es nicht erneut weggeweht, in die Gärten der Nachbarn, zurück in die Dünen oder sogar bis an den Strand hinunter. Die seitliche Hauswand war wie von einer gigantischen Faust eingedrückt. Zersplitterte Latten vom Dachstuhl. Herbeigewehter Sand. Dazwischen überall Reet. Die Haustür stand offen. Vor der Schwelle lag ein zerbrochenes Schild aus Treibholz. Mira bückte sich, um die Teile aufzuheben. »Josefine-Friedrichs-Haus – Treibgutmuseum« lasen sich die eingebrannten Buchstaben, als sie das Schild wieder zusammengelegt hatte.

Sie musste es flicken. Es durfte nicht wieder auseinandergerissen werden. Sie sah sich um. Ob es sich mit Reet zusammenbinden ließ? Ob sie besser Leim nehmen sollte? Oder Nägel? Sie drehte sich im Kreis. Auf einmal wusste sie, dass nichts davon halten würde. Sie setzte sich auf die Schwelle. Das Schild lag zu ihren Füßen. Sie sah den geflammten Buchstaben an, dass Ocko sie mit größter Sorgfalt in das Holz gebrannt hatte. Ein Denkmal für seine große Liebe. Für Josefine. Die das Meer nicht angespült hatte. Nicht einmal einen Schuh von ihr. Und Mira hatte schon als Kind gespürt, wie wichtig das für ihn war. Sie wollte Ocko nah sein, ihm helfen. Und sie hatte instinktiv bemerkt, dass auch ihm die Geschichten guttaten, die er beim Treibgutsammeln für sie erfand. Ocko hatte ihr nichts verheimlichen wollen. Er hatte sie nur teilhaben lassen. An seinem Leben. An seiner Art, mit den Dingen umzugehen. An seiner Liebe zu Josefine. Zu ihrer Mutter. Auch wenn er das nie in klare Worte fassen konnte. Seine Sprache waren die Geschichten gewesen. Mit ihnen hatte er Mira ein fröhliches, ein unbelastetes Leben schenken wollen. Ein Leben ohne düstere Vorgeschichten. Ohne seine Trauer. Und ohne Josefines Ängste.

Plötzlich überflutete Mira eine Welle der Dankbarkeit. Sie schloss die Augen und genoss die Wärme. Ocko hatte alles für sie getan. Sogar sich selbst verleugnet. Es musste hart für ihn gewesen sein, sie wegzugeben. Sein Töchterchen. Und das seiner großen Liebe. Sich damit abzufinden, Mira immer nur auf Zeit bei sich zu haben. Und so zu tun, als wäre das normal und in Ordnung so. Die Claasens hatten ihn unterstützt dabei. Hatten dafür gesorgt, dass er es aushielt und sie nichts vermisste. Vater nicht. Und Mutter auch nicht. Ihre Hamburger Eltern. Auf einmal fühlte es sich gut an, sie so zu nennen.

15. KAPITEL

1984

Keinen Boden mehr unter den Füßen. Warum sank sie nicht endlich hinab auf den Meeresgrund? In die Stille. Die dunkle Tiefe. Weg von den Wellen, die ihr das Meerwasser ins Gesicht peitschten. Die über ihrem Kopf zusammenschlugen und sich dann doch wieder zurückzogen. Die ihr Tränen in die Augen trieben. Und Salzwasser in Nase und Mund. Das sie husten ließ und würgen und spucken und ihr doch nicht die Luft nahm. Immer noch nicht. Sie trieb weiter an der Oberfläche. Verlor die Besinnung nicht. Nicht mal jenseits der Bojen. Der Sog schleppte sie hinaus. Sie wehrte sich nicht dagegen. Trieb wie Totholz in den Wellen. Treibsel. Gleichgültig. Salzzerfressen. Mehr nicht. Nicht mehr. Nur der Erschöpfung nachgeben. Die Augen schließen. Endlich schlafen. Den Kopf aufs Wasser betten. Nichts tun. Loslassen. Sich hingeben. Jetzt. Und versinken.

Geräusche stiegen auf. Was zerrte da an ihr? Sie schlug um sich. Verlor das Bewusstsein. Druck auf ihrer Brust und Planken im Rücken. Sie hustete. Spuckte einen Schwall Meerwasser. Hörte Männerstimmen. Sie blinzelte.

»Da ist sie ja!«, rief einer.

»Das glaubt uns keiner«, brummte ein anderer.

Ein dritter Mann kam mit Decken angelaufen.

Sie stöhnte.

Die Männer sprachen leise miteinander.

»Sie braucht einen Arzt«, sagte der älteste.

»Nein!« Ihr Aufschrei nicht mehr als ein Krächzen. Sie versuchte sich aufzurichten. Zitterte.

»Bringen wir sie ins Ruderhaus«, schlug einer der Männer vor.

Dort saß sie dann. In Decken gehüllt. Den Rücken an die Wand gelehnt. Starrte vor sich hin. Die Männer sahen abwechselnd nach ihr. Brachten ihre Thermoskannen mit. Flößten ihr Tee ein und Kaffee und Rum. Bis sie den Becher selber halten konnte. Wärme verdrängte langsam alles Zittern. Das Tuckern des Motors ließ sie schläfrig werden. Aber hier, hier durfte sie dem nicht nachgeben. Sie musste wach bleiben. Musste wissen, wohin der Kutter fuhr. Welchen Hafen er ansteuerte. Wo er seinen Fisch anlandete oder seine Krabben. Sie musste klar sein im Kopf, bis er anlegte. Die Männer würden sie nicht einfach gehen lassen wollen. Sie musste ihnen etwas sagen. Etwas, das sie glauben konnten. Nur nicht die Wahrheit. Das Wort dröhnte wie ein Echo. Sie rieb sich die Schläfen. Wahrheit. Was war das für ein Ding? Hatte jeder seine eigene?

Die Männer hatten sie aus dem Meer gefischt. Aus den Wellen gerettet. Mitten im Nirgendwo. Sie hielten es für ihre Pflicht. Für eine gute Tat. Für einen Segen, dass sie lebte. Und sie? Sie hatte nicht gerettet werden wollen. Hatte doch alles hinter sich gelassen. Hatte abgeschlossen mit … Sie scheute sich, daran zu denken. Das morgengraue Meer sollte sie verschlingen. Sollte alles auslöschen. Das, was sie für andere war. Und für sich selbst. Sollte vollenden, was in ihr schlingerte. Tag und Nacht. Dieses Netz, das sich nicht zerreißen ließ. Enge Maschen, die alles Fühlen einfingen und nichts mehr zuließen als Taubheit. Schwere. Dunkelheit. Sie war eingetaucht. Irgendwann hatte sie die Kälte gespürt. Die eisigen Wellen. An den Armen. Den Beinen. Am Leib. Am Kopf. Über dem Kopf. Spülten sie weg. Die Finsternis.

Sah sie klar durch den Schleier aus Salzwasser? Sie wusste nur, sie konnte nicht zurück. Nicht auf die Insel. Nicht in die Berge. Nicht ins Meer. Das konnte sie den Männern nicht sagen. Und auch sonst niemandem.

Sie würde einen Weg finden. Sie hatte immer einen gefunden. Sie durfte die Männer nur nicht misstrauisch machen. Konnte sie von einem Boot gefallen sein? Das ließ sich sicher per Funk überprüfen. Oder war es möglich, auf einer Luftmatratze hinausgetrieben worden zu sein? Wann? Und von wo? Vielleicht war es besser, vorzugeben, sie hätte das Gedächtnis verloren. Aber dann würden sie die Polizei verständigen. Oder die Presse anrufen. Ein Foto von ihr auf jeder Wache. In allen Zeitungen. Im Fernsehen. Würden sie sie in eine Klinik bringen? Fragen. Formulare. Untersuchungen. Noch mehr Fragen. Würden sie sie womöglich in der Psychiatrie unterbringen? Behaupten, es sei nur vorübergehend. Bis sich jemand meldete. Angehörige. Jemand, der sie vermisste. Würde sie überhaupt jemand vermissen? Oder würde jeder leugnen, sie gekannt zu haben? Gekannt! Nach dem, was sie getan hatte?

Einer von den Fischern kramte Kleidung aus einer Kiste.

»Du brauchst trockenes Zeug.« Er hielt ihr eine Latzhose, ein kariertes Hemd und dicke Wollsocken hin. »Ist kein Sonntagsstaat.« Dann stellte er ein paar alte Gummistiefel dazu. »Aber in deinen nassen Fetzen holst du dir sonst noch den Tod.«

Sie nickte.

Die Männer verließen das Ruderhaus.

Das Nachthemd klebte auf der Haut. Es gelang ihr, sich daraus zu befreien. Ebenso aus den Socken, die ihre Füße gewärmt hatten. In einem anderen Leben. Ihre Schuhe mussten in der Strömung davongetrieben sein. Mit klammen Fingern versuchte sie sich abzutrocknen. Die raue Decke taugte kaum als Handtuch. Sie seufzte. Jede Bewegung kostete Kraft. Fast wie zuvor. Wie in all den Nächten seit … seit … Sie konnte nicht dahin zurückkehren, nicht einmal in Gedanken. Ihre Finger mühten sich, das Hemd zuzuknöpfen. Kleine schwarze Knöpfe. Ausgefranste Knopflöcher. Sie ließ die Arme sinken, damit sie ausruhen konnten. Nur in ihrem Kopf arbeitete es unermüdlich weiter. Was konnte sie sagen? Was musste sie sagen? Was würden die Männer ihr glauben? Dass sie eine leichtsinnige Tagestouristin war. Vielleicht erklärte das schon alles. Dass sie ihnen dankbar fürs Rausfischen war. Doch war sie das wirklich? Das musste sie nicht jetzt gleich entscheiden. Sicher nicht. Und sie durfte ihnen keinesfalls sagen, wie sie hieß. Aber eben auch nicht, dass sie sich nicht daran erinnerte.

Sie stieg in die ausgeblichene Latzhose. Krempelte die langen Hosenbeine ein Stück hoch. Sie müsste ihnen anbieten, die Kleidung zu reinigen und zurückzuschicken. Vielleicht würden sie grinsen und abwinken. Doch vielleicht würden sie auch wissen wollen, ob sie gut nach Hause gekommen war. Dorthin, wo leichtsinnige Tagestouristinnen herkamen. Aus der Großstadt. Aus München vielleicht oder aus Berlin. Wo sie ein Leben führten hinter Glas und Beton. Wo alles Fassade und nichts Natur war. Und sie sich zweimal im Jahr überforderten mit einem Urlaub am Meer, der unbedingt mit den romantischen Vorstellungen übereinstimmen sollte, die sie aus irgendwelchen Büchern oder Filmen übernommen hatten.

Die großen Socken polsterten die großen Gummistiefel aus. Sie drehte sich um, sodass sie auf die Knie kam. Dann zog sie sich hoch. Hielt sich fest, bis sie ihren Beinen vertraute. Sie spürte den Seegang. Hörte die Männer draußen an Deck. Sie schienen in ihre Arbeit vertieft. Sicher behielt der Alte alles im Blick, damit sie nicht hinausstürzte und über Bord ging. Sie schien ihn an etwas oder jemanden zu erinnern. An etwas, das er lieber vergessen hätte. Sie öffnete die Tür vom Ruderhaus und nickte den Männern zu. Nach Süden hin zeichnete sich die Küstenlinie ab. Sie traute sich nicht zu fragen, wie der Ort hieß und wie lange es noch dauern würde, bis sie im Hafen festmachten.

Sie faltete die Decken zusammen und legte sie auf die Kiste. Das Nachthemd, die Wäsche, die Socken lagen noch am Boden, vollgesogen mit Meerwasser. Sie einfach da liegen lassen.

Vielleicht taugten sie noch als Putzlappen. Es kostete sie Überwindung, sich danach zu bücken. Mindestens der alte Fischer würde bemerken, dass es kein Sommerkleid war, was sie getragen hatte. Sie knotete die Sachen zu einem Bündel zusammen. Nur nichts zurücklassen, was Zweifel aufkommen lassen könnte. Was verriet, dass sie hier gewesen war. Falls doch jemand nach ihr suchte. Falls irgendjemand die Geschichten der Männer, sie hätten eine Frau aus den Wellen gefischt, für mehr als Seemannsgarn hielte.

»Geht's wieder?«, fragte der Alte, als er zum Ruderhaus zurückkam.

Sie nickte. »Danke«, sagte sie leise. »Danke für alles.«

Er musterte sie stumm. »Pass auf dich auf, Mädchen«, brummte er dann.

Sie nickte wieder.

»Wir machen gleich fest. Am besten, du wartest hier, bis wir mit dem Fang durch sind. Dann bring ich dich zum Hafenmeister.«

»Alles klar«, sagte sie und suchte schon nach einem Ausweg.

Wenig später schlüpfte sie hinaus, gelangte im Rücken der Männer auf den Kai und stiefelte los. Bloß weg. Weg vom Meer. Untertauchen. Dort, wo sie niemand kannte und niemand Fragen stellte. Ein Lieferwagen nahm sie mit landeinwärts. An einer Kreuzung verließ sie die Straße. Kam nur langsam voran in den großen Gummistiefeln. Sie überquerte Wiesen und Gräben. Fand eine verfallene Scheune. Erschöpft sank sie in die dunkelste Ecke. Fürchtete sich davor, einzuschlafen. Horchte auf den Wind, der über das Feld strich. Und auf die Geräusche von der Straße in der Ferne. Sie döste. Nickte ein. Schreckte auf. Sie blieb nicht wach. Wach wie im Meer. Sie versank. Im traumlosen Schwarz.

Zwei Tage später stand sie zum ersten Mal auf einem Kartoffelroder. Das Schwanken erinnerte sie einen Moment lang an den

Fischkutter. Doch dann ratterte das Förderband los, und sie konzentrierte sich darauf, faulige oder kaputte Kartoffeln und Steine auszusortieren. Auf der anderen Seite stand die Tochter des Bauern. Ihre Finger schienen von allein zu arbeiten. Doch sie sah angewidert aus.

»Die reinste Ausbeutung ist das hier!«, zischte sie. »Ich hasse die Herbstferien! Mit vierzehn darf ich noch gar nicht arbeiten. Jedenfalls nicht für so 'n Taschengeld!«

Es fing an zu nieseln. Der Trecker zog den Roder Runde um Runde übers Feld. Das Mädchen sah immer wieder zu den Regenwolken hin. »Der fährt so lange, bis er wieder im Schlamm feststeckt.«

Sie sagte nichts dazu.

»Ich könnte jetzt auf Mallorca am Strand liegen!«

Plötzlich stoppte das Förderband.

»Der Bunker ist voll«, seufzte das Mädchen.

Der Traktor steuerte den Anhänger an, der am Feldrand stand. Sie stiegen ab, während der Bauer dafür sorgte, dass die Kartoffeln aus dem Bunker auf den Hänger fielen. Der Boden unter ihren Füßen schien zu schwanken.

»Das geht tagelang so«, murrte das Mädchen.

»Eine Ladung noch«, rief der Bauer. »Dann machen wir Mittagspause.«

»Wenigstens staubt's heute nicht so«, sagte das Mädchen.

Später saßen sie auf einem Feldstein, aßen Butterbrote und tranken Milchkaffee aus der Thermoskanne dazu.

»Geht's?«, fragte der Bauer.

Sie nickte.

Er lächelte.

Das Mädchen verdrehte die Augen. »Mama ist auf und davon. Letztes Jahr um diese Zeit.«

Der Bauer sah nicht von seinem Brot auf.

»Und ich bin auch bald weg!«

Als sie am Abend im Bett lag, spürte sie das Rütteln vom

Kartoffelroder immer noch. Aber weiter nichts. Sie starrte an die Decke, bis ihr die Augen zufielen. Ein Zimmer wie viele andere zuvor. Bett. Schrank. Stuhl. Waschbecken. Sonst schlief der Lehrling dort, hatte das Mädchen erklärt. Nur in diesem Jahr gab es keinen. Dabei brauchten sie immer jemanden, der mit anpackte. Draußen auf dem Feld. Im Stall. Im Haus. Der Bauer hatte sie angesehen, als traute er ihr diese Arbeit nicht zu. Aber die Kartoffeln mussten vor dem großen Regen vom Feld. Er fragte nicht, wo sie herkam oder wie lange sie bleiben wollte. Sie besiegelten die Absprache, die kaum eine war, per Handschlag.

»Geld gibt's Ende der Woche«, sagte er noch. Dann zeigte er ihr die Küche und den Schweinestall.

Nach drei Tagen brachte er ihr einen abgestoßenen Koffer. »Zeug von meiner Frau«, sagte er. »Vielleicht passt dir was davon.«

»Danke«, sagte sie, zögerte dann aber. Was würde das Mädchen dazu sagen, wenn sie die Kleider der Mutter trug?

Der Bauer zuckte die Schultern.

Also packte sie den Koffer aus. Tag für Tag war sie in der Latzhose und dem Hemd der Fischer herumgelaufen. Der Koffer bot ihr die Gelegenheit, alles abzustreifen und das Meer hinter sich zu lassen. Endlich konnte sie damit aufhören, das Salzwasser im Handwaschbecken aus der Wäsche spülen zu wollen. Und war eine Jeans nicht einfach nur eine Jeans, egal wer sie vorher getragen hatte? Shirts und Pullover in verwaschenem Blau, Grau und Grün. Handgestrickte Socken. Die Frau hatte wohl ihre Arbeitskleidung zurückgelassen. Am nächsten Morgen stieg sie damit auf den Kartoffelroder.

Das Mädchen sagte nichts dazu.

Tage später waren die Felder abgeerntet. Doch der Bauer bat sie, länger zu bleiben. Seine Tochter ging wieder zur Schule.

»Sie braucht was Anständiges zu essen, wenn sie nach Hause kommt«, sagte er. »Und kochen kannst du ja.«

Sie nickte.

»Und ich brauch Hilfe im Stall. Wenn du das Schweinefüttern übernimmst, kann ich mich um den Abferkelstall kümmern.«

Sie nickte wieder.

Zwei weitere Wochen auf dem Hof. Er kam, um ihr auf die Schulter zu klopfen. Sie zuckte zusammen. Als sie nach dem Essen beim Kaffee saßen, stolperte ein Nachbar herein. Er berichtete von der Körung, seinem Zuchthengst und der Stutenleistungsprüfung. Dabei musterte er sie ausgiebig. Sie wandte sich rasch ab, damit er nicht sah, dass ihre Finger zitterten. Sie nahm eine Tasse aus dem Schrank und goss Kaffee für ihn ein.

»Hat es sich also herumgesprochen«, murmelte der Bauer.

Der Nachbar warf ihm einen anerkennenden Blick zu.

Sie balancierte den Kaffee zum Tisch.

»Ihr kommt dann auch zum Erntedankfest?«

»Mal sehen«, sagte der Bauer und sah zu ihr hin.

Sie hörte ihr Herz klopfen. Der Nachbar war nicht zufällig hier. Auch wenn er es so aussehen lassen wollte. Was, wenn es doch eine Suchmeldung gab? Solange sie hier war, hatte sie kein Foto von Josefine in der Zeitung entdeckt. Aber was bedeutete das schon? Er konnte es auf einer Polizeiwache gesehen haben. Oder von dem seltsamen Beifang der Fischer gehört haben: Statt Krabben war ihnen eine Frau ins Netz gegangen. So etwas spricht sich herum. Kilometerweit. Sie war nicht mehr sicher hier. Sie musste weg. Musste weiter. Dorthin, wo das Meer nur als Vorstellung existierte. Nicht mehr war als ein stummes Plakat im Reisebüro. Neben all den anderen, die Urlaubsziele anpriesen. Städte. Berge. Wälder. Seen. Auf Papier. Ausgeblichen von der Sonne, die ins Schaufenster schien. Sie war selten stehen geblieben für einen zweiten Blick. Und nur ein einziges Mal hatte sie so einen Laden betreten. Eins der Plakate hatte sich losgerissen und flatterte dabei in der Zugluft.

Der Nachbar ließ sich Kaffee nachschenken. Vielleicht sollte sie ihm Gebäck dazu anbieten. Oder einen Köm. Was würde er nachher wohl seiner Frau erzählen? Dass sich der Bauer nebenan schon getröstet hatte. Mit dieser spröden Fremden. Die den Mund kaum aufbekam. Aber offensichtlich Haus und Hof in Schwung hielt. Die zupacken konnte, obwohl sie gar nicht so aussah. Dass der Bauer einen guten Fang gemacht hatte mit ihr. Und dass es dumm wäre, sie wieder gehen zu lassen. Die Männer folgten ihr mit Blicken. Der Bauer würde sie bitten zu bleiben. Sie sah es ihm an. Spätestens am Samstag. Wenn er ihr den Wochenlohn zahlte.

»Ich fahr in die Stadt. Willst du mit?«, fragte er sie am Freitag.

Sie schüttelte den Kopf.

»Soll ich dir was mitbringen?«

Sie schüttelte wieder den Kopf.

»Na gut. Bis später.«

Durchs Küchenfenster sah sie, wie er vom Hof fuhr. Sie schrieb ›Danke!‹ in großen Buchstaben auf einen Zettel und legte ihn mitten auf den Tisch. Dann lief sie ins Zimmer hinauf, stopfte die Sachen, die sie mitgebracht hatte, in eine Tragetasche und verschwand durch die Hintertür.

Nur nicht in die Richtung gehen, aus der sie gekommen war. Und auch nicht in Richtung Stadt, an der Schule vorbei, auf die das Mädchen ging. Das Einkaufszentrum meiden. Und den Landhandel, den der Bauer als Erstes ansteuern wollte. Zur Bundesstraße hinüberlaufen. Und weiter bis zur nächsten Kreuzung. Hoffen, dass sie niemand sah, der wusste, von welchem Hof sie kam. Dass niemand anhielt, um sie mit zurückzunehmen. Oder sie jemand im Vorbeifahren erkannte. Sie hielt den Blick gesenkt. Wusste nicht, wohin die Straße sie führte. Ging nur weiter. Immer weiter. Gegen Abend traute sie sich, ein Auto anzuhalten. Mitzufahren durch die Nacht bis zu einer Raststätte. Sie setzte sich in eine Ecke. Mit einem Kaffee und einem Schokoriegel. Der Geruch erinnerte sie an die Küchen, die sie hinter sich gelassen hatte. Sie wollte nicht daran denken. Sie wollte an gar nichts denken. Sie wollte nur hier sitzen. Einfach so. Bis sie bereit war, auf Fremde zuzugehen und um eine Mitfahrgelegenheit zu bitten.

Irgendwann kam die Frau vom Tresen herüber und schenkte ihr Kaffee nach. Sie fragte, ob sie etwas zu essen wolle, ein Brötchen aufs Haus oder Kartoffelsalat.

»Danke«, sagte sie. »Ich brauche nur eine Pause.«

»Die brauchen wir alle mal.« Die Frau deutete auf die Fernfahrer, die am anderen Ende saßen. »Ich kenne die Jungs fast alle. Sag einfach Bescheid, wenn du weiterwillst. Der Mike fährt in den Süden runter. Bis Bozen. Der Rainer nach Hamburg. Der Pitt Richtung Köln und dann weiter bis Rotterdam. Die freuen sich über Gesellschaft. Sag einfach, wo du hinwillst.«

Bloß nicht nach Hamburg, dachte sie. »Danke. Vielen Dank!«

Sie saß bis in den Morgen. Beobachtete das Kommen und Gehen. Im Waschraum das fremde Gesicht im Spiegel unter der flackernden Neonröhre. Wo wollte sie hin, diese Frau, die längst nicht mehr Josefine war? Und die Kleine auch nicht mehr. Die nur eine Tasche mit getragenen Kleidern bei sich hatte. Und die paar hundert Mark Lohn vom Bauern. Vielleicht sollte sie Richtung Westen mitfahren. Irgendwo hinter Bremen aussteigen. Einen Landgasthof finden oder eine Jugendherberge, wo Hilfe gebraucht wurde. Sie sah auf den verfilzten Wollpullover hinab, der ihr mindestens zwei Nummern zu groß war. Sollte sie zuerst in den Ort gehen, sich neue Kleider kaufen? Wenigstens etwas, das ihr passte. Das niemand zuvor getragen hatte. Das nur der Fremden im Spiegel gehörte. Die dann vielleicht nicht mehr ganz so fremd war. Dazu eine Sporttasche, um ihre Sachen zu verstauen. Das alte Zeug wegwerfen. Oder doch noch nicht hier? Wo es jemand finden könnte, der es erkannte, der sich erinnerte an die, die sie gewesen war. Der Alarm schlug und ihre Fährte aufnahm.

Nein! Sie würde gleich so zu der Frau am Tresen gehen und mit ihr zu den Männern. Sie spritzte sich kaltes Wasser ins Gesicht. Sie konnte in Bremen einkaufen gehen. In einem Kaufhaus. Wo niemand darauf achtete, dass sie eine komplette Ausstattung brauchte. Ein paar Garnituren Unterwäsche genauso wie eine Jacke für den Winter. Sie würde die Tragetasche mit den Kleidern der Bauersfrau und der Fischer loswerden, ohne fürchten zu müssen, dass sie verräterische Spuren hinterließ.

Sie ging hinaus und bestellte sich Frühstück. Als sie fertig war, nahm sie ihre Tasche und ging zu den Fernfahrern hinüber.

»Ich hab gehört, ich kann mitfahren?«, fragte sie. »Bis Bre...«, sie sah sich rasch um. »Bis Münster vielleicht?«

Die Männer grinsten.

»Bremen, Osnabrück, Münster, liegt alles auf meiner Route«, sagte einer.

Sie sah rasch zu der Tresenfrau hinüber. Die nickte.

»Fein.« Sie reichte ihm die Hand. »Ich bin Friede. Friede Seemann.«

16. KAPITEL

Heute

Mira blinzelte in die Sonne. Es tat gut, hier zu sitzen. Auf der Schwelle. Neben der eingedrückten Hauswand. Es tat gut, das Schild nicht flicken zu müssen. Das Schild, das das Denkmal für Josefine krönen sollte – das Treibgutmuseum. Das es nun vermutlich niemals geben würde. All ihre Schätze unter der Plane, auf die der Bauzaun gestürzt war. Ockos Schätze. Die vom Meer erzählten. Jedem, der zuhören wollte. Und von den Menschen, denen sie abhandengekommen waren. Absichtlich oder aus Unachtsamkeit. Weggeschwemmt oder fortgerissen. Lachend oder weinend. Auf Grund gelaufen und wieder aufgetaucht. Mira kannte die Geschichten. Alle. Sie hatte zugehört. Jedenfalls hatte sie das immer geglaubt. Und doch war ihr auf einmal so vieles neu. Alles, was ihr jetzt so offensichtlich erschien. So klar, dass sie gar nicht mehr verstand, wie es ihr in all den Jahren entgangen sein konnte. Sie würde sich den Geschichten widmen. Ockos Geschichten. Würde sie neu erzählen. Vor allem sich selbst. Die Stücke, die da unter der Plane lagen, brauchte sie nicht mehr dazu. Ihr Treibgut waren die Worte. Ockos Worte. Die mehr als eine Bedeutung für sie hatten. Sie würde sie freilegen. Schicht um Schicht. Sie schien seine Stimme aus der Ferne zu hören: ›Mira Ockolina!‹

›Papa‹, antwortete sie, ohne dass sich ihre Lippen bewegten.

Später trug sie die Bruchstücke vom Schild ins Haus. Flugsand und Reetbruch knisterten unter ihren Sohlen. Ihr Haus, das nur noch eine Ruine war. Kaum noch der Schatten des Kapitänshauses, das sie immer darin gesehen hatte. Sie richtete Ockos Ohrensessel auf, den eine Böe umgeworfen haben musste. Das Treibgutschild beim Ofen abzulegen erschien ihr auf einmal falsch. Sie nahm es mit ins Schlafzimmer. Hier waren die Deckenbalken noch intakt. Dem Orkan schien die Puste ausgegangen zu sein, bevor er ihr Bett erreicht hatte. Das Weidenkörbchen stand daneben. Genau wie zuvor. Mit dem Henkel, den Anke abgerissen hatte. Mira strich mit der Hand über die eingebrannten Buchstaben auf dem Schild. Dann legte sie die Bruchstücke im Korb ab.

Sie saß noch eine Weile auf dem Bett, das Ocko für sie gebaut hatte. Aus Treibholz. Dann stand sie auf. Vielleicht war es an der Zeit, ihren Koffer zu packen. Sie räumte den Schrank aus. Und die Schubladen. Plötzlich fiel ihr das Fundbuch ein. Ockos Notizen und Zeichnungen. Ausgangspunkt für unzählige Geschichten. Sie lief hinüber in die Küche, doch das Fach unter dem Tisch war leer. Hatte sie das Buch etwa auf der Kommode liegen lassen? Eine Böe hätte an den Seiten gerissen. Es zerfleddert. Es weggefegt. Sie sah sich um. Putz und Mauerbrocken. Ein verbeulter Topf. Porzellanscherben. Keine Papierfetzen. Konnte es nach draußen geschleudert worden sein? Würde sie es in den Dünen wiederfinden? Oder unten am Strand? Im Moment war ihr der Weg dorthin versperrt. Sie musste es finden! Sie brauchte es doch, um nichts zu vergessen. Kein Stück. Und keine Geschichte.

Sie seufzte. Sie würde nichts vergessen. Auch ohne das Buch. Nicht eine einzige Geschichte. Sie ging ins Schlafzimmer zurück und zog den Reißverschluss ihres Koffers zu. Sie trug ihn hinaus. Bei der Gartenpforte setzte sie ihn ab und sah noch einmal zurück. Auf die Tür, die sich nicht mehr schließen ließ. Auf das poröse Mauerwerk. Auf das Loch im Dach. »Danke«, murmelte sie. Dann ging sie hinüber zu Anke und Niels.

»Bleib, solange du willst«, sagte Anke. »Im Moment sind kaum Gäste hier. Das geht erst Weihnachten wieder richtig los. Ich richte dir eins von den kleinen Apartments her.«

»Ich weiß nicht«, sagte Mira.

»Die Jungs würden sich auch freuen.«

»Das kann ich mir denken.«

»Und Klärchen. Sie fragt andauernd nach dir.«

»Nach mir oder nach Josefine?«

Anke schwieg.

»Ich muss noch mal mit unserer Mutter reden«, sagte Mira. »Und mit Paps.«

»Reg sie bloß nicht wieder so auf!«, verlangte Anke.

»Nein. Ganz bestimmt nicht.«

»Versprich es!«

»Ja.« Mira klang ernst. »Ich verspreche es.«

Anke schien zufrieden.

»Und ich werde einen Termin beim Notar machen. Ich überschreibe deiner kleinen Elin einen Teil von Ockos Grundstück. Dann kannst du den Gästebungalow bauen.«

Anke war sprachlos.

»Vielleicht ist ja auch eine Wohnung für mich mit drin.«

»Mira!« Anke stürzte auf sie zu und umarmte sie. »Das ist wunderbar! Du bist die Beste!«

»Ach ja, und falls du noch weitere Töchter in die Welt setzt, die eine Patentante brauchen – ich bin bereit.«

Sie gingen hinauf in Elins Zimmer. Mira hob sie aus dem Bettchen und schäkerte mit ihr. Die Kleine strampelte und gluckste fröhlich.

»Wenn du sie wickeln willst, mache ich den Brei fertig.«

»Alles klar.«

Später saßen sie gemeinsam in der Küche. Mira sah zu, wie Anke ihre Tochter fütterte. Sie wollte wissen, ob Mädchen anders seien als Jungen. Anke zuckte die Schultern. »Jedes Kind ist anders. Und nichts bereitet dich darauf vor.«

»Tante Miraaa!« Bendix stürmte in die Küche.

»Siehst du.« Anke grinste. »Sag ich's doch.«

Bendix hielt etwas hinter seinem Rücken versteckt.

»Na, mein Großer, was hast du denn da?«, fragte Mira. »Ein Geheimnis?«

Der Junge sah zu Boden.

»Zeig doch mal her!«

Der Papa hat gesagt, ich muss es dir zurückgeben. Du bist sonst ganz traurig.«

Mira verstand nicht.

»Ich will nicht, dass du traurig bist. Ich wollte nur … Ich dachte, du kannst …« Bendix hielt ihr ein dickes schwarzes Buch hin, das er mit beiden Händen festhalten musste.

Das konnte doch nicht wahr sein! Mira nahm es ihm ab. Es war tatsächlich Ockos Fundbuch. Und es war unversehrt. Sie schlug es auf. »Bendix!«

»Bist du jetzt böse auf mich, Tante Mira?«

»Aber nein!« Sie legte das Buch auf den Tisch und beugte sich zu ihm. »Verrätst du mir, wo du es gefunden hast?«

»Na ja«, druckste er herum, »mir war so langweilig. Ich dachte, du erzählst mir vielleicht eine Geschichte. Aber du warst gar nicht da. Da habe ich das Buch gesehen. Und darin geblättert.«

Seine Mutter zog die Augenbrauen hoch. Doch Mira gab ihr ein Zeichen, den Jungen nicht zu unterbrechen.

»Ich wollte es mir nur ansehen, Tante Mira, ehrlich!«

Mira nickte.

»Du hättest vorher fragen müssen«, sagte Anke. »Mich zum Beispiel.«

»Du warst doch bei dem Baby!« Es klang trotzig.

»Weißt du, Bendix«, begann Mira, »deine Mutter hat recht. Es ist wichtig zu fragen, wenn du dir etwas ausleihen willst.« Sie strich ihm über den Kopf. »Aber in diesem Fall bin ich dir richtig dankbar dafür, dass du das Buch mitgenommen hast.«

Er sah überrascht zu ihr auf.

»Du hast es vor dem Orkan gerettet. Und deshalb möchte ich auch, dass du weiterhin gut darauf aufpasst.«

»Klar, Tante Mira.« Er strahlte. »Mach ich! Ich lass da keinen ran. Claas nicht. Drefs nicht. Elin nicht. Die sind noch zu klein. Und Oma Klärchen auch nicht!«

»Ich weiß, ich kann mich auf dich verlassen«, sagte Mira.

Bendix nickte. »Ganz bestimmt!«

»Hast du deine Schularbeiten fertig?«, fragte Anke, als hätte sie die ganze Zeit nur darauf gewartet.

»Schon lange!«

»Dann geh spielen! Aber heute nur im Haus, hörst du?«

Der Junge nickte, blieb aber bei Mira stehen. Sie legte ihm die Hand auf die Schulter. »Sollen wir das Buch gemeinsam in dein Zimmer bringen?«

Anke verdrehte die Augen.

»Ja. Und ich dachte, du kannst da gleich noch was reinschreiben.«

Mira schluckte.

»Was wir neulich gefunden haben. Den Schatz. Am Strand.«

»Meinst du das schwarze Seil?«

»Ja. Und das silberne Tablett.«

Mira nahm das Buch vom Tisch. Bendix rannte los.

»Keine Geistergeschichten!«, rief Anke ihnen hinterher.

Niels kam spät nach Hause. »Fast nur Kleinkram.« Er gähnte. War aber sofort bereit zu helfen, Miras Bauzaun wieder aufzurichten. »Jedenfalls was die Häuser angeht. Deins hat wohl am meisten abbekommen.«

»Und die Dünen?«

»Einiges an Abbrüchen. Wird ein paar Tage dauern, bis alles gesichert ist und die Zugänge wieder frei sind. Im Moment kommst du nur über die Südspitze auf den Kniepsand. Die Wandelbahn ist auch heil geblieben.«

»Was ist mit den Fähren?«, wollte Mira wissen.

»Soweit ich gehört habe, sollen sie spätestens morgen Mittag wieder nach Plan fahren.«

Sie arbeiteten eine Weile schweigend.

»Aber du willst doch wohl noch nicht aufs Festland zurück?«, fragte Niels, als sie ins Haus zurückgingen.

»Ich muss einiges regeln«, sagte Mira.

»Wenn ich dir helfen kann?«

»Danke, Niels. Fürs Erste würde ich gerne noch ein bis zwei Nächte auf eurem Sofa kampieren.«

»Ich bitte dich, Mira, das ist doch keine Frage! Anke hat dir auch ein Apartment angeboten, oder?«

»Das Sofa reicht mir.«

Mira schlief unruhig. Am nächsten Morgen schlich sie früh hinaus. Es war noch dunkel, als sie die Haltestelle erreichte und den ersten Bus nach Wittdün nahm. Sie fuhr bis zur Endstation und schlug den Weg um die Südspitze herum ein. Die Halligen waren nur schwarze Kleckse im Morgengrau. Bestimmt hatten sie Land unter gehabt. Vielleicht war das Wasser sogar bis zu den Warften vorgedrungen, hatte sie womöglich überflutet, war in die Häuser eingedrungen, und die Bewohner mussten in ihre höher gelegenen Schutzräume fliehen. Einmal war sie dort drüben gewesen. Mit Ocko. Bei seinem ehemaligen Kollegen. Der hatte gerade einen neuen Schutzraum bauen lassen, für seine Kinder und Enkel. Oben, unterm Dach. Dazu mussten acht Pfeiler aus Stahlbeton tief in den Halligboden gerammt werden. »Wir können ja was ab draußen auf See«, hatte er zu Ocko gesagt. »Aber die lütten Butjer hier …« Mira erinnerte sich daran, dass er seinem Enkel in die Wange zwickte.

»Tja, wenn du Kinder hast, ist alles anders.« Ocko hatte ihre Hand ganz fest gedrückt, aber in die Ferne gesehen dabei.

Heute lag das Meer so ruhig, als würde das Wasser weder auf- noch ablaufen. Im Spülsaum tippelte eine Lachmöwe hin und her, bis sie aufflog und Richtung Anleger verschwand. Mira ging weiter. Außer ihr war kein Mensch unterwegs. Nicht einmal mit Hund. Die Untere Wandelbahn führte sie zum Spielplatz. Auf dem Piratenschiff stritten sich drei Silbermöwen um ein halbes Brötchen. Mira stapfte durch den losen Sand zum Kniep hinunter. Sie atmete die Weite ein. Strand bis zum Horizont. Bis in die Wolken. Bis zum Himmel. Einfach weitergehen. Immer weiter. In den Tag hinein. Bis die Sonne über die Dünenkämme schien. Bis sie einen Weg fand, der nicht zugeweht war.

Hier draußen auf der Sandbank zwischen Himmel und Meer. Die Insel an ihrer Seite. Mit dem Leuchtturm, der aus den Dünen ragte. War das ihr Platz? Nicht Land und nicht See? Als Kinder hatten sie manchmal Burgen gebaut, den schrägen Ringwall mit Meerwasser begossen und mit Muscheln verziert. ›Piratennest‹. ›Möwenversteck‹. ›Ausguck‹. Sie hatten sich hineingehockt oder sogar hingelegt. Kühl war der Boden unter dem losen Sand gewesen. Geradeso, als ob es eine Prüfung war, wie lange sie das aushielten. Mit Proviant oder ohne. Sie kämpften verbissen um ihre Vorposten. Besonders wenn Niels seine Friesenflagge gehisst hatte und die Parole seiner Vorfahren – »Lieber tot als Sklave!« – über den Strand brüllte. Spätestens fürs heimische Abendbrot mussten sie aufgeben. Oft fieberten sie dann dem nächsten Tag entgegen. Doch wenn sie zum Strand zurückkamen, fanden sie ihre Burgen kaum wieder. Der Wind hatte ihre Spuren verweht. Mira lief weiter, bis sie Hunger spürte. Sie fand keinen Aufgang zur Straße. Also zurück an der Abbruchkante entlang. Hier und da ragte Treibgut aus dem Sand auf. Sie sah es. Und ging vorbei. Spürte keinen Sog mehr. Zu all den Stücken hin, die einmal jemandem gehört hatten. Zu all den Geschichten, die sie mitbrachten. Die fremd waren und doch auch ihre. Sie hob den Blick. Sie musste nichts aufheben. Sie konnte einfach weitergehen. Mitten am Strand, wenn sie das wollte. Oder im Schatten der Dünen. Es trieb sie nichts mehr zum Spülsaum hin.

Später saß Mira im Café Pustekuchen bei einem ausgiebigen

Frühstück. Novemberbetrieb: ein paar Einheimische. Wenige Gäste. Und sie dazwischen. Gegen Mittag meldete sich Marion. Sie wohnte in der Nähe, und Mira war im Nu bei ihr. Sie nahm zwei Stufen auf einmal hinauf, und Marion öffnete die Tür, noch bevor sie geklingelt hatte. Die hagere alte Dame winkte sie näher zu sich heran. Sie strich sich eine Locke aus dem Gesicht und setzte ihre Brille auf. Dann streckte sie Mira die Hand hin. »Moin, meine Liebe. Du trägst das Haar wie deine Mutter damals.«

Mira folgte ihr ins Zimmer.

»Ist alles ein bisschen eng hier. Aber du kennst ja die Preise. Mehr kann ich mir nicht leisten.«

Der Tisch mit dem aufgeschlagenen Fotoalbum nahm fast den ganzen Raum ein. Dahinter ein weißer Wandschrank, der bis zur Schlafnische reichte. Die Küche ein winziges Quadrat mit Regalen bis zur Decke.

»Setz dich doch.« Marion wies auf die Stühle am Tisch. Dann quetschte sie sich am Fernsehsessel vor dem Fenster vorbei, um die Gardine aufzuziehen. »So haben wir mehr Licht.« Sie sah flüchtig auf die Inselstraße hinaus, bevor sie sich Mira zuwandte. »Ich habe immer Ausschau nach dir gehalten, wenn ich auf der Insel unterwegs war. Manchmal habe ich dich mit Ocko gesehen. Anfangs allein. Und später mit den beiden anderen Kindern.«

Mira nickte. »Mit meiner kleinen Schwester Anke und ihrem Freund Niels.«

Marion sah sie irritiert an.

»Eigentlich sind wir ja gar nicht verwandt. Anke ist die leibliche Tochter meiner Patentante«, erklärte Mira. »Meiner Ersatzmutter.« Sie spürte, dass es ihr guttat, das auszusprechen. Zum ersten Mal.

Marion setzte sich zu ihr. »Du hattest dein Leben in Hamburg. Mit einer richtigen Familie. So wie es sich Ocko für dich gewünscht hat.«

»Ein Leben in Hamburg. Und eins hier«, überlegte Mira.

»Er wollte, dass es dir an nichts fehlt. Das hat er immer wieder gesagt. Vor allem wollte er nicht, dass du was mitbekommst von seiner Traurigkeit. Und schon gar nicht von dem, was deine Mutter ins Wasser getrieben hat.« Sie seufzte. »Ich weiß einfach nicht, wie ich es sonst nennen soll.«

Mira schwieg.

»Du solltest ein fröhliches Kind werden und unbeschwert aufwachsen. Und bist du das nicht?«

»Schon, irgendwie. Und doch – da war immer mal wieder so ein Schwanken, das plötzlich wie aus dem Nichts aufkam. Und ein Gefühl, als würde ich nur dabeistehen, statt wirklich dazuzugehören.«

»Tja«, sagte Marion, »wer weiß schon im Voraus, was das Richtige ist und wie sich alles entwickelt?« Sie zog das Fotoalbum zu sich heran. »Ocko war so verliebt in Josefine. Das hätte wohl keiner für möglich gehalten. Die Insulaner haben ihn sogar aufgezogen damit. Aber er hat die Anzüglichkeiten einfach überhört. Mal sehen, ob ich auch eine Aufnahme von den beiden habe.« Sie blätterte die Seite um. »Und er war ganz vernarrt in dich.« Marion löste ein Foto aus dem Album und hielt es Mira hin. Ocko mit dunklen Haaren, die erst von Grau durchzogen waren. Er stand hinter der zierlichen Frau, schlang seine Arme um sie, als wollte er sie vor Wind und Wetter und allem schützen. Und sie lehnte sich an ihn. Ihre flatternden Haare von einem breiten Band gehalten. Mira griff nach ihrem eigenen Haarband, als müsste sie sich vergewissern, dass es noch richtig saß.

»Du kannst das Bild behalten, wenn du willst. Mal sehen, es muss noch ein paar andere geben, auf denen Josefine besser zu sehen ist.« Marion blätterte zurück. »Das sind die ersten Fotos, die wir hier auf der Insel gemacht haben.« Marion schob ihr das Album hin.

Die beiden Frauen mussten etwa so alt gewesen sein wie

Mira jetzt. Marion groß und mager in einem gestreiften Sommerkleid. Josefine schon im Badeanzug.

»Sie war immer die Erste im Wasser«, sagte Marion.

Das nächste Bild zeigte Josefine von der Seite.

»Jedenfalls hast du ihre Nase geerbt.«

Mira beugte sich über das Foto. Doch die Frau darauf kam ihr nicht näher. »Wie war sie denn so?«, wollte Mira wissen.

»Verschlossen«, antwortete Marion nachdenklich. »Ich habe sie nie gedrängt. Manche brauchen eben länger, bis sie auftauen. Das ist doch kein Fehler. In diesem Sommer hier dachte ich schon, dass wir Spaß hatten.«

»Sieht auch so aus«, bemerkte Mira.

»Und die nächsten Fotos sind aus dem Jahr darauf. Da war sie schwanger mit dir. Sie hat sich allerdings lange nichts davon anmerken lassen.«

Mira nickte. Zwei Frauen am Strand. Zwei Frauen vor dem Café. Eine Frau hinter der Klöntür vom Kapitänshaus. Josefine sah ernst durch die offene obere Hälfte der Haustür in die Kamera.

»Ich war noch bei ihr, am Tag bevor sie …« Marion griff nach Miras Hand. »Sie schien mir irgendwie abwesend. Stiller als sonst. Ich habe sie für erschöpft gehalten. Für übermüdet. Ocko hat sich um alles gekümmert. Ganz rührend. Wirklich.«

Mira spürte die Hand der alten Dame auf ihrer.

»Danach war Ocko nicht mehr derselbe«, fuhr Marion fort. »Es kam mir so vor, als hätte Josefine etwas von ihm mitgenommen, hinaus ins Meer. Er ging jeden Tag zu der Stelle, an der er das Körbchen mit dir aus dem Priel gezogen hatte. Er starrte stundenlang in die Wellen. Manche wollten ihn auch schreien gehört haben. Und irgendwann fing er dann an, diese Dinge vom Strand mitzubringen. Alles, was das Meer so anspülte. Aber ich glaube, da warst du schon auf dem Festland.«

»Gab es …« Mira überlegte, wie sie es nennen konnte. »Gab es eine offizielle Suche nach Josefine?«

Marion nickte. »Der Rettungskreuzer ist los. Auf den anderen Inseln, den Halligen, auf dem Festland, überall wussten sie Bescheid und haben nach deiner Mutter gesucht. Es gab auch bald Gerüchte. Hässliche Gerüchte. Aber keine Spur. Nur ihren Morgenmantel, den sie am Strand zurückgelassen hatte.«

»Das Meer ist unberechenbar.«

»Wer wusste das besser als Ocko?«, gab Marion zu bedenken. »Es dauerte lange, bis er wieder auf große Fahrt ging. Aber als Kapitän ist er wohl ganz in seinem Element gewesen.«

Mira schwieg.

»Und wenn du zu ihm auf die Insel kamst. Es war die reinste Freude, euch beide zusammen zu sehen. Auch später noch, als du schon lange erwachsen warst.«

»Ich hab mir immer gewünscht, zu Ocko auf die Insel zu ziehen. Und hab es doch nie gemacht.«

»Ich glaube, du musst erst herausfinden, wer du bist und wo du herkommst, bevor du deinen Platz einnehmen kannst«, sagte Marion.

Mira bedankte sich. Die alte Dame gab ihr drei Fotos mit und lud sie ein, jederzeit wiederzukommen. Mira versprach es. Wenn sie bei Ocko und Josefine aufgewachsen wäre, überlegte Mira, würde sie die alte Dame vielleicht Tante Marion nennen.

Am Abend kündigte Mira Anke an, dass sie am nächsten Tag aufbrechen wolle. »Ich weiß nicht, wie lange ich brauche, um alles zu regeln. Und ich weiß auch noch nicht, was ich dann mache und wo. Vielleicht fange ich neu an. Irgendwo, wo mich niemand kennt.«

»So, du willst uns also aus deinem Leben streichen.«

»Nein. Das habe ich nicht gesagt«, betonte Mira.

»Nach allem, was wir erlebt haben? Hast du mal darüber nachgedacht, dass auch für mich alles ganz anders gelaufen wäre, als Einzelkind?«

»Vor allem wärst du sicher nicht so oft nach Amrum gefahren!«

Anke biss sich auf die Lippen.

»Ich nehme mir nur eine Auszeit. Damit ich herausfinden kann, wer ich bin, wenn ich nicht deine große Schwester bin. Und nicht Niels' Schwägerin. Nicht Bendix', Claas' und Drefs' Tante. Nicht Elins Patin. Nicht die älteste Tochter der Claasen-Familie. Und auch nicht die Archivarin in der Kanzlei für See- und Schifffahrtsrecht.«

»Verstehe«, sagte Anke.

Doch Mira zweifelte daran. »Ich melde mein Handy bestimmt nicht ab«, versprach sie. »Du kannst mich immer erreichen.«

»Das wäre ja wirklich ganz was Neues!«

Mira grinste. »Werden wir ja sehen, ob nicht mindestens die Mailbox anspringt.«

»Die du alle Jubeljahre einmal abhörst!« Anke schien zu schmollen. Vielleicht weil sie sich keine Auszeit nehmen konnte. Mira hielt das aus. Sie fürchtete nicht mehr, dass Elke Claasen, dass ihre gemeinsame Mutter verlangen würde, sie sollten sich vertragen. »Ihr seid doch Schwestern!«, hatte sie stets gesagt. Und meistens hatte sie sie danach beide in den Arm genommen.

»Ach, eins noch«, sagte Mira. »Darf ich Ockos Seekiste bei dir unterstellen, bis ich weiß, was ich damit machen will? Bitte? Ja?«

Anke zuckte die Schultern. »Meinetwegen«, sagte sie dann.

Am nächsten Morgen brach Mira nach Hamburg auf.

Elke und Jobst Claasen sahen sich überrascht an, als sie mit einem Blumenstrauß vor der Tür stand.

»Es … es tut mir leid«, stammelte Mira, »ich wollte nicht undankbar sein.«

»Komm erst mal rein, Kind«, sagte Elke. Sie bemerkte nicht, dass ihr Mann sie vorwurfsvoll ansah. Sie nahm Mira die Blumen ab, legte sie in die Küche und suchte nach einer Vase. Jobst ging ins Wohnzimmer. Mira folgte ihm. Normalerweise würde er jetzt mit ihr scherzen. Doch seit ihrem letzten Besuch hier war nichts mehr normal zwischen ihnen. Sie wagte nicht einmal zu fragen, wie es ihm ging. Er wirkte nervös auf Mira. Schien zwei Mal anzusetzen, um etwas zu sagen, schwieg dann aber doch.

»Die Blumen sind wunderschön, Mira!« Elke trug die Vase herein und stellte sie auf den Tisch. »Willst du was trinken? Soll ich uns Kaffee kochen?«

»Nein!«, antworteten Mira und Jobst gleichzeitig.

Elke sah von einem zum anderen. Dann setzte sie sich auf die Sofakante.

»Das war sicher eine schwere Zeit für euch«, begann Mira zögernd. »Aber für mich auch. Ihr könnt euch gar nicht vorstellen, was es für mich bedeutet hat, herauszufinden, dass ihr nicht meine leiblichen Eltern seid. Nichts ist mehr sicher für mich. Mein ganzes Leben ist wie auf Sand gebaut.«

Jobst griff nach der Hand seiner Frau und drückte sie.

»Ich weiß, dass ihr es immer nur gut gemeint habt. Dass ihr helfen wolltet. Ocko. Und mir. Und dass ihr geholfen habt. Ihr wart die besten Eltern, die ich kriegen konnte.«

»Sind wir immer noch«, murmelte Jobst.

»Danke. Für alles.«

Elke schluckte. »Du hast uns auch geholfen«, sagte Elke dann. »Erst mit dir sind wir zur Familie geworden.« Mira merkte, dass es ihr nicht leichtfiel. »Wer weiß, ob es bei mir überhaupt mit einem eigenen Kind geklappt hätte, wenn du nicht schon bei uns gewesen wärst.«

»Anke hätte sich bestimmt nicht aufhalten lassen.« Mira grinste.

Jobst und Elke wirkten erleichtert. Elke ging zum Schrank hinüber und nahm ein Päckchen aus dem obersten Fach. Sie reichte es Mira.

»Für mich?«

»Das hätten wir dir schon vor langer Zeit geben sollen.«

Mira zog die Schleife auf und wickelte das Geschenkpapier ab. Ein Foto im silbernen Rahmen lag vor ihr. Ihre Eltern und ihre Paten vor der Sankt-Clemens-Kirche in Nebel. Das Foto von Miras Taufe.

17. KAPITEL

Heute

Mehr als dreißig Jahre in der Großstadt und kein Gedanke an das, was war, und an die, die sie war. Hier war sie nur Friede. Friede Seemann. Tante Friede für die Kinder. Demnächst vielleicht sogar für die kleine Ida, die sie aus dem Kanal gerettet hatte. Ohne auch nur eine Sekunde lang zu zögern. Doch die kalten, braunen Fluten hatten diese Jahre einfach weggespült. Hatten plötzlich freigeschwemmt, was unter dem Schlick der Erinnerung verborgen war. Was sie damals in den Wellen zurückgelassen hatte. Was auf den Meeresboden gesunken sein musste. Sie hatte keinen Gedanken daran zugelassen. Nie mehr. Hatte sich nur darauf konzentriert, sich von der tiefen, schwarzen Schlucht zu entfernen. Alle Kraft dafür eingesetzt, sich nicht umzudrehen. Nicht zu erstarren. Vom ersten Moment an. Seit diese Fischer sie aus dem Meer gezogen hatten. Ins Leben zurückgezerrt. Ohne zu fragen, ob sie das überhaupt wollte. Und sie musste fertigwerden damit. Zu überleben. Ohne Kleidung. Ohne Geld. Ohne eigene Papiere. Ohne Vergangenheit.

Fragen ausweichen. Den eigenen. Und denen, die andere stellen konnten. Distanz wahren. Unverbindlichkeit aufrechterhalten. Ohne dabei abweisend zu wirken. Denn das provozierte nur neue Fragen. Einfach funktionieren. Wie all die anderen auch. Eine Anhalterin eben, die für ein paar Kilometer mitfuhr. Und sofort wieder vergessen war, wenn sie ausstieg. Auf einmal schien es ihr jedoch so, als hätte sie irgendwann vergessen, wieder auszusteigen. All die Fragen trieben an die Oberfläche. Unaufhaltsam. War das Körbchen wasserfest gewesen? Hatte sie es auf den Strand gesetzt? In den Spülsaum?

Oder sogar in den Priel? Hatte sie gesehen, dass es im seichten Wasser schaukelte? Oder dass es die Wellen geholt hatten? Ihr Sog den Korb hinausgetragen hatte? Dass er untergegangen war? Hatte das Baby friedlich geschlafen darin? Oder hatte es geschrien? Gestrampelt? Die Arme gereckt? Hatte sie es überhaupt in den Korb gelegt? Oder war sie unfähig gewesen, es aus seinem Bettchen zu heben? Hatte sie es schlafen lassen? Und seinen Vater auch? Oder sollte sie es tatsächlich geschafft haben, das Baby unbemerkt aus dem Haus zu bringen? Es in dem sperrigen Weidenkorb durch die Dünen zu tragen? Ohne dass sie jemand aufgehalten hatte? An den Strand hinunter? Nicht viel mehr als ein Nachthemd und einen Morgenmantel am Leib.

Wusste sie das wirklich nicht mehr? Redete sie sich ein, dass all das fortgetrieben war, auf den Wellen des Vergessens? Sie fürchtete, mitgerissen zu werden. Von dem Sog, der so viel stärker war als sie. Fort aus ihrem selbst erschaffenen Leben. Aus ihrem Alltag voller Kulissen. Weg von denen, um die sie sich kümmerte. Und die sich um sie kümmerten, auch wenn sie das nicht zulassen wollte. Doch wo sollte sie hin? Sie war sich nicht sicher, ob ihre Kraft für einen Neuanfang reichte. Mit achtzig. Sie sollte sich endlich stellen. Zurückgehen. Dorthin, wo nichts mehr war. Vielleicht noch ein Echo von dem Leid, das sie verursacht hatte. In einem anderen Leben. Als eine andere Frau.

Wie viel war noch übrig in ihr von dieser anderen Frau? Von der Frau, die eine Geschichte gehabt hatte. Die in den Bergen bei ihren Onkeln und Tanten aufgewachsen war. Die ihre Mama vermisst hatte, seit die aufgebrochen war, um den Vati zu finden, der mit seinem Unterseeboot als verschollen galt. Die an die Küste gekommen war, um nach ihnen zu suchen. Und darüber keinen Platz für sich selbst fand. Bis sie auf den Kapitän traf. Auf Ocko. Und die Zeit stehen geblieben zu sein schien.

Hatte sie wirklich geglaubt, nie wieder daran denken zu

müssen, dass sie selbst Mutter geworden war? Dass sie dieses Wesen, das sich eben noch in ihr geregt hatte, plötzlich auf ihrem Bauch liegen hatte. Und an ihrer Brust. Dass es ihr unheimlich war. Unheimlich, wie lieblich das alle fanden. Wie sie sie ansahen. So wie sie früher nie jemand angesehen hatte. Als ob das Baby sie plötzlich zum Teil der Gemeinschaft gemacht hätte. Jedenfalls wenn sie sich angemessen verhielt. Aber was war schon angemessen, wenn sie doch nichts spürte? Wenn sie es nicht schaffte, aufzustehen, sich zu waschen, anzuziehen und das Baby zu versorgen. Wenn sie es kaum aushielt zu sehen, wie Ocko sich kümmerte. Was war los gewesen mit dieser Frau in jenen Tagen?

Friede fand keine Antwort. Nur von Tag zu Tag mehr Fragen. War Ocko ihr zum Strand gefolgt? Hatte er das Körbchen rechtzeitig gefunden, bevor es aufs Meer hinaustrieb? Hatte er sein Töchterchen gerettet? Oder war es etwa ertrunken? Trug diese Josefine Schuld am Tod ihrer eigenen Tochter? Sie hatte Leben zerstört. Nur ihr eigenes schien einfach nicht untergehen zu wollen. Es trieb immer weiter und weiter. Und sie hatte nie ein Urteil darüber gefällt. Hatte sich nie schuldig bekannt. War Friede geworden. Nach und nach hineingewachsen in die neue Rolle. Friede Seemann. Die Großstädterin. Die Frau, die ihr Leben im Griff hatte. Sich selbst versorgte. Die sich niemals fragen musste, wer sie wirklich war. Bis zu diesem Samstag am Kanal. Bis zu diesem Zusammentreffen mit der kleinen Ida. Und mit ihrer Mutter Jenny. Da blitzten sie plötzlich auf. Erinnerungstropfen. So gleißend, dass sie die Augen schließen musste. Und sich doch nicht abwenden konnte davon. Sie spürte das Wasser. Eiskalt. Und es stieg. Unaufhaltsam. Es flutete den Priel ihrer Gedanken und strömte immer weiter. Es brachte Josefine mit. Eine Wiedergängerin. Eine Ertrunkene, die zurückkam, um sich ihre Liebsten zu holen. Die drohte, Friedes Existenz zu verschlingen und nichts als eine Pfütze trüben Wassers zu hinterlassen.

Was konnte sie tun? Dieser Josefine Raum geben. Sich anhören, was sie zu sagen hatte. Sich fragen, warum sie nicht abgewartet hatte, ob sich ihre innere Reglosigkeit wieder legte. Ob sie zu Taubheit wurde und dann langsam verging. Das Gefühl zurückkehrte in die Glieder, den Leib, das Herz. Oder sich mit der Angst befassen, dass sich dieser Nebel nie wieder lichten würde bei ihr. Dass es keinen Ausweg gab. Und was das bedeutete für Josefines Kapitän und für ihre Tochter.

Friedes Gedanken kreisten. Was, wenn Sofie davon erfuhr? Würde sie sie für eine Lügnerin halten? Für eine Betrügerin? Für eine, die sich ihr Vertrauen erschlichen hatte und den Zugang zu ihrer Familie. Eine, der sie keinesfalls ihren Sohn anvertraut hätte. Und die sie schon gar nicht zu Alexanders zehntem Geburtstag eingeladen hätte. Was würden all die anderen Mütter und Väter mit ihren Kindern denken? Die hielten sie womöglich für unwürdig. Vielleicht sogar für gefährlich. Niemals hatte sich jemand Papiere von ihr zeigen lassen. Sie hätte gar keine gehabt. Der Ausweis, den sie damals in der Jacke gefunden hatte, die irgendwo liegen geblieben war, in einer Scheune oder einem Verschlag, hatte sie bis in die Großstadt gebracht. Sie erinnerte sich nicht an den Namen, der darin gestanden hatte. Irgendein Name. Von irgendeiner Frau, die sie nicht kannte. Deren Foto wohl Ähnlichkeit mit ihr gehabt haben musste. Aber der Ausweis war längst abgelaufen. Und Friede hatte nichts unternommen, um einen neuen zu bekommen. Alle Mütter und Väter waren nur Empfehlungen gefolgt. Hatten sich darauf verlassen, was die anderen sagten. Und darauf, dass Friede sich mit ihren Kindern verstand. Und ihre Kinder von Friede schwärmten. Ihrer Tante Friede. Auf einmal sollte nun alles ganz anders sein.

Sie konnte nicht beweisen, dass sie Friede Seemann hieß. Aber ebenso wenig, dass sie Josefine Friedrichs war. Vielleicht sollte sie einfach weiter nachts die Anwaltskanzlei putzen und morgens bei Pauline am Markt Brötchen belegen. Die Friede, die sie noch vor einem Monat gewesen war, hätte das sicher gekonnt.

Vielleicht sollte sie mit Sofie reden. Sie könnte ihr sagen, dass sie mal ein anderes Leben gehabt hatte. Oder sogar schon zwei. Dass sie davor geflohen war. Die, die sie damals war, ist davor geflohen. Sie hat ihr Kind zurückgelassen. Ist das schon genug Wahrheit? Das Kind wäre jetzt etwas älter als Sofie. Und Friede oder besser gesagt: Josefine hätte seine ersten Schritte verpasst, die Einschulung, die erste Liebe und den Abschlussball. All die Sorgen und Nöte des Mädchens. Seine Beziehungen, seine Jobs. Vielleicht sogar seine Hochzeit oder ein Kind. Aber selbst das war doch nur ein Teil der Wahrheit. So etwas wie eine Geschichte. Denn das Baby in dem Körbchen könnte auch ertrunken sein. Sie hatte es zugelassen. Sie hatte ihre Tochter ausgesetzt in den Wellen. Ihr kleines Mädchen. Josefines Tochter. Friedes Tochter. Mira.

Sie spürte, wie ihr die Tränen über die Wangen liefen. Nicht aufzuhalten, die Flut aus so vielen Jahren. Weichte alle Dämme auf. Schwemmte die Grasnarbe weg. Riss Sand und Kies mit. Wühlte den Lehm auf, der nichts durchsickern lassen sollte, und trieb alles hinaus in einem mächtigen Strom, der keine Grenzen kannte. Der sie erschöpft zurückließ und klar. Sie hatte nicht abgeschlossen mit Josefine. Sie hatte ihr nur den Rücken zugekehrt. Hatte sie ausgesperrt. Abgedrängt. In den abgelegensten Winkel. Tief unter den Deich, den sie mit ihrem Alltag aufgeschüttet hatte. Jetzt musste sie ihr in die Augen sehen. Ihr die Hand reichen. Ja zu ihr sagen. Ihr vergeben. Sich vergeben. Und sich stellen.

»Ich brauche eine Auszeit«, sagte sie nur.

Sagte es zu den Anwälten und sorgte dafür, dass Banu ihren Nachtjob in der Kanzlei übernehmen konnte. Zu Pauline, der sie Jenny vorstellte. Die die kleine Ida mitbringen durfte zum morgendlichen Brötchenbelegen. Zu den Müttern und Vätern der Kinder, die sie betreute. Zu Sofie. Und zu Alexander. Der sie umarmte und nicht loslassen wollte.

»Ist alles in Ordnung mit dir?«, fragte Sofie dann doch noch.

Friede nickte.

»Erst der Fahrradunfall und kurz danach dein Sprung in den Kanal – wen würde das nicht umhauen?«

Friede wusste nicht, was sie darauf antworten sollte.

»Vielleicht würde dir eine Luftveränderung guttun. Mal raus aus der Stadt! Ins Grüne. Oder ans Meer?«

»Ans Meer.«

Sofie strahlte. »Na, endlich gönnst du dir mal was! Hast du schon gebucht?«

Friede schüttelte den Kopf.

»Soll ich dir dabei helfen? Wir können gleich online nach einer Unterkunft für dich suchen«, bot Sofie an. »Um diese Jahreszeit müsste ja was zu haben sein. Die Herbstferien sind vorbei. Da ist es auch nicht mehr so teuer.«

»Ich habe mich noch nicht entschieden«, behauptete Friede. Sie überlegte, ob sie Sofie sagen sollte, wohin sie fahren wollte.

»Ich will dich nicht drängen«, sagte Sofie. »Aber am Geld soll's nicht scheitern. Du bist immer zur Stelle, wenn wir dich brauchen. Das ist unbezahlbar. Also lass bitte zu, dass wir uns mit einem kleinen Zuschuss bei dir bedanken!«

»Das müsst ihr nicht.«

»Ich weiß. Aber ich akzeptiere kein Nein.«

Friede zögerte. Sie wollte Sofie nicht zurückstoßen. Oder ausschließen. Sie wollte nur nicht erklären, warum sie nach Amrum fuhr. Noch nicht. Und warum sie nicht suchen musste, sondern ganz genau wusste, wo sie nach einem Zimmer fragen würde. »In Ordnung«, sagte sie schließlich. »Ich melde mich, wenn ich mir alles überlegt habe.«

Sofie schien nicht daran zu zweifeln.

Friede passte ihre Nachbarin ab. »Ich bin für ein paar Tage weg.«

»Machst du endlich mal Urlaub? Wurde auch Zeit!«, sagte Frau Kutschke.

Friede nickte.

»Soll ich deine Blumen gießen?«

»Da gibt's nichts, das Wasser braucht.«

Frau Kutschke runzelte die Stirn. »Wie, du hast kein Grünzeug?«

»Nein.«

»Das gibt's doch gar nicht! Warum hast du denn nie was gesagt? Ich mache dir ein paar Ableger fertig!«

»Besser nicht«, sagte Friede.

»Aber die sind ganz pflegeleicht! Wirklich!«

»Lass uns darüber reden, wenn ich wieder da bin.«

Frau Kutschke schüttelte den Kopf. »Also, so ganz ohne was Lebendiges, was Grünes, das könnte ich nicht. Ist doch schon alles grau und deprimierend genug.«

»Tja, eigentlich wollte ich nur wegen der Zeitung fragen«, begann Friede.

»Soll ich die für dich aufheben?«

»Die Geli von gegenüber würde sich freuen«, fuhr Friede fort.

Die Nachbarin überlegte. »Wer?«, fragte sie dann.

»Die Frau mit den Kräutern und der Blütenpracht auf dem Balkon«, erklärte Friede. »Alles selbst gezogen.«

»Ach, die kenne ich gar nicht.«

»Das lässt sich ändern«, sagte Friede. »Abgemacht?«

Frau Kutschke sah sie überrascht an. Doch dann nickte sie. »Abgemacht!«

Blieb nur noch, Geli darum zu bitten, ein wenig auf den alten Heinrich aus Nummer sieben zu achten. Und dem Heinrich klarzumachen, dass Geli keine Erbschleicherin war.

Friede saß am Tisch und kontrollierte ihr Terminbuch. Es war schwieriger, als sie gedacht hatte, keine neuen Aufträge mehr anzunehmen. Besonders wenn die Kinder selbst anriefen. Denn bisher hatte ihre Tante Friede immer Zeit für sie gehabt. Nun wollte sie ihnen nichts versprechen. Wollte nicht sagen, nächste Woche bin ich zurück oder in zehn Tagen. Weil sie es nicht genau wusste. Sie konnte nicht voraussagen, ob sie je wieder mit ihnen spielen, ihre Schulaufgaben beaufsichtigen oder auf Entdeckungstouren mit ihnen gehen würde. Ob sie noch ihre Tante Friede war, wenn sie zurückkam. Oder ob sie überhaupt wieder hierher zurückkommen konnte. In die Stadt. Die Großstadt. Nach Berlin. Sie spürte die Enttäuschung der Kinder. Es war eben etwas anderes, wenn sie Friede seltener oder gar nicht mehr trafen, weil sie alt genug waren, um allein zu Hause zu bleiben. Oder wenn Friede gar nicht erreichbar für sie war. Besonders Alexander hatte Mühe, sich damit abzufinden. Sie versprach, ihm eine Ansichtskarte zu schicken. Keine E-Mail. Keine SMS. Keinen Anruf. Eine Postkarte an den Jungen persönlich. Auch nicht an Sofie, nicht an seinen Vater oder an die ganze Familie. Nur an Alex. Er hatte noch nie eine Ansichtskarte bekommen. Dafür aber schon einige an Friede geschrieben, wenn er mit seinen Eltern im Urlaub gewesen war. Und Friede hatte die Karten mit bunten Magneten an ihren Kühlschrank gepinnt. Sie sehnte sich nicht danach, diese Orte selbst zu besuchen. Mit eigenen Augen zu sehen oder sogar zu erleben, was die Käufer der Karten unter Ferien, Erholung und Spaß verstanden. Bisher hatte sie nie darüber nachgedacht, ob das vielleicht an Josefine lag. An der Kleinen, die kaum etwas anderes gekannt hatte, als Gäste zu bedienen.

Friede sah sich in der Wohnung um, die sie vor gut dreißig Jahren übernommen hatte. Nach all den Kammern, den Zimmern für ein paar Nächte, Wochen oder Monate. Eine Wohnung. Mit zwei großen Zimmern und einer Küche ganz für sie allein. Komplett möbliert und aufgeräumt. Mit Geschirr, Gläsern und Besteck in den Schränken und Vorräten in der Speisekammer. Mit einem bezogenen Bett, Büchern in den Regalen und Bildern an den Wänden. Jemand hatte ihr den Schlüssel gegeben und gesagt, die Mieter seien verreist. Und als sie empört ablehnte, ergänzte er: »Die kommen garantiert nicht zurück!« So sei das eben, jetzt und hier, und kein Einzelfall. Manche ließen alles stehen und liegen und stürzten sich in ein neues Leben. Sie solle einfach ihren Namen an die Tür schreiben. *Einfach* hatte er gesagt. Als ob das einfach für sie war. Oder je für Josefine gewesen wäre. Aber ein paar Tage später schnitt sie ein Schild zurecht, schrieb ›Friede Seemann‹ in Druckbuchstaben darauf und klebte es an die Wohnungstür. Niemand stellte ihr Fragen. Überall zogen Leute ein und aus. Und niemand kam mit seinem Schlüssel, um zurückzufordern, was er aufgegeben hatte. Trunken vor Freude. Deprimiert. Oder auf der Flucht. Ende des Jahres lag eine Mitteilung im Briefkasten. Eine Immobiliengesellschaft hatte das Haus gekauft und teilte ihre Kontonummer für die Miete mit. Und Friede ging zur Bank und zahlte die geforderte Summe ein. Pünktlich am ersten Tag jeden Monats. Es dauerte jedoch, bis sie sich traute, das Schloss austauschen zu lassen. Bis dahin klemmte sie immer einen Stuhl unter die Klinke, um die Tür zu blockieren. Anfangs wagte sie es auch nicht, die fremden Kleider im Schrank anzurühren. Doch irgendwann war sie bereit dazu, alles auf den Speicher hinaufzubringen.

Natürlich musste sie ausgerechnet jetzt daran denken. Als ob sie einfach so verschwinden würde wie der Vormieter. Auf und davon, ohne Bedenken. Würde sie als Friede Seemann aufbrechen und als Josefine Friedrichs zurückkehren? Vielleicht gab es gar kein Zurück mehr. Nicht hierher. Und erst recht nicht dorthin. Sie musste ihren Koffer packen. So wie Josefine am Ende jeder Saison ihren Koffer gepackt hatte. Aber Friede hatte keinen Koffer mehr. Im Keller nicht. Und auf dem Speicher auch nicht mehr. Sie hatte ihn irgendwann weggegeben zum Flohmarkt, mit all den fremden Kleidern darin. Vielleicht konnte Sofie ihr einen leihen. So ein handliches Köfferchen auf Rollen. Eins, das sie hinter sich herziehen konnte. Aber zuerst musste sie sich um ihr Quartier kümmern, damit Sofie nicht doch noch eine Unterkunft für sie buchte.

Friede packte Sofies Koffer ein und aus und um. Drei Mal. Sie wusste, was der November in der Großstadt an Kleidung verlangte. Aber auf der Insel? Sie hatte nie wieder an ihren ersten und einzigen Winter dort gedacht. Josefine war Ende November zurückgekehrt. Von ihrer Saisonarbeiterstelle im Schnee zum Leben an seiner Seite. Dem Leben einer Kapitänsfrau. Es gab stille und stürmische Tage. Dichten Nebel und Sonnenschein vom hohen blauen Himmel. Josefine brauchte nur auszupacken, was sie in all den Jahren vor der Kälte in den Bergen geschützt hatte. In diesem Koffer war alles gewesen, was sie damals besaß. Ein Umschlag mit Dokumenten. Kleider. Wäsche. Schuhe. Mehr nicht. Sie hatte niemals überlegt, ob ihr irgendetwas fehlte. Und jetzt wusste Friede nicht, was sie einpacken sollte gegen den eisigen Wind, der auf der Insel herrschen konnte. Sie schüttelte den Kopf. Über sich. Über die, die sie geworden war. Eine alte Frau, die sich nicht entscheiden konnte. Oder die vorgab, sich nicht entscheiden zu können. Weil sie langsam begriff, was sie da eigentlich vorhatte. Weil sie spürte, dass es kein Gedankenspiel mehr war, sondern zur Realität wurde. Mit jedem Stück, das sie in den Koffer packte, mehr.

Was, wenn Ocko noch lebte? Inzwischen müsste er über neunzig Jahre alt sein. Sie würde ihn erkennen. Oder er sie. Obwohl sie ihn immer noch wie damals, beim ersten Mal, in seiner Kapitänsuniform mit den goldenen Knöpfen vor sich sah. Sie hatte nie darüber nachgedacht, wie es ihm ergangen sein mochte. Sicher war er als Erstes an den Strand gelaufen, um nach ihr zu suchen. Aber was könnte er dort gefunden haben? War Josefine an diesem Morgen zur Mörderin seiner Tochter geworden? Friede erschrak. Konnte es wirklich sein, dass sie ihre kleine Tochter in die Wellen gesetzt und in Kauf genommen hatte, dass sie ertrank? Dass es ihr gleichgültig gewesen war? Dass sie gar nichts dabei gefühlt hatte? Konnte Josefine zur Kindsmörderin geworden sein? Allein das Wort schockierte sie. Und wenn Josefine eine Mörderin war, was war

Friede dann, in all den Jahren bis jetzt? Eine Mörderin auf der Flucht. Eine, die ihr Kind getötet und die Tat verdrängt hatte. Die einfach untergetaucht war. Die die Augen verschlossen hatte vor allem. Die sämtliche Konsequenzen ausgeblendet und jeden getäuscht hatte, dem sie begegnete. Bis jetzt.

Ocko würde sich noch daran erinnern. Sein Schmerz würde aufbrausen. Sie wusste es einfach. Das Vergessen hatte ihn bestimmt nicht eingeholt. Sicher wohnte er noch in dem Kapitänshaus. Allein. Oder mit einer neuen Familie. Vielleicht hatte er inzwischen sogar Enkelkinder. Sie könnte auch auf ehemalige Nachbarn treffen. Auf seine Freunde. Auf ihre Kollegin Marion oder auf die Chefin aus dem Café von damals. Sie würde ihnen gegenübertreten müssen. Sie ansprechen. Sich als Josefine zu erkennen geben. Oder glaubte sie etwa, Friede bleiben zu können, und hoffte insgeheim, die Flut der Jahre hätte alles weggeschwemmt?

Sie schlug den Koffer zu. Sie musste losgehen und sich eine Fahrkarte kaufen. Nach Norden. Mindestens bis Dagebüll Mole. Wo die See gleich hinter den Gleisen begann. Dann gab es kein Entrinnen mehr. Nur das Fährschiff noch, das sie hinüberbrachte.

18. KAPITEL

Heute

Mira beobachtete, wie der Regen an den Scheiben ihres Küchenfensters herunterrann. Sie musste weg hier. Wenigstens bis sie herausgefunden hatte, wer sie sein konnte. Ohne all das, was ihr bisher vertraut schien. Sie brauchte Abstand. Von der Insel. Von ihren Hamburger Eltern. Von ihrer Wohnung und ihrem Job. Alles konnte neu sein ab morgen. Sie musste nur aufbrechen. Endlich hinter sich lassen, was andere so fürsorglich für sie bestimmt hatten. Irgendwo hingehen, wo sie niemanden kannte und niemand sie. Untertauchen, um wieder aufzutauchen. Frisch und frei. Und fest daran glauben, dass das möglich war und keine Illusion.

Nur das Nötigste einpacken. Am Bahnhof den ersten Zug nehmen. Ohne zu zögern. Mitfahren. Bis sie das Gefühl bekam, hinauszumüssen. Richtung Leipzig. München. Berlin. Oder lieber nach Kassel. Magdeburg oder Göttingen. Sie musste sich nicht festlegen. War bereit, loszulassen. Dort auszusteigen, wo der Zug keine zwei Minuten anhielt. In einem Ort, von dem kaum jemand gehört hatte. Der nur auf wenigen Karten verzeichnet war. Der sie skeptisch empfing, weil sich nie eine Fremde dorthin verirrte. Sie wollte kein Aufsehen erregen, wenn sie die Straße entlangging. Wollte sich nicht erklären müssen auf der Suche nach einer Unterkunft. Oder nach einem Job. Wollte Anonymität. Jedenfalls fürs Erste.

Mira studierte die Anzeigentafel am Hauptbahnhof. Der nächste Zug fuhr nach Berlin. Keine Kompromisse. Jetzt nicht mehr. Sie löste die Fahrkarte und ging zum Bahnsteig hinunter.

Zwei Stunden später stieg sie aus dem Zug. Eine von vielen. Auf der Rolltreppe. In den Gängen vor den Geschäften. Auf dem Weg zur Bushaltestelle. Sie fand das Hostel, in dem sie von unterwegs nach einem Bett gefragt, aber dann doch ein Zimmer gebucht hatte. Vielleicht war es gut, wenigstens eine Wand zwischen sich und den anderen zu haben.

Mira lief durch die Stadt und fragte sich, wie ihr Leben hier aussehen könnte. Drei Tage lang. Sie mied Prachtstraßen und Sehenswürdigkeiten. Klubs und Museen. Versuchte ein Gespür für die unterschiedlichen Bezirke zu entwickeln und sich Menschen hinter den Fenstern vorzustellen. Doch ihr Blick schien an den Fassaden abzuprallen, ob sie nun aus Stuck, Putz oder Beton waren. Ob polierte Messingschilder an den Türen prangten oder Graffiti. Sie beobachtete Junge und Alte, folgte ihnen für ein paar Schritte. Suchte und wusste nicht, wonach. Abends kehrte sie in ihr Zimmer zurück. Legte sich aufs Bett. Sah zum Schrank hin oder auf die Tür, bis ihr die Augen zufielen. Nachts rissen sie Stimmen aus dem Schlaf. Lachen, singen oder streiten. Und sie konnte nicht unterscheiden, ob sie von nebenan kamen oder aus ihren Träumen.

Mira saß lange in einer Ecke im Frühstücksraum, beobachtete das Kommen und Gehen, hörte Sprachen, die sie nicht verstand. Fragte sich, ob sie mitziehen wollte in dieser Karawane durch die Welt. Sich erfahren in der Begegnung mit anderen. Fertigwerden mit dem, was sie unterwegs erwartete. Um irgendwann wieder zurückzukommen und sich zu fragen, wie sie es bis hierher geschafft hatte? Vielleicht war es schon zu spät für sie, aufzubrechen. Nicht weil die anderen zehn, fünfzehn, zwanzig Jahre jünger waren als sie. Sondern weil sie vielleicht gar nicht wollte, was die wollten. Oder eben nicht so. Eher auf ihrem eigenen Weg. Und der brauchte nicht erst nach Nepal führen oder nach New York. Ihr Geld würde noch ein paar Tage reichen. Und sie musste nicht herausfinden, wie weit sie damit in Afrika kam. Oder durch die Mongolei. Und so beschloss sie, vorerst zu bleiben.

Mira erkundigte sich, ob es Jobs im Haus gab. Manchmal schon, hieß es an der Rezeption, aber jetzt gerade nicht. Jemand riet ihr, es auf dem Wochenmarkt zu versuchen. Am besten gleich beim Aufbau mit anzupacken. Gegen fünf Uhr früh fingen die meisten an. Und wetterfest sollte sie sein, denn Polarluft war angesagt.

Die Frau, die ihren Anhänger voller Kohlköpfe vom Wagen abkoppelte, warf Mira einen skeptischen Blick zu. »Hier herrscht ’n rauer Wind, Mädchen.«

Mira zuckte die Schultern. »Ich bin von der Küste.«

»Kannste rechnen?«

»Kein Problem«, sagte Mira und tippte sich an die Stirn. »Alles hier drin.«

»Aber mehr als ’n Zehner de Stunde gibs nich. Bar auf die Kralle, versteht sich.«

»Geht klar.«

Der junge Mann, der die Holzböcke aufstellte, nickte ihr zu.

»Na meinetwegen«, brummte die Frau. »Hab sowieso grad eine inne Wüste geschickt. Hat mir die ganze Kundschaft vergrault mit ihrer pampigen Art und den knallroten Fingernägeln.«

Zu dritt bauten sie den Stand auf, befestigten die Dachplanen und beschwerten alles mit Gewichten. Sie bestückten die Tische mit dem Gemüse und steckten die Preisschilder dran. Dann verschwand die Chefin und kam kurz darauf mit Kaffee für alle zurück. »Ich bin die Ella«, sagte sie zu Mira, »und der Lulatsch da is mein Sohn Tim.«

Wenig später schlug Mira die ersten Rote Bete in Zeitungspapier ein, nahm den Geldschein entgegen und gab, ohne zu zögern, Wechselgeld raus. Der Strom der Kunden riss den ganzen Vormittag lang nicht ab. Mira bemerkte ihre eiskalten Füße und ihre rot angelaufenen Hände eigentlich erst, als die Chefin wissen wollte, ob sie denn keine Moonboots habe. Mira schüttelte den Kopf.

»Besser, du besorgst dir welche. Und groß genuch für zwee Paar Socken. Die andern Treter kannste vajessen. Allesamt! Da friern dir nur de Zehen ab.«

Zum Feierabend luden sie gemeinsam die Reste in den Anhänger, und Ella fragte, ob Mira am nächsten Tag auch in Schöneberg helfen wolle. Mira sagte zu, und sie gab ihr zwanzig Euro extra, als Zuschuss zu den Stiefeln.

Mira gähnte. Sie war zu müde, um sich zu fragen, wie sie sich als Marktfrau fühlte. Auch am nächsten Morgen noch, als sie schon beim Aufstehen jeden Knochen spürte. Aber sie zog sich an, lief in den ungewohnten Schuhen zur U-Bahn und fuhr zum Marktplatz.

Tim grinste, als er Mira sah. »Ich hab dir doch gesagt, sie kommt wieder!«, sagte er zu seiner Mutter.

Ella musterte sie von Kopf bis Fuß und schien zufrieden. Mütze. Schal. Fingerhandschuhe ohne Kuppen. Boots. »Dann kann's ja losjehn!«

»Papier ist alle«, rief Mira gegen zehn.

Ella reichte ihr einen Stoß aus dem Vorrat.

»Du sprengst die Norm«, protestierte Tim.

Mira wusste nicht, was sie davon halten sollte. Sie rückte den Stapel gerade. Dabei fiel ihr Blick auf die Schlagzeile der alten Zeitungsseite: *»81-Jährige rettet Baby aus dem Kanal«*. Sie stutzte einen Moment. Ein Baby, das aus den Fluten gerettet wurde. Wie sie. Mira wandte sich der nächsten Kundin zu. Rosenkohl. Ein Kilo.

»Hat der überhaupt schon Frost abbekommen?«, fragte die Frau.

Ella kam einen halben Schritt näher. »Braucht der nich. Is 'ne neue Sorte!«

»Und schmeckt prima«, bekräftigte Mira.

Ella nickte. Die Kundin reichte Mira ihren Stoffbeutel über den Tisch, damit Mira den Rosenkohl hineinschütten konnte. Während sie das Kleingeld abzählte, sah Mira wieder zu dem Zeitungsartikel hin. Ein Foto war auch dabei. Mira nahm das Geld entgegen und sortierte die Münzen in die Kasse.

»Gut gemacht!«, murmelte Ella.

Während der nächste Kunde aufrückte, nahm Mira rasch das Zeitungsblatt vom Stapel und stopfte es in ihre Jacke. Erst später in der U-Bahn zog sie es wieder heraus und strich es glatt. Sie nahm sich drei Stationen lang Zeit, den Artikel durchzulesen. Und nach dem Umsteigen noch einmal. Der Vorfall war bereits einige Wochen her. Das Foto zeigte eine zierliche alte Frau auf einer Uferböschung mit einer Wärmefolie um die Schultern. Zerknickt und unscharf. Mira faltete die Seite sorgfältig zusammen und steckte sie ein. Nur um sie wenig später wieder auszupacken. Es kam vor, dass Babys aus den Fluten gerettet wurden. Selbst hier. Mira starrte das Foto an. Verpasste die Station, an der sie hätte aussteigen müssen. Sie lief zum Hostel zurück. Da war etwas, das sie nicht losließ.

An der Rezeption fragte sie nach einer Lupe. Doch auch die Vergrößerung brachte keine Klarheit. So wirkte das Bild eher wie eine Pfütze aus Pixeln. Der Durchzug wehte das Blatt vom Tresen. Der Mann an der Rezeption hob es auf und gab es ihr zurück. »Ist gleich um die Ecke«, sagte er noch.

Mira bedankte sich und ging in ihr Zimmer. Sie setzte sich auf den Boden und legte die Seite vor sich aufs Bett. Irgendwann verschwamm sie vor ihren Augen. Warum hatte sie den Artikel überhaupt mitgenommen? Altpapier taugte doch nur noch dazu, Kohlköpfe einzuwickeln und Rüben. Was bildete sie sich eigentlich ein? Dass die alte Frau jemandem ähnelte. Jemandem, den sie nur auf drei oder vier Fotos gesehen hatte. Fotos, die fast vierzig Jahre alt waren. Lächerlich. Einfach lächerlich! Sie wollte unbedingt, dass diese Friede Seemann aus der Zeitung die Frau war, die ihr eigenes Kind, Mira, in den

Fluten ausgesetzt hatte. Und dass sie ihre Tat von damals jetzt sühnte, indem sie ein Baby aus dem Kanal rettete. Wollte Mira sie so etwa reinwaschen? Oder redete sie sich das alles nur ein? Weil sie es doch so gerne glauben wollte. Mira knüllte die Seite zusammen. Diese Frau war einfach irgendeine Frau. Eine, der es nicht gleichgültig war, wenn ein Baby ertrank. Mira war hierhergekommen, um neu anzufangen. Um zu erkunden, wer sie wirklich war. Ohne ihre Vorgeschichte. Ohne all die Geschichten, die sie Tag für Tag begleiteten. Die sie ausgemacht hatten. Die bestimmten und begrenzten, was sie dachte und tat. All das hatte sie hinter sich lassen wollen in dieser Stadt. Dieser Durchgangsstation für Träume, Wünsche und Sehnsüchte aller Art. Sie war knapp eine Woche hier. Und schon sollte ein grau verwaschenes Bild alle ihre Absichten zunichtemachen? Ein Bild, das sie kaum Foto nennen konnte, das irgendein sensationslüsterner Handybesitzer an die Zeitung geschickt hatte. Was zeigte es denn? Eine Frau auf einer Wiese. Vielleicht war diese ganze Geschichte nur aufgebauscht. Vielleicht sogar komplett ausgedacht. Erstunken und erlogen, würde Ella wohl sagen. Miras Kollegen in der Kanzlei hätten es Zeitungsente genannt. Und Anke *Fake News*. Was sonst. Und sie fiel darauf rein. Auf eine Einundachtzigjährige, die einen Säugling vor dem Ertrinken gerettet haben sollte. An einem sonnigen Samstag im Herbst. Vermutlich hatte die Stadt nach einer Heldin verlangt. Wieder mal. Und selbst wenn es stimmte – es musste rein gar nichts mit ihr zu tun haben.

Mira feuerte das Papierknäuel gegen den Schrank. Es prallte ab und fiel zu Boden. Wie hieß die Frau noch? Sie sprang auf und drängte sich am Bett vorbei. Mira hob das Knäuel auf und entfaltete das Papier wieder. Friede Seemann! Einen passenderen Namen hatte es wohl nicht gegeben. Wie konnte überhaupt irgendjemand so etwas glauben? Sie stürmte zum Fenster und riss es auf. Feuchtkalte Abendluft drang herein. Sie atmete tief durch. Sie war doch hier, um alles anders zu machen. Warum faltete sie nicht einfach eine Möwe aus der Zeitungsseite und ließ sie davonschweben? Sie wusste noch, wie das ging. Ihre Finger waren schon dabei. Ocko hatte es ihr gezeigt. Sie ließ die Hände sinken.

»Hast du die Nacht durchgemacht?«, fragte Tim, als sie am nächsten Morgen zum Marktplatz gehetzt kam.

»Gewissermaßen.« Mira gähnte.

»Wer feiern kann, kann ooch arbeiten«, brummte Ella und drückte ihr die Gewichte in die Hand. Mira befestigte sie wie vorgesehen. Ihr Kopf schmerzte. Aber nicht von Alkohol. Sondern von all den Gedanken, die sie um den Schlaf gebracht hatten. Mira hoffte, dass der Betrieb auf dem Wochenmarkt sie endlich zurückdrängen würde. Mit jedem verkauften Kohlkopf ein Stück weiter. Bis weit hinter den Horizont. Die Stunden bis zum Feierabend kosteten Kraft.

Ella beobachtete sie aus den Augenwinkeln. »Haste schon jenuch?«, fragte sie, als sie begannen einzupacken. »Oder kommste Montag wieder?«

»Warum nicht?«, fragte Mira zurück.

»Dann geh schon, wir schaffen den Rest alleene. Und schlaf dich mal aus!« Sie drückte Mira ihren Lohn in die Hand. »Bist 'n jutet Mädel«, sagte sie.

Mira lächelte müde. »Du auch.«

Als sie das Hostel betrat und den Mann an der Rezeption sah, fiel ihr wieder ein, was er gestern zu ihr gesagt hatte. Und wenn es nicht weit war bis zum Kanal, sollte sie vielleicht einen Spaziergang dorthin unternehmen. Sie lief in ihr Zimmer, um den zerknitterten Zeitungsartikel zu holen. Dann ließ sie sich den Weg erklären und ging hinaus in den Nieselregen. Heute würde niemand auf der Wiese am Ufer sitzen. Aber vielleicht traf sie auf Menschen, die ihre Hunde ausführten. Genau wie an jenem Samstag. Oder auf Jogger, Walker oder Radfahrer, die bereit waren, anzuhalten. Oder sogar auf eine Mutter mit ihrem Kinderwagen.

Mira ging langsam den Weg unter den Bäumen entlang und sah auf die Böschung hinab. Irgendwo hier musste es gewesen sein. Sie zog den Artikel aus der Tasche, strich ihn glatt und suchte auf dem Zeitungsfoto nach einem Anhaltspunkt. Eine Frau blieb bei ihr stehen und sah ihr über die Schulter. Ihr Hund kläffte und zog an seiner Leine.

»Aus, Jerry, aus!«, rief sie schrill. Der Hund gehorchte nicht, doch das schien die Frau gewohnt zu sein, denn sie kümmerte sich nicht weiter darum. Stattdessen sprach sie Mira an: »Glauben Sie bloß nicht, was in diesem Käseblatt steht!«

Mira wandte sich nach ihr um.

Die Frau deutete auf den Kanal. »Da springt ja nicht mal mein Jerry rein, in diese Brühe! Und dann so eine alte Frau? Wem wollen die das denn weismachen, diese Schreiberlinge? Nee, nee! Im Leben nicht. Das ist doch verrückt!«

»Sie halten das nicht für möglich? Wirklich nicht?«

»Sehe ich so aus? Ich bin doch nicht von gestern!« Damit ging sie ein paar Schritte an Mira vorbei, stellte sich mitten auf den Weg mit ihrem Hund und zwang so zwei Joggerinnen, stehen zu bleiben. Deren hautenge Outfits schimmerten im Regen.

»Glaubt ihr etwa diesen Quatsch aus der Zeitung?«, rief sie ihnen zu. »Das mit dem Baby aus dem Kanal?«

Die beiden trippelten auf der Stelle und sahen sich irritiert an. »Ein Baby? Im Kanal?«

»Ist es ertrunken? Etwa hier?«, fiel die zweite Joggerin der ersten ins Wort. »Wie schrecklich!«

»Eine alte Dame soll das Kind gerettet haben«, stellte Mira richtig.

»Ach, tatsächlich?«

Die zweite Joggerin schüttelte den Kopf. »Na, wer's glaubt.«

»Das ist noch gar nicht lange her. Und wenn ihr immer samstags hier langlauft …«

»Samstag, meinst du?«, vergewisserte sich die erste Joggerin bei Mira. »Nicht Dienstag?«

»Na komm, Jerry«, sagte die Frau zu ihrem Hund, »wir gehen! Sie glauben uns ja doch nicht!« Sie ließ die Leine locker, und der Hund sprang einem Radfahrer in den Weg.

Der bremste abrupt. »Misttöle!«, zischte er.

»Aber es geht um ein ertrunkenes Kind«, warf die erste Joggerin ein.

»Nein!«, fuhr Mira dazwischen. »Eigentlich geht es um die alte Dame, die das Baby rausgefischt hat.«

»Da klingelt irgendwas bei mir.« Der Radfahrer überlegte lange. Zu lange für die Joggerinnen. Sie liefen einfach weiter. »Sorry«, sagte er dann. »Hier ist doch immer was los.« Dann stieg er in die Pedale und rauschte davon. Vorbei an den Joggerinnen. Mira sah ihnen nach. Hatten sie nun etwas gesehen oder nicht? Scheinbar erinnerten sie sich nicht mehr daran. Oder wollten sie sich einfach nicht erinnern? Weil sie vielleicht doch dabei gewesen waren und tatenlos zugesehen hatten? Sie ging langsam weiter. Auf dem Bild in der Zeitung waren Leute zu sehen, die die Böschung bevölkerten. Augenzeugen. Sie musste jemanden davon finden. Unbedingt! Als Nächstes sprach sie einen Flaschensammler an. Er hörte ihr geduldig zu und nickte pausenlos. »Der Kinderwagen liegt also noch da unten?«, fragte er schließlich.

»Vermutlich«, sagte Mira.

Der Mann grinste. »Das wär ein guter Fang, oder?«

Mira hielt noch zwei Jungen an, die eine Zigarette pafften, und eine Frau mit Rollator. Niemand erinnerte sich an den Vorfall. Sie ging weiter am Ufer entlang. Nachdenklich sah sie auf die gemauerte Einfassung hinab. Als sich die Laternen auf dem Weg einschalteten, kehrte sie zum Hostel zurück. Doch sie fand keine Ruhe. Sie konnte nicht ignorieren, dass sie irgendetwas gesehen hatte auf diesem verschwommenen Foto in der Zeitung. Sie musste einfach herausfinden, ob etwas dran war an dieser Geschichte, die ihrer eigenen so ähnelte. Und wer diese alte Dame war. Deren Alter so gut passte und die sie irgendwie an Josefine erinnerte. Oder an die Bilder, die sie von ihr gesehen hatte. Eine Einundachtzigjährige, die sich, ohne zu zögern, in den Kanal warf. Um ein Baby zu retten. Das musste doch mehr als eine Nachricht wert sein. Selbst in einer Stadt wie dieser.

Mira schaltete ihr Smartphone an und suchte im Internet nach weiteren Artikeln und Fotos. Sie schlief über dem Display ein und schreckte wieder hoch. Ihre Augen brannten. Erst als der Akku leer war, gönnte sie sich eine Pause.

Am nächsten Morgen sah sie alles noch einmal durch. Es gab ein verwackeltes Handyvideo, das kaum etwas erkennen ließ, aber von unzähligen Menschen angeklickt und kommentiert worden war. Weitere Artikel mit ähnlichem Wortlaut wie in Miras Zeitungsausschnitt. Fotos von einem Krankenhaus, einer Kinderklinik und einem Wohnhaus. Interviews mit Leuten, die sich damit brüsteten, die Retterin zu kennen. Und die Mutter von dem Baby ebenfalls. Mira glaubte nichts davon. Die Beschimpfungen und Schuldzuweisungen widerten sie ebenso an wie die Lobeshymnen. Vielleicht half das Foto vom Wohnhaus weiter. Aber sie würde keinesfalls im Netz nach der Adresse fragen. Sie zeigte es dem Mann an der Rezeption. Und jedem, der sich in der Umgebung vom Kanal auskannte. Schließlich bat sie Tim und Ella vom Wochenmarkt um Hilfe. Tim vermutete, dass es ein Hinterhaus sein könnte und die Fassade zur Straße hin ganz anders aussah. Sein Freund, ein Fahrradkurier, erkannte das Wohnhaus tatsächlich wieder und schickte Mira die Adresse. Sie brach sofort auf.

Erst als sie die Treppe zu Friede Seemanns Wohnung hinauflief, wurde ihr bewusst, dass sie sich gar nicht überlegt hatte, was sie zu ihr sagen wollte. Sie blieb stehen und schnappte nach Luft. Der Herzschlag dröhnte in Miras Ohren. Sie brauchte eine Ausrede. Eine gute Geschichte. Sie könnte erklären, was sie hierhergeführt hatte. Auf die Schwelle einer Fremden. Die vage Ähnlichkeit zwischen den Fotos. Begebenheiten, die sich zu gleichen schienen. Der Sog, den sie spürte. Die Besessenheit, mit der sie die alte Dame ausfindig gemacht hatte. Sie wollte sie aber nicht erschrecken. Wollte sich nicht genauso benehmen wie die Gaffer, die das Video ins Netz gestellt hatten, statt zu helfen. Sie ging langsam weiter. Sie konnte immer noch sagen, sie hätte sich in der Tür geirrt. In der Etage. Oder im Aufgang.

Mira klingelte zaghaft. Und wartete. Und lauschte. Doch sie hörte keine Geräusche hinter der Tür. Sie klingelte erneut. Und wieder vergeblich. Sie wagte nicht zu klopfen. Zu rufen. Sich vor die Tür zu setzen und zu warten. Auf der Schwelle. Wie vor Ockos Haus. Vielleicht sollte sie eine Nachricht hinterlassen. Oder ihre Handynummer. Sie kramte in ihren Taschen nach einem Zettel und einem Stift. Doch sie fand nur ein zerkrümeltes Papiertaschentuch. Vielleicht war es besser, an einem anderen Tag wiederzukommen. Vorbereitet zu sein. Oder wenigstens einen Notizblock bei sich zu haben. Sie wandte sich dem Treppenabsatz zu. Oder zu vergessen, dass sie überhaupt hier gewesen war. Das Flurfenster mit den geriffelten gelben und blauen Glasscheiben verwehrte ihr den Blick in den Hof. Ein Sonnenstrahl malte blaue und gelbe Wellen auf die ausgetretenen Holzstufen. Mira seufzte. Ob sie bei der Nachbarin klingeln sollte? Sie zögerte. ›Kutschke‹ stand auf dem Schild nebenan. Die Tür öffnete sich, noch bevor sich Mira entschieden hatte.

»Rumlungern ist hier verboten!« Sie musterte Mira ausgiebig. »Aber wenn Sie jemanden suchen?«

»Ich … ich wollte zu Frau Seemann«, stotterte Mira.

»Schon wieder?« Die Nachbarin verdrehte die Augen. »Sie sehen gar nicht aus wie eine von denen.«

»Wie wer?«

»Na, hier ist doch das reinste Tollhaus, seit unsere Friede das

Baby gerettet hat. Presse und so. Montag kam dann noch jemand vom Bezirksamt her. Die wollen sie ehren. Mit allem Drum und Dran, 'ner Urkunde und so 'nem silbernen Orden. Aber sie findet das albern. ›Rettungsmedaille am Bande‹ heißt das wohl. Schon allein der Name! Aber ihr ist der ganze Zirkus zuwider. Zirkus nennt sie das!« Frau Kutschke schüttelte den Kopf, und noch ehe Mira etwas erwidern konnte, erzählte sie weiter. »Das glaubt doch kein Mensch! Nicht mal den Blumenstrauß von der Mutter wollte sie annehmen. Die Ärmste hat mir so leidgetan. Friede hat ihr nicht mal die Tür aufgemacht.«

»Scheint so ihre Art zu sein«, murmelte Mira.

»Ach was, ganz im Gegenteil! Sie hilft, wo sie kann. Vor allem denen, die kaum was haben. Dabei hat sie selbst drei Jobs. Und das in ihrem Alter!«

»Tatsächlich?«

»Ja. Aber jetzt hat sie sich endlich mal was gegönnt. Ist für ein paar Tage weggefahren.«

»Sie wissen nicht zufällig, wohin?«, fragte Mira.

»Nee. Da hat sie 'n Geheimnis draus gemacht.«

»Verstehe.«

Frau Kutschke sah sie zweifelnd an. »Was wollten Sie denn eigentlich von ihr?«

»Wie soll ich das erklären?«, überlegte Mira laut.

»Ich höre!« Die Nachbarin stemmte die Hände in die Hüften.

»Meine Mutter ...«, begann Mira zögernd, »sie kannten sich. Früher einmal. Jedenfalls behauptet sie das. Ich wollte fragen, ob das stimmt.«

Frau Kutschke ließ die Hände sinken.

»Dann versuche ich es am besten nächste Woche noch mal.« Mira wartete. Die Nachbarin blieb in der Tür stehen. »Oder wissen Sie vielleicht, wo Frau Seemann herkommt? Ob sie Familie hat? Verwandte vielleicht?«

Frau Kutschke schüttelte den Kopf. »Sie wohnt schon länger

hier als ich. Und wenn ich's mir recht überlege: Sie redet nicht viel. Schon gar nicht über sich.«

»Hört man's denn vielleicht an der Sprache?«

Frau Kutschke zog die Stirn kraus. »Na, Sie können ja Fragen stellen!«

»Ich meine, Sie würden doch erkennen, wenn jemand aus dem Süden kommt, aus Bayern zum Beispiel, oder?«

»Na klar!«

»Und?«, fragte Mira ungeduldig.

»Nee! Unsere Friede kommt doch nicht aus Bayern! Niemals«, behauptete Frau Kutschke. »Da bin ich mir sicher.«

»Danke.« Mira verabschiedete sich.

»Soll ich was ausrichten?«, rief sie hinter Mira her.

»Nicht nötig«, antwortete Mira und eilte die Treppe hinunter.

Ziellos lief sie durch die Straßen. Als es dunkel wurde, stieg sie in die U-Bahn und fuhr zum Hostel zurück. Sie streckte sich auf dem Bett aus. Döste ein und schreckte wieder auf. Dachte an das Gespräch mit der Nachbarin und wusste nicht, was sie davon halten sollte. Sie musste warten. Konnte die ganze Woche lang nur Gemüse auf dem Markt verkaufen. Bis diese Friede Seemann zurückkam. Friede Seemann. Wirklich ein seltsamer Name. Doch vielleicht klang er auch nur in ihren Ohren so. Und sie redete sich ein, einer Geschichte auf der Spur zu sein. Ihrer Geschichte. Oder einer Fremden aus dem Treibgut der Großstadt. Vielleicht einer, die ihren Weg nur kreuzte, um sie zu warnen. Verließ sie ihr eigenes Fahrwasser schon wieder, oder war diese Friede-Seemann-Geschichte nur die letzte Pricke, die es begrenzte? Mira wollte doch endlich ihr eigenes Buch aufschlagen. Ein ganz neues Buch. Die erste weiße Seite glatt streichen. Den Stift ansetzen. Ihre Geschichte schreiben. Oder das, was einmal ihre Geschichte sein würde. Sie glaubte daran, dass sie so weit war. Frei von den Netzen der Vergangenheit. Aber mit den Knoten im Gepäck, die sie erinnerten. Sie fühlte sich nicht mehr an ihre Vorgeschichte gefesselt. Und doch ließ ihr der Gedanke keine Ruhe, diese Friede Seemann könnte etwas damit zu tun haben. Mira musste sich davon befreien. Sie griff in die Hosentasche und zog ihr Handy heraus. Vielleicht konnte Marion ihr weiterhelfen. Immerhin war sie Josefines Freundin gewesen.

Marion brauchte nicht lange zu überlegen. »Friede Seemann?«, vergewisserte sie sich. »Das würde deiner Mutter ähnlich sehen, sich so zu nennen.«

19. KAPITEL

Heute

Friede kletterte aus dem Zug. Jemand reichte ihr den Koffer herunter. Einige hasteten an ihr vorbei zum Anleger, als wollten sie dem trüben Nachmittag entkommen. Sie stand auf der Mole und wagte kaum zu atmen. Der eisige Wind stach ihr in der Nase. Seewind. Mühelos durchdrang er ihre Jacke. Zerrte an den Hosenbeinen. Keine Stadt, die sie abschirmte. Keine Häuserwände, die sie schützten. Sie hatte vergessen, wie kalt er sein konnte. Und unnachgiebig. Sie umklammerte ihre Fahrkarte für die Fähre und ging los.

Der Salon war spärlich besetzt. Ein paar wetterfeste Touristen. Vereinzelte Vertreter und Geschäftsleute. Kaum jemand für die Kurkliniken. Keine Schulklasse. Friede mied die Tische am Fenster. Sie wusste, sie würde unentwegt hinausstarren auf das graue Meer. Und fürchtete, die Wellen zu spüren und den Sog des ablaufenden Wassers. Selbst wenn es jetzt vermutlich gerade auflief und die Fahrrinne füllte. Ihr Körper musste sein eigenes Gedächtnis haben. Plötzlich spürte sie die Sehnsucht. So stark wie damals. An diesem Tag Ende November, als sie so schnell wie möglich zurück auf die Insel wollte. Zu Ocko, ihrem Liebsten, und das Schiff nicht fuhr wegen Niedrigwasser. Das musste vierzig Jahre her sein. Genau vierzig Jahre. Nahezu ihr halbes Leben.

Friede ging als eine der Letzten von Bord. Fuhr mit dem Bus nach Norddorf. Fand den Weg durch die Fußgängerzone und am Hotel vorbei zu ihrer Unterkunft. Ein junger Mann hieß sie willkommen. Sie verbot sich, darüber nachzudenken, ob er schon gelebt haben könnte, damals. Und wer seine Eltern sein mochten. Ob sie Einheimische waren. Eingeboren. Oder zugereist. Er trug ihr den Koffer ins Apartment hinauf. Wünschte ihr einen angenehmen Aufenthalt. Und wenn ihr etwas fehlte, sollte sie sich melden. Seine Frau oder er würde sich gerne darum kümmern. Sie bedankte sich, und er verschwand. Unten im Haus hörte sie Kinder. Sie scheute davor zurück, aus dem Fenster zu sehen, zog nur rasch die Gardine zu. Sie setzte sich aufs Sofa. Nur um gleich wieder aufzustehen. Ein Zimmer auf Zeit. Komfortabler als die, die sie kannte. Denn hier war sie Gast und nicht Arbeitskraft. Sie sah in die winzige Küche. Erfasste, was alles Platz fand auf engstem Raum. Im Flur, neben der Eingangstür, stand ein Bauernschrank. Im Schlafzimmer nur ein Bett und daneben ein Tischchen mit einer Lampe. Jeder Winkel sinnvoll genutzt. Wie lange würde sie das aushalten? Hier in diesen Wänden, die jeden willkommen hießen, der sich anmeldete und dafür bezahlte. Die nichts mehr ahnen ließen von dem, was einst hier war. Unter dem Teppichboden knarrten alte Dielen. Oder bildete sie sich das nur ein? Vielleicht war das ganze Haus nur noch eine Kulisse. Etwas, das heimelig wirken sollte. Das den Urlaubern von der guten alten Zeit erzählte. Als die Seefahrer mit Reichtümern auf die Insel zurückkamen und so ein stolzes, reetgedecktes Haus für ihre Familien bauten. Das für Generationen bestand. In dem niemand frieren musste. Oder im Kindbett starb. Das keinem Feuer zum Opfer fiel und jedem Sturm standhielt. Oder was immer die Gäste zu glauben bereit waren.

Friede packte den Koffer aus. Entschloss sich, eine Nachricht an Sofie zu schicken, und schaltete das Handy danach sofort aus. Berlin war so weit weg. Ein Meer lag zwischen ihr und ihrem Leben dort. Und doch hatte sie ihre Gewohnheiten im Schlepptau. Wozu die Leinen kappen? Sie wickelte ihren Proviant aus, den sie unterwegs kaum angerührt hatte. Klappte die belegten Brote auf. Gurkenscheiben. Also den Tisch decken. Nicht aus der Box essen. Porzellanteller und Besteck. Eine Tasse statt des Bechers von der Thermoskanne. Eine Kerze anzünden. Wenigstens ein Teelicht. Keine Tischdecke, nicht mal eine abwaschbare.

Friede fand keine Ruhe. Hätte sie den jungen Mann gleich in ein Gespräch verwickeln sollen? Sein Haus bewundern. Ihn nach seiner Familie fragen. Sie wollte nicht neugierig erscheinen und war es irgendwie doch. Gleichzeitig fürchtete sie sich vor den Antworten. Er könnte Ockos Sohn sein. Oder sein Schwiegersohn. Seine Frau könnte Mira heißen. Und die Kinder da unten seine Enkel sein. Und möglicherweise auch ihre. Durfte sie sie überhaupt so nennen? Oder hatte sie jedes Recht darauf verwirkt an diesem Morgen, an dem sie nicht mehr sie selbst gewesen war? Der Mann und die Frau könnten aber auch Fremde sein. Dann müsste sie es fertigbringen, sie nach Ocko zu fragen. Und nach Mira.

Friede wälzte sich im Bett herum. Vielleicht war es doch keine gute Idee gewesen, sich ausgerechnet in dem Haus einzumieten, das ihr Liebster damals für Josefine und das Baby hergerichtet hatte. Das sich immer noch als Kapitänshaus ausgab. Jedenfalls von außen. Sie erinnerte sich nicht mehr daran, was früher hier oben gewesen war. Und ob Ocko die Zimmer für Gäste hatte ausbauen lassen wollen. In den vier Wochen ohne sie hatte er die Räume auf der linken Seite modernisiert. Das wusste sie noch. Und wie er fürchtete, es könnte ihr nicht gefallen. Als sie plötzlich vor der Tür stand, viel früher als verabredet und als er es sich erträumt hatte.

Gegen Morgen schlief sie ein. Ein paar Stunden, mehr nicht. Als sie aufwachte, war es ruhig im Haus, im Garten, auf der Straße. Sie zog sich an und ging hinaus. In den Ort. Von der Kreuzung aus sah sie zum Café hinüber. Sie könnte sich hineinsetzen für ein spätes Frühstück. Sich umsehen dabei. Nach dem alten Foto vom Friesenpaar hinten an der Wand suchen. Sich zuerst versichern, ob die Bäckerei überhaupt noch in Familienbesitz war. Vielleicht stand Josefines alte Chefin sogar noch hinter dem Tresen. Friede könnte sich von ihr bedienen lassen. Abwarten, ob es einen Moment des Erkennens geben würde. Auf beiden Seiten. Oder ob sie nur eine alte Frau wäre, die bei einer anderen alten Frau eine Bestellung aufgab.

Friede wandte sich ab. Vielleicht sollte sie den Supermarkt ansteuern. Ein paar Vorräte kaufen. Feststellen, wer an der Kasse saß, denn die Zeit der Saisonkräfte war seit Anfang des Monats vorbei. Mindestens. Sie konnte die anderen Kunden beobachten. Versuchen, sie in Einheimische und Fremde zu unterteilen. Nach ihrer Kleidung. Nach den Einkäufen. Oder danach, wie sie die Kassiererin ansprachen. Sie könnte ihnen durch die schmalen Gänge folgen. Aber vielleicht waren die gar nicht mehr so schmal. Weil umgebaut worden war. Oder angebaut. Oder weil ein neuer Händler gleich ganz neu gebaut hatte.

Was bildete sie sich eigentlich ein? Dass die Zeit stehen geblieben war. Ausgerechnet hier auf der Insel! Dass es noch genauso zuging wie vor vierzig Jahren. Dass irgendein Mann oder eine Frau stehen bleiben und sie ansehen würde, als kennte er sie. Oder hätte sie gekannt, in einem anderen Leben. Und was sollte sie dann tun? Flüchten, obwohl sie sich stellen wollte? Oder sich auf einen Irrtum herausreden? Konnte es überhaupt noch jemanden geben, der sich erinnerte? Der Doktor vielleicht. Oder der Pastor. Dieser Mann, der Josefine helfen sollte, falls es Sturm gab, wenn Ocko auf See war. Oder ihre Kollegin, mit der sie auf die Insel gekommen war. Marion. Und ihr Freund Rolf vom Seehospiz. Oder hatte das Leben sie alle längst fortgespült von hier?

Auf einmal wusste sie, dass sie noch nicht bereit für eine Begegnung war. Sie bog in die Straße ab, die zum Strand führte. Auch hier ein paar Geschäfte, die es damals schon gegeben hatte. Und die Kurklinik. Nur erweitert inzwischen. Um Häuser und Spielplätze. Für Mütter oder Väter und ihre Kinder. Sie ging schneller. Wollte nicht daran erinnert werden, dass sie die Namen auf den Schildern an den Gebäuden zuordnen konnte.

Namen aus Kinderbüchern. Aus Geschichten, die sie ihren Schützlingen vorgelesen hatte. All die Jahre. Immer wieder. Nur ihrer Tochter nicht.

Sie stapfte durch den losen Sand. Der Durchgang zum Strand war fast ganz zugeweht. Das musste dieser Orkan gewesen sein. Friede hatte die Unwetterwarnung im Radio gehört. Kurz bevor sie sich entschlossen hatte, hierherzukommen. Die Ausläufer des Sturms hatten es dann doch nicht bis Berlin geschafft. Sie näherte sich dem Spülsaum der letzten Flut. Muschelschalen knackten unter ihren Sohlen. Sie überquerte die Sandbank. Hörte den Gesang der Wellen in der Ferne. Vor ihren Füßen das Watt. Graubraune Weite, die so bedrückend sein konnte. Und doch auch so voller Leben. Sie sah sich um. Der Wind zauste am Dünengras. So wie er es immer tat. Und getan hatte. Sicher auch an jenem Morgen. Er musste ihr die Haare ins Gesicht geweht haben. Und an ihrem Nachthemd gezerrt. Sie hätte den Flugsand an ihren nackten Waden spüren müssen. An ihren Händen ebenso. Wie tausend kleine Nadelstiche. Wenn sie überhaupt irgendetwas hätte spüren können. Wenn nicht dieser Nebel in ihr und um sie herum gewesen wäre. Der nichts und niemanden an sie herangelassen hatte. Ihren Liebsten nicht. Und auch nicht ihr Baby. Der nicht einmal zuließ, dass ihr diese Worte in den Kopf kamen. Dass sie irgendetwas damit verband. Liebe. Tod. Alles gleich. Reglos. Spurlos. Nicht zu spüren. Es gab keinen Namen dafür. Keine Erklärung. Keinen Grund. Jedenfalls keinen, den sie kannte. Auch heute noch nicht.

Sie sah zu, wie sich der Priel mit Wasser füllte. Hier hatte sie den Korb mit ihrem Töchterchen abgesetzt. Und war einfach weitergegangen. Ohne sich noch einmal nach ihm umzusehen. Weiter. Immer weiter hinaus. So wie auch die Mama weggegangen war, ohne sich noch einmal umzudrehen nach der kleinen Josefine. Ihre Tränen strömten in den Priel. Tränen, die sie seit mehr als siebzig Jahren nicht geweint hatte.

Erschöpft und ausgekühlt kehrte sie in ihr Apartment zurück. Die Dämmerung breitete sich bereits Richtung Dünen aus. Als sie die Gardine zuziehen wollte, fiel ihr Blick in den Garten. Sie sah auf den Bauzaun hinab. Und auf die Ruine dahinter, die Ockos Werkstatt gewesen war. Dort hatte er die Wiege für sein Töchterchen gezimmert. Ihr Töchterchen. Fast schien es ihr, als hörte sie ihn immer noch hämmern und sägen. Sie wusste, dass das nicht sein konnte, und doch war sie plötzlich hellwach. Sie musste hinuntergehen. Und nachsehen. Sofort. Vorsichtig näherte sie sich der Kate. Das Loch in der Mauer wirkte wie ein riesiger Schlund. Die Tür daneben war nur angelehnt. Sie schrammte über die Schwelle, als sie sie öffnete. Langsam tastete sie sich vorwärts, sodass sich ihre Augen an die Dunkelheit gewöhnen konnten. Eine Küchenzeile stand dort, wo seine Werkbank gewesen war. Keine Zwingen und Hobel mehr. Keine Sägen, Raspeln und Feilen. Keine Hämmer und Beitel. Und kein Treibholz mehr zum Bearbeiten. Sie hob einen umgekippten Stuhl auf und setzte sich für einen Moment an den Tisch. Er war also in seine Werkstatt gezogen. Vor Kurzem erst? Aufs Altenteil? Oder damals schon? Weil er es nicht mehr ausgehalten hatte ohne sie in seinem Kapitänshaus? In dem jede Diele, jeder Balken, jede Kachel an ihre gemeinsame Zeit erinnerte. In dem jeder Winkel ihm zuraunte, er hätte nicht aufgepasst. Schatten ihn zum Narren hielten. Und er einfach nicht mehr ankern konnte, wenn er von seiner großen Fahrt zurückkam. War er überhaupt noch zur See gefahren? Oder konnte er das Meer nicht mehr ertragen? Weil es verschlungen hatte, was er so liebte. Sie seufzte. Sie allein hatte ihm das angetan. Sie. Oder die, die sie damals gewesen war.

Sie stützte sich am Tisch ab und stand auf. Der Flugsand knirschte unter ihren Schuhen. Durch das Loch im Dach sah sie die Nachtwolken. Manche strahlte der Mond an mit seinem kalten, gelben Licht. Sie ging weiter bis zur Kommode. Wagte es jedoch nicht, auch nur eine einzige Schublade aufzuziehen.

Was, wenn sie seine Kapitänsmütze darin fand? Oder die goldenen Knöpfe von seiner Uniform? Sie lehnte sich mit dem Rücken dagegen. Spürte sie seine Gegenwart? Seine von den Tauen aufgerauten Hände? Sie schloss die Augen. Wusste auf einmal, dass er nicht mehr lebte. Niemals hätte er zugelassen, dass sein Haus so verrottete. Sie kam sich wie ein Geist vor, der Geistern nachspürte. Vielleicht war es besser zu gehen. Oder sogar abzureisen. Sie öffnete die Augen und sah die Türen an der Rückwand. Sie zögerte. Es würde keine weitere Gelegenheit geben. Für sie nicht. Und für das Haus auch nicht. Vermutlich würde es nicht mehr lange stehen. Würde abgerissen werden. Und nichts blieb übrig von dem, was hier war. Sie raffte sich auf. Legte die Hand auf die Klinke.

Ein Schlafzimmer. Unversehrt. Als hätte da gerade noch jemand im Bett gelegen. In dem Bett aus Treibholz. Sie blieb in der Tür stehen. Ocko musste es gebaut haben. Für sich. Oder? Sie spürte Übelkeit aufsteigen. Hielt sich am Türrahmen fest. Fürchtete, sich nicht mehr auf den Beinen halten zu können. Sie musste sich setzen. Kein Stuhl da. Blieb nur das Bett. Das sich anfühlte, als würde es in den Wellen schwanken. Sie registrierte, dass es eigentlich sicher stand. Der Orkan war nicht bis hierher gekommen. Nicht eine einzige Böe.

Sie streckte sich aus und wartete darauf, dass die Übelkeit abebbte. Der eisige Luftzug aus dem Nebenzimmer fing sich in den Gardinen. Sie meinte, Kindergeschrei zu hören. Zwei Mädchen, die sich stritten. Kreischten. Oder waren das Möwen, die sich um einen Schlafplatz zankten? Sie starrte ins Dunkel. Lange. Bis nichts mehr zu hören war. Vielleicht sollte sie einfach hier liegen bleiben. Auch wenn es eigentlich viel zu kalt dafür war. Die Nacht mit den Geistern der Vergangenheit verbringen.

Als sie sich aufrichtete, entdeckte sie, dass etwas neben dem Bett lag. Sie griff danach. Schmale, unregelmäßige Holzteile. Drei Stück. Vielleicht ein zerbrochenes Schild. Sie hob es auf, fuhr mit ihren Fingern darüber. Eingebrannte Buchstaben. Sie berührte jede einzelne Linie. Sachte. Ganz sachte. Bis sie im spärlichen Licht, das durchs Fenster fiel, alles entziffert hatte: ›Josefine-Friedrichs-Haus – Treibgutmuseum‹ stand darauf.

Ocko hatte sie nicht vergessen. Schien sie nicht einmal ausgeklammert zu haben aus seinem Leben. Hatte angefangen, ein Museum zu bauen. Zum Andenken an Josefine. An sie. Sie schluckte. Und wenn er geahnt hätte, dass ihr all die gemeinsamen Stunden abhandengekommen waren? Wie weggespült in den Wellen. In der Flut, die sie ganz und gar verschlingen sollte. Und es doch nicht getan hatte. Sie strich noch einmal zärtlich über die Buchstaben.

Ein Teil polterte zu Boden. Sie tastete danach. Ihre Finger berührten ein Weidengeflecht. Sie zog die Hand zurück, als hätte sie ein Stromschlag getroffen. Wagte kaum, sie noch einmal auszustrecken, und wusste doch, dass sie es tun musste. Sie ließ ihre Hand vorsichtig über die Bettkante hinab. Ihre Finger zitterten. Ein Weidenkorb. *Der* Weidenkorb. In dem sie ihre Tochter hinausgetragen hatte. Durch die Dünen. Zum Strand. Ins Meer. Ocko musste sie darin zurückgebracht haben. Lebend. Oder stumm und reglos? Nur noch ein kleiner, seelenloser Körper. Wie aus der Zeit gefallen. Aufgegeben von der, die ihre Mutter hätte sein sollen. Und nicht erspüren konnte, wie das ging. Hatte er ihre Tochter begraben müssen? Er hätte hier in seiner Werkstatt einen winzigen Sarg für sie gezimmert. Aus Treibholz.

Der grelle Lichtstrahl traf sie unerwartet. Sie ließ den Korb los und das Schild und schlug die Hände vors Gesicht.

»Was machen Sie denn hier?« Der junge Mann richtete die Taschenlampe rasch auf den Boden. »Frau Seemann?«

Friede blinzelte.

Er kam auf sie zu. »Geht es Ihnen nicht gut?«

Friede bekam kein Wort heraus.

»Kommen Sie.« Er half ihr auf. »Schön vorsichtig!« Er bot

ihr den Arm an. »Sie sind ja eiskalt!« Langsam, Schritt für Schritt verließen sie das Zimmer und das zerbrochene Haus. »Ich komme gerade von einem Kurzschluss zurück«, sagte er. »Da war so ein Geräusch, als ich aus dem Auto stieg. Und die offene Tür.« Er deutete auf den Firmenwagen, der direkt vor der Gartenpforte parkte.

Friede sagte nichts.

Sie näherten sich dem Friesenwall. Friede konzentrierte sich auf ihre Schritte. Nicht schlurfen. Nicht taumeln. Nicht stolpern. Sie gingen auf das weiße Kapitänshaus zu. Er öffnete die Vordertür. Es war nicht mehr die alte, zweigeteilte Klöntür. Sie trat über die Schwelle.

»So. Dann mal hinein in die gute Stube!«

Friede rührte sich nicht.

»Anke!«, rief er, wandte sich ihr aber wieder zu. »Wollen wir mal sehen, dass Sie sich schnell wieder aufwärmen. Meine Frau hat noch eine Suppe auf dem Herd.« Er öffnete die Tür zum Wohnzimmer und schaltete das Licht ein. Dann nahm er eine Wolldecke vom Sessel und legte sie Friede um die Schultern. Er führte sie zum Sofa. Sie wagte nicht, sich umzusehen.

»Setzen Sie sich doch! Ich bringe Ihnen gleich einen Teller Suppe her. Und einen Tee? Oder brauchen Sie etwas Stärkeres?«

Friedes kraftloses Danke war kaum zu hören. Er lief hinaus. Ließ die Tür weit offen stehen. Sie schloss die Augen. Verstand nicht, was er zu seiner Frau sagte, irgendwo da draußen. Sie hantierten in der Küche. Friede seufzte. Traute sich kaum, die Augen zu öffnen. Ockos gute Stube. Sie saß tatsächlich hier. Nach all den Jahren. Nach allem, was gewesen war. Auf einem Sofa, dass noch nicht lange hier stand. Auf einem Teppich, der hier nicht gelegen hatte. Den Ocko niemals ausgesucht hätte. Noch nicht einmal, um ihn unter dem Tisch auszubreiten. Was wussten der junge Mann und seine Frau von diesem Haus, in dem sie wohnten? In dem sie mit ihren Kindern lebten? Oder wussten sie gar nichts? Waren alle alten Wände herausgerissen worden? Jedes Echo verhallt?

Sie stand auf. Da sah sie plötzlich die Truhe in der Ecke. Ockos Seekiste. Ohne Zweifel. Friede ging langsam um den Tisch herum. Die Wolldecke rutschte von ihren Schultern. Sie achtete nicht darauf. Der gewölbte Deckel. Ockos Großvater hatte diese Familientradition begründet. Hatte den flachen Deckel ausgetauscht, als sein Sohn Kapitän geworden war. Denn in der Kapitänskajüte brauchte er die Seekiste nicht mehr als Aufstieg in die Koje oder als Sitzbank und musste sie auch nicht mehr unterm Bett verstauen. Ocko hatte ihr auch das Geheimnis dieses Deckels anvertraut. Sollte sie nachsehen? Sie streckte die Hand aus. Ihre Fingerspitzen berührten das Ozeanblau. Es fühlte sich rau an, wie sie darüberfuhr, auf den Großsegler zu. Hatte sie die Kraft, den Deckel zu öffnen? Friede ging in die Knie. Seit wann stellte sie sich so alberne Fragen? Sie stemmte den Deckel hoch. Ockos Seebücher lagen noch in der Truhe, genau wie damals. Ihre Finger tasteten schon die Innenseite des Deckels ab. Im Nu sprang die Verriegelung auf, und die Fotos, Zeichnungen und Dokumente ergossen sich über den Rand der Kiste auf ihren Schoß und auf den Teppich. Sie schnappte nach Luft. Ocko hatte alles aufgehoben.

In dem Moment kam jemand ins Zimmer.

»Jeija!«

Das war doch nicht möglich.

»Jeija!«

Friede drehte sich um.

Da war die dürre alte Frau auch schon bei ihr. »Klärchen?«, fragte sie nur.

»Josefine.«

Klärchen erkannte sie. Nach all den Jahren. »Ach, Klärchen«, seufzte Friede.

»Jeija. Das Meer nimmt. Und das Meer gibt.« Klärchen breitete die Arme aus.

Ockos Jugendfreundin.

»Ich wusste es«, murmelte Klärchen. »Ich wusste es, und Mira weiß es auch. Jeija! Sie weiß es!«

Friede sah sie an. Sprachlos.

Anke trug ein Tablett herein. »Klärchen«, rief sie, während sie es auf dem Tisch abstellte, »Klärchen, lass die Dame in Frieden!«

»Aber das ist doch Josefine!«, empörte sich Klärchen.

»Nein«, sagte Anke energisch, »das ist auch nicht Josefine. Das ist Friede Seemann.«

»Nein! Nein! Ich weiß es genau!«

»Das hast du letztes Mal auch gesagt.«

Klärchen sah Anke wütend an. »Das ist Ockos Josefine!«

»Lass sie mal«, sagte Niels leise zu Anke, als er die Teekanne und Tassen hereinbrachte.

Anke verdrehte die Augen.

»Jeija, Josefine«, beharrte Klärchen. »Nicht die junge Josefine. Nicht Mira.«

»Mira?«, brachte Friede mühsam heraus.

»Jeija!«

»Meine Mira?«

Anke wandte ihr sprachlos den Kopf zu und sank auf einen Stuhl.

»Meine Mira«, schluchzte Friede.

Klärchen strich ihr übers Haar.

Friede zitterte und bebte.

»Deine Mira«, sagte Klärchen leise. »Und Ockos Mira.«

Niels hob die Wolldecke auf und führte Friede zum Sofa. Klärchen folgte ihnen. Sie setzte sich neben Friede und griff nach ihrer Hand.

Die Suppe wurde kalt, ehe Friede sich beruhigt hatte. Anke sah von einer zur anderen und dann zu Niels.

»Vielleicht sollten wir Mira anrufen«, schlug Niels vor.

Anke sah zur Uhr. »Jetzt noch?« Aber sie stand auf und ging hinaus, um das Telefon zu holen.

Friede rannen wieder Tränen übers Gesicht. »Ich kann nicht mit ihr reden«, schluchzte sie. »Ich kann nicht.«

»Schon gut«, sagte Niels, »wir machen das.«

»Ich rufe meine Schwester an!« Anke stand mit dem Telefon in der Tür.

Friede sah irritiert auf.

Niels grinste.

Mira meldete sich verschlafen.

Anke zögerte. Auf einmal schien sie auch nicht mehr zu wissen, was sie sagen sollte. »Ich bin's. Anke.«

»Anke? Ist was passiert?«

»Ja.«

»Mit Elin? Oder mit den Jungs?« Plötzlich klang sie hellwach. »Brauchst du meine Hilfe?«

»Beruhige dich, Mira. Mit den Kindern ist alles in Ordnung. Uns geht es gut.«

»Und Klärchen?«

»Klärchen geht es auch gut.«

»Jeija!«, rief Klärchen, als sie ihren Namen hörte.

»Was ist denn los bei euch? Du klingelst mich doch nicht mitten in der Nacht raus, nur um mir zu sagen, dass es euch allen gut geht. Also, was ist?«

»Ich weiß nicht, wie ich es dir erklären soll. Niels hat gerade eine Frau aus deiner … aus Ockos Ruine gerettet. Und Klärchen behauptet, dass sie Josefine heißt.«

»So wie bei mir neulich«, warf Mira ein.

»Fast so. Die Frau sagt, dass es stimmt. Sie heiße Josefine Friedrichs. Und nicht wie laut ihrer Anmeldung Friede Seemann.«

»Was? Was sagst du da?« Mira schien zu glauben, Anke falsch verstanden zu haben.

Doch Anke ging nicht darauf ein. »Sie hat einen ganzen Berg Dokumente aus Ockos Truhe geholt«, fuhr sie stattdessen fort.

»Aus dem Geheimfach«, erkannte Mira.

»Woher weißt du denn …« Anke brach ab.

Es blieb lange still in der Leitung.

Die beiden alten Damen saßen einander zugewandt auf dem Sofa. Sie schienen sich ihre Geschichten zu erzählen. Wortlos.

»Bist du noch da, Mira?«, wollte Anke wissen.

»Ja.« Es fiel ihr schwer zu sprechen. »Ich komme.«

HERZLICHEN DANK

An meine wunderbare Agentin Monika Kempf, die mir nicht nur dabei geholfen hat, Miras Geschichte abzurunden und auf den Weg zu bringen.

An Christine Steffen-Reimann, die nun leider nicht mehr erlebt, dass dieses Buch seine Leserinnen und Leser findet.

An Johanna Bedenk und das Verlagsteam von Droemer für ihr Engagement.

An Silvia Kuttny-Walser für ihre einfühlsamen Korrekturen.

An meine befreundete Kollegin und kollegiale Freundin Gisa Pauly.

An Neustart Kultur, VG Wort und BKM für die Unterstützung der Recherche.

An alle auf der Insel und auf dem Festland, die ich mit Fragen überschwemmen durfte.

An meine Freundin Petra, die jederzeit bereit ist, zu einer Laufrunde mit mir aufzubrechen, mir zuzuhören und die Probleme meiner Charaktere genauso ernst zu nehmen wie ich.

Und nicht zuletzt an meine Familie, die zugunsten von Mira, Ocko, Josefine und Friede monatelang auf mich verzichten musste. – Danke.